【清】贪梦道人 著

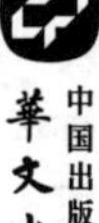

中国出版集团公司
華文出版社

图书在版编目（CIP）数据

彭公案 /（清）贪梦道人著. -- 北京 : 华文出版社,
2019.1
（中国古典小说丛书）
ISBN 978-7-5075-4906-5

Ⅰ.①彭… Ⅱ.①贪… Ⅲ.①侠义小说－中国－清代
Ⅳ.①I242.4

中国版本图书馆CIP数据核字(2018)第085889号

彭公案

著　　者：（清）贪梦道人
责任编辑：刘超平
特约编辑：金　龙
装帧设计：格林文化
出版发行：华文出版社
社　　址：北京市西城区广外大街305号8区2号楼
邮政编码：100055
网　　址：http：//www.hwcbs.com.cn
投稿信箱：hwcbs@126.com
电　　话：总编室 010-58336239　责任编辑 010-58336222
发行部 010-58336270　010-56249152
经　　销：新华书店
印　　刷：天津一宸印刷有限公司
开　　本：710mm×1000mm　1/16
印　　张：34
字　　数：441千字
版　　次：2019年1月第1版
印　　次：2019年1月第1次印刷
标准书号：ISBN 978-7-5075-4906-5
定　　价：80.00 元

“中国古典小说丛书”出版说明

所谓“古典小说”云者，其义有二焉：一曰，但凡古代之小说，皆可谓之“古典小说”；一曰，但凡技法未受泰西影响之小说，亦可谓之“古典小说”。然此特就今人之观念言之耳。

揆诸坟典，“小说”一词，出自《庄子·外物篇》，其言曰：“饰小说以干县令，其于大达亦远矣。”由此观之，庄子所谓“小说”，不过琐屑之言，以其无关道术，故以小说名之耳。

炎汉成、哀之世，刘向、刘歆父子典校秘书，检讨百家学说，取桓谭《新论》“小说家合丛残小语，近取譬论，以作短书，治身治家，有可观之辞”之意，把《伊尹说》《鬻子说》诸书，归为“小说家”之书，而《汉书·艺文志》（以下简称《汉志》）继之。夷考其说，“小说家者流，盖出于稗官，街谈巷语，道听途说者之所造也”（语出《汉志》），此亦非后世之小说也。

唐修《隋书》，其《经籍志》立论本诸《汉志》，以小说为“街谈巷语之说”（《隋书·经籍志》语）。当此之时，小说之名虽同，而其类目稍广，举凡《燕丹子》《世说》《迩说》之属，皆可入诸小说名下。

后晋修《唐书》，其《经籍志》立论与《隋志》无异，以《博物志》隶小说，此为“神异志怪之书”入小说之始。

天水一朝，欧阳文忠公撰《新唐书·艺文志》（以下简称《新唐志》），以《列异传》《甄异传》《续齐谐记》《感应传》《旌异记》等“史部·杂传类”之书移于“小说类”。至是，小说之部类日棼。

及元脱脱修《宋史》，《艺文志·小说类》承《新唐志》之旧而增广之。

明胡应麟以小说繁夥，派别滋多，于是综核大凡，分小说为六类：一曰“志怪”，一曰“传奇”，一曰“杂录”，一曰“丛谈”，一曰“辩订”，一曰“箴规”。至此，小说一类已蔚为大观，脱《汉志》“街谈巷语”之成规。

清修“四库”，《总目提要》（以下简称《提要》）别小说为三派，“其一叙述杂事……其一记录异闻……其一缀辑琐语”，而又损益之。考诸《提要》，则损益可知：一曰，进“丛谈”“辩订”“箴规”为“杂家”；一曰，隶《山海经》《穆天子传》诸书于小说。小说范围，至是乃稍整洁矣。其分目虽殊，而论述则袭诸旧志。

曩者宋元明清之史志，难觅“平话”“演义”之书，此特士夫习气，鄙其为末流所使然也。史家成见，一至于斯。今人刻书，自当脱古人窠臼。

说部诸书，以文体分，有“白话”“文言”之别；以体裁分，有“话本”“传奇”“演义”之别；以内容分，有“佳话”“世情”“侠义”“家将”“神魔”之别。细玩其文，既有劝世之良言，亦有“诲淫诲盗”之糟粕，而抉择去取，转成读说部书之第一要务。以此之故，我社特于说部诸书择其精者，辑之而为“中国古典小说丛书”，凡百余种。

然说部之书浩如烟海，其精者又何限于区区百十之数？此次出版，难免遗珠之憾。然能俾读者因之而省择取之劳，进而得窥说部精要，示人以津梁，则尚不违出版“中国古典小说丛书”之初心。

说部之书，多出自书坊，脱误错乱，在所难免，故于“取其精华，去其糟粕”外，尚需广施校雠，始得成其为可读之书。以此之故，我社多方搜罗以定底本，精排其版以美其观，躬自校雠以正讹误，然后付诸枣梨，装订成书，以飨读者。

限于编者学力有限，书中疏漏之处，在所难免，尚祈广大方家、读者诸君不吝批评斧正。凡能指出书中一二谬误者，皆为吾师，吾人不胜感激之至。

华文出版社编辑部

2017 年 10 月 26 日

目　录

第一回

彭公授任三河县　路遇私访浬江寺

《西江月》：

浩浩乾坤似海，昭昭日月如梭。福善祸淫报难脱，人当知非改过。　贵贱前生已定，有无空自奔波。从今安分养天和，吉人自有长乐。

话说这一曲《西江月》，引出我国大清一部奇案新闻故事来。康熙佛爷自登基龙位，河清海晏，真是有道明君，天降贤臣。这贤臣家住京都崇文门内东牌楼头条胡同，原籍乃是四川成都府驻防旗人，姓彭名定求，更名彭朋，字友仁，乃镶红旗满洲五甲喇人氏。父德寿，作京官，早丧。母姚氏已故去。娶妻马氏，甚贤惠。自己奋志读书，家道小康。应康熙三十九年庚辰科进士，散馆之后，特授三河县知县。这一日，报喜人至宅上叩喜。家人彭安禀明老爷说："有报喜人至宅，给老爷叩喜。"彭公赏了报喜人二两纹银，然后拜老师拜同年，忙乱了几天。

这日诸事已毕，在家中把老管家彭安叫进来，至面前说："彭安，你年近七旬，身体倒也康健。我今要上任去，不能带家眷前往，我自带彭兴儿跟我去。留你在家中照管家务，里外事件，你多留心照应。明天我祭了坟茔家祠，拜别祖先。我定于后日起程，你把我起身该带的行囊，给我收拾收拾。我自带彭兴儿一人，别人不用，你把他叫进来，我有话与他说。”彭安出去，把彭兴叫进来，站在面前说：“奴才给老爷叩喜。”彭公说：“你收拾行装，随即跟我上任。”彭兴答应：“老爷荣任高升，自应遵命。”又叫彭安：“你去买办祭品，预备上坟物件等等。”

彭公吩咐已毕，即着二人下去。随身就到夫人房中说：“夫人，我今蒙圣恩授三河县令，乃是苦缺，我不能带你同去。家中内事，全仗你分心办理。候我到任之后，再派人来接你。”马氏夫人颇知三从四德、七贞九烈，一听彭老爷吩咐，说：“老爷请放宽心，妾身也不能随老爷去的。现时我怀中有孕，候降生之后，给老爷带喜信就是。”言罢，侍女秋香说：“晚饭得了，老爷在哪里吃？”彭公说：“就在这里罢，与夫人同吃。”仆妇刘氏与秋香把饭摆上，夫妇用过了饭，一晚无事，说些家常正话。

次日天明，彭兴儿进来说：“奴才已然将祭品买来，请老爷上坟。”彭公用完了早饭，带领彭兴儿出了书房，到大门以外上车。彭兴打着引马，出了大城，到了坟茔。看坟之人迎接老爷，给老爷请安叩喜。彭公下车，然后一瞧，各处树木倒也齐整。摆上祭品，焚香祷告，心中说：“先祖在上，裔孙朋仰赖祖宗庇庥，蒙圣主恩德，身授三河县令，今特前来拜祖辞行。”言罢，拜了八拜。礼毕，看坟之人过来说：“奴才给老爷在阳宅预备茶，请老爷吃茶。”彭公至阳宅落座，把看坟的来顺叫过来说：“来顺，我今要上外任去，你好好照看坟墓，修制树木。”来顺说：“奴才遵命。”彭公赏了看坟的来顺八两纹银，然后上车回家。

至宅下车，到书房。彭安来说：“回老爷，今有吏部员外郎瑞三老爷同萨大老爷，来给老爷道喜送行，留下茶叶点心等物，说明天一早还来送行。”彭公说：“知道了。”自己又一想：“瑞三弟是我一个知己的朋友，我正想见他，托他照料家中之事。我这一到任，必要为国尽忠，与民除害，上报君恩，下安民业，剪恶安良，也不枉生在世上。男子汉大丈夫生于人世，必要轰轰烈烈作一场事业，也不辜负此生，落个流芳千古，方称一件美事。”思念之间，天色已晚，回房安歇。

次日起来，家人来报说：“瑞明老爷来了，现在书房中坐着，候老爷呢。”彭公遂即整冠换衣，来至书房，瞧见瑞明身穿官服，更觉威严，身高七尺，年近三旬，四方脸，长眉带秀，二目有神，鼻直口方，身穿蓝宁绸二则团龙单袍儿，外罩官绸红青褂子，五品职官，头戴官帽，足登粉底缎靴。一见彭公，站起来，二人对请了安，说：“大哥荣任三河，弟特来道喜。”彭公说：“昨承厚赐，未能面谢。今正欲拜访，又承仁弟光顾。你我知己之交，不叙套言。我本欲今日起身，奈首尾事未办完。我还有一事相托，家务之事，望贤弟时常照应。我起身也不坐家内车，雇两个顺便驴儿就行了。”瑞明知道彭公为人清廉，家中又不富足，送了二十两程仪，彭公也不推辞。二人用完饭，那瑞明告辞起身。

次日，彭公带了文凭，收拾行装，先雇一辆车，出朝阳门，兴儿雇了两匹驴，给了车钱，把行李放在驴上，主仆骑驴顺大路前往行走。则见绿树阴浓，正值初夏，清风吹柳，淡云绕杨。行了二十余里，到了三间房，见路北有许多酒铺，高挑酒旆并茶牌子，见正北是上房五间，前头搭着天棚。主仆二人下了驴，兴儿把驴拴上，跟老爷到茶馆里面，一瞧东边四个座，西边四个座儿，彭公在东边落座。茶博士拿过茶壶茶碗来，说：“二位带来有茶叶没有？”兴儿说：“有。”由口袋内掏出茶叶来，放在壶内，泡了一壶茶。彭兴先给老爷斟了一碗茶，然后自己斟了一碗。

正喝着茶，忽见有二人在门前下马，进来要喝茶。头前那个人，年约二十有余，身穿蓝绸子裤褂，薄底青缎快靴，手拿打马鞭子，至棚下西边桌上落座，说："伙计，快拿茶来，我二人吃了茶还要进齐化门内买办物件。"小伙计连忙的带笑说："二位太爷才来呀？"连忙送过一大壶茶来："方才问好，请用罢。"那二人一连喝了两碗，说："我们回来再见。"小伙计说："二位爷走啊！回头见！"彭兴爱说话，说："伙计，他怎么不给茶钱，你还那样小心伺候他？"那伙计一听，说："朋友你不知道，那二位是香河县武家疃管家的。提起他家主人，在东八县大有名头，无人不知，无人不晓，乃是神力王府包衣旗人，姓武名奎，别号人称飞天豹武七达子。家中有良田二百顷，练的一身好工夫，长拳短打，刀枪棍棒，样样精通，收了无数门徒。就是一样不好，专好交结绿林英雄。今年五月初一日，是张家湾浬江寺娘娘庙大会，武七太爷在那里请客逛庙。方才那二人武兴、武寿，是两个家人。那武七太爷是仗义疏财的英雄。今年庙上更热闹，二位爷不去逛逛去呀？"彭公说："我们正要去逛庙。"就还了茶钱，与兴儿上驴，顺着大路，来到通州。下驴给了脚钱，找饭铺吃了饭，然后主仆二人顺路出南门。

兴儿扛着行李，彭公跟着，过了张家湾，来至浬江寺。村口一瞧：人烟稠密，赶庙的买卖不少，锣鼓喧天。各样玩艺，也有跑马戏的，也有变戏法的，唱大鼓书的，医卜星相、三教九流之人，各样生意，围绕人甚多，大半都是为名利之人。正往前走，见路南有一个茶馆，是席搭的，棚内有六七张八仙桌儿，坐着吃茶的人有二十多位，俱是逛庙瞧会之人，老少不等。彭公渴了，进了茶馆儿落座，要了一壶茶，主仆二人歇着吃茶。只听的那边一位喝茶的人说："今天戏可好，无奈人太多，不能听。"又有一位老翁说："这浬江寺可是千百年的香火，就怕今年要闹出乱儿来。"内有一位少年之人说："武家疃武七太爷在这里逛庙，还同好些位朋友。那武七达子虽说是好人，就是手下人乱的利害。还有夏店的左白脸左庄头，他是裕王府的皇粮庄头，今日带着好些人在北边跑车跑马呢。他有一个远族的侄儿左奎，外号人称左青龙，带着些匪人闹的更凶，竟抢人家少妇长女。如今咱们这个庙是三州县的人，有香河县、三河县、通州的。”那位老翁就问："听说三河县的老爷坏了，不知新升来是那一位？"那少年说："我说与你罢，如今惟有三河县的官不好作。要是贪官，还可以多作两天；要是清官，可就不能长久。你老人家不知道前任的老爷是被左青龙给坏的吗？"老丈说："贤弟，少说这些是非。常言说的好：

无益言语休开口，不关己事不须当。
自求各扫门前雪，莫管他人瓦上霜。

庙上人是多的，你想想我说这话是不是？"彭公主仆二人正听到得意之间，那少年人被老丈说了两句，他就不说了。彭公给了茶钱，主仆二人出了茶馆。

只见对面来一人，身高九尺，膀大腰圆，身穿一件白纱长衫，内衬蓝夏布汗褂，蓝绸子中衣，白袜青云头鞋，手拿一把翎扇。再一瞧脸上，浓眉阔目，二目有神，四方口，面带凶恶之相。后跟随有二十多人，都是凶眉恶眼，怪肉横生，身穿紫花布裤褂，青布薄底快靴，不像安善良民，随那少年人进来庙，彭公主仆二人随在背后。忽见从对面来了一个年青的少妇，约有二十余岁，身高六尺，光梳油头，戴几枝赤金簪环，斜插一枝海棠花，耳坠金环，面如桃花，柳眉杏眼，皓齿朱唇。身穿一件雪青官纱的褂儿，上面镶着各样绦子，淡青纱的衬衣，粉红色的中衣。金莲瘦小，二寸有余，穿着南红缎子花鞋，上绣着蝴蝶儿，挑梁四季花。手拉着八九岁一个小孩子，梳着歪辫儿，圆脸膛，身穿宝蓝绉的大褂，青中衣，足登青缎子薄底靴子，手拿着小团扇，笑嘻嘻的跟那妇人往前走。那妇人走动透些风流，真正是：

淡淡梨花面，轻轻杨柳腰。朱唇一点貌多娇，果然风流俊俏。

那一伙人见妇人长的透些妖媚，你拥我挤，把那妇人挤得满面通红。内见一人身穿白纱长衫的少年，带的一群恶棍，故意向前拥挤那妇人。彭公主仆二人看着，心中说：这妇人也不学道理，这样打扮，就是少教训。也无怪男子跟随，被这一伙人挤在一处，成甚么样子，你推我拥。

那一伙人跟那少年就不是好人，内有一人姓张名宏，外号人称探花郎小蝴蝶，乃是三河县夏店左青龙左奎的管家，带着手下人来逛庙，同他来的有一个胎里坏胡铁钉，瞧见妇人长的俊俏出奇，他们本来就倚仗主人之势，横行霸道，欺压善良，抢掳妇女，奸淫邪道，无所不为。今天本不为逛庙，特来这里寻那有姿色的妇女。一见这个妇人，他们大家过去一挤。那妇女说：“你们勿挤。”说话娇声嫩语，令人可爱。胎里坏胡黑狗说：“合字调瓢儿昭路把哈，果衫头盘儿尖尺丈小，念孙衫架着入神，凑字训训，万架着急付流扯活。”那探花郎小蝴蝶张宏一听，说：“训训坨岔埫在哪？”彭公主仆二人一听这伙人所说之话，一概不懂。岂知该众所谈乃江湖中黑话：“合字”是他们一伙之人，“调瓢儿昭路把哈”是回头瞧瞧，“盘儿尖尺丈小”是说这妇人长的好、年岁小，“念孙衫架着”是没有男人跟着，“训训坨岔埫儿”是问他家在哪里住。

张宏听那妇人说挤他，就说：“怕挤，在家内勿上庙来。这里人是多的，哪个如何不挤哪！”彭公一听，在后面说：“人也要自尊自贵，谁家没有少妇长女，作事要合天理，出言要顺人心。”张宏一听，说：“那妇人是你甚么人？”彭公说：“我并不认识此人，我这是劝你。”张宏一听，说：“放狗屁！张大爷不用你劝！来人！把他给我捆上，带回庄中发落！”吓的兴儿战战兢兢。一伙恶棍上前，不知彭公该当如何，且听下回分解。

第二回

英雄奋怒打张宏　贤臣接任访恶棍

《西江月》：

若论乾坤大事，首重纲纪人伦。我编词句劝今人，各要留心谨慎。　俗语淡中有味，粗言浅内含深。男儿要好莫因循，急早改邪归正。

话说探花郎小蝴蝶张宏，带几个恶棍，把妇人挤住，意要抢回庄中。因彭公解劝，张宏要捆彭公。忽从外面进来一人，长的仪表非俗，五官端正，身高八尺，淡黄的脸膛，双眉带煞，二目有神，准头端正，四方口，虚虚几根胡须。身穿淡青两截罗汉衫，青绸子中衣，白绫袜，青缎云履。威风凛凛，虽然是儒雅装束，可另有一团傲气英风。后跟十数个家人。张宏一瞧，吓的魂飞胆破。

诸翁不知来者是谁，乃是京东有名的英雄，住家在三河县所管大道李新庄，姓李名七侯，外号人称白马李，乃是四乡中豪杰，行侠作义，专杀贪官，竟诛恶霸，喜义气，怜孤寡，取的是不义之财，济的是贫寒之家，北五省驰名。有他一人在，三河县真是路不拾遗，夜不闭户。今天是奉武七达子所约，自家中前来逛庙，带领家人方要进庙，见张宏在那里扬眉吐气，与彭公说那些恶话，不由的怒从心上起，说："张宏你这小厮，又在这里作那伤天害理之事，我久闻你不法。"说着，过去就是一掌，正打在张宏的脸上，吓的张宏连忙陪笑说："七太爷，小人并不敢作伤天害理之事，只因那位妇人招事。他说小人挤了他啦，我并不曾挤他，这位先生在旁边还劝呢。"用手一指彭公。李七侯说："先生请罢，不必与这小人作对，自有我管教他就是了。"彭公说："在下我也为好，这厮要捆我，多蒙尊驾前来救护，我未领教尊姓高名。"李七侯通了名姓，彭公带兴儿躲开，那妇人已去了。张宏不敢走，他手下余党早已惊散。李七侯说："张宏你这厮，从今以后改过自新，我还饶你性命，若再遇在我的手内，定杀你这无知的小子，我去也！"带着众家人去了。

彭公与兴儿在一旁，心中说："这李七侯倒是好人。"忽听后边逛庙之人说："今日张宏这厮可遇见对头了，这李七太爷是爱管闲事的，专杀贪官，竟诛恶霸。就是一样，他胞弟李八侯所作所为，闹的这三河一县不安，他管不了嗞。还有家人孔亮，更闹的厉害啦，真是一个恶奴。"彭公听在耳内，记在心中，说："我为官必要为民除害，清净地面，捉拿恶霸棍徒才是。"想罢，带兴儿顺路直奔三河而来。

头一天未到任，在半路店中。次日天明起来，他主仆二人方至县境，早有书差人等前来迎接。彭公至衙署接印，典史、城守营来拜。这典史姓刘名正卿，乃是吏员出身，把总常恒字万年，乃是武举出身。彭公回拜，会同寅，拜圣庙。诸事已毕，忽然想起在浬江寺听人传言，说本县有一李新庄，恶霸李八侯为人作恶，不免我暗访此人，要是好人，也未可定。俗语说的好：

眼观此事犹然假，耳听之言未必真。

次日，穿便衣服，带彭兴儿出了衙门，顺路直奔李新庄而来。方一出城，只见郊外麦苗增妍媚，正是万物畅茂，杨柳色新，野草鲜花，到处都是景致。又闻林中野鸟声喧，清音嘹亮。彭公随处游赏。正是：

到处有绿到处乐，随时守分随时安。

正走之间，已到李新庄，吩咐兴儿："我今扮作算卦之人，访查恶霸，你在庄外暗探消息，如到日落之时，我不回来，你就急快回衙门，调兵来拿获这一些贼人。"兴儿答应说："是。"彭公信步进庄，但见这所庄村另有一番可逛之处。真是：

小溪围村绿，茅屋数十家。
倚水柴扉小，临溪石径斜。
苍松盘作壁，翠竹几横斜。
鸡犬鸣深巷，牛羊卧浅沙。
一村多水石，十亩足烟霞。
春韵闻啼鸟，秋香观稻花。
门垂陶令柳，畦种邵平瓜。
东渚鱼可钓，西邻酒能赊。
桑翁与溪友，相对话桑麻。

话说那彭公看罢景致，自己信步进村，"大概是李八侯必是一个财主，我必访真确，才能办他"。于是手打竹板儿，往前行走。只见路北一座大门，两旁有十余棵垂杨绿柳，门内大板凳两条，当中站立一人，身高九尺，膀大腰圆，粗眉大眼，怪肉横生，四方口，并无胡须，身穿蓝夏布小裤褂，白袜青缎皂鞋，手拿鹅翎扇，后有两个小童儿跟他。彭公看罢说："一笔如刀，披开昆山分石玉；二目如电，能观苍海辨鱼龙。看流年大运，细批终身枯荣。"

不料这门首站定，正是李八侯。他正在心中烦闷，听见算卦之人，见他念念讲讲，心中说：“我何不把他请进来，给我看流年如何，运气怎样？”说：“童儿，你把算卦之人与我叫进来。”童儿说：“八爷先请回，我叫他进来说。先生，我家主人请你进去。”彭公说：“贵主姓谁？”童儿说：“我主人姓李名八侯，算得好还多给你钱哪！”彭公就知是恶霸了。自己随小童入大门，见里面东房三间是门房，西房三间为外客厅，正北一带白墙，当中屏门四扇。进屏门，院内花卉群芳，正北厅五间，东配厅三间，西书房三间，搭着天棚。正北台阶以下，放着小琴桌儿一张，上面放着茶壶茶碗，后面一把太师椅子，上坐着就是方才在大门外所站之人。彭公看罢，说：“庄主请了，我十豆三这里有礼了。”李八侯吩咐看座，说：“给我瞧瞧月令高低，运气如何？”彭公一想，心中说：“我何不借此劝劝他，不知他心下如何？”想罢说：“庄主是一个水行格局，相貌最好。按相书上有几句话：

木瘦金方水主肥，土行格局背如龟。
上尖下阔名曰火，五行格局仔细推。

尊驾相貌，少运不见甚好，父母早丧，兄弟有靠。两眉雄浑，性情主于龃缪。一生所为，是不听人劝。中年运气平常，此时印堂发暗，犯些个官刑琐碎之事。诸所谨慎，还可福寿绵长。如若不然，恐怕大祸临身，悔之晚矣！”李八侯一听此言，心中不悦。旁边过来一人，在耳边说了两句。李八侯把眼一瞪，大概彭县令凶多吉少。不知后事如何，且听下回分解。

第三回

李八侯拷打彭县令　彭管家送信救主人

诗曰：

一日百般事，人生不自由。
怕贫休浪荡，爱富莫闲游。
好事终成器，勤耕必无忧。
要得身富贵，惟向苦中求。

话说李八侯一听彭公给他相面，劝他几句良言，他反不乐。旁有一个家人，姓孔名亮，外号人称白脸狼，倚仗李八侯的势力，在外面招摇是非，奸淫邪盗，无所不为，抢夺少妇长女，霸占房产地土，欺压良善之人，无恶不作。今天见主人请了一个算卦的先生，谈言不俗，举动端方，他心中一想，又听彭公说姓十名豆三，孔亮就疑他是新到任的知县前来私访。他与李八侯所作之事，都是伤天害理、欺人灭义之事，先见有三分畏惧之心，走到李八侯跟前说："请八爷到里间屋内，奴才有话说。"李八侯站起来，至里间屋内说："孔亮，你叫我作甚么？"孔亮说："八爷，你老人家方才叫这位相面的先生来给你老人家相面。看他模样来历，像新任的知县，姓彭名朋，乃是京都放出来的。我那一日在县衙前瞧见他拜庙，仿佛像他。要是他来，咱们爷儿两个所作之事，恐怕不好。依我之见，咱们爷两个细细的盘问盘问，要问出他的来历，千万不可放他逃走。”

这席话说得李八侯心慌意乱，随身转到外间屋内：“请问先生，你是那里人氏，姓甚么，叫甚么？”彭公说：“我姓十名豆三，号双月，乃京都人氏。”李八侯说：“我看你仿佛像新任的知县彭朋，你来在我这里私访。你要说了真情实话，我自然把你放走，万事皆休；你要不说出真情实话，我要严刑拷问于你。”彭公说：“庄主，你老人家不可如此。我实是江湖相面的，并非是私访前来。”李八侯说：“十字下边一个豆字，旁有三笔，定是一个彭字。双月合在一处，正是朋字。你还有何话说？”彭公一听此言，吓了一跳，说：“庄主，你不必多心，我实是相面的。”李八侯吩咐家人：“把他给我绑起来！”众家人不敢违主人之命，说：“你不说实话，我们捆你啦！”恶奴孔亮说：“绑起来罢，不必多说！”大众贼党过来，将彭公捆好了。李八侯说：“来人，将他吊在马棚之内，细细的拷问于他！”

众人带彭公至西院，把彭公吊在马棚之内。李八侯自己坐在这边椅子上面，前放一张八仙桌儿，众家人两旁站立。孔亮手执着藤条说：“你快说实话，免得皮肉受苦就是了。”彭公被绑吊在马棚之上，一听恶奴孔亮所说之话，自己心中说：“我方才到任，先私访这个恶霸，他家这个振作还不小呢！我何不说了真情实话，看贼人该当把我怎么样？我立意剪恶安良，除奸去霸。”想罢说：“小辈，我正是三河县正堂彭老爷，你便把我怎么样呢？”孔亮一闻此言，大吃一惊。李八侯在外边一听，吓的浑身立抖，胆战心惊，心内说：“这个乱儿可不小啊！他是现任的知县，本处的父母官，杀官如同造反，我不该把他绑上，是擒虎容易放虎难，我倒无有主意了。”想罢，说：“孩子们，你等先把那狗官放下来，锁在北上房西边间屋内，等待三更时分，我再结果他的性命就是了！”自己站起身来，至前院中叫书童儿三多、九如，去吩咐厨下备酒。三多答应，站将起来，到了厨房，要了菜来摆好了。李八侯自己独酌，越想此事进退两难，不知应该如何办理才好，只是吃酒。正是俗语说的是：

日长似岁闲方觉，事大如天醉乃休。

正在狐疑之间，家人孔亮自己在外面一想：他所作的事要犯在当官去，我的这个罪名不小，莫若我先去说活了我家主人的心，把狗官结果了他的性命就是了，以免后患。想罢，转身入书房之内，见李八侯正在吃酒之际，他说："庄主爷，今天此事该当如何办理？"李八侯说："我是一点准主意也无有。"孔亮说："依奴才之见，擒虎易，放虎难，总是结果他的性命，以免后患，方为万全之策。"李八侯说："你把他那小包袱打开看看，他里面有甚么物件，搜搜他身上有文凭没有？"孔亮先搜他身上去，不多时回来说："搜啦，并无有文凭。"又把包袱打开，里边有《万年书》并《协吉辨方》、《断易大全》等书，并无别的物件，呈与李八侯观看，说："庄主爷，这就是他的物件，并无别的等件。早把他杀了，莫叫七太爷知道。倘若他老人家知道，那时可就了不得啦！"李八侯本是一个无有主意之人，听孔亮所说，又带着酒兴说："亮儿，你说的不错，我正有此心意。你去到外边瞧瞧天有什么时候，告诉于我。"孔亮到了外边一瞧，说："天有定更之时。"八侯说："少等片刻再说。"自己又喝了几杯酒，壮起胆来。正是怒从心上起，气由胆边生，说："孩子们，把我的鬼头刀拿来就是！"家人答应，到了后院之内，把鬼头刀取来，交与李八侯。说："孩子们，跟我到西院北上房之内，杀了那狗官就是了。"众家人跟随在后，一直向西院，点起灯笼火把，松黄亮子照的如白昼一般。

先有家人进了上房，把彭公绑出来，放在那李八侯的面前。彭公破口大骂说："你这一伙叛逆之贼，在家中杀害职官，上为贼父贼母，中为贼妻，下为贼子，终身为贼，骂名扬于万载，一日当官拿住，平坟三代，祸灭九族。你老爷虽然死在九泉之下，我总算为国尽忠，该杀该剐，任凭于你！”李八侯一听彭公所骂，不由冲冲大怒说：“狗官，你庄主爷是有甚么可恶之事，你初到任就来私访，也是你命该如此。你放着：

天堂有路，你竟又不往前走；
地狱无门，谁叫今日闯进来？”

说着，照定彭公脖颈举刀就剁。不知忠良性命如何，且听下回分解。

第四回

常把戎调兵剿贼　刘典史献计擒寇

诗曰：

小窗无计避炎纷，入手新编广异闻。
笑对痴人曾说梦，思携樽酒共论文。
挥毫墨洒千峰雨，嘘气空腾五岳云。
色即是空空是色，淮南消息与平分。

话说李八侯正要杀彭公，忽听外边有人说："且慢，小人来也！"李八侯回头一瞧，是门房内的家人李忠慌慌忙忙的来说："禀庄主爷知道，今有三河县的典史刘老爷来造访，现在门外，不知见不见？"李八侯一听，心中说："这刘典史来的甚是奇怪，必为此事而来。"

这刘老爷因何到庄，其中有个缘故。只因彭兴儿在村外等候老爷，见红日西斜，不见老爷出来，正在着急，只见从那东边来一老丈，年约七十以外，精神飘洒，气宇轩昂。彭兴过去说："你老人家请了，借问这贵村何名？此家富户姓甚么，叫甚么？"那老人说："我们这庄名叫作大道李新庄。这一富户姓李，东八县有名的白马李七大爷就是这里。你找哪一个？"彭兴一听，心中暗想说："我家老爷他因在路上听人传言，说这李八侯是一个恶霸，到任不久就前来私访。天到这般时候，不见出来，莫非其中有甚么变故？莫若我先回县衙前去送信为要。”想罢，彭兴转身就走，顺路一直扑奔三河县而来。方一进城，到了衙门之内，有当差人等，大众齐说："彭二爷回来了，往哪里来啦？也没要一匹马儿骑。”彭兴说："你们快去把当值日的叫过几个来，到门房有话吩咐他们。”众差役人等答应说："是。”彭兴方到门房之内落座，只见几个公差随役进来说："二爷叫我们作甚么？你老人家吩咐。”彭兴说："你等急去请四老爷与城守营的常总爷来，我有要紧的事回禀。”当值日头目答应下去。不多时，刘老爷先到，彭兴请到花厅落座。少时，常老爷也到了。

这位城守营的常恒，乃是武举出身，今年四十岁，升任三河县的城守营的把总之职，为人性刚强，膂力最大。自到任以来，治的三河县境内人情和平，留心捕贼。今天是县署来请，不知有何要事，连忙的带跟随人等来到县署之内。见刘老爷先在那里，二人见礼已毕，齐声问道说："县主现在何处？”彭兴不敢隐瞒，把本官私访大道李新庄的情形细说了一遍。刘典史一听，心中一楞说："此事不好，要真有此事，县主若有好歹，该当如何呢？”自己胡思乱想，听常老爷说："寅兄，此事该当如何办理？”刘老爷说："李七侯为人正大光明，在三河县内并无底案。他胞弟李八侯为人奸诈百端，人都看着李七侯之面，不肯与他一般见识。今日之事，惟有调官兵前去剿拿李八侯为是。”常总爷一听，说："寅兄所论甚善。此事依我看来，要是白马李七侯，他为人慷慨侠义，所办之事上合天理，下顺人心，我自到任以来，与他无有来往，要是县主今天遇见他在家，断不能谋害，必然是有一番恭敬之心。要是他不在家，那李八侯的为人就不能安分了。若忽然调了兵去，未免有些个粗率。依我之见，你我调齐一百名官兵，自带一百名衙役，先在村外，我驻扎等候，老兄自带几个亲随人等，先去拜访他。去到那里，要是李七侯不在家之时，你用话里引话，辞中套辞，只要套出真情实话。他若是未把县主害了，你可以见机而作。如他不遵拿之时，再派人给我送信，我带兵拿他就是了。”刘老爷说：“很好，就是那样办理。”二人议论好了，点了兵，各执灯笼火把，二位老爷骑马出了三河县城。

天已初鼓之时，到了大道李新庄。常把总带着人在村口外驻扎。刘老爷带亲随人等执着灯笼，来至李七侯的大门之外，叫家人手敲门环，打了几下，不见有人答应。自己下马，站在门首说：“你等再叫。”家人又喊叫了几声，忽听里边有人答应说：“哪一位？我睡了呢。若有事，明天再说。”外边刘老爷的家人刘忠说：“我们是三河县的刘大老爷前来查夜，天晚特来拜访你家主人。”里边听见说：“少等片刻，我们开门去就是了。”刘老爷站在外边，抬头一看，寒星满天，并无月色，约有二更之时。忽听大门一声响亮，把门开开，手执灯笼，出来两个更夫，在旁边站立，家人李忠说：“原来是刘大老爷，你老人家好哇？我给你请安了。”刘老爷说：“不必请安，我因下乡查办公事，夜晚不能回去，特来拜访你家七庄主。”李忠说：“你老人家来的不巧，我家七爷被武家疃的飞天豹武七达子请了去逛浬江寺去了。我家八爷在家。你老人家请你此处少等片刻，我去回禀一声。”刘老爷说：“你去回你家八爷知道，我在这里等候。”

李忠转身来到里面书房，见桌上摆着杯盘残菜，两个书童三多、九如在那里说话。一见李忠进来，他二人说：“李二爷还没睡？”那李忠说：“八庄主往那里去啦？”三多说：“你不知道，白天咱们这里八庄主不是叫了一个相面的先生，姓十名豆三，号双月，他原来是新升来的知县前来私访，被孔二爷看破，把此人捆上，送至西院之内。方才八庄主趁此时无人知晓，七庄主不在家，他拿鬼头刀去结果他的性命。你要找八庄主，往西院去罢。”李忠是李七侯的管家，为人忠厚，一听书童说此话，吓的面目改变：“可不好了，要惹下灭门之祸，我须急速前往方是呢！”自己手执灯笼，来至西院一瞧，那李八侯他坐在当中椅子上，两旁家人十数名，各执钢刀，地下捆着一人。李忠说：“八爷，今有三河县典史刘老爷前来拜访。”李八侯心中一想：“无故黑夜之间来此何干？莫非有人走漏消息，其中定有情节。”想罢，说：“李忠，你出去说我偶然受风寒，头疼不能会客。”李忠说：“八庄主爷不可这样说法。这位刘老爷与七庄主、八庄主全有来往，今天不是渴，定是饿，不然走乏了，来此歇歇，与你老人家交好，才来至此。八爷要不见他，一则伤和气，二则说八爷有病，这谎更不能啦！刘老爷必要亲身探视。依我之见，不可伤了和气。三则还是见他才好。不知庄主意下何如？”李八侯本来是无准主意之人，一听李忠说，想到这话有理：“既如此说法，孩子们，你给我把狗官乱刃分尸，然后前厅会客不迟。”众家人不敢违主人之命，大众各执钢刀，竟扑彭公而来。不知彭公如何，且听下回分解。

第五回

恶霸被擒入虎穴　清官遇救出龙潭

词曰：

万事皆由天定，人生自有安排。善恶到头有兴衰，参透须当忍耐。　草木虽枯有根，逢春自有时来。一朝运转赴瑶台，也得清闲自在。

话说彭公被李八侯捆在院内，吩咐众人把他乱刀分尸。李忠说：“且慢！此事不可如此。依奴才之见，先把他送入上房，先会客，然后再办此事也不迟。不知八爷意下如何？”李八侯本来是无主意之人，他也有些害怕，听李忠之言也说得是：“先把狗官锁在上房屋内，你等看守，我到前厅会客，少时再作道理。”说罢，带孔亮、李忠来至前厅之内，说：“李忠，你去请了那刘老爷来，我在这里恭候。”李忠答应。

去不多时，由外边刘老爷进来，带着七八名跟役人等来至前厅。八侯连忙站起来说：“不知刘老爷驾到，未曾远迎。”刘正卿说：“深夜前来，惊动惊动。因我查夜天晚，还有一件要紧之事。说起来甚是着急，我因为新任知县到任不久，前去私访，至今不知下落，我特意带人前来寻找，不知庄主可听见耳风无有？”李八侯一听此言，心中暗想说：“不好，必是有人到县衙之内送了信的，莫非他知道知县在我家内？”自已不由的变了颜色，少时不语。刘老爷乃是精明强干之员，一看李八侯这等模样，不由的带笑答言说：“八庄主，你为何这等模样？”李八侯楞了多时，听刘老爷问他，方才答言：“你要问我这几天因何这等模样，也是有几件心事不能说，正应古人那两句话：

不如意事常八九，可为人言无二三。

方才说新任知县到任，不久出来私访，不知因为何事？”刘老爷说：“我也不知道因为何事，就是我这寻找县主，也有些耳风。”李八侯听这句话，吓的颜色改变，心想：“杀官如同作反一般。刘正卿带人也不多，莫若我一不作二不休，将他一并杀死，以免后患。”心里一想，贼胆顿生，将二目一瞪。刘老爷早看破情节，在那跟人耳边说了几句。那家人转身迈步，如飞的一般去了。

李八侯说：“孔亮，你去把我的家人全给我叫齐了，各暗带兵刃，然后听吩咐。”他把眼一瞪，说：“刘正卿，你不是找知县，你今日前来送死，想走万不能！”刘正卿一听，正待开言，忽听外面一片声喧，家人来报说：“今有常把总带官兵把宅子围匝了。”李八侯情知不好，手提鬼头刀说：“刘正卿，你可敢在你八庄主跟前前来讨死！”抡刀直奔刘老爷而来。外面一片声喧，无数的官兵人役等进来，先把那李八侯围住说：“李八侯，你要造反，敢杀官！”刘正卿说着：“官兵人等过来，把那李八侯拿住，各处搜寻。”也把孔亮拿住了。众家人跪下说：“此事与吾等无干，都是我家八庄主一人所作。”常老爷说：“知县老爷在哪里？快些实说，饶你等不死。”众家人说：“我家八庄主把他捆在北上房之内，等我们去请出来就是了。”常老爷一听，这才放心：“快去请来见我！”

众家人到西院北上房，先把彭公放开，众家人跪下磕头说："老爷，这段事都是我家八庄主所为，与小人无干，求老爷饶命罢！"彭公定了定神，说："你们起来，是什么人叫你等来放开我呢？"众家人说："是三河县右堂刘大老爷同那常总爷前来，把我家八庄主已然拿住，叫我等来请老爷。"彭公一听，心中甚喜，说："你们起来，和我同到外面去见他。"

众家人同彭公来至外书房，与常、刘二人见礼已毕。常、刘二人说："寅兄受惊了。"彭公说："身入险地，遇此恶人，若非二位兄台前来，吾命休矣！"常老爷与典史刘老爷说："彭寅兄，你为地面之事，受此大惊，访查土棍，遭此颠沛，真乃国家栋梁之臣也。幸而神佛保佑，我等得信前来，将恶人拿住，总算为国为民，现今已把那贼人拿获，乃是大家之洪福也。"彭公说："小弟一时失于算计，为访土棍，受他人之害，多蒙二位兄台调兵前来，赖以得全活命。还望二公把贼党一并剿除，剪草除根，方为万全之策。"刘老爷说："今已将孔亮拿住了，带上来拷问于他。"两旁家人早把灯笼点上，照耀如同白昼一般。官兵衙役，两旁排班站立，吩咐来人："把孔亮带上来！"官兵把孔亮拉至台阶以下，说："跪下！"孔亮战战兢兢跪倒在地，说："求大老爷饶命，此事与小人无干，全是我家庄主之过。"彭公说："我不问你别的，你等都是大清国黎民，不思报国家水土之恩，你等在家连你本县大老爷还要杀呢，何况他人乎！我就问你，谋杀职官，出于何人的主意？"孔亮说："实是小人家主人的主意，我并不知情形。"旁有李忠说："求老爷开恩，我家八庄主所为，孔亮一人所使。小人是我七庄主那边用的。"刘老爷说："你起来去罢！你家七庄主本来是好人，我也知道。拿他主仆二人，别人与他无干，家眷安分度日。"彭公也有耳风，知道李七侯是个好人，说："孔亮，我知道不动刑，你也不肯实说，我把你带到衙门内再问你。"吩咐人役备马伺候。彭公与那常、刘三人一同上马而行。官兵手执灯笼引路，后边三河县的捕头马清、杜明押解李八侯与孔亮，顺路直奔三河县来。

彭公在马上抬头一看，满天星斗，并无月色。思想白日之事，胆战心惊，不由己长叹一声说：“初到任不久，遭此大险。上赖国家洪福，下算自己命不该绝。我自此以后，总要为国尽忠，与民除害，再也不敢荒忽。今天拿获这一个恶棍，以净地面。”正想之际，离县城不远，天色已然大亮。众人进了城，刘、常二位老爷各回本署。彭公到了衙门，换上官服，吃了几杯茶，用了点心，传伺候升堂。三班人役喊嚇堂威，带上李八侯来。有分教：

忠臣义士得相逢，豪杰英雄皆聚会。

不知后事如何，且听下回分解。

第六回

讲大义恩收好汉　为民情二次私行

诗曰：

忠诚信实能致富，奸狡曲猾自受贫。
年月日时该算定，算来由命不由人。

这四句诗虽然浅，浅中甚有意味，无非是劝人以忠正为立身之本，不可欺心算尽。读古人之书，为今人之鉴。秦始皇何等的韬略，意欲万世不改江山，焚书坑儒，枪刀入库，修万里长城，东至大海，西至辽、金，南至苗蛮，北至番岛，想不到传二世，被权臣李斯、赵高专权，把天下失在奸臣之手。这就是得之不善，失之亦易。凡人生在世上，总以忠孝为立身之本就是。彭公是这一部书中之胆，无非是忠心赤胆，为国为民。所谓忠则尽命，彭公无愧社稷臣焉。

再说那彭公吩咐差人把那李八侯带上堂来，三班人等答应，即将贼人带至公堂。彭公在当中坐定，三班人役站在两旁。李八侯一见，说："你把你八太爷带在此处，该杀该剐，罪如当行，不可叫你庄主爷生气。"彭公一闻恶棍之言，说："三班人役，你们可看见了，这恶棍目无官长，咆哮公堂，这还了得！见本县他还这样，大概他素日欺天可知。”彭公说：“李八侯，你老爷虽新到任，也不知你这厮这等可恶。我私访你家中，你竟敢杀官宰。若非官兵来救，本县定然死于汝匹夫之手。你把你所作的恶迹说个明白，省的本县动刑拷问于你。”李八侯说：“贼官，你八庄主没有什么口供，何必多问哪！”彭公说：“你既不说，我问你：我假扮相面之人，你为何要害我？是所因何故？你快些给我说！”李八侯说：“我瞧你不是好人，我要杀你！”彭公闻听，说：“你这奴才，我不打你，也不知本县的利害。来人！把他给我拉下去重打，不许留情！倘有循私，我决不宽恕汝等。”皂役一听，大家都惧怕这位新任的老爷，不敢留情，将李八侯按翻在地，抡起竹板，打了四十板子。

打完了，然后彭公又问说：“奴才，你还不快说吗？”那李八侯本来没受过官刑，家中富生富长，今天这一顿板子，打了个皮开肉裂，鲜血直流，无可奈何。听见彭公又问他，他“嗐”了一声，说：“你不必问了，我已被你访明白了，何必多问哪！”又把家人孔亮带上来，说：“你这万恶的奴才，太也可恶，引诱你家主人在家中鱼肉乡里，欺压良善，你从实说来，以免皮肉受苦。”那孔亮见问，口称：“老爷，我家主人所为之事，奴才虽然知道，也是不敢管哪，求老爷明鉴！”那彭公一见那孔亮，就知道他是一个奸猾的小人，五官不正，又见他口齿尖利，再者彭公在他庄中之时，他也很作了些威诈。今天彭公拿一团的正气，真是令人可怕，吓的那奴才战战兢兢说：“老爷，饶命罢！”彭公说：“先把奴才给我打他四十大板，再问也还不迟！”众衙役一闻吩咐，把他拉下去，也就重打了一顿。

方才要带李八侯再为严刑诘问，天色已然发亮，鸡鸣三唱，红日东升。外边有人禀报说：“禀老爷，外边来了一个白马李七侯，要见老爷，现在外边。”彭公一闻此言，心中一动，心内暗想：“要是李七侯一来，恐怕不好。他是京东一带有名的豪杰，他兄弟被拿，他既然来在此处，有些个不好。”正想之间，彭公故意问三班书差人役说：“这李七侯是何等人物，你等可知详细吗？”书班刘祥带笑说：“大老爷要问此人，是此处有名的一个豪杰。可有一件事，他在本地可好，并无一案是他作的。还有一件，他还管的三河县境内没有窃盗的案子。今天他前来，必是为他兄弟的事情。老爷可以见与不见，在两可之间。”彭公一闻书差之言，先把那三班头役杜雄唤至面前说：“你出去到外面把李七侯给我叫来，我当堂细审问他。”杜雄一听，遂去门房说：“七太爷，老爷有请。”

再说这李七侯，因在浬江寺庙上与武家疃的飞天豹武七达子与众绿林中英雄大家聚会，逛了一天庙，然后自己带同众宾朋，内中有武文华、左青龙、左白脸、武七达子各自回家。李七侯带那些个知己的朋友二十余人，内有金眼魔王刘洽、花面太岁李通、白眼狼冯豹、小太岁杜清、小军师冯太、双刀将李龙、蓝面鬼刘玉、赤发瘟神葛雄，这都是白马李七侯的好友，一同跟他回大道李新庄来。到庄中，天已大亮。方一进门，那些个家人说：“七太爷，可了不得了！我家八庄主夜内被三河县的典史与把总带官兵把那孔亮全都捆去，至今不见回信。我等正要到那浬江寺去请七太爷，不想你老人家回来了，很好。”李七侯一听家人所说，吃了一惊，口中不语，心内想到：“我那八弟素日不法，今日为何被他人锁去，真乃怪道。”随带大众来至客厅之内。

众绿林英雄一听李八侯被三河县拿去，一个个心中有气，说：“李寨主，你我兄弟在这此地并未作过案件，好狗官焉敢这样大胆！依我之见，咱们大家去杀上县衙，将八弟抢来，再把那狗官杀死。你我兄弟，咱们远走高飞就是了。”李七侯一听，说：“众位且慢，我先问问家人，是所因何故？”遂叫家人李忠，说：“你八庄主的事所因何故被他人拿去？”李忠说：“只因是新升来了一位知县，姓彭名朋，方才到任，先私访来到咱家。他装作相面的先生，被我八庄主看破，把他捆上要杀他。因为此事被人走漏了消息，那典史与那常把总夜内带领官兵人役来至咱们庄中，把知县救出去了，把八庄主给拿住了，连孔亮也拿去啦！我等正在着急之际，七庄主来了。”李七侯一听此言，心中细想："论理，这是我兄弟的不是。”那一旁白眼狼冯豹说："七哥，你不必说了，我们等到晚上，一同至县衙内，杀了狗官，救出八弟来就是了。”那边一干群雄说道："冯贤弟言之有理。”李七侯总算一个盖世的英雄，一则想是自己兄弟任意妄为，二则想这一个知县必是一个清官，我到那见机而作。想罢，说："众位兄长跟我来，咱们大家不可粗鲁，暂时见机而作。”说罢，大家一同出了客厅，来到村头之内，吩咐家人备马出庄，上马直奔三河县而来。

霎时之间，十数里之遥，顷刻即到三河城内。大众来到衙前，李七侯是本县的一个豪杰，三班六房无有不认识的。那李七侯一到衙门，大家齐说："七太爷来了吗？”李七侯说："劳你驾回禀老爷，就说是我来禀见，有要紧的事。”那值班人回禀进去，彭公派那杜雄出来，一见那李七侯请了安，说："七太爷，你老人家好哇？我家老爷有请。”李七侯说："众位贤弟，大家等候就是了！”这李七侯一见县主，有分教：

英雄得步青云路，忠良大开礼贤门。

不知李庄主他见本县如何，且听下回分解。

第七回

李七侯替弟领罪　左青龙作恶害人

诗曰：

逢人且说三分话，未可十分尽吐真。
不怕虎生三个口，只恐人怀两样心。

话说那杜雄把李七侯领到公堂，请老爷升堂。两傍差役“哦”！李七侯心内说：“好一个杜雄，你这厮一见我甚讲情面，为何喊嚷告进，其中定有缘故。”来至大堂，说：“大老爷在上，我李七侯叩头。”那彭公一见，就知是在浬江寺吓退了张宏的那个人。想罢，说：“你这厮真正大胆，纵使你兄弟行凶作恶，任性妄为，今天你来此，应该怎样？”李七侯说：“我求老爷恩施格外，把我兄弟开放，我情愿替弟领罪，不知老爷尊意如何？”那彭公一闻此言，就知李七侯是一个仗义疏财之人：“我何不恩收此人，以好在此地捉拿盗寇。”想罢，说：“李七侯，这一件事你知道不知道？”李七侯说：“总在小人管教不严，以致吾弟作此逆理之事，小人情愿任罪。”彭公说：“国家自定鼎以来，一人犯法，罪及一人，律有定章。本县久闻你与响马来往，家中窝藏盗寇，今天倚仗你那些为非作恶的人，前来搅乱我的公事，对也不对？”李七侯说：“老爷明见，既然知道小的在本县并无一案，再者老爷可以查查底卷，把老爷的贵差唤来问问。小人惟知剪恶安良，与民除害，专杀霸道土豪，小的兄弟无知，惟求老爷念愚民无知，就治罪于小人就是了。”彭公说：“你既然是明白的人，也该知道天理昭彰，报应不爽。大丈夫生在世上，总要扬名显亲，方是立身之本。你今天既然前来，本县看你相貌非俗，我有几句话告诉你，你要是真正英雄，本县我收你做个头役，跟我当差，不知你意下如何？”

那李七侯一闻此言，心中想道：“事实两难。有心不应允，又怕救不出他兄弟来；有心应允，又怕得罪了那些个绿林的好友。”想罢，往上扒了一步，说：“求老爷恩施提举小人，焉敢抗违，无奈我还有家中的私事无人办理，小人暂且告辞。过日禀明老爷，可以效力就是。”彭公说：“我今看在你的份上，来人，把那李八侯给我重打他八十！”皂役答应，就把李八侯拉下去打了八十大板，带上来跪下叩头。彭公说：“我暂且饶你，从此你知非改过，那还可以，倘再犯在本县之手，我必重重的办你。李七侯，你把你兄弟带回家去，必要严加管教。再者他也知道你的家法。”李八侯诺诺连声求恕，那家人孔亮还在旁边跪着。李七侯给彭公磕头，遂说：“谢过老爷，还求把那孔亮放回。”彭公说：“李七侯，你还要替你那奴才求饶。你想你兄弟所为的事，皆是那个奴才所使。我今要办他，以免他再生是非就是了。”七侯知道孔亮素日有些过恶，是老没有闲工夫与他生气，也知道兄弟是他引诱坏了，遂叫八侯二人给彭公谢了恩，二人出了衙门，与众位各英雄相见。那金眼魔王刘治说：“二位庄主，如今怎么样了？”李七侯把在公堂的情形细说了一遍。然后众英雄回家去了。彭公把孔亮重责了一顿，取过一面二十多斤的枷来，枷号三月以后，再行开放。彭公于是退堂，差人各自散去了。

且说彭公来至书房，彭兴儿说：“老爷洗洗脸用饭罢。”彭公点头说：“预备了。”用饭已毕，自己斜身安歇。天有过午醒来，兴儿送过茶来，吃过了茶，传升堂伺候。三班六房把花名册呈上，点完了名，把前任未结的案三十余件看完底卷。吩咐人役，明日把未结之案内的人，一概带到候审。吩咐已毕，退了公堂，自己办事。凡一切刑名师爷、钱谷师爷、教读师爷、书启师爷、稿案知帖各等，并皆除去。兴儿之外，就是三班六房，如厨子却用前任的。彭公为人，除俸息养廉之外，毫无沾染。到任十数天，大小断了七十余件，申刻交卷，断不给烛。政声传扬，三河境内无不感德。

这一日清早升堂问案，忽听外边一片声喧，大声喊冤：“求老爷救命罢！”那些门役还要拦阻，彭公吩咐把喊冤之人带上来。值班差役答应，带上来有七八个人，俱是乡民气象，老少不一。头前那个年有五旬以外，身穿蓝布裤褂，白袜青鞋，五官端方，泪眼愁眉，口呼：“老爷救命，小的冤屈冤哉！”彭公说：“你叫甚么名字？哪里居住？有何冤屈？趁此说来！”那老者眼含泪说：“小的姓张名永德，自幼务农为业，拙妻故去，惟生一子一女。吾子名叫张玉，年二十岁，小女凤儿，年方十七岁，小儿未有娶妻，女儿未受聘礼，住夏店村东头。也是活该有事，那日村中唱戏，小女与街坊前去听戏，于四月二十八日，被我们那夏店街上的光棍看见。这光棍姓左名奎，外号人称左青龙，他叔叔是裕亲王府的皇粮庄头，他又当本街的牙行斗头，手下有些打手，硬把小女抢去。吾儿张玉找到他的家中，他把我儿乱打一顿，小女也不知是死是活，吾儿受伤甚重。特意前来鸣冤，求老爷恩施格外，给小人寻找女儿，全家感德。”

彭公一闻，说：“是了，你们那些个人是为甚么哪，可有呈子？”内中有一人说：“我等告的都是左青龙，有呈状在此。”遂举上呈状。差人接来，递与老爷一看。头一张是：

具呈人余顺，系三河县夏店小东庄民人。为势棍欺人，吓诈乡愚事。窃夏店斗行经纪左奎，匪号人称左青龙，倚仗伊叔左庄头，在外欺压乡民。民于四月初九日，在夏店街卖白麦子八十石、玉米三十石，该银五百二十两正，伊全价不给。身向伊讨要，伊带同余党三十余人，内有孙二拐子、何瞪眼、贾有礼等，反说民讹诈，手执木棍铁尺，打伤民周身二十余处重伤。先经前任老爷讯明，至今未传伊到案。因此斗胆冒犯天威，惟求恩准，传伊到案，以凭公断为感。

彭公看罢，又看二章呈子，也是左青龙霸占房产，还有合谋勾串，私捏假字，欺压孀妇，鸡奸幼童，侵占地亩，私立公堂，拷打良民，威逼强婚事。彭公看罢，心中一动，说："此事关系重大，真假难辨。若要真是恶霸，前任为何没有一章底卷告他？也许是一家饱暖千家怨，借贷不周，大家告他。我必须要眼见是实，耳听是虚。"想罢，说："你下去，三日后听批。"众黎民下去，彭公退了堂，来到书房，更换衣服，又要前去私访。彭公这一去，有分教：

彭县令办几件奇异公案，魏保英移尸身以假弄真。

不知后事如何，且听下回分解。

第八回

因小事误伤人命　为验尸又遇新闻

诗曰：

湛湛青天不可欺，未曾举意神先知。
善恶到头终有报，只争来早与来迟。

话说彭公退堂，叫兴儿到外面拿了几件衣服，扮作文雅先生的模样，行到后宅门，见并无人，自己出去，腰中掏出一块银子，换了些零钱，雇了一匹驴儿，直奔夏店而来。时逢端阳节后，正值暑热天气，野外麦苗一色新，天气清朗，绿树阴浓。初夏之际，农夫耘田于垄亩之中，来往行人于阳关之上，大半都是为名为利，苦受奔忙。彭公在驴上细看乡间的景致，不知不觉望见夏店不远。

忽见前边有一伙人围绕，走至近前，见里边有一个赶脚的人，年纪四十以外，身穿旧蓝布中衣，破小汗褂，光着脚，足登两只旧鞋，脸上油泥不少，短眉毛，圆眼睛，黄胡子。旁边站着一人，年在三旬以外，白净面皮，身穿蓝夏布大褂，蓝布中衣，白袜青鞋，长眉毛，大眼睛，口中直嚷说："你这个东西太不说理！我且问你，我说的明白，你今又赖我，你们这个地方太欺生了！”那穿汗褂之人说：“不必多说，你有何能？”抡拳就打。那个人说：“我是不与你动手，你真打我，我也要打你了。”众人过去，问是为甚么？那白脸的少年说：“在下我是三河县城内住，姓曹行二，在京都后门内安乐堂北城开设杂货铺。因为我家中有八旬老母，还有一个兄弟，昨日给我捎上一个信来，说我母亲死了。我急去买了几件衣服，天已亮了。我出的城，到了齐化门，雇了一匹快驴，到了通州，连饭都不能吃，闻老母一死，心如刀割，自己恨不能插生双翅，飞到家中。到了夏店，我又雇了一匹驴，我与他说好了，不快我不要，讲明白二百钱。我骑上走了不远，他说我走的快了，天热他跟不上，他不驮啦，拉住驴叫我下来，我就下来，也没有闲工夫与他生气。我想骑了有一里地，我就给他五十个钱，他说非二百钱不成，如不给他，不叫我走，因此争斗，众位知道了。”

彭公在驴上听见，下了驴，给赶脚的钱说：“你这个赶脚之人不对，为甚么讹人，不知好歹。”那赶脚的不听人相劝，过去照定骑驴的又一拳。那曹二举拳相迎，方一举拳，把那赶脚的立时打死，毙在就地，吓的曹二面目改色。众人见是人命，皆往旁边一闪。少时，过来两个官人就说：“谁把他打死的？”那瞧热闹之人说：“就是他。”众手指着曹二。官人说：“去把锁练拿来，把他锁上，再作道理。”少时间，又来几个人，乡约、地方、保甲等一齐到来，均说着：“去人拿一个筐来，把他罩上，派一个人看守。”少时间，来了些瞧热闹之人。有地方姓孙名亮说：“小伙计魏保英，你看守死尸罢。我等先把他送在衙门去报案，人命关天，非同小可。”言罢，拉着那曹二，直奔三河县去了。

彭公看罢多时，心中说：“这厮真正该当倒运，一抡拳就把他打死，真奇怪，人之寿数，自有定数。”想罢，转身进了夏店街。但见人烟稠密，铺户甚多。又有路南路北，各行买卖甚是兴隆。正走之间，见路北有一座茶馆，里面甚是洁净，桌椅条凳倒也干净。彭公进内落坐，跑堂的过来说："来了，你老人家要甚么吃的？"那彭公说："给我要两碟菜，要两壶热酒。"跑堂的下去不多时，菜酒摆上。彭公问堂官说："我访问你一个人，你可知道吗？"跑堂的说："你老人家说罢，有名便知，无名不晓，我且先问先生问哪个罢？"彭公说："在下问的是粮行经纪左青龙左奎。"小二把舌头一伸说："你老人家要说别人不知，要问左青龙，无人不知。你老人家贵姓啊？"彭公说："我姓十，要在此处买点杂粮。"跑堂的说："要买杂粮，既认识左爷，那就好说。我们这夏店街上的粮价，是左大爷定价钱，不怕值十两银子，他说五两，别人不许不卖，很有点脾气。"方才说到这里，那边又有人叫。彭公说："我问你，那左青龙是在哪里住啊？"小二说："今天不在此。每逢集场的日子他才来哪，是三六九这三个日子。"彭公想罢，说："今天也是白来，不能见左奎之面，莫若我回去办了那人命案，再访左青龙亦不为晚。"想罢，吃了几杯酒，会了钱，自己回了衙门。

天色已晚，到了后院门叩门。家人兴儿正在惦念之际，忽听叩门之声，慌忙出去，开了后门，用灯笼一照，原来是老爷回来了，把身一闪，彭公进了后院门，把门儿关上，一直的到了书房之内落坐。兴儿过来请安，说："老爷用了饭没有？"彭公说："用了。今日有甚么公文案件没有？"兴儿说："有两件文书，内中还有夏店地方孙亮呈报有殴伤人命一案，带到凶首曹二，系本县城内人。"彭公听罢，喝了几碗茶，吩咐值班的伺候升堂，自己换了官服，坐了大堂。

两旁灯光照耀，如同白昼。彭公吩咐："带那夏店呈报殴伤人命一案，当堂听审。"值日头役人等答应一声，从下边带上。那曹二跪下说："老爷在上，小人曹二给老爷磕头。"彭公留神细看，那凶首正是方才打架之人，随问道："你叫曹二？"曹二答应说："是。"彭公说："你为甚么打死人？被害之人是哪里人氏？你要一一的实说来。"

那曹二照着方才的实话，细说了一遍。彭公听了，吩咐下去派人看押。然后，又办了几件衙门中的公事，退堂安歇。

次日天明，彭公用完了早饭，带领刑房人等，一同奔夏店验尸。这一去，有分教：

尸场之中，出一件新闻怪事；三河衙内，添几宗异案奇文。

不知后事如何，且听下回分解。

第九回

验尸场又遇奇案　拷贼徒巧得真情

诗曰：

皮包血肉骨缠筋，颠倒凡夫认作身。
死后方知不是我，从前金玉付他人。

这一首诗是劝人戒色，乃是前贤所留。人生在世上，无色不成世界。男女夫妇，人之大伦。继世人皆有之，不可贪淫过度，遗害己身。

且说彭公带同刑仵人等，出了三河县城，人马轿夫直扑夏店而来。正走之间，到了尸场，地面总甲人等前来迎接老爷台驾，安顿夫役。彭公下轿一看，早有人把尸棚搭好，当中摆的是公案桌儿，上边有文房四宝。看罢，进了尸棚落座，吩咐人："去把那被伤身死之人验明，禀我知道。"刑房书辨杜光带同仵作刘荣，先把尸身验明，然后跪在公案以前说："请老爷过目，被害人周身伤痕四十四处，致命七处。"彭公一听，心中不悦，暗想："昨天本县目睹看见，凶首曹二拳回气断，打死赶脚之人，为何又有伤痕四十余处？"想罢，站起身来，到尸身旁边看，见浑身血迹，难辨面目，复返回身落座，说：“曹二，你到是为何把他打死的？”曹二说：“小人因为雇驴，与他口角相争，一拳把他打死。要说四十多处伤痕，这话就不对了。”彭公心中说：“差矣！”说：“曹二，你过去看看，然后再说。”

有人带他到了死尸一旁一看，曹二心中一楞，细看那死尸是十八九岁的一个后生，面上倒也白净，被血所迷，也看不出五官来，身穿蓝绸子裤褂，上面尽是血，浑身伤痕不少。看罢回来，跪在彭公座前说：“大老爷，小人冤枉了！昨日我打死的是四十多岁的男子，身穿破衣。今天是一个十八九岁的孩童，周身伤痕甚多，不知被何人打死？”彭公一闻此言，心中犯想说：“我昨天也是目瞧眼见的事，看见是一个四十多岁的人，为何至今变了？其中定有缘故。”想罢，自己又起身到了那死尸旁边仔细一看，并不是昨天被打之人，其中必有别情。看罢归座说：“把本地官人带过来！”旁边人答应，带上一人，跪倒，口称：“老爷，杜亮磕头。”彭公说：“你是此地的地方？”杜亮说：“小人充当此处的地方。”彭公说：“我且问你：昨天曹二打死驴夫，是你看尸？”杜亮说：“不是小人。”彭公说：“不是你是谁？”杜亮说：“只因小人解送凶首曹二上三河县，此处留下小人伙计魏保英看守。”彭公一听，心中说：“这一件事倒是奇怪了。”吩咐：“带魏保英上来，我问问他就是了。”杜亮答应，连忙起身出衙，即往外面叫魏保英。

少时，有人答言，进了席棚，来到公案以前，跪下磕头。彭公望下一看，说：“你抬起头来。”魏保英一抬头，彭公看了他一眼，看他年有二十八九岁，面皮微青，并无一点血色，黄眉毛，三角眼，一脸的横肉，高鼻梁，薄片嘴，身穿毛蓝布半截褂，紫花布袜子，青布鞋，跪倒口称：“老爷在上，小人魏保英叩头。”彭公说：“魏保英，你今年多大年纪？当差几年？”魏保英说：“小人二十九岁，自幼儿在公门当差。我父亲外号叫魏不活，也在此处当过总甲，是年死了。我跟着杜头儿当此差事。”彭公说：“你一人看守，可还有别人？”魏保英说：“就是小人自己，并无别人。”彭公说：“既无别人，我且问你，夜内尸身为何改换？”魏保英说：“老爷，小人看着，并未睡觉，焉有改换之理？”彭公微微的一笑，说：“我把你这该死的奴才，好生大胆，一夜之间，竟会移尸改换，还不从实招来！”魏保英说：“小人并无别的缘故，求老爷恩典罢！”彭公说：“抄手问你，万不肯应，来人，给我掌嘴！”皂役人等不敢延捱，即将魏保英拉了下去，打了四十嘴巴，又打了八十大板。那魏保英说：“老爷就是打死小的，也没有什么口供，求老爷恩典罢！”彭公说：“我已知道你这厮不是好人，要不实说，我把你活活的打死。来人，再给我打！”下役人等又拉下去打了一顿，那魏保英实在受刑不过，说：“求老爷不必多问，我招就是了。”彭公吩咐：“把他给我带上来！”

那魏保英叩头说：“老爷容禀，只因昨日奉我们头目差我看死尸，我吃了晚饭，喝了四两酒，自己在那死尸一旁睡去。天有二更，一阵凉风透骨，吹的我毛骨悚然。我起来一看，满天的星斗，并无月色的光辉，又无有一个人与我作伴，定了定神，见那死尸一旁的灯笼发昏，我过去夹了夹蜡花儿。方才要睡，又起了一个旋风，刮的甚是可怕，围着我绕了一回，我再看不见旋风了，因此我才把脸一蒙，睡至天色大亮。我这里又叫了几个伙计搭尸棚，伺候老爷验尸。此话是实，并无别的缘故，求老爷详查，不必责打小的。”彭公是一个明白之人，断事如神，听魏保英伶牙俐齿，如此遮盖，如何能信？吩咐：“来人！”两旁三班人等答应，“把那魏保英给我活活的打死就是！”那皂隶答应，把魏保英拉下堂去，按倒在地，举起板子往下就打，打了有二十板子。魏保英受刑不过，说：“罢了，我招了罢。”说：“老爷不必打了，我说就是。”彭公说：“本要你这刁猾奴才狗命，既肯实说，吩咐人放下他来，你就给我说罢！”那魏保英眼含痛泪，说出这件事。有分教：

说出此案惊天地，道破机关鬼神惊。

不知后事如何，且听下回分解。

第十回

魏保英吐露真情　彭友仁私访恶霸

词曰：

最分明处，最朦胧造化，从空中簸弄。有美终须美合，多才自得才逢。　　前世修积今世受，何须怨恨冲冲。恨天公，又谢天公，好似愚人说梦。

话说彭公审问那移尸调换看尸的官人，严刑拷问，魏保英才说出真情实话，说："求老爷开恩就是了，小人因为昨夜看守那被伤身死的尸身，夜内三更时分，陡来凉风一阵，把小的吹醒过去，一瞧并不见那被殴已死之尸身，唬得我浑身是汗。我想，要是天明没有尸身，老爷前来相验，岂不责打小人。我忽然想起乱葬岗之内有新埋的死尸一个，我故起意把那尸身移至此处，以图顶替，以免老爷责打。小人故作此事，求老爷恩施格外，这是一往真情。"

彭公说："我且问你，那一个死尸，你怎么知道埋在那里？这其中定有缘故，快些说来！如若不然，我还要严刑拷责！"吓的那魏保英浑身乱抖，说："求太爷施恩，要说那个死尸，皆因小的我贪杯误事。那一天是五月初九日晚上，小的在那后街小酒铺内赌钱，输了有四十二吊钱。正在着急之际，外边来了一个人，叫我小的名字，说：‘魏保英，跟我来！’我一瞧，认的是醉鬼张淘气呢。我问：‘张二哥，作甚么？’他拉我到那无人之处，说叫我帮埋一个人。我跟他到了左青龙的花园子，他说：‘魏二兄弟，我告诉你罢！眼下我奉左青龙左太爷之命，在花园之内有一个死尸，给我八两银子，叫我把他移出去，我想叫你帮我，给你三两银子。’小人因他说，一时见财起意。我跟他进了花园，到了后花厅内，我见那些个管家、更夫，都在那里守着哪。我二人领了银子，抬出了花园，就埋在那乱葬岗儿中。也是我一时无知，昨夜晚才把那尸身以作顶替。这是一往从前的真情实话，并无一点的虚假。”

彭公一听此言，心中就知又是一条命案，但只这两件事俱是人命，我到任未久又出这样的逆事。正在思索之际，又往下问：“魏保英，我且问你一件事情，昨天曹二打死那不知名姓的驴夫的尸身在哪里？你倒要从实的招来。”魏保英说：“求大老爷开恩罢，实不知内中有甚么缘故，我也不知那被伤死之尸为何作怪，害的我实在的好苦。”

正说之间，那边有人说：“老爷开恩，把那雇驴的人放了，小的并没死，把驴给我罢！”彭公一瞧，吃了一惊，正是昨天那被殴身死之人，不由的一阵面目失色，说：“你是甚么人？快些说来，免得本县动刑。你来见本县有何禀诉？”那人说：“小人是燕郊人氏，姓吕名禄，家业萧条，有老母在堂，今年七十余岁，别无生业，惟有赶脚为生。只因昨天由夏店应了一个买卖，驮到三河县，骑驴的人姓曹行二，我两个人口角相争，一时性情忍耐不住，我二人打起来了，小人身受一掌之伤，把我打死。天有三鼓时分，我苏醒过来，见身被筐儿盖着，旁边有一个灯笼，还躺着一人。我就明白，知道我已死了，我天幸苏醒。因为我的驴儿没见了，料是打我之人被官长拿去，这事实在不小，又不敢惊动那看尸之人，夜静更深，恐他害怕。我为肚中饥饿，想回家吃饭再回来，等老爷验尸之时，我好前来认驴。我方才来到这尸场之内，见老爷在此，又有一个尸身，其中定有缘故，我故不敢前来回话。方才见那魏保英已把真情吐露，我才敢前来，求老爷恩施格外，把那曹二放了，把我的驴给我罢，我好驮脚去养活我家老娘。”

彭公一听那吕禄之言，一想他与曹二都是小本经营，指身为业，我若不体谅他，岂不招怨于人。想罢，说：“吕禄，我把你的驴给你要回来，你的事就完结了。”吩咐那地面官人，把那驴与吕禄牵来，当堂完案具结。地方一听老爷吩咐，说：“来人，把昨日那匹驴，你们给拴在哪里？”小伙计邹文说：“拴在那丁家店内，我去拉了来。”去不多时，把驴拉来，交给那吕禄，连曹二一同释放。

彭公又说：“魏保英，你带领我的官人，把那醉鬼姓张的带来，候我细细的审问他。”那些个官人同魏保英去了片时，回来禀明老爷说：“并无有那醉鬼张二的下落。”彭公又吩咐来人：“你等可有认识这死尸的吗？”那些个官人皆说不知。彭公说：“你们看热闹的人，如有认的此人者，自当前来相认，本县并不加罪你等。”说罢，那些个瞧热闹的人，男男女女拥挤不开。彭公又派言人照样传宣说：“你等瞧热闹的人，自管前来看视，如有认识，不必害怕，只管前来说明来历就是。”那些个乡民一听此言，个个往前细看，那尸身并不枯烂，心中一想说：“这个后生，也不知是谁家的儿童，生成花容月貌，白净面皮，看年岁不过十七八岁，最可叹命赴阴城，不知哪里的恶人害的？可怜那身带重伤，遭此不幸，并无有亲人替他鸣冤。”那众百姓你说我讲，声音一片，忽听那边怪叫一声说：“冤枉哪！”有分教：

阳世奸雄，伤天害理皆由你；阴曹地府，古往今来放过谁？

要知彭公捉拿左青龙的事，且听下回分解。

第十一回

赵永珍尸场鸣冤　彭县令邀请义士

词曰：

终日忧愁何益，不消短叹长吁。箪食瓢饮乐三余，定是寒儒雅趣。　虽求名登雁塔，恒愿饮酒题诗。高歌对月诵新词，能展胸中志气。

话说那彭公正在审问魏保英移尸之案，忽听有人喊冤："求大老爷替小的伸冤。"彭公举目一看，见那人年约六十有余，身穿月白布裤褂，白布袜青鞋，面皮微黄，两道重眉，一双大眼，准头端正，沿口黑胡须，跪倒在公案桌以前，说："老爷在上，小人冤枉！"彭公说："你有何冤枉之事，趁此实说。"那老儿说："小人姓赵名永珍，住家在夏店街上东头居住，务农为业。小的有一男一女，我夫妇四口人。我儿十八岁，在学房读书，我女儿二十岁，尚未娶聘。只因我儿赵景芳他常在外面学房内住，由本月十三日那一夜没有回家，到第二日也未曾回家。小人各处寻找，并不见面。听学房中小童说被左青龙大爷管家的胡铁钉强邀了去吃酒，小人找寻到左府上访问，他那里家人说不知道。我又各处寻找，并不知下落。今天听见这里老爷验尸，一瞧那死尸正是我儿子赵景芳，不知是被何人所害，甚是可怜。青天老爷在此验尸，小人斗胆冒犯虎威，叩老爷恩施格外，替小人拿获凶首，报仇雪恨！”彭公一听，说：“你起来，去把你儿的尸身领去，暂且停放一边，候本县拿获凶手，再替你报仇就是。”赵永珍领尸身下去。彭公说：“马清、杜明，急速锁拿胡铁钉到县听审。”二役答应下去。彭公带魏保英回三河县，将他收监，案后拿醉鬼张二。

彭公到了衙门，进了内宅，兴儿伺候老爷吃了饭，天色已晚。到了次日，天明起来，梳洗、早饭已毕，传三班人役伺候升堂。马清、杜明说：“胡铁钉不在左府之上，并无这个人。”彭公一想：“左奎乃是此处一个财主，有几张呈状都是告他。我前去到夏店私访，路遇赶脚之案。这一件事必要亲身前往，又怕那夏店街中有人认识于我，不免我如此这般，必须这样办理才是。”想罢，说：“叫杜雄！”三班捕头杜雄上堂，与老爷请安。彭公说：“杜雄，你去到大道李新庄，把白马李七侯与我请来。”杜雄答应说：“是。”自己下堂叫：“伙计们，给我备上马来。”转身上马出城，直奔大道李新庄而来。行了有二十余里，来到了庄口，下马来至李宅门首。

杜雄一瞧，家人李忠正在那门外站立。杜雄说：“李爷，烦驾通禀，你就题说有三河县内杜雄来给七太爷请安问候，见有话说。”李忠一听，说：“是。你在这里坐下，我去到里边回禀一声。”说着，转身走入内院，来至书房，见李七侯怀抱着自己的儿子，名唤李云，今年才三岁，生的方面大耳，五官端正。李七侯自那一日把他胞弟八侯带至家中，细劝说一回，又指教他半日，他也回想过来，自己悔过，从此闭门度日思过，永不敢作非礼之事。那绿林中友人，有金眼魔王刘治、花面太岁李通、白眼狼冯豹、小太岁杜清、小军师冯泰、双刀将李龙、蓝面鬼刘玉、赤发瘟神葛雄这八个人，要往山海关去逛一趟，也就告辞去了。李七侯一想：作豪杰中之人，哪有寿活八十岁的？虽说是偷富而济贫，行侠是作义，总有损处。我从此闭门谢客，永不见人就是。

这一日，正在书房抱着李云，见家人李忠进来回话说："外面有三河县捕头杜雄前来请安。"李七侯说："请进来。"那家人出去，把那杜雄请到书房。李七侯站起来说："杜贤弟少见哪！"杜雄请了一个安，说："七太爷，我今奉老爷的谕，叫我来至贵处，请你老人家到衙门，有要事相求。"李七侯说："县太爷今天叫你来到我家，他乃父母官，我应当前往，无奈有家务缠绕，不能分身，烦你回去说，我实不能遵命。"杜雄说："七太爷不去，怕老爷还差人求请你，莫若一同前往可否？"李七侯说："你在此吃完了饭回去，我实不能一同前往。"杜雄见李七侯实不能去，亦无可奈，饭毕告辞，回衙而去，禀明老爷。

彭公说："你拿我的名片，再去请他。你就说本县公事在身，不能前往。"杜雄答应，遂即拿了名片，又去到那大道李新庄，才把那李七侯请来，说："老爷在上，小人有礼。不知老爷呼唤，有何面谕？"彭公说："夏店有一个左奎，外号人称左青龙，此人名气何如？壮士乃侠义之人，我故此来访问他素日行为。"李七侯沉吟不语，暗自思道："这一段事情，叫我如何的说法？左青龙乃是一个无知之人，我要不看他的叔父，我早就把他管教他一番。今日县太爷访问他的行为，其中定有缘故。"想罢，说："老爷要问那左青龙，乃是一个无知之人，问他有何事故？"彭公把众人告他，我私访，此时已接呈状验尸之事，从前细说一遍。李七侯说："老爷要传他，实在费事。他倚仗人情势力，他是索皇亲之义子，无所不为。依我之意，老爷用稳妥之计，把他请来。先把那原告之人传到听审，请他到来，就审问他就是了。"彭公说："马清、杜明，你去把那左奎与我请来，拿着我的名片。"

二役答应下去，即至夏店东后街路北，就是左青龙家门首。进了门房，说："烦你驾通禀一声，今有三河县捕头马清、杜明前来拜访这里的庄主。”门上人说：“请坐，我去通禀。”左青龙正同那胎里坏胡铁钉、卢欠堂先生两个人陪着他吃酒。家人来报说：“今有三河县的捕头马清、杜明二人前来，要见庄主，不知见否？”左奎说：“请进来。”家人出去，到了外边，把马、杜二位带进了大厅之内。马、杜一瞧，是正大厅五间，东西配房各三间，北上房之内有条案一个，案前八仙桌子一张，一边一把太师椅子。东边椅子上坐着一个人，正是左青龙，身高九尺，面如同紫酱，两道环眉直立，二目圆翻，四方口，沿口黑胡须，身穿青绉绸长衫，蓝宁绸套裤，内衬蓝绸裤褂，足登白袜青云鞋，三旬以外的年岁。西边椅子上坐着一人，年约五旬以外，面皮微白，尖嘴猴腮，鬼头蛇眼，身穿白夏布大褂，足登白袜青云鞋。下边椅子上，坐着一个瘦小枯干，相貌平常，就是胎里坏胡铁钉。二位班头一瞧，说：“庄主，我奉了我们县太爷之命，拿名片来请你老人家。”左青龙一听此言，心中一动：自己所作之事都是上不合天理，下不合人心，又与彭公素无来往。一听那马、杜二人之言，他问那卢欠堂先生说：“此事我去好，是不去好呢？”卢欠堂先生说：“还是去为上策。”胡铁钉说：“我跟去。”左奎吩咐：“给我备马。”与马、杜二人吃了饭，诸事已毕，上马同二班头、胡铁钉顺大路直奔三河县而来。

天有正午，进了三河县城，来至衙门以外。二役进去，回禀他们老爷。时刻不久，只听里面说：“请！”左青龙带胡铁钉进仪门，见大堂之上并无一人。过了大堂，来至二堂一瞧，吓了一跳。见彭公官服端坐正中，三班人役分站立两旁，又有李七侯在此，不知是何事故。左青龙正在狐疑之际，听的两旁书役人等喝呼之声说：“左青龙带到！”三班人役说：“跪下！”左奎说：“彭朋，你到任未久，邀请绅士，这样的傲慢。”彭公说：“左奎，你倚仗银钱势力，欺压良善，奸淫妇女，抢掳少妇长女，霸占房产地土，鸡奸幼童，无所不为。今日来到本县面前，你尚目无官长，咆哮公堂！”吩咐左右：“叫他给我跪下！”两旁人役一喊堂威，说：“跪下！”彭公这一审问左青龙，有分教：

势棍恶霸从此心惊，纯良贤士得见天日。

且看下回分解。

第十二回

设奇谋拿获左奎　审恶霸完案具结

话说那彭公升了二堂，马清、杜明把左青龙带至堂前。彭公怒说："你抢张永德之女，打坏了张玉，克扣那余顺的粮价，趁此给我实招上来！"左青龙一听此言，勃然大怒，说："彭知县，你私捏我的罪名，打算要想我的银钱，我焉能服你？"彭公说："带上张永德，当堂对词。"差役人等答应，带上张永德跪在老爷面前说："老爷与小人作主，那就是抢我女儿的，求老爷与我女儿报仇雪恨！"彭公说："左奎，你可听见了，还不与我实说吗？"左奎一听，心中早已知道有人告他，说："县太爷贪图他人多少银钱，与我作对？"彭公说："胡说，拉下去给我打！"左奎大吃一惊，吓的胡铁钉战战兢兢。两旁人役等立时把那左奎按倒在地，重打四十大板，只打的皮开肉烂。打完了，"连他那跟人也给我带上来，我要细问他！"胡铁钉跪倒说："大老爷，我不是左奎的跟人，他与我住街坊，今日他叫我跟他来至此处办事，求大老爷饶我罢，我家现有七旬老母亲。"彭公听胡铁钉所说能言俐齿，话能动人，不住的哀求，又见他长的相貌平常，说："来人，把他给我逐出衙门外。"胡铁钉唬得屁滚尿流，竟自逃之夭夭。

彭公说："左奎，你要想不说实话，焉能逃走本县之手？我自到任，就知道你的恶名素著。张永德之女，现在哪里？余顺的银两，你竟敢吞？从实招来！”左奎本来无有受过官刑，倚仗银钱势力，在先结交官长，威镇一方，无人敢惹。今日这四十板打的他并不敢徇私，叫苦哀求说：“老爷，你不必打我，我有朋友来见你就是了。”彭公一听，说：“胡说！哪里的朋友，给我再打他四十大板。”两旁衙役人等说：“快说，你要不说，又打你了。”左奎无奈，自己把所作之事从实招来，一概承认，说：“张永德之女，现在我家花园之内。余顺的银两，我家现有可以赔补。赵永珍之子，酒醉以后被我鸡奸，酒醒之后，他说要告我，我就把他捆上打死，叫了醉鬼张二与魏保英抬出去，埋在那乱葬岗上。霸占刘四的地五十亩，全都承认。”叫代书写了招供，他画了押。把余顺叫上来，说：“你候本县替你追回银两再来领。张永德，你候老爷把你女儿带来，当堂领回。”吩咐马清、杜明与李七侯：“你等去到夏店左奎家中，把张永德之女带来，取五百二十两纹银，传醉鬼张二、胡铁钉到案，明日听审。”三个班头领谕下去。把左奎入狱手铐脚练。

彭公退至后堂，先吃了茶，用了晚饭，时交二鼓，方才安歇。次日天明起来，诸事已毕，传伺候升堂，三班差役人等两旁伺候。马清、杜明、李七侯把银两呈上，又说：“奉老爷的谕，现在把张凤儿带到。张二逃去，不知去向，胡铁钉亦由昨天逃走。”彭公说：“叫张永德把他女儿领回去，余顺领银子当堂完案具结。”遂将左青龙提出来，一一的对了词，画了供，彭公定了一个立决斩罪。

正要带左青龙下去，外面进来一人，身高八尺，项短脖粗，身穿官服，头戴官帽，面皮微黑，雄眉直立，二目圆翻，四方脸，准头端正，四方口，年约三旬以外，直上公堂，抱拳恭手，说：“老父台请了！晚生武文华有礼。”彭公一瞧，是一个举人打扮。彭公问：“什么人，来此何干？”武文华说：“本县武举人，名武文华，因为老爷拿获左奎，他乃本处的绅董，家道殷富，被人妄告。老父台并不细查，严刑取供，凌辱乡绅，吾甚不平，特来请示。”再说这武文华是武家庄人氏，家中富裕，有田地二百余顷，他又是一个武举人，与左奎是金兰之好。听人传说左青龙被人拿获进县衙门，他特意前来辩理，要救那左青龙。彭公听他的言语，说：“武文华，你倚仗着武举人，搅乱本县的公堂。左青龙身犯国法，现有对证。你岂不知王子犯法，与民同例？来人，把武文华与我逐出衙门外！”武文华一听，说：“彭友仁，你到任不久，凌辱乡绅，剥尽地皮，我要叫你坐的长久，算我无能。”说着，气昂昂的下得堂去，竟自走了。他倚仗着他是索皇亲索奈的义子，要走动人情，革了三河县知县。他所作所为之事，比左奎还恶，欺压良善，奸盗邪淫。今天被彭公斥辱一番，他一怒竟自去了。

彭公把左青龙入狱，定了斩立决之罪，方要退堂，忽听外边有人喊冤，彭公吩咐带上来。当值差役人等下去，把那两个喊冤之人带上堂来，都是三旬多岁，身穿月白布裤褂，足登白袜青鞋。东边跪下那人，五官端正，面皮微黑，面带慈善。西边跪的那个，也是三旬以外的年岁，面带良善，忠厚之相。彭公看罢，心中说：“这三河县真是民刁，一案未完，又接一案。”说：“你二人为何喊冤？趁此实说就是。”东边跪定那个说：“小人姓姚名广礼，住家何村，孤身一人，跟我姑母家中度日，今年三十岁。因昨日晚上小人在村头闲步，遇见外号笑话张兴走得慌慌张张，仿佛有甚么急事的样子。小人素日也与他说笑，我就说：‘张二哥，你发了财就不认的人了。’他立时站住了脚，面色更变说：‘姚三哥，你叫我作什么？’小人说：‘你请我喝一盅酒罢。’他拉着我到了村内酒铺之中，说：‘咱们两个喝两壶酒。’要了酒菜，我二人喝着。我就问他说：‘你这是从哪里来，为何老没有见呢？’笑话张兴说：‘今天从香河县来，发了点财，你敢要不敢要？’说着，他从怀中掏出两封银子来，放在桌子上说：‘你要用，就给你一封。’小人说：‘我不敢用。’问他从哪里得来的财？他说他在和合站害了一个人，扔在井内，得了一百两纹银。小人一听吓了一跳。我说：‘我不使，你拿起来罢。’我喝了两壶酒，我二人分手。小人到家，越想越不是，怕受他的连累。我今天一早起来，我要进城告他，正遇见笑话张兴他慌慌忙忙要逃走的样子，我过去把他抓住，说：‘咱们两个去到城内鸣冤去！’小人拉着他来至此处喊冤。小人与笑话张兴素日并无仇恨，小人怕他犯事，小人有知情不举纵贼脱逃之罪。”

彭公说：“你叫何名？通报上来。”张兴一听，说：“小人名叫张兴，孤身一人，跟我舅舅家中度日。我舅舅在京都跟官，名叫刘祥，我舅母跟前并无儿女。昨日我舅舅回家来歇工，我在他家与他买办物件。只因买了香河县赵廷俊的田地六十亩，定明价银四百八十两。我舅舅昨日假满，一个跟主的人，不敢误了，连忙的进京去了。临行之时，告诉我说昨日放定银一百两。昨日清晨，我舅母给了我一百两纹银，我到香河县城赵宅内，他的家人说：‘我家主人赵廷俊拜客去了。’我已等到日落之时，小人说：‘你家主人来时，叫他明天在家等我。’我回家走了。走至村口，我遇见那姚广礼，他与小人玩笑。我外号人称笑话张兴。我听他说我发了财啦，我故此戏言说，我在和合站害了一个人，扔在井内。老爷详情，我要真害人，我能对他说吗？这是小人爱玩笑之过，故此才有今日之事。老爷如要不信，把赵廷俊传来，一问便知。”

彭公一听张兴之言，心中一动，见他五官慈善，言语并不荒唐，说：“杜明，办文书，到香河县把赵廷俊传来，当堂听审。”正说着，从那外面来了两个人，乃是和合站的乡约刘升、地方李福。二人上来叩头说：“回老爷，现今我们和合站天仙庙前有一个井，本街人都吃那里的水。今日清晨起来，有人打水，瞧见井内有死尸一个，不知是何人扔下去的。下役特意前来呈报老爷知道。”彭公一听此言，即着差役前去。不知后事如何，且听下回分解。

第十三回

和合站日验双尸　彭县令智断奇案

诗曰：

竹篱疏处见梅花，尽是寻常卖酒家。
争似和合千万顷，春风无处不桑麻。

话说那和合站的乡约刘升、地方李福来呈报说，和合站天仙庙前井内有死尸一个。彭公一听，正合他问的案，说："笑话张兴，你这该死的奴才，还不给我快说实话，你是从哪里害的人？趁此实说，免的皮肉受苦！"张兴一听此言，如站万丈高楼失脚样子，江心断棹崩舟一般，说："老爷，小人冤枉哪！我小人实不知情。"彭公吩咐先带下去姚广礼、张兴二人，看押起来，带刑仵人等，奔和合站前去验尸。

彭公坐轿出了衙门，直奔和合站而来。行了有一个多时，方才来到尸场。早有那本处官人搭好了尸棚，预备公案桌子。彭公下轿，升了公堂，吩咐人下去把那死尸捞上来。早有应役人等，把绳筐预备好了。下去了一个人，少时捞上一个女尸来，年约二十以外，是被绳子勒死的。捞尸之人说："井里还有一个死尸，请示老爷谕下。"彭公一听，说："捞上来。"那人下去，把井内死尸又捞上来，并无人头，是个男子的模样。彭公派人验，刑件人等验完了，来至彭公面前，说："女尸被绳勒死，男尸被刀杀死的，请示老爷定夺。"彭公一听，心中一动，料想那笑话张兴并不是杀人的凶犯，这其中定有缘故。正在为难之际，忽听有人喊冤。彭公说："把喊冤之人带上来！"

少时，当差人等把喊冤之人带至在公案以前跪倒，说："小人冤枉！"彭公一瞧：那个喊冤的人，年有六旬以外，精神清爽，身穿月白布裤褂，白袜青鞋，跪倒在地，泪流满面说："小人蒋得清，在何村居住，就是夫妇二人。所生一女，名叫菊娘，给本村姚广智为妻，夫妇甚是和美。今日我去瞧我女儿，见他街门大开，屋内并无一个人。小人想，必是我女儿往我家去了。小人又到家中一看，我女儿并未来在我家。我连忙各处寻找，并皆不见。我的女婿，他在和合站开设清茶铺，我到铺中一找，他并未在铺中，也不知我女儿之事。我听说老爷在此验死尸，我来观看热闹，见那个女尸是我女儿，不知被何人勒死？求老爷与小人女儿伸冤！"彭公说："蒋得清，你去到那死尸一旁，观看那个无头男尸，你可认的是何人？"蒋得清来至尸身一旁一瞧，回来说："小人并不认识。"彭公说："来人，把地方刘升、李福叫来，把尸身用棺材张起来停放一边。"

彭公上轿，回三河县而来。到了衙门歇了一歇，把马清、杜明叫上来："派你二人带姚广礼去到和合站，把姚广智拿来，当堂听审。"二役答应，带着姚广礼出了衙门，直奔和合站而来。到了茶铺之中，伙计们一瞧，说："姚三爷来了，好哇！你们喝茶罢。"姚广礼说："我们四弟呢？哪里去了？"伙计说："在这东边黄家，离此第六家，路北里就是。"姚广礼说："我们去找他去。"带着二位衙役来至东边路北里，一瞧是随墙的门楼，板门关着，院内北房三间。姚广礼看罢，手打门环，只听见里边有妇人姣的的声音说："找谁呀？"出来把门开放，一瞧姚广礼三个人说：“贵姓，来此找谁？”姚广礼一瞧，这个妇人年约二旬，细柳身材，光梳油头，淡搽胭粉，轻施鹅眉，身穿雨过天晴的细毛蓝布褂，葱心绿的中衣，足登红缎子花鞋，金莲三寸尖生生的，又瘦又小，面皮微白，杏眼含情，香腮带笑。姚广礼看罢说：“我姓姚名广礼，来找我的族弟姚广智。”妇人一听，回头说：“老四，有人来找你，列位请进来罢。”姚广智从里边出来，见了说：“三哥，你从哪里来？里边坐罢。”姚广礼说：“四弟，你这里来。现今我奉县太爷之命，来拿你。”马、杜二人一瞧，说：“你就是姚广智吗？你的事情犯了。”抖铁练把姚广智锁上。那妇人吓得说：“为什么事呀？”马、杜二人说：“也跑不了你，也把你锁上。”带着妇人与姚广智，直奔三河县而来。

正值彭公升堂，马清等带姚广智上堂回话，说：“把和合站姚广智带到。还有一个妇人，合他在一处住，也带来听候发落。”彭公说：“知道了。”望堂下细看那姚广智，二十余岁，白净面皮，细条身材，身穿蓝绸子裤褂，白袜青鞋，双眉带秀，二目有神，俊俏人物。又看那妇人生的更好。怎见的？有诗为证：

云鬓斜插飞凤翅，耳环双坠宝珠排。
胭粉半施生来美，风流果是少年才。

贤臣看罢，早已明白。那彭公为人精明有才，一见就识。作官之人讲究问案，惟凭聆音察理，见貌辨色。彭公看罢，说：“下边跪的是姚广智？”下边答应：“是。”又问：“你在哪里住家？作何生意？”姚广智说：“小人在何村住家，离家三里路和合站街上开设茶铺生理。父母双亡，孤身一人，娶妻蒋氏。”彭公说：“你妻蒋氏被何人勒死，扔在井中？”姚广智一听，说：“小人今日在铺中听说，正想着前来报官，求老爷恩典，给小人的妻报仇。”说着两只眼通红，眼含痛泪。

彭公又问说："那个妇人是你的甚么人？你为何在他家？"那妇人说："小妇人李氏，他与小妇人的男人是结义的兄弟。"

彭公把惊堂木一拍，说："休要你多嘴，问你时再说！"两旁三班人役一喊堂威，把那妇人吓了一跳。姚广智连忙说："小人与他男人黄永有交情，他男人在通州作买卖，是陆陈行，常为小人由通州捎茶叶，今日我去在他家，去问茶叶可否捎来。恰遇我本族中的三哥姚广礼找我，有老爷的贵役把我连那妇人锁来。只求老爷把那妇人开放，与他无干。"彭公一听，心中早已明白，又问那妇人："你男人作何生理？家中还有什么人？"李氏一听，说："小妇人李氏，我男人叫黄永，今年二十四岁，父母双亡，又无兄弟，娶小妇人过来，就是我二人度日。他在通州作买卖，是粮行的生意。"彭公问："粮店是什么字号？你男人几时从家中走的？"那李氏一听此言，心中一动，暗说："不好。"面色更变，连忙答言说："是五月节后走的，不多几日。"彭公说："你男人一年几次来家中？"李氏就说："来三两次，逢节年才来家中。"彭公说："是了。"又问姚广智："你妻蒋氏被人勒死，为何扔在和合站的井中？"姚广智说："小人不知。"彭公一阵冷笑，说："我把你这该死的囚徒，你在本县跟前，还想不说实话。来人，拉下去给我掌嘴！"三班人役答应，拉下去按倒就打。打了四十嘴巴，他还不肯说，只嚷冤枉。彭公说："你妻子被何人勒死？从实说来。"姚广智说："我实不知。"彭公说："拉下去，给我再打！"又打了八十大板，姚广智还说不知。彭公眉头一皱，计上心来，说："姚广智，你被屈含冤，本县责打了你几下，我赏你五两纹银，你把你妻葬埋，候本县与你办凶首伸冤。你好好安分作生意，不准生事。"连李氏一并开放。二人磕头说："蒙老爷施恩。"彭公即向李壮士附耳"如此如此"，李七侯点头，出离衙门，暗暗的跟随那姚广智，见他二人直奔和合站黄永家中去了。

天已黑了，七太爷换了衣服，背插单刀，自己在和合站无人之处站立。候至初更之时，翻身上了房屋，来至黄永所住的北房，从上跳下，见屋内还有灯光。李七侯心中说："白昼之间，公差们多粗鲁，敢把那妇人同锁上带到衙门，要是奸夫淫妇，还可以说，倘若是好人，这不是倚官欺压黎民？今日是老爷派我前来密探此事，不知真假。"正在自己心中思想之际，忽听屋内有妇女说话之声。大英雄身在窗户以外，望里仔细一听，又出岔事。不知后事如何，且听下回分解。

第十四回

伶黄狗替主鸣冤　智英雄捉拿凶犯

诗曰：

大清一统锦江洪，文忠武勇乐安宁。
南蛮北狄皆归顺，五谷丰登享太平。
皇王有道家家乐，天地无私处处同。
八方来朝干戈免，一统山河属大清。

话说李七侯他在窗户外边，一听里边是妇人说话的声音，正是李氏。先用舌尖湿破窗户纸，一瞧那屋内炕上放着一张炕桌儿，桌上摆着几碟菜，姚广智在东边坐着，李氏在西边坐着，笑嘻嘻的说："你多喝两盅罢，无故的今天挨了一回板子，打的我心怪疼的。哼！也不能说什么。"姚广智说："明日把那炕箱内那个东西扔了，就去我心中一块大病。你真下的手，会把他一刀就杀了，我的心病也去了。"那妇人说："你我咱们这可作了长久的夫妻了，你害一个，我害一个，幸亏我把人头藏起来了，要不然那还了的吗？"说着，笑嘻嘻的手托一杯酒，送在那姚广智嘴边说："老四，你喝这杯酒罢。"那等情形，令人可爱。李七侯看罢，知道是奸夫淫妇，大嚷进屋内，把他二人捆好，至次日天明，叫地方刘升、李福二人，用车拉他二人到了县衙，正值老爷升堂。

香河县赵廷俊传到，老爷问赵廷俊："你卖了六十亩地与何村的刘祥吗？"赵廷俊说："因我有急用项，卖与刘祥地六十亩，应昨天说下定银壹百两是实。"彭公说："与你无干，下去罢。"李七侯带上奸夫淫妇上堂来。彭公问七侯："你如何拿的他二人？"李七侯把偷听之话细回了一番。彭公点头问姚广智："你今还不实招吗？"姚广智被神鬼缠绕，天网恢恢，疏而不漏，一听彭公所说，不由己的说："老爷，小人罪该万死。只因为小人不知事务，与黄永之妻通奸。李氏他与我说：'是作长久夫妻，是作短头夫妻？'我问他：'作长久夫妻怎么样？作短头夫妻是怎么样？'他说：'要作长久夫妻，你把你妻室害了，我把我男人害了，可以作长久夫妻。你要不依我这话，从此你不必往我家来了。'小人因胆小，不敢应承。昨日他男人回家来，叫我请他男人喝酒，我也不知事务，请他男人在他家吃酒。我二人吃到初更之时，黄永醉了，李氏叫我拿刀杀他，小人下不得手，那李氏手执钢刀把那黄永杀死，把人头扔在炕箱之内。他叫我把我妻室勒死，小人一时间糊涂，把我妻蒋氏勒死，把两个死尸扔在井内是实。"李氏也画供招认，又派人到他家中把那个人头取来。彭公提笔判断：姚广智因奸谋害二命，按律斩立决。李氏因奸谋害本夫，按律凌迟。姚广礼与张兴二人因耍笑斗讼，例应杖四十，免责，念其愚民无知，释放回家。当堂把蒋得清传来说："本县念你年迈无倚靠，把姚广智的家业给姚广礼承管，作为你的义子，扶养于你，如不孝顺，禀官治罪。领尸葬埋。黄永并无亲族，家业田产断归蒋得清养老。"当堂具结完案。

方才要退堂，忽见一只黄狗跑上了公堂，连蹿带跑，嘴内咬着一只靴子。三班衙役人等方要往打那狗，见那狗两眼通红，要咬衙役的样子。彭公一看，说："你们不准打他。"彭公说："黄狗，你要有冤屈之事，只管大叫三声，也不须你多叫，也不须你少叫。”那狗把四条腿一扒，仿佛跪着的样子，把那只青布靴子放下，他两只眼瞧着彭公，汪汪的大叫了三声。彭公叫杜雄：“你跟着那个狗去，走到那里，有甚么情形可疑之事，见机而作。或者那狗把那个人咬住，你也去把他锁来见我。”杜雄答应，说：“黄狗，随着我走。”那只黄狗真是奇怪，站起来，尾巴摆了几摆，那黄狗竟就跟着杜雄出了衙门去了。

彭公退堂，用了晚饭，安歇了一夜。晚景无话可表。次日天明起来，洗脸吃茶已毕，早饭之后升堂。杜雄带着黄狗上堂，说：“下役奉老爷之命，跟随黄狗出城，到了城北，瞧见有一块高粱地，约有五六十亩，当中有一座坟，那黄狗用爪扒了半天，也刨不出什么来。天色已晚，那黄狗汪汪的直叫，下役把狗带到我家，喂了他一顿。至今天老爷升堂，下役前来回禀老爷。”彭公说：“你去到那北关以外，访问那一段地是哪一村的，把那村中的地方传来。”

杜雄领命下去。去不多时，从那张家村把地方蔡茂传来，跪在堂下，彭公问他说：“城北那一块高粱地，当中一座新坟，不知是何人所埋？地主是谁？”蔡茂说：“地主姓张名应登，乃是本县的一个秀才。他父名张殿甲，乃是一个翰林公，早已亡故了。那座坟是他的奴才之妻埋在那里。”彭公说：“几时埋的？”地方说：“是四月间埋的。”彭公说：“里边埋着这个妇人是什么病死的？”地方一听，心内发毛，吓了一跳，心中说：“此事要翻案，这件事该当如何？”彭公说：“你还不实说，等待何时？”蔡茂说：“老爷，此事乃是前任的老爷所办之事。刘大老爷卸任，这就是大老爷接任。只因张应登的家人武喜之妻，夜内被人杀死，不见人头，刘大老爷把张应登锁押起来。后来有他家的老管家张得力来献人头，具结完案。”彭公吩咐：“叫马清、杜明去到张家庄，把张应登与张得力、武喜带到听审。”二役领命下去。

不多时，把那一干人犯带到堂前回话。彭公说：“先带张应登上来。”两旁人役一喊堂喊，说：“带张应登上来。”下面一人身穿蓝宁绸，二则龙的单袍，腰系凉带，篆底官靴，头戴官帽，白净面皮，四方脸，双眉带秀，二目有神，准头端正，唇若涂脂，秀士打扮，躬身施礼，口称："老父台，生员有礼。不知老父台传我有何事故？"彭公说："张应登，你家的奴才武喜之妻，被何人杀死？从实说来！如若不然，本县定要严刑审问，重责于你。"张应登吓了一跳，心中说："不好，要翻案。"连忙跪倒，口称："老爷，生员罪该万死，求老父台恩施格外。只因为今年正月元宵佳节，晚生拜客回头，见路北里站立一个小妇，生的秋水为神，白玉作骨，粉面桃腮，令人可爱。我一见神魂飘荡，仔细一瞧，乃是我的家人武喜之妻甄氏，不由己起了一片痴心妄想。回到家中，我派武喜进城办事去了。那一日过午之时，我带着五封纹银到了武喜之家，手敲门环，甄氏出来开门，认的晚生。他说：'主人来了，里边坐罢。'恭恭敬敬的倒把我晚生实恭敬住了。"彭公说："好，就该回去才是。"张应登说："晚生我被色所迷，见那甄氏和颜悦色，更把我迷住了，我跪倒在地，我说：'娘子，自那一日我瞧见你，我无刻忘怀，茶思饭想。今日你男人不在家中，我特意前来找你，望求美人怜念于我，赐我片刻之欢。'那甄氏带笑开言，把晚生搀起来说：'主人乃金玉之体，奴婢是下贱之人，不敢仰视高攀。求主人起来，我有话说。'我自打算他与我要银子哪，我把那五封纹银掏出来，放在桌儿上说：'美人，我这里有点敬意，给你买衣服穿。'那甄氏连一眼都不瞧着，却和颜悦色说：'主人宜夜晚来，奴婢等候大爷。这青天白日，恐有旁人看见，观之不雅。'我一想他说得有理，即自转回家中，走到书房，闷闷独坐。顺手拿过一本书来，竟是我父家训遗稿，内载一段'修身如执玉，积德胜遗金'之语，还说人青年要知世务，为戒之在色，因血气未定，足能伤身害命。美颜红妆，全是杀人利剑；芙蓉白面，实是带玉骷髅。还有戒淫诗一首，上写的是：

红楼深藏万古春，逢场欲笑随时新。

世上多少怜香客，谁识他是倾国人。

晚生看罢，自己一想，淫人妻女，罪莫大焉。求功名之人，不可作无德之事。我越思越想，此事万不可作。晚生我回至后边我妻子房中。焉想到：

好花偏逢三更雨，明月忽来万里云？

晚生睡了一夜，安心不去。次日早晨起来，书童来报说：‘武喜之妻，不知被何人杀死，人头也不见了。’”彭公听到这里，说：“且住。”要断惊天动地之案。且听下回分解。

第十五回

翻旧案详究细情　巧改扮拿获凶犯

歌曰：

莫贪风流，不是冤家不对头。但不淫人妇，能保妻妾否？世人但贪眼前乐，那知孽满身后。报应分明，万恶淫为首。因此把美色淫念一笔勾。

话说彭公审问张应登，说："你的书童来报武喜之妻被杀，怎样呢？"张应登说："晚生我听说吓了一跳，到了武喜家中，看那甄氏死尸躺于就地，不见了五封银子，连妇人的人头亦不见了，连忙报官。前任老爷把晚生传来，押入监内。老爷讯明，吩咐如有人头，才能放我。过了两天，我家老家人张得力来献人头，说由野外去找来的。前任老爷说：'张应登，你依我三件事，头一件，你给武喜再娶一房妻子，二件，把人头缝上埋葬，三件，你给武喜妻追修银百两。'生员全行应允，当堂具结完案。"彭公说："带武喜上来。"两旁衙役人等答应，带上武喜，跪倒在地。彭公看那武喜五官端正，面带慈善之相，不像作恶之人。看罢，说："你叫武喜？"答应："是。""你妻甄氏被人杀死，是何缘故？"武喜说："小人一概不知，全是我主人所为，我并不在家。”彭公说：“你恨怨你主人不恨？”武喜说：“老爷，小人天胆也不敢埋怨我家主人，连我的骨头肉全是我家主人的，报恩还报不了，还敢恨甚么？”彭公说：“好一个不敢怨恨，你也是不得已而为之。”吩咐传三班人役，带刑仵人等，到北门外去验尸首。

张应登听见此言，心中暗想：“不好了，此案要翻。”不得已跟随前往。到了北门外，彭公带一干人证到了高粱地坟前。早有地方预备公案，彭公下轿坐了公位，吩咐刨坟检验。地方人等把坟刨开，把棺木抬出来打开，把尸身抬出来。五月天气，此尸已坏，刑房过来请老爷过目。彭公到了那死尸一旁，看那人头规模，七窍看不甚真，发的有柳斗大。彭公看罢，说：“武喜，你去看看那个人头是你妻子的不是？”武喜瞧了一瞧，回禀老爷：“那个尸身像我妻甄氏，那个人头丑陋不堪，不是我妻子的人头。”彭公说：“张应登，你这个人头是从哪里来的？”张应登把眼一瞪说：“我不信人头会是假的，岂有此理！”彭公吩咐装殓起来，停放一旁，打道回衙。

彭公到了衙门说：“带过张得力上来。”两旁人等把老管家带至大堂，跪倒叩头。彭公看那个管家，年有六旬以外，五官端方。看罢，说：“张得力，你那个人头是从哪里来的？从实说来，免得皮肉受苦。”张得力本是一个诚实之人，料想此事不能隐瞒，说：“老爷，小人不敢隐瞒。我受我太老爷之恩，因我家少主人被刘老爷押住，我愁眉不展。我有一个小女儿，二十二岁，生的丑陋不堪，也无人家要他，又傻。那一日我吃几杯酒，与我女儿商议说：‘少主人被押，找不着甄氏人头，不能释放，打算要把你杀了，用你的人头前去救少主人。’我女儿虽不愿意，被我将酒灌醉，遂将他杀死，把人头送到县衙来献，救出我家少主人来。上下用了四千多两银子，这是一往从前之事。”彭公听了，当时把武喜释放，把张应登与张得力看押，黄狗派杜清喂养。

彭公退堂，请李七侯到了内书房，遂向李壮士附耳如此如此，

“这一只青布靴为证，可以前去密访，须用两个文武全才之人。”李七侯既领老爷的密谕，即回至家中，到了大厅，叫家人去上武家疃南庄禹王庙，把众英雄请来。

家人去后，不多时从外面来了几位豪杰，头前那位是朴刀李俊、滚了马石宾、泥金刚贾信、闷棍手方和、大刀周盛、满天飞江立、就地滚江顺、快斧子黑雄、摇头狮子张丙、一盏灯胡冲、快腿马龙、飞燕子马虎十二位英雄，一齐来到大厅，与李七侯见礼说：“七寨主呼唤我等，有何事故？”白马李七侯说：“我邀请众位英雄，有一件事商议。”就把黄狗告状之事说了一遍，“现有青布靴子一只为证，必须如此如此，不知哪位贤弟辛苦一趟？”快腿马龙、飞燕子马虎二人答言说：“我兄弟二人去一回罢。”李七侯说：“很好，就请二位贤弟去罢。”马龙说：“来人，拿一身旧衣服来。”要了一分荆条筐，一条扁担，烟袋一根，茶盅两个，破中衣一件。自己换了一件月白布小汗褂，蓝布中衣，白袜青鞋，挑起荆条筐来，手拿着梆梆鼓儿。马虎跟随在后，扮成了一个庄农人家的模样，暗带兵器，顺大路往前行走。

正值天气炎热，往北走了五六里地，到了张家庄的东村头，见路北里有两棵槐树，搭着天棚，北上房三间，挂着那茶牌子、酒幌儿，写着“家常便饭”。马龙把挑儿放下，坐在天棚底下板凳之上。跑堂的说：“才来呀，喝茶吃饭哪？”马龙说：“先拿去一包茶叶，泡一壶茶来。”马龙正在吃茶之际，忽见那正西来了一人，年约二旬上下，头戴马连坡大草帽，蓝绉绸大褂，青绸子中衣，青缎子抓地虎靴子，手拿全棕百将一把折扇，摇摇摆摆的从西往东而行，正从茶馆门首经过。里边所有吃茶的人齐站起来说：“六太爷，里边坐罢。”那个人说：“不必让，众位请罢。”猛一抬头，见筐内放着一只青布靴子，遂说：“这个挑儿是哪一位的呢？”马龙说：“是我的，你买什么？”那个少年的人说：“你这只靴子，要几个钱？”马龙说：“大爷，我有两句话要说明了：头一件，要买我这只靴子，他若有一只也可卖与我，凑成一双；他要不卖与我，我就卖与他。只要你有那一只拿来一对，果然是一对，你瞧着愿意给我多少钱就是多少，我也不争。这一只青布靴子，是我在半路之上捡来的，挑着也无用。”那个少年之人说：“我有一只与这一只一个样，我去拿来你看。”说着，自己去了。

马龙问旁边那些吃茶的人说：“要买我这靴子的这位姓什么？”那一旁有人说：“这个人，我们这张家庄有名的神拳李六，为人可不好惹，奸狡曲滑，阴毒损坏，嘴甜心苦，口是心非，所作所为，都是伤天害理、欺人灭义的事，勿惹他。他不说理，敬光棍，怕财主，欺老者，恶取小买卖人。他要拿了那靴子来，别与他问话。”马龙听罢，说：“知道了。”正说着，那李六儿拿着那只靴子前来说：“你比比准对。”那马龙一瞧，果然是一对。飞燕子马虎过来说：“你莫走啦，我丢了无数的东西，咱们到三河县衙门去说罢。”马龙说：“走，哪个不去不是人。”拉着那李六儿，一直的进了三河县城。方到衙门，正遇见白马李七侯，说：“七太爷，这个就是差事。”李七侯说：“二位贤弟辛苦，你先回禹王庙去，把他交与我。”过来几个该值的说：“锁上他。”将李六带至班房内。李七侯进了内衙里边，回明了老爷，把靴子呈上。彭公吩咐升堂，三班人等喊过堂威，带上李六来。彭公说：“你把所作的事，给我实招。”神拳李六说：“小人安善良民，不知老爷为何拿我？求老爷说明。”彭公说：“你在哪里住？”李六说：“小人住在张家庄，今年二十七岁，并不敢作犯法的事。”正问着，忽然那告状的黄狗，汪的一声，咬住了李六的腿肚，死也不放。彭公早知其中情由，说：“黄狗，他犯国法，自有王法治他，不准咬他。”那黄狗听说，果然就不咬了。彭公说：“武喜之妻被你杀死，还不从实说来！”那李六儿一听此言，吓的战战兢兢，真是暗室亏心，神目如电，天网恢恢，疏而不漏。李六儿说：“小人不知。”彭公说：“你也不肯实招，来人，拉下去给我打！”两旁一喊堂威，打了一千竹板，打的他皮开肉绽，说：“老爷不必打，我实说就是了。”彭公说：“你从实招来，带武喜、张得力、张应登一同上堂。”衙役人等答应，不多时把三个人带上堂来，跪在一旁，听那李六儿从头到尾一一招来。不知后事如何，且听下回分解。

第十六回

胡明告状献人头　彭公被参闻凶信

诗曰：

敢将诗酒傲王侯，玉盏金瓯醉不休。
虽谓蓬莱三万里，青云转瞬到瀛洲。

话说那神拳李六儿被彭公拷打，受刑难忍，说："求老爷饶命，小人我从实招来。只因那一日在通州路遇武喜，我问他往哪里去？他说奉主人之命，往京里去买办物件，须得两个月才能回来。小人闻听，想起武喜之妻甄氏生的十分美貌，我常想念他，故此我回家到了晚晌，我带了一把钢刀，我到了武喜家内。跳过墙去，见土房东里间屋内灯光闪闪，我舔破了窗棂纸，瞧了一瞧，那甄氏合衣而卧，炕桌上放着一把刀。小人进了房内，不由一阵被色所迷。我把甄氏推醒。甄氏一瞧，认识小人，说：'李六弟，你作甚么来了？'小人说：'嫂嫂，我白昼之间，听人传说武喜不在家中，你一个人睡觉，好不冷清，我来与你作伴。'甄氏说：'你胡说，我喊嚷起来，叫人把你拿住。'说着，他就嚷。小人甚是害怕，故尔一刀把他杀死，把桌上放着的五封银子带在兜囊之内，把人头用包袱包好，扔在开饭铺胡明的后院之内。因胡明为人可恶，不认邻里乡党，我恨他，故移祸于他院中。”彭公说：“胡明饭铺在于哪里？”李六说：“现在张家庄。”彭公听罢，吩咐马清、杜明传胡明到案。

二役方要下堂，忽听有人喊冤。一个少年之人拉住一人，有二十多岁，是买卖打扮，跪在堂前，说：“小人刘元，告的是他，叫胡明。”马、杜二役一听，也站住了，说：“回老爷，这就是张家庄开饭铺的胡明。”彭公点头，问刘元说：“你告他所因何故？”刘元说：“我给他当伙计，每月工钱三吊正。因上月小人在后院出恭，天有五更，我闹肚子，到了天亮之时，小人又到后边出恭，见胡明在那里用铁锨要埋人头。那时小人看破，小人说：‘胡明，你害了人啦，我告你去罢。’他一害怕，许给我一百两银子，定于这个月给我。他不给我钱，今天我跟他要钱，他说我讹他，他还口出不逊，打了我一顿。求老爷公断。”彭公说：“你有何话说？”胡明无奈，遂说：“小人我开茶铺生理。只因上月天有五更之时，小人在后院出恭，从墙外扔过一个人头，是一个妇人的人头，我一害怕，遂将人头埋在那后院之内，被伙计刘元看见，我许给他银子，是实的。”彭公遂派马清跟胡明去把人头找来。

彭公把一干人犯齐集在公堂，把人头也取来，给武喜验看。武喜说：“这是小人妻子的人头。”那条黄狗见了武喜，摇头摆尾。武喜说：“老爷，这条黄狗乃是小人家的，丢罢有两个月了，不知今天因何来至此处。”神拳李六说：“老爷，这事也奇怪，那狗他乃是武家之狗。自从我杀了甄氏，他天天跟着我，我往哪里去，他跟我往哪里去。不知他几时咬了我一只青布靴子去告状，该当小人犯案。”彭公讯罢，提笔判断：张应登身为生员，以上凌下，见色起意，以致甄氏被杀，例应杖八十，念你书生，罚银五百两赎罪。张得力杀女救主，忠义可嘉，赏银五百两。胡明见人头不报，杖四十，枷号一个月。刘元、武喜免议。李六儿见色起淫心，因奸毙命，律应斩立决，候府文书施行。当堂具结完案。李六入狱，胡明枷号一个月开放。断完此案，退堂用晚饭已毕，安歇。

次日天明起来，早饭后，忽听外面人报有顺天府文书到，差官离此不远。彭公心中一动说："怪哉。"外边又有进来人禀报说："差官禀见。"彭公说："请进来。"少时请进差官，与大老爷连四衙老爷并城守管全来了。拆开文书观看，内有京报宫门钞一纸，上谕："御史李秉成奏三河县彭朋舆情不洽，任性妄为，着即行革职。三河县事，着典史刘正卿护理。"彭公看罢，知道是武举武文华的手眼，无可奈何，打发差官起身，然后说："二位寅兄，候我盘查三日，再为交待。"刘正卿答应告辞。这一套文书，轰动了三河县。那些个军民人等，也有愿意彭公卸任的，也有说："可惜一位清官，一旦卸任，这个必是武家庄的举人武文华他办的，他乃是索奈索皇亲的义子，五府六部，很有声势，这必是为左青龙之故耳。"

不言大家纷纷的议论。单说那侠心义胆的英雄白马李七侯，听人传言说武文华搬弄人情，把彭公竟参了，他一腔怒气添胸，到了书房内，见了老爷说："方才我听人说，你老人家被参，不知所因何来？"彭公长叹一声说："李壮士，我实指望为国尽忠，与民除害，不想半途被李秉成所参，我也无颜见三河一郡百姓。"李七侯见彭公一点精神也没有，彭老爷有冤无处诉去，李七侯说："老爷请放宽心，暂在这里多住几时，我管保老爷一月之内官复原职。"彭公说："李壮士不可，此事焉能那样容易？"李七侯说："我认识一位武成，他乃神力王府的专哒，在王爷跟前很红，说一不二，我去给老爷托着瞧，老爷千万莫走，多住四五天再走不迟。"说罢，李七侯出离了衙门，上马竟扑那武家疃而来。

至庄门之外，早有几个庄客过来接马，说："七太爷来了，把马交给我罢。"李七侯到了大厅，正遇见那武七达子在大厅之上，与那摇头狮子张丙、一盏灯胡冲、泥金刚贾信、滚了马石宾、闷棍手方和、大刀周盛、快斧子黑雄、满天飞江立、就地滚江顺、快腿马龙、飞燕子马虎、朴刀李俊等大家说话。一见李七侯进来，齐声让坐说：“李太爷，里边坐罢。”李七侯见了众位英雄，随把彭公被参之故说了一番，然后请武大哥：“跟我来，咱们二位到了左庄头那里去托托他，给裕王爷台前说两句好话，可以有门路保住彭老爷官复原职，方显我等英雄。”武成点头，二人上马出了武家疃，竟奔那左南庄而去。

行了数里之遥，到了左南庄的庄门。那些个家人都认的是庄主的好友，连忙过去接马，说：“二位爷有何事故？我家庄主要请你二位去呢，来了甚好。”武七达子同李七侯进了大厅。到了大厅，见左庄头正在那里坐定，一见二位，连忙站起来说：“二位寨主请坐，今天是从哪里来？”吩咐家人献茶。白马李七侯说：“我等有一件为难事相求，不知庄主肯能替我为难不能？”左玉春是一个心直口快，爱说大话的人，有一个外号左天篷，又叫左白脸，为人慷慨中正，仗义疏财，专爱结交好汉。一听李七侯所说，他就知道是绿林中人打了官司，小事一段，说：“二位寨主，不论甚么事，只管说罢。五府六部，翰詹科道，提督衙门，营城司坊，无论哪衙门，只要有左某一到，可以管保成功。”武成与李七侯说：“要提这件事，不是打官司，是三河县知县彭朋老爷，因拿恶霸左奎，那是你一个本族之人，在夏店街上横行霸道，被彭公已经拿获。有武文华依仗着他是武举人，硬上公堂与左青龙讲情，彭公不允，把他逐出衙外。他乃索皇亲索奈的义子，他进京托了人情，说彭公结交响马，剥尽地皮，侮良为盗，买通御史李秉成参了彭公一本，说舆情不洽，任性妄为，上谕下即行革职，把那彭公气的一语不发。我在书房之内夸下海口，说我与兄台素有来往，托个人情，管保一月之内官复原职。”左玉春一闻此言，吓了一跳，说：“此事可不容易。一个七品正堂，要叫他官复原职甚不容易，非用白银一万两不可。只要有一万两银子，我就去办。”李七侯与武七达子说："庄主听我二人信罢。我二人办去，十日内大约可成。"

二位英雄告辞，回到武家疃下马，到了大厅之内，与众位说："大事全都办好，就短一万两银子，还须众位大家帮助。"吩咐家人："预备香烛纸马，拜祭天地，喝了英雄酒，烧了福纸，方能出马去呢。"大家吃酒烧香已毕，李七侯说："朴刀李俊、泥金刚贾信、滚了马石宾、快斧子黑雄、闷棍手方和、大刀周盛，你六个人带二十名手下人，东路什百户埋伏；满天飞江立、就地滚江顺、摇头狮子张丙、一盏灯胡冲、快腿马龙、飞燕子马虎，你六个人带二十人，去南洼半路等候。"二位英雄在家中候信。李俊等带手下人到了什百户漫洼之处，树林之内勒住马，派人前去打探。不多时有人来报，说有一老一少，二人押着骡驮子，五个骡子，两匹马，离此不远。朴刀李俊说："知道了。"自己一催坐下马，望对面一瞧那边尘土大起，一伙骡驮子，头前一匹黄膘马，鞍辔鲜明，马上一人，看他身躯约有八尺光景，头戴羽缨纬帽，身穿米色宁绸单袍儿，腰系凉带，足登青缎靴子，红青羽毛马褂，肋下佩刀，四方脸，浓眉大眼，精神百倍，年过半百以外。这李俊一催马，把去路拦住。焉想道：

天下豪杰来相会，四海英雄显奇能。

不知后事如何，且听下回分解。

第十七回

众盗寇剪径劫人　南霸天独斗群寇

诗曰：

旷野群赴有丹心，千里奔驰访知音。
事到难处方见胆，英雄自是侠义人。

话说朴刀李俊、泥金刚贾信、滚了马石宾、闷棍手方和、大刀周盛、快斧子黑雄，带领二十名手下人，在什百户树林之内，截住了七个骡驮子。一位老英雄，骑的是黄膘马押着。还有一个少年之人，年约二十余岁，身高八尺，头戴新纬帽，身穿米色葛布袍儿，腰系凉带，足登青布靴子，面皮微白，玉面朱唇，目似春星，两眉斜飞入鬓，一团的雄气英风，坐骑白马，肋佩单刀。朴刀李俊一看，说："呔！对面来的孤燕，留下买路的金银，放过去。呔！寨主我：

不怕王法不怕天，终朝酒醉在林间。
就是天子从此过，也得留下买路钱。"

那位老英雄，乃是叔侄两个，从口外回家，押着三千两白银。走至此处，听见前面有人喊嚷，抬头一看，那个树林甚是险要，见里边二十余个盗寇，各执兵刃，一催马到了林外，把那老英雄去路阻拦。那位老者拉出刀来，说："对面小辈，要买路金银，你有何能？"朴刀李俊说："我手中刀，定要你的老命！"那位老英雄心中说："京东一带等处，有名的响马头儿有两个，闻名并未见面，一个白马李七侯，一名飞天豹武七达子，这伙人必是他手下之人。待我试试他的武艺如何？"拉出金背刀来说："小辈，你有多大能为？"催马抡刀就剁，朴刀李俊往上相迎，二人战了几个对面，被老英雄一刀背打于马下。泥金刚贾信拧手中枪催马，分心就刺，老英雄用刀相迎。贾信怪蟒钻窝分心刺，老英雄凤凰展翅，往上急迎。贾信牵回马来分心就刺，被老英雄把枪搕开，一伸手把那贾信擒过来，摔于就地。快斧子黑雄手抡月牙开山斧，搂头就剁，老英雄用智赚他，慢慢的游斗于他。树林内滚了马石宾说："快与七寨主送信去罢。"派了小头目刘狗儿，急奔武家疃送信。

去不多时，那二位寨主催马带手下之人，来到树林之内。一看那位老英雄把黑雄摔于马下，李七侯一催马，抡刀直奔那老者而来，大嚷说："老匹夫休要称强，七太爷与你见个高低。"两个人大战有几个回合，忽见正东上来了几匹马，全是绿林英雄前来解围，大嚷说："自己人不要动手！"头前骑马来的是赛毛遂杨香武，后边跟着金眼魔王刘治、花面太岁李通、白眼狼冯豹、小太岁杜清、小军师冯太、双刀将李龙、蓝面鬼刘玉、赤发瘟神葛雄。这九位是从山海关来，正遇李七侯剪径劫人，连说勿动手，都是自己人，跳下马来。杨香武来至跟前，李七侯与那位老英雄全皆不动手了，跳下马来说："李七弟，我常合你说过，江南绍兴府望江岗聚杰村姓黄名三太，别号人称南霸天飞镖黄三太，我给你哥俩个见见。"

二人见礼已毕，彼此大家引见了。杨香武说："自己人为何动手呢？我是从乐亭县来，路遇金眼魔王刘治、花面太岁李通等弟兄从山海关来。听人传言，说此处有一左青龙，还有一个武文华，行凶作恶，欺压良善，我等要来访问访问他，正遇你二位动手。”黄三太说：“我因江南事情平常，想要出北口逛一趟。我今从热河回来，进的禧逢口。”正说话之间，那边押骡驮子的少年过来说：“杨五叔，你老人家好哇！”赛毛遂一瞧，原来是神眼季全。这个人的能为武艺出众，才略超群，两条腿日行六百里。无论甚么人，只要他见过一次，就是过十年再见，还能认识，故此人称神眼季全。过来与大家见了礼。武成与李七侯让黄三太等与众英雄，请到了武家疃。季全把驮子拴在内院大厅之外，同众人到了大厅之上落座。

家人献上茶来，忽见外面快腿马龙、飞燕子马虎、满天飞江立、就地滚江顺、摇头狮子张丙、一盏灯胡冲等，带手下人等说：“回禀寨主，我等在大路之上等候，从京内来了一支镖，保镖之人铁金刚冯元，押着二十万银子上关东，留下一千两银子送与寨主的，说了些好话，说回来之时再来拜见。我等知道合寨主有交往，也不肯夺他的。”把一千两银子抬在帐房之内，与黄三太、杨香武等见过礼。大家归坐吃酒。

黄三太说：“七寨主，你乃有名英雄，为何在本地作起买卖来了？”李七侯一听此言，说：“三哥，你有所不知。只因新任升了一位三河县的知县彭公，为官清正，剪恶安良，与民除害，拿了夏店斗行经纪左青龙左奎。有武举武文华，当堂讲情不允。他是索皇亲的义子，买通御史李秉成，把彭公参了。是我气忿不平，到了衙门见了彭公，说不必走，我保管你一月之内官复原职。我托了左玉春，他乃是裕亲王府的皇粮庄头，说要托人情，须用白银一万两方可成功。故此邀请那众位在本处作些剪径之事。每常劫客商一千，只留三百两，今天是有多少留多少，事在紧急。”黄三太听罢，说：“这就是了，咱们大家该当成全这件事。”一则是大清国的洪福齐天，二则彭公官星发旺，英雄聚会。老英雄杨香武说：“这段公事，咱们大家办理，请黄三哥出一个主意。”黄三太说：“季全，此事应该如何？”神眼季全为人机巧伶俐，一听黄三太之言，说：“三叔，这件事先派人把彭公早稳住才好，若要不然，列位凑成一万两银子与贤宰办好，他要走了，该当如何？”大家一听，说：“此言有理。要留住他也不容易，有何妙计？”李七侯一听，沉吟半晌，并无主意，武七达子闭口无言，齐问季全该当如何。神眼季全说：“先派几个人去到那县衙之内报喜，只要稳住他，先叫他进退两难，走也不好，不走也不好，然后咱们大家再疏通办理。”李七侯闻听甚是喜悦，先派几个人去到三河县如此如此。几个家人去改扮，直奔那三河县来。

单说彭公为人忠正，自被参之后，将自己应办之件，办完案情，一并查清好交待。那些三班衙役人等，全皆伺候新官，外面冷冷清清，并无动作。彭兴无精打彩。彭公叫彭兴儿：“你收拾行李，定于后日起身。”彭兴本来略留心，说：“老爷，不是白马李七侯叫老爷等候两天，为何不等？”彭公说：“兴儿，你知道什么？那白马李七侯，他无非是他们说好话，不能认真。”正说着，四衙刘老爷来催交，盘问可备办否，得以清查，好详文上司。彭公说：“好，我正要请你来。”二人正说着，忽听外边一片声喧。彭兴到衙外一看，那照壁墙上，贴着报条一纸，上写“老爷高升荣任之喜”。头报、二报连三报，说：“当今康熙圣主老佛爷在畅春园晚膳后，传旨三河县彭朋勿许开缺，仍管理三河县事务。我等前来讨赏，给老爷叩喜。”彭兴到里边回明了。彭公赏了报喜人二两银子，心中暗想说：“白马李七侯手眼甚大，果然官复原职。我想此事真假难辨，候府内的文书到来，再为办理。”刘老爷也不敢催盘查交待了，暂时告辞。彭公心中半信半疑，也不好走，也不好不走，进退两难。

不言彭公在三河县，且说报喜之人回了武家疃，禀明了众位寨主。赛毛遂杨香武说：“黄三哥，昨日季全他所说之事，虽然把彭公给稳住了，还有甚么主意？”季全说：“三叔，拿了你老人家一支金镖，往北五省各处绿林英雄前去借银。”黄三太说：“甚好！”给了他一支金镖，说：“季全，要借银子须分远近，不可一概而论。我等在通州南关鲍家店等候。”季全答应。这一去借银，惹起天下英雄聚会，镖打窦二墩，尽在下回书中分解。

第十八回

商家林英雄小聚会　汤家店群寇大征锋

诗曰：

哀乐贤愚总一般，搔头拍膝思无端。
不知听者因何故，离便凄凉合便欢。

话说季全带了金镖一支，骑了快马一匹，离了三河县武家疃，顺大路往河间府商家林而来。那一日，到了张家寨下马，进了村口，到了那金眼兽陈应太的门首。季全知道他与黄三太是知己之交，乃是保定府一带等处有名的英雄。季全方要叩门，里边庄客出来一看，说："季大爷，从口外回来吗？"季全说："回来了。"说："陈福，你家大爷在家吗？"陈福说："在家，正同那锦毛虎张秉成、左丧门孙开太、乌云豹李世雄三位爷在厅房吃酒谈话。我去回禀一声。"不多时，家人出来说："请进里边。"季全答应，来至大厅之内。金眼兽陈应太等四个人连忙站起来，说："季贤侄请坐，从哪里来？"季全就与老前辈请安："一向可好？在下我奉我黄三叔之命，往各处绿林中豪杰，指金镖为凭，每位借纹银五百两，送到通州南门里鲍家店内面交，有紧急用项。”陈应太瞧了金镖说：“你喝酒罢。”说着，与锦毛虎张秉成等见礼已毕，大家吃酒。天色已晚，各自安歇。

次日天明，季全奔茂州去了。陈应太说：“贤弟，我手中无银两，你等兄弟如何办理？”锦毛虎说：“小弟等也是无有。”左丧门孙开太、乌云豹李世雄说：“咱们去到大树林中等候，作一号买卖，得二千银子，好给黄三哥送去。”金眼兽陈应太说：“你我兄弟咱们就在大树林中去等候。”四个人备马，带了兵器，出了张家寨，来至大树林中。天有巳正，大道之上，不见有人，心中甚为着急。等了一天，又不见人，随即回家，甚是烦闷。

次日又去，候至正午，忽见对面有几个驮子，四人骑马押解前来。列位不知，来者这一伙人乃是东路的大响马，荒草山的寨主并力蟒韩寿、玉美人韩山、雪中蛇关保、赛晁盖王雄，只因接了季神眼的信，押解二千两白银，送到通州南门里鲍家店。正走之间，忽见前面那树林内有一伙人，像绿林中人。韩寿说：“我去瞧瞧，是那一路英雄？”一催马，方要问，忽听那金眼兽陈应太抡刀把去路阻住，说：“对面小辈休要走，留下买路金银，饶你不死；若要不然，定要取你性命！”并力蟒韩寿说：“要买路金银，只要你赢的了我这一口刀，我就送给你买路金银。”陈应太说：“好！”抡刀照定韩寿就剁，韩寿急架相还，二人大战十数个回合，不分胜败。

那一旁怒恼了锦毛虎张秉成，拧手中枪说：“小辈，寨主拿你！”打算要帮助陈应太。谁想那边玉美人韩山大嚷一声说：“强盗，休要逞强，我来也！”把手中竹节钢鞭敌住了张秉成。四个来大战有一个时辰，忽听正南上一片声喧说：“众位不可动手，大水冲了龙王庙，一家人不认一家了。”四个人各自罢休。大家一看，对面来的乃是那落马川的金眼龙王刘珍、河南大龙山的蓬头鬼黄顺、老英雄褚彪、黄河套高家庄的鱼眼高恒、内黄县的赛李广花刀无羽箭刘世昌。这五位乃是与黄三太一行的英雄，去上通州南门里鲍家店去送银两，今天来至商家林地面瞧见并力蟒韩寿与金眼兽陈应太动手，连忙过来说："不可动手，自己人，我给你们引见引见。"说着与大家见礼，说："你们四位在此何干？"陈应太说："黄三哥借银五百两，我四个一无所有。"褚彪说："容易，你四位跟我走。如遇见买卖，我们帮助你作就是。"陈应太说："也好。"四个人同那九位，共十三个人，各催坐下马，一同往北走。那张秉成心中说："人家全有银子，我们四个人赤手空拳。这一到了通州，见了黄三太，应该如何说法？倘若不遇见买卖，该当如何？"陈应太也是闷闷不乐。在路上押着四千五百两银子，到了金鸡镇，天色已晚，住了路西里汤家店内。众人吃了一个酒足饭饱，俱皆安歇睡觉。

次日天明，起来净面吃茶，用完酒饭，大家起身。在金鸡镇之正北有数里之遥，见前面树林之内，有四个人各骑征骑，手擎兵刃，大嚷说："呔！对面来的小辈，献上买路金银，饶你不死。如若不然，想逃活命，比登天还难！"褚彪说："哪位朋友前去，把他等与我拿获？真乃是一起新上跳板之人，连你我兄弟全皆不认识。"雪中蛇关保说："众位且住，待我前去拿他。"跳下坐骑，手擎浑铁棍，竟敌贼人，说："对面小辈通名，你是哪路的人？连我等都不认识，真是前来讨死！"那对面截路之人，乃是西路响马，一名闪电手高奎、铁棒田英、白面熊邓得利、金刀将于景龙，乃是北霸天窦二墩一党之人，在此剪径劫人。

关保一摆棍，说："小辈，哪个过来？"闪电手高奎摇手中青铜锤，大嚷一声说："小辈莫走，看锤！"关保举棍相迎，两个人分开门路，棍分拨逢扒打，三十六手左门棍，四十八路右门棍，庄家六棍，那高奎之锤，上下翻飞。战有一个时辰，被高奎一锤打在关保的棍上，关保一棍正打在高奎的左腿之上，闪电手败回去了。铁棒田英一摆手中之棒，大嚷一声说："小子，爷爷来也！"摆蛇龙棒，照定那关保就是一棒，关保用棒相迎。这边赛李广花刀无羽箭刘世昌一袖箭把田英打败。白面熊邓得利、金刀将于景龙，两个人各执兵刃，来至对面，双战关保。那玉美人韩山大怒说：“两个小辈倚多为胜，待我去结果他二人的性命。”把兵刃就奔那于景龙而去，战了几个回合，把四家盗寇战败，撒马逃走。十三位英雄也不追赶，催坐下马直奔通州大路而来。

金眼兽陈应太、锦毛虎张秉成、左丧门孙开太、乌云豹李世雄这四个人，心中甚是不乐，赤手空拳，一文钱也无有，倘若在道路之上不遇见买卖，这便如何是好？正在思想之际，忽见正北来了十数辆车，上插镖旗，乃是办珠宝的客人。张秉成一催马说：“呔！对面车休走，我等在此等候多时，留下买路金银，饶尔不死。若要不然，追去尔的狗命！”那镖车把车圈住，后面来了一个保镖之人。此镖乃是京都前门外何云龙镖店，本店主名何云龙，四海驰名。这押镖的伙计姓孙名景龙，别号人称镇东方，久走关东三省，一身好本领，武艺惊人，原先也是绿林中人，因看破世态，自己改邪归正，这一趟保着二十万银子、三个伙计。因大清国康熙佛爷皇恩浩荡，王法轻，故此各处盗贼纵横，任意抢夺。这孙景龙带着伙计，望对面观看，认的褚彪与花刀无羽箭刘世昌，说：“二位老前辈好哇！”褚彪等见是孙景龙镇东方，褚彪说：“你保了镖啦！张寨主，我给你们引见引见。”说罢下马，各自见礼。褚彪就把陈应太、张秉成四个人上通州之事说了一遍。镇东方拿出二千两银说：“这是我的薄意，四位拿去。”陈应太说：“那如何使的？我们万不敢收，还是请收回罢。自己朋友，实不能领。”褚彪说：“不必推辞，收下了罢。咱们事若不要紧，我也不肯叫你们收。”说着，叫手下人把银子放在一处，大家与孙景龙分手，直奔通州鲍家店。

非止一日，晓行夜住，到了通州南门内鲍家店内。此时飞天豹武七达子、白马李七侯、飞镖黄三太，带着金眼魔王刘治、花面太岁李通、白眼狼冯豹、小太岁杜清、小军师冯太、双刀将李龙、蓝面鬼刘玉、赤发瘟神葛雄、朴刀李俊、泥金刚贾信、快斧子黑雄、满天飞江立、就地滚江顺、闷棍手方和、大刀周胜、摇头狮子张丙、一盏灯胡冲、快腿马龙、飞燕子马虎众英雄等，在鲍家店内等候。这一日外面来报，说鱼眼高恒等来拜。黄三太与李七侯等迎接进来，大家见礼。忽又有人来报说："今有西霸天濮大勇、镇北方贺兆熊、东霸天武万年三位英雄来拜。"黄三太等迎接进店。外面一片声喧。天下英雄聚会，俱在下回分解。

第十九回

鲍家店群雄聚会　彭县令官复原职

歌曰：

欲避饥寒二字，当思勤俭为先。勤能创业俭能传，勤俭传家久远。勤乃修身之本，勤为致富之源。能勤能俭有余钱，免被他人轻贱。

话说飞镖黄三太听得手下人来报，说濮大勇、武万年、贺兆熊三位来到。黄三太听说：“原来是贺兆熊等到了。”此三个人是黄三太的结义的盟兄弟，听见季全指镖借银，不知黄三太有何用项，故此亲身来至此处，要见三哥细问情节。这三位先在绿林中，此时改恶向善，在京都开了一个镖局，久走东西南北四路的镖。来至鲍家店，大众迎接，有闻名并未见面，众人一瞧：贺兆熊年约五十八九，身高八尺，头戴新纬帽，身穿蓝绸子单袍儿，腰系凉带，足登官靴，外罩红青羽纱马褂，面皮微紫，四方脸，扫帚眉直插额角入鬓，大环眼二目有神，准头丰隆，四方口，花白胡须，气度飘洒，精神百倍。那后边那位濮大勇，年有五十以外，雄眉恶眼，紫黑面模，青绉绸长衫，足登青布快靴。那武万年约有五十余岁，青脸膛，粗眉大眼，头戴马连坡草帽，身穿蓝绸子长衫，足登青缎子快靴，精神百倍，二目有神，一部刚髯短拥拥有二寸余长。众英雄齐来见礼，大家进店。

武万年说："黄三哥，你老人家在此何干？我等甚不放心，也不知借银何用？我三个人带来三千两白银，不知够与不够？请问其详。"黄三太说："老弟要问此事，这其中有一段缘故。只因我由口外回头，在什百户遇见李七弟，他也是一片热心肠，故此为三河县令彭公被恶霸买通索皇亲央情参他，要托一个门路，保住彭公官复原职，须用白银一万两。故此我派季全，指金镖与众位朋友借银，来此给李七侯贤弟办理此事。"说罢，褚彪等过来给贺兆熊见礼。那飞镖黄三太吩咐摆酒预备，庙中小二等早已杀猪宰羊，鸡鸭鱼肉等菜大家摆了几桌，绿林英雄各分上下，按次序落座。金眼兽陈应太、锦毛虎张秉成、左丧门孙开太、乌云豹李世雄这四个人，在座上心中甚乐，想在道路之上，遇巧得了这二千两银子，今天来在鲍家店内，与众位英雄眼前，也显出我等是英雄。

正在吃酒之际，忽听外边人报说："今有小霸王郭龙、赛燕青郭虎，乃是北路宣化府的英雄，来至此处，与黄三太送银。乃是听传言而来，并非是季全送信。"黄三太连忙让进他来，说："我兄弟今日来送白银一千两整，现在驮子之内，叫来人交了这里。"黄三太说："多承二位好意。"又与众绿林见礼已毕，归坐吃酒。李七侯心中说："还是南霸天黄三太，指金镖一去，天下英雄亲身赶到送来银两，果然名不虚传。"

正在思想之际，忽见从外面进来一人，年约十六七岁，生的虎头燕额，威风凛凛，光着头，未戴帽，身穿青绉绸长衫，蓝绸子中衣，足登青缎子快靴，凶眉恶眼，怪肉横生，一见黄三太，放声大哭。众人无不发愣，并不认识于他。赛毛遂杨香武认的是茂州北门外红旗李煜的徒弟谢虎，随说："谢虎，你来此何干？"谢虎说："我奉我师父之命，从家中带了五百两白银来，送至通州鲍家店，交给黄三太爷。

不想走至半路之上，遇见了几个人，手执刀枪，把我围住，抢了五百两银子去。这件事叫我也不敢回去见我师父，来至此处，求你老人家给我出一个救命的主意。”黄三太闻听，心中说：“红旗李煜这个人在镖行多年，他的镖无论走至哪里，只要有一杆红旗在车上，绿林中人瞧见，不但不劫，还要护送。今天谢虎一说半路之上失去了五百两银子，断不能是绿林中人。”遂说：“谢虎，你回去，我告诉你银子已然失去，见了你师父，我就说你给了我银子了。”谢虎磕了一个头，拜别去了。从此一走，在《施公案》上大闹任丘县，练的一身好工夫，会打毒药镖，甚有名气。这是后话，暂且不表。

单说李七侯见众位英雄把银送来，凑至一处，一万五千两之数，连忙差人去请那左玉春来。次日左玉春来，与众位绿林英雄大家见礼已毕。黄三太说：“老兄台甫怎么称呼？”左玉春说：“名玉春，号华访。”黄三太说：“听李七弟说，兄台乃是裕王府的皇粮庄头，这一件事，还求兄台的鼎力。”左庄头说：“我也想着为力，但彭公在三河署中有半月之久，怕的是走漏了风声，彭公也不能在县中住了。那假报喜之人，还算无人知道。我明日把银子装在花盆、酒坛之中，这两样物件，可以带进城去送礼。我暗中托人办事，须请两位朋友跟我去才好。”快腿马龙、飞燕子马虎二人说：“我们跟了去可否？”左玉春说：“甚好，须要检点。”把银子装在花盆、酒坛之内，雇人夫抬着，上插黄旗“裕亲王府所用”，马龙、马虎弟兄二人押着，左玉春骑着马，跟随大众英雄出店去。

顺大路，三个人进了齐化门，行至东单牌楼裕王府门首，到了回事处，管事的巴兴阿瞧见是左庄头，说：“左大哥，你可好哇，从哪里来呀？”左爷说：“烦你的驾，去禀爷知道，说我孝敬十坛绍兴酒、十二盆兰花，现有两封银子，送给你们众哥们吃杯茶罢。”叫从人递过去，巴兴阿见了银子，说：“何必老兄费心，我去禀明了执事的太监刘老爷。”这个人心直口快，与那左玉春最好，听巴兴阿一回禀，连忙说：“请把左庄头请进书房之内。”左玉春给刘老爷请了安，说：“老爷好哇！”刘老爷说：“左贤弟，你从哪里来？”左玉春说：“从家中来。我这里有白银一千两，送给刘老爷台前买件衣服穿。”刘太监是常给左玉春走动官司的，一见左玉春送银子说：“贤弟何必费心，自管实讲。”左爷就说：“彭公升任三河县，私访拿恶霸左青龙，乃是我一个族侄，甚不务本分，充当斗行，欺压良善。我久有心要送他当官治罪，奈不得其便。被人公举，内有抢夺妇女之案，侵吞银两，被彭公拿获。有一个武举武文华，他上当堂讲情，彭公不允。武文华一怒，他来在都中，走托他义父索奈的人情，买通御史李秉成参了一本，是任意妄为，奉旨即行革职。我想他乃是一位清官，无故被参。我有一个朋友名叫白马李七侯，他乃是一个英雄，苦苦恳求我，叫我来求王爷为彭朋说几句好话，万一保住他官复原职，亦未可知。”刘太监闻听，心中说：“此事不容易办，见了王爷，我替你说两句好话就是了。”先到里边回禀裕王爷。老王爷说：“来人，命他进来。”

少时，有人把左玉春带至内书房，给王爷磕了头，问了安，然后说：“奴才孝敬十二盆兰花、十坛绍兴酒，请爷开看。”老王爷把所送之物一瞧，早摆在院中，叫人抬至书房，甚是沉重。老王爷乃是精明之人，吩咐：“打开我看，酒是那一路酒？”执事太监打开，看见里面原来是白花花的银子一坛子。老王爷说：“左玉春，你送给我这些物件是作何用项？”左玉春连忙跪下说：“这是白银一万两，奴才孝敬，求爷开恩。”他就把彭公在三河县所作所为之事，被武文华买通御史李秉成参了之故，说了一遍。老王爷说：“知道了，你下边用饭去罢。”左玉春下来，在刘太监屋中用饭。少时，从里边拿出来一把扇子，一对荷包，跟头褡裢，槟榔荷包共四样，说：“老王爷赏你的，叫你住两天听信，老王爷给你办理。”

次日，裕王爷上朝面君。当今康熙仁圣帝主，办理朝中大事已毕，裕王爷奏道：“臣闻人说，三河县的知县彭朋为官清正，办事勤能，被李秉成误参，有势棍武文华串通作恶。”康熙爷最喜的是皇兄裕亲王，所奏之事无不允准。今又听那裕王爷所奏，传旨：“三河县知县彭朋，被人误参。朕念他勤慎忠直，着他官复原职，仍知三河县事。武文华势棍欺人，该三河县拿获，严刑究办。钦此！”这一道上谕下来，左玉春告辞回归通州鲍家店内，见了众位英雄正同一位少年英雄说话，乱乱烘烘的。这是群雄聚会，镖打窦二墩。所有节目，下回分解。

第二十回

众豪杰捉拿武文华　张茂隆定计擒势棍

歌曰：

游手好闲有损，专心务本无亏。赌博场内抖雄威，金宝银钱聚废。多少英雄落魄，也叫富贵成灰。劝君急早把头回，免受饥寒之累。

话说左玉春见了上谕恩旨，连夜收拾行李起身，到了鲍家店，见贺兆熊、黄三太、濮大勇、武万年，与飞天豹武七达子等众豪杰在一处谈话，等候京中信息。那左玉春一进店来，大家齐道辛苦，问京中事体如何。左玉春把到裕王府所办之事，细说了一遍，大家这才放心。白马李七侯甚是喜悦，说："我去到县中探访探访。"告别众位，骑马到了三河县衙门，有杜雄等齐来问好，说："今日典史刘老爷他正同彭公闲谈，你请到里边就知道了。"

彭公自那日报喜之后，细想真假难辨，候上司的文书候了几天，并无音信，自己甚为怪疑。凡衙门中所有的公事案件，都是那典史与彭公二人办理，同寅甚和。这一日，正同那典史二人闲谈，忽听外边一片声喧，彭公派兴儿出去查看，少时回来禀报说："昨日早朝，圣上传旨，有裕亲王奏保三河县知县彭朋办事勤能，实有政声，仍知三河县事务；势棍武文华，倚势欺压百姓，着即行拿获，严刑究办。现有报喜之人，连宫门抄一并拿来，给老爷请看。”兴儿说：“前次报喜的是假的，连叩喜他们看见上回贴的报条，他们说并无此事。小人出去问明他们，此次是真。”彭公闻听，就知道上次的报喜之人，“这是李七侯用的稳我之计，此事他认真办理，甚为可敬。”随赏了报子纹银二两。大家齐来叩喜。三班人役均说：“还是旗官根底硬，事到如今，官复原职，甚不容易。”

却说彭公拜了印，有外边人禀道：“白马李七侯来给老爷道喜。”彭公说：“快请进来。”李七侯从外边进来，给老爷请了安，说：“你老人家这两天可好？”彭公说：“李壮士，你甚是分心。容日再谢，你我尽在不言中就是了。还有一事相烦，今有上谕命拿势棍武文华，本县想到，还须壮士辛苦一趟。”李七侯说：“老爷请放宽心，我带杜雄一人同我前去，可以三天之内，报老爷知道信息。”彭公点头，立时派杜雄挪签票，跟着李壮士去。

二人随即上马，到了鲍家店，见左庄头同众位正说闲话。李七侯进来，大家让坐，给杜雄引见。杜雄看见高高矮矮、胖胖瘦瘦，都是三山五岳的英雄、四野八方的豪杰。李七侯说：“我李某多蒙众位抬爱，成全此事。我今备一杯水酒，填众位盛情。”黄三太说：“七弟何必如是呢？我是等候季全，他回来就要回南去了。”武七达子说：“我除办事外，尚有余银一千两整，也是众位得来的，除去你我店中之费，剩下赏各位的下人罢。”李七侯说：“甚好。我还有一事相求众位，彭公他命我带杜雄去拿那武文华。我想到武文华，他乃是一个练武之人，手下打手壮丁不少，还有看家护院之人，须请几位朋友同去拿他才好。我与他有一面之识，去之不便，须请泥金刚贾信、朴刀李俊、快斧子黑雄、快腿马龙、飞燕子马虎你五位跟杜雄前往，至夜晚动手，将武文华拿住才好。”五位英雄都答应了。

忽见神眼季全从外边进来，下了马说："众位寨主，你们都好！"黄三太说："季全，你回来了，我且问你，是往何几处来？"季全把所到之处说了一遍，又说："走至河间府九尾坡，遇见一伙强人，都是眼生的，并不认识。我说：'你们这伙人连我也不认识，我跟南霸天黄爷手下当一个小伙计，我名叫神眼季全。'那为首之人听了勃然大怒，说：'原来你就是季全，黄三太手下的人。他有何能，敢称南霸天？我早有心要往那绍兴府找他，无奈因我有事不能去找。我今饶你狗命，你去罢，与黄三太送个信，叫他在绍兴府等我。你就说，独霸山东窦二墩二太爷，过了中秋节后，我必访他。'小侄不敢与他争斗，是我回来禀三叔知道。"

黄三太听罢，怒从心上起，气向胆边生，说："好一个小畜生，我在江湖中三十余年，并未遇见对手，今日这厮欺吾太甚，我必要亲身到那河间府去找他，分个高低。"随说："众位英雄，我要告辞。"武七达子说："不必忙，我跟了去看窦二墩是何等英雄？我也听人传言，说有一个独霸山东窦二墩，外号人称铁罗汉，我闻名未见过面，我跟你去，与三哥助助威，也叫他瞧瞧咱们这些人。"飞天鹞子贺兆熊、西霸天濮大勇、侠义太保武万年这三个人听武成之言，他三人也说："三哥要去，我等同往，观看你二人比武。"金眼兽陈应太、锦毛虎张秉成、左丧门孙开太、乌云豹李世熊、并力蟒韩寿、玉美人韩山、雪中蛇关保、金刀铁背熊褚彪、花刀无羽箭赛李广刘世昌、蓬头鬼黄顺、落马川刘珍、高家庄鱼眼高恒、白马李七侯等，还有满天飞江立、就地滚江顺、闷棍手方和、大刀周胜、摇头狮子张丙、一盏灯胡冲、赛毛遂杨香武，齐声说："我等跟随黄寨主前往。"大家一同算还店账，即刻起身。李七侯临起身，托左玉春说："大哥，求你带杜雄办理拿武文华事要紧。"左玉春说："这件事，交给我就是了。"随派定贾信、李俊、黑雄、马龙、马虎："你五位辛苦一趟。"众英雄一同起身，上河间府去了。左玉春等送至店外分手。

不表老英雄去打窦二墩。单说左玉春说：“杜雄，你带贾信、李俊、黑雄、马龙、马虎，你们六位先奔武家庄，到那里见机而作，拿住更好，解送县衙；拿不住时，再回至我左南庄来见我，咱们大家再为商议。”杜雄答应，带着那五位英雄出离了通州城，顺大路来至三河县地面，先住在夏店街上。次日，六个人穿便衣，暗带兵刃到武家庄的东村口。见路北有一个茶馆，是大花帐，北上房三间，头前有天棚一个，摆着几张桌儿，有七八个喝茶之人。杜雄进了茶馆，要了一壶茶，六个人喝着。

天正在炎热之际。忽见从外边进来了两个人，前头那个年约三旬以外，黑脸膛，连鬓胡须，浓眉大眼，身穿青绉绸长衫，足登青缎子快靴。后跟那位，也是三旬光景，虎背熊腰，淡黄的脸膛，五官端正，长眉带煞，二目有神，身穿蓝绸子长衫，青缎快靴。“两位武英雄”，李俊连忙站起来说：“二位这里坐罢，一向安好呀？”那两个人一瞧，认的是李俊，连忙给了六位的茶钱，过来一瞧，贾信、黑雄、马龙、马虎全认识。李俊又给杜雄引见，说：“这一位是杜大哥，这位穿青衣服的是常万雄，外号人称五方太岁，这位叫渗金塔萧景芳。”杜雄说：“二位在哪里恭喜？”常万雄说：“我在武宅，看家护院是我兄弟二人。”杜雄说：“庄主可曾在家？”常万雄说：“在家。”李俊连忙把萧景芳叫在无人之处，说：“你兄弟二人因何在此处？”萧景芳说：“只因我兄弟二人无事，听说武文华是一个势棍，手眼甚大，五府六部结交吏役，于中取利，诈害良民。我想要偷他些银钱济贫，来至夏店，住在牛家店，正遇他家要请保镖护院之人，牛掌柜把我举荐在武文华家中，我二人也不好动手。昨日有山东显道神郝士洪、河南上蔡县葵花寨铁幡杆蔡庆、山东凤凰张七即张茂隆，带着他两个小徒弟：一个赛时迁朱光祖，今年才十七岁，一个八臂哪吒万君兆。这五个人听说他是一个势棍，要抢他些资财。我二人定于明日一同走，你等来此何干？”李俊就把指镖借银，彭公官复原职之故说了一遍，，并奉县谕来拿武文华。萧景芳说：“也好，我等协力相帮，咱把恶人拿住之时，一同往河间府，再去瞧黄三太与窦二墩二位比武。咱就在今夜晚间，把他师徒五位也邀请相助，都在我们那里住着呢。今夜二更时，大家一齐动手。”二人商议好了，与这几位说明了，甚为喜悦。这几位就在这里吃喝一天。常、萧二位回归武宅，见了张茂隆等，大家说知，然后各自预备好了，把随身细软物件早已带好了，专等外边人进来。这且不表。

单说武文华，自从他走人情把三河县彭公革职，他便任性横行，目无王法，无所不为，常给人走动顺天府东路厅等处官事，甚有威名。今日正同他的美妾在北上房之内饮酒取乐，忽觉着心惊肉跳，发似人抓，肉似钩搭，说：“不好，莫非有甚么凶事吗？”美妾香娘说：“少喝酒，歇息歇息罢。”武文华自己在东房中一坐，闷闷不乐，合衣而卧。天有二更之时，忽听房上有人走动之声，连忙起来，见灯光昏暗，忽听房上一响，从外边闯进一人，手执钢刀，照定武文华就是一刀。武文华一闪身，窜出院中，手拿宝剑，只见从南房上跳下一人说：“那武文华，你往哪里走？”屋内砍他之人也跳在院中，抡刀就剁。房上又喊嚷，外边一片声喧，群雄赶到，要拿武文华，且在下回分解。

第二十一回

愣黑雄拿获武文华　彭县令严刑审恶棍

诗曰：

萧瑟秋风散晚凉，谁家清夜捣衣裳。
丁丁遥应钟声响，数数还如落叶忙。
明月有情留小院，征鸿无数挟轻霜。
不堪客梦湘水远，独对寒灯思渺茫。

话说那武文华跳至院中，从南房上跳下来是快斧子黑雄，抡斧子就剁，武文华急架相还。快腿马龙、飞燕子马虎二人，持刀过来相助。蔡庆等在房上拦住打手，杜雄等大家一同把武文华拿获，捆绑好了，押着送到了三河县署内，天已大亮。杜雄说："众位先莫走，到我的班房屋内坐坐，候我回明了老爷再说。"杜雄禀明老爷，彭公传伺候升堂，三班人役站班伺候。

彭公坐堂，说："带上势棍武文华来！"左右一喊堂威，杜雄带武文华至大堂，立而不跪。彭公说："下边站的是武文华，你见了本县，为何不跪？"武文华说："举人并不犯法，为何拿我？"彭公说："你包揽词讼，任性妄为，目无官长，咆哮公堂，拉下去给我打！"

左右一声喊嚷，把武文华打了四十大板。武文华说：“你凌辱绅士，责打举人，我必要到顺天府把你喊告下来。”彭公说：“我乃奉旨拿你，作恶多端，著名匪棍，还敢这样大胆，把一往所作之事，给我说来。”武文华知道事不好，忍刑不招。彭公办了一个“势棍不法，任性欺人，律应杖一百，徒三年”文书行于上宪。这里赏了杜雄一百两银子。

杜雄治酒席，请快斧子黑雄、朴刀李俊、泥金刚贾信、快腿马龙、飞燕子马虎、凤凰张七、铁幡杆蔡庆、显道神郝士洪、八臂哪吒万君兆（今年才十四岁）、滲金塔萧景芳、赛时迁朱光祖、五方太岁常万雄，在班房大摆酒筵，请这几位英雄吃酒，大家尽欢而散。次日天明，告辞起身，奔河间府找黄三太，去帮助他打窦二墩。

众人在路上晓行夜住，饥食渴饮。那一日正往前走，忽听后边有人叫说：“张七哥慢走，我来也。”张七一回头，看见是猴儿李佩、红旗李煜、赛霸王杜清、铁金刚杜明四个人。见面，与众人见礼已毕，张七问：“你四位往哪里去？”李煜说：“我等往河间府去找黄三哥呢。”杜清说：“我等也是去找他的，大家一同前往。”众人合伙在一处往前走。时逢夏令盛暑之际，赤日似火，在路上甚是难行。忽然云升西北，雾长东南，一片乌云遮住太阳光华。正是：

朗朗红日在天，顷刻雾锁云漫。霹雷交加震动，蛟龙沧海何安。白云童子拥世界，煞时雨落人间。闪照雷鸣雾缠绵，天地连连染染。

朴刀李俊说：“众位仁兄贤弟，此处并无村庄，哪里可以避雨？”铁幡杆蔡庆说：“你等催马往前走，前边有一树林，或有人家，亦未可定。”

众人走至林前，见路西边道北有一座古庙，周围都是红墙，里边大殿三层，旗杆高有七丈。正北山门上边一块匾额，上写“敕建精忠庙”。东边角门关闭，红旗李煜上前叩门说：“开门哪！”忽听里边有人答言说："哪位叫门？"李煜说："我们。"把门一开，出来一个和尚，年约四旬以外，身高八尺，膀大腰圆，光着头，并未带僧帽，身穿月白布僧衣，蓝布中衣，白袜青鞋，面皮微紫，两道雄眉直立，一双阔目圆翻，连鬓落腮胡须。乍一见众人皆有马匹，他带笑说："众位里边坐罢。"蔡庆等拉马进庙，把马拴在树上，让众位在东配房内坐。蔡庆看见屋内东边有小条案一张，上摆炉瓶，三设案前一张八仙桌儿，两边各有椅子，桌儿上有文房四宝。东墙上挂着一张直条，画的是杏林春燕，两边有对联一幅，上写是：

凤来林下鸟飞去，马到芦边草不生。

众人衣服全皆湿了，大家拧水。和尚叫一个徒弟烹茶。红旗李煜说："众位贤弟，你看这座庙不靠村庄，在旷野之处，和尚生的凶恶，许不是好人，咱们多要留神。"蔡庆说："无妨，不要紧。"正说着，小和尚献上茶来，大家喝茶。只见那个和尚从外边进来，手举一股香说："天有午正了，该烧午时香了。"李佩出恭去了。众人说："你倒虔诚。"和尚说："我们出家之人，托佛爷保佑呢！"众人点头，忽然闻着这股香，真是清香异味，气味异常，仿佛似鲜花放香，其味美如兰花。杜清说："好香，这也不知是哪里买的？"众人皆说："真好。"正说着，铁幡杆蔡庆说："不好！我头昏眼迷，脚底下发轻。"顷刻间就倒于就地。凤凰张七也说不好，一翻身跌于就地。八臂哪吒万君兆、赛时迁朱光祖等一伙英雄全都滚地。和尚哈哈大笑说："你这一伙该死的囚徒，你放着福地当行你不往，祸坑宜避竟投来。"说着，自己出了东配房，到了后院自己正房屋内，把刀摘下来。

列位不知，这个和尚，他乃是绿林中一个盗寇，姓牧名龙，外号人称水底鳌。他有一个朋友，姓杜名鳌，外号人称金背元海狗。杜鳌会使熏香。他这个熏香，与赛毛遂杨香武的鸡鸣五鼓返魂香，是两路传授。杨香武那熏香，只要人闻着，鸡一叫才能苏醒过来。他这个熏香，加添药味，别门另有一家传，其味甚香，须用凉水解药，等六个时辰方能明白，他那解药乃是独门。今天他见众人各乘坐骑，老少不一，必是保镖之人，金银财宝不少，他才自己先用些解药，闻入自己鼻孔之内，拿了一大股香，全是熏香，在东屋中举着香，合众人说话。大众只顾闻那香味，不知不觉身软就地，昏迷不醒。和尚法名德缘，到了后边，带一把钢刀，要杀众人。来在外边禅堂一瞧，天上雨也住了。雨过天晴，风息云散，漏出一轮红日来。手提钢刀进了东禅堂，见众人横倒竖卧，昏迷不醒。

他方要抡刀杀众人，是众人不该死。猴儿李佩他本来是肚腹疼痛，往外出恭，才回来，见那和尚手执钢刀要杀那众人，自己拉出刀来，大嚷一声，说："那和尚，你休要伤我的朋友！"和尚一回头，跳出来抡刀就剁，李佩急架相还。二人在院中各抖雄威，这一个凤凰展翅剁和尚，鹞子翻身往上迎。李佩瞧见众人都被熏香倒在地，自己孤掌难鸣，和尚越杀越勇，李佩先自己害怕。正在难分难解之际，忽听墙外跳下一人说："何处贼人，休要称强，待我来！"李佩抬头观看，见那个人身高九尺，面皮微黑，凶眉恶眼，怪肉横生，身穿青绸子裤褂，足登青缎子快靴，青手绢包头，手抡钢刀，照定那李佩就是一刀。李佩见贼人又添余党，刀法精通，李佩单战贼人，并不惧怕。那李佩受过名人传授，正在中年血气方刚之时，到后来在《施公案》上独占落马湖竹城水寨，虎踞一方。这是后话，这且不表。单说当下虽说是李佩刀法精通，无奈三拳难敌四手，一人焉能敌二人，两个贼都是久闯江湖的大盗。李佩又想："自己若是败了，众朋友性命休矣！也不能走，只可与他二人争胜败。"战了有一个多时辰，李佩浑身是汗，四肢发软。也就是李佩，要换别人，准不是他二人的对手了。这一出汗，刀法又乱，大概不能取胜于贼人。众豪杰在精忠庙受熏香，生死难定。不知后事如何，且听下回分解。

第二十二回

精忠庙群雄受熏香　河间府豪杰大聚会

诗曰：

五云天近昼香残，红白花枝满药阑。
一夜东风吹小雨，殿头持卷隔帘看。

话说李佩正与金背元海狗杜鳌、水底鳌牧龙动手，两个贼人刀法精通，李佩急了，一刀把水底鳌牧龙砍死。金背元海狗杜鳌大吃一惊，说："不好！"猴儿李佩说："我李佩乃是天下的英雄，今日连一个无名的小辈都不是对手。"那杜鳌听见说是李佩，连忙说："莫动手了，原来是李老英雄，我实不知，多有得罪。"李佩说："尊驾何人？"杜鳌通了名姓。此时天已黄昏之时，屋内众人全皆苏醒过来，听见院中有人说话，一齐出来说："二位请进来罢。"杜鳌认的是凤凰张七，说："七寨主，你从哪里来？"张七说："我等同众位从三河县而来，往河间府去找南霸天黄三太，去打窦二墩。"杜鳌听了亦要去，把和尚死尸埋了。张七说："你在此作甚么？"杜鳌说："我与和尚相好，在这里借住，今他已死，我也要跟众位去。他常使我的熏香害人。我拿酒去，与诸位同饮。”饭毕，天晚安歇。

次日天明起来，杜鳌也跟随前往。众家英雄各备坐骑，顺大路竟奔河间府而去。忽见前边尘土大起，对面来了白马李七侯，带着摇头狮子张丙、一盏灯胡冲、满天飞江立、就地滚江顺、大刀周胜、闷棍手方和、金眼魔王刘治、花面太岁李通、白眼狼冯豹、小太岁杜清、小军师冯太、双刀将李龙、蓝面鬼刘玉、赤发瘟神葛雄、飞天豹武成、赛毛遂杨香武十七位英雄，正遇见铁幡杆蔡庆、显道神郝士洪、凤凰张七、五方太岁常万雄、渗金塔萧景芳、八臂哪吒万君兆、赛时迁朱光祖、红旗李煜、猴儿李佩、赛霸王杜清、铁金刚杜明、快斧子黑雄、朴刀李俊、泥金刚贾信、快腿马龙、飞燕子马虎、金背元海狗杜鳌。正遇这十七位豪杰，两伙合一处，共三十四位英雄。大家见礼已毕。李七侯见内中就有两个年幼之人，万君兆十四岁，朱光祖十七岁，余者均是年岁相当。黑雄随把拿武文华之事说了一遍，李七侯说：“很好！很好！我等同黄三哥到了河间府，并未找着窦二墩。他留下人，给黄三哥送了一信，说他往山东德州作买卖去了，约在李家店住。黄三哥先叫我前去打店，他等在后边，少时就到。”众人说：“咱们到李家店住很好。”大家催马往德州而行，在东门外李家店占了上房，告诉店家，后边还有人来。

次日，有南霸天黄三太、飞天鹞子贺兆熊、武万年、濮大勇、小霸王郭龙、赛燕青郭虎、花刀无羽箭刘世昌、金眼龙王刘珍、蓬头鬼黄顺、鱼眼高恒、铁背熊褚彪、并力蟒韩寿、玉美人韩山、雪中蛇关保、金眼兽陈应太、锦毛虎张秉成、左丧门孙开太、乌云豹李世雄、神眼季全、赛晁盖王雄这二十位英雄赶到。大家迎接，见礼已毕。店中掌柜的看见人太多，说：“后边有一座大厅，甚是宽阔。”这五十四位英雄，在后边占了十数间房，候窦二墩。

住了两天，这一日，正是吃过早饭之际，忽听外边一片声喧，从外边进来一伙人。那为首之人身高八尺，项短脖粗，虎背熊腰，并未戴帽，身穿青绉绸长衫，蓝绸中衣，足登青缎薄底窄腰快靴，四方脸，面皮微青，青中透蓝，雄眉直立，阔目圆睁，准头端正，四方口，虎头燕颔，年约三旬，正在中年，雄气昂昂。后跟着十数个英雄，内有闪电手高奎、铁棒田英、白面熊邓得利、金刀将于景龙、一朵花赵进喜、红眼狼冯振清、双头太岁周勇、独眼龙王吴通、探花郎君刘海、低头看山高冲这十位英雄。窦二墩抱拳恭手说："哪位是黄寨主？请过来答话。某久仰大名，今要请教尊驾有何能为？"黄三太说："某就是黄三太。"站将起来说："你就是窦二墩么？我听说你要找我，我今来找你，你我比试武艺，我奉陪练两趟。"窦二墩说："此处地方狭窄。明日在东郊野外，离城四里之遥，有一座大树林，名曰驼龙岗，巳正等候，去者便是英雄。我失陪了。"黄三太说："那里见罢，我不送了。"

那李七侯等见窦二墩这等雄壮，暗说不好，私与贺兆熊等说："黄三哥他年迈，怕难是窦二墩的对手，他正在英年之际，你我兄弟又不能帮助。"旁有金背元海狗杜鳌说："料想窦二墩乃是无名小辈，他有何能？我明日先把他用刀剁死。"旁有一个渗金塔萧景芳，本来是能言俐齿之人，听见杜鳌之言，说："杜寨主莫吹着玩啦！恐旁人道你说大话，见了窦二墩就不敢称英雄了。"杜鳌本来是气傲之人，一听萧景芳之言，说："姓萧的，你勿小看人，我要不叫你知道我的厉害，你也不知我的力量何如。明日我把窦二墩要不打死他，世不为人。"萧景芳说："我说的是好话，你先莫着急，见了窦二墩再犯脾气。"杜鳌说："有理。"五方太岁常万雄说："萧二哥，你留点阴功罢，勿说这德行话。"大家哈哈大笑。这众英雄也有替黄三太着急的，怕不是窦二墩的对手；也有生气的，忿忿不平。这一日大吃大喝，天晚安歇。

次日天明起来，用完了早饭，忽听黄三太说："众位贤弟，我去到那东郊之外，找窦二墩去。"大家说："请。"众位英雄一同到了东郊外，见窦二墩早在那里等候，一见黄三太来，他说："黄寨主，今日有言在先，你我动手，不准叫人帮助。"黄三太说："言而有信，你要赢了黄某我的刀，我横在项下，再不生于人世。"窦二墩说："我要输与你，我永不出世，绿林英雄没了我窦二墩了，你死之后，我才出世呢。"黄三太说："好！你我先比兵刃，刀下无眼，各自留心。"说罢，抡刀就剁。窦二墩的虎尾三节棍一摆，上下翻飞，一往一来，分个上下。那三节棍这件兵刃，最厉害无比，一照面就是三下。黄三太用蹿纵的工夫闪躲，一往一来，不分上下。黄三太刀法精通，若要不是黄三太，另换一人，准不是窦二墩的对手了。

走了有片时之久，黄三太年过半百，暗说："不好！这一段事情，我恐怕难以取胜于他。我今年五十三岁，在江湖中三十余年，并未遇见对手，今日遇见窦二墩，他果然武艺高强。我要输了，是不能再回绍兴府了，立时我死在众英雄面前。我使明枪合他动手，恐怕难以取胜于他，不免我施展暗器赢他。"那贺兆熊、武万年、濮大勇等在旁边见那窦二墩武艺超群，棍法精通，真替黄三太为难，怕的是黄三太不能取胜，又不敢过去帮助。三个人正在着急，忽见黄三太浑身是汗，遍体生津，只有难分上下之势。赛毛遂说："黄三哥见机而作，不可定使金背刀取胜。"这一句话把黄三太提醒，暗说："不免我用暗器赢他就是。"想罢，把刀一横，跳出圈外，把刀一擎，伸手掏出金镖一支，一回手，照定那窦二墩就是一镖。窦二墩也是人中之虎，眼观六路，耳听八方，见黄三太一回身，就知有暗器，见那金镖扑面而来，他一伸手，把那支镖接住，吓了众家英雄一跳。黄三太大吃一惊，说："窦二墩果然武艺精通。"翻身抡刀就剁，窦二墩抡三节棍相迎，两个人又战在一处。窦二墩暗说："黄三太果然名不虚传。若非是我，恐怕不能取胜于他。他要是在三十余岁之时，我二人恐怕不能分出高低来。窦某自出世以来，并未遇见对手，今天才见这英雄。"黄三太一金镖未打着他，自己又掏出第二支镖来。黄三太把迎门三不过的飞镖，照数要施展出来赢窦二墩。战了几个照面，黄三太暗中又是一镖，被窦二墩又接住。一回手又是一镖，也被窦二墩接去了。黄三太连打了三镖，被窦二墩连接了三镖。黄三太他心中一动，暗说“不好”。旁边那白马李七侯等与飞天豹武七达子，见黄三太三镖并未打着窦二墩，两个人勃然大怒，说：“列位寨主，众位英雄，我等不可袖手旁观，大家动手帮助寨主，把他拿获，替本处人除此一害，也就结了。”贾信、李佩齐说：“有理。”大众要拉刀刃，旁边把神眼季全吓了一跳，连说“不可”。不知二人胜负如何，且听下回分解。

第二十三回

德州郡三太打墩　河间府二墩报仇

诗曰：

天上风清暑尽消，上方仙队接云霄。
白鹅海水生鹰猎，红药山冈作马朝。
凉入赐衣飘细葛，醉题歌扇湿轻绡。
河堤杨柳无事日，芙蓉叶上好题诗。

话说飞镖黄三太三镖并未打着窦二墩，李七侯要去帮助，众人各拉兵刃。那神眼季全说：“不可！我三叔乃是性傲之人。若是众位去帮打，谩说动手，就是闭着眼也许赢的了窦二墩。依我之见，若是我三叔赢了还可；要是输了，咱们大家把他剁死。此时未见胜败，先不必去帮助。”李七侯听了这话有理，说：“众位寨主，也可，咱们在这里观看观看，如不得胜，咱们大家再为动手帮助。”贺兆熊说：“正是。”眼见黄三太真急了，刀法上下翻飞，一回身就是一甩头，一支镖正打在窦二墩的前胸，“哎哟”一声，倒于就地。窦二墩说：“罢了，我再想不到，今天败在你的手内。”黄三太过去，搀扶起来说：

“贤弟，你我结为昆仲兄弟。”窦二墩说：“罢了，我也无面再见天下英雄了。”站起来说：“高奎，你等兄弟散了罢，我要去也。”自己无精打彩回归店内。

他住的是恒茂店，店内还有自己随身的小包袱。自己越想越烦，正在闷坐无聊之际，忽听外边有人问说：“窦二爷在哪里住？”店家人说：“有何事？在北上房内。”窦二墩一看，是他大哥的家人来福，说：“来福，你进来罢。”来福给二爷叩头，说：“我蒙二爷带我一片好心，特意前来送信。真果是闭门家中坐，祸从天上来。只因为献县新到任的老爷姓夏名增荣，他有一个公子，乃是酒色之徒，瞧见我家小姐生的美貌，他先托人来说，我家主人不允，后来他带人来抢，被小姐全都打回。昨日来了四个差人，把大庄主传去，硬说大庄主欠他儿子的银两，把我家庄主入狱被押，我特来给二庄主送信。”窦二墩名窦胜，他哥哥名叫窦成，为人忠厚。无故被害。窦二墩说：“来福，你先回去，我随后就到。”自己算还店帐，带了虎尾三节棍，并包裹细软之物，离了德州。自己想要远走高飞，隐居山林，再不见绿林中之人了，又听说哥哥窦成被赃官夏增荣的儿子夏振声所害，“要我的侄女金莲，我窦胜乃是山东有名的人物，岂肯受他人之辱。我去找那景州刘智庙的快腿彭二虎、飞行吴德顺，他二人手下人不少，我去找着他们，大家商议，好杀赃官，救我哥哥。”想罢，在路上晓行夜住，饥餐渴饮。

这一日天色已晚，有黄昏已后，错过店道，前边有一座树林挡住去路。窦二墩正要穿林而过，忽听那对面一声大嚷说：“呔！此地我为尊，专劫过往人。若要从此走，须留买路银。无有钱买路，定叫你命归阴！”窦胜听见有人说话，暗吃一惊，说：“对面小辈，你是何处贼人，敢截住我的去路？”对面贼人说：“我乃独霸山东的窦二墩是也！快献买路金银来。”窦二墩听罢，心中暗说：“怪哉！我窦某今日又遇见一个窦二墩，我问问他就是。”想罢，说：“小辈，你既说是独霸山东窦二墩，我听人传言说，不劫孤行客，一千两纹银只留五百两银，专劫贪官恶霸。你若是我的对手，我便给你金银。”只见那假窦二墩一摆双锤，照定窦二墩就是一锤，窦爷用三节棍相迎，只听“叭”的一声，把假窦二墩锤搕碎。原来假窦二墩那一对锤是木头作的，里空，外用铁页包着，也有七八斤重，若是旁人看，仿佛重七八十斤重的铁锤一般。今日被真窦二墩把兵刃搕碎，一棍打倒，“哎哟”一声说：“爷爷饶命，我小人不知是你老人家到此。”窦二墩说：“小辈，我窦某乃是独霸山东窦二墩也。你假冒我的姓名，我焉能饶你！”贼人听了，说：“爷爷，我知道了，我也姓窦，名叫窦二羔，只因家有八旬老母，无钱奉养，想出这个主意来，假充你老人家的威名，我所为混饭吃，求爷爷饶命，你老人家还生儿养女。”那窦二墩闻听：“你来，你也知道我的名字！”不由的动了一点恻隐之心，伸手掏出十两纹银，说：“你改过自新，作一个小本经营就是了。”贼人接了银两，磕了一个头，遂自去了。

窦二墩腹中饥饿，说：“天有初鼓，并没有卖饭之处。”自己往前行走，见眼前一片灯光，路北有正房三间，西房二间，外圈着篱笆障儿。窦二墩说：“开门，里边有人吗？”忽听里边有妇人之声说：“哪一位？”把篱笆障儿一开，手执灯笼，出来一个二十多岁的妇人，光梳油头，淡搽脂粉，轻施蛾眉，身穿雨过天晴毛蓝细布褂，葱心绿的中衣，金莲三寸，娇滴滴的声音说：“是哪一位呀？”窦二墩见是一个妇人，他乃练武之人，绰号人称铁罗汉，最不爱女色，一见妇人，正言厉色说：“我乃行路之人，走过店道，求娘子暂行方便，借宿一晚，明日早行。”那妇人听罢，心中一动，说：“合该买卖上门，不免我把他让进来，用酒灌醉，等他睡着，把他害死，得些金银，也是好事。”想罢，说：“客官，请里边坐罢。”让至西厢房，说：“客官贵姓？从哪里来的？”窦二墩说：“我名叫窦二墩。”那妇人一听，大吃一惊，心中说：“我打算是买卖客商，原来是一个大响马。等我男人来时，再商议害他。”想罢，说：“客人还没有吃饭，我给你作一点饭吃。”窦二墩说：“甚好，拿来，无论有甚么吃的均可。”

那妇人方要回归房中，忽听外边有人叫门，说：“娘子开门，我来也。”黄氏听见是他男人说话，连忙出去开门，说：“你回来了，甚好。”原来是窦二羔回来了，他就在这里住，一进门，笑嘻嘻的说：“今天我遇见真窦二墩，果然是英雄，给了我十两纹银。”说着到了屋内。那妇人说：“好不要脸啦！你自己叫人家重打了，还在这里说，真是软弱无能之辈。我要不看你忠厚，我早就跟人家走了。”窦二羔说：“千万你莫走。你走，可苦了我啦！”那妇人说：“你勿嚷，那窦二墩现在西屋，方才我让进来的。我打算他是行路客商，原来是一个大响马。我合你用酒灌醉了他，把他害了，你我发点财，你想怎么样呢？”窦二羔说：“我可不敢。”黄氏说：“我同你过这苦日月，虽说不是财主，也算丰衣足食，不至于逃难。这二年旱涝不收，你看这里逃难的也不知有多少家儿。今天依我说，咱们把那姓窦的用酒灌醉了，把他来害了。”窦二羔说：“也好。”

正商议之间，忽听门响。断断不料，此时窦二墩早就听见是在树林中打劫他的那窦二羔的声音了，遂自己偷着出了西房门，暗暗一听，屋内夫妇两个正说要害他之言。他听到这里，勃然大怒，遂说：“小辈，你说害我的话，我已听了多时了。”即抡刀就把窦二羔砍死。那妇人遂娇声嫩语说：“太爷饶命罢！我跟着你去，你要我不要？”这淫妇指望窦二墩也是酒色之徒，他一说，可以爱他的模样儿，饶了他。焉想窦二墩乃是铁罗汉，一听妇人之言，哈哈大笑说：“你这淫妇，方才所说之话，我已然听见了，你不必说啦！”一刀把妇人杀死。自己找着了酒坛，还从柜内找出来馒头、咸肉、煮鸡蛋两碟，自斟自饮，越喝越高兴，吃得有味。

忽听外边叫门说：“开门，我来了。”吓了窦二墩一跳，说：“不好，被人堵住，恐怕不能逃走。”自己躲在后院之中。忽听街门一响，把门推开了，进来一人说："你们这么早就睡了？"来到屋内，见有死尸在地，那人大吃一惊，说一句："哎哟，不好了！我的美人是被何人杀死了？连他男人一并被害。我与你四载的露水夫妻，今天你被害，我岂不伤心！"说着，落了几点眼泪。窦二墩在暗中一瞧，认的是快腿彭二虎，连忙进屋内说："老二，你杀人，往哪里走？"彭二虎细看，认得是二寨主窦胜，连忙施礼说："二叔，你老人家从哪里来？"窦二墩把方才之事说了一遍，又把自己事也说了。彭二虎心爱此女，也无可奈何了，为一个妇人也不能变脸，再者窦二墩待他有恩，听窦胜之言，说："我放火烧了他的房屋，以灭人命之案，这也是他的报应，要不是我劝着他，早就把他男人害死了。"说着，方要放火，窦二墩说："老二，他们都在哪里？"彭二虎说："都在五里屯小银枪刘虎的下处内住。"

二人正说之间，忽听外边有人说："来，你二人把门堵上，我从后边看他往哪里走？"吓的窦二墩与彭二虎战战兢兢，说："不好！今天要被拿获，落在他人之手。"忽见街门大开，进来了白脸狼马九、笑话崔三，后跟着轧油墩李四。他三个人一见窦二墩，崔三说："二寨主，你老人家亦来与彭二走一条道吗？"窦二墩说："你等休要胡说！"遂将自己之事说了一遍，又把窦二羔夫妻二人要害他之言说了一番。崔三说："二寨主，彭二他说往德州去访问你老人家，我等不信。有顺水万字小银枪，他说遮天万字月点他攒子，正并无邪攒，我知道他架着一个果衫盘儿尖，他上扇也哏可孤饭假充脑儿赛的万，顺水万字他不信，洞庭万字深点，他说我说的礼兴攒里空，我等前来要给他一个见证。"窦二墩一听，哈哈大笑说："小银枪刘虎、铁算盘胡六，他两个人也是实心的人，不像老弟你随机应变，诡计多端无出弟右。"那崔二一片话，乃是江湖中黑话："顺水万字"是姓刘，"洞庭万字"是姓胡，"遮天万字"是姓彭，"月点"是行二，"架着果衫盘尖"是一个少妇长的好，"他上扇哏可孤饭假充脑儿赛的万"，是那妇人的男人吃绿林饭，假充窦二墩。这是闲言。却说那彭二虎说："三哥，你等来的甚好，帮着我把那死尸与房子点着火烧了，咱们大众去到家中议论，替大寨主报仇就是。"马九把房点着烧了，怎见得？有赞为证：

凡引星星之火，今朝降在人间。
无情猛烈性炎炎，大厦高楼难占。
滚滚红光照地，忽忽地动天翻。
犹如平地火焰山，立时人人忙乱。

窦二墩等见火起来，左右又无邻居救火，他带众人直奔那五里屯。

到了下处，天色已然大亮，见小银枪刘虎与铁算盘胡六、永躲轮回孟不成、一本帐何苦来、飞行吴德顺、坏嘎嘎吴大、拐子手胡七混、黑心鬼吕亮、闪电手高奎、金刀将于景龙，一见窦二墩来，大家施礼说："二寨主来了，里边请坐。"窦二墩见礼已毕，把自己之事对众人言明，题说"要到献县杀官盗库，劫牢反狱，救我哥哥窦成"之事，说了一遍。那小银枪刘虎闻听，心中一动，暗说："这件事非同小可，情如叛反，事犯当是灭门之祸。"想罢，说："二寨主，此事不可轻动，献县城守营官兵不少，我有一个朋友，姓丁名太保，乃是景州定陵人氏，我去请他来，他手下人不少。"窦二墩说："很好。"刘虎乃是脱身之计。他这一去，永不回头，只到下文书中，连环套盗御马，奉旨拿窦二墩，刘虎与他见面，狭路相逢，被窦二墩所擒。这是后话不题。

单说窦二墩等至次日天明也不见刘虎回来，他心中明白，说："众位寨主，你想想，刘虎这是脱身之计，误多少事。我兄长在缧绁之中，我侄女金莲一个女孩，他如何能执掌事业？我须要早去救他。"遂说："众位，咱们共有多少位？"笑话崔三瞧有名的二十余位，余下者鸡毛蒜皮、平天转、满天飞这些无知之辈不少，都是打闷棍、套白狼的那些人。白脸狼马九等说："咱们混进去，在衙门后天仙观住，那庙中道人是我表弟。"群寇大家一同起身。窦二墩要反献县，就在下回书中分解。

第二十四回

浮浪子贪淫惹祸　聚盗寇反狱劫牢

诗曰：

故人天上近何如，白玉堂中足宝书。
烛彻宫莲三鼓后，露溥仙掌九秋初。
江湖政共丹心老，鱼雁全如绿鬓疏。
西北栏杆天咫尺，欲乘黄鹤却踌躇。

话说白脸狼马九，带众人先到了那献县东门外三里沟。到了窦二墩的家内，众家人迎接在前厅落座，家人献茶。窦胜说：“众位仁兄与贤弟暂坐，我先到里边见见侄女再作道理。”又派管家窦用先拿去五百两银子，在衙门上下使费。自己又到后边，叫他侄女与奶娘、仆妇人等，收拾细软之物，又派家人预备驮轿车辆。自己又到前边厅上说：“列位寨主，大家歇息一夜，明日进城，等在天仙观内会齐。”是日天晚，众人吃了晚饭，窦胜分派三起人前去，“我去进狱见我兄长”，又派马九、崔三前去杀贪官，轧油墩李四带众人去杀狗子，再劫库作路费之用。这一伙众人均已安派妥当，一夜无话。

次日，家人窦用回来说：“奴才探访明白，上下使了三百两银子。

大庄主不能受屈，散手散脚，都有禁卒牢头照应。”窦二墩说：“知道了。”群寇用完了早饭，大家进城，在天仙观庙内。见住持道张妙修，乃是马九的表弟，预备素斋，群寇用毕饭茶。窦二墩说：“我先要到狱中，等候众位，呼哨一响为号。”大家说：“我等随后就到。”窦二墩自己到了献县衙门之内，见了该值的说道：“我来瞧窦成大爷，你带我去，我给你银子二两。”该值的说：“我带你去。”到了狱，叫开门，把禁卒王同叫过来说：“这位他要瞧窦大爷的。”禁卒说：“你贵姓呀？与窦大爷是怎么认识呢？”窦二墩久不在家，也无人认识他，都知江湖中有窦二墩，可不知是窦成之弟。禁卒一问，窦二墩说：“我是他的表弟，也姓窦，你带我进去。”禁卒亦是用过钱的，若有来瞧他的，概不拦阻，说：“你跟我来。”

窦胜到了狱神庙，见他哥哥散手散脚，并无带着刑拘。本来是被屈含冤，又有人托了，本县的少爷他乃是酒色之徒，爱上他的女儿，他要应允，把他女儿给少爷作妾，就算无事，特要使他屈受，他要与官结了亲之时，要报仇，那还惹的起他？故此众人都与他合好，劝他应允。无奈窦成并不应允，禁卒也不敢给他罪受。窦胜一见，跪倒叩头说：“哥哥在此受罪，小弟来迟，多多有罪。”窦成说：“贤弟来了，我正盼想你。”窦二墩说：“兄长放心，弟有主意。”说着掏出了一包银子，约有二十两，说：“禁卒大哥，你拿了去，我给你买一杯茶吃，只求给我二人备一桌酒席，我在此与我大哥坐谈一夜，不知成否？”禁卒王同一见银子，说：“何必费心，今天亦查过狱去了，坐一夜也无妨。”少时送上两盘牛肉、一大壶酒、两盘馒头。王同说：“你们二位喝着罢，我去照应别的事去了。”禁卒去后，窦胜见左右无一人，才说：“大哥，我邀请众绿林英雄，定于三更天来救哥哥，出此龙潭虎穴之中，连我侄女我已派家人预备驮轿，我送你等出古北口，到关外去找陈子清，把侄女叫他娶过门去也好。”窦成点头。二人商议之间，天已初鼓之时。

不言窦胜弟兄饮酒。且说白脸狼马九、笑话崔三这二人，施展飞檐走壁之能，进入衙门里面一看，瞧大堂后边，东西各有跨院，西院中丝弦之声，有唱曲词之人，声音嘹亮。二人暗进了西院中一瞧，北上房是三间，东西各有配房，北房之内灯光闪耀。二人纵身上房，在前房坡使一个夜叉探海之势，借灯光瞧见外间屋内灯光照耀，内有圆桌一张，上有烛台一支，桌上边摆着干鲜果品，各样菜蔬，正位坐着一个少年人，年有二旬，面皮微青，青中透亮，俊品人材，双眉带秀，二目有神，身穿蓝纱小汗褂，官纱中衣，白袜青云鞋。东边坐着两个人，一个三旬光景，又一个二旬以外。西边坐着两个小旦，手拿琵琶、弦子，唱的是马头调。这是门公洪升，他最能奉承少爷，今日他叫的两个小旦，也是奉承大少爷的。两个小旦，一个叫金福，一个叫春来，唱的是《叹烟花·带病的嫖客》、《叹十声·从良后悔摔多情》，一嘴嘎哒腔儿，实在好听。那狗子越听越爱听。笑话崔三有心要进去，又怕那人甚多，无奈在外边等候。里边洪升这厮，乃是总办，又是门公，他乃是一个破落户出身，少年不得地，现时得了这个差事。他从烟花中买了一个人，是个从良的，今年二十三岁，生的美貌，与大少爷私通。洪升他借着女人的光，他当这个门公总办。大少爷住在他家，与他女人睡觉，他躲在衙门，佯为不知道，真无廉耻。像这个样，真给跟官的现眼。

书中交待，吃油炒饭，跟官的有三六九等不能一样。有一种官家子弟，学而未成，因家道贫寒，不能出仕作官，托人跟官，借着官力量发财，求取功名，光宗耀祖。这个不叫长随，名叫暂随。有一等作买卖的商贾人等，时衰运蹇，买卖折了资本，不能成作就业，改行托人，谋求一事跟官，得了正事，身在公门中好修行，作些好事，得了正事发财，或再归商贾，或多买田园，教子读书。这个不叫长随，名曰且随。有一等人，自幼贫寒，无力经营，就于官宦之家侍奉主人，如得事之时，安守本分，处正无私，借公门修行。这个是长随。倘若心地一偏，被财所迷，倚势欺人，无恶不作，这等人必遭大报，丧家亡身，皆由此起，也许把本官的功名弄坏了的。还有一等无知之人，游手好闲，不务正业，爱吃爱喝，任性妄为，托人谋了一个跟官之道，方一得事，大肆横行，指官诈骗，小人得志，赖狗生毛，伤天害理，奸诈迭出。这个不叫长随，名曰孽随。还有一等不要廉耻之辈，少年不务正业，长的有几分姿色，投主跟官，殷勤献媚，遇见老爷心好男风，被他迷住，他巧言令色，借官之势招摇诈骗，不管官的前程。遇见老成正直的官府，一见此辈，即速斥退，必不用他；如遇品行不端之人，是必定入他的迷途。或者他有一个好妻室、好姐妹，献与本官作妾，倚着横行。这个不叫长随，名曰肉随，像洪升就是这等人品，书中不表。这是闲言少叙，书归正传。

白脸狼马九、笑话崔三这两个人，见那狗子正在吃酒快乐之时，二人提刀闯进去，一刀一个，把那五个人都杀了。又到后院，把赃官全家杀死。轧油墩李四等大众，与快腿彭二虎、闪电手高奎把银库打开，大家得了银子不少，然后到狱门，呼哨一声。窦二墩与他兄长二人，到了外边，说："朋友来了。"众寇说："来了。我等已把狗官的全家都杀了，你我逃走罢！"窦胜把门闯开，大家合伙在一处，往外逃走。此时更夫早已知道，报于本城的武营老爷得知，立时调兵，一拥齐到。窦成兄弟二人，带着群寇，把东门大开，砍死门军四个。到了五里之外，听后边喊声大振，追兵堪可就到。窦宅的驮轿四乘，轿车两辆，大家合伙送出十里之外。群寇说："二寨主，我等不可跟随出口，你此去，如到了北口外，得了事，千万给我们个信。"窦胜说："众位恩兄义弟，你我义气如同青山不改，绿水长流。我要失陪了，他年相见，后会有期。"说罢，自己顺路往古北口去了。到下文书中，归家上坟，在昌平州行刺，正遇彭公北巡，拿英八和尚。这是后话不题。

再表飞镖黄三太，在东郊外见窦二墩已然逃走。大家备酒，给黄三太贺喜。住了一夜，三太方要告辞，忽见外边家人黄用来报说：“老太爷，我在各处访问，才知道你老人家在这里，家中夫人生了公子了。”众英雄齐声叩喜，说：“三哥大喜，今天打了窦二墩，又生贵子，我给他送个名儿，叫他天霸何如？”黄三太说：“甚好，就叫黄天霸罢。”大家贺了一天喜，才各自歇息。次日，李七侯与武成二人，告辞回三河县。李七侯保着彭公升了通州知州，这且不表。

单说黄三太与众人分手，各自回家，自己带着季全、黄用到了家内。回想打窦二墩之事，甚是可怕。又想绿林之中，为贼的都是奇男子大丈夫，不得时暂可借道栖身，终无久享。自己甘老林泉之下，有薄田数顷，也可以教子读书。想罢，叫秦氏拿出一百两银子，把季全叫来说：“季全，这有白银百两，你拿了去罢，自己随便使用，务守本分，我是把江湖之道撇去了。”季全叩了一个头，说：“我去了。”自己海角天涯，每逢三太寿日，必亲身来叩头。

这一日，黄三太在家中闷坐。家人来报说：“外边有一个扬州人，姓何，拿着贺兆熊大爷的信，要面见。”三太说：“叫他进来。”家人领进那个人来，年约十五六岁，生的豹头环眼，粗眉阔目，四方脸，面皮微青，仪表非俗，身穿蓝绉绸皮袄，外罩红青官绸八团龙的马褂，足登白袜云履。见了三太，请了安，说：“老前辈老师，你老人家好哇？弟子我今日有书信相投，乃是飞天鹞子贺兆熊大爷的信。”说着，从怀内掏出来，说：“你老请看。”看内涵：“敬呈义兄黄三太爷文启”，书由扬州发，名内详。三太折开一看，不知上写是何言语，且听下回分解。

第二十五回

隐林泉授徒教子　庆生辰又起风波

诗曰：

凤城春报曲江头，上客年年是胜游。
日暖云山当广陌，天清丝管在高楼。
茏葱树色迎仙阁，缥缈花香泛御沟。
桂壁朱门新邸第，汉家恩泽问酂侯。

话说黄三太接过书信一瞧，问那人说："你姓甚么？是哪里的人？"那人说："小人我是扬州人氏，父母早丧，跟着叔父度日。我姓何名路通，本年十五岁。只因我爱练武艺，请了几位教师，全是武艺平常。有一位贺大爷，与我叔相契，甚为知心，他说你老人家武艺精通，叫我来投你老人家学些艺业。"黄三太听罢，拆开书信一看，上写着：

字请恩兄大人福安。自拜别后，天南地北各一方。弟至扬州，遇故友何澄，言他侄儿何路通专爱习学武艺，访求名人。弟知兄在家，应有安泰之乐，闲暇无事。弟遣何路通前来叩拜，在台前习学艺业。如蒙允准，则来人幸甚！

弟亦幸甚！知己之交，不叙套言。专此，即候合府清吉！并请福安不一。

愚弟贺兆熊顿拜

黄三太看罢说："你既然愿意习学武艺，我就收你作个徒弟。"何路通连忙叩头，拜了八拜，从此就在此处，闲时练些武艺。一住五年，练的有飞檐走壁之能，窃取伶妙之巧，长拳短打无一不通，拜别师父去了。逢年按节，必来给师父叩头。师生二人，意味相投，也甚是好。

光阴迅速，日月如梭。这一年黄三太五十九岁，黄天霸八岁。于正月二十二日，外边门上家人拿进一个拜帖，上写"新授绍兴府知府彭朋"。黄三太叫家人把拜帖拿回，挡驾不敢见，家人出去挡驾。再说那彭公官复原职，拿了武文华，治的三河县人民安业。白马李七侯打窦二墩回头，后来彭公升了南通州知州，后又提升绍兴府知府。彭公念当年指镖借银的好处，特意前来拜望，黄三太挡驾不敢见。彭公回归衙中，遣李七侯送来了京中带来的茶叶、大饽饽，还有各样点心。黄三太接进来，二人见面，叙起当年离别之情。李七侯遂说帮助彭公到处剪恶安民，升得此处的知府，今日特来拜望。黄三太闻听此言，说："贤弟理应如此，才是英雄。倘若被陷非义，与贼何殊？大丈夫处世，必要剪恶安良。愚兄老迈，退守林泉，教子读书，有薄田数顷，可以养膳，吾愿足矣。"李七侯说："黄三兄，你我自山东分手，倏忽几载，光阴荏苒。日月如梭，三哥不减当年威风，五官气色全好。"三太说："托贤弟的福。贤弟你家中还好？"李七侯说："有吾八弟照应家业，到也平安。嫂嫂与侄儿安好？"黄三太说："承问，你侄儿入学读书，倒也好。"二人谈了一会闲话，黄三太吩咐家人摆上酒菜。二人入座，谈了会心事。用过饭，李七侯告辞回归衙门去了。自此时常往来。

今年黄三太乃是六十整寿，二月初二日的生日，自己知道有几位知己的朋友必来拜寿。今日是正月二十五日，日期临近，早为预备才是。连忙派家人黄用，拿了三百两银子去制办酒席，要上等，高摆海味席，鸡鸭鱼肉都要新鲜的，先定一班戏子。黄用甚为喜悦，接了银子去制办各种物件，找了厨、茶房人等，写了双凤班昆腔。到了正月三十日，外边家人来报说：“有季全来给庄主磕头。”黄三太说：“好！这季全倒不忘旧，年年必来给我磕头。”说：“请进来！”家人去不多时，把季全带到书房之内。三太笑吟吟说：“贤侄，你还好？”季全跪于就地说：“小侄儿来给三叔叩头。”黄三太说：“贤侄起来罢，年年劳驾你前来。”季全说：“小侄儿理应磕头。叔父你老人家福如东海，寿比南山，多福多寿多男子。”黄三太说：“好一个多福多寿多男子。多承贤侄远来，我先给你接风。”说：“来人摆酒，先给你一个下马盅儿。”

二人吃了几盅，有家人来报说：“有红旗李煜、凤凰张茂隆二人前来拜寿。”黄三太亲身迎接，出来到了大门外，见二人各拉走马一匹。红旗李煜年过五旬以外，头戴新秋帽，高提梁儿，红缨新鲜，身穿蓝宁绸八团龙狐狸皮的皮袍，外罩红青官绸八团龙的马褂，是狐遣的，足登青缎官靴，白净面皮，燕尾髭须，双眉带煞，虎目生光，仪表非俗。凤凰张七即张茂隆，是头戴骚鼠皮官帽，新红缨儿，身穿灰宁绸狐遣的皮袍，外罩蓝宁绸火狐的皮马褂，足登青缎官靴。二人一见黄三太迎接出来，连忙请安说：“三哥，你老人家好哇！”家人接过马去，黄三太说：“有劳二位仁弟远路而来，多受风霜之苦。”张七说：“仁兄千秋之辰，理应前来祝寿。”说着进了二门，有北大厅五间，东西各有配房，四个人到了上房之内落座，家人重新摆上酒席。

少时，黄天霸进来给众人见礼。张七一见天霸头戴青缎子小帽，身穿绛紫官绸绵袍，外罩米色宁绸马褂，足登青缎官靴，白净面皮，目似春星，两眉斜飞入须，准头端正，唇若涂脂，仪表非俗，俊品人物，举止安详，志气轩昂，给凤凰张七请了安，问七叔好、七婶母好，又问红旗李煜好，又问季全大哥好。季全拉着他的手说：“兄弟，你念的甚么书呢？今年几岁？”黄天霸说：“今年八岁，念《诗经》了。”张茂隆连声夸好，说：“三哥，这就是大少爷？”黄三太说：“是你侄儿。”张七说：“果然父是英雄子是豪杰，日后必然光宗耀祖。”四个人吃到初鼓之时，安歇睡觉。

次日，把戏台搭好。早饭后，外边又来了飞天鹞子贺兆熊、濮大勇、武万年三位英雄，还各带自己的儿子，前来给三太爷拜寿。家人接马过去，通禀进去。不多时，里边黄三太同红旗李煜、凤凰张七、神眼季全、少爷黄天霸迎接出来，大家见礼已毕。到了厅房，贺兆熊说：“老仁兄千秋之辰，弟等特来拜寿。自去岁一别，我等在镇江府的城内住了这一载有余。我同濮贤弟、武贤弟把你侄儿带来，给伯父拜寿。”黄三太说：“知己之交，屡蒙厚爱，不远千里而来，实不敢当。”贺兆熊与武、濮三人齐说：“仁兄何必这样太谦，你我结义弟兄，如骨肉一样。俗语说的好，异姓有情非异姓，同胞无义枉同胞。”贺兆熊把儿子贺天保叫过来说：“你给你伯父磕头。”贺天保过来说：“伯父，你老人家好哇！”黄三太一瞧，那贺天保不过十四五岁，头戴骚鼠皮官帽，新红缨儿，身穿紫宁绸的银灰鼠皮袍，外罩米色线绉棉马褂，足登青缎官靴，身高四尺以外，白嫩嫩的脸膛儿，黑真真的眉毛儿，一双虎目颇有神气，准头丰满，唇若涂脂，俊品人物。黄三太看罢，连说：“好，我这个贤侄儿，举止安详，日后必成大器。”那濮大勇说：“濮天雕过来，见你伯父。”黄三太看濮天雕，约有十二三岁，头大项短，生的虎头燕额，豹头环眼，面皮微黑，黑中透亮，头戴青缎子小帽，身穿蓝绸子皮袄，紫马褂，足登青缎子抓地虎靴子，此子为人粗率，性情暴戾。那武天虬也是这样打扮，青中透蓝的脸膛，他的性情与濮天雕的性情一样，心直口快，性情刚强。

三人见礼已毕，黄天霸又给他三位叔父磕头，大家赞美天霸生得气宇轩昂。今日是与这小四霸天结交的初题。这四个人，惟是黄天霸心地聪明，办事豪爽，性情刚强。那少爷贺天保，是心灵性巧，一见就识，心地忠厚。这小弟兄一见，心投意合。黄三太又从新让座。贺兆熊说：“我等来给仁兄拜寿，请寿星上座，我等拜寿。”李煜、张七齐说：“有理。”黄三太推脱不开，无奈同众人到寿堂。

拜了寿星已毕，大家来至前厅。方才归坐，家人来报说：“有铁背熊褚彪，与鱼眼高恒二位爷前来拜寿。”三太迎接进来，大家见礼已毕，叙离别之情。众人把礼单呈上，头张是张茂隆的，上写“折敬纹银贰百两，愚弟张茂隆拜”。又李煜也是寿酒寿烛，折敬贰百两。贺、武、濮三人，也是每人贰百两。大家交了礼，摆上早筵。黄三太告诉家人说：“今日我那知己的朋友也全来了，再来的礼物一概不收。”家人答应下去。今日因为庆生辰，惹出一场惊天动地之事来。黄三太北京城劫银鞘，尽在下文书中分解。

第二十六回

论英雄激恼黄三太　赌闲气抢劫补平银

诗曰：

窗外虚明雪乍晴，檐前垂柳尽成冰。
长廊瓦垒行行密，晚院风高阵阵增。
玉指乍拈簪尚愧，金阶时坠磬难胜。
晨飧堪醒曹参酒，自恨空肠病不能。

话说黄三太同大众在厅房摆筵，忽见家人手执一个全帖呈上。黄三太用目一观，见上写："折敬纹银贰百两，结义弟郝士洪拜。"黄三太说："郝爷在哪里？"家人说："有郝宅家人送来礼物，言说他主人病症沉重，不能亲来。"黄三太听罢说："众位贤弟，这郝士洪太也不对。去岁他遣人前来，说他身染重病，不能前来，我信以为真，我遣人去问，说他没有甚么病。今年又派人前来，断无此理。"遂告家人说："你去到外边，给那家人五两银子的盘费，赏他一顿饭，教他将原礼带回，一概不收。"家人答应下去了。黄三太说："众位贤弟，你等想，这郝士洪去岁他派人来，今年又派人来，他就是病，难道他儿子也有病吗？这明明的是瞧不起我。"大家说："大哥休要生气，今日乃是千秋之喜。论理，他真也不对，都是一拜之朋，他既不来，可以叫他儿子来呀，这个人是眼空自大。”说着，十鼓一击，开了戏啦。这头一出《祝寿》，二出《赐福》，三出《牛头山》。唱的热闹。

吃酒之间，濮大勇说：“众位恩兄贤弟，我想光阴似箭，日月如梭，想你我当年结拜，都是二十余岁的英雄，如今数十年来，都成了老头儿了。要论豪杰，在北方还数李煜大哥，你历练的真好，只要红旗一展，无论那路的镖，就要送你几两银子。凤凰张七哥，他所为与黄三哥是一个样，永不须伴，孤身出马，有一千银，尚留三百两，所取贪官污吏，还是济困扶危，周济孝子贤孙，除贪官分文不取。如今黄三哥是洗了手啦！咱们大家一回想，侠义的朋友，死走逃亡，真个不少，也有遭了官司，身受重刑的，死于云阳市上；也有死于英雄之手的。今日大家畅饮，真果是‘酒逢知己千杯少，话不投机半句多’。”不知不觉，喝了一个酩酊大醉。

黄三太自己也是带了酒的，他的性情一生伏软不伏硬，一听濮大勇夸说别人的盛名，自己的气往上撞，说：“众位，不是我黄某说句大话，想当年我在镖场中，并无遇见对手。头八年前，在德州镖打窦二墩，所做买卖，从来都是单人独骑，并不搭伴，侠义中像我这样的人也很少。”濮大勇是个懈怠鬼，一生爱说懈怠话，他听黄三太之言，他说：“三哥，你说的那话，全不为奇。咱们在豪杰的人，未必豪杰作的事。在旷野荒郊之中，遇见镖车正在走着，咱们一出去，他先害怕，他再知道某处有某等为首，遇见再一威吓他，他岂有不献金银之理，此事不足为奇。能学汉寿亭侯，在百万军中斩颜良、文丑，如探囊取物，方是丈夫。刻下或能到了北京，天子脚底下大邦之地，把当今万岁爷的物件，拿他一两样来；或在户部，把银鞘拿了他的来，那方是真正英雄。要说只在外边逞能，那算甚么英雄呢？”他这几句话，说的黄三太哈哈大笑，说：“贤弟，据你说，无人敢往北京去取拿皇上的东西。我要去取了皇上家的东西来，你应该怎么样呢？”濮大勇说："三哥，你要真把皇上家银两夺来，我就给你磕头。你老人家这么大年岁，依我之见，趁此莫生气。京都城内五府六部，营城司坊，顺天府，都察院，大小无数衙门，护城有兵四十八万，那可不是闹着玩的。咱们这些人，能在旷野荒郊之外无人之处成了，要在那京都城内，那可不成。"黄三太说："濮贤弟，你休要气我，我若不去，世不为人。"贺兆熊见黄三太怒气添胸，不由已的答话说："黄三哥，你老人家还不知道他的外号儿，人人称他懈怠鬼，最爱说凑话。咱们这些年的义兄弟，不能不知道他的性气。"黄三太乃是成了名的英雄，一想"众人都在我家，我不能得罪他等"。想罢，把气押了一押，同着大众，吃了一天酒，听了一天戏，大家安歇。

次日一早，众人起来，贺兆熊说："今日趁着三哥的千秋，叫他小兄弟们结作一个世交。"黄天霸早在这里听见，说："很好，就是那样罢！"四个人叙了年庚，贺天保十四岁，武天虬十二岁，濮天雕十一岁，黄天霸八岁。四位行了礼，不见黄三太出来，黄天霸带三个哥哥，给父母磕头去。忽见家人黄用说："众位大爷，不好了！我家老爷今日一黑早，把作买卖的家伙全都拿去，备上黄膘马，他一早不叫小人告诉众位爷知道。"贺、武、濮与张七、李煜、季全、褚彪大家齐说："不好！这是一定上京都去了。必是昨天濮贤弟你说懈怠话，三哥恼在心中，笑在面上。今日一早，这一赴都去，倘有不测，不但有性命之忧，还有灭门之祸。"

正说着，忽从里院出来家人又说："我家主母现在内厅房请众位进里边去，有话说。"众人跟家人，从北上房的东边有一个便门往北一拐，瞧见北大厅五间，东西各有配房，内里边有院落。众人到了上房之内落座，秦氏夫人在屋内说："众位叔叔安好。昨日拙夫回归内院，我见他怒气不息，一语不发，我也不敢问他。今早他把所用之物带在身边，拉马去了。我一问他，他说十数日才能回来。不知有何事故？"濮大勇一听，说："嫂嫂，我三哥必然是要作买卖去，三五天定然回来。”秦氏说：“叔叔，你等都前来与他祝寿，他为何这般无礼，就不辞而行，太不知事务了，这其中定有缘故。”贺兆熊说：“嫂嫂不必问，这是昨日我那濮贤弟酒后失言。”就把昨日晚天他二人所说之话，又学说了一遍。秦氏闻听，深知黄三太的性情，暗说不好，连忙说：“季全，我给你三十两银子的路费，你骑一匹快马，去赶到京中，探访虚实。你三叔的马日行四百里，你也追不上他，须要打听准信回来，大家方能放心。众叔叔莫走。”大家说：“我等不能走的。”

季全追黄三太，暂且按下不表。再说那黄三太，自己一生不伏气，为人心高性傲，被濮大勇说了几句玩话，他就恼在心里，暗说：“我若不到京都城内作一件出奇之事，也叫那濮大勇耻笑我，他方知道我的本领。”自己骑马，顺大路往京都而行。走在路上，那马不喂干草，净喂小米绿豆，给他黄酒喝，故此这马最雄壮的。一日，黄三太进了彰仪门，心中一想：“我若是到户部去拿他的银鞘子，也不容易那里那么凑巧，就有银鞘车来，现现成成的。”正在思想，进了正阳门，见前边有四个骡子，驮着是银鞘，后跟一位解饷官。这乃是一宗补秤的银子，不是正饷，归内库交。只因皇上在海淀畅春园避暑，过了九月九登高之后，他才回来在京办事。这个总管太监在海淀呢，这项银子送到那里去才能交，须出德胜门。他进了东安门一直往北。黄三太跟至沙滩里地方，见四外无人，自己一催马说：“呔！莫走啦！留下银两，放你过去，饶你性命。如若不然，定要追你的狗命！”那押饷官看见一个老者把去路截住，要取银子，他不由的冲天大怒说：“好一个该死的囚徒！这乃是天子脚下，禁城内地。来人！给我拿住他，交地面官送刑部治罪。”手下人早就往官厅报信去了。不多一时，从那边来了十数个官兵，要拿黄三太。净在下回书中分解。

第二十七回

闻凶信亲赴扬州府　劫圣驾打虎大红门

诗曰：

百二山河重镇雄，金城环绕宛如龙。
南楼势插金冥表，东井光连紫极中。
出演九畴宣帝范，诗歌二雅正皇风。
儒臣进讲思陈戒，敢学扬雄赋汉宫。

话说黄三太截住解饷的官，这解饷官遂令手下人去报信，上官厅调兵。这个时候，黄三太抽出刀来，把那手下人砍散，把解饷官拉下马来，砍了他一刀背，然后自己亦跳下马来，把银匣子取了一个，捎于马后，自己方才上马。那官兵十数名赶来，手拿勾杆子铁尺，说："贼人莫走，我等来也。"黄三太一拍马，那马快如飞去了。他等一转眼，莫说追，连马影也瞧不见了。

众人无奈，把老爷扶起来，才到官厅。今日这位该班的老爷，是步军校纳光，闻听此事，吓了一跳，"若是禀明上司，把我革职，这还了得"。赶紧把解饷的老爷请来，一问是由保定府来，他是二府同知吴秀章，解这一趟银子，回去还有保举呢。纳老爷说："老兄，今日之事，若要禀明上司，他也担不是，我也担不是，你我这小小的前程，全不容易。再者说这件事在禁城内地，会有了响马了，这件事，何人肯信呢？依我之见，你我各赔五百两银子，忍个晦气，也就完了。你也可以保住功名，不日高升；我也不能被地面不清之责。这件事，你我商量。”吴秀章听罢这话，又一想，也甚有理，“嗐”了一声，说：“纳老爷，就这样办罢，我也是该当如此。”纳光说：“我禀明上司，就说是你的行李失去，被贼人劫抢，内有白银千两，如拿住贼人，如数奉赔。你看如何？”二人计议好了，不必细表。

再说黄三太赶出彰仪门外，住了店，自己歇息了一夜。次日天明起来，用了早饭，算还了店账起身。在路上正遇神眼季全，跳下马来说：“三叔回来了，吓死我也，家中皆不放心。”黄三太说：“贤侄，你快来上马，到家再谈。”叔侄爷儿两个在路无话，快马加鞭，那日到了绍兴府望江岗聚杰村家中。家人接马，黄三太、神眼季全二人到了厅房之内，贺兆熊、武万年、濮大勇、褚彪、李煜、张茂隆、小四霸天贺天保、濮天雕、武天虬、黄天霸大家见礼已毕。黄三太说：“众位，等我心烦了罢？”濮大勇说：“吓死我也！你今可回来了。”黄三太说：“皆因一言，我走这一趟，也没白去了这半个月。我自京都回来，还算快呢。叫家人把我那马上带的那箱子拿来。”家人抬来，放在就地，把箱子打开，里面是白花花的二十个元宝。黄三太说：“濮贤弟，你说愚兄决不敢在京都拿取银两，你瞧，这是鞘银一匣，就在北京东安门内北沙滩取的。”贺兆熊说：“大哥的盛名远震，哪个不知，就是三江两广的地面，除去兄长，就是我等，还有谁？咱们濮贤弟，他的外号叫懈怠鬼，那日又多喝了几盅酒，他的言词，兄长何必认真，我给兄长接风掸尘赔罪。自从兄长去后，我等坐不安来睡不宁，虽说吃了饭无事，心中更焦躁。”黄三太说：“众位贤弟都是自己人，我也不是夸口，慢说是要些银两，就是在京都求圣驾索库银，我也敢去。”濮大勇乐的前仰后歪，说：“黄三哥，你这银子是从京中取来的，不是京中取来的，谁也没亲眼见这个事。算我输了，我给你磕头。求圣驾那个东儿，我可不敢赌啊！”说着，遂即叩头，他说：“求圣驾、拿库银这两件事，可不是闹着玩的，那还了得。依着我说，三哥，你说算了罢。你那日走了之后，我嫂嫂也埋怨我，众朋友也埋怨我，我可不敢打赌了。求圣驾犯了案，刨坟灭祖之罪，当着大众，求不求在你，我可不敢管。”

黄三太一生心高性傲，一听濮大勇这一席话，怎禁心气不上升？无奈在自己家中，不能翻脸，压了压气，说：“濮贤弟，你不必用话激我，我再作了那件事，久以后也叫你必知道，不能妄谈是非。”贺兆熊、褚彪连说道：“三哥，大人不见小人过，他那个嘴信口胡说，那还了的！再者你老人家归隐数年，洗手不作买卖的人了，今年已到花甲之年，要再那么生气，可是不好。三哥哪里也不必去了。”三太说：“二位贤弟，我焉能与他一般见识呢？”贺兆熊与金刀铁背熊褚彪等，大家要告辞走。黄三太说：“众位明日再走，我给众位送行。就把季全留下，我派他到扬州探访鱼莺子何路通的下落。我每年生辰或年节，他必要亲身来的，今年不来，必然有事，我实不放心。”众人闻听三太之言，这才放了心。黄三太从新又治酒筵，与众人饮酒，又谈了一天。至次日，大家告辞去了。

黄三太把诸事办完，拿出二十两银子，派季全探访何路通的下落去了。自己闷坐书房，细想：“濮大勇虽然与我拜的弟兄，他那信口胡吹，所说的言词傲慢我无能。我今年已六十岁，常言说的好：能叫名在人不在。我必再往京都作一件轰轰烈烈之事，留下英名，传于后世。我这一入都中，必须见机而作。”正自思想，家人请用午饭。到了后边，秦氏与天霸全皆等候。老英雄说：“天霸，你今日可上学堂么？”天霸说：“上了。”三太说：“好，你才八岁，想我扶养你也不容易，只要你到后来勿败了为父之名，我就在九泉之下也甘心。为父一生性情高傲，南北各省皆有名望，久后你要是懒惰，作那下流之事，叫别人说我黄三太作事遭了报应，孩儿，你要争一口气，总要立志，光宗耀祖，显达门庭。”黄天霸虽然年幼，是最精明，一听他父亲所说之言，他连连答应说：“孩儿必然争这口气，要想名登虎榜，要得显耀门庭的。”黄三太听罢很乐。

话不紧烦。过了几日，季全自扬州回来，说鱼莺子何路通在家卧病不起，不省人事。黄三太闻听此言，甚不放心，遂叫季全归家，自己带了黄用，骑了两匹马，到了扬州何路通的门首。家人叫门，里边出来一个家人，名叫何福，他说：“谁呀？”黄用说：“我们是绍兴府望江岗聚杰村的，姓黄，来找何路通。”家人听说，知道是他主人的师父来了，连忙说：“老太爷请进来罢。我家主人病症方好，不能出来迎接。”黄三太下马，把马交给家人，跟何福进内。在北上房东里间屋内，何路通连忙起来说：“师父，你老人家好哇！弟子却不能行礼，望师父恕罪。”三太说：“我在家中，听说你病，我甚不放心。不知你的病是因何而得？”何路通“嗐”了一声，说：“老师，我一生也是性傲，只因我叔父、婶母故去，我一伤惨，想我孤苦零丁一个人，至亲父母早丧，又无亲故，哪是我知疼着热之人？因此我越想越惨，又无三兄四弟，也无骨肉至亲，就剩我一人，因此食水不调，得了病。多亏吕先生给我治好，今已好了八成了。又蒙老师怜爱，不远千里而来，我实感激不尽。”黄三太给他留下了五十两纹银，自己说：“贤契，你好好的养病罢！我要走了。你好了，到我家散散心。如有什么事遣人给我一个信。”说罢，带黄用离了扬州。

天气正在三春，桃柳争春，杏花开放，春风拂拂，柳条袅袅，更闻燕语莺歌。黄三太主仆二人，天有正午，到了一座村镇，路西里又有一座饭店。二人下马，把马拴于门前，有人看守。二人一进这饭铺，见里边也干净，北边桌上，有三个人在那里闲坐吃茶，是一差二解，那项戴铁链之人，生的凶眉恶眼，怪肉横生，黄脸面，连鬓落腮胡髭儿，身穿紫花布裤褂，青鞋白袜，说话是北京的口音。黄三太是要访问圣驾多时出门，自己要求皇上一点物件，要响响名，一听那个人是北京口音，站起身来到了那边，要访圣驾出门的日期。劫圣驾镖打猛虎，即在下回分解。

第二十八回

招商店访得实信　求圣驾打虎成名

诗曰：

隐隐旌旗飐落晖，方山遥望锦城围。
平芜一带香尘合，知是诸王射猎归。

话说黄三太站起身来，走至那罪犯跟前说：“朋友，你是京都人，身犯何罪？我领教领教。”那人见黄三太一片至诚，连忙答言说：“在下是姓金行六，别号叫大力，因在善朴营当差，秋围未派上我差事，我在前门外月明楼听戏，打死著名的匪棍陶金让，替众人除害，把我发在这里充军。”若论这个人，乃是正蓝旗汉军敖海佐领下的旗人，当乌可慎马甲，名金大力。下文在《施公案》上，保了施公在扬州拿过无数盗犯，这是后话不题。单说那黄三太问那金六说：“今年还有围差没有？”金六说：“这是二月二十八、三月十六打南苑的春围。”黄三太说：“劳驾了。”自己吃了饭，叫黄用：“你先回家去罢，我要访几个朋友去呢。”黄用答应去了。

黄三太自己在路上，无话。那一日到了京都，住在永定门外德隆店内。小二见黄三太身穿官服，年约六十，认着是一位当差的。此时三月初旬，那永定门外正是步营垫道，净水泼街，黄土垫道，按段都是步军校专管。那些兵丁人等，也有往各处吃酒的，也有在一处赌钱的，等等不一。黄三太问店内的伙计："当今万岁爷几时出京？"小伙计说："三月初十日黎明一定出城，全派好了。你等着瞧这个热闹。"自己要了酒菜饭，吃罢多时，天有初鼓，自己倒犯了难了，心中说："我想当今皇上这一出京，必然是有贝子贝勒、王公大臣护驾，御林军、前锋营上虞备用，无数随驾人员。我一个人要求圣驾，那时间准被获遭擒，落一个反叛刺客，我算甚么人物？人要作事，必要轰轰烈烈，方是英雄。我必要见机而作，瞧事作事。"想罢安歇，一连住了几天。

这一日，到初九日，黄三太怕万岁夜内过去，自己到初鼓算了店账，把马拉出店去。他一瞧，一条火龙相似，道上人烟不断。黄三太也是身穿官衣，龙蛇混杂，那些当差之人，各衙门都有，他哪里认的出来呢？黄三太本来长得不庸俗，头戴新小呢秋官帽，身穿蓝绸夹袍，腰束丝带，外罩红青宁绸夹马褂，足登青缎靴子，面皮微红，红中透黄，一部银髯，根根似线。也无人盘问，他拉着马来回走了几趟。天有四更时候，不见圣驾到来。

话说当今仁圣皇帝康熙老佛爷，这日传旨，带着宗亲王位、贝子贝勒、王公大臣，打南苑围杀猛虎。我大清本来初定鼎，河清海晏，五谷丰登，按春秋打围演武。这日，当今老佛爷不坐辇，不坐轿，单骑逍遥马。那匹马是边北克勒亲王孝敬的，其色皆白，浑身并无杂毛儿，四蹄走动如飞。皇上骑马，头前有前引大臣、护驾大臣，出了永定门。康熙爷有旨，不准拦人。那些军民百姓人等，都是起早跪于道旁，瞧看皇上。当今圣主在逍遥马上，一瞧那城外桃红柳绿，又是一番新气象，郊围麦苗，一色新，天气清和，惠风送暖，野花生香。康熙爷在马上说："王希，朕今春这个景况，准是五谷丰登。"宰相王希回奏说："托我主的洪福，皇王有道家家乐，天地无私处处同。"

君臣正然讲话，离大红门不远，忽听前边一片声喧，说："有了虎啦！”把护驾的王大臣吓了一跳，说："这还了得！”怕惊了驾，何人担的起？正在着急。这里又不是山川之地，哪里来的虎？这是我大清自定鼎以来有例的，每逢春秋，皇上两次围差，先传下令来在南苑打虎，那些个海户当差之人，从口外用钱买来，放在木笼内养着，好伺候差事。这一只虎是二月来的，野性未退，今天从笼内跑出来，顺道出了大红门，把那些管虎的海户兵丁，吓得魂飞胆战，连忙拿兵刃追下来，他等如何追的上。那虎一出大红门，正遇前引大臣等，连忙说："打！”这里一乱，康熙爷问大臣说："乱的甚么？”有当差的回明大人王希，王希奏明皇上。康熙爷乃是一位佛心的人，一听此言，说："速传朕旨，勿论军民人等，只管把虎打，朕还有赏，恐伤了人。"

这圣旨往下一传，那些当差之人一片声喧，早惊动了飞镖黄三太。他在大红门正候圣驾，忽然从南苑内蹿出一只虎来。又听传旨，他加鞭飞马，闯进了外围子，说："你等闪开，打虎的来了！”那只虎见人多，正在无处逃走之际，忽听对面有人喊他，虎也是扣了食啦，竟扑三太而来。黄三太望对面一看，那只虎好生的厉害。怎见的？有赞为证：

头大耳圆尾巴摇，浑身锦绣是难描。
樵夫一见胆吓破，牧童闻声魂皆消。
长在深山谁争力，众兽丛中任咆哮。
山君未曾令人怕，眈眈之视壮自娇。

黄三太看罢，伸手把迎门三不过的飞镖掏出来两支，照定那虎就是一下，正中在那虎的左肋之上。那虎大啸一声，竟奔三太而来，被三太又是一镖，打在前胸，登时身死。

众当差人先报于宰相王希，王希奏明圣上，圣上传旨，命打虎之人前来召见。那康熙老佛爷乃是马上皇帝，并不胆小，却要见打虎之人。那当差人等闪开，老佛爷远远见有一老头儿，威风凛凛，煞气腾腾，跳下马来，站于就地，先把肋下佩的刀解下来，扔于就地，自己来至马前跪下，膝行几步说：“小民黄三太，叩见万岁万万岁！”康熙老佛爷看黄三太年到花甲，还有这等本领，真乃英雄也，开金口说：“你是哪里人氏？来此何干？据实说来。”黄三太连连叩头：“求万岁赦民死罪，我才敢明白回奏。”康熙爷说：“赦你无罪，只管实说。”那黄三太磕了一个头说：“小民是原籍福建台湾永和乡的人氏，寄居绍兴，练的一身武艺，保镖营生。虽说身归绿林中为寇，不劫商客，单劫贪官污吏、痞棍势豪，得了银子不乱用，周济孝子贤孙。前数年洗手，不营此业。今因民六十生辰之日，有昔年结拜的朋友濮大勇，酒后他说我年迈无能，要在北京天子脚下，作一件惊天动地之事，才算英雄。小人因一时气怒不平，我来到京都，正遇万岁爷行围打猎，遵旨打死猛虎，不敢求赏，只求万岁爷赐民一点物件，成我之名，民死在九泉之下，也感念万岁爷的皇恩浩荡。”当今老佛爷听罢此言，龙心大悦，又看黄三太年老，既然是洗手的豪杰，皇上随身又不带零碎，一回身将所穿的黄马褂脱下来，说：“黄三太，我赐你此物回家，务本成名守分，念你打虎救驾之功，去罢！”黄三太磕了个头说：“吾皇万岁万万岁！”接过来，自己回到那黄膘马边，临近拾起刀来，飞身上马，晓行夜住。那日到了家中，把黄马褂供于佛堂之内，晨昏烧香，无事教黄天霸白日入学读书，夜晚练武，练的长拳短打，刀枪棍棒，三支飞镖甩头一支，无所不通。这且不表。

那日康熙老佛爷给了他黄马褂，轰动京都，人人知晓这件事，自古未有之事。京都城内，喜欢了一位洗手不作的飞天豹武七达子。他自从黄三太镖打窦二墩之后，见李七侯是跟了彭公当看家护院的镖手去了，他揣知仕途有味，自己到京都，在达木苏王府充当差事几年，王爷甚喜欢他，即放了他二等侍卫，在府中管事。还有两朋友汤梦龙、何瑞生，这两个当了提督衙门的大班，办案拿贼。这一日，武七达子正闷坐书房，下班无事，想要出南城听戏，忽见家人来报说："外边有京东乐亭县赛毛遂杨香武来拜。"武成闻听，连忙往外迎接。心中说："我这个兄长有三载未见，我等金兰之交。"想着，来至大门，看见杨香武身穿蓝细布大褂，白袜青鞋，面皮微黄，似有若无的两道眉毛，两只圆眼睛的溜溜乱转，神光朔朔，高鼻梁，薄片嘴，微有几根胡子，上头七根，下边八根，说话声音洪亮。见武七达子从里边出来，他就说："贤弟，你好哇，久违，久违！"武七达子说："大哥，你我有三载总未会面，不想今朝到此相遇。我正要出南城听戏，兄长来了甚好。"说着请了安，乐嘻嘻的。

二人到了书房内落座，家人献茶。武七达子说："大哥，你往哪里去了？三载并无往我这里来。"杨香武说："我在山东、河南住了三年，忽然想起往京都看看老弟。想你我昔年在英壮之时，大家在山东德州李家店镖打窦二墩。倏忽数载，旧日宾朋大半不在的多了，真正是不堪回首忆当年。昨朝我方到京中，在南城住店访问，才知你移武宁侯胡同这里住。我也想着与你谈谈心，这京中就是你与何贤弟、汤贤弟。他二人我听说充当内大班，办案差事很红。"武成说："兄长必然是未吃早饭，吩咐厨下备酒，先给兄长接风。昨夜晚灯花连连结蕊，就应恩兄虎驾降临。"杨香武是一个心性爽快的人，见武成这样的厚爱，自己也甚实诚，随说："并未用饭。"少时家人摆上杯箸，把酒送上来。武成先给他斟了一盅，自己也斟一盅，二人落座吃酒，说些闲话。武成说："杨大哥，要说豪杰中人物，我就信服一个人，此人乃是南霸天黄三太。昨日在后门内沙滩，放响马劫了银鞘，你想何等英雄？有人说所骑黄马，年有六旬，我知道并无别人。"杨香武说："那也不算出奇。这京都是有王法的地方，反无王法了？外州府县的衙役，全都会武艺，可以办案。这京都之内，无有甚么人管这闲事。"武成说："杨大哥，我还有几句话，说给你听了，自然佩服。"武成说这几句话，激起杨香武一盗九龙杯，即在下回分解。

第二十九回

飞天豹斟酒论英雄　杨香武头盗九龙杯

诗曰：

禁里秋光似水清，林烟池影共离形。
暂移黄阁只三载，却望紫垣都数程。
满座清风天子送，随车甘露郡人迎。
绮霞阁上诗题在，从此还应有颂声。

话说武七达子在书房之内，摆酒与杨香武二人谈心，情投意合，提起义侠英雄来，武成说："就是黄三太，先在沙滩放响马，后来在北海子大红门镖打猛虎，当今万岁爷见喜，钦赐八宝的团龙黄马褂，天下扬名，有一无二，你说咱们豪杰中，真算第一人！"杨香武说："真好！黄三哥六十岁的人，作此绝古别今之事，我杨香武实在佩服。武贤弟，并非愚兄我夸口，三日之内，在此作一件事，叫你定然知道。"武成说："仁兄休要取笑，这京都禁地，能人过多，再者兄长四旬有余之人，老不讲筋骨为能，英雄出于少年，我乃金石之言，望兄长请要三思而后行。"杨香武说："贤弟之言是也。少时用完了饭，我还要看看汤梦龙、何瑞生二位贤弟呢。你给我十两纹银，我还买些物件。”飞天豹武七达子连忙叫家人取了十两纹银，说：“兄长，不够只管说。”杨香武说：“使不了。”二人用饭毕，杨香武说：“贤弟，今日正当暑热之际，不知万岁爷在哪里避暑？”飞天豹武七达子说：“现今皇上在京西海淀，离城十二里地，有一座畅春园，在那里避暑，每年五月节后即去。凡一切公事，军机大臣全在那里办事。过了九月九日登高之后，方能进城啦。”杨香武听罢，说：“是了。”武成说着无心，杨香武听着有意，站起身来告辞说：“贤弟，明日再见，我到后门外去看汤、何二位去。”武成送至门外。

杨香武出了西直门，过了高亮桥，顺着石头道，到了海甸。一见那街市之上，人烟稠密，买卖兴隆。顺着泄水湖，往南到了龙凤桥，见西边往南路西，有一座清茶馆，门首贴着黄纸报子，上写：“本馆于本月初一日，准演赵太和《隋唐全传》。”杨香武一看，天有过午之时，自己也渴了，也不知万岁爷现在哪里，无奈进去喝碗茶再说。自己进去，坐在一张茶桌儿上，跑堂的拿过茶壶来，连茶叶一同给杨香武。杨香武把茶叶放在壶内，跑堂的泡了一壶开水。杨香武见那喝茶的人，全是太府宫官，只听有一个太监说：“先生该开书了，天不早啦！我今日晚半天还有差事。主子今日晚膳在畅春阁，有边北蒙古克勒亲王进献《八骏马图》，主子许要传着我。昨日听了你的《临潼山救驾》，今日该说《当锏卖马》了。你快说，我听几回就走。”说着掏出一个靴掖来，拿出一张十吊钱的票子，给了说书的先生。那先生上场，道了词句，开了正传，说的甚热闹。杨香武听了两回，见那太监起来走了，他就跟随在后边，到了西口外，就有帐房了。那该班的兵见杨香武不是本处的打扮，说：“别往里走啦，再走锁上你。”杨香武急回来，望各处细看，见西边有畅春园的围墙，心想：“我今天要身入险地，万一我得点皇上心爱的物件，我要叫天下英雄知道有我赛毛遂杨香武这个人。”想罢回来，在各处散逛。

日色平夕，用了晚饭，至黄昏后，在无人之处，把长大衣服脱下来，包在小包袱内，随手从兜囊中取出罩头帽，把辫子盘在里边，身穿小裤褂，腰系搭包，抱单刀用绒绳拴于背后，拧好了押把簧，头带百宝囊，里边有十三太保的钥匙，无论甚么锁，全都开的开，内有鸡鸣五鼓返魂香的小铜牛儿，千里火，白蜡扦。自己把衣包斜插式抔于腰间，翻身上房，窜房越脊，过了几重院子，跳在就地。走至畅春园的东界墙，把身一伏，还了一口气，飞身上墙，瞧见里边楼台殿阁，各处灯火之光照耀如同白昼一般。在各处上窃听，听到一处里边说："定了更，传了口号下来，伺候巡查，咱们大家别误了差事。"杨香武想："这时候还早呢，这是外边当差的。"又进了几层院落，细瞧正北一座大殿，东西各有配房，里边全有灯光。惟这南边灯光甚大，当差的人无数。这东屋有人说话，好像太监之声，内有一人说："咱们把灯全点上罢，少时就要出来了。"杨香武听罢，一转身到了那北大殿内，观看北边有屏风，还通后边，屏风前有一把闹龙椅，上罩黄缎子罩，椅子前有龙书案，房上垂下来四个珠子灯，内点白蜡。杨香武一看，那屋内各样陈设不少。

正然观看，忽听外边有脚步之声，随即将身扒在就地，蹿入椅子底下。只见对对宫灯引路，进来了当今万岁爷，就在椅子上落座。有侍御太监魏珠、李玉、张福、梁九公四个太监，先把桌儿上收拾干净，摆上各种菜蔬。有魏珠拿过一个匣子来，取了一支白玉杯来。此杯一半天产，一半人工，玲珑细巧，上有九条龙，乃是当今康熙老佛爷心爱之物。放在桌上，梁九公斟上一杯酒，放在桌儿上，康熙爷饮了一口。外边侍御人等不少，谁也不知椅子底下有这个贼。杨香武也是战战兢兢的，好像偷油吃的鼠儿一般，一声也不敢言语，连大气全不敢出。

皇上饮了几杯酒，说："梁九公！"下边答应："呵哈，伺候！""吩咐把克勒亲王进的《八骏马图》，呈上我看。"梁九公下去，早有官人把宫灯高挑，少时把那轴画接过来，打开一看。康熙爷离了宝座，站在东边，宫官把画在西边挑着，头前两边点的灯烛辉耀。康熙爷观瞧：头一匹马名为赤兔，乃三国吕布所骑，后来吕布被擒，此马归于曹操。关寿亭侯被困曹营，曹操赠赤兔马；因为此马，关公给曹操下了一拜，真乃千里龙驹也。又看第二匹，是一匹黄膘马，当年驮过秦琼，在潼关内三挡老杨林，潼关外九战魏文通，走马取金堤，皆此马之力，真好马。又看第三匹，乃是赤炭火龙驹，残唐之时李存孝所骑，过黄河战黄巢，破了四十八万番汉兵，连破七十二座连环阵，十八骑人马杀入长安，皆此马之力。康熙爷正观古画，先有宰相王希因皇上夜晚饮酒，他作了一首诗，恭颂康熙佛爷的好处，上写诗曰：

大帝皇王罩帝京，天产英列圣主聪。
夜饮千杯不知醉，胸藏万卷书无穷。
要观古画与器皿，常怀施济万民生。
尧舜之治今又复，恩罩草野属大清。

这是说皇上的好处。那皇上只顾看画，那些太府宫官全听皇上讲说此画。那赛毛遂杨香武见众人全皆看画，他一伸手把那九龙玉杯拿到手中，还有皇上剩的半杯酒，他也喝了，摄足蹿踪的，慢慢溜至后边，顺着屏门出去，得意扬扬，窜至房上，出了畅春园。

到了无人之处，换了衣服，施展飞檐走壁之能、陆地飞腾之法，一直到了西直门。天色大亮，找了一个小酒铺儿，喝了一壶酒。歇息歇息，进了城，到那武宁侯胡同武成的门首。家人认识是主人的好友，连忙说："杨大爷回来了，请罢！我去通禀一声。"杨香武说："不用通禀，我跟你进去就是。"到了二门，进去是北房五间，东西各有配房三间，来至书房之内落座。武七达子正在北房之内闷坐，正想杨大哥为何还不回来呢？正在思索之际，忽见杨香武已然进来，连忙向前说："大哥从哪里来？"杨香武说："贤弟，你把左右家人退去，我有话说。"武成说："你们出去罢！大哥有话请讲。"赛毛遂杨香武

说 :“贤弟，愚兄我昨日走了，并没去看汤梦龙、何瑞生，我到了海淀畅春园，正遇康熙爷夜筵，我暗进畅春阁，偷了来皇上的九龙玉杯。”说着伸手从怀中掏出来，递与武七达子。武成一看，连忙站起身来说 :“我昨日是无心之话，激恼了兄长，盗此九龙玉杯，真乃第一豪杰。我从此看豪杰中朋友，就佩服你兄弟二人，一明一暗。”说着话，给杨五爷请了安。杨香武说 :“贤弟说哪里话？愚兄一时忿气，略施小技，何足为奇。”说着，二人饮酒。杨香武说 :“贤弟，我要到绍兴府去会会黄三太。我与他题说此事，他必然知晓，也叫他知道天下还有一个杨香武。”武七达子说 :“兄长何必如此，日后兄弟也有见面之日，如见面之时，那时必然题说此事。”杨香武说 :“贤弟，吾意已决，非去不可。”武七达子说 :“兄长要去，也须在此多住几日。”杨香武点首不言，二人饮酒谈心。

却说皇上康熙爷看罢了《八骏马图》自己归坐饮酒，不见了九龙玉杯，勃然大怒。不知后事如何，且听下回分解。

第三十回

丢玉杯捉拿黄三太　闻凶信自投府衙中

诗曰：

都门秋色满旌旗，祖帐容陪醉御卮。
功业迥高嘉祐末，精神如破贝州时。
匣中宝剑腾霜锷，海上仙桃压露枝。
昨日更闻保诏下，别看名如入画彝。

话说康熙老佛爷归座，太府宫官把《画马图》拿下去，圣主要饮酒，不见那九龙玉杯，心中想："必是当差人等小心谨慎，怕的是搕碰了，拿起去了。"康熙爷说："啊哈，看酒！"李五与魏珠二人要斟酒，不见了九龙玉杯，吓得梁九公等战战兢兢，连忙跪下说："奴才等只贪听讲《八骏马图》，不知九龙玉杯哪里去了？"康熙爷听罢此言，勃然大怒说："何人拿去？搜来！"梁九公下来，往各处一搜，并无踪影。康熙爷传旨说："朕寝宫禁地，能有贼人来，必是尔等自不小心。吩咐侍卫人等，各处搜查明白，明日回奏。"

梁九公遵旨，到了外边传旨说："圣上有旨，着尔等严加搜查，内里丢了九龙玉杯，找着明日回奏。"这道旨意一下，把内厅该班的专达依都章京、莫云章京，个个胆战心惊，说：“此事不好！这必是里头太府宫官惹的祸，咱们微末的差事，哪里担的了这个考程。轻者降级罚俸，重者革去前程。”那各门上当值的人，无论是谁，一概搜查，只闹到天色大亮，并无一点下落，大家无法。里边传出旨意，在安乐亭办事。这军机大臣有中堂王希，裕亲王，贝子贝勒，朝郎驸马，九卿四相，翰詹科道各官，全皆伺候。

少时，康熙爷升了安乐亭，传旨王希见驾。军机大臣王中堂行了三叩九拜之礼。当今圣主说：“朕昨日在畅春阁夜筵，失去九龙玉杯，他等值班人并不认真办理，实属不成事体。”王希口称：“万岁！臣有本，面奏此事，内里值班的人是那一个？派他查明回奏。”康熙爷说：“是梁九公，他已在各处搜查，今早回奏，九龙玉杯不见下落，宝座之下有人扒的印迹。”王希听罢：“据臣想，这个贼必是飞檐走壁的人。皆因我主万岁皇恩浩荡，今春在北海子大红门打虎，遇见那黄三太打了猛虎，我主赏了他黄马褂，他必是回家对着那绿林贼人，夸自己之能。有那不知世务的贼人，他前来必是暗进皇宫，偷我主的九龙玉杯。依臣愚见，我主传旨，先拿黄三太到来，问他得了黄马褂回家，对绿林什么人说来，可以追本穷源，必得盗杯之贼。如拿住这个盗杯之贼，连黄三太一并斩首，并将他所有的巢穴尽行查抄，以绝后患。若要不然，恐贼人肆行无忌，还恐有人再来盗我主别的物件。”康熙爷闻听王希所奏有理，说：“王希，这黄三太要是回家并未对众寇题说，该当如何办法？”王希奏道：“我主见机而作。”那些该班人等，闻所中堂王希所奏，大家口念真佛说：“救了我们多少人！”当今圣主传旨，谕都察院五城御史并提督衙门，以及顺天府、各省督抚，捉拿盗犯黄三太，锁拿来京，交刑部审问，讯明回奏。这道旨意一传，立刻发钞，康熙爷散朝回宫去了。

这天下督抚提镇，行文于该管之处。这个火牌文书，到了浙江绍兴府。绍兴府知府，那位老爷姓彭名朋，字友仁，出任作过三河县，屡次高升到了绍兴府，作了几年，大有政声，上司保了“卓异”，此时已钦加布政使衔，遇缺提升按察使，候补道，特授绍兴府正堂。一接这个火牌，连忙到了书房内，把管家彭兴儿叫过来说：“兴儿，你去把李壮士给请来。”彭兴答应出去，把李七侯请来。李七侯来至书房说：“恩官呼唤，有何吩咐？”彭公说：“壮士，请坐。”李七侯告座。彭公说：“今有上宪行文一件文书，在各府州县捉拿黄三太。我想黄三太乃是英雄义士，自本府在三河县任内时，多蒙他护助。自我到任本地，并无盗案。他也无事不往我衙门来往，真乃品行端方的人。此事我想该怎样办理？”李七侯说：“恩官，这件事据我想，黄三太一个草民，如何犯了天颜？这事我与他是朋友，老爷只管按公事办理。黄三太乃是当时有名的人物，他要知信，必然亲身前来身投，万不能海角天涯逃走。还有一件，老爷要送人情，也急速与他送个信，让他逃走了；老爷要按公事办，也急速派人拿他来，恐其日久生变，倒不好办啦。”彭公为人精明忠正，听了李七侯之言，倒为了难啦：“为人臣者，忠则尽命也，要量事而行。莫若我修书信一封，命李七侯给黄三太送去，叫他远遁他乡，隐姓埋名，我再送他路费二百两纹银。”想罢，忽见外边长随进来说：“回禀老爷，外边有黄三太求见。”彭公听罢一楞，半晌无语。想罢，说：“请他进来。”

再说黄三太自得了黄马褂，他在家中每日教那黄天霸练那各样武艺。这日，正在上房与夫人秦氏说话，说：“贤妻，我想人生在世上，仿佛一场春梦。像我这样人，一生不伏人的性情，就算不好，只知有己，不知有人。也是天缘凑巧，我在大红门打了猛虎，留下这一点英名传留后世，日后叫我儿黄天霸跐着我的脚迹儿行，不可弱了我的英名。”秦氏说：“这孩子也很好。”夫妇正然讲话，忽然家人来报说：“外边有神眼季全要见庄主，有机密大事相商。”黄三太说：“请他进来。”家人出去，带季全从外边进来，也顾不的叩头，说：“三叔，你老人家大祸临身！小侄探听明白，现今各府州县画影图形，捉拿你老人家，趁此快逃走罢！”秦氏听罢，吓得面皮发黄。那黄三太说：“贤侄，不知所因何故拿我？”季全说：“不知道所因何故。”黄三太说：“是了，我自得了黄马褂，供于佛堂，并未作犯法之事，这必是因黄马褂的事。我要是不到当官，恐遗笑与人，莫若我去，看万岁爷应该把我怎么样办法？”想罢，说：“季全，我今年已经六十岁的人了，我疼你及天霸。你跟我到京都，见了刑部堂官，他必然追问，我据实说。要是康熙老佛爷开恩，释放我回家，一家骨肉团圆。若要圣上见罪，把我杀了，你把我的尸首灵骨，带回绍兴府来就是了。”季全听了此言，心中不由的伤惨，落下几点泪来，说：“三叔，何必说这不吉祥的话？”秦氏说：“依我拙见，总是不去为上策。”黄三太说：“胡说！快拿四封银子给季全，你跟我先到绍兴府衙门，然后再说。”

秦氏给了季全四封银子，黄三太带季全到了绍兴府官署外，说：“季全，你在一旁暗探消息，不必跟我来。”自己到了班房，说：“今天是那位值日？”壮头何振邦说：“我该班。黄三爷，你老人家来此何干？”黄三太说：“你通禀一声，就说我求见老爷。”何班头立时到了门上，见了长随彭旺，说：“外边有黄三太求见大人。”彭旺也知道大人认识黄三太，连忙到书房内说：“禀老爷，外边有黄三太求见。”彭公闻听，心中说：“这黄三太来此甚好，我周济他几百两纹银的程仪，叫他逃命去罢。”那李七侯也知道彭公要报前恩，连忙迎出去，给黄三太请了安，说：“老仁兄好哇！这是从哪里来？”黄三太说：“贤弟，我的事你定然知道，想彭大人与我都是故人，免的费事，我自投案前来。”李七侯听罢，暗暗信服，黄三太果然名不虚传，真英雄也。带至西院北上房书房之内，说：“这就是大人。”

黄三太只闻名，并未见过彭公。今日一看，果然是品貌不俗。彭公年约五十以外，身高七尺，面如满月，眉分八彩，目如朗星，准头端正，四方口，沿口黑胡须，漆黑透亮，身穿灰宁绸二则龙的单袍儿，腰系凉带，带着扇套槟榔荷包全分活计，足登官靴，头上未戴官帽，天生福相。黄三太看罢，请了安，说："大人好？小民给大人请安。"彭公见黄三太虽然年迈，精神百倍，五官不俗，连忙站起身来，说："老壮士乃英烈之人，我久仰大名，今幸相会，实三生之幸。前者多蒙厚爱，借仗威力，得有今日，我心中实实感佩，老壮士请坐讲话。"黄三太说："老大人乃本处父母官，犯人天胆不敢与大人对座。"彭公说："老壮士，你我慕名久矣，何必太谦。"黄三太见彭公一番恭敬，自己在下边落座，说："小民有罪了。"彭公说："老壮士，今日来此何干？"黄三太说："大人必见着文书了。康熙老佛爷各处拿贼，不知所犯何罪？我今来此，求大人把我解送京中，听旨发落。"彭公说："老壮士，你作的事本府一概不知，你可从实说说。"黄三太就把沙滩劫银鞘，北海子大红门镖打猛虎，当今皇上赦罪，赏赐了一件黄马褂，"大概许为这件事，我也未作过别的事故，俟到京都就知道了。"彭公说："老壮士若不愿意打官司，我就放你逃走；你要打官司呢，我行文于上司，再候旨意。"黄三太说："我候旨意打官司就是了。"彭公赏了一桌席在客厅，派李七侯相陪。二人到了客厅之内，又叫人把季全叫进来，叫他回家送信，叫家内放心，自己在衙门住着等候公文，季全也都在李七侯的房内住。

彭公遂将黄三太投案的文，行于抚衙。那抚台是纳清河，奏明皇上，谕下，着绍兴府知府彭朋押解来京，交刑部严刑审讯，钦派刑部尚书杜荣、都察院左都御史王鸿奎、吏部尚书王希审明回奏。彭公接了文书，正要进京引见，并想归家探望亲友。这才收拾，择日起身，带彭兴、彭旺、黄三太、李七侯、季全等，把本处的土物带了些回京送人。办了文书，本府的案件均付二府护理。黄三太这一入都，不知吉凶如何，且听下回分解。

第三十一回

黄三太刑部投审　蒙圣恩赏假寻杯

诗曰：

有有无无且奈烦，劳劳碌碌几时闲。
人心曲曲湾湾水，世事重重叠叠山。
古古今今多变改，生生死死有循环。
将将就就随时过，苦苦甜甜命多般。

话说彭公携带仆从人等，同李七侯押解黄三太入都，季全跟随，一路散放，并不身带刑具。由绍兴府坐船，在船上景况，无甚可表。那日到了通州下船，雇车进了齐化门，到了东单牌楼金鱼胡同。彭公在庙内打的公馆，次日到刑部投文，又派兴儿给黄三太在刑部内下边打点好了。当日司务厅点名，把黄三太收了寄监。有刑部南所的牢头是打带值的飞天抓苗五，乃是东路的响马，认识黄三太，听说收在他这屋内。黄三太此时是手铐脚镣全刑，还有季全与彭兴上下通融，花费了二百两纹银。黄三太进到南所，瞧那些受罪之人不少。飞天抓苗五秃子早已叫来一桌酒席，给黄三太压惊。黄三太方到了内所，苗五秃子过来说：“三哥，认识我苗五秃子不认识？”黄三太见说：“五弟，你也在这里，是为什么案？”苗五说：“是因在香河县路劫案，刘逸把我拉出来，他等全出去了；我打了带值，四年得了本所的当家的。哥哥这里来，把家伙给下了。”在屋内二人吃酒，遂问黄三太因何到此。别的话不可重叙，黄三太就把所作的事说了一遍。苗五秃子把秃脑袋一拍说：“罢了，还是三哥的英雄，我真佩服。”

今不言黄三太在刑部。再说这奉旨派的钦差吏部尚书王希、刑部尚书杜荣、都察院左都御史王鸿奎，是日三人会议，在刑部大堂坐堂，立时把黄三太提出来，跪于堂下。杜荣说：“你叫黄三太？”黄三太答应说：“是。”杜荣说：“你在大红门得了当今万岁爷的黄马褂子，是同着哪个盗寇提说？你必要显显你的得能之处。”黄三太说：“众位大人在上，罪犯蒙圣恩不斩，反赐黄马褂。我回到家，将马褂供于佛堂，惟知教子读书，并未与盗寇来往，这是罪犯的实话。”王希问道说：“你今来京，还是绍兴府拿的你呀，还是你自行投首的？”黄三太说：“罪犯自行投首。”王希说：“圣上在畅春阁失去九龙玉杯，你必知情。”黄三太说：“大人如同秦镜高悬，我今已隔十余年，并未出门，我如何知道九龙玉杯的事情？”王希说：“要派你找去，你可能找来？”黄三太说：“大人开恩，若派罪犯去找，不敢不去。”王希同二位大人，均是干国栋梁，见黄三太年过花甲，都有一个恻隐之心。三位大人吩咐带下去收监，候旨意发落。三人会议，递了一个折子。康熙爷降恩旨，给黄三太两个月的限期，命他寻找九龙玉杯，着地面官不准拦阻他，任他各处寻找。旨意下，即出刑部，回到彭公公馆。又有旨意，传彭公明日预备召见。次日彭朋上朝见驾，康熙老佛爷见彭公举止安详，气宇轩昂，甚为喜悦，留京供职，升了工部右侍郎。绍兴府知府，着张松年去。

黄三太给彭公叩了喜，带着季全回归绍兴府。到了家中，秦氏甚为欢喜，急问到京一切，方知在京都之事。秦氏说：“此事应该怎样？”黄三太说：“此事还须季贤侄你出一个主意。”季全说：“这件事必须写下请帖，请天下的英雄以庆贺黄马褂为名。在酒席筵前，要有盗九龙玉杯之人，必然要卖弄他的英雄。要是不说，我用几句话激出他的话来，必有话音。”黄三太细想此事甚妙，先叫家人买了一百余个红单帖，叫先生写，要邀请各处的英雄，于八月二十日在舍下恭候。如有绿林中知己的朋友，也须转邀请几位更好。给了季全二百两纹银，一匹快马。季全去了，即派家人置办酒席，高搭席棚，悬灯结彩，各处都点喜字，门首换新对子，仆妇家人俱穿新衣服，棚内挂着八扇屏儿，画的山水人物。黄三太告诉家人：“多找厨子，这次比我庆寿人来的多，每顿十五桌，预备五天。”家人答应。

过了八月十五日中秋佳节，黄三太正自闷坐，忽听家人来报说：“今有鱼莺子何路通前来给你老人家请安。”三太说：“叫他进来。”何路通连忙到了客厅，给黄三太行了礼，说：“师父受惊了，我听季全所说，吓了我一跳。我先到后边给师母叩头。”黄三太同他到后边，师徒二人进了内宅。何路通给秦氏叩过头，说：“师母，你老人家好哇！”秦氏说：“我好。何路通，你来了，帮着照料照料也好。”少时，黄天霸来给何路通请安，二人行了礼。黄三太把前项的事，与何路通正然细说，忽见外边家人来报说：“今有滚了马石宾、泥金刚贾信、朴刀李俊、闷棍手方和、大刀周胜、快斧子黑雄、满天飞江立、就地滚江顺、摇头狮子张丙、一盏灯胡冲、快腿马龙、飞燕子马虎众位英雄，在门外下马。”黄三太同何路通师徒二人迎接出去，到了门外说：“众位寨主请了！”大家下马，一同进了大门，来至二门，望里观看，高搭席棚，悬灯结彩。众位到了里边，见礼已毕，大家落座。石宾说：“三哥，我等来的太早，今日才十六日，我等就来了。”黄三太说：“多蒙众位赏脸赐光，我这就感念不尽了。”家人献上茶来，黄三太与大众谈说：“今日的事，摆上酒席，先给众位接风。”贾信说：“三哥年到花甲，作此惊天动地之事，我等甘心佩服。”黄三太说：“我有何奇能，承众位抬爱。”大家吃至二更，撤去残桌，安歇。

次日十七日，早饭后，外边家人来报说：“今有三起人来，在门外下马。”黄三太说：“众位勿动，我师徒二人迎接进来就是。”同何路通到了大门以外，早见这里家人接马，拴于马棚内；跟来的人有黄宅的家人，带至南院中用饭。黄三太看，头一起是飞天豹武七达子、汤梦龙、何瑞生、白马李七侯四位；二起是金眼兽陈应太、锦毛虎张秉成、左丧门孙开太、乌云豹李世雄，与小霸王郭龙、赛燕青郭虎、赛霸王杜清、铁金刚杜明，这是八位；三起是茂州渗金塔萧景芳、五方太岁常万雄、神偷王伯燕、秃爪鹰李治、混江龙蒋禄，还有二位，二十多岁，俊品人物，并不认识他是何人，这是七位。共十九位英雄，与黄三太见礼。王伯燕说：“我给你们见见。”指定那红面目的说：“此公姓张名飞扬，绰号人称震山豹；那位白面模的姓刘名青，绰号人称通臂猿。”大家到了客厅，与众人见礼，有认识的，有不认识的。

大家吃茶，家人来报说：“外边又来了四起英雄，在门首下马。”黄三太师徒迎接出去，见头一起是淮扬一带水路的孤贼猴儿李佩，外邀请的于江、于海、周山、李洞、于亮；二起是河南一带的英雄，铁幡杆蔡庆、蓬头鬼黄顺、赛李广花刀无羽箭刘世昌、落马川金眼龙王刘珍、马上飞谢珍；三起是铁背熊褚彪、黄河套的鱼眼高恒带着他儿子水底蛟龙高通海、红旗李煜带着他徒弟谢虎；四起是景州刘智庙的神行丁太保，还有北京后门内大石作住的铁掌方飞，带着他徒弟，姓李名昆，字公然，绰号人称神弹子李五，小银枪刘虎，这四起共二十位英雄。黄三太均皆见礼已毕，让至客厅，款待酒饭，一日无事。

至十八日这天，黄三太大摆筵席，当着众绿林说：“我黄三太身在豪杰数十年，今我得康熙老佛爷的黄马褂，一则庆贺黄马褂，二则当着众位洗手。”蔡庆说：“三哥也想的是，像咱们作义侠的，那有庆八十的？我今年方四十，劳碌半生，名业未建。三哥还算是英雄。”一人正在讲话，家人来报说：“外边又有两起英雄前来。”黄三太说：

“众位勿动，我师徒二人出去，一看便知。”黄三太到了大门外，看见面前来的是金眼魔王刘治、花面太岁李通、白眼狼冯豹、小太岁杜清、小军师冯太、双刀将李龙、蓝面鬼刘王、赤发瘟神葛雄八位；后起是山东一带的响马，大孤山梧桐村凤凰张七，带着徒弟赛时迁朱光祖、八臂哪吒万君兆。黄三太方才儿完了礼，后面又来了飞天鹞子贺兆熊、濮大勇、武万年，带着儿子贺天保、濮天雕、武天虬，大家行礼已毕。这三起共十七位英雄。大家到了大厅之内，与众绿林见礼，各已归座。真是三山五岳，水旱两路的英雄；四野八方，明劫暗盗豪杰，共有六七十位。黄三太派人先把座位拉开：“我黄某各敬一杯。”濮大勇说：“不可。前番只因我爱说懈怠话，惹的三哥你在北京沙滩劫银鞘，今又在北海子大红门劫圣驾，打猛虎，得了当今皇上的黄马褂子，可喜可贺。今日我们大家理应敬你一杯才是。”众人齐说“有理”。大家乱了一日。

过了十九日，这日是正日子，比每天更热闹，鼓乐喧天。把黄马褂请出来，供在当中，黄三太焚了香，暗暗祝告上天保佑，“今日访出九龙玉杯的下落来才好”，烧了钱纸。各路水旱盗寇也叩了头，一齐观看那黄马褂，是鹅黄缎子的，织成团龙，大家赞美。黄三太吩咐家人抬开桌椅，摆上酒筵，要用话探听九龙玉杯的下落。不知有无，且听下回分解。

第三十二回

周应龙祝寿会群雄　杨香武二盗九龙杯

诗曰：

十年赢得锦衣归，风景依稀事半非。
惟有多情门外柳，见人犹自舞秋衣。

话说黄三太庆贺黄马褂，邀请天下的英雄。他要暗探九龙玉杯落在何人之手，好找来奉献皇上，以免本身之罪；“倘若找不着，皇上怪罪，连我全家性命难保”，自己又不知怎样问法，真是当局者迷，把一位老英雄着急为难了。正自无可如何之际，忽见季全从外边进来，他心中甚为喜悦。季全给众人见了礼，黄三太说：“季贤侄，你辛苦了。我等全都烧了香啦，你也去叩拜叩拜。”季全就知是还没题说九龙玉杯之事。黄三太一生得了一个好帮手，那季全拜了黄马褂，到了无人之处，说：“季全，此事我正着急，你来该怎样办法？”季全在黄三太耳边说，“如此如此，可以成功。”黄三太说：“全仗贤侄，你办罢。”二人进了彩棚归座。季全与何路通、朱光祖、万君兆一桌。此时黄天霸也从学房来，见了众叔叔伯父，又与贺天保等三个人见礼。蔡庆说："我看黄天霸五官俊秀，必然聪明，久后要出马，定然是一位惺惺。"张茂隆又把庆生辰小兄弟结拜之事说了一遍。蔡庆说："我今就送与他四个人一个绰号，称谓四霸天。"贺兆熊说："好一个四霸天！"

大家正然说话，神眼季全说："众位老英雄，我有一件事要当众位言明。今日之事，我看天下英雄不少，想我三叔，乃绝古别今之人，在海子红门打猛虎，得了当今皇上黄马褂，真乃是义侠中人上之人。我想众位寨主，也无非是在大道边上，或在漫山洼，或在树林之中，遇见客旅经商，拦住去路。保镖之人软弱无能的，你等得财到手；倘若遇见活手之人，就是以多为能。像我黄三叔这个人办事，或仁取，或义拿，都是一人。要在拿皇上家一物，我看天下并无一位能去的。"季全这一片话，内中也有服的，也有信的，也有生气的，都知季全乃是一个蹈盘子的小伙计，他就这们信口开河，黄三太也不拦他，把一个飞天豹武七达子眼都气红，举目一看，这众人内并无有杨香武，嗐了一声，说："季全，你休要小看人。泰山高矣！泰山之上还有天呢！沧海深矣！沧海之下还有地呢！人外有人，天外有天！可惜今日之会，短一个人。要有那个人，我定然叫你们知道他作的惊天动地之事！"

黄三太闻听，暗为喜悦，心中说："季全这孩子真有能为，有了因头了。"连忙说："武贤弟，你说这内中短一个人，可是与我等认识不认识？必然作了一件出奇的事了。把他请来，幸喜我黄三太有了对啦，我要领教领教，是姓甚么？可以请来。"黄三太正然追问武七达子，外边家人来报说："今有赛毛遂杨香武，在门外下马。"武成听罢，甚为喜悦，心中说："他从京中是七月间起的身，怎么这时才到？莫非是早见了。"自己犹疑之际，随着黄三太迎接出去。杨香武把马交给了手下人，见了黄三太说："三哥，我一步来迟，我这有礼了。"黄三太说："贤弟，你我知己深交，何必过套。"飞天豹说："拜兄来了，你怎么才到？不想来到后头了。”杨香武说：“我有些小事。”进了喜棚，与大众见礼。黄三太说：“贤弟上座。”杨香武说：“还是三哥上座。我等大家前来庆贺，理应如是。”黄三太说：“恭敬莫如从命。”杨香武坐下。

黄三太庆贺黄马褂，本来是为找九龙玉杯的下落。方才武成所说的话有因，黄三太复又向武成开言说：“贤弟，你方才所说是哪一位呢？”武七达子看杨香武一语不发，他把心中一动，说：“我杨大哥为何这样，不免我替他说了罢。”杨香武听黄三太追问武成，他就知方才必是他说什么话来的，连忙用话拦说：“武贤弟，我想天下英雄就是黄三哥了。”武七达子是一个口直心快的人，说：“杨大哥，我看你乃是英雄，为什么说话不明呢？众位寨主，我也不必隐瞒。今年六月间，你老人家在我家中住着，我因闲话，题说黄三哥是个英雄，你老人家夜入皇宫，在畅春园内盗那九龙玉杯，拿到我的家中，你说会会黄三哥，二人题说此事，为何今日见面哑口无言？小弟我替你说了。”那水旱盗寇闻听这话，暗暗称奇，杨香武也算与黄三太并肩的豪杰，大家齐声说：“杨老英雄，既然赌气盗了国家之宝九龙玉杯，也该拿出来，大家开开眼啦！”黄三太连忙过去说：“贤弟，你请上座，你我要细谈谈，可钦可敬。我虽然打猛虎，劫圣驾，全凭舍命一条，哪如贺弟仗平生的本领，囊中妙药，盗取九龙玉杯。”这杨香武有一件出奇的能为，他自配的一宗鸡鸣五鼓返魂香，其妙无比，要往哪里偷去，自己开了解药，他那返魂香装入铜牛之内，一拧簧罗丝一动，此香从牛口中钻出，人若闻见，不醒人事，乃江湖第一的妙法。后来他传授一人，名叫万君兆，爱他人品端方，认为徒弟，还给他定了猴儿李佩之女李兰香。这是后话不题。

且说黄三太称赞不绝，那杨香武叹了一口气说：“三哥且慢喜欢，尚有细情。九龙玉杯可是我从畅春园盗来的，想要给兄长看看。焉想到我在半路之上，失落在茂州北关店内，我也不敢声张，恐怕绿林人耻笑于我。”黄三太一闻此言，唬的浑身立抖，如站万丈高楼失脚样子，江中断棹崩舟一般，面目改色。众人不知就里，还说：“可惜，又被人偷去了！还是请黄寨主上座罢，我等恭敬一杯。”黄三太哪里还有心吃酒呢？神眼季全说：“杨五叔既然把九龙玉杯丢在茂州，这件事请问王寨主，他是茂州的娃娃，自然该知道。”神偷王伯燕听了此言，眼看着通背猿刘青，二人默默无言。黄三太乃久闯江湖的人，他有何看不透的啦，连忙用话追问：“王贤弟倘若知道，为何不说？”神偷王伯燕说：“实不相瞒，我在茂州开设一座来往客店，有张飞扬与刘青二位帮助我。那日杨老兄住在我的店内，我二人并不认识，打算他是客商，我在暗处观看，他在灯下不住的细看那个九龙玉杯。我等他睡着的时候，把此杯就得到手内，次日与张飞扬、刘青二人观看。”说到这里，黄三太说：“王贤弟，你把九龙玉杯拿出来，咱们看看罢！”王伯燕摇头说：“不能不能，还有下情啦！刘青将杯卖了给一个外官，住在城内店中，把玉杯拿去，得了二百两纹银，也不知那个外官姓甚么。”

黄三太听到这里，“哎哟”了一声，说：“结了，这可是钻冰取火、轧沙求油，实在没处找去。”褚彪说：“一个玉杯丢了算什么，三哥何必这样为难！”黄三太说：“众位恩兄义弟，我要不实说，你等哪里知道？只因我劫圣驾，得了黄马褂之后，只知乐守田园，养妻教子，净手不作绿林生理。谁知上月奉圣旨拿我，我不知所因何故？我遇见恩官彭公，当年指镖借银，大家成全与他，我闻知此信，自投衙门，并未受着一点屈。到了京都，交刑部看押，又遇见飞天抓苗老五打带值的，那位是南所当家，甚尽交友之情。是日钦差问我，我据实供明，谁想到皇上丢了九龙玉杯，望我三太追要。蒙众位大人保奏，圣上赏了我两个月的限。若无此九龙玉杯，连我全家性命难保。”

黄三太把自己的言语说了一遍，那绿林朋友真与黄三太相好的，都是担惊害怕。当时季全说：“那位知道九龙玉杯，请讲。”忽见于江、于海二人说："要提起此杯，落在我二人之手。那位官长，被我等所杀。"黄三太说："很好，既在二位的手内，请拿出来救我这条性命。"于江说："黄寨主，我二人得了些银钱，又得此九龙玉杯，被周山、李洞看见，题说要送一个朋友去，他二人竟把此杯拿去，送了周大寨主。"黄三太说："周大寨主，他是何处人？"猴儿李佩说："三哥，要题这个水路的脑儿，赛在淮扬一带，苏、松、常、镇这几府，无人不知，无人不晓，姓周名应龙，绰号人称都霸天，在淮南之南、扬州之北二十里之遥避侠庄居住。他家中的宅院，全有埋伏，有崩腿绳、拌脚锁、立刀、窝刀、自发弩箭。外边墙是夹壁墙，人要不知掉下去，准得饿死。院墙有壕沟，上棚芦席，内有脏水，人若落下去，不能上来。他手使一对瓦棂金装锏，练的飞檐走壁之能，有万夫不挡之勇，会打毒药弩，人受一下，连肉全烂。他是坐地分赃，手下有二百多名绿林中人，各分一路，内有四个大头领，一名美髯公金刀无敌薛虎，二名小温侯银戟将鲁豹，三名俏郎君赛潘安罗英，四名玉麒麟神刀太保高俊。这四个人，足智多谋，远韬近略非常，乃是金翅大雕周应龙的膀背。此杯要落在此人之手，要想出来万万不能。要说买他的，他家有敌国之富。他还有一个毛病，要是心爱的物件，他是深藏内院。"黄三太一听说："周山、李洞，你二位真送给那周应龙啦？"周山说："是送给他啦！他一见就爱，说此物价值连城。"

黄三太听了，闭口无言，愣了半晌，说："我也听人言过，淮安一带有一个金翅大雕周应龙，为人甚有名头。只是他才历练几年，我归隐之时，还未听说有此人啦。这五六年间，就把名姓立下，真是前波后浪，一辈新人换旧人。哪一位与他有来往？"内有花刀无羽箭赛李广刘世昌说："我认识他。"李佩说："我也认识他。"蔡庆说："我也认识他。"季全听说："既然众位认识他，到他那里，把真情吐露。周应龙要交朋友，他必然把九龙玉杯送来；他如不允，你四位苦苦的哀求他。"李佩说："那是不行，还须想高明主意才能有成。"黄三太急的胸中实无一策，众绿林朋友也踌躇无计。那神眼季全说："众位不必着急，要找那九龙玉杯，我有一条妙计。"不知怎样找法，且听下回分解。

第三十三回

避侠庄群雄聚会　黄三太入都献杯

诗曰：

三尺清泉万卷书，上天生我竟何如？
不能定国安天下，愧死男儿大丈夫！

话说神眼季全说："咱这里连一个外人都无有。我知扬州有座琼花观，咱们大家全去，在那两厢埋伏，备好酒筵，我三叔先下帖，请他赴英雄会。必须请一位能言快语的人，好把他诓来，先讲交朋之道，用酒把他灌醉。等他要醉后，先派人盗他的双锏，然后对他说了实话。他要肯把那九龙玉杯给我三叔，那时多交一个朋友，两罢干戈，过日登门叩谢。他要不给九龙玉杯，大家下个毒手，把他杀了，拿他的双锏为凭，到他家就说他寨主叫取九龙玉杯来了，一举两得。此计不知好与不好，请众位斟酌。"李煜说："他要不来，那不是枉费心机。本月二十五日是他的生辰，咱们想一个主意，就中办事。"

赛毛遂听众人议论纷纷，气的他三尸神暴跳，五灵豪气腾空，说："众位且慢！哪一位与他有来往，可以前去给他拜寿为名，暗探他家中有何暗箭，是走哪个房上无有削器，全都问明白了，你我在房上呼哨为计。可以告诉我，我也去给他拜寿去，他有来言，我有去语，他讲朋友交情，把九龙玉杯给我，我拿回来，算作无事。他要不给我，我二人说翻了，我一怒上房，只要你们暗助我一膀之力，我就盗他的。未知如何？”说罢，那刘世昌说：“我与周应龙有来往，我去。”王伯燕说：“我也去。”二人说：“咱们这就起身。”李佩说：“我同杨爷到避侠庄去。咱找店住下，请一位英雄作为接应。”四个人说罢，事不宜迟，这就起身。四个人告辞前往，那众人在这里敬候信息。

四人在路上行走，时值中秋佳节，万物结实，秋风瑟瑟，山青水秀。观看风景，林中野鸟声啼，河内游鱼正跃。那日到了扬州，在北关外找了一座客店住下。次日刘世昌、王伯燕二人先去拜寿。杨香武同李佩到了避侠庄，也是一座乡镇，甚是整齐，在本处南头找了三合店住下。杨香武自备一分寿礼，写了一个全帖，打发店中小伙计给周应龙送去。

再说刘世昌本与周应龙只是口拜兄弟，又有王伯燕跟随，二人办了两分寿礼，到了门首，这家人早在这里伺候。今日是二十四日，周应龙的寿日。二人到了门首，看那家人个个身穿新衣服，说：“二位爷来了，我去通禀一声。”家人进去，不多时，周应龙亲身迎接出来，说：“二位兄长虎驾光临，未曾远迎，望祈恕罪。”王伯燕说：“大寨主千秋之喜，我等特意前来拜寿。”刘世昌说：“贤弟，我特来给你祝寿。”把二人让至大客厅。是正房九间，里边摆设桌椅，坐着四山五岳水旱绿林中人不少。王伯燕抬头一看，见里边坐着青毛狮子吴太山、大斧将赛咬金樊成、赤发灵官马道青、赛瘟神戴成、并力蟒韩寿、玉美人韩山、雪中蛇关保、闪电手高奎、白脸狼马九、笑话崔三，尚有二百余名绿林，均不认识。这西边有坐山雕周应虎、美髯公金刀无敌薛虎、小温侯银戟将鲁豹、俏郎君赛潘安罗英、玉麒麟神力太保高俊、周应龙的徒弟蔡天化、周应龙结拜弟恶太岁张耀联、老道恶法师马道玄等。众人与刘世昌与王伯燕与大众见礼，然后归坐。水旱两路的盗寇都知周应龙在避侠庄坐地分赃，足智多谋，正走了午运，无有一个不恭维他的。家人献上茶来。

忽见外边门上家人手执名帖说：“大太爷，现今外边有杨香武送了一分寿礼，有礼单在此。”周应龙接过礼单一瞧，那单上写的“慕名弟杨香武顿首谨拜”，下边写着“微仪八色：端砚一方、湖笔一封、百寿屏一轴、明墨一匣”，下边“海参一包、燕窝一封、鱼肘一匣、翅子一对”。周应龙吩咐把礼物拿进来，摆在大厅，打开一看，紫檀木盒内装有端砚一块，把画打开一看，是名人写的一百个寿字，写的甚有笔力。看罢，心中还想：“这个人必是斯文之人。”吩咐：“把礼物收下。候客来，禀我知道。赏送礼的人四两纹银。”家人办理去不表。

单说店中小二得了赏银，回到店内，说：“给杨五爷送了去啦！”杨香武自己把里边小衣服换好，暗带应用物件，外单青绸褂袍，足登官靴，自己雇了一乘小轿，到了周应龙门首下轿。门上人伺候，杨香武说：“烦你通禀一声，就说杨香武来拜。”家人回进去，周应龙亲身迎接出来。杨香武一看：周应龙身高七尺以外，甚魁伟，头戴新纬帽，身穿灰宁绸单袍，红青官绸外褂子，足登官靴，年约四旬，面如紫玉，四方脸，双眉带煞，二目有神，精神百倍。周应龙看那赛毛遂杨香武年过半百，精神气爽，身穿单袍褂。一见周应龙，带笑说：“久仰大名，称雄宇宙，名贯乾坤。大寨主威名远振，今幸得会，也三生有幸。”周应龙说：“多蒙厚爱，远路而来，贵足踏贱地，真是满门生辉。”说：“兄长请！”把杨香武让进大门。赛毛遂暗留神观看，房屋稠密，果然一所好宅院，外围子都是夹壁墙，墙里是脏坑、净坑、梅花坑、立刀、窝刀、弩弓、药箭。进了二门，到那东边厅让杨香武进去，未往大客厅内让。一来杨香武是生朋友，不知来历；二来让至东客厅，也好讲话。杨香武看那屋内，东墙名人字画，靠墙花梨条案案上，摆炉瓶三设，头前八仙桌儿一张，两边各有太师椅子。让杨香武在南边椅子上落座，说："杨兄贵处？哪里人氏？"杨香武说："我乃乐亭县人，姓杨名香武，绰号人称赛毛遂。"周应龙说："闻名久矣！今幸相会，真乃三生之幸也。"杨香武把自己平生之事，大概说了一遍，讲论武技。周应龙吩咐家人备酒，二人在配厅吃酒谈话。

杨香武见周应龙甚豪爽，心中说："我来此所为九龙玉杯，救黄三哥全家满门。我喝会子酒算怎么？不免我用话探探他，看他是得了九龙玉杯无有，再作道理。"想罢说："大寨主，我有一事相求，千万幸勿推辞。"周应龙闻听，心中说："此人来的有诈，我生日他送来一分厚礼，想世上礼下于人，必有所求，不免我问他何事？"说："杨兄，只要我能为的事，无有不成。大略必是咱们绿林中朋友打了官司，在扬州一带，苏、松、常、镇，无论州县衙门，我都可办。还有一件，用绿林中人，要几十位都有。"杨香武听罢暗暗称奇："原有人说这个人爱交朋友，果然名不虚传。他要真能把九龙玉杯交给我，我必要同黄三哥前来登门拜谢他。"想罢，说："闻听台驾得了一只九龙玉杯，送给我要多少金银，我如数奉上。"周应龙说："别的物件均无不允，要说那只九龙玉杯，乃是无价之宝，我留着作传家之宝物呢。"杨香武说："实告诉你说罢，那只九龙玉杯乃是国家之物，当今皇上心爱的物件。"杨香武就把丢九龙玉杯，拿黄三太，赏限找九龙玉杯，"我今日特为此事而来"，说了一遍。周应龙闻听，勃然大怒说："你拿皇上来压我，我周应龙岂是怕事之人！"不知杨香武盗九龙玉杯该当如何，且听下回分解。

第三十四回

杨香武大闹避侠庄　黄三太接应拿群寇

诗曰：

举头凉影动明河，问信仙人八月槎。
斗下孤光悬太白，云间长御挟纤阿。
霓裳催按新声遍，凤藻需承曲晏多。
一代词华归篆刻，龙文还欲映雕戈。

话说周应龙听了杨香武说那九龙玉杯是御用之物，他一阵冷笑，说："杨兄此言差矣！我周应龙岂是怕事的人！你既说是御用之物，你叫皇上发官兵来要，九龙玉杯在我家中，等候于他。我要怕事，也许我就交与皇上。若凭你三寸之舌，那可不成。我实告诉你说罢，我就是不遵王法，你再吓唬别人去罢！"杨香武说："周应龙，我方才所说的话，句句是真，你说我吓唬你，你既不给我，我也不要了。你小心点罢！我也不能走，三日之内，要盗那九龙玉杯。若过了三日，我就不姓杨了！我要失陪了，你小心点罢！"说着，站起身来，到了二门，飞身上房，竟自去了。把一个周应龙气的三尸神暴跳，说："气死我也！"见杨香武走了，他即站起身来，出离东配房，到了大厅，见了众人说："众位寨主，列位英雄，真岂有此理！来了一个姓杨的，他与我要那九龙玉杯。我想这九龙玉杯乃是无价之宝，我岂肯给他。我与他又无来往，非亲非故，他说了几句，竟说三天之内，要盗我的九龙玉杯，真说大话！"就把杨香武所说的话，又细说一遍。众绿林闻听此话，也有说是英雄的，也有生气的。内中王伯燕与刘世昌暗自点头，甚是佩服，那杨香武果然英雄，他要偷九龙玉杯，还要说明，说出来叫他提防。只听那周应龙说："众位寨主，我今看他怎样偷我这个九龙玉杯！我有主意。"说着，自己竟奔后边。

那杨香武在房上，早已留神。那东边一所院落皆是仓房，东房是封火檐，北边有天沟，可以藏身。自己不敢往前走，听李佩说过内有埋伏。自己奔至后边，见下面灯烛辉耀，金翅大雕周应龙在前，后跟着几个童子，前有引路的灯笼。杨香武暗中跟随。到了内院上房他妻子李翠云的屋中，侍唤仆妇丫头，周应龙说："贤妻，你快把九龙玉杯给我收藏起来，气死我也！"李翠云说："今天乃是寨主千秋之日，为何这样想不开，怒气不息，所因何故？"周应龙说："贤妻有所不知，今日来了一个杨香武，他给我祝寿，题起那只九龙玉杯，我说是无价之宝，他先要拿金银买我的，后来又拿大话吓我，被我抢白他几句，他一怒走了。临走之时，他说三天之内，要盗我那九龙玉杯。我今前来取那九龙玉杯。我有一条妙计，杯不离手，手不离杯，看他应该怎样盗法。"李翠云说："那杯收的甚严密，他如何能盗了去？依我说不必动，咱家这所宅院，外有埋伏，内有人把守，如铁桶相似。"周应龙说："贤妻，你哪里知道我们绿林中的妙处，无论在哪里，全皆盗得去的。我今见此人气宇轩昂，语言不俗，他要无有惊人的艺业，他也不敢说那朗言大话。你拿杯来罢，我自有道理。"李氏立刻从箱子内把九龙玉杯取出来，是用锦匣装着。李翠云开匣，拿出来递与周应龙，周应龙拿到手中，往前边大厅内。杨香武在暗中跟随。

到了前厅，周应龙说："四位贤弟！"那薛虎、鲁豹、罗英、高俊四个人答言说：“伺候兄长，有甚么事请讲罢！”周应龙说：“你四位在厅外站立，把住门首。前边大门，派蔡天化将门打开，多点门灯笼，外边点上‘气死风’。东屋内派白脸狼马九，带四十位绿林，在那里把守。西配房派青毛狮子吴太山，带四十位英雄把守。各人头上，都点上香火头儿为记。如没有香火头儿，就不是咱们的人，可以拿他，鸣锣为号。”自己在大厅之内，点了几盏灯，外边照如白昼一般。他是短衣襟小打扮，把一对瓦面金装锏取来，自己与众人说：“我练一趟，你等观看。”自己就在桌案的前头，施展开那锏法，真正好看。怎见得，有赞为证：

初手式双龙摆尾，捎带着孤树盘根。托鞭挂印惊鬼神，暗藏毒蛇吐信。白猿反身献果，换式巧认双针。阴阳锏上下分，藏龙训子紧护身。夜叉探海诓敌将，换星摘斗取命追魂。

使动如飞，众人无不喝彩。把一个花刀无羽箭赛李广刘世昌与神偷王伯燕，吓的暗暗着急，怕杨香武盗不了九龙玉杯去，还被获遭擒，二人并无一策。

再言赛毛遂杨香武，在暗中看见周应龙杯不离手，手不离杯，练完了双锏，众寇分为四下埋伏，他在东边椅子上坐着看书，双锏放在一边，九龙玉杯就在眼前。薛虎等四个人，各执兵刃在门首站立。杨香武急的浑身是汗，遍体生津，一点主意无有。看看天交五鼓，少时天色大亮。杨香武自己在天沟内暗歇，幸喜八月天气，一点不冷。睡醒，从兜囊之内掏出炒米吃了两口，又把水壶掏出来喝了两口。好容易候至日落的时候，急的他无有主意，真是日长似岁闲方觉，事大如天醉亦休。候至天晚，他才喜欢。到了初更，向大厅一看，还是那个样儿，不能下手，又是一夜。把个王伯燕、刘世昌这二人急的了不得，又不能明说，也不知杨香武在哪里。

到了三日晚上，那薛虎等四个人全都乏了。众寇与家人一个个全皆埋怨说："这些事本来是寨主多留神。凭咱们这个院墙，如何能进来了人？无数的埋伏。我真困了。"那个说："我真乏了。"面面相观，并不甚留神，又不能睡，如何是好，又怕周应龙怪下来。周应龙在厅房等了两夜，并无动作，越想越气，说："我无故的听了姓杨的这两句话，熬了我两夜，并无音信，莫非他戏耍我，他不来了。今日再候他一夜，他如不来，我明日必要找他去，看他姓杨不姓杨？"自己想着生气。那杨香武在暗中说："不好！我要丢人，绝不该说那样大话，落得这么丢人！"自己一急，急出一个主意来，连忙往后去了。

周应龙瞪眼看着九龙玉杯，本来是好，正在这里闷坐，忽听前边房上噗通一声，美髯公金刀无敌说："好小辈，往哪里走？"那周应龙就知道是杨香武来了，手拿双锏，窜至外面，大嚷一声说："杨香武，你哪里走？"鲁豹等四个盗寇把那落下来的人用脚蹬住，口中说："拿住了！"周应龙拿起铜锣，一连敲了几下，四外众寇各执兵刃说："拿住了！"齐奔大厅，把王伯燕、刘世昌吓了一跳，心中说："杨香武要叫人拿住，性命休矣！"大家用灯笼一照，说是一卷被卧，周应龙猛然醒悟，说："不好，这是杨香武用的诡计！"急忙进了大厅一看，那只九龙玉杯竟自是不见了。口中说："罢了，杨香武真是惺惺，他会把九龙玉杯盗去了。"那些人把被卧卷打开一看，说："他娘的，真丧气！原来是赤身露体的一个死女人。"周应龙来至近前一看，说："羞死我也！"抱起死尸往后就走。众位不知这死尸是何人？听我道来：杨香武他在后院之内，把周应龙妻李翠云用熏香熏过去，他用被卷好，找了一根长绳捆着，往下一扔。周应龙等只认着是杨香武落下地来，他往外打锣，杨香武在后边从窗户下来，翻身进去，把那九龙玉杯得到手内。他飞身出去，上了东房，不敢往外走，知有暗器埋伏，候王伯燕、刘世昌他二人带路，好出此虎穴龙潭。候了半天，不见动作。

再言刘世昌与王伯燕二人，见不是杨香武，是个女死尸，杨香武把杯盗去。他暗暗的称奇说："罢了，真有这样英雄，我二人莫在此久待，早送杨寨主出此虎穴龙潭。"二人暗暗的溜出大厅，不知杨香武在哪里。正在着急，听的聚义厅铜锣一响，王伯燕说："风紧，不知他在哪里？"二人踌躇无计。此时天有三更，黑暗暗并无月色，忽听东房上吱吱的哨子响，刘世昌说："在东边房上呢。"听了多时，二人上房，杨香武说："二位来了。"刘世昌说："来了，既然如是，你我走罢！"王伯燕把暗号告诉杨香武，每人头上都有一个香火头儿为记。三人正要往外走，听见周应龙在大厅之上锣声齐响说："列位寨主，大家上房，分四路追赶。哪路追上，给我送信来。好个万恶的杨香武，会把我的妻给熏过去了，赤身露体，羞辱于我，我必要报仇。盗我的九龙玉杯，我倒不恼，大不该伤我的家眷，你大众英雄，助我一膀之力，务要把他拿住。"众寇答应。他徒弟蔡天化说："师父不用着急，谅他也逃走不了，你我追上前去。"众盗寇分四路追下去了。

杨香武与王伯燕、刘世昌三个人，到了一处。刘世昌说："他家这所院落，是按八卦太极图所造，你我竟奔东南生门，可以出去。"三个人施展飞檐走壁之能，窜出墙外，天已东方发亮。忽见对面来了一伙人，把三个人吓了一跳，抬头一看，原来是飞镖黄三太与猴儿李佩、濮大勇、武万年、贺兆熊、褚彪、蔡庆、红旗李煜、凤凰张七等七八十位英雄赶到。

自刘世昌、王伯燕、杨香武等去后，季全说："众位不可在家中等候，还是到扬州，作为接迎方好。"黄三太同众人说："此话有理。"大众赶到避侠庄，找到店内，遇见猴儿李佩，提说是杨香武去了三天，并无音信。黄三太等不能放心，暗中探听消息。忽听锣声响亮，知道是里边必然动了手啦。忽见刘、王、杨三人出来，黄三太说："大事如何？"杨香武说："九龙玉杯今已得到我手内，你我回店再讲，这里不便说话。"黄三太见天已快亮，说："快走罢！"季全说：

“不要忙，我有一个主意，须得一位英雄，在这座树林内等候周应龙。他若来时，用话激他几句，把他带在店内，咱们在那里等他。黄三叔见他之时，把咱的一往之事，细说一遍。他如是朋友，免伤和气，咱们玉杯已得在手，过日再谢他；他如不懂交情，那时若要变脸，咱与他分个上下。”濮大勇说：“既然这么说，应该我在这里等候。水从源流树丛根，祸皆由我而起，还须我了。”说：“你们先回店歇息歇息，我把他引了去就是。”忽听有人说：“我在此帮助你。”黄三太回头一看，是神弹弓李昆，乃是铁掌方飞的大徒弟，行五，此人二十二岁，武艺精通。又听有人答应说：“我在此帮助你二位。”众人一看，是一个十八九岁的人，身穿青衣，乃是凤凰张七的大徒弟赛时迁朱光祖。黄三太说：“你三人在此甚好，我等回店去了。”朱光祖说：“李五兄，你在树林内埋伏，我在这座七圣祠房上，濮爷你在大道之上。如周应龙来时，你只合他战个三两合，往下败来，有我呢。”“如此如此”。三人方才安排已定，忽听庄内一片声喧，周应龙带着人追下来了。未知后事如何，且听下回分解。

第三十五回

李公然初试神弹子　黄三太大战周应龙

诗曰：

堪叹人生无百秋，为何日月苦忧愁。
酒色财气缠身体，贪心不舍怎回头。
百年世事如幻梦，到头利名一笔勾。
有朝一日阎君唤，一旦无常万事休。

话说朱光祖、李公然、濮大勇三个人，在大路上树林内埋伏，等候周应龙。忽听那庄内锣声连响一阵，故此急得那周应龙，把他妻李氏抱至后院，回到前厅，吩咐众人在各处找寻，连上房各处黑暗之处点上灯笼，闹了一个人烦马殃，并不见盗九龙玉杯的人，大家急啦。周应龙见天色大亮，后边仆妇来报说："大奶奶苏醒过来。"周应龙说："好好的伺候他。"仆妇答应下去。周应龙站在大厅，他立时把双锏一抱，说："好一个姓杨的！哪里是来盗九龙玉杯，分明来是作贱我！我从此有你无我，我二人誓不两立！"连叫青毛狮子吴太山："往北追赶，至十里之外追不上就回来。你要追上，派人给我送信来，你再带二十位人去。"吴太山随带了二十位绿林追下去了。又派蔡天化带二十位绿林往东追下去，又派大斧将赛咬金樊成、赤发灵官马道青、赛瘟神戴成三个人，带二十位绿林，往西追去。这里家中，派神弹子火龙驹戴胜其、坐山雕周应虎在家中，带四十位绿林在各处寻找。他自己带着金刀无敌薛虎、小温侯银戟将鲁豹、俏郎君赛潘安罗英、玉麒麟神刀太保高俊这四位，同定四五十位绿林闪电手高奎、永躲轮回孟不明、白脸狼马九、笑话崔三、轧油墩李四、一本账何苦来、假姥姥秋四虎等，往南方出了大门。

见面前边有一箭之地，面向北站着一个人，年约五旬以外，黑脸膛，短打扮，身穿青褂，足登青布快靴，手擎鬼头刀。周应龙看罢，说："呔！对面你是何人？快通姓名。"濮大勇见来了一伙人，知是周应龙带有四五十位余党，自己不敢怠慢，说："对面来的众小子，要问我，我是久在江湖绿林为生，专劫贪官势棍，走到此处，腰中无有路费，听说这避侠庄有一个姓周的，名叫周应龙，他家广有金银，我来与他借些路费。"周应龙闻听，心中说："这厮是一个新上跳板的伙计，不知深浅，他真是太岁头上动土。"周应龙说："小辈，你也不知这周寨主是何如人也？他乃水旱两路的英雄，坐地分赃的寨主，你要找他借金银，须用一个晚生帖儿前去拜望于他。他要喜欢，与你比试武艺，你要是武艺精通还可，你要是平常之辈，怕你性命不保。"濮大勇听罢，说："我更要与他借些金银。他要是老实庄民，还可以饶他；要是个脑儿赛的，我要借不了来，岂不叫江湖的朋友辱骂于我？依我之见，你走你的，不必管我！"周应龙说："好小辈，我就是周应龙，你便怎样？分明你是那杨香武的一党，前来混账，我将你拿住严刑拷问于你。"忽听后边薛虎一声大嚷，说："大寨主闪在一旁，我去擒他来！"这金背刀直奔濮大勇，抡刀就剁。濮大勇急忙一闪，用刀相迎。二人战了有几个照面，薛虎虽然勇，也不是濮大勇的对手，只累的浑身是汗，遍体生津。周应龙心中不悦，怕输了弱他的名望，连忙掏出那链子挝来，照定那濮大勇一下，正挝在左膀之上，望回一带，濮大勇脚立不住，翻身栽于就地，顿时被人拿住。周应龙说：“捆上！薛、鲁二位贤弟，把他送在家中，吊在空房之内，候我拿住盗杯的人，再为发落。”鲁豹、薛虎二人，立时间把濮大勇捆上，送归庄内去了。

周应龙说：“列位贤弟，我想杨香武他那一个人，不能把九龙玉杯盗去，必然人多，还有内应。回头审问姓濮的，便知分晓。”带着众人，往南走了有十数步，忽听从房上跳下一人，年有十八九岁，手擎架钢斧，威风凛凛。周应龙问：“来者何人？”朱光祖说：“我是行路的，你管我作甚么呢？”周应龙说：“走道还有从房上走的吗？”朱光祖说：“我身子轻，走高了脚啦！实告诉你罢，我是绿林英雄，等我们伙计去借银两去了，我在房上望望他。”周应龙听罢：“你们全是一党，我拿住你，与那姓濮的一同拷问。”把双锏往下就打，朱光祖用斧相迎。二人战了几个照面，朱光祖知道濮大勇被他擒去，不敢恋战，飞身上房，竟自去了。周应龙说：“哪里走？”也上房追赶下去。罗英、高俊这两个人，方往前走了两步，高俊“哎哟”了一声，栽于就地，不省人事，这一弹子不轻。罗英站住说：“怎么啦？”高俊缓了半个时辰说：“我中了暗器了。”罗英一回头，也被一弹子打在手上，只摔说：“哎哟，了不得，不好！”众多贼人从东边绕过去，进了北村口，看见周应龙追下那人去了。罗英、高俊二人带伤回庄，调人去了。

单说神弹子李五也绕道回店，不管朱光祖。朱光祖被周应龙追下来，他破口大骂说：“小辈你来，我将你带到一个地方去，自有道理。你也不知我的厉害，我姓朱名光祖，绰号人称赛时迁，我的师父名叫凤凰张七。我等前来找你，要那九龙玉杯，只因为有一位朋友被此杯所害。此人家住浙江绍兴府望江岗聚杰村，姓黄名三太，绰号南霸天，飞镖无敌。你跟来开开眼，会会江湖众宾朋。”周应龙听了说：“小辈，你不要称能，我要叫你走了，誓不为人。”朱光祖引他至店门首，说：“小子！你敢进店吗？店内有天下英雄，全皆在此。谅你一个井底之蛙，也不敢进店去。”周应龙说：“小辈，你把他们叫出来，我倒见见这个黄三太，我虽然闻名，未曾见面。”

朱光祖进店，到了上房，见黄三太等正在讲话。众人随问杨香武如何盗九龙玉杯，怎样得到手内。三日夜不必重叙，杨香武就把所作的事对众人说明。刘世昌说：“咱们不可久待，周应龙人多势众，有几百绿林中人，恐怕寡不敌众。”正说着，朱光祖进来了，说：“不好了！濮大勇被周应龙拿住。”李公然也从外边进来说：“外边周应龙追下来了，在门首等候。”忽见小二进来说：“杨爷快些出去罢，周爷堵着门首骂呢，莫连累我们店家。”众人听罢，黄三太说：“杨贤弟，你等先歇息歇息，我会会此人。”带着铁幡杆蔡庆等六七十位英雄，来至门首，往对面一看：那周应龙年有三旬以外，生的气度凛凛，面如紫玉，环眉大眼，精神百倍，身穿月白绸子小夹袄，青中衣裤，灰绉绸夹套裤，足登青缎子快靴，腰系丝绦，手擎双锏，份量重有二十四斤，在怀中一抱。黄三太看罢，心中说：“果然英雄气象。”那金翅大雕周应龙又称独霸天，他是足智多谋。俗语说的好：光棍眼中糅不进砂子去。他见从内出来有五六十位，都是短打扮，各抱自己兵刃，高高矮矮，都是英雄豪杰气象，头前率领着那位，年过花甲以外，面如古月，鹤发童颜，身穿蓝宁绸小夹袄，青绸子夹裤，青套裤，白袜，青缎子双脸鞋，怀抱金背刀。看罢，说：“来的老者，莫非是黄三太吗？”黄三太说：“是也。你就是周应龙吗？来此何干？”周应龙微微冷笑说：“黄三太，你使出人来，盗九龙玉杯作贱我，快把姓杨的献出来，万事皆休。如若不然，你等休想逃走！”黄三太听他之言，哈哈大笑说：“你真是坐井观天，痴儿说梦，只知有己，不知有人。老夫自幼儿闯江湖，独霸为首，还不敢小视天下之人。你看这众位我的朋友，都是水旱两路的大头目，哪个不如你？”

正说着，忽听正北人马呐喊，一百多名绿林人。头前走着是神弹子火龙驹戴胜其，乃是黄三太的师弟，此人会打毒药镖，会使弹弓，两般暗器利害无比，毒药镖打着人，三天准死，非用他师父神镖胜英的五福化毒散、八宝拔毒膏才能解救。当年黄三太与戴胜其这二人，都跟着宣化府胜家寨神镖胜英学艺，各练一身好武艺。为何他帮助周应龙这边，不助他师兄黄三太呢？还有一段隐情。戴胜其因有一个妹妹，名叫戴赛花，长的也好，一身好武艺，给了周应龙胞弟周应虎，后占璔球山。他有一个侄儿叫赛瘟神戴成，又是周应龙的徒弟。他为人不正，专爱采花，故此黄三太不与他来往。他今日在家中，各处寻找盗九龙玉杯的人，忽见美髯公金刀无敌薛虎、小温侯银戟将鲁豹二人，拿住一个人来，说是盗九龙玉杯的杨香武的余党，把他吊在空房之内。后来俏郎君赛潘安罗英、玉麒麟神刀太保高俊二人中了弹子回来，一说姓杨的人不少，“把我手用弹弓打了，大寨主追下去啦”。这戴胜其心中一动，说：“使弹弓，江湖中就让我为第一，这是哪路的？”正想着，外面那东、北、西三路的人全回来，说道无影响。戴胜其就把方才听说之事，说了一遍。青毛狮子吴太山、大斧将赛咬金樊成、赤发灵官马道青、赛瘟神戴成、蔡天化等，率领带这一百多名盗寇，追至避侠庄南头路西店门首，见大寨主与手下二十多名绿林，全在那里讲话。蔡天化说：“好小辈！你这店内住着盗杯之人，咱们拿住姓杨的，放火烧店，拆他的房。”吓的店中伙计战战兢兢。

周应龙见他的人全来了，心中甚为喜悦，说：“黄三太，你有何能，敢到避侠庄来！我与你比试三合。”黄三太听罢，方要过去，忽听身后一人说：“有事弟子服其劳，杀鸡何用宰牛刀？不用师父生气，我把他拿住就是了！”黄三太见是徒弟鱼莺子何路通，心中甚喜，说：“闯练闯练也好，不枉我教了个徒弟。”真是四通八达何路通，手拿勾连拐，直奔周应龙。那周应龙背后一人说：“那小辈不必称能，我来！”众人一看，是蔡天化。周应龙说：“徒弟，你自管去！”蔡天化手提双锏，不知怎样战法，且听下回分解。

第三十六回

赛李广火烧避侠庄　杨香武见驾安乐亭

诗曰：

花前洒泪临寒食，醉里回头问夕阳。
不管相思人老尽，朝朝容易下西墙。

话说那何路通正在血气方刚之际，勾连拐又纯熟，与蔡天化二人动手。神眼季全把猴儿李佩拉在一边，说："李老叔，这如今濮爷被擒，我想周应龙回去，他的性命难保。那些贼盗全在这里，我又怕寡不敌众，依我之见，必须如此如此。"李佩点头，与刘世昌、贺兆熊、武万年四位计议妥当，即刻起身去了。

这里黄三太见周应龙不依不饶，他就开说："周寨主，我此来不是偷你无价之宝，这乃是皇上所用之物，我的朋友杨香武从畅春园内盗出来的。万岁爷传旨拿我，因为我在北海子大红门救驾，镖打猛虎，赏了我一件黄马褂。万岁爷知道我是豪杰中之人，把我交刑部审问，幸而遇见恩官杜荣，递了一个保本折片，赏给我两个月限，问我要，如无此杯，我身家性命不保。我故此这才访问那九龙玉杯的下落，不料就在寨主手内，先托杨香武与你上寿，求要此玉杯。你再三不给，今已将杯盗来，你焉能拿的回去。目下你倚着人多为胜，我要据实禀报地面官，那时官兵岂不前来拿你，兵困避侠庄？”周应龙听罢，一阵冷笑，说：“黄三太，你不必拿着皇上吓唬我！我周应龙乃是堂堂正正奇男子，烈烈轰轰大丈夫，你自管调官兵来，我也不怕。我先结果你的性命再说罢！”把双锏照定黄三太就是一锏，黄三太用刀相迎，两个人真是棋逢对手，将遇良材。黄三太不减当年的威风。周应龙正在中年，身强体壮，双锏如飞；黄三太的刀法纯熟，二人杀在一处。这边飞天豹武七达子与白马李七侯二人，见那黄三太真是雅赛当年的黄三升。那周应龙动着手，暗为称奇，心中说：“这黄三太名不虚传，这大年岁，尚且刀法纯熟，我须要留神。”那黄三太想要用暗器打他，并不能掏出暗器，只没有那个工夫。二人正在奋武扬威之际，忽听北边一片声喧，有一个家人来报说：“周寨主，大事不好了！家中去了几个强盗，把濮大勇救去，放火烧了住宅。”周应龙听见，说：“不好！”连忙带众人回家救火。

那黄三太也不追赶，算清店账，带众人速回绍兴府。行有五六里地，见赛李广花刀无羽箭刘世昌，与季全、猴儿李佩、王伯燕、蔡庆等四个人，与濮大勇在那里等候。黄三太说：“你们几位哪里去了？”季全说：“我怕你与他战，长了不能取胜。我同那几位到了周宅，对家人说，奉寨主之命要濮大勇。我等进去，把濮爷从空房内救下来，立时放火烧了他的房屋。我等料想他的家人必去送信，他必回家救火，你等方好前来。”黄三太说：“此计大妙！”大众英雄回归绍兴府，黄三太款待众英雄。蔡庆说：“你等先往衙门去挂号投案，我邀几位先往，在京中等你，我们先告辞。”黄三太送走众人，只留武成、白马李七侯、何瑞生、汤梦龙等与季全，跟黄三太到了绍兴府衙门投了到。知府讯问口供，遂起了一套文书，本府派了一位委员，护送七位英雄，顺大路进京。晓行夜住，饥餐渴饮。

那一日到了京都，在前门外西河沿店内住下。武七达子、汤梦龙各自归家，李七侯到了彭公住宅。彭公升了刑部右侍郎。次日，委员带黄三太、杨香武二人至刑部投文，季全跟随在后。司务厅把文书收下，立时将差事收了，委员领了回文回去不表。刑部堂官题奏皇上黄三太盗九龙玉杯之事，现在将杯呈上，候旨发落。这几日，黄三太与杨香武在刑部，自有彭大人那里照应。白马李七侯、武七达子时常来看望，敬候旨意。那日上谕下："朕因失去九龙玉杯，遣黄三太找回，竟有这样出乎其类之人。着刑部右侍郎彭朋带领畅春园，朕亲见盗杯之人。"

这日，彭公奉旨，到刑部提出黄三太与杨香武，带奔海淀见驾。外边早有飞天豹武七达子，给雇了一辆车。李七侯跟随彭公坐着车，前护后拥，出了西直门，顺石头道到了海淀。彭公的公馆是关帝庙，这里常来有差事，就住庙内。彭公为人忠正，办事勤明，自得刑部右侍郎，真是秉公处事，清除弊端。遇有疑难之案，必要亲提讯问，阖署官吏不敢徇私。每逢上海淀有差事，必住关帝庙。庙内和尚觉修，也是清高之人。今日到了庙内，早有自己的内厮把西院都安置好了。彭公到了上房，黄三太等在西房，伺候人彭寿、彭福，此时管家彭兴照应家务，都是这二人跟随。彭公吃茶，赏了黄三太、杨香武二人一桌酒席，派了白马李七侯陪着，下有季全，共四个人，谈了会闲话。黄三太说："这次见驾，不知吉凶。贤弟，你不可远去，必要暗助我一膀之力。"李七侯说："兄长有用弟之处，万死不辞。"吃完了饭，彭福进来说："大人请二位壮士到上房有话说。"黄三太与杨香武站起来说："不知什么事？"彭福说："不知。"二人跟着管家到了上房，彭公穿着便服，说："二位壮士请坐。"杨香武说："大人在此，草民天胆不敢与大人同座。"彭公说："二位壮士不必谦让，恭敬不如从命，我有嘱咐你二人的话。"二人闻听大人之言，下边落座。彭公把见皇上行礼的仪注告诉二人一遍，还说："你二人不必害怕，当今万岁乃仁慈之主，如尧似舜，只要你二人照实话说罢。”二人答应，又说会闲话，各自回归房中睡觉。

次日五鼓起来，彭公至大宫门，先伺候皇上办事，黄三太、杨香武二人跟随，暗中季全与李七侯在一旁紧跟着。红日东升之时，彭公出来，带着黄三太与杨香武进去。到了长寿亭，见那文武官员不少，二人跪于就地，口称：“万岁万万岁！草民黄三太、杨香武叩见。”行了三跪九叩之礼。康熙老佛爷看见黄三太与杨香武年过花甲，精神百倍，神清气爽，康熙爷开金口说：“杨香武，你把盗杯与找杯之事，细说朕听。”杨香武说：“遵旨。”口称：“万岁！草民原籍乐亭县人氏，名杨香武。只因来京看望朋友，听人说黄三太在北海子大红门救驾，镖打猛虎，万岁爷赏了他一件八宝团龙黄马褂。草民一时斗胆，想他也是一个人，我也是一个人，他一人鳌里夺尊。故此那日夜入御园之内，正遇万岁爷在畅春阁夜间饮筵。我暗藏身在宝座之下，候至万岁爷观看《八骏马图》的时候，我暗自盗去。实指望到绍兴府见了黄三太，题说此事。走至茂州，住在店内，被一个盗寇神偷王伯燕偷去，我就无心上绍兴府去。我回到家中，后来季全又下帖，请我赴群雄会。”康熙老佛爷听到这里，心中不悦。原得那王希奏道，他说丢杯全是由海子红门所起，那时把黄三太杀了，焉有今日此事？他又家中设立英雄会，招聚天下的响马。这两个人全留不的，必须全把他等斩首号令，以绝后患。

皇上正想着，听杨香武又把自己赴会，“才知道此杯落在那避侠庄内。有一个水旱两路的大响马，名叫金翅大鹏周应龙。他家那所宅院八百余间，窝聚水旱两路的响马。他家外墙是夹壁墙，墙里是埋伏脏坑、净坑、梅花坑、立刀、窝刀、弩弓、药箭，就是肋下生双翅，也飞不进那座分赃聚义厅。草民知道他那日寿诞之辰，我送了一分寿礼，往他家上寿。他把我迎接进去，我既入了周宅的内院，脱过几道埋伏，那玉杯就算到我手内。我先合他要九龙玉杯，他不给我，后来我一恼说：‘姓周的，你防备点罢！三天之内，我必要盗你的九龙玉杯！’我飞身上房，是他不提防我在暗处偷看。那周应龙他先到后面，把玉杯拿在手中，他在聚义厅一坐，外边有四个盗寇相陪，各执兵刃，明灯蜡烛，外有水旱两路二百多名盗寇，在各处寻查，房上也有人，房下也有人。只熬了三天之内，我用熏香把周应龙之妻熏过去，从房上扔下来，趁势把九龙玉杯盗在我的手内。我回归店中，周应龙带领水旱盗寇与我决一死战，我等在店里与他动手，暗中派人把他的宅院放火，烧了一个片瓦不存。我等回归绍兴府，众人各自归家。我来至京都，同黄三太前来领罪。”

康熙老佛爷细听，说：“世上竟有这等事！”旨意下：“谕扬州府知府查抄避侠庄，拿获盗寇周应龙等，就地正法，勿容一名漏网！”心中说：“把黄三太、杨香武杀了，以免后患。”方要传旨，只见大学士王中堂见驾跪倒，口称：“万岁，臣见驾。”圣上问：“三太、香武此二人，应该怎样发落？”真是大人不见小人过，作大位之人宽洪大量，也有好生之德，乃胸怀藏锦绣，腹隐奇谋，连忙说：“论王法理应把他二人斩首号令，无奈万岁降过恩旨，今可把他二人永远充军。”话言未了，只见达木苏王爷口呼：“万岁！杨香武妄奏不实，他说周应龙那样严密，他如何盗得了去啦？万岁把杯赏给我，我带回花园，他如今夜盗去，此事皆真，万岁开天地之恩，把他释放。他要盗不了去，二罪归一，有欺君妄奏之罪，求万岁降旨，把他二人全皆斩首。”

康熙老佛爷乃仁慈之主，听达木苏王所奏，问杨香武：“你敢去么？”杨香武说：“草民斗胆，只要告诉我在甚么地方，我不等鸡叫，准能把杯盗来。”达木苏王说：“我的花园就在这座园的正北，今夜在玩花楼上饮酒等你，我看你怎样盗去？”康熙老佛爷乃仁圣之主，吩咐彭朋：“不准看管他二人，任他去盗杯罢！”皇上这也是知他不能盗了去那玉杯，无非不叫人看管他，他盗不了杯，怕见驾有罪，他还不逃走么。那仁圣帝主如尧似舜，心似秦镜，又派王希作为监看之人，与达木苏王领九龙玉杯。那太府宫官魏珠早从里边把杯匣拿出来，交与达木苏王。这杯是刑部提奏之时，就奉呈皇上了。圣上龙袍一摆，回归后宫。不知杨香武如何三盗九龙玉杯，就在下回书中分解。

第三十七回

黄三太带罪见驾　杨香武三盗玉杯

诗曰：

玉殿金界夜如年，天地人间事几千。
万籁箫笙微不辨，露繁霜重月满天。

话说杨香武与黄三太二人，跟彭公出离了宫门。天有巳正，回归关帝庙内。杨香武派季全去找飞天豹武七达子来商议大事。季全出离关帝庙，见对面是一条大街，顺大路正往前走，忽听对面说："闲人闪开，马来了！"季全见是武成带着四个跟人，还同一位三旬来岁紫面模的人，穿青皂褂。季全说："二位往哪里去？我奉杨五叔之命，正要请你老人家去。"武成说："我也不放心，还同这位张爷到此打听消息，不知吉凶如何，是怎么样呢？"季全说："请跟我到庙里，就知道了。"三个人到了关帝庙，赛毛遂迎接到门首。武成下马说："张贤弟过来见见。"杨香武一看，说："原来是鸡鸣五鼓张德胜。"乃是东平州人氏，会学各种鸟鸣，练的一身好武艺，飞檐走壁之能。一见杨香武说："故人杨五哥好哇！黄三哥呢？"杨香武说："现在里边，你许还不认识神眼季全？”张德胜说：“不认识。”杨香武说：“这就是跟着南霸天飞镖黄三太大哥的神眼季全。你二位要彼此照应。”季全说：“张寨主，我是久仰大名，今幸相会，也是三生之幸。”二人见礼已毕，来至西院禅堂。

黄三太看见说：“武贤弟请坐，张贤弟少见啦。”张德胜说：“三哥好哇！”彼此见礼。武成说：“三哥，我在王爷台前告了两个月的假，老没有当差，我也不放心你二位见驾是如何，就便到园子内消假，给王爷请安。”杨香武说：“甚好！”自己就把见驾奉旨盗九龙玉杯缘故，说了一遍。武成说：“此事不好，老王爷一生服软不服硬，膂力过人。还有哪位大人去？”杨香武说：“王希中堂。此时可恨人少，要再有几位才好。”忽见手下人来报说：“今有濮大勇、武万年、贺兆熊、张茂隆、蔡庆，带着徒弟朱光祖、万君兆七位前来。”杨香武甚为喜悦。张德胜说：“杨五哥，少时还有金眼兽陈应太、锦毛虎张秉成、左丧门孙开太、乌云豹李世雄他们四位，与我一同进的京。题说探听黄、杨二位兄台的官司，可以派人前去找来。”

正说着，外边来报说：“陈、张、孙、李四位前来拜访。”杨香武说：“请进来。”大家吃酒。杨香武把自己今日盗杯之事，与众人说知。众人各吃一惊，怕赛毛遂不能盗取此杯。杨爷说：“你众位助我一膀之力。”大家说：“有用我等之处，万死不辞。”杨香武说：“朱光祖、万君兆，我把熏香给你二人，一直去到达木苏王的花园之内，单找更夫所住之房，用熏香把更夫熏过去。你二人得了梆锣，可就未从定更先定更，少时就打二更，连着三更四更。听见鸡叫，你二人就交亮更锣，跳出花园，回归庙内，算你二人头一功。”二人点头。又回头说：“武贤弟，你是王府二等侍卫，又带管家，你今先到花园去，必见王爷请安。就见同伴伙友老在门上等候，候王中堂来时，叫贺、武、濮三位与张茂隆、蔡庆，五位假扮跟官之人，个个被着包袱帽盒，混进在人丛中，闹一个龙蛇混杂。如到门首之时，武贤弟你就先与他五位亲热，叫王爷疑是中堂这边人，中堂这边人疑是王爷的人。至晚必在玩花楼饮酒，那两家之人谁不去看热闹，齐集楼下，暗助我就可成功。”五个人答应下去。又回头叫白马李七侯，带着那陈应太、张秉成、孙开太、李世雄五个人，暗进花园，作为臂膀。五个人答应。又唤季全换了一身衣服，预备吐痰盒、太平袋、烟荷包，在季全耳边说："如此如此，可以成功。”季全自己改扮去了。武成等都要预备齐了才好呢。杨香武又叫张德胜说："贤弟，我今盗杯全在你的身上，须暗助我一膀之力。你今夜施展飞檐走壁之能，到了王爷的花园。天有三更，你在北边学鸡叫，再往南边叫几声，然后引的鸡声全叫，你在楼上找愚兄去。我要把杯盗在手内，你就跟我在房上，我跟王爷说话，他必疑乎鸡叫了，你再学一声叫。他知道是我一个人，真假难辨。然后大家回归关帝庙内，从墙上进庙，不可声张。”张德胜答应去了。

再言武七达子站起来，带从人告辞说："我到花园之内，少时再见。”众人说："不送了。”他带人到了花园内。此时达木苏王正在紫霞阁，派四个人把那玉杯收好。家人来报说："外边有武成假满请安。”王爷最喜欢他，吩咐带进来。武七达子到了紫霞阁之内，与王爷叩头。达木苏王说："武成，你还伶俐些，今日派你在门上，多加小心，防备盗杯的人，不许闲人出入。”武成答应出去。王爷说："今日他要真能把九龙玉杯盗去，我必面奏圣上，赦他等无罪，我还要赏他些金银。他如不能盗去，那时间奏明圣上，全把他等结果性命，一个不留。古来能人有几个，除去了梁山水浒上的时迁，还有何人？这伙毛贼，他如何比得了时迁呢。”王爷正在说话之际，家人来报说："王中堂来拜。”王爷吩咐："请这里来。”差官出去，立时把王中堂请进来。达木苏王降阶相迎，说："老中堂贵驾来临，未曾远接，多有失迎。”王希说："臣来至老王爷花园，一来请安，二来看那伙人今夜如何盗杯。”达木苏王说："那是小事，你我先喝酒谈谈心。我是久有此心要请你，总未得其便。”言罢，家人摆上酒筵，二人饮了多时。达木苏王吩咐：“在玩花楼上点起纱灯，另预备酒筵，我二人到那里去饮酒去。”家人吩咐，少时回话说：“禀爷得知，均已齐备。”王爷与中堂二人到了后边，天至日落，万花放香，里边真正好看。有诗为证：

众芳摇落独暄妍，占断风情向小园。
疏影横斜水清浅，暗香浮动月黄昏。
霜禽欲下先偷眼，粉蝶如知合断魂。
幸有微吟可相狎，不须檀板共金樽。

达木苏王与王中堂到了玩花楼上面，把楼窗儿早已开开，万花皆在眼前。楼台殿阁，花卉鸟兽，令人可观，真是另有一番胜境。王中堂见那楼内是五间，靠北边墙是花梨条案，上摆古玩，墙上名人字画，画的是大富贵亦寿考，牡丹鲜艳无比，两边各有一条对联，写的是：

司马文章元亮酒，右军书法少陵诗。

案前八仙桌两边，各有太师椅子一把。达木苏王与王中堂分宾主落座，吩咐家人去到书房之内，把那九龙玉杯取来，放在桌儿上。那本府家人早把那九龙玉杯取来，放在王爷的面前。王中堂打开锦匣一看，果然是玲珑细巧，上有九条龙。王中堂赞赏不一。那两府的家人齐集玩花楼下，都要瞧看这个热闹。

武七达子见那张茂隆与濮大勇、武万年、贺兆熊、蔡庆五个人到了门首，武七达子接见，把马拴上，见了本府的人，说他五人是王中堂那边的人，说：“来了吗？你们跟中堂有差事？”他五人也说是。见王中堂那边的人，就说他五人是本府的人，说话都给他五人分清了。

王爷花园人是多的，也无人盘查，闹的分不出皂白来了。贼与本府之人，对坐在一处讲话。武七达子正在应酬那些个人，忽然见季全前来，穿的新衣帽，手拿吐痰盒与烟袋荷包，把武七达子拉在一边，说“如此如此”。武成把他带到楼下，说：“众位，闪开道儿。”他到了王爷面前请了安，说：“王爷在上与中堂在此吃酒，这楼下这些人难辨是哪府的人，恐其贼人生智，混在人群之中，暗中观看，多有不便。依奴才之见，派几个精明细巧之人，都要年力精壮，可以办事的，伺候爷，方好看守玉杯。”达木苏王听了，心中甚为喜悦。王爷说：“就派你找四名太监来。”武成出去，不多时带着四个太监，内中就有季全跟进楼内，在此伺候王爷。那达木苏王又告诉武成：“去罢，把那些个人都赶下去。”武成至楼外说：“王爷有谕，闲杂人等，非传唤不准在此偷看探事，急速退下。如有人不遵，立即送办。”那些人全都下去了。天已黄昏之时，不见那众人动作。季全在楼上伺候，达木苏王看他那样，疑是跟王中堂来的；王中堂见季全这样伺候，又跟四名太监上来的，疑是本府派来的，也不好问。

不言玩花楼饮酒。且说朱光祖与万君兆二人，至黄昏之时，偷进了达木苏王的花园，各处寻找更夫。忽听西边梆子响，方才起更。二人顺着声音找去，见西房三间，外边一人手拿梆子直打，屋内灯光闪烁。万君兆一直进到房屋之内，见那三个人在那里喝酒呢。共四个更夫，外边去一个打梆子的，屋中只有三人。万君兆早已闻上解药，伸手拿熏香说：“我点个火罢！”那三个更夫疑是跟王中堂来的，知道生人也进不来，三个人连忙让坐说：“请坐罢！点火吃烟啦？”万君兆说：“是给别人点着火。”他又与那三个人说话，不多时，外边那个人也进来坐下，觉着头迷眼昏。不多时，四个更夫就躺于就地。朱光祖与万君兆，立时拿起梆子来，二人打起更来。

再说赛毛遂杨香武与左铜锤鸡鸣五鼓张德胜两个人，到了黄昏的时候，来到达木苏王的花园内。二人分手，杨香武施展飞檐走壁之能，到了玩花楼上，望各处一看，但见那楼窗大开，里面明灯蜡烛，王爷与中堂对面饮酒，那只九龙玉杯就放在面前。杨香武与季全定好的，一拍窗户，就进去盗杯。杨香武伏在窗下，那楼上下无人照应。在这花园里，那假充跟班的张七、贺兆熊等，在外边花厅内与众人说："众位莫到楼上去，倘若是丢了玉杯，那时王爷必说是咱们与贼通气，那可不好。依我之见，莫惹祸，轻者打一次鞭子，重者送官治罪。"贺兆熊与张茂隆二人这几句话，只说的那两府的人，无一个敢走到玩花楼上去。

再说王爷谈话，与中堂吃酒，不知不觉，听的外边已交四更。达木苏王勃然大怒说："中堂你看，那些毛贼说了些狂言大话。直到如今，连一点动作未有，大概他等不能把杯盗去。少时天色大亮之时，我去面君，连黄三太与杨香武一并结果他的性命，号令市上，以绝后患。"王中堂还未答言，忽听的正北鸡叫。王爷说："无能为了，他说鸡叫盗去，不算能干，现时鸡已叫了。"王中堂说："他等也是狂言，如何能盗的了去！我同王爷明日见驾，启奏当今，必重处他等。"季全见王爷也懈怠了，又听正北鸡叫，少时梆子五下。达木苏王说："天已亮了，无能为也。"季全趁此之际，先给杨香武送信，拍了窗户一下，然后他至王爷的面前，伸手一拉王爷的袍子，连拉了几下，他往楼下就走。王爷不知何事，连中堂齐往楼下观看，杨香武即将杯盗在手内。如何盗法，即在下回书中分解。

第三十八回

奉恩赦三太归家　赏金银群雄散伙

诗曰：

中庭地白树栖鸦，冷露无声湿桂花。
今夜月明人尽望，不知秋思在谁家。

话说那杨香武听窗户一响，知道大事要成，望里偷看，见季全拍了一下窗户，走至神力王的跟前，连拉了袍子几下，王爷不知何事。季全往东边楼门一站，又向王爷一摆手，他下楼去了。神力王同王大人、四太监望楼门东边一看，不知何事。无论甚么就怕是猛觔儿。这几个人只顾往东边楼门一瞧，忽听外边高声说：“王爷，此杯已到草民的手内！”神力王方才吓了一跳，又听外边说话，一扭项，见桌儿上不见玉杯。神力王说：“不成！你虽说盗了杯去，天已亮了。”杨香武高声回说：“小民之罪，多有惊动，请王爷听，这鸡叫是假的，我再叫两声。”又叫了两声鸡打鸣，说：“王爷请瞧瞧表。”神力王低头瞧表，正十二点钟。神力王说：“叫外面人严察，方才跑的人是哪里去了？”外边众多家人正在那里坐定，一个个说：“今日鸡叫的早哇！”忽见从楼上跳下一人，往外去了，少时不见踪迹，把大家吓了一跳。那楼上王爷叫人，这一伙人至楼上，听说玉杯叫人盗了去啦。

神力王问四个内监：“方才那少年之人姓甚么？”四个太监齐声说：“奴才并不认识。”王爷一想是武成所派之人，吩咐叫武成。武成方才把众位朋友送走，听王爷叫他，知道必是季全的事犯了，连忙至玩花楼说：“爷呼唤奴才，有何吩咐？”神力王怒冲冲说：“方才那个少年人姓甚么？吓了我一跳！你从哪里带来的？”武成说：“我就派了这四个太监，那少年之人许是跟王中堂的。”王希说：“不是，已然将杯盗去了，这是贼起飞智。跟我的人，这不是在我身后。这是他安计，鱼眼混珠。说也无益，明日交旨罢！还求王爷一番慈善之心，不必与草民生气。”神力王点头说：“武成，你下去查看。”武成不多时回来。见四个更夫昏迷不醒，王爷派人用水灌过来。天至四更，候至东方大亮。王中堂带着跟人上轿，告辞出花园，上朝房。走了不远，忽从房上跳下一人，把中堂吓了一跳，跪在轿前说：“小民叩见大人。”王希瞧见是杨香武，问：“来此何干？”杨香武把杯匣双手奉上：“求大人开天地之恩，救草民之命。这是玉杯。”王大人手下人接过，递给大人。大人说：“你起去罢，我知道了。”杨香武回归庙内，与众人相见。二人到彭公屋内，此时大人早已换好衣服，候着见驾。见二人前来，将盗杯的事细细回明，彭公点头，随上马，带从人与黄三太、杨香武至畅春园宫门，敬候圣旨。

这日，王公大臣、中堂尚书、六部九卿、十三科道都来的早，打听神力王花园夜内盗杯的事。内有巴图公、敖国公、忠勇公、贝子贝勒，见了王中堂先问盗杯的事。王大人说：“此杯已被他盗去了。”大家暗为吃惊，不知他如何盗法。少时圣主老佛爷升了安乐亭，王中堂把玉杯献上，把夜间盗杯之事奏明，并求放免他二人之罪。神力王请罪，降旨罚俸三个月，这宗银子赏了黄三太、杨香武。康熙老佛爷乃仁慈圣主，这道恩旨下，大家谢恩。彭朋赏加一级，替二人谢了恩，带回关帝庙。武七达子亲身把银子送给杨香武：“众位，大家带个路费罢。”李七侯说：“你往哪里去？”黄三太说：“各自归家。”次日，众人各自归家。彭公带李七侯回宅。过了几天，江苏巡抚奏道：周应龙房已烧毁，并无拿获一人。圣上又下了一道上谕，派各省督抚务获周应龙到案，急行提奏。

也是彭公官运发旺，过了新年，二月间，有上谕：“河南巡抚着彭朋去，钦此！”随递了谢恩的折子，请了训。这次上任，把夫人留在家内，教子读书，带大管家彭兴儿与彭福、彭寿、彭旺儿，厨子刘安、书童鹤鸣，连车夫共二十余人。白马李七侯保护着大人起身，在路上，正逢三月景况，绿柳垂杨，春风送暖，桃花媚人，真是万物发生。正是：

春度春光无限春，今朝方始觉成人。
从今克己应拘友，愿与梅花俱自新。

彭公看罢，心中甚爽。

在路上晓行夜住，饥餐渴饮。那日要住河南境界，彭公叫兴儿先领手下人等上任，自己与白马李七侯各骑一匹马，身穿便衣。彭公穿的是灰色贵州绸大衫，外罩红青宁绸单马褂，足下白袜云鞋，骑一匹青马。白马李七侯的那匹马早已死了，此时换了这匹马，是在德胜门外马店骡店内，用二百两白银买在手中，排了半载。此马真能行四百里，每日喂的是小米绿豆，饮的是黄酒，正在强壮之际。与大人在路上，住在店内，就访问本处地方官，或是贪官，或是清廉，本处或有土豪恶霸。路上也有说州县官清廉的，也有说糊涂的。

这一日，到了半路之上，云升西北，雾生东南，细雨绵绵。彭公问：“李壮士，哪里有店能避雨？”李七侯就抬头一看，前面雾云漫漫，树木森森，大概必是一座庄村。二人催马往前紧赶，虽说暮春之时，小雨阵阵生凉，大人又没受过这样奔波，好容易进了那座村口，见是一个山庄，有七八十家住户，并无客店，也无庙宇。正在为难之际，见路北有一个大门开放，门前有两棵龙爪槐。李七侯与大人下了马，见这雨越下越大，心中甚是着急，拉马至门洞避雨。只见从里边出来一个庄客，年有三旬，身穿月白布裤褂，足下两只旧鞋，紫红脸膛。他说："二位出去罢，我们要关大门啦！"李七侯说："这么大雨，我们借光罢。这里有店无有哪？"那庄汉说："没有店，我们这里叫冯家庄，姓冯的多。"李七侯说："你们这里姓甚么？"那庄汉说："姓冯，我家庄主叫冯顺，你快出去罢！瞧你那马拉粪，闹一地尿，快出去罢！"李七侯说："原来是冯庄主，作何生理？"庄汉说："我主人当年卖京货，在河南各处赶会。"李七侯听罢，心中说："这么大雨，哪里去住？要与这个庄客说话，多有不便，不免如此这般。"想罢，开言说："烦你的驾，你通禀一声，就说有李七侯来拜。"那庄汉说："你怎么认识我家主人呢？"李七侯说："见了就知道了，你不必问。"那庄汉进去不多时，同着一位五旬以外的老者出来，五官慈善，身穿细毛蓝布褂，足登青布油靴，举着雨伞，见这两匹马在眼前，瞧见彭公与李七侯二人，说："哪位姓李？"李七侯过去说："在下乃京都人氏，在可云龙镖店保镖。今同我家东人往河南办货，半路遇雨，来至贵庄。小弟慕名特来拜访，只求借一间小房避雨，容日登门叩谢。"冯顺听李七侯之言，说："来人，先把二位的马拉进槽头上喂看。二位请进里边坐。"

二人跟随进了二门，看见是上房五间，东西各有配房三间，里边还有院落，必须从东边角门过去。冯顺引路，带二人到上房门首。彭公与李七侯看罢，进了上房落座。屋内倒也干净，靠北边有八仙桌，两边各有椅子。彭公东边落座，李七侯西边落座，冯顺下边相陪，问："东人贵姓？"彭公说："我姓十名豆三，贩绸缎为生。庄主姓冯呀？"冯顺说："是。我先年也作买卖，只因我跟前并无男儿，就是一个小女儿，也无心苦奔。”李七侯说：“种多少田地？”冯顺说：“七八顷地，倒把我给坠住了。这个年月不好，皇上家的王法松，遍地是贼，我净受人家欺负，实是可恨。”家人献上茶来。李七侯说：“这目下也无有不遵王法的事，还敢明抢吗？”冯顺说：“明抢那还可以，硬要抢人更可恨了！我家一家人，正在无有主意呢。今遇见二位来此避雨，我又怕连累二位。依我说，你们候雨小点走罢。”李七侯说：“是为何？你只管实说，我自有个主意救你。”

冯顺说：“镖客若要问，我实是可怜。庄之东南，靠大路有一座荒草山，山上寨主姓韩名寿，别号人称并力蟒，他有一个压寨夫人母夜叉赛无盐金氏，膂力过人，手使铁棍。手下有三四百名喽兵。他还有一个兄弟，叫玉美人韩山。有个二寨主雪中蛇关保，常在我们这里要粮。昨日遣两个喽兵前来，一个叫饿鹞鹰王二，那个叫野鸡腿刘八，送来两匹彩缎、两个元宝，说要我女儿作一个压寨夫人。前者韩寿娶了一个夫人，被母夜叉赛无盐给生生打死。我的女儿娇生惯养，如何给山贼呢？有心去告他去，离县又远，又怕他杀了我全家，抢了我那女儿去。我打算要不是下雨，可以把地契带着，连细软之物，带家眷逃生。偏巧今日又下雨，你二位想想，我烦不烦？”李七侯说：“不要紧，你快些收拾，跟我二人上省，跪巡抚去调官兵剿他这座山就是了。”冯顺说：“要往河南，必须从荒草山走，也是必由之路。”先命家人摆上酒饭：“你二位吃着，我去收拾好了，咱们好逃命罢！”彭公听了此话，心中说：“这本地官并不清查保甲，以至盗贼如蚁。我到任的时候，必要查拿盗贼，清净地面，才可保国卫民。”正想着，菜酒摆上，冯顺往后边去了。李七侯与大人对坐，吃酒谈心。冯顺到后面收拾细软金银财宝衣服等物。

天已日暮之时，雨已住了，自己到了前面客厅之内，说：“李壮士，我想虽然逃走，不知何年月日才能回来呢？”李七侯说：“我们东人与河南新任巡抚彭大人是亲戚，只要到了汴梁城，你递一纸呈状，那彭大人必然派官兵前来剿灭此山。要似这样光景，还成事体吗？理应地面官清净地面，安理闾阎才是。身为边疆大员，理应上致君下泽民，查官吏之贤者能者必有保举，查贪昏之辈定行参革。河南为畿辅近地，竟有这等盗寇哨聚山林，成群聚伙，该此处地面官并不认真查办，着实可恨。”今日天色已晚，忽听外面有叩门之声，一片声喧。原来是荒草山的群寇前来抢亲，家人吓的慌慌张张的说：“不好了，荒草山的大王来了！”不知抢亲如何，且看下回分解。

第三十九回

李七侯大闹冯家庄　高通海剪径齐邑渡

诗曰：

片片飞来静又闲，楼头江上复山前。
飘零尽日不归去，贴破清光万里天。

话说那冯顺听家人禀："荒草山的大王来抢亲事了！"李七侯说："你不必害怕，有我呢！"站起身来，到了外边一瞧，有三十多名喽兵，为首一人乃是韩成。这个人性情猛烈，贪淫好色，手使钢鞭。又有三旬以外的一人，他是韩大力，山寨总头目，带着一乘轿子来娶冯小姐。李七侯一出去，有认识他的，说："哎哟，李寨主在此何干？"韩成也认的白马李七侯，说："你来此何事？"李七侯说："咱豪杰中讲究的是杀赃官，斩恶霸，剪恶安良，是大丈夫所为，不能显姓扬名，暂为借道栖身。为何抢人家良民的少妇长女？上干天怒，下招人怨。依我之见，你趁此回去，告诉你家寨主，自此改过，免伤和气；如要不然，恐你们的性命难保。"这一片话，说的那韩成闭口无言，楞了半天，说："李七侯，你吃上姓冯的了，要威吓我等，你太也不对啦！依我之见，你早些躲开这里，免伤咱们的和气；若要不然，你也难讨公道！”李七侯气往上撞，说：“小辈！你真是太岁头上动土，老虎嘴边拔毛。”一抡手中单刀，说：“你不怕死，只管前来！”韩成抡鞭，照定李七侯就是一鞭，李七侯急架相还。二人走有十几个照面，忽然李七侯一刀正砍中韩成左背，那些个喽兵吓的战战兢兢。李七侯用刀一指说：“尔等急速回去，免的我结果了性命。”那些手下喽兵都知道白马李七侯乃京东一带大义侠，人的名儿树的影儿，大家一哄而散，各自顾命逃回。天有二更之时，那韩成说：“你等莫忙，我去调了兵来，必要把你们这座冯家庄杀的一个不留！”气忿忿的去了。

冯顺在大门内说：“李七太爷，这个乱儿可不好！咱们要往河南省，必须从齐邑过黄河，奔金铃口，那时必走荒草山，恐怕难过。”李七侯说：“你也不必跟我去上汴梁城，我有一个好主意，你先往你的亲戚家躲避几天，事不宜迟，暗中探听，一月之内官兵必然来剿那荒草山，你再回来。”冯顺说：“有理。”收拾好了，由三更天起身，奔延津县去了。

彭公与李七侯上马，奔齐邑，渡过黄河。天色大亮，正到荒草山北山口，听的对面一声喊说：“呔！此山是我开，此树是我栽，若要从此走，须留下买路银！无有钱买路，一刀一个土内埋！”李七侯说：“小辈！你等不认识你家七寨主，好大胆量！”内中伏路喽兵二十名，有认识李七侯的，说：“李爷，你先莫走，我家寨主有请！”原来韩成逃回山来，把方才之事细说了一遍，并力蟒韩寿说：“气死我也！想当年黄三太指镖借银，我等都是有一面之交。他今反向外人，欺我太甚。”天明派手下人去剿冯家庄，吩咐手下人：“在大路之上留神，如在大路上瞧见李七侯，速报我知道。”那喽兵头目叫何必来，今日一见李七侯，说：“朋友，你莫走。我先年跟窦寨主，就知道你这个人很有威名。我家寨主就来。”派人去山上报信。

少时听见锣声一响，见一个妇人生的丑陋不堪。怎见的？有赞为证：

缘只见他前顶歪，头皮儿瘦。燕揆儿偏，天然旧。脑袋小，黑又瘦。大麻子，似蜂仇。塌鼻梁儿，鼻汀溜。蓝布衫，花挽袖。印花边，黄铜钮。红中衣，裆儿瘦。小金莲，够九六。里高底，实难受，一步一歪一嘎哟。

手使铁棍，大嚷一声说："小辈欺我太甚，把我的头目汲忽砍坏了。今日寨主奶奶来拿你！"李七侯听人说过，这山上有一位母夜叉赛无盐金氏，有万夫不挡之勇。今日一见，李七侯跳下马来，把马拴在一边树上说："大人，我去拿这丑妇。"自己拉出刀来，走至那妇人面前说："丑妇，你休要逞能！李寨主结果了你的性命。"那金氏摆棍，照定李七侯就是一棍，李七侯往旁边一闪，用力分心就扎。母夜叉的棍欹抱月的架势，往外一搕，把刀搕开，趁势一棍，李七侯躲开。两个人一往一来，不分胜败。战有一个时辰，那母夜叉天生粗鲁，力大无穷，李七侯只有招架躲闪，不能赢他，自己害怕，又怕连累大人，真是并无一点主意。那棍上下翻飞，来回乱转。李七侯一想：绝不该多管闲事，是非只为多开口，烦恼皆因强出头。

正在为难处，忽然间从正南来了一匹马、一匹驴。马上驮的是赛李广花刀无羽箭刘世昌，那骑黑白花驴的年有半百以外，头戴马连坡草帽，身穿蓝绸子长衫，足登青缎快靴，淡黄脸膛，沿口黑胡须，肋下佩着一口带鞘的折铁刀。此人姓贾名亮，绰号人称花驴贾亮，乃江湖中有名人物，练的飞檐走壁之能，窃取灵妙之巧，日行一千，夜行八百，并会打几样暗器。他自己永不搭伴，今日合刘世昌二人，是从高家庄鱼眼高恒那里回来，上贾家屯贾亮家中。走至荒草山前，正遇着那白马李七侯与母夜叉赛无盐金氏二人动手。

这二位过去说："李贤弟，为何与他动手？"李七侯说："二位兄长，快来助小弟一膀之力！"赛李广一伸手，掏出来一个墨雨飞篁来，照定赛无盐就是一下，正中头上，打的他“哎哟”了一声，唏嗯栽倒，撒腿就跑。喽兵吓的往山上就去报信去了。李七侯过来，与二位见了礼说：“我奔齐邑，过黄河上汴梁城。多蒙二位兄长来临，不知要何往？”贾亮说：“同刘世昌到我家。贤弟请罢，恐其贼人再来。”

李七侯保彭公把马解下来，上马竟奔黄河而来。天色至午错之时，到了齐邑渡口。二人找了一个饭铺，吃了点饭。从外边走进一个人来，身高七尺以外，面皮微黑，身穿紫花布裤褂，紫花布袜子，青靸鞋，黑脸膛，粗眉大眼，过来说：“二位，趁着风小，过黄河罢。”李七侯说：“要多少钱？”那船户说：“你二位单坐，给贰吊钱罢。”彭公一听价钱不多，说：“很好。”先给了饭钱，跟那船户到了河边，先把两匹马拉上去，后又把行李搬上去。彭公与李七侯登跳板上船，举目一看，但看见那黄河水势甚涌，波浪滔天。真是诗曰：

莫把阿胶向此倾，此中天意固难明。
解通银汉应须曲，才出昆仑便不清。
高祖誓功衣带小，仙人占斗客槎轻。
三千年后知谁在，何必君劳报太平。

又诗曰：

夹水苍山路向东，东南山豁大河通。
寒树依微远天外，夕阳明灭乱流中。
孤村几岁临伊岸，一雁初晴下朔风。
为报洛桥游宦侣，扁舟不系与心同。

彭公看罢，坐在船上。平风静浪，顺着河开船，走了有二十余里，离南岸不远，见那日已西沉，黄昏时候。那船户过来说：“你两个人今日共有多少资财，拿出来，免得好汉生气，回头把你扔在河内，叫你好落个整尸首。”李七侯听罢，连说：“不好！我又不会水，遇见这个来的楞，不免我问问他。”说：“朋友，咱们都是合字，莫不懂交情。”那船户瞧那白马李七侯说：“你是个合字，更好啦！我是专劫贼，贼吃贼，吃的更肥。我是：

不种桑来不种麻，全凭利刃作生涯。
若有客商从此走，先要金银去养家。”

李七侯闻船户之言，说：“你真是新上跳板的人，不知好歹！我用良言相劝，你这等可恶！”抽出刀来，照定船户就是一刀。那贼说：“好，好！你胆大包天！”用坡刀相迎。二人战够多时，李七侯终是旱路英雄，并不会水，在船上地方窄狭，又施展不开，被那水贼杀的浑身是汗，遍体生津，只有招架之功，并无还手之力，口中说：“好哇！我闯三十余年，连个无名小辈杀不过，我算甚么英雄。”又怕落在水中，又怕自己被贼所害不要紧，“倘若我死之后，贼人不分皂白，把大人给害了，那还了的吗？”李七侯想罢说：“黄河水寇，你欺我太甚，我与你誓不两立！”贼人正在二十来岁，精神百倍，听李七侯之言，他哈哈大笑说：“告诉你罢，我在江湖之中，也不是无名之人。你自管打听打听，黄河一带，彰德、卫辉、怀庆三府，汴梁城一带等处，专杀贪官恶霸，剪除势棍土豪。要是买卖客商上了我的船，人家将本取利，抛家在外，我就是没钱用，无非他有一千我只留三百两，除去养家之用，余剩全都济了贫。要是那贪官上了我的船，得了财还要你的命。你是绿林之人，不过也是杀男人，掳女人，胡作非为。上了我的船，他就算是枉死城中挂了号，簿魂账上勾了名。”李七侯心内说：“这厮说话，倒是一个好人。可恨我不该告诉他说，我也是绿林中人，又不好再说实话。说了实话，他反小看我，不信我。”

李七侯正自为难，忽听西边水声响亮，又来了一只小船，四个水手，趁着月色当空，看的明白，船头上坐着一人，离着远，看不真，那船往这边来。李七侯说："是过河的救星来了。"李七侯一边动着手，口中说："那边朋友，这里有水寇伤人！"那只船上水手说："少寨主，你今得了买卖，还没作下来？老寨主那只船堪可就到。"李七侯听说："完了。原来也是贼人一党。大丈夫视死如归，可恨我连累了别人。"他瞧着大人说："东人，贼党又来，你我无处逃生，总是我李七侯无能，才误了大事。"彭公在舱里听李七侯之言，心中也是惨凄，说："李壮士，是命运如此，大数到来，难逃此灾。"

正说着，见从西边来的那只船，已与这只船靠上，从那跳过一人，年约六十以外，头上分水鱼皮帽，日月莲子箍，水衣水靠，足下油鞋，手中擎着一对分水纯钢蛾眉刺，跳过这边来说："闪开！待我结果他的性命。"不知后事如何，且听下回分解。

第四十回

恶法师古庙行刺　镔铁塔施勇擒贼

诗曰：

日落西南第几峰，断霞十里抹残红。
上方杰阁凭栏处，欲尽余晖怯晚风。

话说白马李七侯与船户动手，累的浑身是汗，又见从正西来了一位老英雄，手使着纯钢蛾眉刺，跳上船来，瞧见是李七侯，连说：“小子不可动手，这是你李七叔。”白马李七侯认的是鱼眼高恒，连忙跳在一边，给高恒请了安，说：“大哥好哇！这是何人？”高恒说：“高源过来，这是你七叔，见过了。”水底蛟龙高通海过来，给李七侯陪罪说：“七叔，小侄儿不知，多有得罪。”白马李七侯说：“真是父是英雄子豪杰，你叫高源？”高源说：“是，号叫通海。”李七侯说：“高大哥，这是河南新任巡抚彭公。”鱼眼高恒过来，至大人面前请了安，说：“大人，草民有罪，多有冒犯。”彭公说：“老壮士这大年岁，为何还在绿林？何不改邪归正？”高恒说：“小民不敢说替天行道，不敢妄杀好人。”叫高源上那边船上去，叫那水手收拾几样菜来，与大人压惊。彭公与李七侯在船上，饮了一夜酒。

次日天色大亮，东方发晓。把船拢在岸上，把马拉下去。李七侯说：“高大哥，改日再会了。”同大人上马到金铃口，住下歇息半日，补昨夜在船上的乏。由此处到汴梁城，还有四十里路。次日吃了早饭，二人出店，离了金铃口，走有三十余里，忽然间细雨纷纷。正逢四月初旬，这雨越下越大。彭公说：“今年入夏以来，雨水甚勤，必是丰收之年。”李七侯说：“大人，昨日要非遇见高恒，定遭不测之祸。”彭公说：“我要是到了任，必要留心捕盗，查拿盗贼，好者劝其改邪归正，不好之贼就地正法。”李七侯说：“是，理应如此。”

二人正走着，见道旁西边，坐北向南有座古庙。前后两层大殿，周围树木环绕，群墙以里，有禅堂配房不少。彭公下马，来在庙门首，李七侯前去叩门。彭公看那牌匾之上，写的是“敕建元通观”。山门上贴着两条对联，上写：

天雨虽宽，不润无根之草；佛门广大，难度不善之人。

李七侯连打了两下，只听里边人问：“哪位叫？”哗浪把门开放，却是十六七岁的一个道童，打着雨伞，头挽牛心发纂，横别银簪，身穿月白裤褂，白袜青鞋。见那李七侯，说：“找哪位？”李七侯带笑说：“在下过路之人，偶然遇雨，求童子回禀庙主，借光避避雨。”道童说：“你二位把马拉进来罢。”彭公把马交与李七侯，拉进角门，把马拴在树上。道童说：“二位，这东屋坐罢。”东配房三间，名为“鹤轩”。彭公进去，看那靠东墙八仙桌儿一张，两边各有椅子，北里间垂着帘子，南边这两间明着。彭公二人落座，道童说：“二位坐着。”一直往后边东院去了。外面那雨越下越大，彭公猛抬头一看，见从外进来一个妇人，生的千娇百媚，身穿一身白，素服淡汝，年约三旬以外，举止不俗，往后便走。彭公说：“李壮士，这座庙内不是正道修行之人，你看那妇人往后去了。”李七侯看了一个后影儿，瞧着往西院中去了，李七侯甚为怪异，说：“雨住咱们走罢，恐受贼人之害。”彭公点头。

忽听外面一声“无量寿佛”，进来一个老道，年有四旬以外，头挽发纂，横别金簪，身穿细毛蓝布道袍，蓝中衣，白袜青云鞋，面如紫玉，紫中透黑，扫帚眉，大环眼，二目神光烁烁，准头端正，四方口，连鬓落腮胡须，犹如钢针，恰似铁线，暗带一番煞气。李七侯看罢，连忙站起来说：“道爷请坐。”那个道人见白马李七侯，不由的一楞，心中说：“这人好面善。”一时间想不起来，忽然忆着。

这个道人姓马名道玄，乃是江洋大盗，因犯案屡次，自己当了老道，练的一身好工夫，长拳短打，刀枪棍棒，练的一身铁布衫的工夫，善避刀枪。前者二盗九龙杯，他与周应龙上寿去，在店的门首黄三太身后，他看见过那白马李七侯，虽未交谈说话，他可知道是黄三太的余党。因季全放火烧了周应龙的房屋，那些贼人回去救火，把火救灭。金翅大鹏周应龙聚集众寇，升了聚义厅。那美髯公神刀无敌薛虎，与小温侯银戟将鲁豹、俏郎君赛潘安罗英、玉麒麟神刀太保高俊这四个人在两边站立。周应龙说：“黄三太欺我太甚，绝不该使杨香武出来盗杯。还可罢了，暗中要笑作贱我，我二人势不两立，有他无我。众位助我一膀之力，跟我去到绍兴府去找黄三太，也闹他一个合宅不安，方出我这一口怨气。”内有蔡天化说：“先派人探听探听那只九龙玉杯是怎么一个下落？如要是真是当今皇上之物，还怕黄三太到了当官，他把一往之事一说，这件事恐怕又生出别的大祸来。凡事总要早先防备，探听明白，再作道理。”众人齐说“有理”。

周应龙听徒弟之言有理，立派他手下精明的人前去哨探。过了二十余天，回来禀报说：“庄主，大事不好了！现今黄三太见驾交杯，下了一道圣旨，着江苏巡抚调兵剿拿，大寨主早作准备。那黄三太有一个朋友，乃是刑部右侍郎彭朋，当年做知县的时候，他曾助过他的银两。黄三太今日这场官司，全是彭朋给他走动的。还有一个白马李七侯，说是京东的义侠，与黄三太有来往，他现今跟彭朋，不久官兵必到。”周应龙听了此言，又急又气，他手下是没有兵马；他若有兵马，他就立时反了。他问众寇有何高论？内有青毛狮子吴太山说：“大寨主不必为难，河南我那座紫金山，聚集有四五百名喽兵。我来给兄长祝寿，山寨还有个结拜兄弟，一个叫金眼骆驼唐治古，二名叫火眼狻猊杨治明，三名叫双麒麟吴铎，四名叫并獬豸武峰。莫若收拾干净宅内细软，到紫金山招军买马，聚草屯粮，大事成时可以扬名天下，图王霸之基业。如不成，可以自保其身，那座山有万峰之险。”并力蟒韩寿说：“要不然，就上我的荒草山。”周应虎说：“兄长，你不必为难，你上我那座北丘山也可以存身。”众寇纷纷议论不一。金翅大鹏周应龙说：“列位寨主，我今被他人所害，不得已而为之。既占了山寨，必要报仇。众位如遇见李七侯与彭朋，务必将他拿住，替我报仇雪恨。或者访他二人在哪里，然后再找黄三太去。”众人齐说“有理”。那些人该告辞的，也该走了。

周应龙收拾细软之物，他带家眷与一干人等，放火烧了房舍，随到了河南紫金山。细观这座山，在众山之中，南边有山口，西边有山峰，斗壁石崖，大峰俯视小峰，前岭高接后岭，真是一人把守，万夫难过。就在此处，他立了大旗招兵，派四路头目往各处抢劫客商，或在江湖水面。他是大寨主，共有十一位头目：大寨主周应龙，第二名青毛狮子吴太山，第三名大斧将赛咬金樊成，第四名赤发灵官马道青，第五名赛瘟神戴成，第六名金眼骆驼唐治古，第七名火眼狻猊杨治明，第八名双麒麟吴铎，第九名并獬豸武峰，第十名蔡天化，第十一名玉美人韩山。以外还有红眼狼杨春、黄毛犼李吉、金鞭将杜瑞、花叉将杜茂，共十五位。大家焚了香，喝了血酒，派人各处探听，他也结交官长。过了新年，探听的河南巡抚升了来，乃是彭朋。他心中一动，暗说：“不好！他一到任，我等多有不便。”开封府知府武奎，乃是周应龙的拜弟，他这里暗设计谋，要报前仇。

这元通观的老道马道玄，乃是周应龙知己的朋友，先接了一封信，叫他在路上如遇彭朋上任之时，得便可以暗中动手。恶法师马道玄本来是个万恶之贼，今日瞧见李七侯身穿细灰布单袍，腰系凉带，足登青布靴子，淡黄脸膛，沿口黑胡须，二目神光足满。马道玄坐在下边，先问："二位尊姓？"彭公说："姓十名豆三，卖绸缎为生。"李七侯说："我姓李行七。"那马道玄说："朋友，你不是白马李七侯吗？"李爷听罢，心中一动，说："不好，这厮他如何认的我？大丈夫行不更名，坐不改姓。"说："道爷好眼力！在下我不错，贱名白马李七侯，尊驾如何知道？"恶法师见是他，他自己站起身来说："我久仰大名，二位坐着，我到后面去即回来。"老道就离了东配房，自己心中说："这是飞蛾投火，自来送死。我到后边收拾停当，把李七侯拿住，送到紫金山去，也好对的起金翅大鹏周应龙。"自己到后边，把道袍脱下来，收拾好了，把折铁刀摘下来，到了前边院内。他说："踏破铁鞋无觅处，得来全不费工夫。李七侯，你二人休想逃走！"白马李七侯把衣服掖起来，抽出那单刀，窜在外边。雨亦住了，天有巳正。李七侯抡刀就砍，马道玄急架相还，二人在院中动手。

李七侯问："野道！你是哪里人氏？我李某与你有何仇恨？你要说来。"马道玄说："李七侯，我乃姓马名道玄，绰号人称恶法师。你前者在避侠庄与黄三太盗九龙杯，我就知道你。今日来此，我拿住你送到紫金山，把你碎尸万段，以泄众人之恨。"李七侯听罢，知道狭路相逢，遇见仇人，这是金翅大鹏周应龙的余党。李七侯说："好，好！出家人作伤天害理之事。好野道！我拿住你再说。"把单刀使动如飞，那马道玄的折铁刀是神出鬼入。李七侯累的嘘嘘带喘，心中说："我在江湖三十余年，不想今日遇见这样对手。真是人外有人，天外有天。"又是怕自己死了如蒿草，倘若大人被害，这便该当如何？

正在着急之际，急听角门有人叫门说："开门来，开门来！"李七侯正在为难，说："不好，贼人余党又来了！"想着，他大喊一声说："好贼，你这庙内还要路劫官长吗？"这句话未说完，只见进来数人。不知李爷性命如何，且听下回分解。

第四十一回

问真情拿获贼寇　因案件私访豪强

诗曰：

春花秋月入诗篇，白日清宵是散仙。
空卷珠帘不曾下，长移一榻对山眠。

话说李七侯与恶法师马道玄二人，在庙中动手，不分上下。忽见从庙外进来十几个官人，头前那个拉着马的，头戴新纬帽，五品顶戴，身穿灰宁绸八团龙的单袍儿，腰系凉带，足登官靴，年约半百以外，赤红脸。此人姓彭名云龙，乃是开封府抚标守备，今日带十名官兵，两个跟人，前来接新任的巡抚大人，作为哨探。如接着，打发人回去送信，合城的官员好接上司。半路遇雨，又渴了，来至这庙里想要喝碗茶。他正听里边动手，把门踢开，瞧见一个道人与一位壮士动手。那些官兵人等说："你们为甚么动手呢？"白马李七侯说："众位，快来拿这贼人！我是跟新任巡抚彭大人的，你们快来，大人现在东配房内。"那守备彭云龙听见，大吃一惊，先到东配房内给彭公施礼，然后又把兵丁叫过来。彭公正着急，见有一个穿官服的，口称抚标守备："卑职彭云龙给大人请安。"彭公说："好！你急速去到那院中，把那道人拿住。彭云龙便把衣服一掖，拉出太平刀来，说："好万恶的道人，休要逞强，待我拿你。"拉刀剁。马道玄武艺超群，这几个人如何看在眼内，他说："你等好不要脸，能有几个人有能干的？"他把刀一摆，行东就西，一往一来，连李七侯与彭云龙二人都不行啦。彭公站在东配房以外说："无知道人，着实可恶！你们官兵何不过去与他动手？"

那十个官兵之内，有一个"哇呀呀"一声喊嚷，说："好一个贼道！欺人太甚，看我结果你的性命！"拉出单鞭有鸡子粗，长有三尺二寸，乃是纯钢打造的，重三十六斤。此人身高九尺，膀阔腰圆，头戴官帽，身穿号铠，青中衣，青布抓地虎快靴，面如锅底，黑中透亮，亮中透黑，粗眉直立，虎目圆翻。二摆手中鞭说："呔！贼道，你有何能？"照定头顶就是一下，老道急忙闪开。他见人多，自己想要逃走，无奈又被他三人围住。马道玄急了，抡折铁刀照定黑大汉就是一刀，被那大汉用鞭往上一迎，把那折铁刀磕飞。老道往西蹿去，被李七侯一刀背顶于肩头之上，那黑大汉一腿踢在那道胯骨之上，道人往前一栽，摔于就地。彭云龙与几名官兵过去，把道人捆上。

彭公说："那黑汉，你姓甚么？"那黑大汉过来给大人请了安，说："我姓常名兴，号叫继祖，别号人称镔铁塔，因我生的身躯高大。我是清真回回，住家在黄河北卫辉府城内。自幼爱习学枪棍，父母早丧，我孤身无倚，来至开封府投亲，就在这里守备营内当一名步兵。这一分钱粮，每月只领银九钱七分，不够我吃的，无法，全仗着我们一个亲戚他给我日用。我每一顿饭吃白面五斤，要吃米须得三升才够。"

彭公说："瞧他这个庙内里，还有一个妇人。"众官兵先到后边各处一找，就有道童儿，并无妇人。又在西院一找，见院内有一口大钟，钟内有哼嗐之声。众人把钟抬开，见有一人，堪可要死，年有二十余岁。众人给了他一口水喝，又给他找了一个馒首吃，把他带在前边大人跟前。彭公问他："姓甚么？为何来在这钟底下？自管照实话说来。"那人跪扒了半步说："老爷，小人乃开封府祥符县城外五里屯住家，姓李名荣和，家有父母，生我兄妹二人。我妹妹尚无有许配人家，今年十七岁，比我少五岁。我娶妻张氏，住在本村。今年正月，有本村的监生张耀联，绰号人称恶太岁，他家也种有二十余顷田地。他广交官长，走跳衙门，霸占房屋地土，奸淫少妇长女，无恶不作。他遣他家使唤人叫郎山到我家，给我妹妹珠娘提亲，与张耀联作妾。我父亲李绪文不愿意，他至二月二十五日夜内，硬把我妹妹与我妻张氏抢去。小人被他恶奴郎山砍了一刀，我父亲身受木棍之伤。次日我至祥符县喊控，把他告下来。县太爷姓金名甲三，并未传伊到案，反说小人妄告不实。小人又在开封府武大人那里递了呈子，仍批回本县。金大老爷把我传去，说我是刁民越诉，打了我四十板子，问我还告不告？小人回禀：'求老爷开恩，我实被曲含冤，又被势棍抢去妻妹，父母身受重伤。老爷不给我作主，我是有冤无处诉去了。'"

彭公听到这里，说："好官！他应该怎么办呢？"李荣和说："那县太爷把小人收下。次日传张耀联到案，他说小人借贷不周，因此怀恨，说我把我妹妹送在别处去了，我自行作伤，妄告绅士，又打了我四十板子，叫我具结完案。如要不然，定要收监。小人无奈，具了结，回到家中。我母亲连急带吓，竟自卧病不起，三月十六日死的。小人因想妻子，又为妹妹，先把我母埋了。料想在河南省，要与他打官司，如何赢得了？我找了一位会写呈状之人，写了一纸呈状。我带路费，打算要进北京，跪都察院，以鸣此冤。谁想到我走到这庙门首，渴了要点水喝，老道把我让进庙来，问我哪里人？我一说实话，他把我的呈子诓过去一看，立把小人抓住捆上，放在那个钟底下。小人想，是不能出去，必饿死在钟内。我家中素日供着观音像，我每日烧香，今在难处，我不住磕头，只求有个救星。今日多蒙众位老爷救我出来，求众位老爷救我，替我鸣冤。”彭公说：“本院我是新任巡抚，此事只要是真，我定然替你报仇。”把贼道带过来说：“你把李荣和那张呈状收在哪里？”马道玄说：“烧了。”彭公说：“把两个道童不必带去，叫他二人看庙。”此时风息云散，早露一轮红日，天有正午。彭公又叫人找各处，并无妇人，心内说：“莫非是观音现圣，亦未可定。”自己随即带众人一同出庙上马，竟奔汴梁而去。走了有十数里光景，到了关乡，进城到了巡抚衙门。兴儿早已到了里边，把大人迎接进去。彭公吩咐连马道玄与李荣和一并派彭云龙看押，到了后边。次日，护理巡抚印务是藩台英春，派首府送印过来，自己摆香案，望阙叩头谢恩，接了印信文卷等。次日，拜藩、臬、道、首府、首县，大家又回拜。乱了几日，文武署员全皆会过。彭公知道荣和这案不能交府县办理，内有情节，立刻派武巡捕，是李七侯、常兴二位，都是保了一个六品虚衔；文巡捕是彭兴，余者各有所差，请了四位师爷书启折奏，又留常兴帮李七侯办事，赏京制外委。

这日，把马道玄与李荣和一并交臬司刘彦彬办理。这位臬司乃科甲出身，为官清正贤能，到任不久。今接了巡抚大人交下来的案件，立时升堂，先讯了李荣和的口供，与他的来文一样。立时带上马道玄跪在堂下，刘大人说：“你一个出家人，不守本分，结交匪人，私害人命，你又在庙中行刺，把你所作的事从实招来。”马道玄说：“李荣和因他告我的朋友，我才把他扣在钟下。李七侯也是一个贼人，我二人素日有仇，我要报仇。”刘大人说：“你这厮胡说！李七侯乃巡抚大人标下。你所行之事，何人所使？要不说，本司决不姑宽你，趁此说来。”马道玄说：“小道无的可说。”刘大人说：“给我拉下去打！”两边人役拉下去，打了八十板子，又带上来。刘大人说：“你还不实说？”马道玄说：“大人，我与李七侯有仇是实，并不知是巡抚大人，要知是巡抚大人，出家人再也不敢行刺。”刘彦彬吩咐把他二人带下去，叫李荣和对保，道人入狱。立时行文往县，要张耀联急速到案。

过了两日，县里回文说：“张耀联入都探亲，归无准期。”刘彦彬又催了两次，总不见传到。

这日，该上巡抚署办公事，彭公请至书房之内，把一应公事办完，先问：“寅兄，马道玄与李荣和这二人，应该怎样办理？”刘彦彬说：“马道玄身入玄门，起意不端，谋杀人命，虽未害死，乃因他恶念已出，立意已坏，这件事不能轻纵。还有，李七侯与大人在他庙中避雨，他怀仇谋害，按律应斩立决，把首级悬于通集之处示众。是有张耀联这厮，并未到案对词，我屡催传，该县回文说伊入都探亲，归无定日。”彭公听罢，说：“是了，我也知道张耀联是个不法之人。他认识马道玄，这就不是好人。又牵连府县，寅兄回去，我自有道理。”刘彦彬喝了两碗茶，立时告辞。

彭公一想：“这张耀联必然是个财主，也许与李荣和素有挟嫌之仇，借着家中闹贼，他妄告他报仇；也许张耀联是一个势棍，结交官长，任意妄为，府县官受他的银钱，通同作弊。这件事不可粗率，必须我亲身走一趟。”想罢，把李七侯叫上来，说：“李壮士，你换上便衣，跟我到那五里屯，访访张耀联果是何等之人，我再为办理。”李七侯换了便衣，二人由后边角门出去。巡抚彭公扮作一个算卦之人，带李七侯出了酸枣门，直奔五里屯而去。正值端阳节后，夏日天长之际。彭公这一入五里屯，又生出一场是非来。不知后事如何，且听下回分解。

第四十二回

张耀联看破行迹　彭抚台被拷马棚

诗曰：

地湿莎青雨后天，桃花红近竹林边。
行人本是农桑客，记得春深欲种田。

话说彭公带李七侯私访五里屯，在城外观看麦苗宛然快熟，天气清朗。来至村口，彭公说：“李壮士暗跟随我，不必同在一处。”那李七侯说：“大人只看我眼色行事，留神不可大意！”二人进了北村口，往南瞧，见这个屯庄有二百来户人家，南北一条穿街大路，东西大街。彭公走至十字街口，往东观看，那东边路北有一所宅院甚是高大，门前两棵树。彭公拿出竹板来，连敲了几下，在这条街上走了几个来回。忽见从那大门内出来一个年青之人，身穿细毛蓝布褂，白袜青鞋，面皮透白，生的俊俏。他站在门首说：“先生，你会圆梦吗？”彭公说：“也会。哪一家找我？”那少年人说：“就是在下。我姓张名进忠，是我家主人张大太爷，你要圆好了梦，可多给你几个钱。”彭公点头，跟那人进了那个大门。

门内有一道界墙，当中屏门四扇，上写“齐庄”。中正二门以内，正房三间，东西配房各三间。彭公跟那人进了上房，见在正面有八仙桌一张，左右太师椅子两把。上首坐定一人，年约四旬，身穿两截罗汉衫，上白夏布，下淡青罗的颜色，五丝罗套裤，白袜青云履，手拿团扇一柄。第二钮子上有十八子香串，真正伽楠香。桌上放着一个玛瑙烟壶，真珊瑚子盖，赤金池洋脂玉烟碟。面似白纸，并无一点血色，短眉毛，鹞子眼，有光华，滴溜溜乱转，双睛透光，薄片嘴，沿口黑胡须。彭公一抱拳说：“庄主请了！”那个人连座儿也未起来，说：“先生请坐，我领教领教。”彭公坐下，问：“庄主所梦何事？”张耀联说：“昨夜梦见我身在污泥之中，也拔不出腿来，不知如何，又见一只猛虎过来，咬了我一口，觉着疼不忍言，一急就醒了，通身是汗。今日我心中不安，正想找一个好圆梦的人来圆梦。”彭公说：“此梦不祥。身在污泥之中，被猛虎所咬，必有牢狱之灾，你速宜谨慎。”

张耀联本来心中有病。前者抢那李荣和之妻与他妹妹珠娘，当时抢来两个女子，乃贞洁烈妇，不但不从，受他一顿鞭子，即时自缢身死，暗中掩埋。从此他得了一个虚心之病，又急又怕。先听人说李荣和进京告状，被元通观庙主恶法师马道玄把他拿住，扣在钟底下，给他送来一信，他回信叫庙主把他结果了性命。后来又听说新任巡抚上任，拿了马道玄，把李荣和也从钟底下救活了，交了臬司审问。知县合他是拜兄弟，知府与他素有来往，他时常与府县在一处宴乐，他花了些银子，用文书给顶回去了。他也是害怕，他打算要进京。他有一个表兄何世清，在索皇亲那里作幕，他倚仗着势力，无所不为。今日忽得了一个恶梦，正在犹疑之际，听圆梦先生说有牢狱之灾，不由的一楞，随问：“先生贵姓？”彭公说：“我姓十名豆三，乃京都人氏。”张耀联听了，心中一动，聪明不过光棍，瞧那彭公举动不俗，“他又是京都的人，我是屡次并未到案，莫非他前来私访，亦未可定。我今用话探问，便知详细”。想罢，说：“先生到此处来了日子多少？”彭公说："到此才有半月。"张耀联说："求先生写一副对联。"彭公说："在下写的不好，恐其见笑。"张耀联说："不必太谦。"叫家人研墨，取来文房四宝，把纸放在桌上。张耀联是个有心之人，他要瞧笔迹，他要写的好，不是巡抚，定是衙门内的幕友先生；要是江湖生意人的，笔力很俗。他见彭公拿起笔来，问在何处挂？张耀联说："就在这客厅内挂。"随写的是：

留客酒杯应恨少，动人诗句不须多。

笔力甚足。

彭公写完，张耀联说："有劳大笔，先生好俊笔力。"彭公说："见笑，见笑。"张耀联说："大人，你这是何苦？你来私访，我早已看破，多有慢怠。"吩咐家人献茶。张耀联的意思，"只要你喝了茶，饮了酒，借这一步，咱们俩个交了朋友，我给你三千两或五千两，那又算些甚么"。他是安着这个心探问彭公。彭公说："庄主休要错认了人，我不是什么大人。"张耀联说："大人何必如此！我也看见过大人拜庙，并在各处拜客。今日来此，何必遮瞒？"彭公坚直不认。张耀联一阵冷笑，说："官不入民宅，你既然不认，你写给我一个借字，把你用我的壹万两银子写上。"彭公说："我又不曾借你的，我为何给你写字？这个事可不能行。"张耀联叫家人来。从后边进来几个恶奴说："叫我们何事？"张耀联说："把他给捆上，吊在马棚之内。"家人立把彭公抓住，按在就地捆上，拉至后边马棚吊上。恶太岁张耀联亲身到马棚之外，坐在一把椅子上说："孩子们，你把鞭子拿来，我要打他！"众恶奴取来一把皮鞭子，张耀联说："你要是本处巡抚，说了实话，我不打你。要不说实话，我把你活活打死！"彭公五旬以外的人，听了此言，心中说："为人行不更名，坐不改姓，才是道理。我已被恶人识破，何不说出真名姓来？看他把我怎样办理？"想罢，说：

“张耀联，你既认识我，你敢私立公堂，殴打职官。我是本省巡抚大人，来此私访，你便把我怎么样？”张耀联听罢，吓了一跳，说：“不好，这个乱儿真可大了！擒虎容易放虎难。这件事要叫他回去，如调来官兵，我如何逃走的了？”心中一急，说：“把他放下来，锁在后花园空房之内。”家人答应，把彭公送入空房，留下两个人看守。

这张耀联他有一个心腹之人，在此给护院，姓邓名华，别号人称圣手仙，乃江湖有名的盗寇，窦二墩一类人。自打墩之后，他就在张耀联的家中住，无所不为，借仗着他主人的势力。今日张耀联急了，他到了外书房，把邓华叫来，问他有什么主意，就把拿住彭公的事说了一遍。邓华听罢，吓了一跳，他说：“庄主，这件事闹的乱儿可不小！一位巡抚大人，这么办如何使的？”张耀联说：“事已至此，也不必说了。你快想高明主意才好。”邓华说：“我有三条计。头一条计，我问庄主，要这宅舍不要？”张耀联说：“连我的性命保不住，焉能顾别的呢？”邓华说：“庄主将一切收拾好了，把家眷带上紫金山上。那里的大寨主是庄主的拜兄弟，也挡的了这件事，将他杀了，以绝后患。中等计，把大人放了，别作造反的事，如事不成，隐姓瞒名亦可。下等计，把大人请出来，苦苦哀求，把他送回衙门，庄主先托人情，后到案打官司，你看这个计策如何？”张耀联说：“还是用上计好。把他一杀，咱们大家上紫金山，然后再想主意，救那马道爷。”邓华说：“不要声张，先叫家人吃了晚饭，大家收拾好了，我再去杀他。”张耀联说：“很好。”吩咐家人摆酒，二人同桌饮酒。邓华这个人精明强干，很有心胸。他见张耀联把家业舍了，将彭公杀了，自己随上山去，事情不犯，万事皆休；如要犯了，问我是个主谋的人，这场官司我定是凌迟。自己喝了几杯酒，壮起胆来。张耀联说：“贤弟，你莫非心中害怕吗？”邓华说：“我不怕！这件事我就去办，胆小焉得将军作？”说着话，天有初鼓之时。邓华说：“庄主在此少待，我去就来。”他从墙上摘下一口刀来，往后花园去杀彭公。

且说李七侯在外面等候，不见大人出来。因七侯见大人进了大门时，他就访问这庄民，才知是张耀联的住宅。他甚不放心，找一个小酒铺喝了两碗酒，吃了些点心。日色已落，付了酒钱，还不见大人出来，说："不好！"到了无人之处，把大衣服换好，把单刀一擎，把衣服系在腰中，飞身上房，到了他院中，正遇邓华讲说要杀大人，把他吓得一跳。在暗中跟他到了后花园，在翠云楼的东有三间空房，门外有一个灯笼，两个人在那里说闲话。李七侯一拉刀，跳在就地，说："呔！好贼人，光天化日，朗朗乾坤，你等硬敢杀人，我来拿你！"邓华听了，吓了一跳，一回头抡刀，照那李七侯就是一刀。李七侯往旁一闪，趁势一刀，分心就刺，邓华用刀挡开李七侯的刀。那两个看守的人说："邓大爷，咱赶紧鸣锣罢！"邓华说："不用，你们去到前厅送信。"那个人答应去了。李七侯孤掌难鸣，又急又怕，脚下一绊，被石块绊倒，邓华举刀就剁。不知后事如何，且听下回分解。

第四十三回

玉面虎独斗圣手仙　张耀宗气走李七侯

诗曰：

春风淡淡影悠悠，莺啭高枝燕入楼。
千步回廊有凤舞，珠帘处处上银钩。

话说李七侯被石绊倒，骤难起来，那邓华按住，叫那个看守彭公的人，拿绳子一根把李七侯捆上，放在楼的台阶之上。他回来一瞧，这个看守之人被杀，那个送信的人不见回来。他心中吃一大惊，说："不好了！他们有人来了，这可不得了！"连忙要开东房屋门去杀大人，听那后面有脚步之声。他一回头，见有一位英雄，年有二旬之外，头戴青绸子罩头帽，瓦灰单裤褂，足穿青布抓地虎快靴，手举单刀，照定邓华就是一刀。邓华一闪身，借着星月光华，瞧见这个俊品人物。二人正然交手，邓华闹的只有招架之功，无还手之力，见他的刀法神出鬼入之能，战了几个照面，被那英雄一刀，将邓华的刀搕飞，随即一腿踢与就地，立时栽倒，被他一刀杀死。

诸公不知，前去送信的那人，被这位杀死。他暗瞧他二人交手，那李七侯被获，他就很着急。邓华把他捆上送在楼台阶上，他这里把看守的人杀了，进到空屋子内，见了大人，把绳子割断，将大人背起，送至西花厅的后面。他即把邓华杀了，后听见李七侯在台阶上大骂，说："你这些个狗狼之辈，把你七大爷杀了罢！我要合你一刀一枪动手，你未必赢的了我，我无故被石块绊倒，你算什么英雄？"正骂之时，那暗中有人说："李七侯，别吹啦！要不是我，你早作泉下的人了。这个样的能为，还吹甚么？依我之见，趁早回家抱孩子去罢。你一个人保着大人，这是遇着我，若不遇见我，岂不连大人全皆受害。我把你解开，你趁早走罢。"这几句话甚是玩笑，说的李七侯闭口无言。被那人解开绳子，李七侯"嗐"了一声，自己也不管大人在哪里，他说："朋友，你前程万里，保着大人回衙门去罢！"李七侯立时走了。进了省城，到了衙门，进了自己住的屋内，把衣服并所用物件收拾一包袱，不辞而别。只到后来牧羊阵的时候，捉拿金氏三绝，西十路反王进兵，他才出世。这是后话不提。

且说那少年的人，来至西花厅后面，把那彭大人背起来，跳出墙外，顺着路奔到省城，天色大亮。这个人把大人送进巡抚衙门。彭公说："壮士别走，你是哪里人氏？请说为何到他家去救我？"那少年人说："大人要问，这话可就长了。"既然承问，这位乃是浙江绍兴府桂籍山张家集的人氏，姓张名耀宗，今年十九岁，家传的武艺。他父亲名张景和，乃镖行有名人物，称神拳教习，把平生所学就传授了一个人，覆姓欧阳名德，别号人称小方朔。这个人把张教习所有之艺，全皆学会。后来张教习过世，他抚养师弟妹妹长大成人，并传授他二人的武艺。他要出外访友去了，这张耀宗想，他师兄出外已有年余，并无音信，他在家中行坐不安，实不放心。把家中一应事情交与家人张福经理，他又在后边托奶娘仆妇人等照应他妹妹，张耀宗这才出门，在各处打听寻找，查无下落。他在江苏一省找过，今来在河南省城内住下。闻听有人说本处有一个恶霸，名叫恶太岁张耀联，他就暗进五里屯，与本处乡民打听张耀联无所不为，夜晚到了他的宅院，查探他的动作，若真是个恶霸，必要将他碎尸万段。这日正遇见这彭公前来私访被难，他杀了邓华，救了彭公，送至衙门。彭公问他，他把自己的来历细说了一遍。彭公听罢说："很好！你不必走了，你就跟我当差，我定然保你作官。"张耀宗即请安，谢过大人。家人来回话说："李七侯不知去向。"大人说："他若来时，禀我知道。"随派开封府行文祥符县，捉拿恶霸张耀联，速传到案。

不日，府县来禀：张耀联携眷逃走。彭公心中明白，就知府县纵放恶人逃去。彭公亦未深究，在书房想起李七侯这个人，为何不辞而别？我正想提拔提拔他，报他当年在三河任内那一片热心，也算是我的一个知心的人。俗语说的好：

万两黄金容易得，知心朋友实难求。

思前想后，忽又想起恶太岁横行霸道，府县夤缘，串通一气，立刻把张耀宗补了一个京制外委，充当武巡捕，加六品衔。张耀宗谢过大人提拔之恩。彭公又想起荒草山之贼，行了一角文书，着副将徐光辉，与守备彭云龙、常兴带领五哨马步队，剿灭荒草山，拿贼人，不准一名漏网。又叫张耀宗到书房面谕："今夜你去到府县衙门，暗探所办何事，细细查明回话。"

张耀宗随即换好衣服，背插单刀，飞身上房，窜房越脊，到了开封府的衙门，进到里面，在各处留神探听。只见北上房灯光隐隐，听有人说话。他行至房檐之上，偷睛隔着窗缝望里一瞧，但则见里边八仙桌东首坐着一位，是知府武奎。西首坐着一人，年约三旬，面皮微青，青中透紫，雄眉恶眼，此人乃是紫金山寨主并獬豸武峰，与武奎是本族。

这武奎乃是一个秀才，在索奈那里当知客，后来认索奈为义父，钻谋保他得了一个知府，在此任剥尽地皮。前者张耀联他逃去，归了紫金山，还是他纵放走了。今日武峰来到此处，见了先叙了离别的话，又送来了三百两黄金，说："这是我家大寨主与张耀联寨主叫我送来。还有书信一封，请老爷过目。"武奎接过信来，展开一看，上写：

武大人阁下福安！弟张耀联多蒙护庇，得逃虎穴龙潭。回想往事，胆战心寒。今幸紫金山寨主暂借房舍，以救燃眉。知己之交，不叙套言。现有敝友马道玄因弟之事，遭缧绁之中。恳求吾兄想方设法解救，容弟面见，必当厚报。今带来黄金三百两，望兄台垂青笑纳。来人武峰，乃兄之族人。别不多嘱。敬请福安。

弟等 周应龙 张耀联 拜具

武奎看罢，说："你回去，我自有道理。"叫人把武峰带至外面，叫他明日回去，"不必见我"，送给十两银子盘费。武峰到外面去了。张耀宗又到县衙探听，并无别的动作。天有四鼓，回来天已明了。禀见大人，将夜间之事回了一遍。派人把李荣和传到，大人吩咐："你不必着急，本院现在行文各处，捉拿张耀联急速到案。"那李荣和连连磕头："小人只求大人替小人作主。"李荣和下去。

这日三更时分，张耀宗在房上巡查，见一条黑影儿，只扑上房而来。张耀宗暗中细瞧，他到上房施展珍珠倒卷帘势，夜叉探海，做与房檐之下。张耀宗不肯伤人，一刀背把那人钉与脊背之上，复又一脚踢下房去。张耀宗跟着下去，把他捆上，带在前面他那屋内，问他姓甚么？来此何干？那人有三旬光景，说："我姓马行九，别号人称白脸狼。我也是绿林英雄，今日我来此借些路费，遇见尊驾，未知贵姓大名？"张耀宗自通名姓，说："朋友，你若说了实话，我许把你放了；你要不说实话，一刀把你杀死。我回禀了大人，你就是刺客。你不说真的，我不能放你。”那人一想："若见了官，受了刑法，我要说了真情实话，性命难保。莫若我就说了，我看此人也许放我。”想了多时，他说："张老爷，我也是上了人家当。我乃直隶河间府人，来至河南，投了紫金山金翅大鹏周应龙。他那里有一位姓张的，名恶太岁张耀联。他说托我一件事，给我五十两银子的路费，叫我来此行刺。我一时粗鲁，我就来此，遇见尊驾，望求开一线之生路，放我回去，我再也不敢来了。”张耀宗说："我也不杀你。”拿起刀来，把他的耳朵砍下一个来，把绳儿一松说："你回去给他等送个信，如再来时，有一个算一个，全把他们结果了性命。”那马九抱头逃走。张耀宗次日回禀大人。

彭公到任三个月，访求贤能之员，要保举人才。若是贪昏之辈，定然参革。不但兴立学校，减除弊端，又保升了常兴本汛的把总，张耀宗也升了把总。忽然想起一件大事，说："我初上任，半路之上有荒草山的贼寇，结党为匪，该延津县毫无觉察。我已然行文，将他撤任候参，已派副将徐光辉、彭云龙带兵剿捕，勿令一名漏网，至今未见回音。”候了半月，来禀：业经将荒草山的贼党共擒获四十七名口，匪首韩寿、关保、金氏在逃无踪。又行文各府州县，务获擒拿归案，在事出力人员候旨施恩。

这日正是九月初九日，彭公将公事办完，请诸位幕友在书房谈心饮酒。忽报圣旨下，彭公赶紧接旨。钦差进了衙署，摆香案跪听宣读："调彭朋来京，另候简用。巡抚印务，着藩司暂行护理。”请过旨，钦差起身后，将公事一切交待清楚，择日起身。张耀宗亦要告假回家，彭公已允，随带亲随人等入都陛见。在路无话。

是日到京，打了公馆，到内阁挂号访闻，才知是被福建道监察御史胡光参了两款，说他结交响马，不洽舆情，纵容家丁，凌辱绅士，例应革职。康熙老佛爷乃是有道明君，见了这道本章，下了上谕，着彭朋来京，另便简用。皇上早知彭公是忠心保国、干练有为之臣。是日内阁带领召见，皇上升了养心殿，彭公随王大臣班次参拜已毕。康熙爷降旨说：“彭朋，你有负朕心，为何纵使家丁，凌辱绅士？”彭公连连磕头，奏：“奴才蒙恩，特放豫省大员，自到任以来，惟知访查贤能之员委用，昏聩贪愚之辈参革，剪除势棍，清查匪类。查有勾串首府首县官员之绅士张耀联种种不法，奴才亲身访查，抢夺民女，反叛朝廷，将奴才捆在马棚，夜晚刺杀，凶恶已极。奴才终日兢兢业业，万不敢负却圣恩。”奏罢，康熙爷闻奏，勃然大怒。不知后事如何，且听下回分解。

第四十四回

蒙圣恩清官复任　良乡县刺客行凶

诗曰：

铁甲将军夜渡关，朝臣待漏五更寒。
山寺日高僧未起，算来名利不如闲。

话说当今仁圣帝主听彭朋回奏，勃然大怒："该御史风闻误参大臣，情实可恨，理应革职。孤念他职司言路，从宽免议，以后不准妄奏。"康熙佛爷真乃有道明君，见那彭公五官端正，二目有神，定必忠正，真乃柱石之臣，看他能上治国家，下安黎庶，朕必当重用。想罢，传旨光禄寺赐宴。彭公谢了圣恩下朝。诸事已毕，至腊月也未派差事，自己倒是清闲，同亲戚朋友下棋饮酒。时逢腊尽春初，新正月开印之后，圣上旨意下，召见彭朋复任河南巡抚，着彭朋去。谢恩之后，请了一个月的假，修理坟墓。倏忽就是三月初旬，择日请训上任。众亲朋送行，又忙乱了几日，择定三月二十九日起身。当今皇上钦赐金牌一面，上刻"如朕亲临"字样，着驰驿前往。彭公谢了恩，然后这才归宅，把一切家事安置妥当，自有夫人照应教训公子读书，随带那彭兴、彭禄、彭荣、彭华四个管家，车夫、厨子人等，大车四辆装行李，二套车六辆。大人这一次出京，比从先更显荣耀。大人坐的八抬大轿。

头一站是长辛店，有众亲友前来送行，接到公馆，大家饮酒，尽欢安歇。次日天明，亲友告别了。大人坐轿起身，往前行走。方才过了良乡，这日正走之际，忽见从南面来了一骑马，上面骑着一个押折差的官，头戴新纬帽，身穿灰布单袍，青布薄底靴子，背上欹着小黄包裹，年约三旬，面似姜黄，两道剑眉，三角眼，五官不正之相。一见大人的顶马，他问："这是河南巡抚彭大人吗？我是开封府差官，烦劳通禀一声。"说着，他就跳下马来，即奔大人的轿子而来。方离不远，抽出一口鬼头刀来，照定大人就刺。彭公猛然抬头一看，随说："不好！"把双睛紧闭，只等一死而已。轿子旁边有跟轿子的轿夫头儿，是山东人，姓王，绰号楞王。他紧跟着轿子，猛见有一人拿刀前来，照大人就刺，不由心中大怒，一抬腿把那贼人踢倒。把众人吓得面如土色，连忙跳下马来，先把贼人捆上，带至轿前说："大人可受惊？请大人示下！"彭公吩咐："把他带在后车之上，不必难为他，到前边打公馆就是了，我再审问他罢。"众家人答应站起来，立时把贼人拉到轿夫车上。然后彭升儿催马往前，到了松林店街上，打了店等候大人。

少时轿子进店，众人伺候大人到了上房。净面吃茶已毕，传把那贼人带来。众人把贼人带在大人面前，说："这就是刺客，请大人间他就是。"彭公带笑说："你也不必害怕，你必是被人所使而来，你要从实招来，我不难为你。你叫甚么名字？"那贼听了，"嗐"了一声说："大人是一位明白大人，我也不敢说谎。我姓谢名豹，外号人称土太岁。奉了那紫金山的寨主金翅大鹏之命，特意前来刺杀大人，替那张耀联报仇雪恨。一路之上，派有绿林英雄甚多，均在各处等大人行刺，绝不能叫大人上任。"彭公听贼人之言，吩咐把谢豹交与本处地面官解送涿州知州，叫他严刑审讯明白，叫他与我一套文书就是了。随叫禄儿去到外面实一身旧破衣服来。禄儿到了外边，去不多时，拿了一身破衣服交给大人。彭公自己改扮一个念书的先生，带着禄儿，身带金牌，前去私访；派彭兴儿坐轿先走，自己带了二两银子，几百铜钱，出离这座客店，顺路往前走。

禄儿说："咱们爷儿两个，雇两匹小驴走罢，道路甚远。"彭公点头。禄儿雇来两匹，二人上驴，不一刻到了高碑店大街之上，付了脚钱。大人说："禄儿，你找一个卖饭的，我要吃点茶饭。"禄儿说："前面就是饭馆子。"大人抬头一看，就在路北里有一个酒楼，挂着酒帘。门首有两幅对联，上写着：

名驰冀北三千里，味压江南第一家。

横匾是"宴芳楼"。彭公进门一看，上首是柜，下首是灶，后边是座，靠东是楼梯。大人顺梯上楼，楼上共是大间，正面有八仙桌，大人在那正当中坐下。跑堂的过来说："二位要什么吃的呢？"禄儿说："你给我要两壶酒，炒鸡片，炸丸子，溜鱼片，再配上两样饭菜，然后再拿别的来。"那跑堂的答应下去，少时间摆上了小菜。

只见从下喊嚷说："合字儿，调飘儿，招路把哈，玄窑儿上坨着莺找孙，把哈着急浮流儿扯话。"话言未了，上来了两个人，前头一人，身高七尺，项短脖粗，身穿浅月白布裤褂，青布快靴，手拿一个小小包袱，面似白纸，两道浓眉，一双俊眼，二目放光。后跟那个人，年约三旬，紫脸膛，环眉大眼，身穿紫花布裤褂，青布靴子。那个人说："合字儿，调飘儿，招路儿把合，海会赤字搬山啃散留丁展，亮青字摘遮天万字的飘。"他们哑谜。"合字儿"是甚么？这是江湖绿林中人黑话，"合字"他们自己，"调飘儿"是回头；"招路是眼睛"，"把哈"是瞧瞧；"海会赤字搬山啃散留丁展"，是北京城内大人喝酒吃饭，带着一个跟人；“亮青字摘遮天字的飘”，是拉刀杀彭大人。这二人他认识大人。禄儿听了此话，心中说：“不好了，这两个人是两个贼人，所说的话内有隐情。”心中害怕起来。又见那两个人连忙坐在对面桌上，仔细看来。

这两个人乃是河南紫金山金翅大鹏周应龙的余党，前走那个人是红眼狼杨春，那一个是黄毛犼李吉。因为彭公他在任之时，发过人马剿那紫金山的贼寇，未能成功。后来张耀联归了紫金山，他先派人走动人情，买通御史，参了彭公。这又听说彭公复任，他与周应龙合伙，派人打听彭公出京日期，今天得了那探子回报说彭公复任。他自得了这个信，千思万想，思得一个绝妙计来了，派了几个盗寇下山，一路之上扮作了各行买卖人，在暗中刺杀大人。今天遇在宴芳楼之上，他们认识大人的相貌，在河南已曾见过，故此今天一见就识。禄儿见他二人相貌凶恶，两双贼眼不住的直瞧大人，早就害怕，直盼大人早吃完好早下楼去。等着大人吃完了，算还饭帐，禄儿暗中说：“大人，那对面坐的两个人不是好人，所为大人而来。”

那彭公一生忠正，不怕这事。下楼，天已不早了，见路北里有一座客店，大门关闭，叫禄儿前去叫门。禄儿答应，看那墙上写的“安寓客商姜家老店”。这掌柜的姓姜名通，外号都叫他姜够本，为人奸滑刻薄，年有六旬以外，并无父母妻子，剩下孤身一人，尚不知道改过向善，还行那损人利己的事。这店伙友全都散去，就有一个掌灶的名叫张文滔，因欠他的工钱未走，并无住客。姜够本正在屋内为难，忽听的叫门，连忙答应说：“是哪位？”开了大门一看，原是两个人。看彭公年约六旬，跟着年幼一人，衣服平常。姜够本看罢，说：“我这座店是关了门呢，不住人了。”禄儿是怕那两个人瞧见了，他连忙说：“我们只要有住处就行了，房钱照例奉纳。”姜够本听他之言，正在穷急之际，就安心要讹他，说：“你二位请进来罢。”彭公急忙进到上房，叫店家点上灯，拿进一壶茶来。彭公说：“你算算该当多少房钱？拿了去罢。”姜通说："上房的房钱白银一两，茶钱、蜡烛一两。”禄儿把带来的二两银子交与姜通。他得银回归柜房。高兴之际，想着明天开张，把着二两银子换钱买卖，就可成功。正在想念之间，忽听有打门之声，不知何人？且看下回分解。

第四十五回

姜家店群贼行刺　密松林一人成功

诗曰：

笔走蛟龙墨舞波，春蛇秋雁势如何。
兰亭古迹谁得见，拨换山头一只鹅。

话说那店家正在房中，看着二两银子喜欢，听见外面有人叫门，连忙把银子放在抽屉之内，出来将门开了。见那门外站立着五六个人，都是青衣服，小裤褂，手拿单刀、铁尺，说："你这座店内，方才住下两个人，是北京口音，有六十来岁的一个，十七八岁的一个。"姜通说："我这店已然关闭，我姓姜名通，方才住下是两个人，在上房里。"那几个人说："你可不准走漏消息，要走了他两个人，要你的命使唤，我们是奉官办案之人。"说完，回身就走。姜通一生最怕官面，听见这几个人所说的话，不由一阵害怕，心中不乐。

回到了自己屋内，把抽屉一拉，瞧那银子没有了。他心中一想，说："是了，必是张文滔他在西屋里，听见我得了二两银子，他必定偷了去啦！"想罢，来在北里间，瞧见张文滔躺在床上，盹睡如雷，天气又热，早就睡着了。姜够本自己因为丢了银子，气糊涂了，也不管那是与不是，过去抡圆了，照定张文滔的脸上就是一掌，打的张伙计一翻身起来，说：“小子，你夜静更深，还不睡觉，为何打我？”随站起身来，竟扑姜够本抡拳就打。姜通说：“你先别着急，跟我到南屋里来，我告给你。”二人说着，来到南屋内，姜通把方才的事说了一遍。张文滔说：“这是哪里说起？我一概不知。你往别处找去，我方才睡着了，并不知道这些事情。”说罢，仍回这屋子内，一看被褥衣包一概不见，全然失去，不知被何人盗去。心中一想：这定是姜够本穷急了，使出调虎离山的计策来。这小子偷了我个一家净了，我焉能饶他？打他一顿皮拳，再与他算帐，要回我的东西就完了。自己想着，走过南里间，瞧那姜够本正然低头思想之际。张文滔抓住了他的辫子，按倒在地就打，说：“你趁早实说，你将我的衣服等快拿出来，万事皆休。”姜够本说：“老张，你先别打我。我赔你就是了，我不知丢了甚么物件，你别嚷啦，怕的是惊走那两个贼人，等明天再说罢。”这二人打架暂且不提。

再说那大人同禄儿，在上房点着蜡灯，与禄儿说：“天也不早了，咱安歇罢。”合衣而卧。正然要睡，忽然窗纸一响，禄儿往外一看，见一条黑影站在门前，手拿一口单刀，窜进了上房，一口把灯吹灭，把禄儿吓的钻入床底下，不敢言语。那人把大人肩头一拍，说：“大人不必害怕，我来了，自大人改扮出来，我就在暗中跟随。大人在酒楼说话，我已然听见了，不须着急。方才我把店家戏耍一回，请大人快跟我逃去。”大人也无可如何，急的无有主意了，被那人背将起来，往外就走，飞身上房，跳在外面，往南就走。大人此时借着月色光辉，看那背他的那人好生面善，一时之间想他不起。大人说：“你是什么人？姓甚名谁？”那人说：“门下张耀宗，只因大人卸任进京，我也不愿意作那千总，自己告退，在旅店住下，暗中私访那在省的官员。惟有那知府武奎，他欺官诈骗，无所不作，交结大盗。这大道之上，绿林人物往来不断，大人快跟我到前去，追上大轿再说罢。”彭公点头。玉面虎正往前走，忽然对面来了十数个大盗贼寇，把去路阻住，吓的张耀宗把大人放于树林之内，自己拉刀迎上那伙群贼。

这群凶恶贼众，就是红眼狼杨春、黄毛犼李吉二人，勾来了金眼骆驼唐治古、火眼狻猊杨治明、双麒麟吴铎、并獬豸武峰、金鞭将杜瑞、花钗将杜茂、恶法师马道玄等，奉了金翅大鹏周应龙之命，在半路之上劫杀大人。只因为彭公卸了任，群贼劫牢反狱，救出了马道玄，同归紫金山上。因此案，还坏了首县金甲三。今日奉周应龙之命，他等一定要杀大人。就是白昼之际，看见了大人，这才纠聚群贼，奔姜家店来刺杀大人。至半路上，正遇见了玉面虎张耀宗，身背大人由北往南。

张耀宗先把大人放下，拉刀迎上了群贼。金鞭将杜瑞把手中鞭说：“什么人？”张耀宗通了名姓，然后说：“你等不必前来，今有玉面虎老爷等候多时了，我全把你这伙贼人的狗命结果了。”金鞭将杜瑞是一个性情刚暴、有些力气，仗着人多势重，听了张耀宗之言，气的他三尸神暴跳，五灵豪气腾空，抡手中鞭，照着张耀宗就是一鞭。张耀宗往旁一闪身，那刀分心就刺。他用力往旁拿鞭一架，张耀宗急忙将刀抽回。那花锤太保丁兴，摇锤协力相助，二人战张耀宗一人。那花钗将杜茂也过来助战。又见杨春、李吉、蔡天化众人，各举兵器一齐上手。张耀宗一人独力难支，只累的浑身是汗，喘吁吁的，想要走万不能够。那吴太山说：“小辈，你莫想逃走，放着天堂有路你不去，地狱无门自来投。我等拿住你碎尸万段，才能出气。”张耀宗见群贼来势凶猛，自料不能逃生，寡不敌众，又不知大人此时落在哪里？自己刀法，遮前顾后。天上微有月光。那吴太山等料张耀宗年少之人，有甚么本领，先杀了他这边再说。杨春等大家抖起精神来，说：“咱们把这厮乱刀分尸罢！”正在耀武扬威之际，张耀宗看看有不了之势，忽然树上跳下一人，说话唔呀唔呀的，说：“唔呀混帐忘八羔子，不要欺负人，吾把你们都结果就是了。”张耀宗一听，心中大喜，说：“大哥，是救命星君来了！”

诸君不知，来的此人是谁？乃是这部书中有名的人物，行侠作义。他的籍贯江西丰城人，复姓欧阳，单名德。即小敬忠礼贤，先在各名山胜境之处访求高人，习学武艺。父母早丧，又无兄弟姐妹，自己倒并无牵挂。游到浙江绍兴地面，听说这本处桂籍山张家集有一位武教习，先在镖行大有名声，姓张名景和，别号人称神拳无敌。欧阳德亲身到张家集一问，有人指引西头路北大门上首，有垂杨柳两棵。来到门外一叩门，里边出来一位四旬光景的男子，身穿灰布夹袄，白袜青鞋，面皮微黄，二目有神，双眉带秀，四方脸，沿口胡须。出来一瞧，门首站着一人，年在二旬，白净面皮，长粉脸，重眉毛，大眼睛，准头端正，唇如涂脂，耳大有轮，身穿蓝宁绸夹袄，蓝中衣，白袜青云鞋，手拿小包袱。看罢，说：“这位先生找哪位？”欧阳德说：“吾是江西人氏，姓欧阳名德，久仰这里有一位张镖头，吾特来拜访，还有大事相求。方才在贵庄访问，有人指往这里。不知尊驾何人？贵姓高名？恳求传禀一声。”那四十以外的男子说：“我名张福，那位神拳教习是我家主人。你今来得甚巧，我主人正在书房闲坐，昨日方归来的，我给你通禀就是。”转身行入内院，去不多时，从里边出来说：“我家主人衣冠不整，在书房恭候。”请欧阳德随那张福进了大门。

过了二门屏门，里面院落甚大，北正房五间，东西配房各三间。行至上房，有一个十五六岁的小童打起帘子，见靠北墙有花梨条案，上摆郎窑果盘、水晶鱼缸、官窑磁瓶，墙上挂着八扇屏，画的是山水人物，俱是名人笔迹。案前是楠木八仙桌一张，两边全有椅子。东里间挂着幔帐，西两间亦挂幔帐，里边围屏床帐均皆干净。欧阳德看罢落座，童子送上一碗茶来。张福出去不多时，自外进来一位，年约半百以外，四方脸，重眉阔目，鼻梁丰满，四方口，三髯胡须，身穿二蓝洋绉夹袄，白绫袜，青云鞋，五官端方，二目有神，身长八尺。欧阳德连忙站起身来行礼，自通名姓。张教习答礼相还，落座说："先生自豫章来此，有何事来找愚下？"欧阳德带笑说："老师，弟子愚拙之人，久仰大名，愿拜在尊前习学艺业，望求收留！"张景和看那欧阳德五官不俗，面带忠厚之色，心中也甚愿意。这才言投语合，自今日为始，留欧阳德住在书房，择日拜了师父、师母，一家人全给引见了。张教习夫妇跟前有一子一女，公子年方三岁，小女怀抱。欧阳德在这里住了三年，所有张教习之艺俱皆学会了。自己想要回家祭扫坟墓，禀明老师，他即告辞起身。在路上作了些行侠仗义、济困扶危之事。非止一日，到家买了钱烛、纸马祭品，到坟前祭奠尽哀。看坟的家人收了祭物，给大爷请了安，并请用饭。他在这里住了一夜，给看坟的他几拾两银子，教逢年按节的祭扫，不可迟误。吩咐毕，自己往各处，又去访友从师，务要学那天下无敌的手段。

又在千佛山真武顶，遇见了红莲长老，拜在老和尚跟前学艺。红莲长老亦看他有缘，说："你应该出家才是。"欧阳德说："过五十岁归山受戒，我一定准来。若有半字虚言，必教火把我烧死就是了。"红莲和尚说："阿弥陀佛！善哉善哉！我传你就是了。"欧阳德练会了鹰爪力重手法，一力混元气，达摩老祖易筋经，练的骨软如绵，寒暑不侵。二年的功夫，练的甚好，辞别和尚下山，在各处访查贪官恶霸、势棍土豪、绿林采花的淫贼。天下之人闻名丧胆，望影心惊，人称小方朔。

这一年，忽然想起，自从拜别张恩师，总未去看看，这就起身，说走就走了。不一日，到了张家集，不料正遇张教习病体沉重，一见欧阳德进来，心中甚喜，说："贤契，来了甚好。你师母前年故去，剩你师弟耀宗、师妹耀英，他二人不知世物，你要当作亲弟兄看待。耀英今年四岁，有奶娘照应。我亦不久离于人世之上，倘要我死之后，你千万在这里照料他二人成名。我死在九泉之下，也感念你的好处。"欧阳德他是一个侠心义胆之人，听他师父之言，连连答应说：“你老人家放心就是。倘若百年之后，吾必在这里照看他二人成人，把我所会的武艺全都教会了他兄妹二人。”张教习听了欧阳德之言，心中喜悦，有心再嘱咐他二句，为一时心中发恼，不能自主。众家人同耀宗、欧阳德在床前守至三更时分，张景和呜呼哀哉，断气身亡。大家举哀。欧阳德代张耀宗办理白事已毕，从此欧阳德就在这里教他兄妹二人。

五载光景，张耀宗年已十二岁，欧阳德方才往别处访友去，不过三两个月，就要回来看望。张耀宗待欧阳德如同亲长兄一般。张耀宗到十九岁这年，自己独立在家，想起大哥欧阳德有半载未见回来，又无信来，甚不放心，这才往河南，遇见彭公私访五里屯。张耀宗气走李七侯，蒙大人保升了千总，跟着大人当差。彭公被张耀联买通人情，参了一本，调进京去，张耀宗告假，在省城住了半月后，他就回家。一路之上，访问恩兄的下落。到了家过新年，想起大人那样清廉的清官被参，不知当今万岁爷怎样办理？我入都去打听下落。走至半路，遇见大人住在店内，他从姜家店将大人背出，路遇群贼。张耀宗把大人放在树林之内，与贼交手，寡不敌众。正在为难，从树上跳下一人，正是他恩兄欧阳德，要与众寇动手。不知后事如何，且听下回分解。

第四十六回

小方朔独战群寇　玉面虎寻找清官

诗曰：

寒暑渐催岁月流，利名堆里莫寻求。
终须白骨埋青冢，难把黄金买黑头。
死后空余千载恨，生前谁肯一时休？
出门长啸乾坤老，且弄江云送白鸥。

话说青毛狮子吴太山、李吉、杨春、杜瑞、杜茂、唐治古、杨治明约二十多名贼人，围住了张耀宗动手，从树上跳下一人。众寇借着星月之光，望对面一看，下来之人头戴皮秋帽，身穿老羊皮袄，足登棉鞋，高腰袜子，面皮微紫，四方脸，稠眉毛，丹凤目，高鼻梁，微有几根胡须，上七根下八根，元宝耳朵，戴着眼镜框，无光，身高五尺以外，说话唔呀唔呀的。这一伙贼人就是马道玄认识是小方朔，他知道欧阳德的利害，余者贼人闻名并未见面，哪里放在心上？红眼狼杨春、黄毛犼李吉二人，举刀照定欧阳德头上剁来。不想他练的身上善闭刀枪，寒暑不侵，见二人刀来，自己把足下棉鞋脱下来，望上相迎，战了两个照面，被欧阳德把那红眼狼打倒，黄毛犼带伤。花锤太保丁兴过来，抡锤就打，被欧阳德施展点穴的工夫，点倒在地，顿时身死。金鞭杜瑞说："大家拿他就是！"各举兵刃动手，被欧阳德点倒了五六个，余贼不敢动手，背起带伤之人，大家往南就跑。

张耀宗也不追赶，过来与欧阳德行礼："请问恩兄从哪里来？这一载有余未见，现在何处安身？"欧阳德说："自从别后，吾在家里修理坟茔，又逛一遭扬州，到北五省这半载有余。吾听人传言说，你在河南保了彭大人，吾这是找你去，至此处遇见群贼，不知贤弟因何与他等作对，来此何干？"张耀宗说："去岁我寻找恩兄，到河南保了彭公。后来彭公被参调进京去，我也不能跟去，又在各处访找恩兄，到了冬月，我回的家。今春一则要寻恩兄，二则到京中打听清官彭公如何。至半路遇见大人复任河南，我想那河南紫金山金翅大鹏周应龙手下，交来交去的江洋大盗不少，张耀联又归了此山，怕是他等谋害大人，我要暗保护。在半路遇拦轿刺客，幸他轿夫楞王拿住行刺的，交了涿州。大人改扮，私行在高碑店避雨，酒楼遇见，那贼人未敢动手。大人住了店，我怕贼人夜晚要害大人，我把大人背在这里，路遇群贼。若不是恩兄来此，我必受群贼之害。"

欧阳德听完，说："唔呀！大人在哪里？请过来，你我送他至下站公馆，还是坐轿走好？"张耀宗说："很好！"连忙到那边坡上一瞧，大人不见了，吓了一跳，说："兄长不好了，那大人被那伙贼人背去了！这可该当如何？"欧阳德说："唔呀！贤弟不要着急，吾追那混帐忘八羔子去，把大人救回来就是了。你我到安肃县，在公馆内再见罢。"说着追下去了。张耀宗也就随后各处寻找大人，找至天亮也不见大人，亦不知兄长往哪条路上追下去。自己又往回头各处寻找，怕是大人自己走藏在庄村之内。

张耀宗正在着急，抬头见正西有黑暗暗雾潮潮，一片树木森森，必是一座大庄村。玉面虎张耀宗信步往前，奔那庄村而来。方到村之北口外，路西勾连搭三间房，挂着酒旆，卖包子、馒头、大饼、大面，里边四张桌子，桌上摆着鸡子、糖麻花、豆腐干。张耀宗一来身倦体乏，四肢无力，心中又烦闷，想要歇歇，进了酒铺说：“拿两壶酒来！”饭铺内一个年过半百以外的男子，一个十五六岁的小孩子，过来送上酒，又摆上几碟馒首、包子。张耀宗在这里吃酒，心中想：“彭公万不能叫他等抢去，也不能去远。”心中辗转不定。张耀宗在这里吃酒，暂且按下不提。

单说彭公见张耀宗一个人与群贼动手，准是不能取胜，自己站起身来，往西南就走。道路崎岖，甚不好走，又是黑夜光景，趁着星月之光，走了有五六里地，坐在地下歇息。听见西南上有犬吠之声，站起身来，信步奔那庄村而来。天色微明，已到村之北庄口，见路西有一片灯火之光，是勾连搭三间房，里面蒸馒首、炸麻花。四月天气，夜内还凉。彭公改扮之时，又未穿着夹衣，俱是单衣衫，身上透寒，瞧见这三间屋子是卖吃食的所在，心中甚喜，推门进去说：“众位借光，我在这里歇息歇息。”铺内掌柜的有五十多岁，身穿月白布裤褂，黄脸膛，短眉毛，圆眼睛，沿口黄胡须。那个小伙计有十五六岁。就是这两人在那里炸麻花，见进来一人，年有六旬，衣服平常，五官端方。小伙计过去说：“要喝粥有小米粥，热了，有包子、馒头、麻花、煮茶鸡蛋、干烧酒。”彭公觉着天寒，想要吃两杯酒，说：“拿一壶酒来。”小伙计答应，不多时把酒与各样菜等摆上来。彭公吃了几杯酒，那天也就大亮，红日东升，身上也不冷了。自己又要了一碗粥吃了，歇了片时，心中一动说：“我的零钱是禄儿带着呢。”自己伸手一摸，锦囊之中就是那万岁赐的金牌，并无别的物件。自己又急，无可奈何，这才说：“掌柜的，你这铺中可赊帐？先给我记上一笔帐，过三五天，我必来给你送了来。不知怎样，今天我出来的慌忙，忘了带钱啦！”那个掌柜的一听这话，把眼一瞪说：“你这个人，大清晨早起，我们未开张，你是头一号买卖，吃了四十八文钱，我也不认识你，要写帐不成，趁早给钱，莫不知事务！”彭公心中自知无理，又没有钱。

正在为难之际，只见从外边进来一人，年约二十多岁，俊品人物，身穿品蓝绸子裤褂，漂白袜子，青云鞋，身披青绸子小夹袄，手托水烟袋。一见彭公在那里坐着，他两个眼不住的望着大人瞧。铺中掌柜的与小伙计见那人，连忙带笑开言说：“朱二爷来了，起来的早呀！吃的是甚么点心哪？”那少年之人说：“我倒不吃甚么，这位先生多咱来的呢？昨天住在这里吗？”酒铺掌柜的姓吴，听见问，连忙说：“朱二爷，你不要说，可了不得，我这买卖甚不吉利。今天一黑早，他进来喝了一壶酒，吃了点菜，共该钱四十八文，敢则他是个崩子手，告诉我没钱，三五天再给我罢。我认的他是谁呀？我们这里正说着，朱二爷就进来了，你老人家想叫人生气不生气？”那位少年之人，走至大人面前说：“这位老先生尊姓大名？贵处哪里？”彭公说：“在下乃京都人氏，姓十名豆三。”那人听了大人说话的声音，说：“老吴，这位十先生吃的四十八文钱，我给了。”过去就拉大人说：“先生，你跟我来，眼下有一个人正想你哪！”彭公一楞，也不认识这少年之人，他说有人想我，这里并无有相识之人，不由已被那人拉着往外就走。

此时天已然红日东升，快到吃早饭之时。彭公跟定那人出了小酒铺，往南走了不远，往东一看，一片树木森森，有十数棵龙爪槐树，幌绳上拴着膘满肉肥的马五十余匹，路北大门门前两块大石，以为上马所用。那少年人把大人拉着，进了大门路东门房三间。进了门房，大人瞧这屋里也到干净，并无浮尘，必是常住的房子。落座他在北边椅子上坐下，当中就是八仙桌子。那少年人说：“大人胆量太大！这里无数的贼人等着拿你，你老人家还偏往这里来私访。这里找你老人家，如同钻冰取火，轧沙求油，幸亏遇见我，要遇别人，大人性命休矣！大人把我忘了罢？”彭公一时间想不起来，遂说：“你是谁？在哪里见过？你怎么说我是彭大人呢？”那少年人说：“我先说实话，恩官就肯说了。我姓朱名桂芳，在绍兴府作了一回买卖，折了些资本。因为坐船，同船之人不合，他是一个江洋大盗，被人拿住，他就把我拉上，说我是与他合伙之人，多蒙恩官清洁廉明，把小人当堂释放，我才不敢往外去作买卖了。在家中托人，找了这连儿洼庄，庄主是赛展熊的武连。我在这里当一个门公，亦已四年。这个庄主，他是绿林中人，坐地分赃的大贼，与各处有名的贼头全有来往。前几天，来了河南紫金山金翅大鹏周应龙手下人，来了十数个，说是要劫杀大人。我总想报答大人这个恩义，老不得其门，今天我清早起来，往老吴那里要个麻花吃，可巧遇见大人。若叫那伙贼人瞧见，大人性命休矣！这武连要知道，就大事不好了！”

大人听完，方知来在贼人的家里，幸遇朱桂芳，此事还须求他，自己无法，说：“朱桂芳，你既然这样，替我想一个主意，救我才好！你我在这里，也是不好啦！”朱桂芳说：“理应预备早饭，无奈怕坏了事。大人在龙潭虎穴之中，我想救大人。我有一个舅舅，在连洼庄东头，住在大道边上，赶车为生，这两天正在家中歇工。我去找他来，叫他套上车，送大人至安肃县公馆内，不知大人意下何如？”大人说：“很好，就是这样办法，事不宜迟，你就此前往为是。”朱桂芳说：“还有一件要紧的事，我走之后，要有别人进来，问你老人家哪里住，姓甚么，来此何干，你老人家说在新城县住，说我是你的外孙儿，来这里瞧看我，莫说北京城人，千万记住了！”大人点头答应。朱桂芳出离门首，往外就走。

焉想到好花偏逢三更雨，明月忽来万里云。朱桂芳只在屋中与大人说话，外边暗中有人听见，乃是朱桂芳的同事的伙计，姓潘名得川，今年十九岁，乃是赛展熊武连心腹之人。在外面暗中听了这话，心内说：“朱桂芳你这小子，素日倚仗着嘴巧舌能，在庄主跟前说我的过处，今天可犯在我的手内。”转身入内，来至大客厅，见庄主正同那山东路上的响马蝎虎子鲁廷、小金刚苗顺在那里说话。潘得川连忙就来说："庄主，可了不得啦！咱们全家的性命难保！朱桂芳勾串彭公，调官兵来要围困连洼庄，捉拿咱们。"武连说："这话从何处说起呢？"潘得川说："赃官私访，现在门房，朱桂芳去套车去了。"武连听罢这话，怒气冲于霄汉，伸手拉刀，带从人直奔外面门房而来，要杀忠良彭大人。不知怎样杀法，且听下回分解。

第四十七回

彭抚台误入连洼庄　胡黑狗识认讨金牌

诗曰：

流水高山一曲琴，预知千古是知音。
真情弹到无心处，始见幽然太古心。

话说恶奴潘得川在内厅房，把朱桂芳所作之事，全都对他主人说了。赛展熊武连听罢，很有真气，叫了五六个家人说："跟我到外面见机而作，若果然是真，把他千刀万剐！"蝎虎子鲁廷、小金刚苗顺二人说："我们也跟了去看看。"大家一齐站起身来，往外就走，来至门房。众人进里边，见南边椅子上坐着一位年迈之人，年约花甲以外，五官端正，四方脸膛，双眉带秀，俊目有神，白净面皮，花白胡须，身穿半旧细灰布褂，蓝中衣，灰套裤，白袜青云鞋。看罢，说："你是何人？在我门房。"彭公说："我是来此探亲。"见为首武连说："彭朋，你好大胆量！我们这里找你，如同钻冰取火一般，你还敢在这里来私访！好哇，孩子们，拿绳子先把他捆上，我细细的问他。"彭公听罢，连忙说："且慢！"抬头一看，这说话之人，身高八尺以外，膀阔三停，黑脸膛，重眉毛，大眼睛，高鼻梁，沿口黑胡须，年约四旬，二目贼光烁烁，瞪着眼，身穿蓝绸短汗衫，青绸子中衣，足登青缎挝地虎快靴。彭公看罢，带笑说："庄主，我是新城县人，来这里看我外孙儿朱桂芳。我姓十，并未得罪哪位，为何说我是彭朋，还要捆我，这是哪里的话呢？"

恶奴潘得川说："庄主爷，莫听他的话，这是朱桂芳叫他这们说的。把他捆上！莫乱，要一乱可就坏了。朱桂芳听见这话，他还敢进来吗？他若一跑，必奔那前边公馆，追上跟赃官之人送信，必调官兵前来，咱们可就苦啦！这个给他一个剪草除根，先把彭朋捆上，等朱桂芳回来，把他二人的性命结果了，人不知鬼不觉，凡事总要严密才是。"小金刚苗顺听罢，说："庄主爷，潘二爷所说这话甚是，就依着他说的就是了。"众恶奴过来，将彭公捆上，大家坐在屋内，等听朱桂芳的车一到，好再拿他。焉想到家人之内有一个王福，是朱桂芳的表弟。听见这个话，他假作出去出恭呢，他往正东去迎，一看朱桂芳坐着车往前正走，王福说："你坐车逃命去罢！你的事也坏了，彭公叫他们捆上了。"朱桂芳一听，大吃一惊！自己连忙叫拨回骡子，往正东一直的跑去了。王福回来，还装不知道。

等了有一个多时刻，不见回来，派人打听，回来说并无踪影。武连说："来！先把狗官抬到里边来！"鲁廷、苗顺二人跟随至大厅，他三人落座，忽然家人来报说："火眼狻猊杨治明回来了。"原来这伙贼人是昨夜晚从这里走的，也未能杀了彭公，在半路上那几个不知事务的被欧阳德点了穴，众人逃走。杨治明未能走开，听后边有人追，他藏在一边，候至天亮，他回来至连洼庄，正赶上见武连在大厅上坐定审问那彭公。杨治明进了大厅落座，说："庄主，他等昨日好晦气，遇见了蛮子小方朔欧阳德，在大树林打坏了好几个人，我今逃在这里。"武连说："杨贤弟请坐。我这里审问一个人。"吩咐家人："把他抬进来！"左右答应："是！"将彭公抬进大厅，放在就地。说："下面你是甚么人？给我快说实话。”彭公说：“我是新城县人，来看我外孙儿朱桂芳。我会算卦相面，哪里都去，常在京都前门外大街上，今天庄主是错认了。”武连一阵冷笑，说：“狗官！你今天自己走入地狱门，你还敢撒谎！”一伸手，把墙上挂的宝剑摘下来，说：“你要不说，一剑结果你的性命！”恶狠狠的把宝剑一举，向彭公而来。彭公说：“庄主，我实是算卦相面之人，不可错杀了人才是。”小金刚苗顺说：“武大哥，这个人不是彭朋。”武连说：“何以见得？”苗顺说：“杨二哥方才说，昨夜晚已遇见欧阳德救了彭公，焉能来在这里呢？把他放了罢，叫他给咱们相相面。如相对了，给他几两纹银，叫他去罢，他这们大年岁，谅也不是。”武连把他放开，众恶奴把大人扶起来。

武连吩咐旁边看个坐儿，说：“十先生你坐下，我一时孟浪了。我那家人朱桂芳是一个好人，想必是害怕，不敢回来了。将你错拿了，你先给我们相相面，然后再给他们三位相相就是。”彭公本来是多读广览，一看武连面带凶煞之气，说：“庄主，凡事忍耐，少贪外事。尊庚今年交运，过了今年事事如意，万事亨通。子孙最少，多积些阴功德行事，自有益于子孙。”蝎虎子鲁廷说：“老先生，你也给我们看看。”彭公再瞧了鲁廷凶恶气象，五官不正，连说：“这位的相貌主于多受劳碌，在家闲不住，总然有骨肉不合，少运平常。今年贵甲子？”鲁廷说：“今年三十二岁，姓鲁，山东人氏，你说的真对。”彭公说：“尊驾这相貌，宜在外，不宜在家。一生财如流水，来的广，去的多。”鲁廷不等说完，连说带笑：“相得对，不错，我们绿林中人物，这手来那手去，哪里存的住呢？”小金刚苗顺连忙拦他说：“大哥，嘴太不严啦！”武连哈哈大笑说：“苗贤弟，你也太小心了，我这一带的村庄，哪一个不知我是一个坐地分赃的英雄，何必坐在家里小心呢？先生你给我苗贤弟相相，看他相貌如何？”大人恨不能立时逃出龙潭虎穴才好，彭公说：“这位的相貌与众不同了。他为人机巧，伶俐聪明，一见就识，少运好，此时中年正走好运，诸事平安，交了今春，你的事体多多顺利。”苗顺点头。方要给杨治明相，杨治明说：“不必给我相，咱们绿林中人，还有什么定凭？所作的都是犯王法之事，事到如今，我倒是一个骑虎不能下。送给这位先生点路费，叫他去罢！”武连说：“王福，你从帐房内要二两纹银，给他去罢！”

王福正取银两去，外边进来家人禀报说：“京东胎里坏胡铁钉求见。”武连说：“请进来。”不多时，只见外面进来一人，身高约有五尺，光着头，身穿青绸子大衫，足登青缎快靴，尖脑顶儿，黄脸膛，两道斗鸡眉，一对圆眼睛，滴溜溜朔朔放光，黑眼珠滴溜圆，小蒜头鼻子，一对小耳朵，薄片嘴，微有几根胡须，上头七根，下边八根。已进大厅，说：“庄主久违了，少见，一向可好？”武连站起身来说：“胡寨主从何处而来？”胡铁钉说：“自京都要到河南访个朋友。这位不是火眼狻猊杨治明贤弟吗？为何发楞？”杨治明说：“哎呀，原来是胎里坏胡铁钉大哥呀！十数年未见，你真好眼力。”武连又给鲁廷、苗顺二人引见。

胡铁钉抬头看见彭公，他心中一动，站在那目不转睛只看。武连说：“胡贤弟，你看甚么？”胡铁钉说：“这位是作甚么的？”武连又把方才之事说了一遍。胡铁钉说：“彭大人久违了，可认识我？我是京东三河县人，姓胡名铁钉，绰号人称胎里坏，乳名黑狗。你做三河县之时，我就认识你。你拿过左青龙，为何今天来在这个地方啊？我听说你升了河南巡抚，到任后就把白马李七侯辞了，你得意忘友之人，不懂交情。”武连听了这话，说：“胡寨主，你当真认得他？可莫错认了！”胡铁钉说：“不错，我认的真，却一点也不错。”

正说着，家人王福从帐房取了二两纹银来，说：“先生，给你罢！”武连说：“暂莫给他。”彭公听胡黑狗之言，说：“庄主不要信他，世上一样之人多着呢。我姓十名豆三，号双月，新城县人，是相面为生，他是错认了。我与他无冤无仇，这是为何呢？”火眼狻猊杨治明说："胡大哥不可错认。现如今青毛狮子吴太山、蔡天化、恶法师马道玄、金眼骆驼唐治古、红眼狼杨春、黄毛犼李吉、杜瑞等，我奉了紫金山大寨主金翅大鹏周应龙之命，在武庄主这里等候。昨夜探明白彭朋住在高碑店姜家店内，我等去杀那狗官彭朋，在半路上遇见一个张耀宗，又有一个利害的小方朔欧阳德，把我等打败了。你想，他二人既然救去，焉能又来到此处呢？"胡铁钉说："那亦未可定，他准是巡抚。他不是巡抚，我将头赌上！"胡黑狗说着，站起身来，至大人面前说："你在京中起身之时，我也在京。当今皇上赐你有一面金牌，你赏给我等瞧瞧。"彭公听他此言，吓的面如土色，连忙带笑说："这位壮士，我乃读书之人，在外边闯荡数载，总也未见过这金牌是何物件，这不难为死我吗？"胡黑狗听罢，一阵冷笑说："你若好好把金牌拿出来，还则好办；如若不然，左右，你们拿绳子来把他捆上。"说着，他过去照着大人就是一掌，正打在脸上。一伸手，从大人怀中，把当今万岁皇爷钦赐的一面金牌掏出来，说："武庄主，你看！"群贼接过来，大众一观，随说："好一个狗官，你果然是来此私访！"众贼各拉单刀，照定大人就砍。不知彭抚台性命如何，且听下回分解。

第四十八回

群贼定计藏金牌　清官受困连洼庄

诗曰：

清歌一曲不惊尘，莫负渊明洒漉巾。
笑傲烟霞忌慕宠，乐从流水愿居贫。
韵出辛苦无山步，野谷风流有别春。
闻说烂柯山路远，近杯聊作采樵人。

话说胡黑狗从彭公兜囊之内，掏出那康熙老佛爷赐的金牌来，说："武庄主，你看！"武连接过来一瞧，牌长有八寸，宽有二寸，一面是龙章凤篆，一面是"如朕亲临"的字样。武连又叫蝎虎子鲁廷、小金刚苗顺、火眼狻猊杨治明瞧。那三个人说："武庄主，不必看了，我们替你结果了他的性命罢！"苗顺就拉刀，武连同杨治明说："不可，先把狗官捆上再说。来人，把他给我捆上！"苗顺说："为何不叫我杀他，这是怎么一个主意呢？"武连说："彭朋与我无仇，他与我的亲戚金翅大鹏周应龙有仇，把他给我送在他那里去就是了。"杨治明说："你我慢慢的商议罢。先叫家人把狗官锁在空屋之内。"

彭公一见胡黑狗把金牌掏去，自知性命死在他人之手，说："你们这一伙叛逆之贼，我乃国家二品职官，你等硬行折辱，好！好！”胡黑狗说：“少时有你一个乐儿，把他抬下去。”那潘得川这小子过来说：“庄主，把他送在土牢之内锁上，派两个人看着他。”武连点头说：“就是这样办理。你等吩咐厨房备酒，给胡贤弟接风。今日实是你我等大家的造化，要叫狗官今日走了，你我性命休矣。我的全家满门，必被官兵所拿。此事多亏胡贤弟眼力真好，你如何认的他呢？”胡黑狗一笑说：“我这两个眼睛，见过一面之人，过十年不忘。我是浬江寺的人，移在三河县，在左府上管点小事。他往那里私访过，我跟左青龙上他三河县衙署之内去过。我是在案脱逃之人，我认的他不错，我是由那里认识他。”武连说：“真好眼力！”随告诉给厨房，叫他们预备几只鸭子，我等今天要大吃喝一阵，抬一坛酒来。”

家人答应下去，到了厨房说：“李老四，你快收拾菜罢。上头吩咐下来，要请客吃黄焖鸭子。”厨子在此多年，就是一生好饮酒，手艺甚高。白天正歇着睡觉，听见家人来福一说，连忙起来说：“你去给我买点东西来，我好配菜。”来福说：“买甚么罢？”厨子说：“你到村口小酒铺老吴那里，买十个鸡子，若有鱼要二斤来。”来福答应，转身出离门首，一直的奔村口而去。天有过午之时，小酒铺正清净，就有一个人在床上倒着睡觉，老吴坐在椅子上睡着了。就有一个伙计说：“来福，你往哪里去呀？”来福说：“往你们这里来买鸡子，有鱼没有？”小伙计说：“有鸡子，没有鱼，今天还请客吗？”来福说：“今天有北方的人，新来的，四五位呢。家里有鸭子、猪羊肉，厨子还叫我买这两样。”小伙计拿了十个鸡子，老吴听见说话，瞧是武宅的来福，说：“来福，你们门公朱二爷在家啦？我要找他借几吊钱，今天清早有一个老头儿搅乱，也忘了说啦。”来福一吐舌尖说：“你不要我朱二爷啦！连他也不知往哪里去了。那个老头儿，是在你们这里遇见的好哇！”老吴一听这话里有话，可就跟着问：“朱桂芳因为甚么走了呢？为人甚好的。”那来福本是一个十七八岁的小孩子，天日不懂，他就把胡黑狗从大人怀内掏出金牌之事，从头至尾细说了一遍。老吴听罢，只是叹息。

焉想到张耀宗倒在床上，并未睡着，全都听见了，吓得他战战兢兢。天气又早，自己也无有主意，见那小孩子也走了，自己心中想着："夜内倘若大人有命，我把他救出来，杀了恶霸全家。不知他家窝着都是那一路的贼人？"自己想，又孤掌难鸣，喝着酒，说："掌柜的，这方才买东西的这位是这本村的吗？他在哪里住呀？"老吴说："一进这北村口，往东一拐不远，你看那路北里有四棵龙爪槐大门，就是我们这一方的财主，姓武，那小孩子名叫来福，是他家里侍唤小童儿，常往我们这铺里来。今天武庄主又要惹大祸。"张耀宗说："这武庄主惹甚么大祸？他平常他作何生理？"老吴一看外边无人，他才说："我看尊驾也不是我们这里的人，你要问这武庄主惹甚么大祸，他家来福方才说，有一位甚么巡抚大人，现在他家呢。他说要杀那位大人。他那胆大如天，平日窝聚江洋大盗，在大路之上抢劫过往客商，他坐地分赃。也有一身好功夫。他家中那些个家人，全都跟他练过武艺。我们这一方无人敢惹他。"张耀宗听罢，说："你们这个地方官为何不拿他？"掌柜的说："官员皆同他有交情，不肯拿他。"张耀宗明知是巡抚彭公在他家内，听老吴之言，自己踌躇无策，知道这里竟都是行家。就在小酒铺这里喝了点酒，吃了一顿饭，掏出一块银子来说："掌柜的，我多歇歇，这一块银子有七钱重，大约值钱两吊有余。"老吴看见银子，乐的眼花都开了，说："大爷不要赏钱，歇歇无妨。"说着，接过去放在柜内了。

此时日色已夕，张耀宗恨不能一时黑了才好。又喝了一壶酒的工夫，天已黑了。自己站起身来告辞，即往北走。走了不远，往东找了一个无人之处，收拾好了，把长大的衣服包在小包袱内，系在腰中，带了单刀，顺着小路往东。到了东村口，往西拐进村，走了不远，听有犬吠之声，天已黄昏之时，飞身上房，行从房上走，就从地下行。

抬头一望，见一所大宅院在眼前，就知是赛展熊武连的住宅。飞身跳在院内，听见西配房有人说话，是打更的人。内中说："今日咱们庄主喝了不少的酒，越喝越高兴。厨子刘四也在厨房喝起来啦，大概是醉啦！我方才去看他之时，他给了我两碗菜，叫我与你喝酒。你去交了定更，咱们再喝。"又听一人说："陶三，你太懒啦。昨天都是我，今日你又派我来啦。我姜二准不是不交朋友之人，我替你今天再打一夜。我看你明天去不去？"陶三说："你去罢，二哥，我等你喝酒。"外边张耀宗听完了，心中说："这所宅院，我知恶霸把大人收在哪里？我要找，可费了事啦。我何不先把这个更夫拿住，一问可就知道，就是这个主意。"

正想着，看见西房内出来一人，手拿梆子正打定一更。张耀宗闪在北边夹道墙角下，姜二方打着梆子从那里一过，张耀宗一个黄鹰拿兔，把他按在那里，梆子也扔了。张耀宗说："你要死，你就嚷。我问问你，你告诉我说实话，我就饶了你。"姜二说："好汉爷问我甚么？只要我知道，我就说。我们庄主也是绿林之人，你老人家要借路费，见庄主一说，就送给你。"张耀宗说："我问你，白天把河南巡抚彭大人，你们害了没害？快说实话。"姜二说："没害。我主人将他收在后花园土牢之内，有两个人看守，还有两个打更的。花园子在我们院的西北，过三层院就到了。好汉爷饶了我罢！"张耀宗听完，说："我要放了你，给你庄主一送信，坏我的大事。你也与我无仇，我也不杀你，我把你捆上，等我办了事，我再来放你。"随解下姜二的裤腰带来，就捆上了，又把他嘴塞住，怕他嚷，把他扛至西院更房，放在南边墙底下。

张耀宗这才往西院，窜过两重房，看见这所花园甚是可逛，楼台殿阁俱全，花果树木，群芳牡丹，四面开放。月牙河内，金鱼正跃。皓月当空，天约有二鼓时候。张耀宗往正北走。这正北楼五间，东边眺望阁，西边碧霞轩，各种果木树不少，不知土牢在哪里。忽听有更锣之声，从南往北走，即忙蹲在那西房檐下黑暗之处，候着打更的人过去，再找土牢。见南边来两个更夫，一个打锣的在头里，打梆子跟着说话。走头里说：“宋命兄弟，瞧今天这月光多好，这花园之内真可逛。”后边那个更夫说：“王仁兄，这花园好可是好，就是一样儿不干净，还闹鬼。我今往碧霞轩来，我就起心里害怕。自那年打死那个丫头，我是亲眼见的，真是远怕水，近怕鬼。”

正说着，抬头往西一看，说：“大哥，你看碧霞轩北边墙角下，那里黑暗暗，蹲着像一个人。”宋命说：“大哥，你的胆量又小，又爱胡说吓人。我用砖头一块，照定那影儿冲一下，要是人，他必躲；要是鬼，他必有动作。我有名的宋大胆，最不怕鬼。”从地下拿起一块砖头，照着张耀宗就是一下。张耀宗一纵身窜过去，把那更夫踢倒了一个。王二回身就跑了。宋命说：“好汉爷饶命罢！”张耀宗说：“你把那土牢告诉我在哪里？带了我去，我就饶你，还须找着我们大人。”宋命说：“你老人家放开我，我带着你去找就是了。”张耀宗放了他，跟他在后边，往西绕过楼，正北一连六间坐北朝南有门无窗户的土牢，在门首点着一个灯笼，有两个人在那里吃酒。张耀宗手提着刀，把那个更夫宋命杀死，自己反身往正北，离土牢不远，方要拉刀过去砍那两个人，忽然脚底下一软，“噗咚”一声，张耀宗落在陷坑之内。两个看守之人说：“好了，可拿住一个贼啦，咱们去讨赏去罢！”

两个看土牢之人，一名甄进忠，又一名管世宽，乃是武连心腹之人。原来武连这土牢，为藏人所用。土牢以前，全是滚板翻板，作成消器。怕有人前来办案，恐怕拿他，故此先作成埋伏，好拿人。今日张耀宗一时慌错，落在陷坑之内，被看土牢之人捆上，抬到前边大厅。赛展熊武连与蝎虎子鲁廷、小金刚苗顺、火眼狻猊杨治明正在客厅吃茶，忽见家人来报说：“后边花园之内有贼，花园更夫甄进忠、管世宽拿住，跑来了一个更夫来送信。”正说着，家人又报说：“拿住一个人，抬了来啦！”少时，自外面抬进来，放在那地下。武连等全都醉了，说："不必问他，大概是新上跳板之人。咱们醉了，正要喝一碗醒酒汤，抬到西边马圈院内，把他杀了，取出人心来，咱们作两碗醒酒汤吃。"家人抬下去，来至西院，放在就地下。一个家人名叫范不着，手执一把牛耳尖刀，照着张耀宗方要动手。一个家人说："且慢！还须用些凉水，我取来再杀他。"张耀宗破口大骂不绝，自想："今天性命难保。"只见那个家人手执钢刀，照定张耀宗前心往下就刺。不知玉面虎的性命如何，且看下回分解。

第四十九回

铁霸王夜探连洼庄　勇金刚戏耍玉面虎

诗曰：

衣惹花香记胜游，漳江九月不知秋。
千行罗绮围银烛，几簇笙歌拥画楼。
词客醉吟金盏落，佳人斜倚玉楼头。
今朝得遇豪华会，散尽平生万壶愁。

话说张耀宗被擒，抬到了西院，绑在柱子上，家人手执钢刀，方要刺张耀宗，后面一刀把那家人杀死，然后再杀那个更夫，随解开张耀宗说：“朋友，你跟我来罢！”张耀宗说：“二位英雄贵姓大名？所居何处？”那黑面之人说：“我姓杜名清，绰号人称铁霸王。”用手一指他后面站着一人，年约二旬，身高七尺，膀大腰圆，五官俊秀，品貌不俗，白净面皮，双眉带秀，二目有光，准头端正，唇若涂脂，身穿夜行衣，说：“张壮士，这是我二弟勇金刚杜明。我兄弟二人在绿林几载，立志除霸安良。今夜来访这赛展熊武连他为人何如，正遇吾兄，你我前世有缘。现在彭大人，小弟我二人已救出，在村外呢。你急速至东口村外，前去保护大人为要才好。我兄弟二人要失陪了。”

张耀宗说：“我蒙二位救命之恩，我张耀宗但能出龙潭虎穴，必当厚报。”那杜清二人随就说：“你我后会有期，我二人去啦！”

张耀宗到东村口，见彭公正坐在那里愁闷，说：“大人不必忧愁，门生张耀宗来此。”彭公抬头观看，就说：“你从哪里来？”张耀宗说：“我蒙杜清、杜明二位英雄相救，说叫我在此等候大人。”张耀宗把方才之事，说了一遍。二人站起身来，往前面顺大路而行。天色微明，前面有一处村庄。来至村口内，路东有一座客店，字号是“仁和老店”。张耀宗同彭公二人身倦体乏，二人进了店，往北上房内落座。小伙计说：“二位来的早哇！”彭公说：“我们歇息歇息，吃了早饭再走。我们先要一壶茶，洗脸水打一盆。”小二答应下去，不多时全皆送进上房。二人先洗完了脸，然后喝茶。彭公说：“也不知禄儿那个孩子，落在哪里了？”张耀宗说：“不必惦念他，他要知道大人到任，必然去寻找去。”然后要了些个吃食。

正在用饭之时，忽听东后院有妇人啼哭之声，惨不忍闻。彭公说：“张耀宗，你听这是为何哭呢？”张耀宗说：“我问问店内伙计就知道了。”小二方端上菜来，张耀宗说：“伙计，这是哪里哭呀？”小二说：“是我们这房后刘寡妇那里，他家有一个女儿，生的有几分姿色，今年才十八岁，就是母女娘儿两个，并无别人。有我们这里固城东庄一位贾大爷，绰号人称花脸狼贾虎，也是一个财主，又是监生，结交官长，走动衙门，包管词讼，无人敢惹他。看见刘寡妇之女生的好，他派人来说去作为侍妾。刘寡妇不愿意，他硬行给了十两纹银定礼，不准再嫁旁人，定于今日来轿子抬人。”说：“二位爷，你看这才离京能有多远，就这样的目无王法！”彭公听罢，不由己怒气冲冲说：“光天化日，朗朗乾坤，竟有这样目无王法之人！”张耀宗说：“你老人家不必生气，今天我在这里，多管这件闲事呢。”

吃完了饭，自己出离了店的大门，南边有一个小胡同过去，店后路北有一所院落，里面北房三间，周围土墙，随墙板子门关闭着，里边有妇人悲惨之声。张耀宗手敲门环，从里边出来两个人，把门一开。张耀宗看：那头前那个人，身高八尺以外，膀阔三停，身穿蓝绸子大褂，足登青缎窄腰快靴，面皮微白，顶平项长，玉面朱唇，双眉带煞，二目有神，年约二旬。后边那位，身高七尺，细腰窄背，年约三旬以内，身穿紫花布裤褂，足登青布拦地虎快靴，面皮微黑，四方脸，粗眉大眼，准头端正，四方口，三山得配，甚透精神。张耀宗看那头前走的，乃是大名府内黄县刘家堡的人，他姓刘名芳字德太，绰号人称多臂膀。他父亲名刘世昌，绰号人称花刀无羽箭赛李广镇南方，在镖行甚有威名。后边那位是黄河套高家庄鱼眼高恒之子，名高源字通海，绰号人称水底蛟龙。他二人身在绿林之中，行侠作义，偷不义之财，济贫寒之家，专杀贪官，竟除恶霸。今天在这个城店内住着，听见刘寡妇母女痛哭，二人来至此处说："老太太，你老人家不必害怕，我二人替你杀那狗奸贼就是了。"刘寡妇问："二位大爷，你是哪里的人氏？因何来此？"多臂膀刘德太说："我二人乃是镖行中生理，住在前边店内，听见店内小二所说，我二人遇见这不平之事，我等替你除此一害。"刘寡妇说："二位大爷贵姓高名？"刘芳、高源二人各通名姓。刘寡妇母女才放心。正在叙话之际，张耀宗外面叩门。刘芳、高源二人出来一看，认识说："张大哥，你从哪里来？"张耀宗随说自己的来历。

三人正说着话未了，见从那边来了一辆车，后面跟着二十余名打手。头前那辆车嫩黄油漆，本地车脚儿，雪青洋绉的围罩儿，五大扇的玻璃窗儿，洋绉的崩弓儿，摹本缎的卧箱，真金的什件，铁青的骡子。赶车的是少年之人，后面跟定那二十多名，均是身穿紫花布裤褂，足登青布拦地虎快靴，手执木棍、铁尺，都是横着眉毛，立着眼睛，鼓着腮帮儿，螃蟹的儿子横走，扬眉吐气，花脸狼的朋友。头前走的那个，名叫耗子马九。来至在门首，车也站住了。车里下来一人，身高七尺，细条身材，身穿宝蓝绸子大褂，蓝串绸套裤，白袜青鞋，手拿着芝麻雕扇，象牙把儿，二钮上有沉香十八字儿香串，面皮微白，顶平项长，双眉带秀，二目有神，准头丰满，唇若涂脂，一脸的煞气，站在那刘寡妇的门首，说："孩子们，你们去到里边，把那美人抢来！"

刘德太、高通海、张耀宗一听，说："朋友，你姓甚么，叫甚么？"花脸狼贾虎说："我姓贾名虎，绰号人称花脸狼。今天我是买了一个女子，今日来接。你三位是作甚么的？趁此闪开，不必多管闲事。"张耀宗说："光天化日，朗朗乾坤，你倚着势力，带领土棍，来抢夺民间妇女。我三个人来此多时等你。你要是知世务的，趁此急速回去，免的三位爷动手！"贾虎听罢，说："你这三个无名的小辈，也敢在此大肆横行！来人，给我打他，打完了他们，送衙门治罪。"那些个打手各举木棍、铁尺，扑奔那玉面虎张耀宗等三人而来。为首一人，名叫铁头刘七，手执铁尺，照定那刘芳就是一下，刘芳用刀相迎，两个人在门前动手。刘芳一暗器正打在刘七的身上，"哎哟"一声踢于就地。刘芳绰号人称多臂膀，他会打墨雨飞篁。这宗暗器，乃是家传之艺，非铜非铁，乃是铁沙子内搀黄土泥块豆子，其大如鸭子，打在身上，百发百中，永不空发，今天打了刘七。高源、张耀宗把那贾虎拿住，说："你要知好歹，从此不准你乱为。要不知好歹，当时就结果了你的性命，断不能饶你！"贾虎见他三人来势凶猛，说："得了，你三位请放开我就是了，我再不敢来了。"张耀宗说："你去罢！我也不与你一般见识。"随放开贾虎，然后进了大门。

高源等三个人见贾虎的众人走了，方才与刘寡妇说："你母女二人，不可在此久居，可有投奔无有？"刘寡妇说："我有一个外甥，在北京顺天府前门外作买卖，我有心把我女儿给他为妻。"高通海说："我这里有纹银四十两，送给你母女作路费，你这房子可有人照料么？"刘寡妇说："有我一个族侄，叫他照管就是了。"三人正在说话之时，忽听外边一片声喧，正是那花脸狼贾虎，带着无数的打手前来打架。不知应该是怎样打法，且看下回分解。

第五十回

刘德太怒打花脸狼　铁幡杆保府双卖艺

诗曰：

承恩借猎小平津，使气常游中贵人。
一掷千金浑是胆，家徒四壁不知贫。

话说高源、刘芳与张耀宗周济了刘寡妇母女，雇了一辆车，收拾细软之物，上车方走了不远，只见正东上来了三十多人，都是紫花布裤褂，薄底靴子，手执木棍、铁尺，后跟一辆车，正是花脸狼贾虎坐着车。刘德太看罢，急把单刀一摆说："哪个不怕死的，自管前来！"高通海挥单刀，把那抢人之人全给镇住了。贾虎见事不好，也就坐车逃走。二次前来，也败回去了。张耀宗说："你二位送刘寡妇一趟，上京都走一遭，你我弟兄再会。"张耀宗与二人分手，他回归店内，见了彭公，把在刘寡妇家中所办事细说一遍。

彭公算还饭账，这才雇了一辆车，上那保定府。在路上无事。到了保定府，进北门，住在唐家胡同顺和店内，给了车钱。这座店是路西，大人住的是西上房。方才坐下，只见帘子一起，杨香武从外边进来，给大人请了安，彭公命坐。

杨香武自从三盗九龙杯，众英雄散了，各自回家。赛毛遂杨香武与凤凰张七即张茂隆，带着两个徒弟，在前门外西河沿高升店内住着，要听几天戏散散心。八臂哪吒万君兆爱上那杨香武的熏香是好的，安心要学习，杨香武决不教与。凤凰张七瞧出来了，说："徒弟，你要跟你杨大爷学鸡鸣五鼓返魂香，你给他磕个头，认为师父，他才教会你哪。"万君兆说："师父之言也好。"就把杨香武请在上座，磕了头认为老师。杨香武说："你好好跟我三年，我全教会了你。"从此住了几天，张七带朱光祖上宣化府探亲去了。杨香武带万君兆回了一次家。这一年在保定府店内住着，打算要给九曲黄河套鱼眼高恒那里前去庆八十整寿。今日忽见彭公带着一位少年的人下车，住了西上房，他自己过来给大人请了安。

彭公说："老义士从哪里来？"杨香武说："自拜别之后，竟在家中乐守田园，大人这是从哪里来？"彭公"嗐"了一声，说："一言难尽！"就把在连洼庄失去金牌，打算见见直隶总督，求他发官兵前去剿灭。赛毛遂杨香武说："此事大人不可声张，叫人知晓，多有不便。草民施展当年之勇，可以前去盗他的金牌。我把我徒弟带来，见见大人。"少时出去，把万君兆带进来给大人请安，又问明了张耀宗的名姓，全给引见了。

杨香武说："大人在此等候，我师徒二人明日必来回信。"叫店家把门锁上，师徒二人顺路施展陆地飞腾之法。天有初鼓之时，到了连洼庄，飞身上房，在各处哨探，并无一个人，连里带外毫无动静。杨香武往各处寻找，并无下落。找到后边，听见屋内有人说话。飞身下来，进屋一看，但见里边灯光隐隐，两个人收拾箱柜内的物件，包了两包袱，方才要走，被杨香武师徒二人堵在屋内，说："你二人往哪里走？武连在哪里？快说实话。"吓的二人战战兢兢，跪于地下说："大爷饶命，我二人是亲兄弟，就在这庄东头居住。我二弟叫李禄，他给这里庄主看守花园子。不知闹了甚么乱子，庄主由昨日一早起来，收拾细软，坐二套车驮轿，连家眷一并上河南探亲去了。我兄弟给他看房，他叫我来，将这里庄主剩下的旧破衣服叫我取去。不想遇见二位，不知你二位是从哪里来的？”杨香武说：“武连往哪里去了？”那二人说：“往河南，不知是哪一处。”杨香武与万君兆二人听了，也无可如何，放了那人。师徒回归保定府店内，见了大人，细说连洼庄之事。彭公说：“这金牌乃圣上所赐的，还须追回来才好。”这件事可不好办，心中甚是烦闷。杨香武说：“大人不必忧愁，咱们到街上散散闷，只要遇见我的朋友，我自有道理。”

彭公带张耀宗、杨香武师徒，出离顺和店。到了街市之上，也甚热闹。见府衙门马号前围着一大圈人，有二百多人。张耀宗开路，分开众人一瞧：当中有一个卖艺之人，年过半百，不到六十岁的光景，面如晚霞，扫帚眉，大环眼，准头端正，一部花白胡须，身穿月白布小汗褂，青中衣，薄底快靴，手拿一对虎头钩，雄纠纠，气昂昂。在他肩下站定一人，年约五旬，黄脸膛，身穿细毛蓝布褂，青中衣，头上挽一个头发纂，短眉毛，三角眼，薄片嘴，两只大脚。在那妇人旁边，站定一个女子，长的十分俊俏，年有十八九岁。怎见的？有诗为证：

裙拖六幅湘江水，鬓耸巫山一段云。
貌态只应天上有，歌声岂合世间闻。
胸前瑞雪灯斜照，眼底桃花酒半醺。
不是相如能赋客，肯教容易见文君。

张耀宗看罢，暗为称奇，心中说：“这一个卖艺的人，会有这样好女子！”只听那老头儿说：“众位，我先练一趟，回头再叫我女儿练。我可不是跑马戏之流，在下是河南人，来此访友，以武会友。如有子弟老师前来帮个场子，也算是打个帮架。我初到此处，不知子弟老师在哪里？”自己练了一趟拳，真正是拳似流星眼似电，腰似蛇行腿似钻，手眼身法步，走开了一团神。怎见的？有赞为证：

> 夸虎登山不要忙，敧身绕步逞刚强。上打葵花式，下打跑马桩。喜鹊登枝挨边走，金鸡独立站中央。霸王举鼎千觔式，童子翻身一柱香。

众人看罢，无不喝彩。练完了，真有人给了不少的钱。

忽见西边众人一闪，大家说：“来了，来了！”张耀宗与彭大人一看，只见从西边进来了一位老英雄，亦有五十以外，身高八尺，面如紫玉，雄眉阔目，花白胡须飘于胸前，身穿青洋绉大衫，足登青缎快靴。后跟一位女子，年在十八九岁，头梳大丫髻，身穿雨过天晴细毛蓝布褂，葱心绿中衣，足下三寸金莲又瘦又小，红缎花鞋，拿着一条手绢，真有倾国倾城之貌，令人可爱。怎见的？有诗为证：

> 袅娜腰肢淡薄妆，六朝宫样窄衣裳。
> 著词暂见樱桃破，飞盏遥闻豆蔻香。
> 春恼情怀身觉瘦，酒添颜色粉生光。
> 此时不敢分明道，风月应知暗断肠。

这二人来至当场之中，与那老者说了话，说：“大哥，我带你侄女来，叫他姐妹二人练一回。”赛毛遂杨香武一拍张耀宗说：“张贤弟，你看那面如晚霞的，是河南上蔡县葵花寨铁幡杆蔡庆，那位妇人乃是他妻子金头蜈蚣窦氏，这女子是他女儿恶魔女蔡金花。后来这位，乃是淮安一带水路的老英雄猴儿李佩，那女子是他女儿李兰馨。”张耀宗说：“老英雄，你既认识，我与万君兆下去帮他一个场儿练两趟。”杨香武说：“这二人不是指着卖艺为生，其中必有别的缘故，我问问他便知分晓。”

杨香武立时进去，高声说道：“蔡、李二位兄台，久违，少见，今日在此何干？”蔡庆、李佩抬头观瞧，认的是赛毛遂杨香武，连忙见礼，各叙寒温。杨香武一拉蔡庆说：“老兄台，你在此为何作此事业？我有所不明。”蔡庆说：“老弟有所不知，自你我在绍兴分手回到家内，想你侄女金花这么大年岁，我若给一个庄农人家，怕曲了你侄女的终身；若给官宦人家，又怕人家不要。我与你嫂嫂商议，带他到京都之内再为打算。若把他给了人家，我就完全一桩大事。李兄的心事，与我相同。”杨香武说：“你二位这两件事，全交给我了。我叫两个人来帮你二位练一趟。”杨香武一回头说：“张耀宗、万君兆，你二人练一趟。”张耀宗闻听，跳进场子。蔡庆瞧那人年约二旬光景，白净面皮，双眉带秀，二目有神，身穿蓝绉绸长衫，足登青缎快靴，五官端正，把长衫脱去，内穿着蓝绸子裤褂。万君兆也是十七八岁，眉清目秀，齿白唇红，精神百倍。就在当场，二人过了一趟拳，又各人练了一趟。天色日将午错，给钱的不少。大家合在一处，杨香武问二位在哪店里住？蔡庆说：“在顺和店后院上房，昨日到的。”杨香武说：“很好！咱们都住在一个店内，我还有一宗要紧大事相求。”说着，大家回店。

杨香武叫张耀宗与万君兆在一处同大人到上房，他们俱至后院，说：“二位兄台，先叫侄女里间屋坐，我还有话说呢。”随说道：“你二位看见方才那二人，给二位侄女说说，愿意否？”蔡庆、李佩说：“很好，不知他二人作何生理？”杨爷说：“张耀宗乃神拳无敌张景和之子，现在保着河南巡抚彭大人，保升了六品衔，记名千总，实缺把总，跟大人充当巡捕。那万君兆是我的徒弟。”蔡庆说：“贤弟，你既如此说，我就把你侄女给了张耀宗罢，你去要定礼来。”李佩说：“你我作个亲家，把我女儿就给你徒弟万君兆罢。”杨香武到前院，把这话合张耀宗说了，张耀宗听罢说：“大人失了金牌，还无下落，我如何先办这个事呢？”彭公说：“张耀宗，你不必推辞。很好，这件事也是人间的大事，就给定礼才好。”杨香武带二人认了亲，拜了丈人，就把丢金牌之事与蔡、李二位说了一遍。李佩说：“我明日带你侄女要回淮安，给你采访采访金牌落在哪里，你再带着你徒弟择吉日到家完婚。我倘要访着下落，速到汴梁城巡抚衙门送信就是了。”蔡庆说：“这件事，我先把你侄女打发回家，我跟你去采访采访。据我想，这件事须落在北邱山，不然就在紫金山。”杨香武说：“我带万君兆暗探下落，明日起身，咱们在汴梁城巡抚衙门相见。”

杨香武到前院把此事合大人说明，彭公点头说：“此事全仗老义士为力。”次日，蔡金花合窦氏母女先自回家。欧阳德头探紫金山，即在下回分解。

第五十一回

义士奋勇要金牌　山寇安排使巧计

诗曰：

年少将军耀武威，人如轻燕马如飞。
黄金箭落星三点，白玉弓开月一围。
箫鼓声中惊霹雳，绮罗筵上动光辉。
回头笑杀无功子，羞对熏风脱锦衣。

话说李佩也带着女儿去采访金牌的下落，杨香武带领万君兆也去访查此事。张耀宗与蔡庆甚为着急。天有正午，彭公打算要起身，忽见从外进来一人，话说："唔呀哇呀，这店内住着姓张的，在哪屋里？"张耀宗一听，是师兄小方朔欧阳德。欧阳德与张耀宗从分手之后，各处找大人，找到保定府南，并无踪迹，他也无法，又往回走。这日正遇杨香武，提起张耀宗来，言在顺和店住，他这才来至店内一问张耀宗。张耀宗闻听，随即出来说："大哥，这里来罢。"欧阳德进了西上房，蔡庆认识，知是位惊天动地、名震乾坤的侠义，他所练的一身软硬工夫，鹰爪力，重手法，达摩老祖易筋经，善避刀枪，骨软如绵，在江湖道内数年所作之事，替天行道，除霸安良，身作豪侠，心存道德，远近闻名。今日是从连洼庄临近各处村庄，寻找那赛展熊武连的余党，连找大人。在半路听人传言，说彭公在顺和店住，他来至上房之内，说："贤弟，大人现在哪里？"蔡庆站起来说："欧阳义士，这是从哪里来？少见。"欧阳德说："老前辈，老英雄，久违了。"张耀宗说："大人在北里间内。"

欧阳德进了北里间，给大人行礼。彭公甚为喜悦，说："义士从哪里来？"张耀宗说："这是我师兄欧阳德。"彭公说："老义士不必行礼。"欧阳德请问大人，由大树林是往哪里去了？彭公把在连洼庄被恶太岁赛展熊武连所困，"多亏赛霸王杜清、勇金刚杜明兄弟二人，救我得出虎穴之内，把金牌被武连的余党胎里坏胡铁钉抢去，来在保定府店内，遇见赛毛遂杨香武与蔡庆老义士，大家商议往各处访察金牌的下落，直到如今，我带张耀宗等要走，义士前来，不知有何高明主意？"欧阳德听罢，说："唔呀！这混账忘八羔子，闹的也太厉害，吾自有道理。武连携眷逃走，必然是奔河南紫金山金翅大鹏周应龙那里去了。我到那里，便合他要去。"彭公说："这周应龙，莫非是前在避侠庄盗九龙杯的那个人吗？"欧阳德说："正是他。请大人先到开封府接任，我设法十日内必送金牌到巡抚衙门。"彭公说："义士须要小心在意。"欧阳德说："不必大人挂心。"站起来说："师弟，你同蔡老英雄先送大人至汴梁城接任去，我到紫金山找周应龙要金牌去。"

张耀宗说："兄长不可大意。我听人言说，周应龙乃当时英雄，先在淮安，后聚紫金山，远近颇有威名。手下绿林人物，文武全才，足智多谋，远韬近略甚多，并招聚喽兵有三千之众。紫金山地面宽大，方圆有一百三十余里，前有通天峰、灵牙峰、过云峰三峰之险，咽喉有一线通天路，一人把守，万夫难过。东有峭壁之雄，西有涧沟之险，北有荷花滩，其深无底，东北有寒泉亭、冷泉穴、逆水潭，道路崎岖。而且周应龙诡计多端。兄长先随小弟到汴梁，候大人接了任后，咱一同前往，方为妥当。如到山上，周应龙也有耳风，他要得了金牌，必然收藏严密，如获至宝。你我见他先讲情理，他也是交友之人，也许将金牌献出。他如未见此物，再托他寻找。他若隐匿不献，我等访真回来，见了抚台大人，回明他哨聚之所，再发官兵剿拿他的余党。此计不知兄长意下如何？”欧阳德听罢，说：“贤弟，你太过于仔细，你保着大人上任去罢。我要去也，十天之后，你定然知道。”蔡庆说：“欧阳义士，你要上紫金山，西山口外有一座集贤镇，南头路西有一座天和客店，那一座店是我的，你到那里找管事的于祥，就说我叫你去那里等我。”欧阳德听罢，站起身来说：“我要去也。”出离店门，顺着大路，一直往南急走，用陆地飞腾之法，直奔紫金山而去。

一日到了紫金山西山口外，找了一个茶馆，喝了几碗茶，问明了进山的道路，给了茶钱，信步入山，往东行走。天正初夏，绿柳垂杨，青草遍地，山谷风清，林中黄鹂声喧，山坡狐羊乱跳，樵夫伐木于幽谷，牧童高唱于山坡。欧阳德逛着山景，真是另有一番气象。走了有五六里路，见前边有一座密松林；穿林一条大路。欧阳德方要进树林，忽听对面有人说：“呔！此山是我开，此树是我栽，若要从此走，须留买路财。如要不留买路财，一刀一个土内埋。”呼哨一声，跳出有十数个喽兵来。今日是玉美人韩山该巡西南两路山道，带着三十名手下人，从早至午，并未见有往来之人。小头目宋明，瞧见从西边来了一个人，年有三十余岁，四月天气，头带皮困秋帽，身穿老羊皮袄，高腰绵袜子，只搭护膝，足登棉毛窝，面似姜黄，细眉虎目，准头端正，唇薄齿白，微有几根胡须戴着两个眼镜圈，说话唔呀唔呀的，摇摇摆摆走进树林。宋明说：“汗包来了！等我耍笑耍笑他。”几个喽兵都不是好人。

欧阳德闻听喽兵之言，抬头一看，说：“唔呀！吾今天可遇见山贼了，快些报与你家头目，叫他前来见我，献上走路金银来。”宋明听罢欧阳德要走路金银，不由一阵哈笑，回头说：“合字耳目着了，溜丁团刚哂流口，我摘了他的瓢。”后边有人说：“并肩字，训训他的万。”所说的话，概是江湖黑话。“合字耳目着了”，是他们一伙人听见了，“溜丁团刚哂流口”，说的是一个人说话，竟斗笑要走路金银；“摘了瓢”，是杀了他脑袋；“并肩字，训训万”，是自己哥们，问问他姓甚么？欧阳德在江湖多年，岂有不懂这些话的。听罢，他遂说：“贼根子，你错翻了眼皮了，吾乃当时义侠中总太万，吾是你们的活爷爷。”宋明知道这个蛮子懂的江湖的唇典，“总太万”就是众人的爷爷，他如何不气？抡刀只扑欧阳德而来，照定头顶之上就是一刀。欧阳德并不躲闪，用脑袋往上一迎，“啶嚓”一下，并未砍动。欧阳德说：“唔呀！你这个混账忘八羔子！我是克你一个少屁股没毛的。”一反手照定宋明天灵盖一掌，宋明“哎哟”一声就倒于地，几乎送了命。那几个鸡毛蒜皮毛嘎嘎各摆兵刃，过来一拥齐上，他等以多为胜，都不知欧阳德的厉害，十数个人如何是欧阳德的对手呢？被欧阳德玩玩笑笑，掐一把，拧一把，克一把，打的东倒西歪。有一个喽兵，飞跑上山报信去了。

不多时，只听的铜锣响亮，从山下来有六七十名喽兵，都是青布手巾包头，身穿青裤褂，白袜，打捧腿，搬尖大业，把靸鞋，手执四尺二寸长、二寸八分宽的斩马刀。为首一人，年有二十以外，宝蓝绉手绢包着头，蓝绸子窄袖小汗褂，青洋绉中衣，青缎薄底窄腰快靴，手执单刀，面如团粉，白中透红，红中透白，双眉斜飞入鬓，二目宛如秋水，神光足满，准头端正，齿白唇红，行如宋玉，貌似潘安，果然俊俏无比。欧阳德看罢，认的此人乃是寿张县人，姓韩名山，人称玉美人，乃江湖采花的淫贼，前在河南锦平地面采花，被欧阳德拿住，把他治服，说永不敢采花了。今日在头一座寨门巡捕厅，正坐着吃茶，喽兵来报说：“山下来了一个蛮子，把我们头目打倒，众人敌挡不住，他一定要走路的金银。”玉美人韩山听罢，吩咐聚集六七十名手下人，出离巡捕厅，只扑山下而来。抬头一看，见是小方朔欧阳德，连忙叱退手下之人，说："老前辈，为何与他等生气，都看在我分上。"欧阳德瞧见是玉美人韩山，说话甚是和气，不能动手，说："寨主你不知道，我来访一位朋友周应龙，被他们所阻，我倒不肯伤他。今幸遇寨主。这里可有绿林中的一位英雄，叫金翅大鹏周应龙，在这里占山？我特意前来拜访。"韩山说："敬请你老前辈跟随我来。"欧阳德说："吾就跟你去。"韩山在前，欧阳德跟随，到了头道寨门，见是虎皮石砌墙，上插两杆大旗，写的是"替天行道，聚众招贤"。寨门大开，两边站立有几十名喽兵。

先有人报进后寨说："小方朔欧阳德来拜。"周应龙知道，立刻升了聚义厅，点起鼓来，聚集众寨主，吩咐都头目毛荣前去请欧阳义士进寨。都头目领了令，来至前山大寨门说："我家大寨主知道义士前来，特派我请你老人家至聚义厅坐。"欧阳德说："你头前引路。"韩山后边跟随。走着道，见这里面楼台殿阁盖的齐整，又想："金翅大鹏周应龙是闻名并未见过面的，他也知道江湖一带有我这个人。要是讲义气，慨然把金牌拿出来交给我，这还可以；如若不然，我要使我平生所学的工夫，合他分个胜败，方能罢休。"正想着，已至聚义厅。抬头一看，那正北上九间聚义厅，是前出廊后出厦，前面装修甚是华彩，里面当中三张八仙桌，后边都有太师椅子，东西各有六张桌椅。大厅上有泥金匾一块，上有四个金字，写的是："志有凌云。"东西有两条对联，上写：

侠义镇山岗，声播境外；威名著海内，除霸安良。

字迹写的端正。东配厅十二间，是管粮饷处、军装库；西配厅十二间，是文书房、巡捕所，各有所司。

欧阳德正看着，只听那边说："义士请坐，久仰大名，今幸相会，真是三生之幸。"欧阳德抬头，见大厅门首站定一人，年约四旬以外，身高八尺，面如紫玉，雄眉阔目，大耳双垂，准头丰满，四方口，满部黑胡须飘于胸前。身穿绸子齐袖长衫一件，足登官靴，手拿全棕摺扇，精神百倍，二目透神，光华足满。欧阳德乃侠义英雄，二目如电，无论哪一路人，他一见就知其人性情行为，所料八九。听了周应龙之言，知道是本山为首之人，连忙抱拳拱手说："吾久仰寨主名扬四海，今日特来拜访。"二人说着话，在大厅分宾主落座。韩山、毛荣二人西下首落座，有数名手下亲随人伺候。不知欧阳德如何要金牌，头探瑨球山，小四霸天出世，即在下回书中分解。

第五十二回

吴太山暗献机谋　欧阳德山寨被困

诗曰：

蕃外将军著鼠裘，酣歌冲雪在边州。
猎过黑山犹走马，寒雕射落不回头。

话说那欧阳德他在聚义厅，与金翅大鹏周应龙吃茶。欧阳德见寨主谦恭和霭，不是狐狼之辈，又见并无一个采花淫贼在左右，“又不知金牌是在这里还是不在这里，不免我探问探问。要是金牌在这里，他绝不能不给我。”想罢，说：“寨主，吾听人说你得了一个金牌，不知是真是假？”周应龙说：“我久不下山，这个金牌子有几两重？哪位朋友丢的？我给他几两金子就完了。”欧阳德说：“要是几两金子，吾亦不来。这乃是康熙老佛爷赐给河南巡抚彭大人的，他在半路连洼庄失去的。”周应龙说：“是哪个金牌？等我问问我各路的头目，我并不知。如得来之时，拿出来给与义士呢就是。”回头吩咐手下人，请四路头目都前来见见，手下人答应去了。

只见从外面进来一个喽兵说：“请大寨主至集贤院聚英堂，有远客来访。”周应龙说：“欧阳义士暂坐片时，我去去就来。”站起来即奔西跨院，至集贤院北大厅内，有青毛狮子吴太山、大斧将赛咬金樊成、赤发灵官马道青、赛瘟神戴成、金眼骆驼唐治古、火眼狻猊杨治明、双麒麟吴铎、并獬豸武峰、蔡天化这些人，见周应龙进来，立刻站起身来说：“大寨主请坐。我等听手下人说，小方朔欧阳德前来拜访寨主。这个人是为金牌而来？”周应龙说：“不错，你等有何高明主意，此事怎样办理？”吴太山说：“寨主乃高明之人，前者张耀联被彭朋所害，走动人情，才把他调回京都，你我才把马道玄救出来。知道彭朋这一回任，你我山寨恐不能站长久，才派我等去，在半路之上劫杀赃官。我等在高碑店大柳林中，已经把彭朋劫住，不想被欧阳德把我等杀败，还有玉面虎张耀宗与他一党。要问金牌，请武大爷来一问便知。”周应龙说：“请武大爷来，我有话说。”手下人答应，至长乐园北院把赛展熊武连请来，问个端详。

赛展熊武连，自从那夜晚与小金刚苗顺、蝎虎子鲁廷、杨治明四个人，听家人报土牢大开，内中不见了彭朋。他带着手下人等，各处一看，从西院房上放下更夫来，才知有能人把大人救出去走啦。回来合胎里坏胡铁钉商议，怕有官兵来要拿人剿家要金牌，不如把细软之物收拾起来，遂带家眷上河南紫金山，投奔金翅大鹏周应龙去。胡铁钉说：“也好，你们又是姑表亲。连恶太岁张耀联投他，他还留下呢。”武连说：“很好。张耀联是我内兄。事不宜迟，收拾就此起身。”他带众寇护着家眷起身，在路无话。那一日到了紫金山，先有杨治明报上山去，周应龙率众迎接上山，把家眷安置在长乐园，与张耀联分院居住。过了几日，又给他都引见了。周应龙派他管理各处应用柴草，每日督喽兵各山采取，在他这里交，别处用从这里领。派张耀联带鲁廷、苗顺至淮安采买稻米去了。又派美髯公金刀无敌薛虎、小温侯银戟将鲁豹二人，带三千两银，至汴梁城救马道玄出来，买通知府武奎。这山里治的整齐严肃，各按军令，三六九操演，喽兵初一、十五日大操，赏罚分明。吴太山等自被欧阳德杀败，劫杀彭公未能成功回来，把一往之事都说了。周应龙说："彭朋上任，他要不找寻我，两罢干戈。他要找寻我，我要杀他个遍地尸山血海。"武连说："他不能不来，请寨主早作准备，现今我得了他一个金牌。"周应龙并未留意此事，也就忘了。今日欧阳德来要金牌，周应龙深知他的厉害，本领压倒群雄，故把武连叫至聚英堂说："贤弟，你把金牌取来，我送给一个朋友。"武连答应说："早应送给兄长，我去取来。"出离集贤院去了。

吴太山在旁听的明白，说："大寨主意欲把金牌送给欧阳德吗？"周应龙说："送彼为是。你想欧阳德乃当世英雄，慕名前来，我也知道他所作所为之事，心实佩服。这样朋友不交，还交甚么人呢？他的武技出众，我久想访此人，结为心腹，好报避侠庄盗九龙杯之仇。"吴太山说："是了。我与寨主数十年的交情，我不能不说。我等在高碑店与他交手被伤，那是小事。寨主所恨彭朋，不是为张耀联一人。只因他纵黄三太、杨香武二人盘拉寨主，害的寨主无立步之所，各处捉拿，有家难住，有亲难投，这才聚了我这个紫金山，打算养足了锐气，再找黄三太、杨香武去报仇。听说彭朋作了这里巡抚，想要害他，刺杀他，均不能下手。张耀联进京买通线路，参了赃官，甚可寨主之心。不想今日仍复任河南巡抚之任，并有皇上赐的金牌，上有'如朕亲临'字样，先斩后奏权，全在这金牌之上。寨主既要害彭朋，报当日之仇，为何将金牌复送于他？金牌不到了彭朋之手，他即不敢回奏，也不过暗暗寻找。这事要传到京官耳中，若递一个本章，参彭朋失落金牌，有慢君之罪，他必撤任。再派个能干心腹之人，买通门路，再递一道条陈，说盗金牌之人是杨香武、黄三太一党，请旨先斩黄三太、杨香武以绝后患，再拿盗金牌之人。这一件事，寨主不但冤仇可报，也教三山五岳的英雄，知道咱们不是好惹的人，此乃百年不遇之机会。寨主不为，还要将金牌送给于他，这不是聪明反被聪明误吗？请寨主三思。”

周应龙是足智多谋的人，听吴太山这一席话甚是有理，回想前仇，咬牙忿恨。正在犹疑之际，武连把金牌取来交给周应龙，并不追问送给何人，在旁边落座。周应龙沉吟多时，说：“吴兄所说，甚是有理。欧阳德该当如何呢？”吴太山说：“要论武艺，咱们在座全不是他的敌手。我有妙计一条。兵书有云：‘逢强智取，遇弱活擒。’我问寨主，要他活，要他死？说出一句话来，就有主意。”周应龙听罢，心中说：“欧阳德非别人可比，练的骨软如绵，善避刀枪，又会点穴，受过异人传授，在天下扬名之人。他问我要活的要死的，吴太山这大年岁好大口气，他把欧阳德看如婴儿，不免我问问他。”想罢，说：“要活的怎样办？要死的怎么办呢？”吴太山说：“要活的，寨主回聚义厅，就说手下之人并未见过金牌，我派人往各处去找，他必告辞而去。他若再来，即不见他，也就完啦。要死的，只得如此如此，可以成功。”周应龙听罢，说：“依我说，不如叫他去了方好，咱尽朋友之情。”吴太山说：“也好。”

周应龙站起身，来到聚义厅内说：“欧阳义士受等了！我遍问各寨头目，并未得着金牌。我派人各处水旱绿林前去访问，有无下落，与兄送信。如有，派人送上。”欧阳德见周应龙一片诚心相待，或者金牌未在这里，“既然这金牌不在这里，我去寻找下落，就失陪了！”周应龙说：“吃两杯酒再走罢！”欧阳德说：“事在急紧，不便吃酒了。”站起来下山。自己想：“武连他本是一个窝贼之人，不定逃归从哪里去。我到那连洼庄，细细采访明白。武连落在哪里，这金牌定在哪里。”随即下山去了。

周应龙送走欧阳德，回集众寇于聚义厅上，说：“众位从今日为始，各处早晚留神小心，怕有彭朋的余党前来盗取金牌。”吴太山说：“寨主只要收藏严密，无人能盗的了去。”周应龙说：“你如何知道？想当年九龙杯，我费尽心机，尚被他人盗去。我自有道理。”大家说：

“寨主好好收藏，我等留神防备，大概无有失闪。”正在商议之间，外边跑进一名喽兵说：“禀寨主，今有大名府内黄县花刀无羽箭赛李广刘世昌前来拜访。”周应龙闻听，勃然变色说：“我与刘世昌、戴奎章我三个人结为昆仲，他不该前番帮助杨香武盗我的九龙杯，他今日还有甚么脸面见我！不免请他上山来，看他说甚么？”想罢，说：“你出去，就说有请。”喽兵答应，至寨外山坡说：“刘大爷，我家寨主有请。”来至大厅。

这刘世昌是在半路，遇见铁幡杆蔡庆、张耀宗保着彭大人往河南上任去。刘世昌问：“蔡大哥，你也弃了绿林啦？”蔡庆把结亲，大人丢金牌，欧阳德上紫金山找金牌之故说了一遍。刘世昌说：“周应龙是我一个拜弟，我去帮助欧阳德，把大人金牌要回来就算完啦。”蔡庆说：“也不知准的在那里么？”刘世昌说：“我顺便采访采访。”张耀宗听了，过去请了一个安，说：“老前辈费心。”刘世昌说：“不可如此，我去就是了。那里没有，我在水路旱路各处绿林英雄探访真实下落。只要找着武连，这金牌就算有啦。我就失陪，如有下落，必到巡抚衙门送信。”张耀宗与蔡庆齐说：“不送了。”

刘世昌顺路往紫金山来，这日到了前山，叫巡路的报上山去。不多时，出来说请，不见人出来迎接。刘世昌进了寨门，见聚义厅上无数绿林。周应龙端坐上面，并不站起来相迎。刘世昌直上大厅，众寇站起来说：“刘寨主请坐。”刘世昌说：“众位请坐。”在东边摆了一个座位，刘世昌落座。周应龙说：“兄长前次带人来盗九龙杯，我也未给你道谢，多有辛苦。”这两句话，说的刘世昌面红耳赤，半晌说：“贤弟休听过耳之言。那日我追下盗杯之人，并未追上，在半路遇见一个知己的朋友，我二人久未见面，故此谈了几天心。今日来此，特意看望贤弟，二来探访一位慕名的朋友赛展熊武连，不知在这里无有？”西边武连过来说：“刘寨主，在下我叫武连，不知找我何事？”刘世昌说：“我先到贵庄找尊驾，宅上一个人也没有，不知因何迁移此处？”武连也久闻刘世昌之名，又知是寨主的拜兄，他就把彭公误走连洼庄，被他识破拿住，从身上搜出金牌来，把彭公放在土牢，被人救去，“我怕官兵剿拿，我才携眷来紫金山这里暂住几日，躲避躲避。”刘世昌说：“武兄所作之事，乃骑虎之势。你把金牌交给我，我保你无事，回家耕种田园。自己房宅又不少，何必在这山上受人之制？”周应龙在旁边听罢，勃然大怒。刘世昌大闹紫金山，即在下回分解。

第五十三回

赛李广智盗金牌　周应龙割袍断义

诗曰：

蕲水西城向北看，桃花落尽李花残。
朱旗半卷山川小，白马连嘶草树寒。

话说那花刀无羽箭刘世昌在聚义厅上，说的个武连一语不发，进退两难。周应龙乃闯江湖之人，聪明不过光棍，听了这话，就知是有人使他要金牌来，心中好生不悦，说："刘大哥的话，我听明白了，你是为金牌而来。也好，金牌在我这里，你叫能人来盗罢！你我从今割袍断义，画地绝交，再莫说你我金兰之好。你再犯在我的手内，绝不能饶你，你去罢！"刘世昌见那周应龙扯配刀把自己的衣割下一块来，自己站起身来说："好，我去也！"

刘世昌一怒出离了大寨，越想越有气，心中说："当年杨香武盗九龙杯，何等威风！他扬名四海。我刘世昌一生心性最热，曾得罪了无数的朋友，我也施展施展我平生所学，我非盗出金牌来世不为人！"正想着，已至山下，见前边有一条大汉，身高九尺，膀大腰圆，面似乌金纸，环眉大眼，身穿青绸子裤褂，足登青缎快靴，手拿一条铁棍，有茶碗粗细。刘世昌看罢，暗为称奇。这个人正在二十余岁，血气方刚，好俊相貌。正看之际，忽听那黑汉说："朋友，这紫金山在哪里？求你指引一条道路。"刘世昌问："你贵姓？哪里人？往紫金山找何人？"那黑汉说："我叫常兴，外号人称镔铁塔，去找金翅大鹏周应龙。"是以今日常兴来此，实是因彭公接了印，他风闻金牌被紫金山盗寇得去，他暗带了铁棍来紫金山要那金牌，正遇刘世昌。一问他，说了真情实话。刘世昌说："你跟我到集贤镇，我也要找周应龙要金牌去。"遂与刘世昌二人至山口外集贤镇饭店。刘世昌说："你又不会飞檐走壁之能。依我之见，你在这里等我，我明日必把金牌带来，同你去见大人。我叫花刀无羽箭刘世昌。"常兴说："也好。我就在此等你，你明日午正不来，我再找他去。"二人要了酒饭，吃喝已毕。留下常兴在这里住下。

自己收拾好了，背插单刀，施展陆地飞腾之法，进了山口。在山坡上听了听，山上边方交初鼓之时，寨门之上灯光隐隐，梆锣之声不断。从东边上墙，窜至里边去，在各房上寻找周应龙的卧房，好盗金牌。今日张耀联买粮回山，派苗顺、蝎虎子鲁廷二人查山，带二十名亲随正在巡查。忽见东房上一条黑影，小金刚苗顺翻身追上房去，刘世昌看见，用墨雨飞篁，正打中苗顺的面上，滚于就地。鲁廷飞身追去，也被刘世昌一紧背低头锤，打于房下。下边这些手下人一阵铜锣之声，各处灯笼火把，亮子油松，照耀如同白昼。吴太山等四方围裹上来，蔡天化一毒药镖正中刘世昌的肩头之上，群寇上前抡刀。可怜这位老英雄，今朝丧在紫金山！周应龙说："慢剁！"用灯光一照，只见被剁之人乃是刘世昌。周应龙一见，不由一阵伤惨，说："我二人自幼在一处，至今数十余年，不想今天误死于此地。"吩咐人去，抬至山下掩埋，乱了一夜。

天明起来，升了聚义厅，众寇参见周应龙已毕。忽见从外面跑上一个回事的喽兵说："山下有一个黑汉大骂，请寨主爷示下。"周应龙说："反了！哪里来的野种，这等胆大！薛虎、鲁豹、罗英、高俊四位贤弟，下山把他代我拿上来，细细审问，是被哪里人所使？"美髯公薛虎、小温侯鲁豹、俏郎君赛潘安罗英、玉麒麟神枪太保高俊这四个人，乃周应龙心腹之人，立刻点了一百名飞虎喽兵，一棒铜锣，闯下山岗。瞧那黑大汉，铁棍足有七八十斤来重，正是镔铁塔常兴。自集贤镇不见刘世昌回去，他疑是被害，自己性如烈火，给了店钱，问明了道路，他至山下，望上一瞧，山峰直立，树木森森，半山腰寨门坐北向南，直冲霄汉，旌旗招展，杀气腾腾。正看着，小头目毛荣带十数名巡捕寨喽兵查山，一见常兴这般雄壮，他也不敢发话，离着老远的，他说："找谁呀？你偷看甚么？"常兴说："我来找刘世昌，在你这山寨未回去，快些叫他下来。"毛荣说："刘世昌早已死了，他来盗金牌，被巡山头目拿住，乱刀剁死。"常兴一听此言，只气的三尸神暴跳，五灵豪气飞空，"哇呀呀，好囚囊的，不知常爷爷的厉害！"抡棍就打毛荣。毛荣说："冤各有头，债自有主。我去报我家寨主知道。"立时跑上山去。

不多时，锣声一片，从山上下来一伙喽兵，为首四个头目。头前那个头目，年约四旬以外，面如紫玉，青绸子包头，小青绸子裤褂，青布快靴，浓眉大眼，满部黑胡须，手执青龙偃月刀，其锋无比，抡刀只剁常兴。二人各通姓名，常兴用棍怀中歆抱月的架势往外一搕，薛虎急撤回来，瞒刀头献刀纂往对面前心一刺。常兴搕开，抡棍盖头就打；薛虎双手顺刀，横压铁过梁接住棍，顺水推舟，只奔常兴脖项。常兴用棍往外一搕，压的薛虎两膀发麻，往回就跑。小温侯银戟将拧画杆方天戟，照定常兴分心就刺。常兴两膀按住，往外一搕，把鲁豹虎口震开，鲜血直流，败回本队。罗英抡摺铁刀跳过来就砍，二人战了几个照面，也败回去。高俊摆虎头錾金枪，也未取胜。

手下人报上聚义厅，金翅大鹏周应龙只气的三尸神暴跳，说：

“哪位把他给我拿来？”青毛狮子吴太山与红眼狼杨春、黄毛犼李吉、金鞭将杜瑞、花钗将杜茂、蔡天化这六个人说：“我等去拿这小辈，把他乱刀剁死！”六个人各带兵刀，手下喽兵一百名，出离大寨，下了山岭。蔡天化拉镔铁加钢锏，跳至常兴面前，摆锏盖顶就打，常兴用棍相迎。红眼狼杨春见常兴棍法精通，怕蔡天化不能取胜，叫黄毛犼李吉拿练子抓照定常兴就抓，派喽兵用拌腿绳拌。常兴倒于就地，上前捆上，抬上聚义厅来。周应龙说：“黑汉，你是哪里人氏？来此骂山，被何人所使？”常兴说：“我叫常兴，在卫辉府住家。因你使人盗了彭巡抚金牌，我特来找你要金牌。我是抚标把总，今日被你拿住，该杀该剐，任凭于你。”周应龙听罢，知道这金牌要惹出大祸，自想：“一不作，二不休，竟等敌挡官兵，扯起旗大反河南，如事成可图王霸之业；即事不成，逃走江海之内，也有安身之处。”想罢，说：“来人，把他给我暂押东院青峰空岛土牢之内，候我行兵之日，用他祭旗。”五军都头目毛荣，立刻押常兴奔东院去了。

这里周应龙说：“目下山寨粮草足备，人都齐全。自今日为始，巡西南两座山口，派小金刚苗顺、蝎虎子鲁廷；巡察前山大寨门，派恶太岁张耀联；巡察各处察拿奸细，派赛展熊武连；总理巡捕，兼管出入腰牌，派恶法师马道玄。喽兵各处值宿，轮流替换巡察。各处该值之头目：派蔡天化聚义厅日夜轮流值宿，派青毛狮子吴太山、大斧将赛咬金樊城、赤发灵官马道青、赛瘟神戴成、金眼骆驼唐治古、火眼狻猊杨治明、双麒麟吴铎、并獬豸武峰、红眼狼杨春、黄毛犼李吉、金鞭将杜瑞、花钗将杜茂这十二位轮流替换。”分派已毕，吩咐厨下备办酒席，请众位吃酒。喽兵调开桌椅，摆上匙箸，各样干鲜果品，冷荤热炒，山珍海味。金翅大鹏周应龙亲身斟酒，直吃的尽欢而散。

天有正午之时，有巡山喽兵前来禀报说：“有欧阳德要见寨主。”周应龙听报一楞，暗说：“不好！这厮前来，有些难惹，不免我接进他来，见机而作。”青毛狮子吴太山乃是江湖老贼，足智多谋，今日一见周应龙发楞，他过来说："大寨主不必为难，他来之时，如此如此，这般这般，可以成功。”周应龙说："好！你等都不要见他，都在两厢暗中观看动作。”众寇闻说，各自安排去了。又吩咐喽兵鸣锣，聚了三百名亲军护卫、飞虎喽兵，各穿号衣，怀抱四尺二寸长的斩马刀。他亲身往外迎接去了。

再说小方朔欧阳德自下了紫金山，他在各处暗访，在半路遇见赛霸王杜青、勇金刚杜明，他才访真了彭公失金牌之实情，又探访明白彭公接了任。自己又恨周应龙隐瞒不献金牌，“自己夸下海口，必要将金牌要回，送至河南巡抚衙门，也对的起我师弟张耀宗，也叫豪杰中赛毛遂杨香武瞧瞧我欧阳德不是无能之辈。”自己别了杜氏兄弟，找上紫金山去要金牌。不知二人见面，应该如何要金牌，且听下回分解。

第五十四回

欧阳德二上紫金山　周应龙智赚小方朔

诗曰：

记录纷纷已失真，语言轻重在词臣。
若将事事求心迹，恐有无边受屈人。

话说欧阳德到了紫金山下，叫巡山喽兵报上山去。不多时，寨门大开，周应龙亲身迎接出来。欧阳德说：“寨主好哇？久违久违！”周应龙说：“义士别后无恙，里边请坐。”二人携手进寨，至聚义厅落座。手下人来献茶。有美髯公神刀无敌薛虎、小温侯银戟将鲁豹、俏郎君赛潘安罗英、玉麒麟神枪太保高俊这四个人，在大厅之上两边伺候。厅外有都头目毛荣，与三百名喽兵。欧阳德见周应龙礼貌谦恭，来时是怒气满怀，一吃茶把气没了。无奈事情紧急，不能不说。想罢，说：“寨主，这几日金牌可有下落无有？武连来在这里，住了几时？”周应龙听罢，带笑说：“金牌却有下落，我已派人去上北邱山取去了，义士在此等候几日。”吩咐毛荣去到厨房备酒，“我给义士欧阳兄接风。”家人摆上各样菜蔬，让欧阳德上座，他主座相陪。

欧阳德听见金牌有了下落，心中甚为喜悦，开怀畅饮。头几杯是家酿美酒，薛虎、鲁豹、罗英、高俊四个人前来执壶敬酒，酒过三巡，暗把欧阳德灌醉。周应龙也知欧阳德是侠义，要害他不容易，非他醉了酒不能用计，他也执壶相劝。欧阳德在江湖多年，真假虚实总看的出来，见周应龙这分光景，认以为真。那金牌也许落在北邱山坐山雕周应虎那里，自己也就放心。知道金牌既真有下落，喝了酒有八分醉。周应龙叫毛荣换热酒来，亲身给欧阳德斟上。欧阳德连喝几杯，不知不觉头眩眼黑，天地悬转，脚底下发轻，心慌意乱。欧阳德情知不好，把酒杯一摔，说："唔呀！混账忘八羔子！你用的甚么药酒，快些说来！"一伸手要抓周应龙，未能抓住，即跌于地下，不能动转。金翅大鹏周应龙鼓掌大笑，说："安排窝弓擒猛虎，预备香饵钓金鳌。欧阳德，你也有中计之时。人来，请众位英雄前来议事。"伺候人答应下去。

再说自那欧阳德一来之时，吴太山献的计，说："须用稳中之计，先礼后兵。"知道欧阳德是精明强干之人，若一摆菜就下药酒，知道他小心，定然瞧的出来。未从喝酒，先要细细瞧瞧，这都是江湖人的细心。方才是先喝的好酒，后来把一宗返魂五灵酒换上。这酒乃苗顺所配受过秦氏三杰的传授，有一种迷魂药更厉害。他这个酒，只要喝酒之人用了，也无别的气味，就是清香，无论什么精明之人也看不出来。那迷魂药是打成钮子大的丸药，人要闻见立刻昏迷。塞入鼻孔一粒，人就昏迷不醒，非用解药不能明白。今日周应龙把欧阳德用五灵返魂药酒灌入迷魂乡，不醒人事，吩咐手下人等拿黄绒绳把他捆好，抬在西花园逍遥阁上东里间屋内。手下人答应，抬欧阳德下去。

外边吴太山等同众寇进了聚义厅，两边落座。周应龙把方才之事对众寇细说一遍。吴太山说："寨主，此时把欧阳德收在逍遥阁花园之内，必须派一个人看守。"周应龙说："寨内的头目，就是胡铁钉无事，派他看守西花园。"苗顺说："寨主，我这里有一粒药，塞在欧阳德鼻孔之内，管保他醒不过来。”家人立刻拿去办理，大家昼夜留神。

书中且说，大人带蔡庆、张耀宗三个人，顺大路走至夹道沟，见前边有一辆车，头前一辆车正自打架。张耀宗瞧见都是自己人，连说：“不可打架！不可打架！”头前这辆车，乃是金头蜈蚣窦氏，带着女儿恶魔女蔡金花，起车的家人蔡顺。因为走到夹道沟北口，这道有一里地远，只可走一辆车。忽南来了一辆二套太平车，两个铁青骡子，车内坐着两个仆妇，内里坐着一个女子，年有十七八岁，生的芙蓉白面，眉黛春山，目横秋水，真有仙女之姿。怎见的，有诗为证：

才向瑶台觅旧踪，曙鸦啼断景阳钟。
薄施朱粉妆偏媚，倒插花枝态更浓。
立近晚风迷蛱蝶，坐临秋水乱芙蓉。
多情莫恨蓬山远，只隔珠帘抵万重。

蔡顺看罢，说：“莫来，南边开车。”那边赶车的说：“你少走一箭之地，我过去啦！必要费事，你好好退回去，让我过去。”蔡顺说：“你说的不算，你退回去，让我过去。不然，咱们两个人对着别走。”那个赶车的听罢，把脸一沉说：“你说的不算，连你车主也不行。”金头蜈蚣窦氏听说，说道：“小子你别说啦！老太太这辆车是不能退的，你们快些个让太太过去。”车里蔡金花说：“你要不退回去，莫说我打你。”那车里坐着的女子听见，只气的面目改色，说：“你等莫欺负人，我可不与你们一般见识，莫不要脸！”蔡金花说：“你不要脸，我撕你去。”那边车上的女子，听蔡金花的言语亢壮，把奶娘、仆妇一分，自己用宝蓝绉手绢把头包好，跳下车来。身体利便，身穿双桃红色女褂，葱心绿中衣，腰系西湖色汗巾，足下红缎花鞋又瘦又小，粉面生嗔，蛾眉直立，杏眼圆睁。蔡金花性如烈火，一生不服人，他一见那女子这般景况，他跳下车来，把银红色女衫掖好，只气的粉面通红，跳下车伸手就抓那个女子。那女子用拳相迎，两个人上下翻飞，窜纵跳越，闪展腾挪，门路精通，速小棉软巧，手眼身法步，各按门路，把两个赶车的吓的也忘了开车啦，竟瞧两个女子打架。蔡金花是家传的艺业，自幼儿没遇见过对手，今日遇见这个女子拳脚精通，心中暗为佩服，说："这个女子也是武业精通，定是家传，可不知他姓什么？"那个女子也是心中说："这个女子，不知他是何人传授？这样武艺，大概是绿林中哪位英雄之女。"正在争斗之际，忽听正北马蹄之声，正是张耀宗、蔡庆保着彭公正走到这里。蔡庆说："莫动手，这是为什么？"张耀宗说："勿打，我来了！"那边那个女子一瞧，说："哥哥来了。"连忙住手。蔡金花见他父亲来了，闪在一旁，也不动手。

那边来的女子名张耀英，人送绰号侠良姑。因他哥哥玉面虎张耀宗自从家中走出，并无音信，师兄欧阳德也未回来，甚不放心，家中事托老家人张福管理，内宅有张耀宗的乳母甄氏照应，自己所仗着一身本领艺业，带着自己奶娘刘氏、仆妇洪氏，赶车的家人张忠，自离家之时到河南，在各处寻找，并无下落，打算要往京都去找兄长张耀宗。今日正走到夹道沟，遇见蔡金花，乃是未过门的姑嫂。张耀英见兄长来，说明方才打架之故。蔡庆过来，给引见了。大家一同摸回车去。

过了黄河一站，正是汴梁城。彭公接了印，拜了同寅藩、臬、道、府，祭圣庙、忠贤祠等处。访闻前次捉拿的恶法师马道玄，被知府贪赃受贿，纵放大盗。彭公递了一个摺子，把知府武奎参了。接任五天，彭兴禀说："把总常兴告假走了。"张耀宗跟大人告了十天假，去找金牌。窦氏同张耀英、蔡金花住在庆和店，作为公馆。蔡庆同张耀宗至店内北上房东屋，蔡金花母女住西屋里，张耀英住外间屋。靠北墙八仙桌一张，两边各有一把椅子。蔡庆二人落座说："姑老爷今日告假，给大人去找金牌，倘要欧阳义士回来，岂不两误。据我想，不如等候几日。”张耀宗说：“你老人家说的虽然有理，无奈我欧阳师兄这一去并未回头，我心惊肉跳，怕是受了周应龙的诡计，我去探访探访。”蔡庆说：“我有一个主意。少时我办一分寿礼，你同我到高家庄，有一位老隐士名唤鱼眼高恒，明日是他八十整寿，天下各处水旱两路老少英雄不少。我一则暗探访金牌下落，二则欧阳义士必有人遇见他在哪里。如要是欧阳义士真上了紫金山未来，你我到集贤镇，住在自己店内暗中探访。不知姑老爷意下如何？”张耀宗听罢，说：“也好，你老人家制办寿礼四样。”吩咐家人好好伺候主母与二位姑娘。

次日，雇了一辆车，翁婿二人坐车，竟奔高家庄而来。日色西斜之时，已到高家庄，庄外见树木森森。进了村口，是东西一趟大街，南北大道十字街。东头路北大门一片瓦房，门首悬灯挂彩，有家人伺候。车到门首，蔡庆、张耀宗二人下车，把礼单交给家人拿进去。不多时，鱼眼高恒、水底蛟龙高通海这父子亲身迎接出来。蔡庆、张耀宗翁婿二人过去见礼。给高恒引见，张耀宗自通名姓，给高恒行礼。高通海过来，拉着张耀宗说：“大哥，你从哪里来？自从那日一别，时常想念。”刘德太也出来与张耀宗见礼，问蔡伯父好。蔡庆说：“刘老大，你好哇，在这里来拜寿啦！你父亲好？”说着话，五个人往里走。至客厅内，见绿林英雄有滚了马石宾、朴刀李俊、泥金刚贾信、快斧子黑雄、满天飞江立等三十余人，大家叙礼已毕。群雄聚会盗金牌，即在下回分解。

第五十五回

高家庄群雄聚会　玉面虎二盗金牌

诗曰：

日暮堂前花蕊娇，手拈小笔上床描。
绣成安向东园里，引得黄鹂下柳条。

话说铁幡杆蔡庆翁婿二人到了客厅之内，与众人见礼。高恒让坐，又给诸位引见，拜了寿。外面家人进来禀报：“今有绍兴府南霸天飞镖黄三太的大少爷黄天霸，前来给庄主爷庆祝千秋。”高恒叫高通海出去迎接进来。大众看那天霸，年有十五六岁，中等身材，头戴新纬帽，身穿蓝宁绸单袍，腰系凉带，外罩红青外褂，足登青缎官靴，面如团粉，唇若涂脂。大家皆赞美让坐。黄天霸说：“高叔父请上，小侄拜寿。”高恒说：“人到礼全，贤侄暂请歇息歇息罢！”黄天霸说：“侄儿奉我父亲之命，特来给叔父拜寿，你老人家请上来，先为拜寿。”高恒带天霸到寿堂，见挂着福禄寿三星图。天霸拜了寿，来至客厅坐下。

外面又来了贺天保、濮天雕、武天虬三位，跟那红旗李煜、凤凰张七、铁掌方飞、蓬头鬼黄顺、落马川刘珍。这众位英雄来到，与众人见礼。外面又来了赛毛遂杨香武、铁背熊褚彪、花驴贾亮、小霸王杜清、勇金刚杜明等。大家彼此见礼，同到寿堂拜过寿。大厅摆了十二桌酒席，共有六七十位义杰英雄，叙齿让坐，均是水旱两路的大英杰。水底蛟龙高通海、多臂膀刘德太二人让酒。

蔡庆见众人各找知己谈心，他暗探访众人的口气，问那同桌坐的杜氏兄弟："闻二位先在连洼庄救我的亲戚张耀宗，多承费心。不知武连逃于何处，二位知道否？"杜清说："武连自己惧罪，携眷逃此处紫金山金翅大鹏周应龙那里，还带去金牌一个，乃是康熙佛爷赐与河南巡抚彭大人。又听说为此事，在山上死了三位有名的人物，为盗金牌，死的甚惨。那头一位就是那赛李广花刀无羽箭刘世昌，那二位是抚标把总常兴，三位是小方朔欧阳德。这三位都是中了他的诡计。故我想也要去盗那金牌，道路不熟，恐遭不测之险。因此我弟兄二人先来祝寿，再为打算。"蔡庆听罢这话，大吃一惊，幸而张耀宗未在跟前，他合刘德太、高通海在那里说话，坐在一桌，离着甚远，未曾听见。刘德太也不知他父亲被害之事。蔡庆说："二位千万莫合众人说知此事。那周应龙作此欺天的事，我合他势不两立。"

旁边那知早有听贼话的人，一桌四位，乃是贺天保、濮天雕、武天虬、黄天霸这小四霸天。因久别见面，分外亲近，情同手足，正饮酒谈说别后的事。忽听杜清与蔡庆提说彭巡抚丢金牌的事，紫金山周应龙真正凶恶。黄天霸乃是有心的人，在家听他父亲说过二盗九龙杯，大闹避侠庄，两下结仇，又知他父亲与彭公相好。自己想，他要当着众人显显平生所学之能，"要把金牌盗来，奉上巡抚衙门，我也扬了名，又得报这三位之仇。"主意拿定，把大哥贺天保拉至外面，将这件事说了。贺天保听见说："也好，我叫二弟、三弟去，咱四个人吃完了饭就走，明日一早咱在寿堂把金牌拿出来，叫那天下的英雄也好知咱弟兄四人的本事。"二人商议好了，入内落座，又把此事说与濮天雕、武天虬二人。吃饭已毕，见那铁幡杆蔡庆愁眉不展，坐在一旁。

这小四霸天并不带跟人，把所用的兵刃均都带好，暗暗出了大门。到了庄口，顺小路进山。四个人全不认的紫金山的路径，逢人便问。山路崎岖，树木森森。正往南走约有二十里光景，见前面有一座树林，从里面出来了一人，望着他们四人上下直瞧。贺天保年方十七岁，在家常听他父亲讲说这外面绿林水旱盗寇的规矩，时常说给他听。今日瞧见这个人探头探脑的望外瞧，他就知道是踏盘子的伙计，自己把弹弓子扣好，照定那人就是一下，正中面门之上。濮天雕过去，把他按倒，问："你是哪里的贼人？快说实话！你如不说，叫你死无葬身之地。"那个人说："小太爷饶命！我就是前面这座山上喽兵，奉巡山头目之令，前来哨探事情，故而遇见你们四位爷爷。"贺天保说："你家寨主姓甚么？"喽兵说："姓周，淮安避侠庄人氏。"贺天保拉刀来把他杀了，把尸首扔于山涧之内。四个人进了树林，往南瞧见对面有十数个喽兵，各执兵刃，大嚷一声说："哪里来的小辈？杀我们同伴的人，我等特来擒你们报仇！"大家往上围，把四位小英雄围住。贺天保抽出折铁刀来抡刀就剁，濮天雕拉豹尾鞭就打，武天虬摆双锏乱打，黄天霸拉出刀来就砍剁。这几个喽兵，哪里是这四位的对手，抛枪扔刀，逃奔上山送信去了不提。

且说这座山不是紫金山，乃是北邱山，又名瓒球山，此处寨主名叫坐山雕周应虎，押寨夫人戴赛花乃是戴胜齐的妹妹，也是一身好功夫。有他胞兄神弹子火龙驹戴胜齐在这里闯立，现时戴胜齐在罗家店北头金龙宝善寺出了家啦。这山上就是他夫妻二人，后来又新来了荒草山漏网之贼并力蟒韩寿、他妻子母夜叉赛无盐金氏、雪中蛇关保这三个人在此帮助。今日正在分金厅上闲坐，忽见外面巡山头目姚变前来报道："山下来了四个小孩子，把这山喽兵打败，请众位寨主令下！"周应虎性如烈火，大嚷："哪里的小孩童来此撒野？我去结果他的性命，绝不能饶他。”旁有雪中蛇关保说：“我去拿这几个小辈来，请寨主发落。”周应虎说：“很好！”母夜叉赛无盐说：“我帮助你去。”二人带了一百名砍刀手，下了山寨，见那四个小英雄各执兵器，破口大骂：“山贼，快拿出金牌来，饶你不死！”正骂的高兴，黄天霸说：“三位兄长作事粗鲁。依我之见，咱们是来盗金牌，替彭公办事，也对起天下的英雄，叫高家庄所来各处人杰，看看我们四人之能。将他的人打败了，他那寨主定然下来，我们不可久战，得了胜望他要金牌。给了咱的金牌，咱就走罢。他的人太多，若久战必败。”贺天保说：“老兄弟，你说的甚是，与我意见相同。”

四人正在议论，忽见从山上来了一男一女，率领一群喽兵，喊声如雷。那男子约有三旬，青绢包头，蓝绸子裤褂，足登快靴，面似桃花，二目有神，手使铜棍。后面跟有一个丑妇，年亦三旬光景，头生黄发，一脸横肉，吊角眉，小圆眼睛，秤砣鼻子，厚嘴唇，露着一口黄牙根，身穿蓝女衫，水红色衣，两只大脚长有尺余，手拿铁棍，凶恶之相。武天虬摆双锏，大喊一声：“你等山贼，休要撒野，通上名来！”关保说：“我名称雪中蛇关保，乃山寨之主，你们是哪里来的顽童，前来送死！”武天虬哈哈大笑说：“山贼，你家小太爷乃是江苏人氏，姓武名天虬，自幼儿闯江湖。我听说你们这座山势甚好，我兄弟四人前来，先杀你那为首的人，我们要焚灭这坐山。”关保见这个小孩子说此大话，说的到也雄壮，如何能惧怕于他？抡铁棍来，往头上打来。武天虬乃是家传武艺，把双锏一分，往旁一闪，闪开棍，他把双锏施展开了，上下翻飞。那关保的棍使动精通，分为三十六手左门棍，四十八招右门棍，分为抟逢扒打。武天虬少年英雄，身体利便，血气方刚。二人只杀的难解难分。濮天雕瞧那武天虬少年英雄，恐败下风，落人耻笑，他也拉单鞭，照定关保面门就打，关保用棍相迎。这边母夜叉抡铁棍也来相助，合濮天雕杀在一处。

贺天保见山寨下尚站定有喽兵，甚是雄勇，恐怕寡不敌众，难以取胜。与黄天霸商议："先把为首的人杀死，你我急速回去，不可轻敌。"黄天霸说："兄长，你看这座山，未知是否紫金山？莫若我用话探听探听，再作道理。"想罢，往对面喽兵说："你们这座山的寨主是金翅大鹏周应龙吗？我等是来有要紧的事找他，你等可说实话。"那喽兵说："我们这里寨主是坐山雕周应虎，这山叫作北邱山，又名瓒球山。你等是哪里来的？快说实话。我看你一个小小孩子，有甚么能为，前来送死？"黄天霸心里说："真丧气，这厮渺视我，不免我叫他知道我！"一纵身说："濮二哥，你帮助三哥去，我杀这个匹夫。"摆单刀跳过去，抡刀照定母夜叉赛无盐就剁。金氏瞧黄天霸幼年之人，生的标致，他用棍一指说："孩童休要讨死，你趁此去罢！老娘不与你们一般见识。"黄天霸听了一阵冷笑，说："丑妇休要逞强！你小大爷要结果你的性命。"抡刀就砍，金氏用棍相迎，两个人直杀了两刻工夫。黄天霸一回身说："我要去也！丑妇你勿追我。"回身就走。金氏一摆棍就追。黄天霸知他追赶自己，把镖掏出来三支，照定金氏左眼，"嗖"的一声，说"着"！正中左眼。金氏疼的哇呀呀："不好了！你这小厮好厉害，伤我的左目。"黄天霸又一抬手，说"着"！又中在右眼上。金氏只疼的乍煞着两只手说："好厉害呀！"黄天霸又把第三支镖照定金氏身后幽门之上，正中在屁股上。金氏"哎哟"一声，倒于就地。黄天霸镖打母夜叉赛无盐金氏的三眼，只气的关保目瞪口呆，大喊一声说："孩子们，你等大家齐上！"众喽兵各抡兵刃，往前一围。不知小四霸天该当如何盗金牌，且看下回分解。

第五十六回

四霸天头探北邱山　侠良姑单身盗金牌

诗曰：

人间莫谩惜花落，花落明年依旧开。
却最堪悲是流水，便同人事去无回。

话说黄天霸把母夜叉打了三镖，贺天保暗暗称奇说：“老兄弟真好本事。”那边喽兵往上要围，贺天保把弹弓一按，照着那为首的喽兵打了几个，吓的那些个喽兵不敢向前。贺天保猛然的又一弹子，正中在关保的脑门之上，打的他脑浆直流，死在山下。四个小英雄说：“我等不合你们喽兵一般见识，咱们回去罢。”四个人连夜回高家庄而去，暂且不表。

再说蔡庆听了杜氏昆仲之言，心中忿忿不平，又怕欧阳德死在紫金山上，又不敢向张耀宗说知。天至黄昏之后，他把盗金牌拿周应龙之故，说给鱼眼高恒，合多臂膀刘德太、水底蛟龙高通海。正在讲话，那张耀宗虽然听见，未闻言欧阳德死否，听见刘德太说他父被捆了，再求高家父子帮助，并求再约请几位协助，“我们翁婿先上集贤镇天和店内，等候大众，不见不散，约定明午在店恭候。”

蔡庆同张耀宗二人，日暮之时离了高家庄，到了集贤镇。天已初鼓之时，到了店门首叫门。小伙计开门，见是蔡庆东家来了，说：“上房是老内东带着二位姑娘住了，你老人家住西房罢。”蔡庆说：“他们作什么来了？我去问问。”那上房屋中金头蜈蚣窦氏听见是他男人来了，叫两位姑娘往西屋中去。他说：“你们进来，屋内没人。”蔡庆带张耀宗进来，给他岳母请了安。蔡庆说：“你来作什么呢？”窦氏说：“你同姑爷走后，两位姑娘定要上紫金山盗金牌去，我怕他二人一个女孩儿家，如何去得呢？我又不放心你翁婿二人，故此同二位姑娘，想要到汴梁城也要住店，不如来集贤镇自己店中方便，也好打听消息。我又想这里是紫金山的西山口，你们若从高家庄来，要上紫金山，必须从这里过，定进店来。我方才到店问伙计，他说你们尚未来呢。”蔡庆说：“为这金牌，费了大事。头一件，此山地势甚险，周应龙足智多谋，他那爪牙甚多。河南抚标把总常兴，也被他擒上山去；内黄县花刀无羽箭赛李广刘世昌何等英雄，也被他害了性命；小方朔欧阳德盖世英雄，还中了他诡计，被困山寨。你千万莫叫两个姑娘去，倘有差错，那还了得！是死是活，女孩家还同不的男子，你看住了。等着明日高家父子到来，再为计议盗金牌去。或者派人合他硬要，他若给了，两罢干戈。那紫金山并非容易可破的。”张耀宗说：“也好。想我师兄欧阳德精明强干，智慧过人，又一身软硬工夫，不知为何被他所算？我怕他性命不保，故此我要急去才好。”蔡庆说：“明日去罢，他谅也不敢谋害。等候众人到齐，也作一个准备。前者我助南霸天黄三太要盗九龙杯，在避侠庄与他结仇，今日不可轻敌。”张耀宗听了说：“甚是有理。”窦氏说：“你爷两个在这屋安歇罢，明日好应酬众人。我往西屋，合两位姑娘睡去。你们也歇着罢。”蔡庆点头。

窦氏到西屋，见蔡金花独自闷坐，闭目盹睡，不见侠良姑张耀英，连忙问女儿：“你张家妹妹呢？”蔡金花说：“方才见他收拾好了罩头，我问他往哪去？他说要同他哥往紫金山去盗金牌。我劝他几句，他说在外间屋偷听我父亲与他哥哥说些什么，故此我也无跟他出去，就在这里睡着了。”窦氏听罢，吓了一跳，急忙巡找，连院中找了一遍，并无下落，心中甚是急躁。到了东屋，见他翁婿尚未睡下，他说：“可不好了，张姑娘自己上了紫金山啦！”张耀宗闻听之下，可不好了，这还了得，急忙收拾，拉刀要追。蔡庆说：“不要忙！我同你前往。”二人上房，跳下街心，顺小路往南直奔紫金山而来。

张耀宗走着道儿，心中思想：“我妹妹是一个女流，虽说武艺精通，也并未合人打过仗。今一上山，那些喽兵山贼无有一个好人。倘若有失，岂不遗笑于人！我堂堂男子，跟彭巡抚站堂官。今日是贼人与我们打仗，他姑娘家尚未过门，如何使得？”正在思想之际，蔡庆总是老英雄，经练得事多，在后面走着说：“姑爷，如今日遇见山贼，不可乱战，只要找着姑娘就为上策。先把姑娘劝回来，然后再办别的事。”张耀宗答应说：“是。”

二人走至赤松岭，往东拐进了紫金山山口。道路崎岖，坑堑不平。借着星月之光，望东一瞧，都是高山峻岭，树木森森。走够多时，往北一条大路，见北面这山比别的山高出一头，上边灯光闪闪，更鼓齐鸣。二人顺着山道，往上直走，到了头道寨门，见里面人静无声。二人不敢从这条道走，往东走了一箭之地，见上面无人，二人施展飞檐走壁之法，窜上墙去，掏出问路石往下一扔，听了听是实地，二人跳下墙去，在各处寻找。听那天有三更三点。二人走在分金聚义厅之左右，找那周应龙所住之处在哪里安歇，也不见侠良姑张耀英的下落。

二人正在着急，忽见对面灯笼引路，有数十名喽兵跟随。为首一人，身高七尺，面如青粉，环眉大眼，二目有神，身穿蓝绸子裤褂，青绸中衣，青快靴，手提一对双锏，此人乃是周应龙的大徒弟蔡天化。这个人练得武艺精通，后来出家归三清，不守清规，奸淫邪盗，无所不为，被苏州府施仕伦派官兵拿获。这是后话不提。单说目下他正带着喽兵来查前山各处。灯光一闪，见前面两条黑影儿一晃，再看不见前人。蔡天化眼光最灵，他一见就知有盗金牌之人前来。他站住脚步，立刻吩咐手下人不准动，他飞身上房，在各处一找，见东南上有两个人伏于房上天沟之内。他把金星毒药弩按上，照定那两个人就是一下。蔡庆用虎头钩拨开，二人跳下院中，说："周应龙，你快出来！我今既来，是要会会你这小子！"蔡天化如何肯听，抡双锏跳于就地，说："来！我看你有多大本领，我结果你的性命！"直扑蔡庆而来。张耀宗说："你老人家闪开，我自有拿他之策。"把单刀往上迎。蔡天化双锏使动如飞，张耀宗闪展腾挪，施展刀法，与他人争斗。蔡庆恐其有失，把虎头钩协力相帮。后边那跟蔡天化之人，拿起号锣来打了一阵。

那青毛狮子吴太山、大斧将赛咬金樊成、赤发灵官马道青、赛瘟神戴成、金眼骆驼唐治古、火眼狻猊杨治明、双麒麟吴铎、并獬豸武峰、红眼狼杨春、黄毛犼李吉、金鞭将杜瑞、花叉将杜茂这一干众人，在集贤院中听见锣声响亮，众人各拿兵刃，来至前院聚义厅，见蔡庆、张耀宗二人与蔡天化动手，群贼各往前相助。恶法师马道玄与小金刚苗顺、蝎虎子鲁廷三个人，带手下人等，各执灯笼火把，照耀如同白昼一般。群贼把二位英雄围住，各抡兵刃，把蔡庆、张耀宗困在当中。吴太山认的蔡庆是英雄中之人，他说："好蔡庆，你勾串官兵前来紫金山，想盗金牌，今日把你拿住，剥皮摘心，活活治死你！"蔡庆说："乱臣贼子，人人得而诛之。你等不知自爱，真正讨死！少时官兵大队一到，你等全该万剐凌迟，祸灭九族，平坟三代。"口中虽然这样说法，心中却是害怕，知道贼人势大，又不见姑娘侠良姑张耀英在哪里，自己又不能走，知道工夫久了，必被贼人拿住。

张耀宗一人遮前顾后，见贼人越杀越多，自己累的浑身是汗，遍体生津，又不知妹妹张耀英是死是活，又不能走，只可在这里与贼人动手，只杀的难分难解。小金刚苗顺把折铁刀一抡，照定那张耀宗后脖项就剁。张耀宗只顾在前边动手，不提防背后那刀离脖项有一尺远。忽从西房上下来一支袖箭，正中在苗顺手腕，刀扔于地上。又一袖箭正中苗顺左目，疼的他“哎哟，哎哟”，直嚷“厉害”。那房上又一袖箭，正打在苗顺的咽喉。跳下一位女子，手帕包头，一身桃红色裤褂，汗巾系腰，金莲三寸，手执单刀，跳下房来，手起刀落，把苗顺人头砍于坠地。吴铎一看，是千娇百媚的女子，他心中甚喜，说：“美人，我家寨主正想要一位二夫人，你来也巧。”这姑娘一听，只气的蛾眉直立，二目圆瞪，说：“小贼种！你姑奶奶结果你的性命就是了。”抡刀就剁吴铎。蔡庆一看女儿来了，心中一急。未出闺门女子，又有未过门的姑爷，这叫人撕一把，都不好看。只见自己妻子那窦氏也摆双钩跳下来，说：“哟！好猴儿崽子，老太太来也！”

此时周应龙方才睡醒一觉，听的前边锣声，一片喊杀之声。自己穿好了衣服，把金装锏一抱，叫亲随喽兵点灯笼火把。外边把守内寨的美髯公神刀无敌薛虎、小温侯银戟将鲁豹、俏郎君赛潘安罗英、玉麒麟神枪太保高俊这四个人，带四十名飞虎喽兵，从后面杀奔大厅前。他一看，认的是上蔡县蔡花寨铁幡杆蔡庆与金头蜈蚣窦氏。他说：“好一个蔡庆，敢来紫金山找死！众家兄弟把他等拿住，碎尸万段！”不知后事如何，且看下回分解。

第五十七回

张耀宗大战紫金山　水底龙聚众捉群寇

诗曰：

天鸡啼处夜生潮，东望蓬莱翠雾消。
紫贝高为云外阙，青龙盘作日边桥。

话说那金翅大鹏周应龙，带领喽兵围住蔡庆四人，吩咐手下群寇，务要生擒蔡庆，报当日盗九龙玉杯之仇。蔡庆寡不敌众，无法，又不能走，知道战久必败，又无有接应。正在为难之际，听的前边墙上有人说："小辈，你休要倚多为胜，我多臂膀刘德太来也！"跳在院中，直扑周应龙，要替父报仇雪恨不提。

单说那刘德太因蔡庆走后，他问杜清说："这张耀宗是在哪里丢的金牌呢？"杜清把对蔡庆方才所说的话，又对他说了一遍。刘德太一听说："哎哟！好周应龙，我合你世不两立！我还在各处寻访我父亲，不想被贼人所害。他还合我父亲是结义兄弟呢！我要不替我父亲报仇，我世不为人！"杜清不知刘德太是花刀无羽箭赛李广刘世昌之子，今一听方知此事，连忙过去劝解。刘德太父子连心，他焉能耐的住？自己一纵身跳在院内，拉刀竟奔紫金山，要替父报仇雪恨。他自己也不管道路崎岖，借着星月之光，他施展陆地飞腾之法，天有三更到了紫金山。听的上面锣声一片，响亮声喧。刘德太心中说：“这般时候，为何还操演喽兵？莫非有人来拿他，也未可定。”自己原想着暗中刺杀周应龙，替父报仇。明着动手，恐寡不敌众。故此，他夜间来。这座山的路径，他是熟的，故此他不用访问，顺山道上去，到了头道大寨门，听的里边杀声不止。又是夜静更深，空谷传声，听的又远。那寨墙上点着号灯，喽兵来回巡视，有恶太岁张耀联率领喽兵。刘德太由西边飞身上墙，跳进大寨，他又混进二道重门，瞧见聚义厅前有七八十名喽兵，在四面各执灯笼火把，怀抱朴刀。那周应龙在正北抱着金装锏，左有薛虎、鲁豹，右有罗英、高俊四个心腹之人护助，当中有吴太山等，把张耀宗、蔡庆、金头蜈蚣窦氏、恶魔女蔡金花四个人困在当中。刘德太本来定要报仇，他跳下来，抡刀扑周应龙，说：“小辈！刘太爷我来杀你！”蝎虎子鲁廷摆刀相迎，刘德太本来是急啦，见他相迎，抽回刀来分心就刺，鲁廷用刀往来一搕，刘德太抡刀就剁，鲁廷往旁一闪，刘德太掏出来墨雨飞篁，照定那鲁廷就是一下，正中面门，反身栽倒，被刘德太一刀刺死。

周应龙说：“娃娃你好大胆量，敢杀我山寨头目！薛贤弟，你给我拿这该死的小辈！”刘德太一听此言，无名火起，说：“周应龙，你这厮伤天害理，不作人事。我父亲同你是结义兄弟，还有我戴奎章叔父。你不该倚强欺弱，把我父亲乱刀剁死。我特来取你人头，给我父上祭。”周应龙看见，认的是多臂膀刘芳字德太，他也知道自己作事太狠了，羞恼变成怒，说：“刘芳，你父亲与我割袍断义，划地绝交。他又来盗我的金牌，被我手下人所杀。你来找死。薛贤弟，你把他结果性命！”美髯公薛虎拉朴刀就剁，刘德太急架相还，二人在院中动手。鲁豹也拉银戟，分心就刺，刘德太双战二人，并无惧色。周应龙吩咐鸣锣调兵，手下人一阵号锣声喧，外边那喽兵各带兵刃至二道寨门，在四面围绕蔡庆等，杀了有一个多时，只累的浑身是汗，遍体生津，只有招架之工，并无还手之力。

刘德太正自合薛虎、鲁豹二人动手，见贼人越杀越多，恐其寡不敌众。正自为难之时，西房上水底蛟龙高通海带领贺天保、濮天雕、武天虬、黄天霸这五个人，追下刘德太来。是因刘德太走后，高源往下追，半路遇见贺天保、濮天雕、武天虬、黄天霸四个人从北邱山回来。高源说："你等哥们四个往哪里进去？快跟我追多臂膀刘芳，他往紫金山去了。"四人听说，跟随高源到了紫金山上，听见里面喊杀之声，知道必是刘芳合贼人动了手啦。他五个人窜上房去，往下一看，见张耀宗、蔡庆等众人困在当中，高源大喊一声说："张兄长不必害怕，今有巡抚大人派官兵三千前来，把山围了。如要扔了兵刃者无罪；与官兵对敌者，拿住万剐凌迟。我今带着四霸天，合天下的英雄来拿你周应龙的余党，趁早自投免死。"那些贼人一听，吓的战战兢兢。老贼青毛狮子吴太山正自动手，听高源之言，自己也是心中害怕。知道彭大人定要发兵来剿紫金山，又见那高通海带着四个年幼之人，各抡兵刃，合群寇杀在一处，越杀越勇。

房上又喊嚷之声，鱼眼高恒、铁背熊褚彪、凤凰张七、黑驴贾亮、赛霸王杜清、勇金刚杜明六位英雄，因刘芳自己忿怒上紫金山，他等不放心，特意追赶下来，跳在院中，敌住群贼。蔡庆增长精神，说："众位，咱们今天替小方朔欧阳德报仇，拿住周应龙与在案之人，不可放走一个，好找金牌。"金翅大鹏周应龙见众位英雄来了不少，又听高源说官兵困了山啦，他先派玉美人韩山合毛荣二人，收拾细软之物，用小轿抬着押寨夫人，先逃奔北邱山。自己催督喽兵，与众寇捉拿这伙人。

赛毛遂杨香武带着八臂哪吒万君兆、朴刀李俊、泥金刚贾信、快斧子黑雄、滚了马石宾三十余名，都来到紫金山。先把大寨门恶太岁张耀联拿住，又把胎里坏胡铁钉拿住捆上。二道寨门赛展熊武连抡刀跳在迎面，后有三十名亲随喽兵各执长枪。快斧子黑雄抡加钢斧，劈头就砍。武连乃久闯江湖大盗，又在连洼庄窝聚贼匪，足智多谋，今见黑雄抡斧子砍来，他把身儿一闪，摆刀就刺。黑雄乃是胡乱的招数，哪是武连的对手。武连把刀法施展开了，把黑雄杀了一个脚忙手乱，斧子也忘了招儿啦。几个照面，被武连一刀刺于前胸，翻身踢于就地，登时身死。滚了马石宾、摆加钢蛾眉刺，照定武连刺来；朴刀李俊也纵身跳过去，抡刀就剁。两位英雄并力，把赛展熊武连给拿住，又把黑雄的死尸放在东耳房之内。众人把武连捆好，合张耀联放在一处，派贾信同李俊二人看守，连胡铁钉也送在这里来。

杨香武进了寨门，说："周应龙，你今日可走不了啦！杨五爷我来拿你上巡抚衙门请功。"周应龙一听杨香武就吓了一跳，知道这来必是黄三太勾串四山五岳八方英雄来拿我。自己正自思想，忽见那石宾等大众进了寨门。仇人见面，分外眼红。他一见杨香武，想起当时盗那九龙玉杯，"害得我倾家败产，我与他世不两立！"摆双锏奔杨香武而来，说："小辈，今日你飞蛾投火，自来送死！"双锏往下就打。杨香武说："众位协力帮我拿他，我是要他的金牌。"众人答应，各抡兵刃，把周应龙、罗英、高俊给围住。

蔡庆见众人都来，就不见侠良姑张耀英他在哪里，心中甚是着急。张耀宗也是为难，不知妹妹在哪里，越想越着急，动着手，见山寨有七八百名喽兵，二十余个头目，各执刀枪兵器，杀在一处，自己又怕寡不敌众。忽听房上有人说话，说："唔呀，混账忘八羔子，你往哪里走呢！吾欧阳德堂堂正气，误中了你的诡计，吾是要拿你这混账忘八羔子咧！"周应龙情知不好，说："这件事恐不能善罢干休，我这座山要保不住了。"青毛狮子吴太山、大斧将赛咬金樊成、赤发灵官马道青、赛瘟神戴成、金眼骆驼唐治古、火眼狻猊杨治明、双麒麟吴铎、并獬豸武峰、红眼狼杨春、黄毛犼李吉、金鞭将杜瑞、花钗将杜茂这些个盗寇，先见张耀宗几个人，他等也不在心上，今见欧阳德在房上说话，他等吓了一跳，就知这座山要保守不住了。

单说这欧阳德从哪里来呢？因前者周应龙用药酒把他给治住，用黄绒绳捆好，收在后面空房之内，又在鼻中塞了一粒迷魂丹，他不能醒人事，打算饿他十天，再用药解过来。他不死，也不能为了。这个主意也好，不想天无绝人之路，今日才三天的工夫，为何出来呢？因侠良姑张耀英自天和店内一怒，收拾好了，要替师兄报仇雪恨。自己带了匣装弩袖箭、锦背低头锤，带了单刀，顺路进了山，施展陆地飞腾之法，进了山寨。身体伶便，窜入后寨，在各处窃听。到了东跨院之内，听的东配房里面有人说话，说："伙计，今夜是咱们四个人的班，他们两个人去赌钱，全交给你我。少时你多绕一个弯儿，莫懒惰，多辛苦两趟，赏下来你我二人分。他们两人不要啦，你知道啦！"又有一人说："我知道。"张耀英听了，立刻闯进屋中去，先杀一名更夫，剩下一人，他过去问："你们这山上拿住一个欧阳德，是害了没害？快说实话，我好饶你，要有半字虚假，我定杀你不饶！"那更夫吓的战战兢兢，说："姑娘莫生气，我叫胡光，看守这北上房。空房之内，收着一位小方朔欧阳德，跟我寨主有交情，因为他要金牌，我们大寨主先用返魂酒把他迷住，又在鼻孔之内塞了一粒迷魂丹，派我四个人看守。范桐、蔡虎二人去要钱去啦，钱秀被你老人家给杀了。我说的是实话，求你饶我性命就是。"张耀英说："还收着何人在里边？"胡光说："还有一个姓常的叫镔铁塔常继祖，也是河南巡抚彭大人那里的，现在西厢房之内，只求你老人家饶我。"张耀英听他哥哥说过有一位姓常的，力大过人，这必是那位。张耀英把更夫捆上，把口堵住。自己去到北上房，把门开放，见屋中并无灯光。又到东房，把灯取来一照，见欧阳德在东里间床上，欹卧身形，急忙先从鼻孔把那粒药取出来，后把绳扣解开，正自要救师兄，听的门首有人说话，张耀英大吃一惊。且看下回分解。

第五十八回

彭都司带兵剿山　玉面虎勘问金牌

诗曰：

水送山迎入富春，一川如画晚清新。
云低远渡帆来重，潮落寒沙鸟下频。
未必柳闻无谢客，也应花里有秦人。
严光万古清风在，不敢停桡东问津。

话说侠良姑张耀英听的背后有人，急转回头一看，见是一个男子，年约三旬以外，生的面皮透紫，一脸怪肉横生，身穿青小裤褂，足登青布挞地虎快靴，手拿着一把单刀。这个头目叫周成，是周应龙的家人，一生最爱饮酒。今日是来找胡光借钱，走进这院内，见北屋内有灯光，他留神看，是如花似玉的一位大姑娘，生的十分俊俏，他起了不良之心，要想过去找便宜，把门一堵。侠良姑回身一看，趁势一袖箭正中周成的面门上，过去一刀就结果了性命。又到东屋内去找凉水来，先灌过来欧阳德。欧阳德醒来，说："贤妹，你从哪里来呢？"侠良姑把自己来历说了一遍。小方朔说："你快些回去罢，我去拿周应龙报仇。"张耀英说："西屋内还有一位姓常的呢。"欧阳德说：

“都交给我啦，你去回天和店罢。我办完了事，送你回家去。”张耀英这才自己回去了。

小方朔到西屋内，把常兴给放开，立刻把他扶到东房，把灯取过来在各处找看，有馒首、炖羊肉，二人吃了些，又喝了点水。派常兴急速回巡抚衙门，见大人派兵剿山。即到前院来，听的锣声震耳，喊杀之声，欧阳德先窜上房去啦。到了前院，见各路英雄不少，蔡庆同张耀宗等大家杀在一处，喽兵在四面呐喊助威。欧阳德跳下房来，先奔周应龙而来。周应龙一见，情知不好，摆金装锏，飞身窜入后院，进了东房。那薛虎、鲁豹、罗英、高俊这四个人，也跳出圈外逃走。欧阳德追下周应龙去了，滚了马石宾带众人追下四寇。

天已大亮，山下都司彭云龙奉巡抚的谕，带二百名马队来剿紫金山，半路上正遇常兴，引他到这里上山。群寇早已四散，吴太山等避乱逃走。生擒贼党四十三名，盘查窝巢之内，有存米一千五百七十余石、黄金六百余两、白银四万零三十余两、绸缎布匹无算。彭云龙会合了张耀宗、刘芳、高源等，升了聚义厅。常兴与一干英雄李俊、贾信，把武连、张耀联、胡铁钉三个人带至大厅。杨香武找了本山一口棺材，将黑雄装殓已毕，打驮轿，他带石宾、李俊等三十余人回归北路京东，安葬黑雄。这杨香武出家，这且不表。

单说那蔡庆带妻女合众朋友说：“先在天和店等候。如遇周应龙，只管叫人给我送信，我必来。我先送回家眷，在此观之不雅。”这里黑驴贾亮、凤凰张七、铁背熊褚彪、鱼眼高恒这几位英雄，同小四霸天还未走。张耀宗说：“武连，你把彭巡抚的金牌送往哪里去了？快说实话，免的非刑拷问于你。”武连知道也是一死，反受些非刑，他说：“众位，我已然被获，只求速死。我把金牌交给周应龙，不知他安放哪里，这是实话。”又问张耀联，也说在周应龙之手。动刑拷问，也是这几句话。又拷问胡铁钉，问他知道金牌之下落不知，胡铁钉也是不知道金牌的下落。又把所擒之人全都问到，都说不知。高源说：

“你等可知周应龙往哪里去了？你可知道，自管实说，免死。”内有一个喽兵说：“小人知道他逃往北邱山去了，离此有二十里之遥，他二弟周应虎在那里占山。”张耀宗合彭云龙议论，派常兴带五十名马队守这山寨，他邀请众位英雄协力帮助剿北邱山去，那高源、刘芳也跟随。

说着，外边欧阳德回来了。他说：“唔呀！周应龙是走了，便宜这个忘八羔子！吾要拿住他，必要报仇雪恨的。”张耀宗说：“师兄，你先跟我等到北邱山去拿周应龙，一个也不能放走他。”高恒也同着众人，都要替刘世昌报仇。彭云龙带一百五十名官兵，这才同众下了紫金山。有贺天保引路，到了北邱山北山口外，官兵进山，群雄跟随，到了那寨前，先砍死几个看守之人，闯进寨门内。

周应龙正合他兄弟讲话。先是薛虎等四个人逃至此处，后有几十名喽兵赶到，说：“武连被擒，马道玄逃走，并无下落。寨主紧守大寨，怕彭巡抚的官兵追来。”周应龙说：“好险哪！我要不是从地道逃出来，我也被欧阳德所拿。”自己又回想：“铁桶一般紫金山，今一旦皆属他人，害的我并无立足之地。”越想越惨，不由己落下几点英雄泪来。周应虎合韩寿解劝，说起昨夜之事：“可怪这山下也来了四个童子，伤了我两个人，方才葬埋了。兄长不必为难，我这山上有几百名喽兵，你我再下山去报仇！”这句话方才说完，只见从外面跑进来一个手下人说：“不好了！这外面官兵把寨门打开，有小方朔欧阳德带有人来，请寨主你老人家早作准备。”周应龙连忙把双锏一抱，韩山早已逃走，韩寿、周应虎等鸣锣调他的手下喽兵。这些喽兵都知道紫金山已破，这座山也站立不住，又没见过大敌，早已四散。那些个无知之人，还各执兵刃，帮助寨主作反。

贾亮说：“周应龙，我也不是在官之兵，我也不是应役之人，论理说，我不应该在这山上拿你，我也是侠义路中之人。无奈你作事也太狠毒，你合刘世昌也是结义兄弟。翻脸无情，反复无常之辈！我今同两个朋友，先把你拿住去见彭公，给刘世昌报仇。”美髯公薛虎闻听，说：“寨主不必生气，我拿住这老匹夫。”周应龙说：“很好！”薛虎抡刀直奔那贾亮来，贾亮把纯钢蛾眉刺往上一迎，两下里一撞，贾亮急抽回刺来，分心就把薛虎的刀往外一搕，贾亮一个夜叉探海之式，把薛虎刺在左肋，登时栽倒在地，被官兵拿住。鲁豹拧银戟跳过来说：“好奴才！你伤我兄长，我要拿你。”贾亮乃飞檐走壁之能，久闯江湖之人，练的一身巧妙的工夫。他见鲁豹来，并不惧怕。忽听身后褚彪说：“贾大哥，你老人家让我立这一功！”抡金背刀跳至当中，抡刀就砍鲁豹来。鲁豹用戟斜抱月往外一推，抡戟杆就打，褚彪用刀往上相迎。两个人战了几个照面，褚彪把鲁豹一刀砍倒，过来官兵把他也捆上。罗英、高俊被刘芳、高源所擒。凤凰张七带贺天保、濮天雕、武天虬、黄天霸五个人，围上周应虎、韩寿。欧阳德自己把周应龙给围住，施展软硬的工夫，鹰爪力，重手法。周应龙把双锏使动如飞，张耀宗自己也拉刀相助。

那后寨早已知道，请押寨夫人戴赛花立刻收拾好了，说：“嫂嫂不必害怕，都有我一面全管。”李氏吓的面模失色。戴氏抡双刀直奔前寨来。他见贺天保等生的标致，说：“小娃，你跟我来，我看你有多大能为？”贺天保一瞧，有一个三十多岁妇人来，姿容俊秀，蓝绸子手帕包头，品蓝绸子女褂，葱心绿的中衣，足下金莲三寸，柳眉杏眼，抡双刀直砍贺天保来，贺天保也来相迎，两个人只杀的难分难解。戴赛花乃是家传的武艺，只杀的贺天保浑身是汗，遍体生津。那彭云龙吩咐官兵帮助动手，挠钩、长枪齐奔戴氏。韩寿被擒，周应虎也被人所拿。金翅大鹏周应龙见大势亦去，他无奈何，跳在圈外想要逃走。欧阳德哪里肯放，合众英雄把他围住。张耀宗刀法精通，周应龙双拳难敌四手，被欧阳德所擒。搜拿贼党，戴赛花死于山寨乱军之中。查抄金银，分赏兵丁，众人在山寨歇息一夜。

次日，贾亮、褚彪、凤凰张七与小四霸天告辞，各自回家。张耀宗苦留众人不住，只得送些路费与他七位，各从山上骑马一匹，告辞去了。高家父子合刘芳、欧阳德护送。张耀宗提说妹妹上山之故，欧阳德说：“我蒙贤妹救出，追问店中伙计，才知道妹妹无事，回天和店去了。”大众又到了那山寨，合常兴会合一处，这才回汴梁城。

到了巡抚衙门，把所擒之贼带上来见彭公。先叫带张耀联跪在阶下，两旁有差官喊堂威。彭公说：“张耀联，你霸娶民女，私抢少妇，勾串地面官倚势欺人，又抗差不遵，勾串响马，拒捕殴役，你擒李家女子合妇人，现在哪里？从实招来！”张耀联一听自己这几款，心中说：“还有私立公堂，殴打职官没说啦。”自己往上叩头说：“大人高升，我也想定也活不了啦！只求大人格外施恩。李家女子妇人不从，亦被我打死掩埋，这是实情。”彭公亦不深问，着差人把他押下去。又带周应龙，两旁一声喊嚷，山寇周应龙告进，跪于阶下。彭公一见，怒气冲冲，要审问金牌的下落。不知怎样有无，且看下回分解。

第五十九回

高恒头探寒泉穴　刘芳扶灵回故乡

诗曰：

绿波如画雨初晴，一岸烟芜极望中。
日暮落花风欲定，小楼丝弦压新声。

话说彭公吩咐带上周应龙来，周应龙跪于阶下，带着肘镣。彭公问说："你这厮是周应龙吗？"周应龙答应"是"。彭公又问："你占紫金山招聚贼匪，抗敌官兵。你把我的金牌实安放在哪里？从实说来。"周应龙说："我自淮安哨聚这座山，金牌我已然扔在紫金山后山寨寒泉穴里，这是一往的实话。"彭公急问："寒泉穴水有几尺深？"周应龙说："不知。"又带武连一问，也是这样口供。

彭公退了堂，立刻在书房叫张耀宗进来，问："拿周应龙都是何人出力？"张耀宗一一回明了，言："为盗金牌，花刀无羽箭赛李广刘世昌死于紫金山。高家父子邀请各镖行英雄相助。我师兄拿的周应龙，出力劳绩让于赛毛遂杨香武。在紫金山大战，死了一个快斧子黑雄。都是帮助之人，还有黄三太之子黄天霸结义兄弟四人。"彭公说："先叫请欧阳德合高家父子、刘芳进来。"众家人出去，把四位请进来，给大人请安。彭公说："四位义士请坐。这紫金山，还有蔡老英雄，也未来此。金牌贼人扔于寒泉穴，此事要风闻京官耳中，恐我被参，遗笑于人，多有不便。众义士设法找找此物件。"高恒听彭公之言，说："大人施恩提拔我的儿子，我舍命下寒泉穴，给大人捞上金牌来就是。"彭公说："只要把金牌找来，我必专摺奏事，保荐你众人。"高恒说："大人恩典，我同张耀宗带五十名官兵去。五日后，必有回音。"彭公先传谕，把周应龙等暂入司狱，传五里屯李荣和完案。派张耀宗带五十名官兵，同高家父子起身。

众人跟随至集贤镇天和店，住于店内。张耀宗等见蔡庆，细说在省彭公所说之事，这才备酒接风，住宿一夜。次日早饭后，蔡庆从这里置办应用家伙，立刻带家人至山场。到了后山，见峭壁石崖，山峰直立，树木森森，山花山草，遇时而新。在西北是大山之背后，阴风阵阵生凉，野兽见人，蹿避踪迹。顺着幽僻小路，由山岭上往下走。这一座寒泉穴，正在西北半山坡之中。上盖景亭，阴风沥沥，冷气凄凄。何能这样冷法？有诗为证：

远辞岩下泻潺湲，静拂云根别故山。
可惜寒声留不得，旋添波浪向人间。

此泉山阴流出，其水黑绿之色。向东有一窟窿在泉之下，如冰盘大，一股水直向东流，归入逆水潭中，由山之东涧沟流归入河内。从南紫金山之背后，有线路一条，通寒泉之上面。站在泉之台阶上望东，逆水潭如在目前，山青水秀，绝好一张画图。

蔡庆、高恒先派人搭了架子，拴好了绳儿，把荆条筐也拴好，按上铃铛。高恒立时坐在筐内，吩咐人等，听铃铛响急往上扯。自己换好了水衣，身边带了钩连拐，放下绳子去。鱼眼高恒看那水是碧绿，凉风透骨，冷气侵人。高恒年已八十，血气衰败，一见这冷气，自己喘息不止。到了水面，自己跳下水去，往下一沉，身入水内，冷气如刀；强长精神至水底，约有五六丈深，在下面方要寻找金牌的下落，手已麻木，不知用力，连忙上来，坐在筐内一摇铃铛，上面张耀宗连忙吩咐人等急往上拉，即至到了泉口，高恒早不醒人事，忙忙搭下筐来，用火烤了有半个时辰，他并未缓过这口气来。高通海放声大哭说：“不想你老人家今日死于此处！”张耀宗、欧阳德、蔡庆、刘芳也看看惨不可言。

此时天已正午，蔡庆说：“此事如何办理呢？”高通海一想，为人尽忠不能尽孝，我父为金牌死于冷泉之内，我必要继父之志。先把他父亲尸身移在一旁，自己换好了衣服，坐在筐内，叫人放下去。自己先打算，不行即速上来，莫死在里边。即至水面，自己跳下去，沉身坠至水底，在各处一找，觉着冷气入骨，不能缓气，再有一刻的工夫找不着金牌，那高通海也得冻死。自己心中祷告说：“故去父亲阴魂保佑，叫孩儿找着金牌，我也好光宗耀祖，显达门庭。”正自祷告，觉着有一物正冲手心，也不知是何物件，拿在手中，急忙上来，坐在筐内，立刻拉铃铛响。上面拉上来，正是金牌，口袋盛着。大家焚香，谢了山神。刘芳先派人买两口棺材，把他父亲之尸装好，高源也把他父亲之尸入了棺木。二人雇驮轿，由此处送灵柩回籍。把金牌交给张耀宗了。

张耀宗先派人禀明大人，这紫金山改为善化寺，招僧人看守，蔡庆监工修盖。又把所得两山之财，抽出十分之一修庙，作为僧人的养赡。又给高源、刘芳二人路费各纹银五百两整。余下交彭公赈济局公项，赈济本省贫民。他同欧阳德带兵回省交金牌，给大人请安。彭公赏了张耀宗、常兴银各一百两，赐欧阳德酒筵。自己起稿，办好本章，奏明皇上剿灭紫金山出力人员，拿获逆首周应龙等。张耀宗告假完婚，在本城租的房屋，给蔡家送信，择日娶过亲来。洞房花烛，不必细表。夫妻郎才女貌，甚相合洽。蔡庆夫妇也在女儿家中，不时常来。侠良姑张耀英也合他兄长在一处居住。张耀宗消了假，打算给他亲戚徐家送信，定日好送他妹妹完婚，张耀英亦是自幼儿许配人家的。

过了几日，旨意下来：

> 上谕：河南巡抚彭朋奏拿获盗寇周应龙在事出力人员：张耀宗赏给四品衔，以都司补用，交部带领引见。常兴赏给守备，留省候补。刘芳、高源赏给千总，归本省标下委用。彭云龙赏给三品衔，有游击缺出即补。盗寇周应龙等，在本处凌迟处死示众。钦此钦遵。康熙四十七年六月口日。

彭公谢了恩。张耀宗办理文书，自己入都引见。

过了几日，刘芳、高源在家中接着喜报，办理丧事，即会合到巡抚衙门，给大人磕头。彭公叫二人进来，二人先给大人磕了头，谢了大人。彭公问："你二人愿在标下当差，愿跟我当差呢？"高、刘二人说："我二人功名是大人提拔的，还求大人施恩，赏个差事。"彭公说："我这里两个巡捕官都升了。张耀宗入都引见，常兴补了抚标守备，你二人充当我这里的巡捕何如？"刘芳、高源谢了彭公，就把行李移进巡捕房，拜了客。

过了几日，把五里屯李荣和传到，与恶太岁张耀联对了词。派了护法监斩官，把周应龙、武连、张耀联、胡铁钉等这些个人，均皆凌迟正法示众。河南省城军民人等，都感恩巡抚大人的好处。是年河南一带，自四月并无透雨，至六月间，人民慌慌不定。彭公斋戒沐浴三日，亲诣城隍庙、土地祠各庙焚香祷告，两日不食，河南人民皆知。至三日，天降甘霖，各处均已平安。自剿灭紫金山之后，设立义学，办理赈济，查各府州县之官的贤愚，贤能者必保荐，贪劣者必参革降调，兴学校，讲道德，创立捕盗之营，真是灭强扶弱，剪恶安良，河南大治，人民感德。又逢皇王有道，各处物阜民丰。

欧阳德乃侠义之人，又不愿做官。自斩周应龙等之后，那漏网的余党，各处都有文书访拿，那些个从贼也都窜踪避迹。他无事，在各处私访哪里有贪官恶霸、势棍土豪。他乃是彭抚台的耳目，禀明大人必办，彭公也信服他。那日走至上蔡县的地面，听人传言：宋家堡有一个活财神赛沈万三的宋仕奎，家财巨万，富属一省。家有招贤馆，招聚有能为之人，明为看家护院，暗想要谋反起兵呢。声气甚大，家中私自操练庄兵五百名，有神拳教习赛姚期尤四虎。他自听见这个信息，连夜奔宋家堡。

那日走至明化镇，乃是一座乡镇，也有铺面、茶楼、酒馆。欧阳德口渴舌干，想要喝一杯茶。见十字街路北有一座茶楼，字号是“通和楼”，挂着茶牌子，雨前、毛尖、六安、武彝、香片等，并写着“随意家常便饭”，坐北朝南。欧阳德连忙打帘子进去，看见这座楼是在正北，进门东边是柜，西边是灶。自己走至在后堂，见下面人太多，不清静，顺东边楼梯上楼。楼上是正北六个座位，南边六张桌儿，有几个喝茶饮酒之人。自己在东边第二座坐下了，叫跑堂的拿茶来，堂官送上一壶茶来。他自己喝着茶，忽听楼梯一响，从下面上来两个人。头前那位，年约二旬以外，生的方面大耳，齿白唇红，眉清目秀，头戴新纬帽，身穿驼色亮纱单袍儿，外罩红青八团龙透的纱的褂子，腰系凉带，露着全分的活计，足登青缎官靴，神清气爽，手拿团扇。后跟一个仆人，手拿马鞭子。欧阳德一见此人，心中说：“好！要破宋家堡，全在此人身上。”不知他是何能之人，且看下回分解。

第六十回

粉金刚大闹茶楼　欧阳德恩收弟子

诗曰：

春朝小雨昨新晴，祥霭匀收洞宇明。
严警不闻人一语，海棠枝上晓莺声。

话说小方朔欧阳德见进来这个人，眼光足满，气宇不俗，就知是一位武士英雄。见那人坐在西边那个桌上，跑堂的送过茶去，问要什么吃的？那人说：“我要两壶荷叶青，两壶莲花白酒，要点果藕，一碗拌鸡丝，一碟凉肉肚，再配两样可吃的。叫我的家人，南边桌上要吃的。”欧阳德一听，说：“吾也要吃的，堂倌这里来，吾也要两壶荷叶青，两壶莲花白酒，要点果藕，一碗拌鸡丝儿，一碟凉肉肚，再给吾配两样可吃的。”跑堂的一听，这个蛮子合人家学着要菜，也是一个不开眼的，这夏天这们热，他穿着一件老羊皮袄，带着皮困秋帽，穿着两只毛窝，可是单裤，那袜子够二尺多高，只到护膝。跑堂的也不敢得罪他，照样把小菜摆上。那个武秀士说：“来，给我要一个卤牲口。”欧阳德说：“来，也给吾来一个卤牲口。”

那少年之人瞧了欧阳德一眼，也不在意。正自一人要菜吃酒，听的下面一片声音。有一人说话，也是江苏口音，说：“唔呀，救人哪！忘八羔子害了我啦！吾是不能活啦！”跑上楼来。众吃酒的人瞧那上来之人，年约十四五岁，面黄肌瘦，身穿旧夹布大褂，蓝布中衣，白袜青鞋，站在楼上，口中说：“救人！救人！”欧阳德听得，问说：“你是哪里的人？说实话，都有我救你。”那蛮子说：“吾是徐州沛县人，家有寡母。由去岁被人拐骗出来，卖在戏班之内，受人打骂不了，我才逃至外边，后面有人追赶。班主宋家堡的神拳教习绰号赛姚期名尤四虎，他要活活打死我。”

正说着，忽听楼下有人说：“瞧见上来啦！必是在楼上。我瞧瞧哪里去啦？”一伙人拿着木棍、铁尺，有七八个，都是二旬年岁，身穿紫花布裤褂，青布抓地虎靴子，手拿单刀、铁尺、木棍，上的楼来。吓的那少年之人钻入桌儿底下，在那武秀士的身后，口中只嚷：“救命哪！救命哪！他们要带回我去！必要生生打死。”那二十余名打手说：“你躲藏在哪里去？我是不能饶你的，把你带回去交给教习尤大太爷办理。”那武生员站起来说：“你等是哪里来的？这个人多少身价？我给你们身价银子。”那几名打手说：“你少管闲事！我们是宋家堡的大教习尤大爷那里的。这孩子是我们教习用三十两银子买的，你留下不成，趁早些别多管闲事。你是外乡人，别找事！”那武生员说：“我是不能不管，你趁早回去，教你家主人来见我！”那打手说：“你姓甚叫甚么呢？”那武生员说：“我也不必告诉你我姓甚么，我见姓尤的再说。如要带人，你几个带不了去。”那二十余名打手倚仗人多，把眼一瞪说：“你这个人好不要脸，我们拿他去见我家尤大爷去！”又摆兵刃，往前要打。那武生员一阵冷笑，把外褂子一摔，单背举起椅子来，照定那个打手打去，那几个打手也就摆木棍相迎。打了几个照面，把那些打手打的头破血出，各自逃走。跑堂的说：“大爷，你快些走罢！我可是好人。这些人回去，必请他的头目来报仇雪恨。要被他等拿住，你的性命休矣！我是金石之言。这里到宋家堡五里地，少时就回来。此处这明化镇，无人敢惹他。”那武生员说：“我也不是怕事的人，你也不必多管。”那跑堂的也闭口不言。

欧阳德倒很佩服这人。只听那武生员问说：“你是哪里人？出来，不必害怕！”那个少年人从桌子底下出来，跪于就地说：“小人姓武名杰，乃徐州沛县武家庄人氏。先父故去，家有寡母在堂。我在学房读书，被本庄的拐子把我拐骗出来，我也不知他把我卖在戏班之内。班主是赛姚期尤四虎，把我打了几次，我是受刑不过，我才跑出来。只求老爷大发慈悲，救我出此火坑，得脱活命。你老人家就是我的重生父母，再养爹娘。请问恩人贵姓名？后好报答。”那武生员说：“我姓徐名胜，表字广治，绰号人称粉面金刚。我原籍本是徐州沛县，移居浙江桂籍县居住。只因随父宦游浙江地面。此事你不可惊怕，都有我哪！”

当时小方朔欧阳德在旁边细听，知道这是未过门的师妹妹的女婿，素有英名，受过高人的传授，乃有名人焉。连忙站起身来说：“唔呀！原来是徐爷，我久仰大名，今幸相会。”徐胜闻听，心中说：“这个人他方才跟我学吃学喝，这又跟我套近，他可有些怪异？你看他六月天气身穿皮绵衣服，也不知热。我问问他姓甚么呢？”想罢，说：“朋友，你贵姓啊？”欧阳德说：“我姓欧阳名德，绰号人称小方朔。”徐胜听罢说：“原来是镇南方小方朔欧阳兄长，我失敬了。久仰大名，如雷贯耳，今日相会，乃三生有幸。”说：“兄长从哪里来？”欧阳德说：“由河南省城来。仁弟欲何往？”徐胜说：“我投奔那河南巡抚彭大人去，我那里有一个朋友，在那衙门当摺奏先生坐幕，姓冯名金奎。”欧阳德说：“这里有这们一件美差，也算奇功。但有一件，你附耳过来。”徐胜走至近前，欧阳德说：“宋家堡赛沈万三宋仕奎家中有招贤馆，私立教场，有庄兵五百名，他要谋为不轨，意欲反叛。去到招贤馆招贤，作为内应，我再叫几个人来帮助于你。是等起手之时，你先给官兵送信，大约可剿灭叛党，一个不留。”徐胜说：“这个孩子你领去，收他作个徒弟，不知尊意如何？”欧阳德说：“好！你把他交给我，我将他送回家中，还要回来助你一膀之力，十日后再见，我带他去也。”徐胜说：“饭钱我都给了。”欧阳德说：“知己不谢，吾带他走了。要是打架的人再来，该当如何呢？”徐胜说：“都有我一面全管，你二人去罢。”欧阳德带他出门去了。

徐胜把酒饭钱先给了，把家人徐福叫来，吩咐叫他把马匹连行李，全带往开封府城内奎元店等候。自己换了一身便服，暗把短练铜锤带在身上，把刀放在桌上，把长大衣服包好了，竟自等着打架的人。等了片刻，忽听外边人嚷说：“来了，把那该死的小辈拉下楼来，把他碎尸万段！”徐广治一听，手拉单刀跑下茶楼，见那正西来了有三十余人，各执木棍、铁尺。为首一人，身高八尺以外，头大项短，环眉大眼，身穿青洋绉中衣，蓝绸短汗衫，足登青缎抓地虎快靴，面皮微黑，手拿折铁朴刀，正是赛姚期尤四虎。后跟的人俱是打手。也有方才跑回去的人说：“教师爷，头前那个人就是留下咱的人的那个人，千万莫教他走了。”尤四虎抡刀直剁徐胜，徐胜急架相迎。二人各施所能，斗了有两刻的工夫，徐胜一刀把尤四虎的刀磕飞，复又一腿正踢在尤四虎左腿之上，翻身栽倒。尤四虎说：“好小子，你真是太岁头上动土，老虎嘴边拔毛，焉能与你善罢干休！你叫甚么名字？”徐胜说：“小子，你爷爷叫粉面金刚徐胜，字广治，你自管邀人去。”尤四虎立刻扒将起来就跑。那三十多名打手见教师不是对手，他们也不敢动手了，各自逃生去了。那瞧热闹之人无不喝彩说好。

徐胜立刻手拿单刀，出了明化镇，竟奔宋家堡去。五六里之遥，片刻已到宋家堡庄门。见这座堡子城方圆四里地，有四面的庄门，这东门外算是一条买卖街。这座堡子生人不叫进去，无人引见也不许进去。徐胜原打算进招贤馆，到了东庄门，举步往里就走。只听门房该值之人说：“哪里去？你姓甚么？”徐胜一瞧，路北有五间门房，外站七八个庄丁拦阻他，问他：“找谁呀？”徐胜说：“你不认识我吗？我常来呀，找你们教习，我姓余名双人。”那个庄丁瞧徐胜是个练武的样，他也不知是来过没来过，他听说跟教习有来往，他便不敢得罪，说：“你老人家请进去罢！我失于迎接。”

徐胜混进宋家堡，瞧那街道平坦，往西一直有一里之遥，南北也有铺户不少，那作买卖的人皆是宋仕奎的人。到十字街西边，路北大门里面，房屋甚多，都是楼台殿阁，门外上马石两块，大门横挂一块匾，上写泥金大字，是“策名天府”。路南一座大门，是演武厅合招贤馆。十字街东，路北有一座茶园，字号是“绿野山庄”，坐北向南，门外高搭天棚，内里是五间楼。楼上有对联一幅，写的是：

平生肝胆凭茶叙；不是英雄仗酒雄。

下面门首亦有一幅对联，写的是：

三山半落青天外；千里相思明月楼。

那天棚下有几张桌儿，甚是清雅。徐胜又不知招贤馆是在哪里，自己坐下要了一壶茶。那跑堂的上下瞧了徐胜两眼，心中说：“这个人他不是我们的人，好眼生！”徐胜细瞧这堡子，城内修的十分整齐，房屋也盖的齐整，也栽种各样树木，柳树阴浓，芙蓉开放，真另有番气象。这茶楼上面，楼窗满开，周围安置各样花盆，内有各种时样鲜花。天棚外，东西两大棵垂杨柳，凉风阵阵。虽是暑热之时，一进这天棚，目爽神凝。

徐胜正自看着那各处景致，忽见正西来了有一百多人，尤四虎率领，各穿蓝号衣，上有日月光，写的是“宋家堡庄兵，守望相助。”徐胜知道是找他打架的，自己不慌不忙，立刻把长衣服脱下来，包在包袱内，系在腰中，手提单刀，要合这一百多名庄兵分个高低。未知如何，且听下回分解。

第六十一回

徐广治拳赢尤四虎　宋仕奎大开礼贤门

诗曰：

追逐轻薄伴，闲游不着绯。
长枕出征马，数换打球衣。
晓日寻花去，春风带酒归。
青楼无昼夜，歌舞歇时稀。

话说粉面金刚徐广治，见那尤四虎带了有一百多名庄兵，带着竹弩箭，各抱一个箭匣，他气狠狠的在头前说："你们跟我把那人围上，一阵乱箭把他射死，方出我胸中之气。你等快走！"后边众打手说："我等跟随教师爷去。"徐胜看见尤四虎等，忙跳出去说："你们这伙人往哪里去？今有你家大太爷我在此等候多时。"尤四虎一见，只气的二目通红，说："好撒野囚徒！你来此也好，我教你来时有路，去时无门！徒弟们，你等把他围上放箭哪！"众庄兵往四面一围，徐胜一想："此事不好，人太多，自己寡不敌众。"施展陆地飞腾之法，飞身上房。尤四虎吩咐放弩箭。只见从正西来了五骑马，马上头前那个人，年约三旬以外，正在中年，头戴新纬帽，身穿蓝纱，一裹圆单袍儿，腰系凉带，足登官靴，面皮白中透青，两道剑眉；一双三角眼，二目光华乱转，准头端正，唇若涂脂，顶平项长，后跟着家人，到这里说："莫放箭！为什么？"尤四虎说："这厮是个奸细，来哨探这里事情。我买的那一名童子，被他抢去，还来找我，我要用箭射死他。不料他反找来，甚是可恨之极！"

再说来者这位，正是活财神赛沈万三宋仕奎。他方才瞧完了庄兵操演技艺，这也是该着有事，正遇见这些人在这里围上徐胜，催马过来问尤四虎。尤四虎见庄主来问他，他细说一番。宋仕奎看那徐胜品貌不俗，他说："莫放箭，朋友，你下来有话，请教贵姓大名？哪里人氏？来此何干？"徐胜说："在下乃浙江人氏，游至此处访友。听人说宋家堡有一位庄主仗义疏财，好结交天下英雄，我特来拜访。方才在明化镇酒楼上，遇见他追下去一个童子，打的要死，我把那童子放了，问他要多少身价，我都给他，他还不允，一定要合我比试武艺，被我一脚踢倒，我也不合他打架，他站起身来急速走了。我也不知他是哪里的人。我来至此处访问宋家堡的庄主，又遇见他邀人，倚多为胜。幸遇尊驾来此相助，未领教尊姓高名？"宋仕奎闻说："我姓宋名仕奎，就在此居住。你是贵姓高名，来此何干呢？"徐胜未敢通真名姓，说"我姓余名双人。"宋仕奎说："尤教习，你也该施展武艺赢他。这倚多为胜，就不是英雄所为之事。请余贤士跟我来招贤馆，有话相商。"

徐胜细看此人品貌不俗，说："这就是宋庄主吗？我这厢有礼了。久仰大名，我特来拜访，今幸相遇，真三生有幸也。"说罢，随跟着家人来至正西，到路南有一座大门，上有对联云：

> 与贤与能，于斯为友；及时作事，自古有年。

横有一块泥金匾，有四个大字，是"西伯遗风"。徐胜瞧一瞧，随家人进了大门，到里面空场之地。东边路北是演武厅一座，西边是垂屏门，内里是一所宅院，是招贤馆，众贤士所居之处。宋仕奎吩咐：“余壮士，你敢合我家教习比试比试？倘若胜了他，你就升为大教习之位。”徐胜说：“请尤教习过来，就在厅前请教。比试哪样兵刃？我陪你练两趟。”赛姚期尤四虎他本来是知道徐胜的武艺，他听徐胜之言，他说：“也好，我就同你比一路拳脚，分个上下。”徐胜听了说：“很好。”二人各把平生所学艺业施展开了，真是行如猿猴，恰似狸猫，速小绵软巧，手眼身法步。走了几趟，那徐胜想：“我要不赢他，难以在此存身。”把身形一晃，施展太祖拳，把尤四虎闹的浑身是汗。打了几个照面，竟被徐胜一腿正踢在他后胯之上，往前一栽，倒于就地。宋仕奎在座上说：“好俊武艺，真是人间少有！”徐胜把尤四虎扶起来，说：“得罪得罪！”尤四虎脸一发赤，说：“愧死人也！”宋仕奎说：“尤贤弟，你我知己之交，不必生气，把大教习之位让给余壮士。你我是自己人，不必挂在心头。我备酒席，给你二人解合。”

散了庄兵，宋仕奎带亲随人等，同尤四虎、余双人下了演武厅，至西边招贤馆门首。上写对联，甚是清雅。徐胜一看，上写云：

古人作会，有山与日；贤者乐群，若竹遇兰。

进了屏门，细看内院北上房五间，东西各有配房，南倒厅五间。由上房之西，有角门往西，还有一所院落。宋仕奎带二人进了北房，里面摆列围屏床帐，正北靠墙是花梨翘头案，案上有郎窑磁瓶两个，官窑果盘一对，当中水晶鱼缸，摆着四样盆景。案前八仙桌一张，两边各有太师椅子。墙上挂着一幅画，画的是挂印封侯，下款是仇十洲。两边各有对联，写的是：

圣贤为骨，英雄为胆；肝肠如雪，义气如云。

徐胜看罢，东西都有两间屋是明着。宋仕奎在东边椅子上落坐，让他二人也在西边落坐，吩咐家人去西院请众位贤士来。

少时，从西院中来了十数位，有赛叔宝余华、金刀太岁吕胜、永躲轮回孟不明、轧油墩李四、飞腿彭二虎、一本账何苦来、铁算盘贾和、闷棍手方和、黑心狼戚顺、平天转杜成、狼狈金永太。这些个人都是在案脱逃的江洋大盗，也有杀人凶犯，滚了马强盗，身遭众案，在此躲避。今天听说新来一位大教习，叫余双人，我们也去见见。宋仕奎又遣家人来请，众贤士也就到会英堂。见宋仕奎合那二位教习正在吃茶，大家先一齐说："参见庄主，我们这里请安。"又给尤四虎请安。宋仕奎说："众位英雄，请坐在两边。这位余双人是新来的大教习，尤四虎为二教习，每日训练我那五百庄兵，教他等先练技艺。每逢初一、十五日，我亲身验看，自有赏罚。今日先给你众位引见引见，从此各听余教习约束。尤贤弟是我知己之人，也知道我的事，今且暂屈作二教习之位，你等见过。"众寇均给徐胜请安说："余教师新到，我等多求指点武艺。"徐胜说："我余双人蒙众台爱，一见如故，我又蒙众位相亲相敬，你我都是一家人了。"宋仕奎立刻吩咐来人摆酒，从此各无记恨。尤四虎见徐胜这样慷慨，也就没了气啦。钱押奴婢，艺押同行，自己也倾心佩服徐胜。

家人拉开桌凳，立刻摆上干鲜果品，冷荤热炒，山珍海味，鸡鱼鹅鸭，真是贵人家非人可比。赛沈万三活财神宋仕奎他在正中，左右两位教习。今得余双人，不胜之喜。他要安分，乐守田园，自己务本，真真是富胜王侯。他心中还是不知足，总想招兵买马，起意不良。他收揽英雄。他家有个相面的先生，外号赛张良李珍，乃是江湖相士，因给宋仕奎相面，他为的是多找几两银子，相宋仕奎有大贵之相；又给批八字，说他隐隐有君王之相，堂堂帝王之容，祥云白雾起，处处献青龙。说宋仕奎有帝王之相，至三十六岁大运亨通，必有高人扶助。又给他移了垣茔。宋仕奎敬他为神仙一般，留在家中，说："我要得了地，必封你为护国军师。"自他扯这八字之后，接着就请尤四虎护院看家，商议他立招贤馆，暗中收揽英雄，招聚庄兵，每日操练，修堡子城。这一年之久，来了这些个人，外面可有声气。无奈他买通地面文武衙门中官人，又有银钱。他说雇的看家的人，他操练庄兵，他说守助村庄，查拿盗贼，也无人盘查他。今日新得一位大教习，他心中喜之不尽，在这里摆酒庆赏众人，就留徐胜住这院中。西院是群寇所居。派四个书童、两名长随，吩咐厨房每日给余教习一桌菜饭。这日酒饭已毕，他传轿回家。粉面金刚徐胜等送出招贤馆，立刻回来，又合众人谈了些闲话。天晚，早有人送过藤席、凉枕、香牛皮夹被、蚊帐、围屏。徐胜到也很自由，天晚安歇。

次日天明，书童伺候净面、吃茶、用饭，每日皆是如此。无事把五百名庄兵点了名，要请众贤士看技艺。那些庄兵，先各练了一趟拳脚，又叫众寇各人施展能为，他要瞧瞧。这是为何呢？徐胜有心意的人，他是来探探瞧瞧这些贤士都有甚么能为？黑心狼戚顺说："我练一路短拳。"平天转下去说："我踢一趟弹腿。"狼狈金永太练一路单刀，一本账何苦来耍了一路锤。徐胜瞧见这些人都是饭桶，没有多大能为。内中就是金刀太岁吕胜可以，赛叔宝余华的武艺精通，余者不足论也。

徐胜散了操，回到自己屋中，心内想："我一个人孤树不成林，甚短帮手。彭巡抚那里来几个人才好。"自己用了早饭，每日闷闷不乐，问伺候他的人："这里哪有热闹可逛？"书童琴禄说："明化镇六月二十八日大会，是天仙娘娘庙，可以去瞧热闹。"徐胜一想，也好散散心，明日是二十七日，头天庙。徐胜吩咐伺候他的人，要五匹马，四个人跟我去，留两个童子看屋。吩咐已毕。至次日天明早饭后，徐胜吃完早饭，叫那家人长随宋兴、宋旺都换上新衣服，早把马备好了。徐胜到外边上了马，和这两个家人、两名书童，五匹马出了东庄门。一加鞭，五里地就到了明化镇。

徐胜自入宋家堡，有七八天未曾出门。今日一出来，观见那绿柳垂杨，青苗遍地，道路上人烟不少，都是男女逛庙之人。正瞧着热闹，忽听前面一片呐喊之声，只嚷“救人哪！”徐胜急到跟前一看，又有一宗岔事惊人。不知后事如何，且听下回分解。

第六十二回

粉金刚逛庙救难女　于秋香舍死骂贼人

诗曰：

依依脉脉两如何，细似轻丝渺似波。
月不长圆花易落，一生惆怅为伊多。

话说那粉面金刚徐胜带了四个家人，正自要上天仙娘娘庙，瞧对面有伙人围着，里边只喊“救人哪！”徐胜立刻叫家人拉马，自己下了马，分开众人说：“为什么呢？”只见那人群之中，有二套太平车，一辆车里面坐着一个女子，车外有两个仆妇，一个赶车的。旁有一少年人，头戴马连坡草帽，身穿青串绸大衫，蓝绸中衣，五丝萝单套裤，白袜，蓝缎子缎镶缎的云鞋，二钮上十八字香串，真正伽楠香。面皮微青，青中透白，细眉毛，圆眼睛。带着有十六七个打手，都是横眉立目，身穿紫花布裤褂，青布抓地虎靴子，手拿木棍、铁尺。那少年人年约二旬上下，是宋家堡的活财神宋仕奎之子宋起龙，最爱贪淫好色，常倚势抢人家的少妇长女。手下养着三四十名打手，每逢各处庙会集场，他必要到，这明化镇不敢惹他，今年才十九岁。他带着手下人坐车来逛庙，那良善人家的少妇长女都不敢来这里烧香，只因他去年抢过一个人。今日他也是活该有事，正到村口，见从正南来了一辆二套车，车里坐着一个女子，长的十分美貌。他乃是色中饿鬼、花里魔王，立刻目不转睛，只瞧那女子，遂吩咐家人把车拦住说："你们别走啦！把车赶在我那里去。这女子我新买的，被你们拐骗出去了，今日见我，还不快快送到我家，饶你不死，不然全把你们活活打死！"那赶车的说："你等莫惹事！这是吏部主事于得水老爷的家眷车，这是我家小姐，带仆妇、养娘进京，你们趁此躲开。"宋起龙闻听，不由一阵冷笑说："娃娃，你好大胆量！休要说这大话唬人，你家大爷我是不怕事的人。"吩咐："孩子们，你等去抢下车来，送到我家中再作道理。"那仆妇见那一群恶人都要上车拉人，他就直嚷"救人哪！"车里于秋香一瞧这事不好，说："你们这些囚徒！天网恢恢，你真不怕死，硬敢抢人！我是要合你誓不两立！光天化日，白昼抢人，你这贼种，我有一死挡你！"就要往车上撞头，那些打手也不敢拉了。瞧热闹的人，都知小太岁宋起龙的利害，无人敢管。

正自着急之际，忽听西边人嚷："闪开了，教师爷来了！"宋起龙是酒色之徒，尚不知武，曾知道他父亲新收了一位大教师，很有武艺。他兄弟宋起凤，倒是由自己踢腿练拳。这厮他是连买的妾，带抢的人，共有十四位，夜夜筵乐。今一见外面进来一位二十余岁的少年之人，一脸正气，身穿宝蓝洋绸大衫，足下白袜云履，白净面皮，眉清目秀，另有一团精神，进来问："为什么？"那赶车的把要抢人的事故，说了一番。徐胜听罢，说："岂有此理，这可不行！哪位要抢人，先见见我。"宋起龙闻听，气往上升，尚仗人多，过去一伸手，就把徐胜要抓住，被徐胜那手一接他的手腕，往怀里一带，立刻栽倒就地。宋起龙的打手名叫夏跳，认的是大教师，都不敢过来帮助动手说话。徐胜说："那辆车，你走你的，我在这里管保无事。"那辆车也就赶着如飞的去了。

那宋起龙说："跟我的人来，快给我打这匹夫！你真敢来打我，我把你活埋了。"众手下人口中答应，就是不敢过来。徐胜打了他几拳，他乃被色所迷的人，早已不能起来，卧于就地说："好！你们就瞧着他打我，也不动手，真乃奴才！"那跟徐胜的人，早在徐胜耳边说："教师爷别打啦！这是咱们少庄主，你老不可如此！"徐胜急忙上前扶起，说："得罪，得罪！我实不知。"宋起龙亦不言语，遂逛庙去了。

徐胜走后，宋起龙起来，哎哟了两声，连说："你们这些人，是安着甚么心？人家打我，你等不但不来帮助，连声也不发呢？"内有一名打手宋才说："大爷！方才打你的人，这位就是咱们那位大教习。"宋起龙听罢，说："好！我要害不了他，他也不知我的厉害。你们跟我来见庄主，自有话说。"那些人跟他上车，回归宋家堡家内。进了内宅，知道他父亲在西院他姨娘秋鸿院中。他走入西院，到了翠花轩，见宋仕奎正自带着他母亲及歌妓嬉娘，秋菊、秋鸿这两位侍妾饮酒。他说："爹爹，你花钱雇了一个教习，竟敢打我。儿今日在明化镇，被他欺我太甚，我是要报仇的。"宋仕奎听罢，说："起龙，你今年十九岁了，也不知些世务。我收这些人，原为创成基业，都是你二人的。你二弟今年十五岁，我瞧很好。我要叫你二人练些武艺，也好合招贤馆的人相亲相近。你就是知道抢人，作那伤天害理之事。要作几件别古绝今之事，也要流芳千古。你快往后院去罢。明日我带你二人去拜老师，跟教师练练武艺。"宋起龙也无言可说，自己回他后院房中去了。那宋仕奎也不在意。

且说徐胜回到招贤馆内，立刻叫书童去请尤四虎。二人商议，要出一张名帖，聘请那文武奇才之人，只说护院看家。尤四虎也甚愿意。二人吃了晚饭，各自安歇不题。次日天明起来，吃了早饭后，见宋仕奎带着他两个儿子宋起龙、宋起凤来见徐胜，说："教师，我这两个孩子都年轻，性情太浮，求教师你把他二人教几路拳脚，只要防身之用。”随教儿子过来说：“你二人给老师磕头。”宋起龙兄弟二人叩了头。徐胜说：“庄主，我昨天多有得罪世兄。”宋仕奎说：“理应该当教训，感谢不尽。”徐胜说：“庄主既叫二位世兄跟我学练，可要工夫长，不可出门。每日一早来，晚上回去。还有一件要事，请庄主在各处贴一张帖儿，请护院之人。写招帖子，好招聚能人，明年共成大事。”宋仕奎说：“甚好。我家瞧风水的先生李珍说，我的大事也就在今年明年。只要我得了地，他等皆开疆展土之功臣，列土分茅之虎将。”立刻叫管帐先生写几个请护院的帖子，派人贴于各处。宋家兄弟二人，自此就跟徐胜练习拳脚。徐胜亦不肯真教，说：“我所练的拳脚，是五祖点穴拳。我是八蜡灵牙山七宝藏真洞华阳老祖的徒弟，我师父能呼风唤雨，撒豆成兵。你二人跟我练过三年，我带你朝见师祖。”那宋氏兄弟二人也答应，说是长来，长不来。

徐胜这日正在要瞧操，宋仕奎也来了，升了演武厅。只见外边家人来报说：“外边来了两名招贤的，要见庄主。”宋仕奎正在演武厅当中正座，左有徐胜，右有尤四虎，两边是余华、吕胜、何苦来这十数个人，台阶下有五百庄兵。忽听家人来报，吩咐：“请。”只见从外面进来两个人：头前一个人，是身穿一身紫花布裤褂，紫花布袜子，青缎双脸鞋，淡黄脸膛，雄眉阔目，二旬光景，正在青年。后跟那位，是白净面皮，身高七尺，身穿青洋绉大衫，青绉抓地虎靴子。二人上演武厅说：“庄主在上，我二人有礼。”那穿紫花的自通名姓：“我乃是高得山。”那穿青洋绉的说：“我乃是刘青虎。”

这两个人是从哪里来呢？这两人因是小方朔欧阳德他去后，先到巡抚衙门说给高、刘二人，禀大人知道，宋家堡宋仕奎意欲反叛。大人先派高、刘二人去卧底听信去，随后再派官兵剿拿。欧阳德说：“我送徒弟到这里永顺客栈，我还访几个朋友，共破宋家堡去，先遣二位来的。”到了宋家堡，二人至招贤馆，见了宋仕奎，各改了名，未改姓。宋仕奎说：“二位是哪里的人？从何处来？”高得山说：“我二人是拜兄弟，听见宋庄主请护院之人，我二人自幼爱习练速拳短棍，刀枪棍棒样样精通，无一不好。”宋起龙在旁边看罢，说：“你二人何不练一趟？”高通海把自己平生所学之艺，练了几趟。徐胜心中说：“这个人真好俊本领，我瞧是好，不知庄主如何？”宋仕奎也是行家，他说：“甚好。”刘青虎说：“该我练了。”刘芳到了那台阶以下，用力指了指天，又指了指地，他转了个弯，立刻不练了。

徐胜认识二位是侠义之人，也听说剿紫金山归彭公那里，今日是卧底来了。徐胜故意说：“好俊拳法。”尤四虎说：“这叫甚么拳？乃无能之辈，把他赶出去。”那徐胜说：“二教习你不知，这是八卦拳头一招，你要不服，你合他比并比并，你不能赢他。庄主好容易得个人，你说他不行，那如何使的？俗语说的好，千军容易得，一将最难来，这也是真话。”尤四虎说：“我倒要与他比试比试，如不胜他，我情愿把二教习之位让给刘青虎。刘青虎，敢合我比试吗？”刘芳说：“我陪你走几趟。”尤四虎跳下去，二人在厅前走了几个照面，刘芳一脚踢于就地，那众人无不贺彩。宋仕奎一瞧说：“尤四虎，你真有眼无珠。这幸有大教习在这里，你让位罢，二教习之位是刘青虎的，你算看馆头目。”尤四虎一口气忍于胸中，一语不发。散了操，宋仕奎回宅，分赏众人酒席。

这徐胜带二人至西院上房，说：“二位兄长，你是从汴梁来罢？”二人见左右无人，说了自己来历，“也知道你在这里。”三人情投意合，摆上酒席。高源又好喝，三个人退去伺候之人，都各吐肺腑，定计静候官兵到来。直吃到三更，方才安排打睡，把门关上，那三人倒身就睡着了。天有三更三点，尤四虎越想越气，提单刀来至窗下听了听，三人俱已睡着。把门开开，到西里间一看高、刘、徐三人正自睡熟，他一抡单刀，照定徐胜就是一刀。不知后事如何，且听下回分解。

第六十三回

赛姚期忿怒行刺　徐广治设计诓贼

诗曰：

草色青青柳色黄，桃花历乱李花香。
东风不为吹愁去，春日偏能惹恨长。

话说尤四虎自己气忿不平，来至上房，把门撬开，见三人睡着，立刻咬牙忿恨，抡单刀照定徐胜脖项就剁。他方举起刀来，不防背后有人一掇他腰眼，立时翻身倒于就地，“哎哟”一声，尤四虎早将单刀扔了。徐胜惊醒一瞧，屋内残灯犹明，见有一人跌在就地，不能动转。徐胜连忙站起身来，说：“二位兄长不好了，有刺客了，快起来罢！”高通海、刘德太二人起来，把灯提了提，下地细看，原来是尤四虎，将他捆上，说：“这厮气忿不平，他来杀你我三人，咱们也把他杀了。”徐胜说：“且不可，是哪位把他拿住的？你我因贪杯多饮，惜乎被他所害。这件事，其中定有缘故。”那尤四虎一语不发，只等死就完了。刘芳说：“咱禀明庄主，再为办理就是。”三个人又到外边各处一找，绝无动静。徐胜说：“二位兄台莫睡，这要不是暗中有人来救，你我早作刀头之鬼了。”那高源说：“有理。我问问这位刺客，你是被何人所擒？趁此说实话。你我又无冤仇，这是为你丢了二教习之位，这是宋仕奎的主意，与我等无干，你想想。”尤四虎说：“我知道是他的主意。你要不来，他能薄待我吗？”高源说：“他立招贤馆，为的是招聚人的，你说我不来，你早告诉宋仕奎，别贴请帖啊！你方才是被何人拿，说了实话，我也不肯害你，把你放了。你要不说实话，我先拿刀慢慢的砍你的肉，砍下来扔在外边，留着喂鹰。”尤四虎说：“我来行刺，是羞恼成怒。来在这里，方要举刀，不防我身后有一人把我的腰点了一指，我立刻跌于就地，不能动转。你三人也醒了，想是你三人命不该绝。”高源说：“是了！你二位想，这是何人救了你我兄弟，真也奇怪。”那徐胜心中明白：“你我久而自明。候天明见宋仕奎再说罢！”三人也就不敢睡了。

少时已然天亮，东方发晓，红日东升。徐胜的书童长随宋兴、宋旺过来说：“请教师爷净面罢，今日起来的甚早。”徐胜说：“你去请庄主来，就提我拿住刺客了。”宋旺一瞧，地下捆着是尤四虎在那里，连忙至北院中回明了大庄主宋仕奎。宋仕奎闻听，带着自己亲随宋寿、宋安、宋升、宋祥四名家人，坐小轿由北院中往招贤馆而来。他那小轿是竟为夏天游山逛庙坐的，是一张太师椅子，上面支着过棚凉帐，遮着日光。四个人抬着，家人跟随，至招贤馆下轿。徐胜领众寇接见。宋仕奎升了正座，把头前的座位分开，两旁各按次序落座。宋仕奎问：“大教师，有何事请我出来？”徐胜说：“只因拿住了一个刺客，乃看馆的尤四虎。这厮怀仇，黑夜要杀我三人。”宋仕奎吩咐把他带上来，手下人立刻带上来。宋仕奎说：“这厮胆大包天，我施恩留你，也是好意，你怀仇妒贤嫉能，不愿意我得教习。你好大胆，还坏我的事。”尤四虎说：“宋仕奎，你得新忘旧，我要知道你是这样心肠，我早把你结果了。你安心叛反，我助你到今日，你倒把我视如无用之人。”那宋仕奎听罢，说：“好匹夫！恩来无义，反来为仇。我待你这样，你倒怀仇挟忿。”吩咐众寇，大家把他乱刃分尸。赛叔宝余华、金刀太岁吕胜这二人，素日就不爱尤四虎的行为，他二人听宋仕奎之言，拉刀照定他就砍，一本账何苦来抡锤就打，众人一阵乱刀，竟把尤四虎剁死在招贤馆。手下人把尸身抬至西郊掩埋。

宋仕奎摆酒，给两位教习压惊，家人伺候。众人正饮酒，只见家人来报说 :“外面又来了四名招贤之人 : 头名叫追魂，二名叫取命，三名叫不怕，四名叫真狠，要见庄主爷。”宋仕奎说 :“命他进来。”家人立刻出去，不多时只听外面有人说 :“我们听说这里许多教习，昨日来人夺了二教习，今日我们来夺大教习来了。”徐胜听了这话，真透生性，又听家人报这四个名字追魂、取命、不怕、真狠，这不像真名真姓，必定是哪路来英雄哪。只见从外面进来那四个人，都是少年英雄，都十五六岁，头前那人身高七尺，面如桃花，顶平项圆，目似春星，两眉斜飞入鬓，准头端正，身穿蓝夏布大衫，足登青缎子快靴，手拿小包裹。那后跟着的是面似黑灰，灰中透紫，一脸紫斑，穿青绸衫，足下青缎快靴。第三个是蓝中透青的脸膛，也穿青绸衫快靴。那四位是年有十四五岁，神清目秀气爽，面如傅粉，白中透润，润中透白，黑鬒鬒两道眉毛斜飞入鬓，一双俊目透神，扎脑门，尖下额，长的四衬，准头端正，唇若涂脂，身穿蓝春绸的一件衫，内衬白漂布小汗褂，蓝绸中衣，金银罗单套裤，足下三镶抓地虎快靴，虽然十四五岁，很有神气，仪表非俗。

宋仕奎等看罢，说 :“你四位姓甚么？”头一个说 :“我等无名氏，就叫追魂、取命、不怕、真狠。”宋仕奎问 :“你四人是哪里人氏？只管实说。”那追魂说 :“我四人是结义弟兄，乃浙江人氏，平生爱练，游行四海，访友来至此处，路遇人说贵宅请有武艺之人入招贤馆，我等来投。”宋仕奎说 :“你等练几路拳脚我看？”那追魂说 :“我练一路拳脚。”自己把衣服一掖，在厅前一施展罗汉拳。众人瞧一瞧，真是拳似流星腿似钻，腰似蛇行眼似电，练完气不涌出，面不改色。那三人也各练了一路拳脚。宋仕奎说："四位在我这里，为管军都头目。"那四人谢了恩落坐，又摆了几桌酒席。

刘芳认识那四人，乃是小四霸天贺天保、濮天雕、武天虬、黄天霸。这四人奉老英雄黄三太之命，在河南巡抚境内查访那贪官恶霸、势棍土豪，剪恶安良，作些好事，自带路费。他四人半路遇见小方朔欧阳德来说，宋家堡有一位赛沈万三活财神宋仕奎，意欲叛反，他在各处招纳英雄。这四人奉他所托，来至这里帮助粉面金刚徐胜、多臂膀刘德太、水底蛟龙高通海他三个人，好破宋家堡，清静地面。

那宋仕奎今日一见这四人武艺超群，本领出众，向刘芳说："今来这四位，同你们等寓在一处也好。"贺天保说："大哥亦在这里，闻听还有高爷，好啊？"高源一见说："你兄弟四人也来了，咱们都是龙华会里人。"宋仕奎说："大教师，请你跟我去到我的内宅，我有机密大事相议。"徐胜答应，酒饭已毕，跟宋仕奎二人步行至北院小书房西院中。二人落坐，宋仕奎说："余贤弟，我的心意你可知道？我是要起兵举事。我自己原有家人二千，庄兵二千五百，都分散在各处。我要定于中秋此处有大会趁势起兵，招聚几万之众，先取了汴梁城为基业，后分一支兵取归德、夏邑、虞城等县，再派那路兵进取彰德、卫辉、怀庆等府，随入北直，长驱大进，可以成霸王之业。你为领兵大元帅，刘教习为副元帅，再挑几员战将，几位先锋，以为共成大事。不知尊意如何？"徐胜闻听此言，说："暂为莫忙，先立了盟单。我有一个师父，是八蜡灵牙山七宝藏真洞华阳老祖，会呼风唤雨，撒豆成兵。我斋戒三日，可以请我师父协力相助。"宋仕奎甚为喜悦，说："事不宜迟，就请速行办理。"

徐胜答应，立刻回到招贤馆。自己并未带跟人去，到东门外散散心。天有正午，恰遇欧阳德，将宋仕奎之意与他说了，并说请华阳老祖之事，定计拿他。计议妥当，二人分手，随即回来。自己沐浴净身，至晚单在书房安歇，一连就是三天。吩咐今夜晚在你院中高搭法台，二丈四尺高，上摆八仙桌椅，虚设座位，请我师父前来，你须跪香。宋仕奎带二子起龙、起凤，也沐浴净身。至天晚，法台高烧红烛，照耀如同白昼一般。徐胜在台上说："我先焚香，你等可磕头。"宋仕奎率二子跪于就地说："老祖师在上，信士弟子蒙余教师之恩，今日设坛，请你老仙祖仙驾光临。"徐胜本是冤他，自己哪里去请神仙？听了天已二鼓，他焚了香说："弟子余双人，特请吾师华阳老祖仙驾光临。"连嚷了两声，并无动静。那宋仕奎说："余教习是胡说，他说请仙师，为何连一点动全无？"徐胜又拿笔说："我忘了用画符了！我焚了符，我师父必来。"先用朱砂白鸡，研好了红汁，那家人送上新笔去。徐胜画了一道符，贴在宝剑之上。在灯上点着，口中说："吾师华阳老祖法驾光临，弟子特请。"这句话说完，那符已然焚化，只听的上面说："唔呀！吾神来也！"宋仕奎一瞧，从空中下来一人，头戴九梁道冠，身穿紫绸八卦仙衣，足登云履，腰系丝绦，背后斜插宝剑，手拿蝇篨，白净面皮，微有沿口胡须。不知来者他是何人，且听下回分解。

第六十四回

铁幡杆夜探宋家堡　欧阳德巧得珍珠衫

诗曰：

卸髻娇娥夜卧迟，梨花风静鸟栖枝。
难将心事和人说，说与青天明月知。

话说粉面金刚徐胜，在宋仕奎家中设立香案，请那华阳老祖。只见一个道人从上下来，坐在当中，说："吾来也！汝焚香请我，勉为汝来助新主。"这老祖从哪里来？这是徐胜他请来的小方朔欧阳德。只因前者他与宋仕奎议论之后，他自己出门散逛，在街上遇见欧阳德从明化镇而来。二人叙离别之情，把欧阳德拉在一旁，叫他假扮道人，装华阳老祖，也好混进宋家堡，与徐胜等在一处，亦好办事。欧阳德点头，二人分手。今夜在这里房上等候，听徐胜请神仙，他跳下来，坐在法台上。徐胜看见是欧阳德假扮道人进来，他也跪下叩头说："恩师仙驾光临，弟子这里有礼了。"下面宋仕奎也跪下叩头说："仙长光临，保佑弟子成其大事，弟子感恩不尽。"欧阳德说："吾前知五百年，后知五百年，善晓天文，夜观天象，紫微下降于河南，吾掐指一算，就知落在这里。先遣吾弟子余双人前来，吾随后就到，要帮助他共成王霸之业，也落一个千古留名。”说着话，跳下台来。

宋仕奎同徐胜说：“请仙师爷东院大厅落座。”欧阳德答应，跟二人到了东院中观看。东跨院正房五间，东西各有配房。这院中有各种奇花开放，屋内灯烛辉耀，甚是可观。进上房一看，见屋内金光四色，光彩夺人。名人字画，上品古玩，郎窑磁器，白玉花盆，三尺多高珊瑚子树，一虎大的碧玺桃，翠玉白菜，各样盆景，都是人间少有之物。翡翠西瓜、花梨、紫檀、楠木桌椅、围屏、床帐，样样俱全。他坐在东边椅子上，宋仕奎又从新叩头说：“仙师万寿无疆。今日仙驾至此，不知吃荤吃素？”欧阳德说：“吾今既然下山，就开荤酒，也开了杀戒了。”宋仕奎吩咐摆三桌酒席，仙师一桌，教习一桌，我父子一桌。家人把桌椅摆开，传酒送菜。真是山珍海味，山海八珍尽人间所有之物。吃酒之际，宋仕奎请问：“仙师卜一吉期，我可以何日起兵？我这宋家堡大小卖买，都是我的庄兵所为，遮影人的眼目，连各处家人都练过武艺，共计有五千余人。我这宋家堡收来的庄丁，先练过武艺，已候至三年之外，武艺皆已学成，我才另派他作别的生理。”欧阳德说：“我先给你请几位天兵天将，帮助你可以成功。”宋仕奎说：“全仗老祖师，不知几时请得下来？”欧阳德说：“看你造化如何。我请神问问行兵日期，就是明日晚初鼓之时办理。”宋仕奎立刻吃完酒饭，派家童四名伺候仙师安歇。他父子去后，童子放好了被褥，欧阳德说：“你四个人出去罢，吾要在这里安歇，还与我徒弟有话商议。”

家童去后，欧阳德叫徐胜去外边看看没人，他才说：“贼人要一起手，是急难办理。事不宜迟，须派一位精明强干的人，去到巡抚衙门调兵，就在这七夕之日，可以一鼓而下。日子一多，恐其有变。”徐胜说：“明日你我与高、刘二位商议就是。”二人说了些闲话，各自安歇。

次日天明起来，宋仕奎亲身这里来叩头，又把那招贤馆之人全请来，参见仙师。刘芳、高源二人同小霸天、余华等齐来叩见仙师爷。高、刘二人也知道欧阳德是来扶助众人，作为内应，共破宋家堡，拿获叛逆。

大众见了礼已毕，宋仕奎立了众人的盟单，封徐胜为大元帅，刘芳为行军副元帅，高通海为前部先锋，赛叔宝余华为合后粮台，金刀太岁吕胜为都救应使，轧油墩李四、一本账何苦来、永躲轮回孟不明、飞腿彭二虎、铁算盘贾和、闷棍手方和、黑心狼戚顺、平天转杜成、狼狈金永太这些人皆为将军。他与护国仙师，带追魂、取命、不怕、真狠为大军护卫，自立扫北英武王，把他两个儿子立为世子。家丁庄兵各按次序，排成队伍，分了十一营，与众将带领，每日在宋家堡之西教场操演阵式。

至天晚，又高搭法台，宋仕奎要看仙师请天兵天将，看是如何请法。他本就疑心，不知那欧阳德是真是假。他借这为名，叫他心腹家人宋安带家丁四十名，暗备干柴一把伺候。他请不下来天兵天将来，倚这为名，他要试试神仙真不真，放一把火烧他。他要是真神仙，不躲壁间，知我有天子之分，他也不恼我；他要是假充神仙，立时烧死，不能叫他得活啦。宋仕奎分布已定，那家人都备好应用之物。天色已晚，把仙师从东院请过来。欧阳德坐着二人抬的椅子，徐胜、刘芳二人跟随在后，到了法台之下。宋仕奎心中留神，看他怎样上去？他要是神仙，必然一抖袍袖，飞身上去；他要不是神仙，不能容易上去，他必然施展飞檐走壁之能上去，我也看的出来，我必然放火烧他。欧阳德见宋仕奎率领家人迎接，他也怕人看破，这事就不好了。他说：“你们全都跪下，我围这法台绕几个弯，念完咒语，我才得上去呢。你们都要叩头的。”那些家人与宋仕奎等，都跪在就地。欧阳德绕了两个弯儿，一飞身他从后边上去了，说：“你们不必叩头，吾已上来了。”

法台上已经设摆那八仙桌儿一张，太师椅子一把。桌上有五供一分，高香一封，无根水一碗，香菜一把，五谷粮食一碟，朱砂、白鸡、黄毛边纸各一份，新笔一枝。欧阳德立时拉出宝剑来，在台上假充念咒，口内咕哝咕哝的有半刻工夫，把无根水研浓了朱砂，然后用笔画了三道符，他贴在剑尖上："吾是特请托塔天王李法师驾到！"把符往烛光上一点，往台下一摔说："托塔天王不到，等到何时？"忽听北房上有人嚷："吾神来也！"把欧阳德吓了一跳。回头一看，见北房上站定一人，面如紫玉，雄眉阔目，准头端正，四方口，微有燕尾黑胡须，头上青绉帕包头。欧阳德看罢，自己倒放了心啦，知道自己的这位朋友来了，可以装这神仙装整了。又往台下说："你们还不叩头？天王来了。"宋仕奎大众等急忙叩头。欧阳德又把二道符焚了，说："二郎爷杨戬不到，等待何时？"忽听东房上一声嚷："吾神来也！"欧阳德又看东房上这位，面如重枣，环眉大眼，年约三旬已外，身穿青皂褂。欧阳德又焚第三道符，说："奉请哪吒法师，前来护助。"听西房上一声："吾神来也！"欧阳德请下这三位神圣，宋仕奎与两个儿子信以为真，大家焚香叩头。欧阳德说："三位尊神，你等法驾光临，我无事也不敢劳动尊神，我保贵人宋仕奎，共起大兵北征；求三位神圣扶助，共成大业。"房上人说："尊法旨。""嗖"的一声去了。

欧阳德跳下法台来，宋仕奎即将法师送入东院屋内，徐胜、刘芳二人跟随，又摆点心果酒，庆贺神仙。那宋仕奎带二子回后边去了。忽然从外边进来了闷棍手方和、赛叔宝余华，参见了国师，问道："我二人的终身如何？"那欧阳德乃是侠义的人，闻听此言，他说："你两个人只要处事公正，先把自己身家择清，免遭不测之祸，自作主见，大丈夫立志于四方，岂能受制于人？"余华听了，诺诺连声，二人去了。

徐胜说："兄长，方才在房上的是哪里来的人？我并不认识这人。是你请的吗？"欧阳德说："贤弟，少时他来，我再给你引见引见呢就是。他是河南一带有名人焉！那三个人是亲兄弟，三个全是武艺超群，我邀请他暗中帮助，早破宋家堡为是。这事不宜迟，早给大人送信为要，调来官兵，趁未起首时好拿他；要起了兵，就要伤害黎民，不容易办了。明日托他三个人去到大人那里送信，恐大人又不认识。你我分不开身，亦不能离却此处，没有一位妥当之人，该当如何办理？”徐胜、刘芳并无主见，三人议论多时，各自安歇。

次日，宋仕奎把家藏的三件珍珠汗衫，价值数万金，奉献给仙师受用。宋仕奎说：“无物为敬，这乃家藏之物，请你老人家收下就是。”欧阳德故意的装作看不起的那个样式，说：“唔呀庄主！吾要这些无用的物件，要他何用？吾乃修道的人，既承你一片虔心，吾亦不好不要，暂留下罢。”宋仕奎敬如神明，又摆酒相请，连高、刘、徐三人同用。早饭罢，到宋家堡西门外看操演阵式，各乘驳马，带跟随人等，出了西门外北面一片教军场。十一营将校，各各俱带腰刀，迎接宋王爷进了演武厅落座。随传令，一声炮响，那马队二千人列开成一字长蛇阵，旌旗招展，号带飘扬，枪刀密布。余华把令旗一摆，变成一个双龙搅尾阵。又操演了步卒。散了操，众人各归汛地，前护后拥，送宋仕奎与元帅、仙师到了府中，各自散去。欧阳德到了自己院内。天晚，高源、刘芳、徐胜三人跟他同一处吃了晚饭。天有初鼓以后，忽从外面房上跳下三个人来，就是那装神仙之人来了。

却说这三个人是从何处来呢？他是欧阳德聘请来的，家住河南嵩县三杰村，姓武，兄弟三人皆受过异人指教，长拳短打，软硬工夫，手使赶棒。那大爷面如冠玉，名武显，二爷面如重枣，名武源，三爷白净面皮，名武芳。三人行侠作义，济困扶危，剪恶安良，偷不义之财，济贫寒之家，江湖中人给他送绰号，称武氏三雄，武技压倒绿林，被欧阳德所请来，破宋家堡的。今夜晚前来，见了欧阳德说：“兄长，我兄弟三人，未能得便，今日未见你可怎样破法呢？贼人势大，恶迹甚多。他常常抢人，霸占房粮、地土，无所不为，手下又有这些兵马。”欧阳德给三人引见了徐胜等，俱各行礼。这武氏三雄，乃未受过皇清封之五显财神头三位。这是后话不题。

武氏三雄说：“要破宋家堡，须调官兵来，贼势浩大。”徐胜说：“就烦你三位，去到巡抚衙门去送一封信，请彭抚台速调官兵来剿灭叛逆也好。”这话未曾说完，忽从外面进来一人，说：“你们这伙奸细，是宋家堡卧底来了，你等往哪里走？”吓的欧阳德、徐胜、高源、刘芳、武氏三雄大吃一惊，连忙站起身来一看。不知来者是谁，且听下回书中分解。

第六十五回

张耀宗奉谕剿贼　欧阳德生擒首逆

诗曰：

将军溢价买吴钩，要与中原斩寇仇。
诚挂窗前惊电转，略抛床下怕泉流。
青天露拔云霓泣，黑地潜擎鬼魅愁。
见说夜深星斗畔，等闲期克月支头。

话说武氏三雄与欧阳德正在议论，上巡抚彭大人那里送信，调官兵好拿活财神宋仕奎，外面忽然进来一人说："你们吃着宋家堡的粮，办的彭巡抚的事，我回禀庄主，你们这伙人一个也跑不了！我焉能合你干休善罢？"徐胜等听了，吓的面模改色，大吃一惊，抬头看那人一推帘子要进来，又抽身出去，把众人吓的战战兢兢。各人带兵刃追出去，在各房上寻找，并不见有人。众人回来方落座，忽然外边房上又有人说话，说："姓徐的，那日要不是我救你，焉能得的了活命？我替你拿住尤四虎，你也不谢谢我。今日我若给宋仕奎一送信去，你等全作为刀下之鬼。"粉面金刚徐胜在屋内说："朋友，你进来！我等也知你是一位侠义英雄，何必这样耍笑我等？你不必害怕，我们不倚多为胜。”

那房上人听说，跳下来落于就地，掀帘子进来。欧阳德看见进来一位英雄，原来是铁幡杆蔡庆。水底蛟龙高通海见是蔡庆，他说：“蔡老叔，你真会吓唬人！”蔡庆也笑了，说：“自从你等离了河南城，我就暗中跟随，在明化镇店内居住，夜内我来探访这宋家堡的事。那日正遇尤四虎行刺，我在暗中拿获于他。每日我必来。”欧阳德说：“我给你们引见引见罢。”指徐胜说：“他叫徐胜字广治，你与蔡庆老英雄见见。”又与武氏三雄引见，彼此见礼已毕。高通海、刘德太说：“蔡老叔，你给送一信，调官兵来剿宋家堡，我二人与你写书信。”拿起笔来，写了一封书信交给蔡庆了。蔡庆说：“你众位候回信，我去了。”欧阳德等大家站起身来，齐说：“不送了。”那蔡庆去了。众人又与武氏三雄谈了些闲话，说求三位英雄帮助我等拿宋仕奎。三人点头说是，也站起身来说：“我等失陪了，早晚再见。如要是拿获宋仕奎，我三人必到。”三人去后，众人安歇，一夜无话。

次日天明起来，宋仕奎升殿，聚集文官武将。文官有赛张良李珍、玉面秀士刘松年，就是二人；那武将就是徐胜等。宋仕奎说：“今日乃是七月初三日，天朗气清。先派人往各处哨探，如探明白，禀我知道。若是哪里有官兵驻扎，哪里有团防护守，俱各详细回报，不得有误。”那家人答应下去。过了一日，回来禀报，各处照常，并无防备。

欧阳德、徐胜、高源、刘芳、小四霸天等八人，至夜内三更的时候，同在一处。正在议论如何拿贼，如何动手，忽然从外面进来一人，正是蔡庆。大家让坐说：“你老人家是从那巡抚衙署回来啦？”蔡庆说：“正是。明日初鼓，那常兴同张耀宗二人，带两营马步队前来剿贼，你等里边共为内应。”徐胜大喜说：“明日准来，也好，我等专候接应。”蔡庆走后，大家安排好了。

次日无事，天晚各人收拾已毕，欧阳德说：“那招贤馆众将，我一人拿获。贼人的家眷，贺天保你小兄弟四人去拿获。徐贤弟，你同高、刘二位去拿贼首宋仕奎，各自留神。”大家带好了兵刃，至天有初更之时，忽听庄外三声炮响，徐胜、刘芳、高源三人立刻拉刃，只奔那内宅。到了宋仕奎所住之处，见屋内灯光闪闪，内里并无一人，也不见宋仕奎。又往各处寻找，并无下落。三人至后院中，把狗子宋起龙拿住。正在各处寻找，忽听正东金鼓齐鸣，官兵拥进宋家堡来。徐胜正为难之际，忽听前边房上有武氏三雄说：“徐广治，这件功劳我送给你罢，你跟我来。”高、刘、徐三人，挟着宋起龙到了东院屋内，看见早把宋仕奎拿获了。武氏兄弟三人又到招贤馆，帮助欧阳德拿获那赛叔宝余华、一本账何苦来、铁算盘贾和、轧油墩李四、闷棍手方和这五个人。金刀太岁吕胜、永躲轮回孟不明、飞腿彭二虎、黑心狼戚顺、平天转杜成、狼狈金永太这六个人逃走。至下文书中，彭公西巡查办事件，他六人在连环寨勾串四十八家盗寇，大反庆阳府。这是后话不题。

且说那张耀宗进京引见，回头升了河南本省都司。他奉命带一千兵，合守备常兴二人，带官兵进了宋家堡，逢人就捆，见人就拿。欧阳德把三件珍珠汗衫送给武氏三雄，三人告辞，出了那西门外。贼人的大营听了这个信息，全都潜踪避迹，不敢出头。大家散伙，把宋家堡的余党拿获大小二百七十六名，逃走二狗子宋起凤，也不知下落。至天交正午，大获全胜，先给彭巡抚送信。剿了他的家私，内有黄金三十万两、纹银二千七百五十四万两，零项古玩大小四千五百零六件。绸缎尺头各色三千九百四十余匹，自鸣钟大小一百三十架，金表三百四十七个，田地租项每年共进二十八万余两。余者大小典当铺七十余座，杂货铺、银楼、缎店各铺户各四十余座，尚未查剿。还有总账三十四本，盟单匣子一个，粮米柴草无算。张耀宗在这里办了三天，才起兵带众英雄押解众寇起身。小四霸天说：“贼人家眷，并无一人逃走。我四人要上浙江，回家办事去了。”张耀宗说：“你兄弟四人跟我到省，我见大人，求巡抚保荐四位贤弟，可以得一个功名，不知意下如何？”贺天保、黄天霸齐说：“不必！我等要侍奉双亲，尽忠不能尽孝，实不能从命。”张耀宗送了路费。贼宅，知会上蔡县的县主，派人照理。他带领官兵人等，立刻回河南省。在半路上，欧阳德告辞，回家有事，张耀宗送了路费。

见巡抚彭公，细说那宋家堡剿贼的情由，“内里功劳多有是徐胜之力，并有我岳父与欧阳德二人，外邀武氏兄弟三人相助。”彭公点头说是，即吩咐带上宋仕奎来，听差人传伺候。彭公升了公位，两旁差人站班伺候，有押差人带到宋仕奎，跪于彭公面前。彭公说：“你抬起头来。”彭公一看他相貌，青白脸膛，剑眉三角眼。彭公说：“你姓甚么？叫甚么名字？把你所作的事只要实说，我还要开恩救你。”宋仕奎说：“大人，我名叫宋仕奎，捐的监生，因误听相面的李珍之言，我才起意。他说我有帝王之分，有异人帮助。我那余双人，我也不知他是大人这里的人。他请的那位仙师华阳老祖，我也不知是小方朔欧阳德。我被他等所哄。事到如今，望求大人开天地之恩，我只求饶命，感恩不尽。”

又带上赛叔宝余华、一本账何苦来、铁算盘贾和、闷棍手方和、轧油墩李四这五个人，跪于阶下。彭公说：“你等都是作何生理？为何帮助宋仕奎反叛？”余华说：“我原是虞城县人，自幼练武，听说他家请看家护院的人，我才到宋家堡去。他将我留下，他说是我给他照应宅院。后来他立盟单，小人知道，就不愿意。”彭公听到这里，把惊堂木一拍，说：“你胡说！既不愿意助贼反叛，为何不出首告他？你与官兵对敌打仗，现被我擒了，你来我这里，还不说实话，给我打！”余华说：“大人莫打，我一时间糊涂，求大人明鉴施恩，小人得了活命，从此再也不敢与恶人在为一处。”彭公说：“带下去！”又把宋起龙带上来，与贼妻朱氏等一讯问，均皆招认，写了供底，呈与大人。彭公请藩臬两司议论，把宋仕奎谋为不轨的事奏明皇上。又递了一个保荐人材摺子，保举常兴以都司即补，张耀宗以参将提升，高源加守备衔，刘芳以守备用，候旨送部引见。

彭公递了摺子之后，张耀宗跟大人告假，送妹妹完姻，彭公赏他一百两纹银。张耀宗带侠良姑张耀英，住在官署都司衙门，给徐胜送信，择日过门。徐胜就赁了公馆，在这里迎娶过门。他也原打算在这里暂住，跟大人台前当差近便。过门之后，带家口回家祭祖。彭公把宋仕奎凌迟，全家皆斩于市。把所剿贼人资财入官，一半赏随征之将与兵丁办理。一律肃清，彭公在河南大有政声。

是秋八月初旬，黄河水涨，秋雨连绵。彭公带同司事人员昼夜防护，赖以平安。题奏，皇上赏大藏香十枝，交河南巡抚至龙王庙亲祭。八月中秋前几日，本省属员叩节，他必亲身面见，盘问地面上年景如何？地土人情之事，必亲口嘱托州县官，为民之父母，办事均要详细，幸勿草率。分派已毕。

是日，张耀宗、高源、刘芳三人前来拜节。彭公赏了酒席，问张耀宗："蔡义士与欧阳义士不愿作官，他等往哪里去了？"张耀宗说："我岳父蔡庆在我家闲住，自己也常出城，上万泉山，散逛各处散闷。我师兄欧阳德他说要回故土修理坟茔，自己也甚回心，想起他在千佛山学艺之时，跟师父说过年到五十岁归山出家，要不出家，必被火烧。他回家祭了坟，他就要出家去了。"彭公说："早晚旨意下，必须候着上谕如何。"张耀宗说："是。"三人下去。彭公回后宅，管家彭兴伺候大人吃酒玩月。彭公见皓月当空，照耀如同白昼，月明星稀，真是"此生此夜不长好，明月明年何处看？"自己回想往事，如在目前。又想李七侯，不知此时在为那里？至今不能再见他。想罢，彭公甚不乐意，饮了几杯酒，也就安歇了。次日办些公事。

到了二十四日，上谕下："着张耀宗来京召见。高源、刘芳以守备提升。常兴以游击尽先升补。河南巡抚钦加太子少保、兵部尚书衔。钦此钦遵。"张耀宗等谢了恩，至九月初旬也不见徐胜来，张耀宗也不能等候，自己从巡抚衙门领了文书，收拾行李进京。至十月间回来，给大人请了安，说：“蒙圣恩，升授河南开封府参将。”接家眷上任。蔡庆夫妇怕天气寒冷，不敢回去，以待来年春三月后罢，再到家中去。夫妻主意安排好了，在这里跟着张耀宗与女儿蔡金花夫妻，带从人坐车上任，接了任，就住在参将衙内。

彭公在河南来到半年，治得路不拾遗，夜不闭户，真雍熙之胜世。彭公所办之事，大有古大臣之风。过了几日，忽然间旨意下，调彭公入都。不知吉凶如何，且听下回分解。

第六十六回

彭巡抚入都召见　奉圣旨查办大同

诗曰：

夕烽来不近，每日报平安。
塞上传光小，云边落点残。
昭秦通警急，遇陇自艰难。
闻道蓬莱殿，千官立马看。

话说那彭公接了圣旨，调入京都，自己把任内所办之事交待清楚，收拾行李起身。正值冬月初旬，天寒地冷，头一站住金铃口。次日过黄河。严寒天气，滴水生冰，寒风似箭，冷气如刀。怎见得？有诗为证：

萧条古木衔斜日，盛沥寒云滞早梅。
愁处雪烟连夜起，静时风竹过墙来。
故人每忆心先见，新酒偷赏手自开。
景状入诗兼入画，言情不尽恨无才。

彭公过了黄河，往北接站行程，路上受了无限的寒凉，又遇阴云四起，瑞雪飘飘。这日早行，约走三十里之程，雪越下越大，彭公信口占一绝句云：

五更驴背满靴霜，残雪离离草树荒。
身在景中无句写，却教人比孟襄阳。

彭公在路上晓行夜住，饥餐渴饮，非止一日，到了京都。

那日住在法源寺。次日到内阁挂了号。过了两日，旨下召见。康熙老佛爷乃有道明君，知道彭朋是一个干员，降旨召见。彭公身穿皮袍褂，带两名长随。是日在养心殿召见。彭公行了三叩九拜之礼。然后问彭朋："彭朋，你自到河南，剿灭山寇逆匪，也算办事详细。朕调你来京供职，补授兵部尚书，着你去。"彭公说："奴才谢主子恩。"磕头下来，圣上朝散回宫，彭公回家无话。

次日，有亲友来接风贺喜，彭公皆回拜了。上了任，阖署官员叩喜。自己除上衙门之日，在家训教公子德昌读书。公子今年十六岁，已中文举人，大挑朝考一等，掣签分吏部主事。至腊月，彭公无事，在后堂与夫人吃晚饭，说："拙夫年已望六，膝下就是此子，赖祖宗之盛德，已金榜题名。我在宦途，一生并无亏德之处，今我在京供职，惟有致君泽民而已。"夫人说："德昌幼年发达，你我也算心安。"夫妇晚饭已毕。过了几日，腊尽春归，时逢新王正月，开印之后，彭公上衙门办理一应公事。

到三月间，康熙爷在南苑海子打围。那日旨意下，叫彭朋入内召见。彭公随旨，到了寝宫余乐亭，见康熙爷带一班内臣在那里坐定。彭公行了三叩九拜之礼。皇上说："彭朋，朕昨夜失去珍珠手串一件，贼人胆敢留下字迹。"叫内臣给彭朋看。彭公一看，那字帖上写：

民子余双人，叩见圣明君。

河南曾效力，未能沾皇恩。

彭公看罢，叩头说：“吾皇万岁！皇恩浩荡。奴才在河南巡抚任内，剿灭宋仕奎，拿获叛逆宋仕奎，此人功劳甚大，并在内里帮助张耀宗等拿获贼党多人，就有徐胜。后来他携眷回家祭祖，奴才也未题奏保他。”康熙爷闻奏，说：“彭朋，你寻找徐胜带来，朕必要召见此人。”彭公说：“遵旨！”

叩头下来，出了宫门，坐轿回宅。到书房内叫彭寿儿出去，“叫高源、刘芳二人来见我。”家人到外院西书房内，说：“高老爷、刘老爷，大人请你二位。”高通海、刘德太二人立刻换了衣服，到里院书房之内，给大人请了安，问：“大人叫我二人，有何吩咐？”彭公说：“圣上在南苑行宫之内失去珍珠手串，是徐胜盗去，你二人去找他来见我。”

水底蛟龙高通海、多臂膀刘德太二人答应下来，各换便衣，二人出南城，在正阳门外各处寻找，至大栅栏各戏园之中。真是万国来朝，人烟稠密，各行买卖俱皆茂盛。他二人在各酒楼饭馆直找了一天，并无下落。二人也饿了，想要在有名酒饭馆吃饭，二人就在这正阳楼楼上吃酒，要了几样可吃的菜。高源说：“刘贤弟，你也是精明通达之人。你想，这徐胜就是无主见了，他不应该盗皇上的物件。”刘芳也说：“是不应该的。”二人吃喝已毕，只见跑堂的进来说：“高爷、刘爷，你二位的饭钱，有徐爷给了钱啦。”高通海就问：“姓徐的在哪里？”跑堂的说：“在外边呢。”高源、刘芳二人急忙下楼一找，并无一人，也不知徐胜哪里去了。只见柜上的人过来一位，说：“高爷、刘爷，姓徐的给了钱，他就走了。留下一个字儿，你二位拿去看。”刘芳接过来，二人上楼一看，那字儿上写的是：

字启二位兄台得知：弟徐胜自河南分手，时常想念。天南地北，人各一方。我自回家河南，不见兄台等，也未听接音，故今来京，惊犯天颜，盗来珍珠串一件。我也不必见大人，三日后必奉还，至嘱。

呈高、刘二位老爷时安，并升安不一。

愚弟徐广治拜

高通海、刘德太二人看罢，说："他既如此，你我该回去，把此事回明了大人便了。"高、刘二人下楼，回至宅内，把找徐胜之故，均一回明了大人。彭公沉吟半晌说："你二人下去，我看他如何奉还。"

过了一日，皇上回都，众王大臣等朝见。彭公坐轿到了东华门下轿，只见有一位官员，身穿官服袍褂靴帽，五官不俗，一口痰正吐在大人靴子上。他连忙陪笑脸，他亲身过去给擦。彭公说："不必。"那人还打了一个喷儿，说："大人请！"彭公走了两步，觉着靴筒内有物件，一伸手掏出，正是珍珠手串，自己暗为称奇，说："果然是一位出奇的英雄！"进内，到了养心殿见驾。朝贺已毕，彭公奉献上珍珠手串，说："奴才奉旨拿获盗珍珠手串之人，奴才今找回珍珠串。徐胜胆小，不敢面君。"康熙爷说："徐胜赏赐千总之职，留京补用。"彭公谢了恩，下朝回家。

至四月初旬，因大同总兵傅国恩拐印骗兵，修了一座画春园，招兵买马，聚草屯粮，抢了火药局、军装库，康熙爷旨意下，派彭朋查办大同府事务，驰驿前往，并一路查访民词，随带司员。彭公接了这道圣旨，回家说："家人彭兴，你把我应带之物件，想着给我收拾收拾。我带两班轿夫，把高通海、刘德太二人给我请来。"家人出去不多时，高、刘二人进来，先参见大人，问："呼唤我二人有何事？"彭公说："我奉旨查办大同府，并随带文武司员。我只带你二人去，你把随行所用的行李，该带的带些个，收拾收拾。我后日请训。给你二人各人五十两纹银，该带的、该买的衣服，你二人自去办理。"叫家人从账房取来，交给高源、刘芳。二人请了安，说："多谢大人。"彭公说：“你二人去办理罢！”自己往后面夫人屋中用了早饭，就有亲友来送礼叩喜。次日，彭公回拜了一天客。

他是日请了训，是四月初九日，他一早坐八人轿。高通海身穿灰色布单袍，腰系凉带，青中衣，青缎靴子，外罩红青羽绫单马褂。刘德太也是便衣，宝蓝绉绸大衫，蓝串绸裤褂，青缎子三镶抓地虎快靴，坐骑黄膘驹，鞍鞯一旁，挂着一口带鞘单刀。彭兴、彭福、彭升、彭寿等，各骑骏马，出德胜门。头一站到昌平州，天色尚早，有七八个男女口中嚷冤枉，求老大人施恩罢。彭公在轿内说：“住轿。”头前引马彭升等，方要抡马鞭子打，只听那边大人叫。彭公说：“来，把那七八个男女带过来。”那家人说：“大人叫你等众人过来。”那些喊冤之人，跪于轿前说：“大人在上，小民等冤枉！”彭公问：“你所告何人？可有呈状无有？”那头前跪定一人，年有半百，说：“小人吴昆，乃昌平州北关外人氏，跟前有一个女儿，名桃花，今年十八岁，许给东关吕登荣之子为妻。今年二月十六日夜内，被贼人先奸后杀，还在墙上留下一朵白如意，是拿粉漏子漏的。还有一首诗，上写的是：

背插单刀走天涯，山林古庙是吾家。
国法王章全不怕，禀性生来爱采花。
白昼看见多姣女，黑夜三更来会他。
因奸不允多贞烈，俊俏被吾刀下杀。

这八句。小人清早起来，至昌平州衙门喊控，老爷传我至二堂，问了口供，立刻验尸。把死尸验完，他吩咐小人，把我女儿装在棺材之内，候拿凶犯。过了几天，我们邻居黄家的女儿也被贼人所杀，墙上留白如意一朵。一连七条命案，都是少妇长女。知州并不认真办理，小人连递了两张催呈，知州说小人刁猾。今日听人说钦差大人查办大同府，从此经过，小人等情急，会合被害之家，来此鸣冤，冒犯大人虎威，只求大人施恩，交派知州，替小人的女儿鸣冤！”彭公说：“带吴昆等跟随至公馆办理。”吩咐起程。

行有七里之遥，有昌平州知州刘仲元，带公差人等迎接大钦差，在大人轿前请安。彭公说：“你前往公馆引路。”知州退后，坐轿先头前至公馆伺候。彭公的大轿到公馆，放了三声大炮，文武官员接见钦差大人。彭公下轿至里面，早有伺候公馆听差人等先送过净面水来，请大人净面。彭公净了面。下边听差之人就献上茶来。只见武营参、游、守、千、把等跟知州来参谒大人。彭公一看手本，问：“贵州到任几年？”刘仲元说：“卑职到任一年有余。”彭公问：“本处地面清静？”答曰：“清静。”彭公说：“贵州是何出身？”知州说：“一榜举人。”彭公说：“本处闹白如意采花之淫贼，杀伤多命，贵州为什么不认真捕拿？”知州说：“卑职也严勘捕快即行拿捉，无奈贼人远遁。”彭公说：“总因你不清查保甲，以至地面不安。下去！明日务将贼人拿获。”知州答应说：“是！”下去。

彭公用了晚饭，叫高源、刘芳上来。二人进上房，给大人请了安。彭公说：“你把吴昆等送到州内取保，不准难为他众人。”刘、高二人至外边，带吴昆等至州衙署，交明了州衙当差的人说：“钦差吩咐，叫他取保回家。”二人回来见大人，禀明彭公啦。彭公说：“本部院明日不走，我派你二人穿便衣去，在城之内外村庄镇店各处，神留寻查白如意的行迹下落。”二人答应下去，天晚各自安歇。高通海等夜内也常出来，在各房上看看，并无别的动作。

次日天明，吃完早饭，二人换了便衣，立刻到上房见了大人，说：“我等就此去罢。”彭公说：“你等见行迹可疑之人，只管跟他，访真了果是何人，再为办理。”二人答应下去，出离公馆之内，顺路往前。刘芳说：“你我分开去访，你往西北，我往东南，分路走。”高通海答应，往西走了几步，心中说：“我要往各处寻找，也不知贼人准在东西南北？不免我找一座酒饭馆，可以探访此事。吃酒之人，也许有知道这个人的，亦未可定。”自己在西街路北一座酒馆吃酒不表。

单说刘德太，他出了东门，见关乡买卖兴隆，人烟不少，又不知该当往哪里访去，也不知这白如意果是何人。自己为难这件事，无奈就在路北小酒铺内坐下，说 :“给拿两壶酒来罢！”酒保儿送过酒来。刘芳本是年幼之人，吃了两壶酒，他心中又有事，不由的自己闷闷不乐，想不起一个出奇的主意来。他心里着急，不由己的形露于外，不是拍桌子，就是瞪眼睛。正自为难，忽听东边当当钟声响亮，出酒铺一看，见那边围一伙人，拥挤不动。不知所因何故，且听下回分解。

第六十七回

铁罗汉回家祭祖　白如意大闹昌平

诗曰：

> 青海长云暗雪山，孤城遥望玉门关。
> 黄沙百战穿金甲，未破楼兰终不还。

话说多臂膀刘德太闻钟声响，站起身来往外就走，出了酒馆，他方要往南走，只听后边说："大爷勿走，还没给酒钱呢。"刘德太说："酒钱我给你，我是看瞧热闹，自己一慌就出来了。"说着，掏出钱来给了酒钱，自己到了东边那人群之中。看见有一个僧人，身高九尺，披散发髻，打一道金箍，宽二指，面如紫酱，雄眉带煞，怪眼透神，白眼珠努出眶外，黑眼珠滴溜圆，烁烁放光，大鼻子，四方口，连鬓落腮胡子茬，身穿白色僧衣，高腰袜子，直搭护膝，青僧鞋，肩挑铁扁担，前头一口大钟，有二百多斤重，后有一块铁如意相衬。在粮店门首，手拿木锤，连打了几下钟，说："阿弥陀佛！金钟一响，黄金一两。施主慈悲罢！"那粮店的伙计给了他一文钱，他不要，又添了一文，他也不要，添至一百钱，他还嫌少，非要五两银子不走。铺内掌柜的说：“我们也要施舍得起你，要化几两，我们就得有几两，那如何成呢？”那头陀说：“我这钟永不空打，打一下是银一两，方才我打了五下，你既要不施舍，我就要多化了。我的钟再响，你非给银十两不可，我可把话合你说明了。”那看热闹之人，就有生气的说：“你这穷僧恶化，太也不成事体了，给你一百钱你犹少，你要五两银子，你就要去罢。”那和尚又打了五下钟，他也就说：“你既不施舍，有后悔之时，你可莫怨我，我去也。”自己挑着钟合如意，往东就走。

刘芳乃受过明人指教，看那和尚定是贼人，见他二目贼光烁烁，就看出八九来。刘芳在后面跟着，又恐怕他看出来，自己东看西望，故意装看热闹之人。出了街头，往北走了有三里之遥，见正北有座庙，大殿配殿一层，钟鼓二楼，东院中有北房五间，东西各有配房三间。刘芳看那僧人推门进庙去了。他连忙回到公馆，遣人去把高源找来说：“大哥，小弟我访出一件真正贼人，可不知是白如意不是白如意。你跟我今晚出城，到他庙内，暗中探听探听是哪路贼人，也好办理。”二人用了晚饭，禀明了大人。他二人收拾干净，各带单刀，出了东门，直奔东北。

到了正觉寺庙门首，二人只听钟声响亮，当当的打连声直响。他二人由东边飞身上墙，窜至墙上，跳进院内，上了东配房，看那北上房灯光烁烁，人影摇摇。二人又至北房，跳至后院，从后窗户用舌尖湿破窗纸，望里观看。见八仙桌上有蜡灯一盏，东边椅子上坐定一人，站起身来身高九尺，膀大腰圆。要按脸模说，这人面如蓝靛，青中透蓝的脸膛，雄眉阔目，四方口，四旬年岁，身穿青绸子长衫，足登青缎快靴。

高源、刘芳并不认识这位何人，哪知这位是独霸山东的窦二墩。他因为救他兄长，劫牢犯狱，逃出北口，在连环套独霸为王，招聚喽兵。他因思念父母之坟墓，向在河间府又无有看坟之人，自己甚不放心。他到故土上了坟，回头在昌平州正觉寺，路遇昔年故友飞刀英八。他乃是镶蓝旗满洲人，自幼爱练，也不作好事，非偷即盗。他犯罪发在山东地方，合窦二墩有来往，二人性投意合，结为兄弟。后来他逃回京都，自己出家在这昌平州正觉寺庙内，恶习不改，任性妄为，常在外面采访各处有姿色的妇女，他夜内前去采花，采完了花，他还把人杀了，用粉漏子漏一朵白如意来。他庙内使用一个火工道人，名叫刘宝林。他今日是来了知己的朋友窦胜，他亲身在厨房造办菜蔬。

高、刘二人等了多时，见白如意即英八和尚托着四样菜蔬，一壶酒，两份杯箸，摆在桌上说："窦大哥，你可吃几杯酒，在这里多住几天，你我谈谈心。"窦二墩听罢，说："贤弟，我不能久待于此地，怕遇见绿林之人笑我无信。想当年我在德州与黄三太比武，我被他打了我甩头一支，提将起来怀恨在心，我也无面目见直隶、山东一带的朋友了。我说过世上有他无我，我要练好武技，找黄三太报此一镖之仇。我今闻听他卧病不起了，年已八旬。我曾对众人说过，有黄三太一天在世，我窦某不能出世。贤弟你这一出家，也好跳出三教外，不在五行中，一尘不染，万虑皆空，你比愚兄胜强百倍。"英八和尚说："兄长，我今听人传言，说钦差彭朋奉旨查办大同府，由昨日住在此处不走，接了七八张呈字，都告的是我。"窦二墩说："我也深恨彭朋，他仗着白马李七侯等，在山东与我打仗，我实恨他。我今跟贤弟你去杀了彭朋，留下字柬，就说是黄三太所杀。"英八和尚说："小弟一时无主见，作了一件不可说的事情，一生好采花，杀了几个女子。"窦胜说："贤弟，你这就不是英雄所为，坏了江湖中的名气。你我吃完酒，然后往公馆去刺杀彭朋。"

水底蛟龙高通海、多臂膀刘德太二人听了这话，吓的浑身是汗。刘芳一拉高源，到了北边墙根之下说："大哥，你听见么？那边屋中是独霸山东铁罗汉窦二墩，他由连环套回家，祭坟回来，今日要勾串英八和尚去到公馆行刺。你我怕不是他的对手，这便该当如何是好？"

高源说："贤弟，你我只可听天由命，先在大道之上等候他。"二人商议好了，跳墙出去，绕至庙前，在树林之中等候，把单刀一拉，二人竟等贼人。

窦二墩与英八和尚二人吃完酒饭，收拾停当。窦胜带折铁刀，英八和尚带朴刀，二人出禅堂，至院中叫火工道人看守庙门。二人跳在庙外，顺大路直奔昌平州而来。方走有一里之遥，前边有几棵柳树，忽然窜出一人说："呔！此山是我开，此树是我栽。若要从此走，须留买路财。无有买路财，一刀一个土内埋。"英八和尚一听，他也乐了，回头说："兄长，这是吃生米的，他也不打听打听，你我是何等人也！"说着，他一拉刀往对面答话说："合字吗？"高通海说："我是井字。"英八和尚说："线上的朋友，哏喀孤饭，咱们是一个跳板上之人。"高通海说："我是绳上的，打杠子为生，我也没使船，咱们不是一个跳板上之人。"英八和尚说："你真楞，全不懂，我也是一个贼。"高通海说："好！贼吃贼，吃的更肥。"

却说方才这些话，恐看书之人不懂，这乃是江湖黑话。"合字"、"线上的"、"一个跳板上"、"哏喀孤饭"，这是说的咱们都是一行人，我也是明劫暗盗之人。英八和尚听罢高源的话，他怒气大发，说："楞小子，你真不知天有多高，地有多厚，我让你再三，你一定找死，我要结果你的性命。"抡刀直剁高源。那高源一闪身，摆刀分心就刺，英八和尚躲在一边，二人行前就后，两口刀上下翻飞。高通海见英八和尚武艺出众，刀法精通，自己只有招架之工，并无还手之力。刘德太也过来，抡刀帮助。英八和尚哪里放在心上，他越杀越勇，精神百倍。

铁罗汉窦二墩他见英八和尚可以赢的了这两个人，又往四外一望，不见有人，窦二墩说："我何不去办正事要紧，我去杀了彭朋再作道理。"自己想罢，一转身绕着树林，到了东关。听了听天交二鼓，自己从吊桥过去，至北边塌倒了一个豁口子，他借着那豁口子上去，到了城上，找着马道，顺着下去。想从房上走，不如地下行。至十字街，找着彭公的公馆。那里悬灯结彩，有巡更守夜之人，他们无非虚张声势，哪个也不认真非拿贼不可。窦二墩他由东边墙上跳过去，施展飞檐走壁之能，至公馆里面，见各处也有点灯的，也有睡觉的。他跳至院内，由后窗户空中往里一看，见有四个人在灯下吃酒呢。听那人说："天有二鼓，大人还饮酒啦！我可问问要茶不要？"那西边一人说："你说醉话呢，大人早就不吃酒，看书呢。我听兴儿哥哥说，高老爷与守备刘老爷他二人去办案去了，他等至这时也不回来，我怕二位叫贼人拿住。"彭升说："少说话罢。"

窦胜听了，又飞身上房，跳至北房上往下观看，见屋内灯光隐隐。自己跳下去，在上房的帘子外，见屋内灯光之下，靠北墙是八仙桌儿一张，桌上摆着是文房四宝，东边椅子上坐着是彭公，身穿蓝绸长衫，足登白袜云履，面如古月，慈眉善目，一部花白胡须，在那里看书，有书童儿琴明伺候。彭公在灯下看着书，想自己在宦途劳碌一生，作了几件惊天动地之事，今奉圣旨查办大同府，查那叛臣傅国恩私造画春园，招兵意欲叛反。今来至昌平州，又有白如意采花淫贼。刘芳、高源二人拿贼去，至此还不回来，莫非有什么变故。自己正在忧疑，猛听帘板一响，早着一惊。

窦胜他在帘子外，心中说：我要明着进去杀他，恐有人看见，就不能假充南霸天黄三太了。自己要等彭公睡了，又怕工夫迟了坏事。自己思前想后，莫若进去杀了他，远走口外连环套，也无人知晓。想罢，铁罗汉窦二墩手执钢刀，把帘子一掀，进去说："彭朋！你与绿林人作对，我的故友金翅大鹏周应龙被你所杀，我今特来报仇！"抡折铁刀，照定大人头上就剁。只听"嗑嚓"一声，红光崩冒，鲜血直流。不知彭钦差性命如何，且在下回书中分解。

第六十八回

窦二墩误走纪家寨　对花刀高刘双收妻

诗曰：

千里旌旗十万兵，等闲游猎出军城。
紫袍日照金鹅斗，红旆风吹画虎狞。
带箭彩禽云外落，避雕寒兔月中惊。
归来一路笙歌满，更有仙娥载酒迎。

话说铁罗汉窦二墩手抡折铁刀，照定彭公就砍，“嗑嚓”一声，红光一晃，鲜血直流。彭公万不能死，若死了，彭公这部书就不能接续了。彭公有功于世，无害于人，岂能遭此恶报？这窦胜的刀，照定彭公方举起来，背后一镖正中窦二墩左臂之上。窦胜“哇呀呀”一转身，外面有人说：“呔！小辈，你跟我来，我看你有多大能为，敢来行刺！”窦二墩出去瞧，那人抡短练铜锤就打，窦二墩闪开，抡刀相迎。看那使短练铜锤的人，头上青绢帕缠头，身穿蓝绸子裤褂，足登青缎快靴，腰系钞包，背后斜系小包裹，面如傅粉，白中透润，润中透白，双眉带秀，二目有神，准头端正，唇若涂脂。

列翁岂知，来者这位正是粉面金刚徐广治。他自剿灭宋家堡后，他告假带家眷回家祭祖。因天气寒凉，他未能动身。至春天又修理坟墓，候至三月初旬，他才带家眷动身，到了河南。他把家眷安置在他内兄河南抚标参将张耀宗那衙门里住下。张耀宗治酒接风，二人书房吃酒谈心。徐胜问彭大人保举都是何人？张耀宗说："我提升参将，常兴有都司缺出在任候补，他还是守备，高源、刘芳二人都升了守备衔。也不知妹丈是何前程，未曾保举。"徐胜听了，问："小方朔欧阳德兄往哪里去了？"张耀宗说："带着徒弟武杰，往他家去教练拳脚。说今春往宣化府千佛山去拜佛烧香，叩见他师父去。"徐胜说："彭公升了京职，我要到京都去散逛散逛，把家眷先在这里住几天。"张耀宗说："我给妹夫写封字，妹丈可以投奔那彭大人那里去罢。"徐胜说："到京再说，不用写字，我定于后日起身。"先遣人雇了一辆二套车，是日起身，张耀宗送至五里城外，二人分手。

徐胜在车上见一路柳絮飘飘，桃花正放，南燕北飞，正是艳阳天气。一路上春风拂面，淑气迎人。在路上晓行夜住，饥餐渴饮，非止一日，到了京都。住的是西河沿天成店内，随打发车钱，住的是上房。次日吃了早饭，打听彭公升了兵部尚书，并未保举他。他气忿不平，才至南苑，正遇皇上打围，他暗盗珍珠手串。后来高、刘二人找他，他在暗中请了二人吃饭，也未见面。他在东华门用计，把珍珠手串还给彭公。他在店内竟等候信息，又病了几天。及至好了，打听彭公交旨保他，升了千总之职，他要去谢彭公呢。又听人说，放了查办大同府的钦差，奉旨出京走了。

粉面金刚徐胜盘费用尽，又想要追彭朋同往。自己除还店钱之外，还剩下铜钱几百文。他无法，急中生巧，想要买匹好马追彭公。先到了德胜门外，在马店集上，问："哪里有好马？不怕多花价钱。"经纪人等说："我们店内有一匹浑红马，是要卖一百两，你跟我来瞧瞧。"徐胜跟那经纪人到了店内，瞧那马自头至尾足够一丈，自蹄至背足够六尺，细七寸大蹄豌，浑身并无杂毛。讲好了价银整一百两，徐胜说：“我去家中，叫人拿鞍韂来备好了，我先试试他。”经纪人等说：“你去拿来罢。”

徐胜他到了南边，走了有半里之遥，见路东有天和永鞍韂铺，进去说：“掌柜的，你把头号鞍韂，连镫、偏韁、撒手、嚼环一份俱全，共该多少银两？不可耍谎。”掌柜的用算盘一打，共该银十二两一钱二分。徐胜说：“叫伙计送去，取银子来。”小伙计抗着鞍韂，跟徐胜到了马店。经纪人等都说：“老爷回来了。”徐胜说：“你过去备上马，看那鞍韂可合式否？”那卖鞍韂的把马备上了，徐胜望着鞍韂铺说：“你在这里等等，我试试马。”那卖马之人瞧徐胜也不像拐骗的人，又有一个跟人在这里，也不怕他，他认卖鞍韂的人是徐胜的跟班的。那徐胜上了马，加了一鞭，飞也相似，往北去了。卖马的人等候多时，不见回来，心中甚是着急，问那卖鞍韂的伙计说：“你们老爷怎么还不回来，是往哪里去了？”那卖鞍韂的人说：“他不是我们老爷，他买我的鞍韂全份，共该十二两一钱二分银子，我跟他来取银子的。”经纪人等听罢，大家乱了一回，再找买马的踪影全无，经纪铺户各认悔气。

且说徐胜他从正午自德胜门起身，走了有六十里。他住在山庄店内，他要了净面水，歇息歇息。吃了晚饭，他也困了，想要安歇，又叫店内伙计添了草料，他才安歇。一夜无话。次日一黑早，要赶彭公，他又怕卖马的人追下来，睡不交眼，叫店家起来：“你快些把我的马鞴上。”店主姓何，是老孤苦夫妻，并无儿子女孩，用着一个小伙计胜儿，听着客人叫，连忙起来。东方已白，天已大亮，一瞧院内所拴之马并无踪影，被人拉去，连忙嚷着说：“不好了！马被人拉去了！”徐胜一听，连忙出来，瞧那马并无踪影，急的他浑身是汗：“我这无马不能走，你们快去找马来！如无有马，我是不能饶你，咱们是一场官司。”吓的店家老夫妇在外边各处寻找，并无影响。他二人过来，只看徐胜着急，他等跪下说：“大爷，要了我们的命啦！卖了我们，我们也还不起，我夫妻二人实不知情。”徐胜一看，本来是老夫妻可怜，这事他必不知情，想我来之不善，去之以易。徐胜说：“你起去罢！我的马找不回来，不与你相干就是了，我走了。”

徐胜出了店门，顺道至昌平州。到了城内大街，在路东有一酒馆，吃了几杯酒，打听彭公由昨日到此并未起身。想夜间再往公馆去见大人，在各处逛了一天。日落之时，他住在东街店内吃晚饭安歇。候至夜内三更之时，他暗带短练铜锤，出了把门带上，飞身上房，直奔公馆。到了房上，隐身于西房后坡，忽见有一人从东房上往下一跳，直扑上房。粉面金刚徐胜蹑足潜踪，在暗中一瞧，那人并不认识。就是窦二墩进了上房，徐胜一打帘笼，照定窦胜就是一镖。窦二墩一回身，先自拔下镖来，又抡刀直剁徐胜，二人在院中各施所能。徐胜动着手，心中说：“这厮要不是中了一镖，我还不是他的对手。”窦二墩动了手，瞧那徐胜人虽年青，精神百倍，刀法纯熟，要不是窦某，还不是他的对手呢。徐胜正忧疑之际，问：“小辈，你是何人？这等大胆，敢来行刺！”窦二墩一阵冷笑，说：“娃娃，你也不知，我乃独霸山东窦二墩便是。”粉面金刚徐胜闻听，暗为称奇，心中说：“果然名不虚传。”

正在动手之际，忽听房上有人说：“呔！好贼人！你真是胆大包天，敢来公馆行刺大人，今有造化高来也！”徐胜听见，知道是通海，他自称“造化高”。他方才同刘芳在树林与英八和尚动手，刘芳打了贼人一墨雨飞篁，英八和尚施展开刀法，与二人动手，并无点破绽。忽然正东来了一伙人，手执灯笼火把，刀枪棍棒。头前一匹马，马上骑定正是昌平州的守备郭光第，带领三十名官兵去剿贼，剿空了回头，正遇见三个人在树林之内动手。郭老爷细瞧，认识高源、刘芳是钦差大人的差官戈什哈。他在马上说：“二位老爷，为何与和尚动手？”刘芳说：“这是采花淫贼白如意，你快来拿他！”郭老爷说：“我就有耳风，知道正觉寺庙内的僧人不法，今幸遇见你等。”急速拿勾杆子花枪，把他围在当中，急速拿获。英八和尚见三拳难敌四手，好汉打不过人多，战了几个照面，被官兵拿住。郭爷叫跟人把马让给二位高、刘老爷骑上，把贼人先带往我的衙门，明日至公馆见大人回话。三人立刻到了东门，手下兵叫开城门，知道城守营老爷回来，他等开城放进去。正走公馆门首，郭老爷说："二位兄台往我衙门住一夜，明日再走罢。"高源说："不必！我二人还要见大人回话咧。"二人急忙下马，一飞身竟上房去。那些捕盗官兵见他二人这样能为，无不赞声说道："真正是彭公手下有英雄。"

高通海方要往下跳，见院内有人动手，吓了高、刘二人一跳。仔细一瞧，一个是窦二墩，那个是徐胜。他自通名："造化高来也，你等往那里走？"刘芳也下来，三人与窦胜动手。他刀法纯熟，并不惧怕，要战久了，怕这三人都要战下风的。那徐胜真急了，说："我粉面金刚今天连这一个贼还拿不住，算什么英雄？"彭公在屋内早听够多时，心中知道徐胜来了，他喜欢之极。高通海说："窦老二，你今天莫走了，我们的人四下都布满，你往哪边走？那边有人等你。"窦胜说："好！吾要去也。"他方要往房上跳，只听房上有人说："唔呀！混账忘八羔子，你往哪里走？今日有小方朔欧阳德来也。"

却说那个欧阳德，他自从扫灭宋仕奎之后，他带徒弟武杰字国兴到了徐州沛县武家庄，送了武杰到家，子母团圆，他家皆感念徐胜之恩。实蒙欧阳德送他来家，教给他长拳短打，飞檐走壁之能，陆地飞腾之法。武国兴也伶俐，一教就会。至来年春四月间，小方朔要朝千佛山，武杰因患病未能跟去，遂说："如徒弟病好，必要到千佛山来找师父呢。"欧阳德他先至河南看了师弟，又打听徐胜如何。张耀宗把他入都的话说了，今不知徐胜在京不在京，未知如何。欧阳德听了甚不放心，连忙告辞。次日起身到了京都打听，方知彭公北巡大同府，查叛臣傅国恩拐印骗兵，抢了军装库，奉圣旨，彭公昨日出京。他急急赶下来。是夜二更时候，他见公馆内灯光隐隐，听有刀剑之声，他飞身上房，瞧那院内是徐胜、刘芳、高源三人，把窦二墩围上。他大喊一声说："唔呀！混账忘八羔子，你往哪里走？吾是不能饶你这混账东西的。"窦胜闻听，吓的飞身窜上南房。徐胜紧紧跟随，那刘芳等三人也随在后面。

这窦二墩在头前跑的两腿生疼，恨不能肋生双翅，飞上天去，他好逃生。那徐胜苦苦追赶，有二十余里，山路崎岖，见前黑暗暗雾潮潮的，似有人家。窦二墩他飞身窜进庄墙，望内看树森森，房屋不少，楼台殿阁，颇有大家之风。他窜房越脊，如履平地。正走之际，忽听那铜锣响亮，有巡查庄兵早望见房上有人，一棒锣鸣，那无数的庄兵手拿朴刀说："呔！房上有两个贼，拿呀！拿呀！"一阵大乱，粉面金刚徐胜与窦二墩二人，都被庄兵所围。听见正北内院中有人说："呔！我家中今天来了贼，好哇！打虎太爷来也！"又听内院声音洪亮，说："好大胆的贼人，敢来我家搅乱，拿住碎尸万断！"一片灯光，出来一位老英雄，带着两位女儿，各执单刀。不知后事如何，且听下回分解。

第六十九回

神手将目识豪杰　小方朔释放英雄

诗曰：

石崇夜梦坠马程，醒来说与乡人闻。
担酒牵羊贺满门，俱给他压惊解闷。
范丹时被虎咬身，人言他自不小心。
世人敬富不敬贫，世态炎凉真可恨。

话说铁罗汉窦二墩跑至这所庄院，正遇见那庄兵大众会合，更夫前来不提。单说这所宅院，是昌平州所管的纪家寨。庄主是那神手大将纪有德，乃本处人氏，自幼在大西洋学艺十年，他练会各样削器，木牛流马木狗，自行人马，与各样崩腿绳、拌腿锁，立刀、窝刀，自发弩，闷棍，扫堂腿，脏坑、净坑、梅花坑，滚瓦坡房，各种稀奇的西洋密法。他原是义侠中人，在北五省很有名声。娶妻刘氏，猎户刘奇之女，人称杀虎妈妈。生了一儿一女，女今年十八岁，长的容貌秀美，眉横春山，目似秋水，准头端正，唇若樱桃。自幼儿知三从四德，读过《女儿经》，看过《列女传》，针线活计无一不通，还练过了一身武工夫，乳名云霞，刘氏爱如至宝。他娘家有个侄女，名刘彩霞，今年十八岁，也练了一生好武技，常在这纪家寨住。

今日纪有德听见传锣声喧，他立刻点齐庄兵，手拿金背刀，来至外面，急忙吩咐家人拿贼。徐胜方要抡刀砍窦二墩，后面纪有德抡刀就要砍他，徐胜即忙回身相迎。窦二墩也急忙回身，要剁徐胜。杀虎妈妈刘氏抡铁棒锤，照定窦二墩就打。后面水底蛟龙高通海、多臂膀刘德太二人也赶到，与纪云霞、刘彩霞动手，乱杀在一处。刘彩霞一摆单刀，施展门路，与高通海二人对上花刀，各施所能。正杀了一个难解难分，欧阳德赶到，说："唔呀！不要动手！纪大哥，都是自己人，我要去拿窦二墩去呀，徐贤弟不要动手，拿窦胜要紧。"给众人指名引见。窦二墩连忙跳至墙外逃走。徐胜后面紧追，恨不能一把抓住他方趁心怀。

铁罗汉窦胜走着，想这一次是因多管了闲事才有此一举，从此要少贪闲事为妙，赶紧急走。他见前边有山神庙一座，他进去想要躲避，不想庙内有人，一伸手把窦胜抓住，按倒在地。铁罗汉说："是什么人？"欧阳德早在这里等候，说："吾早在此等候你多时。你原是绿林的人物，为什么来公馆行刺？彭公治世能臣，与民除害，有功于世。你乃山东有名之贼，吾在义途，也知道你的名。吾今擒住你，你若从此改过自新，我把你放了。你再犯在吾手，你性命休矣。你劫牢反狱之案，别人不知，吾是知道的。你这逃走，也算我放你，你去罢。"窦胜说："知道了，你也不必嘱咐。青山不改，绿水长流，我从此再也不找彭大人了。"

窦胜去后，徐胜赶到，说："长兄可见贼人？"欧阳德把方才放了之事，说了一遍。徐胜深为可惜，说："天已亮了，你我回去见大人去。"刘芳与纪有德均都追到。神手大将纪有德说："欧阳贤弟，你我一别四五年景况，今日来此相会，也是三生有幸。方才追的那独霸山东铁罗汉窦二墩，可曾拿住了？"欧阳德说："被吾放了。他也是一条好汉，我并未听他作那奸盗邪淫的事。身在绿林，所作都是济困扶危。前者劫牢，因贪官害他兄长，人所共知。这样英雄，你我要拿送官治罪，深为可惜。吾故此放了他，亦叫天下英雄说我等宽宏大量。”随说：“兄长请过来，我给你引见引见。这位名徐胜字广治，别号人称粉面金刚，这是纪有德兄长，你二位先见过礼。”徐胜过去说：“原来是纪兄，小弟有礼了。”纪有德还礼。欧阳德又给水底蛟龙高通海引见。纪有德说：“莫非你家住黄河套高家庄吗？有位鱼眼高恒是你什么人？”高通海说：“那是我父亲，已然去世了。”纪有德说：“实不知道，谁想你父去世。贤侄，你在家你听你父亲说过有一个朋友，我叫神手大将纪有德，与你父亲有口盟金兰之好。”高源说：“小侄不知，深有得罪。”纪有德问：“这位尊姓？”刘芳说：“我姓刘名芳字德太，别号人称多臂膀，我住家在大名府内黄县刘家集人氏。”纪有德说：“你是花刀无羽箭赛李广刘世昌公子吗？”刘芳说：“不敢，是小侄。”纪有德说：“皆故人，你父亲我听说死在那紫金山周应龙的手内。你诸位请到我家一叙，欧阳德贤弟一同到家，请众位小饮一杯。”欧阳德等见天已红日东升了，也该歇息歇息，同纪有德至纪家寨。

见这所宅院倚山靠水，半天产半人工，果然好一块风水地。进了大门内里，当中通道，东西各种桃树、石榴、芙蓉、海棠等树，四季奇花。二道重门里，是三合瓦房，北上房五间，东西有配房三间。东西厢房穿过去各有院落，里面瓦房一百余间。纪有德让众人至上房屋中。欧阳德抬头一看，那正北墙有楠木条案，案上摆有盆景果盘等物。墙上挂四扇屏，画的是山水人物，春夏秋冬四季景致。两边有对联，上写：

传家有道惟存厚，处世无奇但率真。

案前有八仙桌一张，两边各有太师椅子，东边有茶几、凳子，西边是明着两间，靠北墙一张大床，西边八仙桌案等，靠南窗户也是八仙桌，两边都有椅子。众人看罢落座。进来两个小童，都有十四五岁，长的俊美，献上茶来。

欧阳德说："纪大哥，你把我侄儿叫来，吾要瞧瞧的。"纪有德说："嗐！贤弟，一言难尽了。我是也没作亏心之事，生下这孩子来，今年才十五岁了，说话不明，似俊不傻，我也无法可治。我教他也练些武艺，他也都学不会，就是自己有些力气，他时常带家人去打猎去。那日他手使铁锤，打死过一只病虎，人送绰号，称为打虎太保。"叫书童："去把大爷叫来。"书童去不多时，把纪逢春叫来。一进上房，说："哟！爹，你叫咱作什么？"欧阳德、徐胜等一瞧，这人身高六尺，面目紫黑，短眉圆眼，身穿紫花布褂裤，青布靴子，项短顶平，说话带结吧，他给众人见了礼。

少时摆上酒饭，纪有德陪着。饮酒之间，提起彭公北巡查大同府去之事。纪有德一拉欧阳说："贤弟，你同我来。"二人至东里间屋内，说："贤弟，你知高源、刘芳二人，哪一个没成家？"欧阳说："兄长有何事，莫非有意给侄女提亲吗？"纪有德说："我有一女，还有一个内侄女，都是十八岁，练的一身好工夫。给一个庄农人家，我是不乐意，还须我门当户对之家。我瞧高、刘二人，他虽说是豪杰人之子弟，现已升千总之职，久后并非池中之物，还求贤弟你成全此事。"欧阳德说："吾可以替兄长分分心。"言罢，二人回至外面桌上。

欧阳将高、刘叫至东屋内，说："你二人可定下亲事否？"高、刘二人齐说："尚未定亲。"欧阳德说："这里庄主乃有名人焉，意欲把他女儿与他内侄女给你二人，你二人可曾愿意？"高源说："我二人又无定礼，有何不愿意的事？"那刘芳说："这事也不能这样草率，也须请人算算。"欧阳德说："这婚作也是好事。"欧阳德他见纪有德，细说二人之意。纪有德要了高、刘二人年庚，与自己女儿、侄女年庚，叫家人请管账的马先生一合，刘芳与纪云霞相合，刘彩霞与高通海相合，徐胜、欧阳德二人算男女媒人。高源、刘芳二人谢了亲，重整酒筵，又饮了几杯。用了早饭，纪有德套车送他四人回归公馆，大家告辞。在半路之上，欧阳德说："你三人至公馆，着大人走罢。我要去探访探访，前边路上还有何人？我知紫金山漏网之贼，他们大众往这北边来了，我怕别出是非。三两日，我必见你等。"徐胜说："也好。"

四人分手，高通海等至公馆，打发纪家的车回去了。他与刘芳先进去给大人请安，说："夜内我二人在东门外拿住白如意英八和尚，有守备郭光第帮助，已交他守备衙门监押。窦二墩业已逃走。多亏欧阳德与纪家寨人帮助。昨晚在公馆救护大人，追刺客是徐胜，现在外面，给大人请安。"彭公说："急唤他进来。"刘芳出去，不多时徐胜进来，给大人请安。彭公说："你往哪里去了？皇上要你见驾，你为何不见驾呢？"徐胜说："我在店病了，不能起床。"彭公说："你好好跟我当差，不须他往，我还要提拔你哪。把昌平州知州给我叫来。"不多时，刘仲元来参谒大人。彭公说："我已拿住白如意，现在守备衙门，交你审明，给我打一套禀帖，按公处治。本当参你，念你为官不易。明日预备车辆，我要起身。"知州答应下去。一夜晚景无话。

次日天明，彭公起身，坐八人大轿，高、刘、徐三人骑马跟随，出了昌平州。走了六七里路，徐胜抬头看见从后面来了一个骑马之人，飞也相似，往北直跑。徐胜瞧那马，正是他在店内所丢之马，他说："高爷、刘爷，你二人保护大人前行，我要去追我的马去，咱们在保安州公馆见罢。"他一催马去了。彭公大轿方到了保安南头，忽听一阵喊叫冤枉。彭公私访北新庄，下回分解。

第七十回

彭钦差私访北新庄　刘德太调兵剿贼人

诗曰：

浮世吹杨柳，春回仍又新。
旋添青草冢，更有白头人。
岁暮客将老，云晴山欲春。
行行车与马，不尽洛阳新。

话说彭公轿至保安，有二府同知法福理前来迎接大人，请了安说："请大人至公馆歇马。"彭公一摆手，他即起去，往前头带路。彭公轿至保安不远，忽听那边有人喊："冤枉哪！"彭公听说："把告状之人带至公馆发落，不准难为他。"家人过去说："你莫嚷了，跟着走罢，大人吩咐到公馆之内发落。"告状人跟在轿后。彭公方一进街，听前面放了三声炮。路北里是公馆。到了大门，大人下轿，进了公馆，净面吃茶。那本处文武官员参谒大人。彭公皆见过，问了些地土民情之事。众人下去，叫家人摆上酒筵。高源、刘芳二人齐来给大人请安。彭公说："你二人下去用饭，少时带上告状的人来，我要细细审问于他。"高通海方要下去，大人问："徐胜哪里去了？"刘芳说：

"在半路遇见偷他的马的人，他赶下去了，说随后就来。"

彭公他用完了饭，说："叫保安的三班人役伺候。"不多时，法福理带着三班人役，给大人请安。彭公吩咐："带上喊冤的人来！"下边当差人带上一人，跪于堂前。彭公说："你抬起头来。"那人抬头。彭公历任有司多年，无论甚么样人，一上堂，他先一看面貌，聆音察理，鉴貌辨色。他一见带上这人，年有二十以外，面皮微白，四方脸，眉清目秀，鼻直口方，身穿蓝布大褂，内衬白布裤褂，蓝布套裤，青布双脸鞋，五官端方，面带慈善之相。彭公问："你是哪里人？多大年岁？有何冤屈之事？细说明白。"那人说："小人我姓刘名凤岐，作粮行生理，今年二十六岁。我在昌平州城内，住家在保安东关外。家有老母，五十九岁。小人妻子周氏，与我同岁。因四月初二日，我母亲会收生，被北新庄皇粮庄头花德雨的管家花珍珠请去收生洗小孩，一夜未归。次日，花珍珠送我母亲回家，见街门大开，我妻周氏咽喉带钢剪一把，正是刺伤身死。我母喊叫邻右人等，知会地面官人等，报官相验。又给我送信，叫我回家。到当官老爷叫我把死尸葬埋，并不见拿获凶手。小人连到衙门催了几次，这里同知老爷不在意。小人念结发之情，被人所害。我听人说大人秦镜高悬，小人斗胆冒犯虎威，求大人恩施格外。"彭公说："你可有呈状？"刘凤岐说："有呈状，请大人过目。"说着，呈上一纸呈状，上写：

具呈人刘凤岐，年二十六岁，系保安镇人。呈为无故被杀，含冤难明事。民远在昌平州粮行生理，家有母亲与妻周氏度日。民母会收洗小儿，于四月初二日被北新庄皇粮庄头花得雨的家人花珍珠接去收生，留民妻看家。民母住在花家一夜，花珍珠之妻并未生产，说未到日期。次日，花宅送我母归家。至家，见街门大开，下车入内，瞧民妻周氏被钢剪刺伤咽喉身死。民母喊冤，禀官相验。民得归家，一见惨不忍看。禀官催获凶犯，至今未获。民念结发之情，无故被杀。因此斗胆冒犯虎威，惟求叩恳大人秦镜高悬，拿获凶犯，与小人办此冤曲。伏乞洞鉴！

彭公看罢，说 :“你下去，明日来此听审。”叫法福理明日传花珍珠到案听审，法福理答应下去。大人安歇，一夜无话。

次日天明起来，净面吃茶。早饭后，法福理带花珍珠来见大人。彭公问 :“刘凤岐来了未有？”家人答应说 :“来了多时。”彭公说 :“带上来。”彭升等出去，不多时带刘凤岐上来，跪于堂下。彭公瞧那花珍珠，年在二十以外，俊品人物，白净面皮，身穿细毛蓝布褂，白袜青云鞋。彭公问 :“你叫花珍珠？”下面答应 :“是。”彭公说 :“刘凤岐之妻无故被杀，你可知情？”花珍珠说 :“奴才不知。”彭公一拍惊堂木，说 :“是你这厮作何诡计？与何人合谋勾串？据实说来，少有虚词，我定严刑重处于你！说了实话，与你无事，我还要恩典你。”花珍珠跪扒了半步说 :“大人，奴才我本是给人家当奴才的，家中妻子孙氏怀中有孕，就是这几天生养。我请刘妈妈收生，一夜我并未离开他。他家儿妇被杀，小人如何知情？倘老爷不信，问刘凤岐的母亲便知。”彭公说 :“叫刘凤岐母亲来。”下边答应下去。不多时，带刘妈上来，跪在下面。说 :“你被花珍珠请去，是给谁收生？”刘妈妈说 :“是给花珍珠的妻孙氏。我到那里，一夜未睡，花珍珠也伺候着闹上一夜，并未生养。次日一早，送我回家，就瞧见我儿媳妇被杀。这是一往实情，求老爷作主，替我们拿获凶手，报仇雪恨就是。”彭公听罢，这段事无处追问，吩咐全带下去，叫刘凤岐明日听审就是了，花珍珠释放无事。

彭公自己为难，这事不知应该如何办理，自己也暂不能走，托言有病。他思想这事，不觉扶桌睡着。迷迷糊糊似睡非睡，忽见从外面进来一个人，非今时打扮，头戴万字逍遥巾，身穿土色逍遥氅，腰系丝绦，足下白袜云鞋，面如古月，慈眉善目，一部白胡须。见了彭公，点了点头，站在西边。外面又进来一位古时官员打扮，头戴乌纱帽，身穿红蟒袍，腰系玉带，足登官靴，四方脸，面如三秋古月，三绺黑胡须飘洒胸前。与先前进来那老人，冲定大人说："星君不必为难。要问刘凤岐的妻被何人杀死，我二人已把鬼魂带到，请星君一问便知。"彭公问："你二位是哪里来的？"那带乌纱帽的说："吾乃本处城隍司。"那老人说："吾乃本处土谷神。"彭公说："可将女鬼带上来。"那城隍、土地用手往外一指，忽然竹帘一起，进来一个女鬼，面皮微白，白中透青，脖项插着一把钢剪，身穿蓝衫青裙，跪于大人面前，说："冤魂冤枉！"彭公说："你被何人所害？只管实说，我给你报仇雪恨就是了。"那女鬼说："大人要问害我的，现在外面，大人一看便知。"彭公说："我跟你去。"

站起来，跟至外面，瞧那女鬼不知哪里去了。忽然一阵怪风，大人紧闭二目，即刻风定尘息。再定睛一看，见来到一个花园之内，并不是公馆，见东西栽种树木，正北有望月楼三间，楼前有一池子牡丹花，虽然是绿叶，无奈枯焦要死。大人说："可惜这一池牡丹花要干死，天降点雨才好。"想着，忽然一阵阴云，下了一阵大雨，把那牡丹花全都湿透，立刻开放几朵鲜花。彭公看着那花说："天时人事两合，这花等雨，我起了一点念头求雨，这天就真正降下雨来。"正想着，忽然间那花朵上起一缕青烟，直扑彭公面来。彭公一急，醒来却是一梦，天交正午。

彭公说："怪哉！怪哉！这梦中之事，真正奇怪。"叫家人要了一碗茶吃，又想："这刘凤岐的妻被害，是花珍珠接他母亲收生，缘有这段公案。我想此事必须我亲身私访私访花得雨是何如人也？这案事与我梦中的事相对，我想也许是花得雨所为。亦未可定。"想罢，唤彭升去把高源、刘芳二人叫进来。彭升立刻到了外面南房，说："高、刘二位老爷，大人叫请你二位。"刘芳听见说："是，听见了。"立刻同高源来至上房，给大人请安，问："大人叫我等何事？"彭公说："我方才心中闷闷不乐，偶得一梦，你二人给我圆圆梦。"大人就把梦景之事细说一遍。高源说："大人梦花要死，忽然得雨，这三字凑成一块，不是花得雨吗？”彭公说：“我也知道这花得雨他乃是裕王府皇粮庄头，他也不敢胡为，不免我亲身去采访采访。刘芳你跟我去，叫高源看公馆。”

大人立刻换了便衣，扮作相面之人，刘芳暗中跟随。出离公馆，顺路往西，走去四五里路，到了北新庄。瞧那庄外，树木成林，村内是东西街道。进了村口，往西走有半箭之遥，见前面路北有大门一座，门前上马石两块，东西有龙爪槐树八棵，长的茂盛。彭公立候，打了两下竹板，打算：“我看人群之中或柳荫树下，必有人闲坐闲谈的人，他好在一处，因话提话，可以套听些事。”这是彭公本意。到了这村庄之内，并无一人。他走了几步，只见两边大柳树下，有二位下棋的老人。彭公走至跟前，说：“二位请了。”那老人说：“请了。”彭公说：“此庄何名？”老人说：“这庄名北新庄，因为我们这庄内姓花的多，又住的一位皇粮庄头花大爷，就在那东边住。”彭公说：“我听人说，他请瞧风水的先生，可是真吗？”那老人说：“你哪知道，就是此人的脾气太大，你要进去，须要小心点就是。”彭公说：“请了。”立时站起，往回走了几步，见那刘芳在路南小酒铺内坐下吃酒呢。

彭公打了几下竹板，只见从大门里边出来一个书童，说：“算卦的先生，我们大爷请你给他看流年。看好了，必然要给你几两银子呢。”彭公说：“你家庄主姓甚么？”那书童儿说：“姓花，你跟我来罢。”彭公原想要在他这村庄内茶馆、酒铺与人闲谈，打听花得雨素日为人何如？他倘若是不法，我就回去再派人来办他。不想今日他家要请我进去，我就见机而作，见面与他谈话，好探听花得雨之所为，他善恶可明。想罢，自己跟那童子进去。一瞧大门内是东西厢房的门房，正北二道垂虎门，进了二道垂虎门是正房，明着三间，暗着五间，东西都是配房三间。由东天井往东穿过去，别有院落。

书童带彭公进了上房，见东边太师椅子上坐着一人，大约是花得雨，年有三旬以外，面皮微青，凶眉恶眼，身穿串绸长衫，蓝绸中衣，白袜云鞋，手托银水烟袋。一见彭公进来，他连忙站起，倒很谦恭。他说："先生贵姓？"彭公说："我姓十名豆三，号叫双月。"花得雨听罢，微微一笑，说："你这是何苦啊！我早就知道尊驾你是查办大同府的钦差彭大人。你来私访，我与你也无仇恨，何必前来送死？我也不是怕事的人，你一来我这里，有人就瞧见你了。"那彭公一语未发，面皮发红。只见花得雨忙把镇宅的宝剑摘将下来，一伸手抓住彭公的衣襟，他说："你今是自来送死！"照定他就是一剑。不知后事如何，且听下回分解。

第七十一回

想奇谋义仆救主　闻凶信夜探贼巢

诗曰：

月华风采坐来收，野色江声暗结愁。
半夜灯前十年事，一时随雨到心头。

话说花得雨先在那书房闲坐，听他家人花珍珠进来说："彭公来私访，现在庄门外。我是看见，并无跟人。"花得雨便遣书童，去叫他进来至上房。他一见彭公，他气忿忿的一伸手把宝剑摘下来，抓住彭公说："你好大胆！我也无作过什么恶事，你来私访我这里，焉能容你！放着天堂有路你不走，地狱无门闯进来。"方要举剑剁彭公，忽然从外边跑进一个少年的人来，破口大骂说："花得雨，你这该死的人，连祖坟都不要了！"一伸手，把彭公拉开，用手架着花得雨的左臂。花得雨一瞧，不是外人，是他的一个亲随家人，年有二旬以外，面如白玉，唇若涂脂，眉清目秀，身穿蓝春绸大衫，白袜青云履鞋。花得雨一瞧，不是别人，认的是家人进禄，只气的二目圆翻，说："好奴才！吃我的饭，我把你白养活了，你会骂我啦！好混账忘八羔子，我把你打死了，方出我胸中之气。”进禄说：“你老人家先莫生气，叫人来先把彭大人捆在空房之内，我再说说你老人家听。我说的没理，你把我活埋了，我也死而无怨。我这是为主尽忠，怕你老人家胡闹，我急急才生出这个主意来。”花得雨听罢，知道素日进禄是个好人，不能这样无礼，“我看他说的内有隐情，不免我细细追问于他。”想罢，吩咐家人：“去把狗官捆上，送在东院空房之内，晚晌发落。”

众恶奴答应下去，不多时回来说：“捆上锁在空房之内啦。”花得雨气昂昂的说：“知道了。”又问进禄：“你把为我的情由说一遍，要有半句不对，我先把你活活的打死，也不能合你善罢干休。”进禄说：“这天也太早。今夜晚晌，我有主意。”花得雨说：“胡说！你有什么主意？”进禄说：“庄主爷，你聪明一世，懞懂一时。这大人他是一个大钦差，你杀了他就算白杀了吗？倘若叫官兵知道，那时间刨坟灭祖之罪。要得人不知，除非己莫为。这段事若犯了之时，你老人家是有身家之人，须想一个万全之策，方为妥当。”花得雨听罢，说：“进禄，你说这话，我也知道，无奈擒虎容易放虎难。彭大人他往我这里来私访，我所作为的事也瞒不过你去，倘若他要访真，他要害我，怎么得了？这是先下手为强。事已至此，我也不能怕事。”进禄说：“你老人家说的有理。就是不能保万全。”花得雨说：“依你之话，莫非把他放了，才是万全之计吗？”进禄说：“放是不能放他，倘若放他回去，他调了官兵来剿咱们北新庄，那时反不如先杀了他为是呢。你老人家交给我办，管保害了彭大人，连累不了你老人家。就便知道，也不能找你老人家来。”花得雨问：“甚么主意？”进禄说：“天也黑了，日色已落，你老人家先吃晚饭罢。我吃完晚饭，找一条长虫，把彭大人背在北新庄北村外山坡无人之处，我把长虫往他口内一放，钻入肚腹之内，他不必想活。我回来装作不知。就是跟钦差的人，找着死尸，他也不知是谁害的。这条计好不好？我吃着你老人家，我见这事你行的不严密，我一着急，骂了两句。你老人家是明白人，可不怪我，我这是忠诚之心。”花得雨听了进禄这一番议论，他连说：“好，好！这事也须这们办理。好孩子，我不怪，你办好了，我还给你几两银子。”

进禄吃完晚饭，他先奔后院，到了东小院，是北房三间，东西各有配房两间。进禄手执灯笼，进了北上房，瞧见彭公在那里捆着，他过去说：“大人受惊了。”伸手解开绳扣。彭公借灯光瞧这少年的人，甚是眼熟，一时间想不起来，说：“你是何人？”进禄跪下，磕了一个头，他说：“大人把奴才忘了。我跟着大人二任河南巡抚，良乡县遇刺客，大人单身带奴才私访，在高碑店避雨，遇见贼人，我跟大人在姜家店屋内避贼人，夜晚有贼人把大人背走了，奴才也不敢回京，也不知大人死活，我才逃至保安这里，找我姑父王怀仁，他是在这里开饭店。我找着他一说，他的饭店关了门啦，在家无事，给我换了衣服，问我能作甚么？我说我自幼儿在大人那里当书童，是我父母一百吊钱典在大人宅内的。我姑父给我找在这里北新庄花宅跟班。我来了，他给我起名进禄。他所作所为都是损人利已的事，抢人家少妇长女，霸占房产地土，我有心辞他。今日听说大人北巡大同府，我想去公馆把他出首，把他所作所为之事回明了大人，又怕大人不见我，我也不敢去。见今日你老人家来私访，花得雨他要杀你老人家，他是杀人不眨眼，方才要不是我，你老人家性命休矣。我今来对他说是要害你老人家性命，我可是送你老人家回公馆去，我就跟大人回去罢，也不能在这里啦。”彭公说：“彭禄儿，我还把你忘了。你既要救我，趁此想主意如何出去，到公馆再说。”那彭禄儿说：“你老人家跟我出上房，我蹲在地下，你老人家上墙上，我再上墙跳至外边，接你老人家去。”彭公说：“很好！”

彭禄儿搀扶大人出离上房，要上墙，只听西边那门外有人说：“小子，你把灯笼弄灭了。走！跟我去杀了赃官，然后再往公馆杀那些跟人。”彭禄儿一听不是外人，是花得雨看家护院之人花面太岁李通。他原是一个绿林中人，住家京东玉田县，他原先是跟白马李七侯在为一处。因李七侯保了彭公，他等还是明劫暗盗，无所不为。金眼魔王刘治因抢绸缎客犯事，杀在通州，他等都是在案脱逃的人。他投在北新庄这里，当看家户院的人。一来的时候，这里有渗金塔萧景芳引见。今年三月间，萧景芳死了，就剩下他一人。今日花得雨打发进禄去害彭大人，他又叫家人去请李教师爷来。家人到西跨院请花面太岁李通说：“庄主爷请你。”李通听了，跟家人来至在外书房，见花得雨正自吃酒，他说：“庄主爷叫我有何事？”花得雨说：“我今把彭钦差拿进庄来，我的家人不叫杀他，叫我派人将他送至村外暗害他。”李通说：“何必费那些事，即便杀了他也不要紧。我去一刀杀死他，剪草除根，以免后患。”花得雨说：“也好，你就去杀他去，以免后患！”叫书童拿灯笼，送教师爷去东小院去杀赃官。书童点上灯笼，出了外客厅，走至夹道，书童一绊栽了一个跟头，起来说：“哟，灯笼灭了。”李通说：“你这厮连一点用全无有，走至这里，你把灯笼弄灭了。”他一进角门，见院内有两个人，正是彭禄，才扶彭大人，想要往东上墙逃走。

花面太岁说：“呔！好小子，你私通外人，送彭赃官哪里去？”一拉朴刀，跳进院中，方要去杀大人。忽从房上扔下一宗暗器，正中那花面太岁李通的左臂。李通觉着疼痛，说：“好小辈，什么人暗算我？下来与我见个上下。”房上一声嚷说：“呔！光天化日之下，你们这伙人敢把奉旨钦差大人给害了。今有多臂膀刘芳，你家千总老爷，拿你这一伙狐群狗党！”摆单刀跳下房来，抡刀直扑李通砍来不提。

再说这刘芳，他跟大人来私访，至北新庄见大人与那庄民谈话，他暗中跟随后边。后来花家书童请大人进去，至日落不见出来，他心中暗说：“不好！”他喝了几两酒，问酒铺掌柜的：“这北新庄有位皇粮庄头在哪里住？”酒铺掌柜的用手一指说：“路北大门，我们这京北一带等处，无人不知，无人不晓，是裕亲王府的庄头，他也结交官长，出入衙门，保安一境无人敢惹他。你问他作什么？”刘芳说：“有一个朋友在这里护院。”酒铺掌柜的说：“不错，是有几位护院的人。”刘芳听说，知道花得雨家中有看家护院的人，自己给了酒钱。他候至点灯之时，街上路静人稀，他才出了酒铺，一纵身窜上房去。

他在花得雨家中各处探听，并无大人下落。正在暗中寻找，忽然间瞧见那花面太岁李通手内提刀，带着一个小童儿往后走。刘芳在房上瞧那东小院中是彭公，还有一个人扶着他，那人并不认识。方要下去，听李通那里嚷说：“赃官，哪里走？”刘芳掏出一个墨雨飞篁，照定李通打了一下，然后跳下来抡刀就砍，花面太岁李通急架相迎。战了数合，李通吩咐书童鸣锣，调集庄兵拿这个贼人。书童到了更房，告诉更夫拿起锣来，他铛铛铛连打了一阵。一百多名打手与紫金山来的贼人，各带刀枪棍棒，杀至东院。不知后事如何，且听下回分解。

第七十二回

李通调贼困刘芳　高源请神捉贼寇

诗曰：

西施昔日浣纱津，石上青苔愁杀人。
一去姑苏不复返，岸旁桃李为谁春？

话说刘芳跳下房来，合贼人李通交手，恨不能杀死李通，好救大人出去，自己又不能分身，又怕贼党齐来，又恐敌挡不住。正在为难，忽听铜锣连声直响，刘芳就知不好。忽见灯笼火把，照耀如同白昼一般，一百多名庄兵，都是短打扮，一身青衣，手拿各种兵刃。内有漏网之贼是：青毛狮子吴太山、金眼骆驼唐治古、火眼狻猊杨治明、双麒麟吴铎、并獬豸武峰、红眼狼杨春、黄毛犼李吉、金鞭将杜瑞、花叉将杜茂。这些人因前番大破紫金山，他等逃走，不敢在河南地方久住，与大斧将赛咬金樊成等分手，各奔前程。大斧将赛咬金樊成、赤发灵官马道青、赛瘟神戴成、恶法师马道玄这四人奔潼关外，往西去了。蔡天化逃至淮安，出了家。玉美人韩山单身逃走，不知去向。他等九个人立了誓，生在一处为人，死在一处作鬼，想出北口外投奔霸王庄花氏三杰花得雷那里，也是一个安身立命之所。这九个人走至保安，知道这里有花得雷之二弟花得雨，是裕王府的庄头，在这里很有声势。他九人就投在这里，有李通引见，花得雨收下九人，就算看家护院之人。花得雨也爱练习武艺，他如有抢人打架之事，必用他们这一伙人。

今日听见铜锣声响，各带兵刃，来在东小跨院，瞧是花宅护院之人花面太岁李通与一个少年之人杀在一处。吴太山仔细一看，认的是花刀无羽箭赛李广刘世昌之子多臂膀刘德太，他就知道是彭钦差那里的人，说："合字儿，昭路把哈，溜了马，是遮天万字垓赤字的，鹰爪孙，顺水万，亮青字，摘溜丁的瓢。"这些语言，都是他说江湖黑话。"合字儿"是他们自己人，"昭路儿把哈"是回头瞧瞧，"溜丁马"是一个人，"遮天万字垓赤字"是此大人，"鹰爪孙，顺水万"，是公门之中办案的官人，姓刘的，"亮青字，摘溜丁的瓢"，是拿刀把他杀了。

众贼各摆兵刃，在四面一围，金鞭将杜瑞摆手中铜鞭说："李教师，让我拿他。"只听房上一声嚷，说："呔！好贼人，你往哪里走？今有水底蛟龙高通海来也。"刘芳听了心中说："他来很好，快救大人去罢！"只见那高通海由房上跳下来，急救大人。高通海是因刘芳保大人去后，他在公馆内等至日落的时候，不见回来。他甚是不放心，告诉管家彭兴说："你在此处照应，我去迎接大人回归公馆。"高通海身带单刀，飞身出了公馆。至北新庄，天已初鼓的时候。他飞身上面，听见一阵铜锣之声。他顺着声音找去，见东跨院内有紫金山漏网贼人，把刘芳一人困住，不见大人在哪里。高通海可真急了，说："贼人大胆，高老爷来也！"抡单刀跳下来，照定杜瑞就砍。杜瑞用鞭相迎。花叉将杜茂摆三股钢叉，分心就刺高源，高源一闪身躲开，双战二人。

刘芳正与李通动手，红眼狼杨春、黄毛犼李吉二人抡鬼头刀来助李通，说："小辈，你飞蛾投火，自来送死，我今来取你的性命！"刘芳瞧见贼人势大，又不知大人生死如何，被群贼所困，正在进退两难，一人难敌众人，又见高源被杜氏兄弟二人所围，自己被李通等三人围住，四面庄兵围绕。高源窜纵跳越，闪展腾挪，只累的浑身是汗，遍体生津，口中只喘说："好贼人，你们倚多为胜，我要急啦！"杜瑞听说："小辈，你急了该当如何？今日你是自来送死。这北新庄好比天罗地网，铁壁铜墙，你要想活，是比上天还难。"高源说："你们这些人，也不知高法官我的能为，我要请一位神仙来。"说："房上的，你还不下来吗？帮助我拿这些贼人。"杜茂说："高通海，你不必造作谣言，我今一叉要结果你的性命。"摆钢叉分心就刺。

忽听北房上一声嚷，说："呔！高源，不必害怕，我来也！"摆虎头双钩跳下来。众贼人一瞧，下来那人身高九尺，面如刀铁，雄眉阔目，四方脸，鼻直口方，一部花白胡须，身穿蓝绸子短汗衫，青绸子中衣，足下青缎子抓地虎靴子，手抡虎头钩，照定杜茂而来。青毛狮子吴太山瞧见，认的是河南汝宁府上蔡县葵花庄铁幡杆蔡庆。他抡朴刀过去，急架相还。高通海心中暗喜，说："蔡叔父，你老人家来的甚好，我也有了帮手啦！"他又回头瞧那东房上，高通海说："你还不下来，快些助我拿贼！"只听东房上说："高源、刘芳，你二人不必害怕，我来也！"手抡铁棒锤跳下来，说："呔！今有你大人我来拿你！"金眼骆驼唐治古拉单刀跳过来说："呔！好无耻的匹夫，我来拿你！"金头蜈蚣窦氏抡铁棒锤相迎，二人杀在一处。高源说："蔡婶母，你老人家快来帮助我，拿这一伙漏网之贼。"又瞧说："那南房上，你们还不下来吗？我已瞧见。"这句话未说完，忽见南房上说："高大哥不必着急，我等来此助你拿贼。"跳下来一个男子，年约二十以外，白净面皮，顶平项圆，玉面朱唇，眉清且秀，手擎单刀。后跟那位少妇，蛾眉皓齿，杏眼桃腮，手帕缠头，桃红色的女裤褂，足下一双金莲，果然天姿国色，手抡单刀跳至人群之中。

头前走的是玉面虎张耀宗，他因河南参将提升，进京引见，升了宣化府的副将、协镇大人。他带着夫人蔡氏与妹妹侠良姑张耀英起身来在任上，到葵花庄见岳父岳母告辞。蔡庆夫妇不放心，要送他姑爷上任去，先把家中一切事务交给族侄蔡光文照应。他自己家中有的是骡驮轿二套车，与张耀宗起身。到了京中住了几天，闻听大人出口查办大同一带去。又拜了几天客，兵部投了文，引见下来，升了宣化府协镇。他谢恩，请了训，是日起身。在路上打听彭公过去不久，头一站住在昌平州，次日随到保安。

天已黄昏，打了公馆，与钦差彭大人的公馆是对门。他是彭大人的门生，自己功名又是彭大人提拔的，今日路遇，他如何不见呢？又怕大人明日起身，他换了官服，先到公馆问："门上有人吗？"听差人等立时出来，问："是谁呀？"张耀宗把手本拿出来，交给听差的人拿进去。不多时彭升出来，说："张大人，我家管家有请。"张耀宗进去，瞧那彭兴正在上房坐着，一见张耀宗进来，连忙站起身来说："张大人来的正好，这是从哪里来？"张耀宗说："是自河南升任宣化府协镇，我去上任去。"彭兴请了安，说："给大人叩喜。"张耀宗还了安，说："大人往哪里去了？我来给大人请安来了。"彭兴把接呈子在公馆，问案私访北新庄之事细说一遍。张耀宗说："不好了，我快去迎接大人才是。"彭兴儿说："张大人，你快去迎接要紧。高老爷也去了多时，不见回来。"张耀宗即刻告辞，回至公馆，见了蔡庆，说明彭公私访的事。他回至后面，急忙换了衣服。夫人问："甚么事？"张耀宗也对夫人细说一番。蔡金花与侠良姑张耀英二人也要去。张耀宗拦不了，各换了衣服，与他岳父蔡庆夫妻二人，各带兵刃，出了公馆，问明了北新庄的道路，他五人立刻顺路往北新庄来。

走有几里路，到了那北新庄。听见庄中一阵锣响，五人拉刃先窜上房去，往各处一瞧，见西边一片灯火之光。即至临近一看，那院内有紫金山漏网贼人，众多庄兵，各带兵刃，围困多臂膀刘德太、水底蛟龙高通海二人。先有蔡庆夫妇跳下去，后张耀宗夫妇、兄妹三人也跳下来。火眼狻猊杨治明、双麒麟吴铎、并獬豸武峰这三人过来，协力帮助动手，与张耀宗三人杀在一处。高通海瞧这伙贼人势大，只可交手，不能拿贼，也不知彭公是生死如何？高通海急的浑身是汗，又不好走，见贼人越杀越勇，喊杀连天，庄兵无数。那高通海正在进退两难，忽听西房又有人说：“呔！好贼人，大胆的奴才，你等死在眼前，尚还不知，我今特来拿你这伙贼人！”不知房上这位他是何人，且听下回分解。

第七十三回

花得雨中途被获　张耀宗施勇杀贼

诗曰：

千锤万击出深山，烈火焚烧若等闲。
粉身碎骨全不顾，要留青白在人间。

话说高通海等七人，在北新庄与贼人杀了一个难分难解。听西房上有人说话，跳下一位英雄来，手执短练铜锤，大喊一声："贼人休要称强，今有粉面金刚徐胜来也！"却说那个徐胜，他自半路之上追下盗马的人去，追至北新庄。此庄后来因花得雨是一个财主，他后来改为叫西花庄。徐胜也没找回马来，他先回保安，到了公馆，把他所骑之马交给管号之人。他找了一个饭铺吃了饭，也未去见大人，他闻听大人到北新庄访那花得雨去了。他等到日落之时，到了北新庄。看那庄内路静人稀，他窜上房去，到了里边，看见东跨院墙根下，正是彭禄儿扶着大人上墙，又见李通与刘芳交手。他救这二人连忙出了东院，送至在大门以外，说："大人受惊了，跟我来。"到了东村口，彭公才定了定神，说："徐胜，你才来吗？你不必送我，这是我的旧家人彭禄儿，此事多亏他，若非是他，吾亦为泉下人矣！我主仆二人顺路回公馆，你快去把刘芳救出来。我到了公馆，必然调官兵前来剿这花家窝巢。”徐胜送了有半里之遥，彭公叫他去救刘芳，怕他寡不胜众。

粉面金刚徐胜来至花宅，先往各处探听，并无动静，只听东院一片声喧，闹的乱乱烘烘。他施展飞檐走壁之能，到了东院，瞧那青毛狮子吴太山、金眼骆驼唐治古、火眼狻猊杨治明、双麒麟吴铎、并獬豸武峰、红眼狼杨春、黄毛犼李吉、金鞭将杜瑞、花叉将杜茂、花面太岁李通这一伙贼人，与高源等众人杀在一处。徐胜在房上起下一块瓦来，照定那贼人李通面门打去，正中在鼻梁之上。刘芳趁势一刀，砍倒在地，不能动转。徐胜抡短练铜锤，说：“好贼人！光天化日，朗朗乾坤，你等助花得雨造反，刺杀钦差。外面官兵亦到，今天你等休想逃走！”跳下房去，与贼人动手。他见他内兄张耀宗等各施所能，他一想趁此拿了花得雨，免得他别生是非。自己想罢，说：“高大哥、刘大哥，你等千万勿放走一个贼人！外面官兵一到，连花得雨一并擒拿。”他说罢，转身杀条去路，竟往内宅而来。

方一进内宅，见三合瓦房正房五间，东西各有配房三间。见东屋内灯光隐隐，人影儿摇摇，他轻步来至窗外，用舌尖湿破窗纸，望里一看，是靠北墙摆一张八仙桌儿，两边各有椅子。东边椅子上坐定一个妇人，年约二旬以外，生的花容月貌。西边有一个侍女。桌上放着一盏烛灯，茶壶、茶碗一份。那妇人问那侍女说：“他们是都走了吗？”那侍女说：“走啦。”那妇人说：“无故的找事，闹的这们大的乱儿，他们又要进京。我每日替他们提心吊胆。你去把花祥叫来，我与他商议商议，是走好，是在这里好？”那侍女说：“哟！姨奶奶，你也太胆小啦！大爷这一去，三五日内定然有喜信回来。你叫花祥他一个十七八岁的人，懂的甚么？他要带你老人家走哪里住去，要叫大爷知道，你二人命也没有了，我也不能活了。”那妇人说：“放屁，你知道什么？荷花你这孩子，我白疼了你啦，我这们点事你就不给办啦！”

那侍女说："我给你老人家去找去就是了。"站起来往外要走。

徐胜听罢这话里内有隐情，连忙的进房内来说："花得雨哪里去了？趁此实说。"那妇人瞧见粉面金刚徐广治，形如宋玉，貌似潘安，他不由己一阵骨软筋酥，说："大爷要问奴家，我们是花大爷的侍妾兰香，今年二十二岁，被他用银钱买来的。大爷你贵姓啦？是哪里人氏？"徐胜见那妇人透些个妖娇，说话轻薄，他说："我问的是花得雨，你可知道往哪里去了？说了实话，我饶你不死。"那妇人见徐胜正言厉色说话，他也不敢讨贱啦。他说："花大爷因为得罪了彭钦差，他方才骑马进京，求王爷护庇他去了。"

徐胜听了，并未回答话，连忙回身出去，到了院中，飞身上房，窜至街上，往上京都的大路追上前去。只见黑暗暗树木森森。徐胜追了有六七里路，并不见有人行走，他心中甚是着急。他也是道路不熟。正在着急之际，忽听正北有人说话，说："花珍珠，你快催坐骑。你我到了京都中，见了王爷，求他老人家与我作主，我必要害了赃官之命，方除我胸中之恨。"花珍珠说："大爷不必忧心，我跟你老人家到了京中，只求王爷救我主仆二人。"徐胜在远处闻听，心中暗喜说："天助我，该当我成功。"自己一摆短练铜锤，在道旁赶过头一匹马过去，把第二匹马劫住，说："恶霸，你往哪里走？"伸手抓住骑马之人，拉下马来，按倒在地，说："花得雨，今日这就是你尽命之所。"被擒的人说："好汉，我不是花得雨，我是花得雨的家人花珍珠，只求老爷饶了我罢！"徐胜说："头前那骑马的人是谁？"花珍珠说："是我家主人花得雨。"徐胜说："我先把你捆在这里，我再追上花得雨去，回头放你。"花珍珠说："好汉爷千万放我！我家中上有老，下有小。"徐胜把他捆好了，转身追下花得雨来。

追至有二里之遥，前面有马蹄之声，正是花得雨。他因方才道旁一人把他家人花珍珠拿住，他纵辔加鞭，如飞似跑至这里，自己心中祷告说："过往神灵，皇天后土，保佑我今日逃脱此难，我回家满斗焚香，报答神庥！”正自祷告，忽见马前有一个黑暗暗的，约有三尺多高，只晃晃摇摇的把那去路阻住。花得雨心中一动，说：“这是鬼吗？”天正三更之时，又是旷野荒郊，前无村庄，后无跟人，又是星斗满天，道旁都是古墓坟丘，枯树一片。看着心中害怕，越想越怕，概不由己，战战兢兢。又见那对面之物跳了两跳，又往马这边一纵，花得雨坐下马一拨头，前蹄一拍，正把他扔下马来。那黑暗暗之物走过来，先按住花得雨，说：“唔呀！混帐忘八羔子，你是找死呀！我等你多时了。”

徐胜追到一看，是蛮子兄长小方朔欧阳德。过去请了一个安，问：“兄长好！你从哪里来？”欧阳德说：“我前日与你们分手之时，吾先来至此处暗中访查，道路上有紫金山漏网之贼，意欲行刺，替周应龙报仇雪恨。吾今晚先到公馆探访一回，知道你们都在北新庄，我来至此处，正遇他主仆二人要往北京去走动人情，我先来此处等候。贤弟，你来甚好！先把花得雨，你送回公馆去，我去帮助众人拿获吴太山等一伙贼人。”

花得雨苏醒过来，已被徐胜捆上，说：“哪位拿的我，我合你二位并无冤仇，你二位要放开我，我京都中有一座当铺，二十万两纹银成本，我奉送你二位。倘如不信，我亲笔立字与你。”欧阳德说：“吾是不要你那些银钱，吾徐贤弟为求功名，你所作的事都是伤天害理，我要放你，落个万古骂名。”徐胜说：“兄长不必问他，我把他驮在马上。”二人拉马，驮着花得雨往回走。至半路，先放了花珍珠，问他：“从今还作恶事不作？”花珍珠说：“再也不敢了！”叩了一个头，竟自去了。徐胜说：“我至保安公馆看守花得雨去。兄长，你去帮助蔡老英雄等。”欧阳德答应，立时间二人分手，徐胜回保安不表。

单说小方朔欧阳德往北至北新庄，听的庄内人声一片喊嚷。即至进了庄门一看，有四十名官兵与保安千总刘达武奉钦差之命，来剿贼人，到了庄门这里方才围住。里边东院中老贼青毛狮子吴太山，看那所有动手之人，都是剿灭紫金山的人，他又怕官兵前来，呼哨一声，说："众位风紧，急复流撤活窃年上撤脱！"众贼知道这是黑话，说是办案的人多，他们从西去逃走啦！金鞭将杜瑞说："高通海，也是你命不该绝，好汉爷我有要你命的时候，我去邀来英雄拿你，你想逃走，是不能够。"杜氏兄弟先上房去了。刘芳合杨春杀在一处，战了几个照面，红眼狼刀花一变，他与黄毛犼李吉也逃走了。金眼骆驼唐治古见势不好，也带众人且退且走，直逃至村外。大家逃走去了。这里张耀宗、蔡庆捆上李通，拿了九名庄兵。欧阳德亦到，外面千总刘达武同官兵也到，拿了几名管家。天色大亮，解李通与家人花瑞、花升、花祥、花茂，还有几名庄兵，连庄兵共有十四名，带至保安公馆大门内东房，先把众人押在外面东房内，刘达武带兵看守。后又有蔡庆等先把女眷送在对面公馆，他同玉面虎张耀宗、水底蛟龙高通海、多臂膀刘德太、小方朔欧阳德进了公馆。

徐胜由里面出来，见了蔡庆，请了安，又与张耀宗见了，随说："我托众位洪福，已将花得雨拿到，大人是昨日晚间被我救回，请众位进里边见见大人。"众人至里边，大人正同那彭禄说别后的事，吃着茶。见徐胜进来，先给大人请了安，说："回大人知道，欧阳德、蔡庆、张耀宗来给大人请安，他等还帮助，现把花家的余党与官兵动手的人，共拿获十四名。"彭公本是精明干练之人，听见徐胜来禀，带笑说："徐胜，你出去把蔡老英雄、欧阳义士与张耀宗请进来。"徐胜出去说："大人请你三位相见。"蔡庆等一同进去。刘芳、高源先请了安，说："大人受惊啦！"彭公一摆手，蔡庆等三人请安。彭公站起身来说："看坐，二位义士请坐。张耀宗，你从哪里来？请坐罢。"张耀宗谢了座，把一往的事说了一遍。彭公说："我来至此处，遇见这样奇巧之案，天助我拿获凶徒，皆诸公之力，二位义士相助。"吩咐："叫三班人役伺候，我要亲身审问花得雨因奸杀命，窝聚匪贼，拒敌官兵此案。"不知后事如何，且听下回分解。

第七十四回

扮阴曹夜审花得雨　送密信钦差访贼人

诗曰：

秦川如画渭如丝，去家怀家一望时。
公子王孙莫来如，岭花多是断肠枝。

话说彭公叫人传保安同知，要三班人役，“我要审问花得雨。”早有同知法福理，带壮、皂、快三班人役来参见彭公。彭公说：“贵府，你在此听候本部细审贼人。”又对蔡庆、欧阳德说：“二位义士，听我审问花得雨。”彭公当中坐定，左边蔡庆、欧阳德，右边张耀宗、法福理，下边三班人役，高源、刘芳、徐胜三人，站在大人身后。吩咐先带上他的家人花瑞、花升、花祥、花茂四个人上来跪下。

彭公看了看，问了姓名。彭公说：“花瑞，你是一个当奴才的，我也不怪罪与你，你家主人一生所作所为的事，只要你说了实话，我施恩与你，放你回去。你主人花得雨，他家窝聚大盗，你可知道？你要不说实话，我就严刑治你，我还要重办你四个人呢！哪个先说实话，哪个算是好人，我就放你等回去。”花瑞被彭公这一番言语，说的他等默默无言。自己心内说："有心不招这件事，犯在当官，我无故受些官刑，这是多饶一面。"想罢，说："大人开恩！我家主人，他一生爱练，先雇了一个护院的人，名叫花面太岁李通。后来又来了青毛狮子吴太山等，这些人全是河南紫金山的人，住在我主人家内，可不出去偷盗，无事与我主人在一处练习。我说并无虚话。"彭公点了点头，说："花瑞，你主人为甚么谋杀刘凤岐之妻身死？你必知情。"花瑞说："我在外院看门房，这事是我们总管花珍珠与花茂他二人所办。"

彭公说："花茂，你家主人谋人妻女，你从实说来。"花茂说："大人要问，只因我家主人是三月初七日上坟，回头走至保安东街口，见路北有随墙板门，门外站定一个妇人，有二旬多岁，长的十分美貌，眉眼另有一团风流。我主人问花珍珠：'这是谁家妇人？'花珍珠说：'是刘妈妈的儿媳妇，刘妈妈会收生，常往小人家里去。'又问刘妈妈的儿子作什么。花珍珠说是陆陈行，在昌平州作生意。我主人回至家中，叫花珍珠想主意，要这妇人到手。花珍珠献了一条计策，他说定日接刘妈妈给他媳妇收生，来至此处，他说我也不离左右。他知道刘家没有男人看家，就是刘妈妈的儿媳妇一人。夜晚派些人去抢来，一个妇人家抢来，多给他些衣服金银首饰，也就安住他的心了，那妇人也不能走。次日再放刘妈妈回去，就说闹胎，还须等几天。我主人就依他的主意，全办好了。就派我带吴太山、李通，并带有二十余名打手，夜晚各带枪刀到刘家门首，把大门打开，进去将房门也打开，见那妇人尚未睡觉，被我众人抢上轿去，抬到我们庄中。大门之内放下轿一看，可不好了，一打开轿帘，瞧见那妇人脖项上插定一把钢剪子，吓的我主人也无主意。李通他出的主意，叫人将原抬的轿子别动，连死尸抬回，还送在他家内，装一个不知道就完了。我等又把那妇人送到他家去。这是一往的实话，只求大人开恩，此事全是我家主人的事。他是不怕死的，实不与小人相干。"彭公说："带李通上来，与花茂对词。”李通身受重伤，也未强辩，均已承认。

彭公又把那九个庄兵带来，回了名字，说：“你们是花得雨的什么人？”那庄兵说：“均是雇工人。”彭公一拍惊堂木说：“你胡说！既是雇工人，为甚么与官兵动手？”内中有一名他叫王霸说：“我们不知道，只听说有了贼啦。我们要知道是官兵，小人天胆也不敢与官兵交手。”彭公说：“你家主人共雇有多少人工？”王霸说：“共有二百三十余名。”彭公说：“带下去，交法福理看押。吩咐带上花得雨来！”

两旁一喊堂威，把花得雨带至大人公位以前。两旁人役说：“跪下，跪下！”花得雨一阵冷笑，说：“彭朋，你叫我跪下，我一不犯国法，二不打官司。你带一伙强盗，到处指官诈骗，诈我的资财，咱们这里也完不了，有地方合你说去，咱们到那都察院打一场官司去。”彭公听罢，说：“花得雨，你谋奸杀命，窝聚强盗，夜内移尸，凌辱钦差，拒捕官兵，你的脑袋还有吗？你还装作好人！今见本部，目无官长，咆哮公堂。来人！着实先打他八十大板再问！”下边人拉下去，打了八十大板，打的鲜血直流。打完了，彭公说：“带上来！”那花得雨说：“好打，好打！”彭公说：“你还不招吗？”花得雨一语不发，只气的面皮发青。彭公看罢，心中想了一回，随吩咐带下去，叫高源过来，附耳“如此如此”。高源叫刘芳、徐胜、蔡庆等一同下去。高源叫法福理，附耳说了几句话，将手下人看押，花得雨另收在空房之内。

他连疼带气，迷迷糊糊睡着了有五六个时刻。他一瞪眼，黑暗暗不见有人。正自胡疑，忽见进来两个人，都是古来的打扮，头戴缨绫帽，青布靠衫，腰系皮廷带，足下青布靴子。一个手提绿纸灯笼，手拿铁练；那一个手拿一面小牌，上写着“追魂取命”。一个黑脸膛，一个白脸膛，说：“花得雨，你跟我二人走罢！现有冤魂把你告下来了，我二人是本处城隍司的官人。”一抖铁练，把花得雨锁上，带他往外就走。黑暗暗，阴风阵阵寒，拐弯抹角，见前面一座大殿，抱柱之上有字，写的是：

> 阳世奸雄，伤天害理都有你；阴曹地府，古往今来放过谁？横有四字，是“你可来了”！

进殿一看，所点之灯都是昏惨惨，灯光皆是绿的，当中有一公位，坐定森罗天子，头戴五龙盘珠冠，龙头朝前，龙尾朝后；身穿衮龙袍，上绣龙翻身，蟒探爪，攒五云，把海水，闹片锦鳞起，灵芝草寿山永故，一件折黄袍；腰中系紧横腰钻八宝白翡碧、起光毫、富贵高升玉带一条；足下篆底官靴；面如黑漆，一部花白胡须。左边是判官，头戴软翅乌纱帽，绿绸蟒袍，足登官靴。并有牛头合马面，两旁皂役人等。方一进殿，迎面有一个戴乌纱帽，身穿红蟒袍、玉带官靴的，他带着一个女鬼往东去了，又回头说：“花得雨的灵魂带到！今有刘凤岐之妻周氏，被你谋害身死。带花得雨上来！”说：“跪下！”两旁一喊堂威，说：“跪下！”上面阎王说：“来人，把生死簿拿我看。”判官立时呈上一本账来。阎王说：“花得雨，你欺心胆大，倚势欺人，你不知善报恶报，早报晚报，终身有报。你谋人妻女，所作的事还不实说吗？等我将你上油锅炸，你才说呀！”花得雨一听，心中知道已死在地府阴曹，不说也无用了。他就把与花珍珠定计，抢刘凤岐之妻，自刺身死，移尸之故，又从头说了一遍，写了供底，花得雨亲手画了押呈上去。忽从背后过来一人，正是高通海，说：“花得雨，你今还往哪里躲避，我是不能饶你的，你也说出真情实话，你还要怎么样赖供？”把灯从新改换，一看众人都是穿的唱戏的衣服，扮阎王的是蔡庆，判官是徐胜，招房是张耀宗，扮女鬼是戏班内唱小旦的。这都是彭公授计，吩咐法福理这样办理。保安同知法福理他是旗官，这里有一份戏箱存放，故借这公馆东边关圣帝君庙内，作为问案之所。今已审明花得雨不法的事，均亦招成，从新带他去见彭公。

彭公问：“这案要是行文上宪，又耽延几十天的功夫，莫要与民除害为是。”将众犯人等带下去，看押着花得雨。次日天明起来，彭公吩咐把被告牌抬出去，准有人告花得雨。这信一传出去，就有居民人等喊冤，告花得雨是霸占房产地土，抢掳少妇长女之案，有七张呈状。彭公俱各问了口供，全皆叫进来，说：“明日我要办花得雨。”即派官人押着众犯，所有告状的人将被抢妻女对明，并自己田产各归本主。彭公递了一件摺子，奏花得雨所为之恶。旨意下，将花得雨即行就地正法，李通等俱斩首示众。彭公钦赐“剪恶安良”字样。同知法福理地面不清，革职留任。高源、刘芳、徐胜记大功一次。这上谕一下，彭公派法福理监斩，在保安西门外枭首示众。

彭公将事办理完毕，忽听外边差人来报说：“有一个姓张的求见大人，他来报有机密大事。”彭公派高源出去看是何人。高源出去看，是山东一带有名的凤凰张七即张茂隆，连忙请安，说：“叔父，你老人家从哪里来？”张茂隆说：“我听人传言，说赛毛遂杨香武出家当了老道啦。我找我从弟朱光祖、万君兆，顺便访几位朋友。我今听说一件机密大事，特为前来见大人告禀。”高源同他进来，给大人请了安。彭公一看那张茂隆，年过花甲，五官端正。彭公说：“义士请坐。”张七说：“大人在此，草民万不敢坐。”彭公说：“此处并非公堂之上，坐也无妨。义士从何处来？”张茂隆说：“草民素知大人为人忠正，我才来此送信。我要知道不来，自己心中不安。我要说，大人把左右暂退出去，恐走漏消息。”彭公说：“无妨，都是我的心腹人。”欧阳德与蔡庆也在这里，说：“请张义士说也无妨。”凤凰张七说出一夕语来，吓的众人魂胆皆惊。不知后事如何，且听下回分解。

第七十五回

彭钦差私行改扮　假仙姑舍药跳神

诗曰：

渡水旁山寻绝壁，白云飞去洞天开。
仙人来往行无迹，石径春风长绿苔。

话说那凤凰张七，他来至大人的公馆之内，见了彭公说："今我在漾墩地方听人传言，说青毛狮子吴太山、并獬豸武峰二人，邀请天下各处绿林英雄，替金翅大雕周应龙报仇雪恨。拦轿行刺，或明或暗，千万各自均要留神。草民告辞了。"彭公说："义士，你来送信，定无虚言。我此去查办大同府，义士跟我前去，我绝不亏负于你。"张茂隆说："吾恩兄黄三太病体沉重，我意欲上绍兴府前去探望，在路上顺便找我徒弟八臂哪吒万君兆、赛时迁朱光祖他二人。我实不能跟大人前往。"彭公说："既不能跟我前往，我也不强留你。"叫彭兴取八两银程仪，送义士收纳。彭兴取来，交给凤凰张七。张茂隆接过来说："谢大人厚赐，我要告辞去了。"彭公叫高、刘、徐三人送出公馆。

彭公问："欧阳义士，此事应该如何呢？"欧阳德说："大人不要为难，大人带徐胜、高源、刘芳三人，骑马便行，吾坐着大人的轿，叫张耀宗的车也跟在轿后，按站行程。如有动作，吾先拿住那混账忘八羔子的。大人也不可离远，只要拿住几个，就镇住他们了。"彭公说："也好。"张耀宗到南店算还店钱起身。欧阳德坐上大轿，他等跟在后面。轿、马、车夫人等起程，合城文武官员送钦差不提。

彭公身穿便服，带高源、刘芳、徐胜三人，保护大人出了保安城。天气甚热，柳树阴浓，青山迎面，道路崎岖。彭公在马上说："我自出居庸关以来，看见另有一番气色，景况可观，不易蜀道之难。"徐胜说："天气甚好，出了口就好了。"彭公在马上仰面观瞧，红日当空，热不可言，望前一看，都是一片荒山，并无树木。口中又是干渴，回头说："高源，你看前边哪里有歇凉之处，可以买杯茶吃？"高源说："往前再走几里路，就有歇凉之处。"彭公紧紧催马，转过山湾，见前面有人，男女不少，都手中拿着香，仿佛是烧香上庙赶会的样子。前面不远，有一个村庄，树木森森，人烟稠密。彭公进了南村口，听那行路之人说："天有正午，娘娘该升坐啦，咱们快走罢！"彭公往前走了不远，见街西有一座野茶馆，字号是"别墅山庄"，挂着茶牌子，是雨前、毛尖、武彝、六安等名目。彭公下马，高源等三人也下了马，把马拴在一处，进了茶馆，要了一壶茶。

只见从外面进来一个人，身挎香袋，年有三旬以外，是庄农人打扮，坐在那彭公四人一处，说："四位喝茶啦？"徐胜说："你们是往哪里烧香去？"那人说："我们这村叫鸡鸣驿，这正西村头有一座天仙圣母娘娘庙。这庙内原先有一个道士叫贾玄真，因得病身死，近来又有一位活佛娘娘，显圣在此舍药，无论是哪里人，都来烧香，他也知道姓名。你四位贵姓啦？"徐胜说："我姓徐，那位姓什。"又指高、刘也说："他姓高，那位姓刘。"那人给了茶钱去了。徐胜与大人说："这件事又是妖言惑众。哪有活神仙之理呢？"跑堂的过来斟水来，徐胜说："你们这里有一位活娘娘啊？"跑堂的说："我们这里有一位九圣仙姑娘娘，他乃是贾玄真老道的表妹，他说是九圣娘娘降世，济困扶危，舍药治病，每逢三六九日在此舍药济人。初一日十五日，远近庄村全来烧香。今日是五月十三日，你们去看热闹去罢。"那跑堂的说完去了。

徐胜说："这可是新闻之事。依我之见，咱们找店住下，我去访访这段事情。"彭公看那北边路东有一座客店，字号是"三元客店"。彭公说："你与高源二人去访查明白，禀我知道。我与刘芳住在客店，等候你二人。"徐胜说："三元店见。我二人去也，莫若你老人家也去逛逛如何？"彭公说："我去也不便，还有四匹马没人看守，也不成啦。你等去罢。"

徐胜站起身来，同高源一直往西去了。走了有半里之遥，见买卖人烟不少，医卜星相甚是喧哗，路北一座天仙娘娘庙。徐胜等进了山门，见正北大殿，东西各有配殿三间，正北大殿上是大龛，上按黄云缎缦帐，头前供桌上摆着五供儿一堂，正北设着莲花座，并无神像。两旁烧香的人等候，齐说："娘娘驾到了！"

只见外面四对黄旗引路，一乘四人小轿，轿内坐着一位娘娘，后跟仆妇二人。抬至殿前住轿，那两个仆妇去搀扶娘娘下轿。徐胜看那位娘娘，年有十八九岁，头戴珠冠，身被蓝绸衫，周身绣团花，西湖色百摺宫裙，足下金莲二寸有余，南红缎官鞋，面如桃花，柳眉杏眼，朱唇皓齿，真是梨花面，杏蕊腮，瑶池仙子下降，月殿嫦娥下凡，美貌标致，令人可爱。怎见得？有赞为证：

见佳人，天然秀，不比寻常妇女流。乌云俏挽堆丫髻，黑鬒鬒长就未搽油。眉儿弯，春山秀。杏子眼，把情儿露。鼻梁端正，樱桃口，耳坠金环罩玉钩。穿一件，蓝绸儿衫，翠腕袖。内衬罗衫娄外娄，百摺宫裙金莲漏，端又正，尖又瘦。看看好像不会走，行动又如凤点头。心儿灵，性儿秀。美天仙，平地扭。嫦娥见，也害羞。真正是貌美丰姿，体态温柔。

徐胜、高源二人见那娘娘这样打扮，心中就知不是好人，透些风流俊俏，美貌无比。只见他升了大殿公位，两个仆妇站在两旁，有两名女童站在旁边。见烧香之人齐跑在殿前说：“愿娘娘万寿无疆！”烧香叩头求药的人不少。忽见有一少年人进来，年有十七八岁，面如满月，眉清目秀，俊品人物，身穿两截罗汉衫，内衬白棉绸裤褂，西湖色春罗套裤，白袜云靴，手举高香，跪在娘娘驾前说：“娘娘在上，弟子景耀文，因母亲病重，求神护祐，赏赐仙丹给我母亲治病，弟子必烧香还愿。”那娘娘微睁杏眼一看，说：“原来是景耀文，你来讨药，娘娘念你一片虔诚之心，赐你金丹一粒。”一回手，从囊中取出一粒药来，交给仆妇。仆妇下来，说：“公子，你跟我来用药。”往那少年之人鼻孔一搽，那少年的人立刻跟仆妇往西院内去了。

高源看着透些怪异，不由己心中一动。忽又见从外面进来一人，年在三旬以外，身穿紫花布裤褂，白袜青鞋，面皮透紫，紫中透黑，粗眉圆眼，跪在那娘娘驾前说：“娘娘救我，我姓王行二，绰号人称小刀子王二，今年我三十一岁，并未成过家，浑身酸懒，我的屌棒硬，求娘娘可怜可怜我罢！”那些个烧香的男女老少一听，无不惊异。只听那娘娘说：“王二，你的来意我也知道，来人给他一块药，吃了就好了。”那仆妇下去，给了王二一块药吃，王二一发愣，那仆妇一拉，他站起来跟仆妇往西院内去了。

徐胜说：“这娘娘他明是一个活人，如何是神仙呢？我去问问他就是。”想罢，坐前说：“娘娘，我是远方之人，听人说娘娘显圣，我有些不信，我要看看是怎样灵验，只求娘娘说我是哪里的人氏，姓甚么，叫甚么，我甘心佩服。”那娘娘一看徐胜，不由杏眼含情，香腮带笑，说：“你的来意我也知晓，你不信于我，我也不恼你。你姓徐，是过路的，不必生事，你去罢！”这句话，说的徐胜一言不发，心中暗为佩服，果然奇异。

他既是肉体凡夫，他如何知道徐胜名姓？这是徐胜在茶馆之中，与他烧香的人说闲话漏了名姓。那人就是他们一伙的，专在庙的临近，他看有形迹可疑之人，他就也装的是烧香之人，过去访问姓名。他们共有十数个人，都替娘娘办这事，暗探明白，回去告诉他。

今天有过午之时，烧香人等不断。至日色平西，娘娘要起驾下座，仆妇搀着上轿，立刻出庙。就在西边路北，另有一所院落。高源、徐胜二人跟到门首，见娘娘轿进了大门，那二人才回三元客店，在上房见大人，细说方才之事。彭公说："这是妖妇煽惑愚民，本处地面官就应该办他。"徐胜说："大人，我吃完晚饭，我前去打听他夜内作何事故。此事关乎地面，我要细访真情。"彭公说："也好。"

四位用完了晚饭，高、刘二人保护大人，他带短练铜锤急刻出了客店。天不到初鼓之时，他飞身上房，至庙西边那所院落，从西北进去，看里面有二十余间房屋。他至内院，瞧那北上房是满装修，前出廊后出厦的房屋，内灯影儿摇摇。徐胜见东西都是配房，屋内也有灯光。他跳下房来，在窗户外用舌尖湿破窗纸，望里看，那东里间是两间明着，上挂四个纱灯，各点蜡烛，北墙东边四个皮箱，西边条案桌椅，桌上有蜡台一个，东边椅子上坐着就是白日那位娘娘。靠南窗户是大床，床上摆着小炕桌一张：上摆六碟菜儿，一壶酒，两份杯箸。西边有三十多岁两个老妈。只听那娘娘说："我今日很烦，把我的衣服拿来我换换。"那仆妇立刻把东边箱子内的包袱取过来，放在他的面前床上。他脱了蓝绸衫、衬衫、裙子，换了一件银红色女褂，周身镶着寸边绦子，腰中扎一条银红色汗巾，品蓝绸中衣，红缎花鞋，头上珠冠摘去，竟显黑鬒鬒的乌云，梳着盘龙丫髻，上插几根真金簪环，斜插一朵粉红海棠花，更显俊美。他换完了衣服，叫仆妇将衣服拿过来说："给我拿茶来。"仆妇就送上茶来，那娘娘喝了几口，只听他说："你们去把那姓景的给我带来，我要亲身请他喝酒。"那老妈儿答应出去。

徐胜飞身上房，施展珍珠倒卷帘的架式，他隐身藏于房檐之下。见那侍唤老妈儿他进西厢房，把白日烧香求药的那位少年给领进上房。迷迷糊糊，也认不出是人来，楞痾痾的坐在床上。那娘娘先掏出一个药瓶儿，倒出药来，往那少年之人鼻孔一抹。那景耀文一睁眼，他说："这是哪里？你快说！"那仆妇说："你不必嚷！我们娘娘与你有一段天缘，你不可错过！"那娘娘也说："景耀文，你瞧我是王母之女，今临凡世，与你有一段金玉良缘，该当你我夫妻今日配合。我见你来，也是天缘福凑，你喝两杯酒罢，我也陪你两杯。"那景耀文说："我是因母病才来求药，你们用甚么诡计，诓我来此？快送我回去罢。要不然，我要嚷啦！你们胡说，那有娘娘还要男人的道理？"那娘娘说："你好不明白，人生在世上，夫妇是人伦之大道，你说神仙无有要男人的，那玉皇为甚么有王母娘娘呢？还生养几个仙女。你要从我，咱们两个喝酒吃饭，安歇睡觉，明天我送你归家，给你母亲治病。你要不依我，我先杀了你，你也不能救你母亲，你也不能回家去了。你好胡涂，你看我哪一样比你长的不好，你自管说，我与你结为夫妇，也不亏你。"徐胜一听，说："这厮他太也不要脸，定不是好人，我进去拿他。"不知怎样拿法，且听下回分解。

第七十六回

粉金刚夜探迷人馆　九花娘见色起淫心

诗曰：

天风吹我上山岗，露洒长松六月凉。
愿借老僧双白鹤，碧云深处共翱翔。

话说粉面金刚徐广治在房檐之上，听见屋内那娘娘百般哄那少年之人，那景耀文并不依从。徐胜要进去，又怕莽撞，“不免我看他一个水落石出就是了。”

再说这位娘娘，他原是靠山庄的人，在家姓桑。他父亲早丧，母刁氏，生他兄妹三人。他两个兄长，一名桑仲，一名桑义，练的一身好武艺，在绿林中为业。他乳名叫九花娘，自幼年七八岁时，有一个跑马戏的张妈妈爱他好，认为干女儿，传他练的一身好武艺。张妈妈死后，他又跟他哥哥练拳脚。后来许配一个保镖的人，姓何名必显，由十六岁过门，他又跟他男人练了些枪刀棍棒。其性妖淫，一夜无男人陪伴，他如度一年。过门未得一年，他男人何必显得了一宗虚弱之病死了。他无有公婆管教，他时常招些男人。他性情不长，他无论什么男子在一处，过了一个月他就够了，他够了稍不开，他就杀了。自己又有一身好本领，他常在绿林，与贼人在为一处。由去年十八岁，他就杀了有二十多条人命。他有一个远亲表兄，姓贾名玄真，在鸡鸣驿天仙娘娘庙内出家。他时常来庙中住着，贾玄真与他通奸，也得此病死了。他在这庙中，托言顶神看病。也常有绿林人来往，他认识的奸夫常来这里住。他倚娘娘下降为名，为是招此男女来，他好看那个少年男子长的好。他受异人传授的迷魂药，有一条手帕，名曰五彩迷魂帕。他用药迷住人，带在这院内，夜晚与他交欢取乐。这院别名叫迷人馆。他把那男子害的也多了，每夜要用两个，方趁他心怀。

今夜把景耀文带至这里，他百般献媚，蜜语甜言，那景耀文一概不理。他不由心中不悦，用迷魂帕往他鼻孔中一抹，那景耀文迷昏过去，不醒人事。叫仆妇带他上外边去，把那小刀子王二给我带上来。仆妇等带他去，不多时带进一个穿紫花布裤褂的来坐在椅子上，那九花娘把解药给那王二抹在鼻孔之中，片刻即明白过来。那王二本是一个土匪，听人传言，说九花娘离了男子不成，他才至庙中找九花娘戏耍。今苏醒过来，他立刻瞪眼一看，屋内灯光闪烁，九花娘便装打扮，更显姿容秀美。他连忙跪在就地："求娘娘开恩救我，我是一秉虔心，来求我娘娘救我。"说着话，他过去伸手就摸九花娘的金莲。九花娘假装好人，一掌打在王二的脸上，说："好不知事务的东西，你这里来撒野来了！"王二笑嘻嘻的说："多谢娘娘赏我一个嘴巴，再打一下，我连肉都麻了。"九花娘一听也笑了，说："你这癞子起来罢，我看你人长的粗率，倒还会说话。"那小刀子王二起来，坐在床上，那仆妇人等把酒斟上说："二位喝酒罢。"那王二两个眼都直了，往前一伸手拉住九花娘的手腕，他说："娘娘先别喝酒，先赐我片刻之欢。"九花娘说："你先别忙。"

正在说话之际，忽听外边房上有人说："老九，叫你受等了，我一步来迟，罚我三杯罢。"从外面进来一人，年有二旬五六岁，身穿蓝绸子裤褂，足登青缎子抓地虎靴子，手提小包袱，白净面皮，俊品人物。这人乃是河南紫金山金翅大鹏周应龙的余党，姓韩名山，绰号人称玉美人。他因官兵至紫金山拿了周应龙，他自己落网逃至此处避难。由二月间认识九花娘，二人见面心意相投，如鱼得水，并无半点的不好之处。至三月间，九花娘就逆了韩山啦，管住他不准再交别人，九花娘如何肯听？无事之时，九花娘常往各处散逛，有认识他的男子，他就住几天才回来，韩山也无法可治。他今日韩山是从张家口来，方一到院中，听见屋内有人说话，是九花娘与一男子吃酒调戏。玉美人韩山说："好无知的娼妇，你又招引野男子，在这里败坏家风啦！"方进屋内，一抡单刀，就把小刀子王二给杀了。俗语说的好：奸情出人命，赌博出贼情。那王二也是匪人，今天未贪着女色，惹下了杀身之祸。

九花娘一看那韩山杀了王二，他一时间心中不悦，蛾眉直立，二目圆睁，一伸手把墙上所挂之刀抽下来，说："韩山，你太也无礼了！"抡刀就剁韩山。韩山说："老九，你翻脸无情，这还了的吗？"九花娘说："你要管你姑奶奶，如何能成？我看着那个男子长的好，我就留他在这里睡，你敢杀我心爱之人，我焉能饶你？"玉美人韩山说："好贱婢，你也不知大太爷的厉害！"抡刀相迎。九花娘一摔手帕，照定韩山面门打去。韩山脚站不住，昏迷倒于就地。九花娘过去一刀，把韩山的人头砍下来，又抡刀剁下手脚来，把东边的箱子叫仆妇抽下来一个，把两个死尸砍碎，放在箱子之内，收拾血迹干净，点上檀香，熏屋内腥臭之气味。

粉面金刚徐胜在房檐上暗中一看，心中说："好厉害，这还了的啦！"九花娘杀了韩山，他的高兴也没了，想那景耀文他也不从，该当如何？徐胜见淫贼九花娘他这样行为，自己说："我何不拿他？"想罢，跳下房来说："淫妇，你这样可恶，杀害活人，我来拿你！"九花娘一听，说："哟！哪位呀？"抽出刀来，仆妇执着灯笼，来至外边一照，那徐胜年约二旬余岁，身高七尺，头上蓝手帕包头，身穿蓝绸子裤褂，青缎子抓地虎快靴，面如白玉，略似桃花，白中透润，润中透白，窄脑门，尖下额，双眉黑鬒鬒斜飞入鬓，一双俊目皂白分明，准头端正，唇若涂脂，行如宋玉，貌似潘安。九花娘一看，不由心中一动，骨软筋酥，说："哟！你这位是从哪里来呀？"说着话，透姣媚之态，"噗哧"一笑。徐胜说："好无知的贱婢，我看了你多时，特来拿你！"抡短链铜锤，照定九花娘就打。九花娘一闪身躲开，说："壮士何必如是呢？你要喝酒，请进屋中，你我谈谈心，我看你也不是寻常之人。"徐胜说："你好不要脸啦！我乃堂堂正正奇男子，烈烈轰轰大丈夫，岂能与你无名贱婢为伍！"九花娘说："你真不知自爱，开口伤人，我焉能饶你？"抡刀就剁，徐胜急摆练子铜锤相迎。二人战了有几个照面，九花娘一摔迷魂帕，照定徐胜面门打去。徐胜昏迷，栽倒就地，不醒人事，立刻被仆妇人等拿住捆好，抬到屋内，放在地下。

九花娘把徐胜抱在床上，剪了烛花，又望徐胜脸上细看，果然美男子、俏丈夫。他先去取解药来，亲自伸出十指尖尖的手儿，捏解药抹在徐胜之鼻孔内。徐胜苏醒过来，睁眼一看，见九花娘站在眼前，闻着有一阵冰麝脂粉、丹桂芝香、桂花油味。徐胜说："你拿住我不杀我，所因何故？"九花娘笑嘻嘻的说："你贵姓啊？我是一份好心，我拿你进来，我有心要与你结为百年之好，长久夫妻。我也没有男人所管，你要依我，咱们是合而为一；你要不依我，你也有个姓名，是哪里的人，来此为何？"徐胜说："我姓徐名胜字广治，绰号人称粉面金刚。我听说你这里常常害人，我来此路见不平，要结果你的性命，替众人除此一害。"九花娘听说："你既然是豪杰人，更好说了，我这里有的是金银，任你所用，你往哪里去，我跟你往哪里去。你我年岁相当，你又何必这样装腔作势呢？"徐胜说："我乃义侠英雄，岂能与你寡廉鲜耻之人作为夫妇！你要杀我，任你自便；你要放我，也任你自便。"九花娘说："你当真不从我，我要杀你。"徐胜说："你就杀，徐大爷说视死如归，你为何这样胆怯？贱婢，你不算是人！”九花娘说：“你太也不要脸啦！我要结果你的性命，如伤一蝼蚁。”抡起单刀，照定徐胜脖项就砍。徐胜一闭二目，只等一死。忽然觉着脖项一凉，九花娘的刀正拍在他的脖项，偏着拍了他一刀。徐胜一睁眼，那九花娘一笑说：“我有心要把你杀了，我又舍不的。你要依从我，丰衣足食，我哪样配不过你，你好无知。”徐胜见这光景，自己心内说：“徐胜，你好无知的匹夫。他既然这样，莫若将计就计。我口中应允他，他放开我，我拉刀杀了他更好；杀不了他，我自己逃走到公馆，再派别人来拿他。”想罢，他说：“你要杀，又不杀我。你要真合我成夫妇，你须依我一件事，我往哪里去，你跟我往哪里去。”九花娘说：“那是自然。我既嫁你，我就随你去。”说着话，他把徐胜就放开了。

徐胜站起身来一看，他那短练铜锤在八仙桌上放着，九花娘坐在东边椅子上。徐胜愣了半天，伸手抓住短链铜锤，往外就跑。九花娘说：“你这人口是心非。”拉单刀追出去，照定徐胜就是一刀，徐胜抡铜锤就打，二人在院中杀在一处。九花娘又一摔迷魂帕，照定他面门打去。徐胜闻着一阵异香，一阵昏迷，倒于就地。被九花娘捆好，又放在屋内床上，说：“再拿解药来。”仆妇人等又取过解药来，闻在徐胜鼻孔之内，少时苏醒过来。一睁眼，说：“好贱婢，你真不要脸，又要怎样？”九花娘说：“你这匹夫，口是心非。你方才说依允我，我放了你，你又逃走。此事也就是我，要是别人，早把你杀了，你自己还不知事务。你要好好的依我，万事皆休；如若不然，我定要杀你！”徐胜一想：“这事我作的太粗鲁啦！我不该那样走的快，我必须如此如此，这才能办理此事。”想罢，他说：“娘子，你放开我罢，我再也不走了！你要信我，你就放了我。”九花娘说：“你起誓，我才放你。”徐胜说：“你放开我，我再走，叫我永不走好运气。”九花娘过去把他放开，说：“你起来，不用闹，咱们二人喝酒罢。”

徐胜坐在床上，九花娘叫仆妇人等预备酒菜。徐胜坐在东边，九花娘坐在西边。摆上菜来，徐胜打算要用酒灌醉了九花娘，他好拿他。二人对坐喝酒。九花娘本来也真爱徐胜长的四趁，五官端方。他所遇的男子也不少，并无一个比徐胜长的好的，他故此甚爱徐胜。二人先喝了几杯酒，九花娘说："我给你半杯酒喝。"把自己一杯酒喝了一口，剩下的给徐胜喝了。二人又划拳。正在喝着高兴之时，忽听窗外一声嚷："独占鳌头啦！"伸进一只手来，吓了徐胜与九花娘一跳。二人连忙问是何人？只听外边说："好徐胜，你在这里乐上了。"不知外面说话之人是谁，且听下回书内分解。

第七十七回

老龙背火烧欧阳德　靠山庄淫妇暂避难

歌曰：

凤侣鸾俦，恩爱牵缠何日休。活鬼乔相守，缘尽还分手。休为你两绸缪，披枷带扭。觑破冤家，各自寻门走，因此把鱼水夫妻一笔勾。

话说粉面金刚徐胜与妖妇九花娘二人吃酒划拳，正自高兴之际，忽然间从窗外伸进一只手说："独占哪！唔呀！你们喝的哇！"徐胜一听，是小方朔欧阳德，心中明知欧阳德他是从北新庄坐着大轿，假装钦差大人，今天如何也来到迷人馆呢？内中有一段原故。

因欧阳德他坐着大轿正自出了保安，顺大路往前行走约有七八里路，忽然从对面来了一个和尚，年约三旬以外，头戴僧帽，身穿蓝绸子僧衣，白袜青僧鞋，面白如玉，长眉朗目，唇若涂脂，走至轿前，抽出刀来，照定大轿之内，分心就刺。欧阳德一撤身，正刺左肋之上。欧阳德练的软硬工夫，善避刀枪，骨软如绵。他被这一刀，虽说未伤着他，亦甚凶险。跳下轿去，伸手一抓，未曾抓住，那和尚如飞走了。欧阳德往下紧追。究竟不知那和尚是谁。他是漾墩正东三义庙的和尚，僧名法空，别号人称玉面如来，他乃是绿林中的人物，与青毛狮子吴太山、金眼骆驼唐治古，三人素有来往。因吴太山等由北新庄逃至漾墩三义庙内，见玉面如来法空，细说在河南之事，与彭大人结仇。法空说："我替你等报仇！你在庙中等我拦路行刺，把彭大人杀了，与你们雪当年之恨。你们看我的主意好否？"吴太山说："贤弟，你当真要替我等报仇，我等均皆感恩不尽。事不宜迟，你就此前去。"玉面如来法空自己收拾干净，由漾墩起身，住在响水铺店内等候彭公的大轿。

那日早饭后，见人传言说，要过钦差啦！他在暗中带了单刀，在半路之上，见正南人马车轿不少，他从旁边过去，暗抽单刀，照定大轿里边就是一刀。被欧阳德一把未曾抓住，他就跑了。欧阳德也追下去了，大轿也就住了。连张耀宗、蔡庆都过来问。彭兴儿说："是有了刺客啦！欧阳义士追下去了，咱们莫往下走。"叫彭禄："你去前边鸡鸣驿打店。"彭禄答应下去，前边打店，正住在三元店，与彭公同住在一个店内。

欧阳德追了法空有几里路，他绕树林逃走，未曾追上。欧阳德急忙回到了鸡鸣驿，一访问，知道公馆是三元店。正往前走，只见高源在门首站立，说："欧阳义士，你往哪里去呀？"欧阳德听见是高源叫他，随问："大人住在哪里？莫非大人也住在此处吗？"高源说："不错，是住在这里。"二人说着话，进了店。到了北上房之内，大人正在吃茶，与刘芳说闲话。一见欧阳德二人进来，大人说："义士，你从哪里来？"欧阳德把方才在道上遇见刺客之故说了一回。彭公听罢，说："此事多亏张茂隆送信，义士你又有胆量，要是本部我坐着轿，定丧于贼人之手，义士你受惊了。"欧阳德说："总是大人的洪福，吾也未曾受伤，就是便宜刺客，他逃走了，可惜，可惜！"彭公说："刘芳，叫店家要酒菜来，与欧阳义士压惊。"刘芳到外边要了酒菜，彭公与他三人共桌而食。

饮酒之间，天已黄昏，点上灯烛。欧阳德等酒饭已毕，说："大人明日还不必坐轿走，看贼人该当如何？"大人说："甚好！"叫小二撤去残席，拿上茶来。欧阳德喝了几碗茶，听见外边天交初鼓，忽然想起一事，说："徐广治怎么不见？"高通海说："莫说了，若题起徐胜，白昼之间，我二人到天仙娘娘庙瞧跳神舍药之人，有一位娘娘，他今夜晚去了，多时不见回来。"欧阳德听了一想，说："唔呀！不好了！这里正闹阴贼妖妇九花娘，莫非是他？吾听人传言，吾早要拿他，未得其便。今日吾去看是何如？你二人保护大人。"刘芳说："你认的天仙娘娘庙么？"欧阳德说："这里是我的熟路，我知道在村西头。"说："我去也！"

自己到了院中，一纵上房，施展飞檐走壁之能，行从房上走，又从地下行，到了天仙娘娘庙。他在房上，往各处哨探，见西院中灯光隐隐。他来至西院之内，正遇徐胜头次被擒，欧阳德方要往下跳去救他，忽然后边两道黑影儿扑奔他来，临近一瞧，是水底蛟龙高通海、多臂膀刘德太二人也跟下来了。欧阳德说："你二人同来，大人何人保护？"刘德太说："大人安歇，无人知道。我二人也来看是如何？"三人下了房，在窗外望里一看，见徐胜被九花娘拿住，用绳儿捆上。九花娘说："你要从我作为夫妇，我就放你。"徐胜破口直骂。欧阳德说："你等看，徐胜果然是好人。"正说着，又听里边九花娘百般温柔劝徐胜，徐胜不允，他举刀要杀，又拍了徐胜脖子一下。那徐胜忽然说："我应允了就是。"高、刘二人听见，眼都气红。又见九花娘放开他，他往外就跑，又被九花娘拿住，二人又说了些话。徐胜说："我真心应允，你放开我。"九花娘又放开他，二人喝酒划拳。九花娘叫"三大元"！徐胜叫"五魁呀"！九花娘又叫"八匹马"！忽然从窗户外伸进一只手来，说："独占呀！你这不要脸的淫妇，往哪里走？吾来拿你。"

九花娘也是久闯江湖之人，他也听人说过义侠中有个小方朔欧阳德。今日听他的口音，他拿刀从窗户外出去。高通海说：“徐老大乐上了，好哇！我等奉钦差大人之命，特意前来捉拿淫妇。”欧阳德也窜上房去。九花娘听见这说话之人有四五个。刘芳也从后边追去。九花娘略想，此事甚不容易得胜，窝巢保守不住，莫若远走高飞罢。粉面金刚徐广治他本没有真心要九花娘命，见蛮子哥哥与高源、刘芳三人赶到，九花娘从后窗逃走，徐胜把短练铜锤拿起来，跳至院内说：“三位兄长慢走，我来也！”九花娘正跑的如同丧家之犬，恰似漏网之鱼，恨不能肋生双翅，飞上天去。

再说这个九花娘，他受名人指教，天生来快腿，他能日行千里，夜走八百脚程。他今日是急了，穿树林，绕山坡，走的是崎岖小路。欧阳德他追了有十数余里之遥，天有五鼓的时候，口干舌燥，也不见九花娘的踪迹在哪里。此处并无村庄，见前面有一座小庙，大殿一层，东西各自配房三间，山门一座。借着月色光华，瞧的甚真，庙门上有字是“山神祠”。欧阳德走至门前，拍了两下门，只听的里边有人说话，说：“是哪位叫门？”欧阳德说：“是吾，你开门罢”！里边把门一开，出来一个老道，年约三旬以外，头挽发纂，身穿月白布裤褂，白袜青鞋，黑紫面皮，短眉圆眼，准头丰满，薄片嘴，微有几根黄胡须。一见欧阳德身穿老羊皮袄，头戴皮困秋帽，蓝中衣，白布高腰绵袜子，足登两只毛儿窝，说话是南边人口音，唔呀唔呀的。那老道看罢，说：“你找谁呀？”欧阳德说：“吾是远方来的，走至此处，失迷路途，并不认的东西南北了。口中又渴，望求真人你赏一杯茶吃就是了。”那老道说：“你跟我来罢。”随他进了山门，让在东厢房内坐。欧阳德到了屋中，看那灯光隐隐，欧阳德坐在东边椅子上。那老道立刻进了北里间屋内，托出一个茶盘来，给他斟了一碗茶，说：“善士贵姓呀？”欧阳德说：“吾姓欧阳名德，乃江西人氏，来至此处访友，未领教真人贵姓仙名？”那道人说：“我姓桑名仲，乃本处的人。”欧阳德喝了两碗茶，觉着头眩眼迷，一阵昏迷，倒于就地，不醒人事。桑仲说："贤妹与二弟，你二人快出来罢，我已把恶人拿住了，那欧阳德他中了我的计策了。"从南里间屋内出来了九花娘与桑义二人。

且说这庙是九花娘的两个胞兄桑仲、桑义，他二人借着这个庙常常害人，也是绿林的人，会使熏香蒙汗药。今日是九花娘从天仙娘娘庙逃至此处，在他兄长这里避难，说方才被欧阳德追赶下来，自己慌慌张张来在屋内。桑仲、桑义自来不敢得罪他妹妹，三人正自说话，忽听外面有叫门之声，九花娘说："二位兄长不好了，外面欧阳德来也。"桑仲说："贤妹，你不必害怕，我拿住你的仇人，把他万剐凌迟，与妹妹报仇；你看好不好？"九花娘说："长兄多要留神，他的本事高强，不可怠意了。"那桑仲出去，让进欧阳德来，在茶里下上蒙汗药，把欧阳德昏迷住。桑仲又叫兄弟、妹妹二人出来，把欧阳德砍了两刀，也砍不动他。桑仲说："不要剁他，我把他用火烧死就完了。"九花娘说："二位兄费心。"桑仲、桑义二人把欧阳德抬至外边一个山岗之上，地名老龙背。又把干柴抬出两捆来，放在欧阳德身上，点着火。桑仲、桑义与九花娘三人收拾细软之物，竟奔靠山庄去了。

欧阳德在老龙背被烈火所烧不表。单说那粉面金刚徐广治与高源、刘芳三人步下本事实是跟不上小方朔欧阳德。他三人赶到了老龙背，不见欧阳德在哪里，只见桥下青烟上升。他三人见那桥下有一只毛窝儿，正是欧阳德所穿之物。徐胜说："可了不得啦！我蛮子哥哥被人烧死了。"放声大哭。高源说："且慢！这火内并无腥臭之味，如何能烧死呢？你我到庙中看看，借一个水桶来，把火救灭，细细看那里边，如要有骨头，不能全烧成灰；如无骨头，定然欧阳义士未被贼人烧死。"徐胜说："此话有理。"三人进了那庙内，见里边东西配房并无一人，各处找遍，亦不见有人。只可找了一个水桶，拿了两根木棍，在老龙背桥下挑了一担水，用水泼灭了火，用木棍拨看一找，并无一点骨头，也不知欧阳德是死是活。三人找了有两刻的工夫，天色已经大亮。三人把水桶、木棍仍送在庙内，三人无可奈何，要回鸡鸣驿去。不知欧阳德的性命如何，且听下回分解。

第七十八回

彭钦差思念欧阳德　小蝎子单人斗群寇

《莫愁歌》：

无事莫生愁，苦奔忙，未肯休。清风明月谁消受，多财越求，高官越谋，人心不足何时够？急回头，百年难得，一切不须忧。

话说粉面金刚徐胜、水底蛟龙高通海、多臂膀刘德太等在老龙背各处找遍，不知欧阳德的去向，也不知是生是死。三人也无处访问，只可回鸡鸣驿三元店内。瞧见大人自己吃茶，正盼念众位，忽见那徐胜三人进来说："大人等候多时，心急了罢！"彭公说："我亦不着急，欧阳德哪里去了，为何不见回来？"徐胜把方才所遇老龙背放火，烧在桥下，不知欧阳德生死如何。彭公说："你三人可将妖妇拿住了无有？"高源把昨夜追九花娘之故细说了一遍。彭公问："这里是哪里管？"刘芳说："是保安管。"彭公说："你去说于官人，叫他去报地面官，不许叫妖妇再来住，行文各处，捉拿九花娘。此事交本处该管职官办理，如有拿获九花娘之时，要按律重办他。"

刘芳来至外面，叫店中伙计把本处地方叫来。不多时，本处保正吴奇来说："哪位叫我呢？"刘芳说："我叫你，我是跟查办大同府的钦差彭大人的，来在此处，查知九花娘搅乱人民，妖言惑众。昨日我们已把妖妇追走，你急速到你们地面官去报，此庙查抄入官，内有箱子一只，被杀死尸两个，你报官葬埋就是了。"吴奇答应去了。刘芳回到上房禀过大人，细说方才之事。

彭公同这三人用了早饭，算还饭账，骑马往北。走至漾墩地方，天有正午之时。四人见此镇店人烟稠密，买卖不少，只见正北有一座酒楼，字号"广和"，上有牌匾，写的是"名驰天下，味压江南"。彭公下马说："暂且歇息歇息，在这酒楼上吃一杯酒可也。"高源下马，接过大人的马去，徐、刘二人也下马，都把马拴于酒楼的东边店内。三人同彭公上了酒楼，一瞧，那酒楼是五间，靠北窗是六个座位，楼窗儿支开，四面都有时样花盆，内栽的各种奇花，令人可观。大人在第三个桌儿上坐下，看那前后四面窗户大开，名花放香，真是目爽神清。跑堂的连忙送过茶来，说："四位要什么酒？"彭公说："要几壶莲花白，四样凉菜。"跑堂的说："要四样菜，四壶酒？"彭公点头。跑堂的把酒菜摆上。彭公吃了几杯酒，想起欧阳德侠心义胆，一旦死于贼人之手，甚为可惜。

正自思想，忽听楼下有人说话，说："唔呀！好一座酒楼，吾要上去看看。"只见从楼下上来了一个人，说话南边口音，年约十七八岁，白生生的脸膛，双眉黑长，斜飞入鬓，二目皂白分明，透露神光，准头端正，唇若涂脂。身穿蓝绸长衫一件，内衬蓝绸子裤褂，白袜云履，手中提着一个小包袱上来，站在那楼门之上。看见彭公桌上四人正自饮酒，他过去给徐胜行礼，说："徐大叔，你老人家好哇！小侄儿有礼了。"徐胜一瞧，这人好生面善，一时间想不起来，连忙说："你坐下罢，我一时间想不起来，你是在哪里见过我？"那蛮子说："徐叔父，你在宋家堡酒楼救我，你老人家忘了吗？"徐胜说："哎呀！我想起来了，我自与你分手，你住河南省，几时跟你师父走的？”

再说这蛮子他是姓武名杰字国兴，绰号人称小蝎子。他自从在宋家堡酒楼上与徐胜分手，拜在欧阳德跟前学艺，跟他师父到了徐州沛县武家庄，在他家住着。跟他师父终日习练已成，长拳短打，刀枪棍棒，样样精通，武艺超群。因欧阳德要朝千佛山，他正患病在家，不能跟随。他说如病好了时，再上千佛山寻找去。如今他的病好了，与他母亲说知，要去找师父去。他母亲说：“你多带路费就去。如学好武艺，即速还家，免的我想念于你。”武杰答应，收拾随行所用之物，包好，将小包袱并路费带在身上，就此起身。在路上晓行夜住，饥餐渴饮，非止一日，那一天到了漾墩地方。因天气炎热，他想歇歇再走，只见路北有一座酒楼，他进去顺楼梯上楼。只见楼上有十几个座位，靠北墙是六个座位，有四个人在那里吃酒。他一看正是粉面金刚徐广治，连忙过去给徐胜行礼坐下。徐胜问他是从哪里来？他把在家中养病，如今要往宣化府千佛山真武顶上去，找师父小方朔欧阳德去的话说了一遍。

徐胜说：“我给你引见引见。”用手指定大人说：“这是你师父的故人，过去行礼。”武杰问徐胜说：“这是哪位，姓什么？”徐胜说：“你附耳过来。”武杰低头过去，徐胜说：“这就是奉旨查办大同府的钦差彭大人。”武杰连忙行礼，说：“草民有礼。”又给那高源、刘芳引见，说：“你三位多要亲近。”武杰给高源、刘芳二人见礼。坐下问徐胜说：“你老人家可见过我师父无有？”徐胜说：“你早来一天，可以见着了，这要见，今生怕不能了。”武杰说：“莫非我师父死了吗？”徐广治就把那九花娘跳神舍药，夜探迷人馆，追走妖妇九花娘，“你师父在前，我三人在后，追至老龙背地方，见桥下有一堆烈火，不见妖妇，也不见你师父，我等知那九花娘诡计多端，他有迷魂帕，又有迷魂药，故此我等疑你师父死在他人之手。我三人回店等他，也不见他回来，大概是他死了。”武杰听了说：“哎呀！我师父要死了，我再往哪里去学武艺去？”说罢，放声大哭。

徐胜说：“无妨，你跟我等保护大人查办大同府，有总兵傅国恩，他克扣兵饷，私造一座画春园，在那里招兵买马，积草屯粮，意欲造反。你要跟去，拿了贼，破了画春园，那时节我等求求大人，连你都有好处，可以得一个功名，光宗耀祖。”武杰说：“我要给我师父报仇，找那九花娘去。”徐胜说：“连你师父还不是他的对手，不能拿他，你如何去得呢？这里现在各处拿他，他在鸡鸣驿有案。”武杰听了徐胜之言，心中暗想：“师父欧阳德侠义英雄，那们一身武艺，还死在九花娘之手，不如依了徐胜之言罢了。”

彭公正听武杰、徐胜讲话，忽听楼下人声一片，不知所因何故，叫高源：“你问问这跑堂之人。”高通海说：“跑堂的，你这里来，我有话问你。”跑堂的说：“你找谁，叫我作什么呢？”高源说：“那街上人声喊叫，所因何故？你必知道。”跑堂的说：“我们这漾墩地方，东头有一座关帝庙，庙内有一个和尚，绰号人称玉面如来法空。他那庙中常来些保镖的人，都是武艺精通。他要开镖局子，自己请了各处有能为的人二十多位，今日是亮镖，我们这里人要瞧瞧热闹，看看这些人都练什么武技。”那高源听罢，说。“这就是了。”来在大人跟前，把那跑堂的话说了一番。彭公说：“吃完了酒饭，你我也去逛逛，看是何人开镖局子，有什么热闹？”高源答应了一个“是”。同大人吃完酒饭，给了钱，说：“咱们走罢。”

彭公带着四个人下了楼，出离酒馆，告诉店家：“照应马匹，我们去逛逛就回来。”店家连连的答应。彭公同四人顺路直往东走，见大街之上人甚不少，又见那村之东头路北有一座大庙。山门以外用绳儿拦住，闲人都在外边，当中摆着刀枪架子、各样兵刃，正北有八仙桌五张，板凳椅子摆好，上面坐着均是河南漏网之贼，有青毛狮子吴太山、金眼骆驼唐治古、火眼狻猊杨治明、双麒麟吴铎、并獬豸武峰、红眼狼杨春、黄毛犼李吉、金鞭将杜瑞、花叉将杜茂。这九个人自北新庄逃至此处，与庙中僧人玉面如来法空认识，住在这里，提说“在花得雨家中，遇见彭大人的差官拿了花得雨去，我等逃至此处，想要上霸王庄投奔花得雷去，给他送信，叫他害了彭大人，替他兄弟报仇，我等就中取事，也替我们大寨主金翅大鹏周应龙报仇。”那法空说：“你等先不必去，就在这里暂住，等他来时，我去行刺。”法空打听钦差已来，他就去行刺，正遇欧阳德坐着大人的大轿，他暗中抽出刀来，照定轿里就是一刀，被欧阳德一把未曾抓住，下轿就追，未能追上。他逃回庙来，大家商议要合伙，倚多为胜。如钦差轿到之时，他们各摆兵刃，照定那大轿，先杀彭大人，后再杀他的余党。

众贼早已安排已定，今日在这里练习刀枪，为的是遮人眼目，怕那邻里人等瞧出他们的形迹可疑来，就说开这个镖局子，在这里操练，就便演习武艺。今天大人来至人群中，见看热闹的甚多，拥挤不动。大人的头前是高源、刘芳二人开路，徐胜、武杰在后边跟随。彭公等一看，吃了一惊，高源、刘芳、徐胜这三人都认识这伙贼人。高源等想要回去也晚了，挤不出去了，只可在这里瞧罢。

那贼人吴铎站在当中，方要练，忽听那西边说：“借光，闪开了，我来啦！”进来一个士兵，身穿号衣，来至这边把式场子，他说：“你们别练了，我奉本处守备彭老爷之命，不叫你们在这里招摇是非，今日还伺候过往的钦差呢，怕闹出事来，我们老爷担不起。”法空说：“我们是作买卖，与他什么相干？太多管闲事了！依我之见，你回去告诉他说，我们这是镖局子亮镖，又不是窝赌招贼，他管不着，我可不怕吓唬！”那个士兵说：“好！你不怕就完了，我走了，回头见。”那吴铎说：“我练一趟，哪一位有行家老师，可以上来，我奉陪你走几趟。有打我一拳的，我谢白银一两；踢我一脚，我赠靴子一双；如要一拳一脚赢了我，我立刻磕头，还送白银十两。如要没有能为，可莫上来送死。我们这里可有规矩，你众位听我说说，我们这里亮镖演武，如同一个擂台，要有人上来，打了我们，谢银子还要磕头，要打了你们，你们也不要给我东西银两，就是打死不偿命，怕死的莫上来！”说完了，他先练了一路拳脚，雄纠精神，一团高兴不提。

再说那吴铎，他乃青毛狮子吴太山所传，武艺精通。练了一趟拳，无不贺彩，齐声说好。忽听那正南有人说话，说：“唔呀！好大口气！吾来领教领教你有何能，敢这样吹大话！吾要与你比并高低，看你有什么武艺？”跳进一人，不知是谁，且听下回分解。

第七十九回

武杰施勇斗吴铎　桑婆害人用巧计

诗曰：

烟山烟水烟树昏，茅屋深处米家村。
老夫专享安闲福，不论阴晴不出门。

话说吴铎正自站在把式场内，说了几句朗言大话，忽听那正南上有人说："我来也，看你有什么能为？"跳进去，站在当中。彭公一瞧是武杰，回头问徐胜说："你叫他去的吗？"徐胜说："不是我叫他去的。"大人说："他一个人哪里赢的了贼？"正说着，只见武杰与吴铎二人交手，战了几个照面，一腿正踢在贼人的左胯上。吴铎说："哎呀，好娃娃！你伤了我啦！"并獬豸武峰一伸手抽出刀来，抡刀跳至当中，说："我来拿他！"高源看见说："不好，这伙贼人是要杀人！"忽见正西人声一片。红眼狼杨春抽出刀来，他一眼瞧见彭公与高源、刘芳、徐胜等在人群之中站立，他心中一动，知道这事不好，怕彭钦差带人来拿他们。他一想，"先下手的为强，莫若我给他明枪容易躲，暗箭最难防，我先杀他为是。"

想罢，方要动手，只见正西来了有二百名官兵。有本处的守备彭应龙，乃是河南参将彭云龙之弟，由武举人在兵部效力，升了漾墩的守备，乃是要缺，兼理民词。今日接了上站的札子，说有查办大同府的钦差彭大人今日到漾墩，茶饯或者住在这里，尚在两可之间。今日一早，他骑马到东郊看操，见关帝庙前有刀枪架子，还拦上绳子，不知因何缘故？他回衙门，派人查去。不多时回来说，是开镖局子练把式的。彭爷吩咐说："你去告诉他们，今日过钦差，不准在此招摇是非。"那士兵奉命到了那边庙里，被法空抢白了几句，他回至衙门，把和尚不遵王法，他要立定了镖局子，一并连老爷他还骂了几句。彭应龙一听，知道今日钦差不定早晚来，他又是一个细心人，想这事要教钦差查出来，我担一个地面不清之罪，这还了的！吩咐千、把等官，调二百步队，各带军器齐集衙门。这彭应龙立刻带领众人，来至关帝庙中，见那些看热闹之人不少。彭老爷吩咐人等，快拿这一伙人。那玉面如来法空与青毛狮子吴太山等一瞧，知这事不好，连忙的各拿兵刃，飞身上房，呼哨一声，群贼四散逃走。那看热闹之人一乱，四散奔逃。彭应龙吩咐，勿令贼人一名漏网。武杰提单刀追下并獬豸武峰去。

彭公见众人大乱，无可奈何，说："高源，你头前开路，我要回店歇息歇息。"刘芳说："我叫官兵人等给大人引路。"彭公点头。刘芳回头叫："本处守备老爷，急速赶散闲人，今有钦差大人在此。"彭应龙听了，连忙带领兵丁人等，来至大人面前说："漾墩守备彭应龙，来给大人请安。"彭公吩咐引路。此时关帝庙前闲人散去，群贼也各自逃生去了。

武杰见这伙人往西北逃走，他自己施展陆地飞腾之法，追至黄昏时候，也不知武峰往哪里去了。天色已黑，也不辨东西南北，又不见一个村庄，自己顺路走了有半里之遥，只见那正北有一点灯光闪出。既至临近，乃是一个山庄，有六七十户人家，村口路西有三间西房，内里灯光隐隐。武杰上前叩门，只听里面有人问："是找谁呀？""哗楞"把板门开开，手执一个灯笼，出来一个半百以外的妇人，身高六尺，头挽发纂，身穿月白布女褂，蓝布中衣，足下半大脚，黄脸膛，吊角肩，小圆眼睛。一见武杰说："你找谁呀？"武杰说："我是远方人，从此路过，错过店道，求你老人家开恩，我借宿一夜，喝一点水。如方便，不论是什么吃食，给我些吃也好，明日一总叩谢。"那老妇人听武杰之言，说："我家并无男子，你既要借宿，你进来罢。"

武杰进去一瞧，北里间屋内点着灯呢，屋内也无有什么摆设。武杰坐下，那老妇人把灯点上，自己往后去了。武杰坐了片刻，只见那老妇人出来，给武杰斟了一碗茶，又拿出一壶酒来，摆上两碟菜，说："客人，我们这荒庄野径，只可吃家常便饭，没有什么可吃的，你喝酒罢。"武杰说："老太太，我是远路至此，求老太太赏饭吃，我实感恩不尽了。"武杰吃了两杯酒，觉着头眩眼晕，心中发慌，天地乱转，倒于地下，不醒人事。这婆子一阵冷笑，说："这娃娃，你飞蛾投火，自来送死，老娘我结果了你罢！"他走到外面，把门关好，复又来至屋中，拿起一口朴刀，照定武杰抡刀就剁。忽听后边窗户外说："妈妈，且慢动手！"

你道这人是谁？原来正是九花娘。他从老龙背与他两个哥哥桑仲、桑义火烧了欧阳德，他三人收拾细软到了这里叫靠山庄。九花娘他母亲在这里住，人皆呼为桑妈妈，以开贼店为生。他有熏香蒙汗药，今日用蒙汗药迷住了武杰，方要杀时，忽听窗外说："母亲不要杀他。"九花娘自外边进来，一见小蝎子武国兴倒在就地，他用灯一照，说："好俊一个人物。把他带到后面，我有主意。"桑妈妈抱武杰至后院上房内，放在西里间屋内床上。九花娘说："妈妈，你可收拾几样菜，我要喝点酒。"桑妈妈答应去了。这里九花娘看那武杰五官俊秀，天姿丰雅，更在韩山、徐胜以上。九花娘不由淫心荡漾，自己到那边取过解药来，坐在那武杰身旁，倒出些解药来，抹在鼻孔之中。武杰少时苏醒过来，睁眼一看，只是那边一位千娇百媚的美貌女子，笑吟吟坐在那里，说："你醒醒，坐起来喝碗茶。"武杰说："唔呀！这是哪里呀？你们要拿我呀！"九花娘一伸手扶起那武杰来，他紧贴着武杰的身坐下，说："你莫嚷！我是救你的恩人，你须从我一件事。你姓什么，叫什么？"武杰说："吾姓武名杰，字国兴，徐州沛县人氏。你姓什么，叫什么？"九花娘说："我姓桑，名叫花娘，行九，这是我娘家。你今来至此处，也是三生有幸。我把我母亲叫来，叫他给预备酒菜，你我喝一杯酒，然后拜天地成为夫妇。"九花娘叫他母亲两声，他母亲立刻来在屋内，问："叫我做什么呢？"九花娘把他要与武杰成为夫妇的话说了一遍。桑妈妈说："很好！我给你们收拾菜去。"转身出去。

武杰见九花娘有十分亲近之心，他自己心内说："我师父欧阳德死在他的手内，今日我又遇见他了。我必须想一个高明主意，害了他，替我师父报仇雪恨才好。我又没有一个高明主意。"自己犹疑不定。忽然眉头一皱，计上心来，说："娘子，你既愿意跟我作为夫妇，你方才是用什么计策治住我的？我怎么糊糊迷迷的？"九花娘说："我在后边听有人叫门，我娘把你让进来，要害了你，得些财帛衣服，是用迷魂药治住你的。我瞧你是少年之人，死了可惜，我救你到这后边来，你我结为百年之好，成为夫妇，你想好不好？你我又年岁相当，你也长的好，我也配的上你，咱们两个郎才女貌，作一个地久天长的夫妇，你说这事好不好？"武杰说："好是好，你把那迷魂药拿来我看看？"九花娘从地下西边一个抽屉桌儿上，抽开小抽屉，取出两个小磁壶儿，一个白磁红花，画的是"明月松间照，清泉石上流"；那个是蓝的儿，上书龙睛凤尾蛋黄金鱼。他把两个磁壶儿放在桌上，倒出些药面来。那白壶内所装是白药面，是解药，清香异味。那蓝磁壶内所装之药是红药面，其红似火，香味异常。他指定两样药面，合武杰说："这红药面是迷魂药，人要闻入鼻孔，内有一股香味入窍，人立刻昏迷不醒，这药在蓝磁壶内。”装着又指那白药面说：“那是通灵还生散，要被迷魂药迷住，非此通灵散不能苏醒过来，在那白磁壶儿装着。”武杰说：“果然是真香，你用药迷我过去，试试真假。”九花娘用手摸点药，给武杰鼻孔内一闻，武杰立刻昏迷过去，不醒人事。九花娘连忙用解药给他解过来。武杰愣了片刻，说：“好药，好药！”那九花娘说：“果然是好药，天下无二，我可以算第一份了。”武杰说：“你家就是你母女吗？”九花娘说：“还有我两个兄长，名叫桑仲、桑义，他二人皆在绿林中，今夜出去做买卖去了，连探鸡鸣驿我那边庙里的事情。”

武杰说着话儿，他立刻伸手捏了一点迷魂药，一个冷不防抹在九花娘鼻孔之中，说：“我试试你迷忽不迷忽。”九花娘昏迷不醒人事。武杰又倒出点迷魂药来，站在屋门等候。不多时桑妈妈从厨房收拾了四样酒菜，用托盘端着。一进门来，武杰伸手接过托盘，趁势用药向桑妈妈鼻孔一抹，桑妈妈立时倒于就地，不醒人事。武杰把二人全皆捆上，放在屋内。武杰把四样菜放在屋内桌上，自己取酒壶来，自斟自饮，心中甚是高兴，说：“我要把这两个人杀了，也是一宗人命官司。莫若我叫本处官人套车，叫他们送我至宣化府府衙之内，叫本处老爷治罪于他，彭钦差明日也该至宣化府了。”

武杰正自高兴，听的院内“扑通”两声，跳进两个人来，说：“天到三更之时，为什么还不睡呢？”武杰一听，吓的忘魂丧胆，要叫人拦在屋内，如何是好？不知后事如何，且听下回分解。

第八十回

使迷药反被迷己　拍花人终被人拍

诗曰：

红杏梢头挂酒旗，绿杨枝上啭黄鹂。
鸟声花媚随人意，不赏春花也是痴。

话说那小蝎子武杰，他在靠山庄把妖妇九花娘母女用迷魂药拿住，捆好了放在屋内。他自己饮酒。忽听院内有脚步之声，正是九花娘的两个胞兄桑仲、桑义。二人去探鸡鸣驿天仙娘娘庙中之事，既至到了那里一问，知有本处地面官人禀官，由庙中抄出来两个死尸，此庙入官。桑仲、桑义二人回来，要给妹妹送信。一进院门，武杰听的明白，急忙捏了一点迷魂药，暗暗藏在屋里门后。桑仲在前，一进门，被武杰用药一抹，正抹在鼻孔之中，一阵昏迷，倒于就地，桑义也被武杰所迷。天有四鼓，武杰全都把四人捆好，自己喝酒以候天亮。心中甚急，恨不能一时天亮才好。正是：

白昼怕黑嫌天短，夜晚盼亮恨漏长。

只候至东方发晓，天色大亮，自己出去，一直到了靠山庄街上，问本处乡约、地保在哪里？有人指示明白。武杰立刻找着乡约周英、地保刘信二人，要了一辆车，拉九花娘母女兄妹四人。武杰说："我是跟钦差彭大人的，你们帮我送到宣化府知府衙门，我必有重谢。"周英、刘信二人说："这是我们份内差使，理应送去。"

三人赶车，到了宣化府衙门以外。武杰说："哪位值日？"有班头姚变过来说："我该班，你找谁呀？"武杰说："我是捉住著名的贼匪，害我师父之人九花娘等四个人，烦你通禀一声。"姚变答应，立刻进去禀报门公，门公禀明知府王连凤。

这位老爷，他乃吏员出身，在任三年，剥尽地皮，爱财如命，其性最淫。自去岁在本处城隍庙降香，路遇九花娘眉眼传情。王连凤乃酒色之徒，他一见这样美貌妇人与他眉眼送情，他如何放的过去？他遣家人过去，问那妇人是哪里人氏？他回衙等候。不多时，家人来说："小人去问那妇人，那妇人说你回去罢，叫你老爷今夜在书房等候。"王连凤一想，天下就有这样容易的事，自己在书房备了一桌酒席，在那里慢饮等候。天有二更之时，外面九花娘从房上下来，一见王连凤带笑说："老爷受等了，我一步来迟。"王连凤看那九花娘桃红色的女帕罩头，身上穿宝蓝绸子大镶提花绦女褂，银红色中衣，足下金莲二寸有余，又瘦又小，面似桃花，白中透红，红中透白，杏眼含情，香腮带笑，手中拿着一个小包袱，坐在王连凤肩下说："大人不必犹疑，我是靠山庄之人，丈夫故去，我跟我母亲度日。来此探亲，路遇老爷见爱，我来此相伴，住宿几日。"王连凤说："美人贵姓？"九花娘说："我名九花娘，娘家姓桑。"王连凤说："多承美人一番怜爱之心，真是'月明书院美人来，'你我吃一杯罢！"二人吃了几杯酒，留九花娘在书房屋内安歇。二人尽欢一夜，鸾颠凤倒，锦帐温柔，被底风流，不可尽述。王连凤已入迷途，留九花娘在此连住了几日。九花娘本是水性杨花之人，他就够了，瞧着那王连凤也无用了，一个人能有多大精神，王连凤也实不能与他追欢取乐。九花娘告辞走了，王连凤还送了他些衣服首饰，九花娘也时常来此看望。

今日王连凤他正在闷闷不乐，家人来报说："有一个人名叫武杰，他拿获了九花娘全家四口，送在大人台前来。"王连凤说："你去，先把那九花娘四人领进来，我随后再问那武杰就是了。"家人出去，到了外面，叫班头姚变跟他来至武杰面前，说："武杰，你把这四人叫他苏醒过来，我要问问他的口供，老爷吩咐出来的。"武杰说："那行了，我把他四人解过来。"一伸手把解药掏出来，往那九花娘四人鼻孔中一抹，立刻苏醒过来，只是发愣，迷迷忽忽。姚变说："跟我们来罢！"同家人王海带四人至书房之内。王连凤说："美人你来了，我正想你呢！"九花娘一瞧，心中说："我一迷忽，怎么来至这里，莫非其中有什么缘故么？"想罢，一瞧自己被绳绑二臂，连母亲哥哥都是这样。

王连凤亲解其绑，家人把那三人也都解开了，叫他们坐下，细问情由，九花娘把昨晚之事细述了一遍。王连凤说："美人不必害怕，我告诉你罢，我已把那武杰稳住了，我给你报仇。你在这里吃酒罢，我传伺候升堂。"叫三班人役带武杰，家人听见，立时传出去。王连凤叫家人预备一桌酒席，伺候九花娘母女兄弟四人，在书房吃酒。他换了官服，立刻到了二堂，吩咐人带武杰上堂。三班人役一喊堂威，说："带武杰！"武杰上来跪下，口称："老爷在上，我武杰叩头。"王连凤问说："你是哪里人氏？在那里拿来四个人？"武杰说："吾是徐州沛县人氏，因找吾师父来至此处。吾听吾师父的朋友说，吾师父被妖妇九花娘所害。吾昨日在靠山庄失迷道路，遇见那桑婆子，吾求点水喝，他用药把我迷住了，吾即不知人事。又被他女儿九花娘把吾放开，吾问他是何人？他说他叫九花娘，特意救我，愿意我成为夫妇。吾假意允了，稳住他，用计把他全家拿住，叫那靠山庄的地方人等用车拉至此处。求老爷给吾细细审问，好与吾师父报仇。”王连凤听了说：“本府我听明白了，你是假充官人，在此搅乱我的地面。拉下去，先给我打！”三班人役过去，要拉武杰。武杰一见，说：“且慢！狗官，你今想要打吾，吾有个地方合你说理去。吾拿住妖妇，你还这样要打吾？”说着一飞身，窜上房去，说：“吾去见钦差大人，把你告下来。”知府方要说拿人，忽听外面人报：“钦差到！”知府连忙带人出衙门去迎接那钦差，这里早把公馆预备好了静候彭公。

那彭公在漾墩，跟守备彭应龙到了那公馆之内，见里面摆设一新，少时兴儿坐轿亦到，彭公住宿一夜。次日起的身来，徐胜、刘芳、高源三人给大人请安。大人说：“那武杰昨日没回来？”三人齐说：“没回来。”大人说：“如在哪里路上看见他，叫他跟我当差，我提拔提拔他。念他师父待我那点好处，行侠作义一生，今死在妖妇之手。我要拿住妖妇，必要把他碎尸万段，方出我胸中之气。我到一处地方，必亲口嘱托一处。”正说着，守备来给大人请安。彭公说：“你这地面行文该管之处，拿那妖妇九花娘。他在鸡鸣驿妖言惑众，目无法纪，真是该碎尸万段。”彭应龙答应了一个“是”。大人用了早饭起身，在路上无话。至日色平西，到了宣化府。

王连凤带阖城文武迎接大人进城。方到公馆要下轿，武杰过去给大人请了一个安，说：“大人救命，冤枉哪！”彭公说：“武杰，跟我进公馆来，我有话问你。”武杰立刻到了上房，大人净面吃茶，武杰就把在靠山庄拿获妖妇九花娘之故，细细说了一遍。彭公听了，勃然大怒，说：“好一个无知的匹夫！徐胜，你跟武杰去到知府衙门。要妖妇九花娘。”徐胜答应，即带武杰至知府衙门，问班头是哪个？姚变过来说：“我就是这里的班头，有什么事呢？”徐胜说：“我是奉钦差大人之命，来此要九花娘见我们大人去。我们还要搜呢！”姚变说：“我去回禀一声。”

姚变来至书房，王连凤方把桑仲、桑义与桑妈妈、九花娘四人放走，他自己闷闷不乐，心中甚是不安。只见班头姚变进来说："老爷，外边有钦差大人那里的差官徐老爷，他来至此处要九花娘。"王连凤说："你告诉他，我这里没有九花娘。"姚变出来说："二位老爷，我们知府老爷说，这里没有九花娘。"徐胜说："你胡说，搜去！"徐胜带武杰来至书房之内，说："王大人，你隐藏贼人四名，所因何故？大人派我向你要这四个人，是武杰明明白白交给你的，怎么说没有了？"王连凤说："他并未交给我，我也不知九花娘是何人，我何必藏他呢？"徐胜听了，回至公馆，把知府不交九花娘之故，细说一番。

彭公为人精明，一听此言，说："徐胜，你明日去访查贼人下落。他万不敢在这宣化府衙内隐藏，他必然逃出城外，在临近之村庄暂避几日。你明日带武杰去找他，找着下落，必要给老义士报仇雪恨，方出我胸中之气。"徐胜答应，也知九花娘是万恶淫妇，他恨不能一时获住，他好替欧阳德报仇雪恨。天晚安歇。

次日天明起来，用了早饭，徐胜与武杰二人出了公馆，在宣化府大街上东瞧西望，见买卖茂盛，人烟不少。顺路出了北门，往西北走。天气正热，走了有七八里路，天正巳时，红日当空。往前一看，都是荒山野岭，不见有行路之人，连一个树林也没有。徐胜早晨喝了几壶酒，至此时渴上来了，觉着口中甚干，问武杰说："贺侄，你我找一个凉爽地方歇息歇息罢。"武杰说："也好。吾也是热的很。"二人正说着，过了一道土岭，见前边树木成林，有一座村庄就在眼前。二人来至临近，见东村口外有一座清茶馆，坐北向南，外搭天棚，挂着茶牌子、酒幌儿，里边坐着有几个座儿。徐胜、武杰二人进去落座，跑堂的送过茶来，放在面前桌上。二人吃茶，问掌柜的："这村庄叫什么名儿？"那茶馆中掌柜的说："我们这里叫松林庄。你二位要往哪里去呀？"徐胜说："我们就到这里，找一个人。"正说着话，忽从正西来了两个人，直奔这茶馆而来。又出岔事一宗，且听下回分解。

第八十一回

徐广治探松林庄　马万春筵接群寇

歌曰：

势利堪羞，看破人情泪欲流。穷者嫌人有，美者笑人丑。总是一骷髅，牵筋动肘。一旦无常，那里分先后。因此把嫉妒憎嫌一笔勾。

话说粉面金刚徐胜，同定小蝎子武国兴，来至松林庄内东头茶铺吃茶，忽见西边来了两个人，是家人的模样，抬着一个坛子，至茶馆门首，说："秦掌柜的，还有多少斤酒，都卖给我们罢！我庄主爷今日来了好些位朋友，都是保镖的。还有一个妇人叫九花娘，他先就合我们庄主有来往，后来他也是时常住在我们庄主的书房内，他今日也来了。我们家今日厨子忙了，宰了一口猪，还有鸡、鱼等物，家中酒不够了。你有多少，卖给我们罢！你明日自己再去取去。"那茶馆掌柜的说："有酒，给你们灌一坛子去，我还存着有几篓呢。你二人抬进来罢。"二人抬进去，打上酒，二人抬着去了。

徐胜听够多时，连忙问那掌柜的说："方才这二位是哪里来的打酒的？他们主人是姓什么？"那掌柜的说："我这庄主是姓马名万春，绰号独角太岁，他练的一身好武艺，专会打毒蒺藜，人要中上，准死无生，难得救药，纵好了，过六个时辰必死。他家那所院子，都盖的巧妙，墙是濠沟，墙里是埋伏，赃坑、净坑、梅花坑，立刀、窝刀，弩弓、药箭，崩腿绳、拌脚索，各样埋伏削器不少，他家永不闹贼。”徐胜听了，心中犹疑不定。若要不进去哨探虚实，又不知内里是什么样式？若要进去，又怕是落在埋伏内。自己进退两难，与武杰吃了饭，又喝了几碗茶，自己会了茶钱。他见红日平西，天色已晚，带武杰出了酒饭馆。

二人进下村口，走了不远，只见那松林庄外都是多年松柏树，村内街道平坦。走至十字路口，见路北有大柳树两棵，枝叶茂盛。坐北向南，一座走马大门。门内有两条大板凳，上坐定有三四个人，都是家人的样子。那徐胜往里看了一眼，见里面画阁雕梁，房屋不少。徐胜、武杰二人绕至西边，见那十字街有往北去一条大路，路东皆是马家墙院。徐胜往北走了有一里之遥，见那北边往东是一所花园，由西北可以进的去。徐胜二人探得了道，又出了北村口，在各处逛了有一个多时辰。日色已落，他又找一个无人之处，收拾好了。徐胜说：“贤侄，凡事要见机而作。你跟我今日入这一座松林庄，不知是吉凶祸福。我必然探得明明白白，才能回去再见大人，亦好调兵来剿贼人。”武杰答应。

二人候至初鼓之时，见路静人稀，他二人进了村口，到了马万春的住宅北村口，由西北飞身上墙。见墙内都是奇异花草，掏出一块问路石来问路，把石头扔于就地下，听下面“咥通”一声，声音透空，连忙上东走了几步，不敢下去。他暗自说：“这墙下都是旋坑，我该从哪里过去呢？”正自发闷，自己忽然见眼前有一株大树，离墙有一丈多远。徐胜又怕窜不过去，自己站稳了，往那边一窜，正抱在树上。武杰也窜上树去。二人跳在就地，顺路往前走了有一箭之地，听了听更房正交初鼓。二人窜到上房，见那前边有几层院落，见正南上一片灯火之光。徐胜窜至那边，见是北厅房五间，东西厢房各三间，南倒厅五间，北上房灯光烁烁。

徐胜施展珍珠倒卷帘的工夫，往里瞧看，见正面摆三张八仙桌，房上垂下八支纱灯，东西两边各有桌椅条凳。正面坐定一人，身高约有七尺，面似青粉，环眉润目，鼻直口方，四方脸，连鬓落腮胡须，身穿蓝绸衫，足登青缎快靴。这是本宅庄主独角太岁马万春。他在当中，挨他肩下坐定是九花娘，还是粉面桃腮。东边正座上，是青毛狮子吴太山。西边坐定金眼骆驼唐治古、火眼狻猊杨治明、双麒麟吴铎、并獬豸武峰、红眼狼杨春、黄毛犼李吉、金鞭将杜瑞、花叉将杜茂。桑仲、桑义那兄弟二人，坐在一处。这伙贼是漾墩关帝庙中逃至此处。玉面如来法空，是往河南灵宝县去访他师兄去了。那桑氏九花娘是从那宣化府，他母女兄弟四人不敢往回走，只可来投松林庄。

这马万春也是一个绿林贼人，他与九花娘素有来往，早就有奸。今有群寇在这里筵乐，他说："众位不必害怕，赃官彭朋那里不来还则罢了，他要来时，我这一座松林庄压赛铁壁铜墙，天罗地网一般，来一个拿一个，来两个拿一双。我手中竹节钢鞭，不敢说天下无敌，那无名小辈也不能赢我。我的暗器百发百中，打上六个时辰，准死无挪。"又吴太山说："马庄主，你有所不知，那狗官彭朋手下有两个人，一名水底蛟龙高通海、多臂膀刘德太，那两个人倒不足论，惟有一个徐胜，还有一个欧阳德，这两个人着实难惹，实在厉害无比。"桑仲说："那欧阳德被我兄妹三人拿住，烧在老龙背那里，不知是被人救去无有？"吴太山说："那欧阳德实是难惹，我真不如他。"马万春说："你休长他人之威风，我也听人说过有一个小方朔欧阳德，也是无名的小辈。他要来时，我把他碎尸万段。"九花娘也说："就是欧阳德那忘八蛋，坏了我好些个事情。"

小蝎子武杰一听，心头火起，说："好一伙忘八羔子！你们在这里乱乱糟糟的混讲究我师父，吾来拿你！"拉刀跳下房来。九花娘一看，是对头冤家，说："庄主千万不要放走了他，这厮是我的仇人！"马万春一听，伸手拉刀说："众位英雄，你等随我来呀！"群贼立刻各拉兵刃，窜至院内，家人把号锣一打，咚咚只响。那看家护院之庄丁人等，各执兵刃，刀枪棍棒，灯笼火把，照耀如同白昼一般，齐声嚷杀。武杰见马万春抡刀窜出来，他趁势照头一刀，马万春用刀往上一迎。武杰抽回刀来，分心就刺，那马万春用刀往外一搕，武杰便一闪。马万春一干众人齐至院内，把武杰围上，齐摆兵刃，与武杰动手。

徐胜一看武杰一人被众贼所困，自己有心要下去，又怕人多则众寡不敌，摆短练铜锤跳下来说："好小辈，今有粉面金刚徐胜来也！"抡锤直奔吴太山，照定当头就是一锤，吴太山用刀相迎，二人打在一处。九花娘见徐胜下来，他心中一动，想起"那日在庙内二人吃酒，何等快乐，被蛮子冲散。他今既来，我要引诱在无人之处，我诓哄于他，话里套话，我看他还有爱我之心无有？要有爱我之心，我二人海角天涯，作一个长久夫妻，也倒不错。"九花娘想罢，抡刀跳过去说："呔！姓徐的，你来了！"徐胜想要拿住九花娘，作为一件奇功。徐胜抡锤直打九花娘，九花娘用刀相迎。九花娘直往后退，且战且走，只退在大厅东边一个夹道儿，是往北去一所院落。九花娘退至夹道无人之处，说："徐胜，你是来找我罢？我也有心跟你去。你是真心找我来，你是假意找我来呢？"那徐胜说："呸！你好不要脸啦！你这淫妇，死期已到。你杀害人命不少，我奉钦差之命，来拿你这混帐忘八羔子贱妇！"抡锤照九花娘就是一锤。九花娘说："好匹夫，你真不知死活！你这样胆量，敢来与你姑奶奶较量！我再拿住你，绝不能与你干休善罢，我必把你碎尸万段！"说着，他自己暗自摸在鼻孔中点解药，他把五彩迷魂帕一抡，正抡在徐胜的脸上。徐胜昏昏迷迷，倒于就地，不醒人事。九花娘他取过一根绳儿，把徐广治捆上，又掏出一点解药来给徐胜闻上。少时苏醒过来，一睁眼，见自己被人捆上，九花娘站在眼前，立刻间勃然大怒说："小辈，你真不要脸，淫妇，你又把我怎么样呢？"九花娘说："我是走背运呢！遇上一个，都是负心之人。你当真要不从我，我也没有工夫与你生气，我把你碎尸万段罢！"

正说在这里，从那前边马万春与吴太山二人追到，后面那群贼在那里与武杰战在一处。马万春见九花娘他与徐胜往后去了，他不放心，杀开道路，来到夹道，见九花娘已然把徐胜拿住，正待说他"碎尸万段"这句话。马万春到了，说："美人闪开，我来也！"吴太山也赶到了，说："庄主，你把他拿住了，叫家人抬到前厅发落。"马万春叫了几个打手庄丁，捆好徐胜。他来至前边说："众位寨主，千万莫放走了他，务要剪草除根，免生后患。"

武杰见徐胜被获遭擒，他自己看事不好，要都被人拿住，连一个送信报仇的都没了，这可不是玩的。吾三十六计，走为上策。他自己飞身上房，窜房越脊，如履平地。马万春见事不好，掏出毒药蒺藜，照定武杰就是一下，正中他后胯之上。武杰觉着疼痛，自己忍着，往外逃走。后面群贼赶至村外。武杰急急如丧家之犬，忙忙又如漏网之鱼，恨不能肋生双翅，飞上天堂。后边那青毛狮子吴太山、独角太岁马万春，带金眼骆驼唐治古、火眼狻猊杨治明、双麒麟吴铎、并獬豸武峰等一干众人，追出村外。见那武杰脚程最快，无奈被毒蒺藜打伤肩头，自己忿忿不平，往前逃生，恨不能飞到公馆之内，调来官兵，剿这松林庄。后边马万春说："小辈，你休想逃走！上天，我追至灵霄殿；入地，我追至你水晶宫。"武杰走了几里，见前面一道沙土岗。武杰体倦身乏，上气不接下气，忽见眼前南北一道沙龙，高有一丈二尺，长有三里地。武杰身倦体乏，他往上窜，腿一软，正扒在就地，不能动转，心中发慌，说："唔呀，吾命休矣！"把眼一闭，竟等死在他人之手。

马万春相离有半箭之遥，他一摆刀说："娃娃，你今休想逃命！"

正要窜过去抡刀剁那武杰，只见后边山坡上跳下一人，说："唔呀！你们这伙混帐忘八羔子，吾是与你等势不两立！"青毛狮子吴太山一瞧，连说："不好！你众位休要前往，今有小方朔欧阳德来也！"

却说今日小方朔欧阳德，他本是那日在老龙背庙内被迷魂药治住，桑氏弟兄二人放火烧在桥下。他兄弟二人与九花娘去逃走之后，只见从正北来一位高僧，乃是千佛山真武顶的方丈红莲长老，乃修道之人。入在深山，他永不出庙，受过高人传授，善晓天文地理，懂卦爻之妙术。他这掐指一算，知道徒弟欧阳德有一步大难，该遭劫数，非吾别人不能救他。红莲长老他来至老龙背，把那火扑灭，救出欧阳德来，给了他一粒仙丹。苏醒过来，瞧见他师父，连忙叩头。红莲和尚说："你俗缘已了，急速跟我归山受戒。"欧阳德的发辫亦烧的没了，趁势落发，僧名善修，他在山上受戒。这座庙乃是个长处，永不准吃荤，他苦耐修行。今日奉红莲长老之命，叫他下山来沙龙岗，救他徒弟小蝎子武杰。

欧阳德领命到了这里，见那武杰正扒在沙土岗之上，又见正西灯笼火把将近。欧阳德背起徒弟，就走了十数里之遥。离千佛山不远，他把武杰放在就地，说："徒弟，你是为何这等模样？我是不知你来。"武杰说："师父，你老人家走后，过了几日，弟子病症亦好，吾才来找师父。在这漾墩地方，吾路遇吾徐叔父，他与彭钦差私访，还同高源、刘芳，说师父被妖妇九花娘给害了。弟子吾想要给师父报仇，吾在漾墩关帝庙之内，遇见些贼人在那里立镖局子，吾徐胜叔父说他们是河南在案脱逃之人。吾跳下与那贼人吴铎比过拳脚，后来了些官兵来拿这伙人。那吴铎等逃走，吾暗中追下来，也没有追上。半夜间吾误走靠山庄，遇见仇人九花娘。他把我拿住不杀，要与我成亲。我知道他是害你老人家之贼九花娘。吾用计诓过他的解药来，拿住他母子兄妹四人，送至宣化府。那知府王连凤把九花娘放走，他还不认这件事情。吾在彭大人那里告下来，彭大人派我与徐胜叔父我们两个人来找九花娘。到了这松林庄，遇见独角太岁马万春，他窝藏淫妇，与众盗寇把我徐胜叔父拿住，打了我一暗器，吾此时觉着心中不安。”说着话，一翻身倒于就地，不醒人事。不知后事如何，且听下回分解。

第八十二回

武杰养伤真武顶　胜奎剿灭松林庄

歌曰：

独占鳌头，慢说男儿得意秋。金印悬如斗，声势非长久。多少枉驰求，童颜皓首。梦觉黄粱，一饭非吾有。因此把富贵功名一笔勾。

话说小蝎子武杰觉着毒蒺藜伤一阵疼痛，倒于就地。欧阳德一瞧，知是徒弟受了马万春的毒蒺藜，非胜家寨的五福化毒散、八宝拔毒膏，治不了这样毒蒺藜伤。欧阳德也只可把徒弟背起来，顺路归山。

不表武杰上真武顶。单说那独角太岁马万春，他见武杰被大蛮子欧阳德救了走啦，他这里立刻率众回归松林庄。天色大亮，大家在大厅之上净面吃茶，歇息了有一个多时辰。家人摆上早饭，马万春吃着酒，与九花娘说："美人，你看昨夜这事真怪，你我咱们两个人，连众英雄，连一个人全会拿不住，真是令人可恼！"吴太山说："那厮命不该绝，今已拿住这个，名叫徐胜，叫家人绑他上来，你我追取他的狗命，或乱刀分尸，或是开膛摘心，方出我等胸中之恶气。"马万春吩咐家人："在大厅前排班站立，把那徐胜绑将上来，我要审问于他。"家人答应，把那徐胜从东院空房之内绑出来，推至大厅以前。

徐胜见那独角太岁马万春坐在当中，九花娘与他并肩而坐，两旁坐定是群贼，桌上摆定山珍海味，大家吃酒。徐胜看罢，勃然大怒说："你这伙贼，狐群狗党，把你徐大爷拿住，该当怎样？我乃六品千总，奉钦差之谕，来拿你这伙叛逆之贼！你敢杀朝廷命官，罪恶弥天，叫你随被兵役拿住。你等上为贼父贼母，下为贼子贼妻，终身为贼，骂名扬于万载。审问明白，把你等平坟三代，祸灭九族。我徐胜今日死在你等之手，总算为国尽忠。"马万春一听徐胜所骂之言，他立刻把酒杯一摔，说："好无名小辈，敢毁骂你家庄主爷！叫家人们把他绑抱柱之上，开膛摘心，作一碗人心汤，大家喝点醒酒汤。"

那家人王荣，带手下人来至徐胜的面前，伸手拉过来绑在正北抱柱之上，叫家人挑一担水来，拿过一个木盆来，放在徐胜面前，说："姓徐的，你要骨力点，我要开你的膛了。"徐胜说："小子，你自管来，爷爷不怕，大丈夫视死如归！"王荣一回头，叫他们伙计姚谎山过来，说："伙计，你胆量大，你把他开膛摘心。"姚谎山说："交我罢，我把他开膛摘心出来，咱们也取出他的人肝来，你我喝酒，叫厨子给咱们作一点清烹人肝。"王荣说："好，姚贤弟，你就照样办理。"徐胜到此时，虽说不怕死，他也是胆怵，想起"家中父母早丧，就剩下我孤身一人，我这一死，结发之妻不能见面，彭钦差那里连一点信儿都无有人去送，大概武杰亦死于此处了。"心中说："结发之妻，你要见我之面，我这点灵魂不散，可去给你托上一梦，他要替我报仇雪恨。"徐胜想在这里，姚谎山手拿明晃晃的一把牛耳尖刀，长有一尺六寸，宽有三寸有余，衔在嘴内。他腰系一条血围裙，上面血淋淋来，在徐胜跟前用手把徐胜衣服钮扣解开，他叫人把那桶水放在木盆之内。姚谎山把刀拿在手中，先用左手在徐胜前心一点，定准了下刀之处，他把刀照定那前心方要扎刀，忽然从西房上飞下一枝镖来，正中在那姚谎山的后脑海之上，“哎哟”一声，倒于就地，红光直冒，鲜血直流，登时身死。这也是姚谎山的报应，他素日倚仗马万春之势力，常在外边招摇撞骗，奸淫邪盗，欺压良民，今日遭此显报。

那众人一乱，见西房上跳下一位老英雄，年过花甲以外，身高七尺，面如紫玉，雄眉阔目，准头端正，四方口，满部花白胡须，身穿蓝绸子裤褂，腰系洋绉香色搭包，足下白袜，青缎皂靴，手使金背刀，跳将下来。马万春一看，吓的面模失色，连说：“不好了，不好了！”知这位老英雄，他是此处宣化府黄羊山胜家寨住家。他父名神镖胜英，平生所练软硬工夫，天下无敌，会打各样暗器，教了一个大徒弟黄三太、二徒弟神弹子火龙驹戴胜其，还有自己的儿子名胜奎。这位老英雄去世，胜奎家有良田千顷，百万之富，自己行侠作义，人送外号“银头皓叟”。因这位胜奎是少年白头，他为人谦恭和蔼。

今日因何来至此处昵？只因为小蝎子武杰受毒蒺藜之伤，他师父欧阳德救在千佛山庙内，知道他是胜家寨所传，非胜家寨五福化毒散、八宝拔毒膏，治不好那毒蒺藜之伤。欧阳德连夜至胜家寨，天色已亮，叫庄客回禀进去。银头皓叟胜奎接进去说：“欧阳德贤弟，久违了！你今时来至此处出家？”欧阳德把前项之事细述一遍，又说：“吾徒弟被你的家人独角太岁马万春打了一毒蒺藜，他也窝藏江洋大盗，还有妖妇九花娘，他杀了六品千总徐广治。你是他的主人，事犯当官，也跑不了你。”胜奎说：“贤弟所说，我一概不知。我今点齐家将，拿他前来治罪，我给你拿药去。”进了里院，取出五福化毒散、拔毒膏来，交给欧阳德，他立刻告辞去了。

这里银头皓叟胜奎到了外客厅之内，叫家人哼将军李环、哈将军李佩二人，点六十名家将，各带兵刃，立刻出了庄门。胜奎上马，他到了村外，说：“李环、李佩，你二人跟我到松林庄去，如见贼人，一并拿获。我先暗中上房，到里面看他所作何事，你等从大门进去。”胜奎告诉两个家人答应，立即前往。催马方到松林庄前，红日东升，庄门大开。胜奎跳下马去，立刻飞身上房。他至里面，见大厅上绑定一人，正要开膛。胜奎说："好小子！"一镖打倒姚谎山，跳下房来，说："马万春，我派你在这松林庄照应我的田地，你招聚一些匪类之人，你私立公堂，擅杀职官，我先把你拿住，交官治罪。"外边来了哼将军李环、哈将军李佩两个家将，带六十名庄丁也来到。九花娘见事不好，先自逃走。马万春他所会的武艺，都是跟胜奎所练的，他也知道是来拿他，也不敢动手。青毛狮子吴太山等大家都知道胜家寨厉害，无人敢惹，全皆逃走。

被胜奎拿住马万春，把徐胜放下来，问是"因何被绑？哪里人氏？"徐胜把自己来历细述了一遍。胜奎说："原来是彭大人那里的差官老爷，我把这厮同尊驾送至宣化府去。"徐胜说："甚好，就托庄主分心。未领教庄主尊姓大名？"胜奎说："我住家是宣化府黄羊山胜家寨，我姓胜名奎，绰号人称银头皓叟。我这家丁马万春，他任性妄为，我也曾说过他，他总不听，我今不能管他，叫他到当官去领罪罢。"徐胜说："很好！"立刻套了一辆车，装马万春于车上，给徐胜一匹马骑，叫众家丁回胜家寨去。这里李环、李佩二人送徐胜、马万春上宣化府去，胜奎回家。

徐胜等押解着马万春，顺路到了宣化府钦差大人公馆。徐胜下马，进了公馆，见高源、刘芳二人正自吃完早饭，看见徐胜，说："你二位昨日怎么没回来呢？大人感冒风寒，正自无有主意，想念你。今日从哪里来？"徐胜说："我见大人细说，你二位随我来呀！"到了上房，彭公方吃完早饭，见徐胜进来，问："从哪里来？武杰往哪里去了？"徐胜说："我二人奉大人之命，我找拿妖妇九花娘。在那松林庄有贼人马万春窝藏江洋大盗，与九花娘都在那里。我被获遭擒，武杰也不知死活。我被马万春要开膛摘心，有他主人银头皓叟胜奎，他知道他家人马万春不法，带庄丁把我救了，拿获马万春，叫他家人李环、李佩送我与马万春来至大人的公馆，求大人速办马万春。"彭公说："把马万春带来，我要细细审问于他。把来人差他回去，与你主无干。"徐胜出来说："你二人回去，大人吩咐与你主人无干，把马万春留下就是。"李环、李佩二人回去不表。

却说那徐胜带众人，领马万春至大人面前跪倒，彭公问道说："下跪的是马万春？"马万春答应："是。"彭公说："你窝藏江洋大盗，与妖妇九花娘与我差官抗拒。你谋为不轨，杀害职官，情如叛反，你从实招来！"马万春说："我是爱交朋友，因吴太山他原是保镖的，他与我至厚，昨日他来家拜访，还带着七八个朋友，说是往口外去找人。九花娘他母亲是我姨娘，他来至我家，我们是亲戚。"彭公一拍桌子，说："你说你们既是安善良民，为什么与我差官动手？把我那个差官给杀了，要开这个差官的膛？你从实招来！"马万春说："我昨日晚饭与朋友吃酒，从房上跳下来两个人，抡刀动手，我等认着是贼人前来明抢，故此我等与他二人动手，拿住这个。那个我们追至村外，被一个和尚叫小方朔欧阳德所救，不知往哪里去了。这被我所拿之人，我是审问他是哪里的贼，姓什么，叫什么？被我主人来说我私杀职官，我也不知是大人的差官；要知是大人的差官，小人天胆也不敢。"彭公说："马万春，我且问你，九花娘往哪里去了？吴太山这八九个人，是往哪里去了？"马万春说："小人被我主人拿住，他等全都吓跑了，我也不知是往哪里去了？"彭公说："马万春，你自己结交匪类，隐藏大盗，你就不是好人。"叫高源、刘芳："你二人送他去县衙，按律办他。"把他所作为之事写了一个名帖，交高源、刘芳将他送至县衙。彭公暂住这里养病，递了一个摺子，参知府王连凤庸劣无知，办事糊涂。过了几天，上谕下：宣化府知府王连凤即行革职。

不表彭公。且说那武杰在庙内养病。他师父把他那毒蒺藜伤给他治好，上了五福化毒散、八宝拔毒膏，他那镖伤已好，在庙中吃的是素小米粥、馒首，他实是不行，自家又不能走。他是在自家家中吃喝惯了，他也受不了这样清苦。那日他自己在千佛山真武顶山门以外，瞧见那树木成林，山前山后，果然是山清水秀，峭壁石崖。自己信步而往前行，走下了山坡。一路上清山叠翠，碧柳如烟，樵夫高歌于山坡，牧童驱牛于野外，青苗遍地，俄然一新。农夫荷锄于田亩之中，渔翁垂钓于河岸，游鱼正跃，野鸟声喧。

武杰到处赏玩，不知不觉到了宣化府西门内大街。坐北向南有一座茶楼，上写“胜家茶楼”，挂着“包办酒席，应时小卖”，里边刀杓乱响。武杰手无一文钱，腹中又饥又渴，进了茶楼，见门内东边是柜，西边是灶，后有些座位，那东边是楼梯。武杰登梯子上楼，见这座酒楼上是十间，北边有六个座位，南边是六个座儿，楼窗大开，见四面都是奇花异草。武杰坐在西边第三个座上，叫跑堂的过来，要酒要菜。跑堂的答应，问：“要什么酒？什么菜？”武杰说：“只要可吃就得。给我配四样菜，要两壶黄连叶酒。”跑堂的下去，不多时摆上小菜碟儿，又把酒送过来，菜摆上。武杰自斟自饮，越喝越高兴。自那日到在真武顶上，至今日并未吃着酒肉，他今日开斋，吃的很高兴。他自己吃喝已毕，跑堂的撤去残桌，算了帐，该钱三吊四百五十文。武杰说：“给我写上罢。”跑堂的说：“我们这里一概不赊，俱卖现钱。”武杰说：“你跟吾取去罢。”跑堂的说：“我们这里不跟你去取。”武杰抡起巴掌，正打在跑堂的脸上。

跑堂的立刻跑下去，说：“掌柜的，楼上来了一个吃饭的，他不但不给钱，还打我。”掌柜的姓邹，山东人，听伙计一说，气的他冲冲大怒，说：“好一个屌进的，你吃了饭不给钱，你还这样无礼！伙计们，拉下他来打他，打死我给他偿命。”有几个伙计立刻就拿家伙，只见从楼上跳下一个小蛮子来，往外就走。众伙计说：“小辈，你休想逃走，我等把你生生打死！吃了饭，你不给钱，你还打我们的人。”武杰也不与众人说话，他往外就走。众伙计跟至外面，有一个何伙计过去，伸手要抓武杰，被武杰一拎他腕子，拉倒就地。那些个伙计摆兵刃，往上围住那武杰。不知后事如何，且听下回分解。

第八十三回

武国兴大闹胜家楼　银头叟亲传惊人技

诗曰：

八字生来命运乖，浮云遮掩栋梁材。
胸中有志休言志，腹内怀才莫论才。
孔子陈蔡绝粮日，公望空守钓鱼台。
二人虽有冲天志，怎奈时衰命运乖。

话说武杰见众人围上，各执兵器要打他。武杰挥拳打倒几个人，吓的那几个都不敢过来与他交手。正在这分光景，忽听那西边来了十数匹马，马上骑定是银头皓叟胜奎。他带家人李环、李佩，还有十几名手下人等，来至宣化府酒楼，要在这里作乐几天。这座酒楼是胜家所开，在宣化府一带无人不知不晓。今日胜奎方才来至此处，见那饭铺门首有一伙人正打架。胜奎说："你等所为何事？作买卖不准欺负人。"酒楼伙计说："他吃了饭不给钱，还打了跑堂的，实是可恨。"胜奎说："有这样事。李环、李佩二人，去拿他去。"二人答言，掖起衣襟往前一赶步，他窜过去，扬拳就打。那武杰一撤身闪开，抬腿一脚，正踢在李环左腿之上，反身倒于就地。李佩见哥哥被人家踢倒，他过去要报仇，也被武杰踢倒。胜奎看那武杰十八九岁，姿容秀美，品貌不俗，已有三分喜爱心，方要问他姓甚么？叫甚么？武杰本来无理，出于无奈，他自己跳出圈外，就往西跑。胜奎说："追，莫让他跑！"这伙人跟老英雄往西门外一追，他在头前一直的顺路往千佛山去。

那胜奎看行迹，心中说："这个人不是我们此处之人。看他五官像貌不像不要脸之人，我倒要跟他到那所住之处，看他是作何生理？"带一干家人进山不远，见武杰顺道上千佛山，这里众人随后紧紧追赶。那武杰回头看见众人追他，暗说："不好！我要丢人。"方要进山门，见师父在那里正自站着，说："师父救我！"欧阳德说："你为什么缘故？细细说来。"武杰说了方才之事。欧阳德说："你进去罢，吾自有道理。"胜奎追到山门，他见善修和尚在这里站立，他二人是故友，知道欧阳德是一个侠义之人，二人见了礼。胜奎说："贤弟，你在这里作何事情？方才进你们庙中那个人，你可认识他吗？"欧阳德说："那就是小徒武杰。他在这里受不了这样清苦，他去上宣化，我也不知，叫兄长生气。"胜奎说："他的武艺练的怎么样？"欧阳说："他无非知其大概。"胜奎说："把他送在我那庄中闲住几天，一则饭食也好，二则我无事传他练些武艺。"欧阳德说："甚好！武杰，你出来，给胜太爷叩头，你跟在那里养几天伤痕，就跟胜大爷他学些武艺。"武杰答应，先给胜奎叩头。胜奎拉起来说："欧阳贤弟，你无事也要到我那里来一谈。"欧阳德说："吾是必要去的，我也不请你到庙中来坐了，你请回去罢。"

武杰跟胜奎回归胜家寨。把武杰留在西院，书房三间叫他居住，派书童耘田去伺候他。武杰瞧那书房，屋中甚是洁净，墙上名人字画，挑山对联，工笔写意，花卉翎毛，各样玩艺。花梨、紫檀、楠木桌椅、条几，各样古董玩器不少。单有人伺候武杰酒饭。武杰白昼无事，就跟胜奎习学拳脚，讲论各样兵器，胜奎全皆指教他。

这胜庄主他跟前有一子，名胜起山，早丧，留下一子一女。女儿名玉环，好武艺，幼读书，博学多览，知古达今，练的一口好单刀，家传迎门三不过飞镖、甩头一子、袖箭弩弓，各样的暗器，今年十七岁。孙子胜关保，今年八岁，聪明过人，在学房读书，夜从胜奎学些武艺，家中都喜爱他能言最灵，人送绰号小神童。

武杰他自从来至胜家寨，见胜奎待他甚厚，教给他练那些拳脚及打镖，他总练不会，胜奎很奈烦。打镖该当如何取准，如何使劲，上中下分为三路，武杰领会，他记在心中，白天他装作不会之状，夜晚这院无人，他照样施展，照数在院点上几根火香，放在八步之外，他掏出镖来，对准那香火之光打去，连发三镖，连中三镖，他每夜自己留心习练。那胜奎白日教给他，他总装不会，他怕自己要会了，他就不肯教了，故作粗笨。

这夜他正在练习拳脚之间，忽然听的一阵琴音正美，自己心中一动，说："吾家中自幼儿长听吾母讲论琴的妙处。这里乃边北之地，也有抚琴之人，吾要听听在哪里？"武杰他自己飞身上房，施展飞檐走壁之能，顺声音找去。窜过两层房，只见正东北有一所院落，琴声从那院中出来。即至临近，但只见是上房三座，坐北向南，屋中灯光闪闪，东西各有配房三间。院子宽大，内有各种奇花，借着月光，看的甚真，果然是开的鲜艳，时放奇香。武杰至上房在前檐，是前出廊、后出厦的房子。他施展武艺，使了一个夜叉探海式，反了一个珍珠倒卷帘的架式，望屋中，借灯光隔着竹帘，看的甚真。见是当中放一张八仙桌儿，桌上南边是一对素烛，当中一个香炉，内烧的檀香。桌子北边放着一张琴，在正北有一把椅子，坐北向南，上面坐定一个女子，年有十六七岁，光梳油头，淡擦脂粉，轻施蛾眉，细弯弯眉舒柳叶，嫩生生粉脸桃腮，水凌凌秋波杏眼，红宁宁唇似樱桃，果然清淡淡品如金玉，香扑扑气若芝兰。身穿蓝月白绸子女褂，蓝绸中衣，有桌案挡着，武杰看不见下身，书中代表，足下金莲二寸有余。

这位姑娘性好抚琴，受过名师指教，他无事自己要抚一曲。今夜风清月白，自己焚香，叫使唤仆妇人等全皆退去，他自己净手焚香。正抚在得意之间，忽然断一弦。这位姑娘乃是银头皓叟的孙女儿，名叫玉环，性情刚暴，家人皆怕，又有一身好武艺，会打几样暗器。今夜忽然琴断一弦，他留神一看，早见帘外房檐之上趴定一人。他站起来，进了东里间屋内去了。

武杰并不知道他去作什么呢。远望屋中，看他是作何事故。自己正自等候，忽然房上瓦檐一响，他回头一看，见是一女子，手中抡刀，照他脖项砍来。武杰无处躲闪，往下一沉身，摔于就地。原来是那女子，他看见外边有人，进了东里间屋内，取首帕把头罩好，从墙上摘了一口单刀，把后边那扇窗户一推，飞身出去，窜上后房坡，往前走了几步。他见那人还在那里趴着，有心要用刀扎他一刀，武杰也就死了，又不知是谁？胜玉环乃心细之人，他故意踩的瓦檐一响，惟是叫他回头，他好看看是谁？武杰回头看见他抡刀，趁势落于就地，胜玉环就跟着也跳下去了。武杰手无寸铁，也不敢动手，“人家是一个女儿家，我在人家借住着，深夜往姑娘这院中来，是不便，叫胜奎知道，定说我不是好人，我有口难分，我不如以走为上”。他见胜玉环用刀砍他，他自己飞身上房。胜玉环叫丫环鸣锣，他也跟着上了房，立刻追下去。武杰方要往他西院中跳，忽然间听见各处锣响。胜家寨有这个规矩，夜内有贼，是鸣锣为号，锣声一响，各处人知信，四面往这里来攻。这寨中庄丁有二百余名，李环、李佩二人为头目，来至这院中，胜奎老英雄也出来了，说：“拿呀，莫放走贼人，竟窜往姑娘那院中去了。”李环等各执灯笼火把、松篁亮子，照耀如同白昼一般。武国兴也不敢回书房去了，自己往北房上走。胜玉环的性情又傲，总要拿他，在后面紧紧追赶，众人也跟着追出后寨门。

天有五鼓，武杰见眼前一座山口，他一个慌不择路，恨不能飞上天去才好呢。李环、李佩也赶到此处，说：“姑娘不要着急了，这座山是个葫芦谷，他从这山口进去，没有出去的道路，都是从这山口出来。”胜奎也赶到这里，说：“姑娘，你回去，都有我拿他，看他上哪里逃？我非拿住他不可。”胜玉环说：“爷爷这们大年岁也追下来，还是进山捉拿他为是。”胜奎说：“也好，姑娘守住山口，我带李环、李佩进山拿他。”胜玉环答应，执刀在这里等候。

单说那武杰自己进了这座山口，见荆棘遍地，道路崎岖，自己也无法不能不走，恨不能飞出谷口。忽听后面喊嚷追赶之声，天色亦亮，自己看这山里面，越走越宽大。只见正北是一座青石崖，东西两座高山，这三处都是高峰峻岭，不能上去的。正在为难，忽然间见正北有一座树林，从那树林中起了一阵大风，从树林内窜出一只虎，浑身都黑黄之毛，其大似牛。一见有人，他把尾巴一摇，又把浑身的毛儿一抖搜，摇头一晃，只奔武杰而来。武杰手无寸铁，正自着急，忽然想起囊中还有拾只镖，他掏出一只来，照定那虎项就是一下，又掏出一只来，正打在虎眼之上，又一镖结果了性命。那虎把前爪一扒地下石子儿，就地滚了两个滚儿，登时身死。

胜奎带李环、李佩等来至山内，见那边站定是武杰，打死一只猛虎。胜奎心中一动，说：“这武杰他师父是小方朔欧阳德，乃侠义之人，他徒弟断不能不说理，为何作这样无情理之事？真令人可恼。”正自忿忿不平，忽见后边欧阳德来也。他连忙的过来说：“欧阳贤弟，你这个徒弟在我家中住着，他黉夜上我孙女玉环院中，所为何事，我甚不明白，我要领教领教。”欧阳德说：“吾奉吾师之命，前来解合。武杰你过来，昨夜为了何事，黉夜入内宅，你从实说来。”武杰把听琴之故，细说了一遍。那胜奎听了，也近乎情理，见武杰他句句是实话，并无虚语，方才又打死一只猛虎，真少年英雄。胜奎先见面之时，就有爱慕之心，这也是前世宿缘。他一拉欧阳德至南边，说：“贤弟，吾意欲把我孙女玉环托你给武杰为妻，你要作主为媒。”欧阳德说：“吾奉吾师之命，正为此事而来。叫家人把那只虎抬回家中，先请姑娘回去罢。”家人把姑娘胜玉环劝回家去。这欧阳德说：“徒弟，你来给胜老英雄赔罪，闹了一夜，也未睡觉。”武杰说：“实是我粗心的过失。”胜奎说：“都是自己人，不要疑忌。”三人说着话，一同出山，回至后寨门，进了大门，至客厅，家人献上茶来。

欧阳德拉武杰至西屋内，说：“徒弟，你这里来，我有话合你说：你今十八九岁，尚未定亲，吾给你说一个亲事，就是这胜家寨老庄主的孙女，今年十七岁，你不可推脱。”武杰说：“家有老母，吾不能自主，师父详情。”欧阳德说：“你写一封家信，吾自去问你母亲，你自要点头，无有不允之理。”武杰说：“既师父这样说，吾就应允了。”欧阳德替他拜了胜奎，叙了年庚，大家摆酒庆贺。武杰写了一封家信，连定亲之故都书写明白，烦师父欧阳德带去。欧阳德接了书信，告辞往徐州下书去了不表。

单说胜奎从厚款待武杰。他又告诉家中人知，这小姑老爷无人不敬。过了几日，胜奎想要往宣化府去听戏，欲邀武杰散心。商议好了，叫家人备马。胜奎换了衣服，方同武杰出了庄门，见对面来了一人，年约二十以外，身高七尺，眉清目秀，身穿蓝绸长衫，内衬白裤褂，蓝绸子套裤，足登青缎快靴，手拿小包裹，正望大门里瞧。胜奎一见此人面目可疑，神色不对，将武杰拉至书房。不知所说何事，且听下回分解。

第八十四回

采花蜂大闹上蔡县　苏永禄巡捕恶淫贼

诗曰：

世情变幻云中露，浪里飘飘风里絮。
桓文功烈伊周表，富贵浮沤何足据。

话说银头皓叟胜奎要带武杰上宣化府听戏，方到庄门，见眼前站定一人，不住只望院中瞧。胜奎他见那人年有二旬，白净面皮，俊品人物，仪表非俗，二目贼光透露于外。胜奎乃久闯江湖之人，今一见这个人来此是踩道的样子，告诉家人："不必备马了，你等且回去。"他一拉武杰来至书房，说："武杰，你可看见咱们门首站定那人，你知道是谁否？"武杰说："我看他仿佛像江湖之人，二目贼光闪闪，今夜多要留神才是。"

再说今日胜奎看那少年之人，乃是庆阳府北尹家寨的人，姓尹名亮，外号人称采花蜂。他父名尹禄明，外号人称镇山豹，他叔父尹禄通。他父尹禄明出家在罗家店金龙宝善寺，跟神弹子火龙驹戴胜其当和尚。尹亮也跟戴胜其学练各样武艺，会打毒药镖，一口单刀，又有飞檐走壁之能，窃取灵妙之巧。他正学了五年武艺，闻听他父亲已死，他自己要遨游四海，逛各名山胜境之处。他其性最淫，专于贪淫好色。要看见好妇人，勿论在哪里，他夜晚必要前去，先采完了花，他然后一刀杀死，他用粉漏子漏下一个采花蜂在墙上。他受异人传授一宗熏香，无论什么人，他要熏过去，人事不知，非用解药或凉水这两样东西，才解的过来。要无这两样物件，须候六个时辰才能过的来呢。他因逛了一趟苏州回来，听说河南为名胜之地。他那日到了上蔡县境界，一问本处有几个有武艺能为都作生理。那日他住在上蔡县西关顺兴店内，他无事必要出去，在大街小巷各处闲步，看那买卖兴隆，人烟稠密。

这日他在西门内路北，见有一座朝阳庵，是尼僧庙，门首有一少年妇人上车。尹亮看那妇人，年有二十以外，光梳油头，戴几枝银簪环，面如桃花，白中透润，润中透白，并未搽脂粉，自来俊俏，黑鬒鬒双眉带秀，水凌凌二目有神，身穿雨过天晴细毛蓝布褂，青裙儿，蓝布中衣，足下金莲二寸有余，又瘦又小。上的车去，只见山门内有一老女僧说："今日早些回来，庙中无人。"旁有看上车的人不少，内有一位老人说："这位姑娘才是贞节烈女哪！娘家姓李，姑娘才十八岁，许配蔡举人之子为妻。未过门，他男人死了，他跟他母亲要吊孝去，他母亲带他去婆家。到了婆家，他自己剪去头发，一定要守望门寡。婆家也劝，娘家也不叫他守寡，那姑娘定要出家在这朝阳庵，拜老僧慧安为师。今日是他娘家来接家去，真是千古贞烈的节妇。"采花蜂尹亮他听那老人讲论这一段事，他听在耳内，记在心中。自己找了一个酒馆，坐落了一天。

直到天晚之时，他回至店内，到了自己住的屋，他安歇睡着。候至天有初鼓之时，听了听店内众人俱都睡熟，他换了夜行衣服，头戴罩头帽，身穿灰色裤褂，足登青缎快靴，把白昼衣服包好，斜插式系于背后，头前带百宝囊，内装十三太保钥匙，搏门撬户的小家伙。带上熏香，出了上房，把门带上，飞身上房，窜房越脊，进了上蔡县的城。他再东西一看，并无一人。他到了朝阳庵庙内，见那庙中是大殿一层，东西各有配房，在大殿之东是一所院落，北房屋中木鱼声喧，灯光闪闪。尹亮到台阶上，见东西屋内皆有灯光。尹亮在上房屋西窗外，湿破窗纸一看，见那屋中靠北墙一张大床，床上一张小桌，桌上烛台一枝，靠东边床上坐定是白昼上车的那个女子，淡妆素服，借灯光一看，果然天姿国色，有倾国倾城之貌。真是马上观壮士，灯下看美人。那尹亮看罢，他淫念一起，不管伤天害理。他到了房门首，一推那门，门尚未关，他进去到了西里间屋内，那女子正念救苦真经，求神佛保祐。忽见帘子一起，进来一人，见那人是个男子，并不认识，站在眼前。那女子说："你是什么人，来此何干？我们这里乃是尼僧庙，你夜晚来此何事？"尹亮一听，微然一笑，说："娘子，我白昼看见娘子上车，我一见芳容，心神不定，我的魂灵被你勾来。今夜我前来相会，望求娘子赐片刻之欢，我有薄礼相赠。"那位贞洁女子一听尹亮之言，羞的满面红赤，说："何处狂徒，这样大胆！你快快出去，我要喊出人来，把你拿住。拿住你那时，悔之晚矣！"尹亮说："你当真不从我？"那女子听尹亮之言，便嚷说："师父快来，可不好了，有了贼啦！"老尼僧在东屋内听说嚷有贼，连忙过来。采花蜂尹亮他看那女子一嚷，一伸手拉出刀来，抓住那女子的头发，抡刀就砍，一下正中脖项，人头落地。老尼僧方一掀帘子，看见尹亮杀了人，他大嚷说："有贼！"被尹亮一刀砍倒在地，连怕带吓，登时身死。尹亮从那囊中掏出粉漏子来，漏了一朵鲜花，上落一个蜜蜂儿。他未得走味，只好回归店内，到了自己所住之房安歇睡觉。

次日天明起来，听店中伙计说："西门里朝阳庵尼姑庙内闹贼，砍死尼僧，杀了贞洁烈女，有地面官人去禀官相验，少时咱们去瞧热闹儿去。"采花蜂一听此言，也要去看热闹。众人吃了早饭，采花蜂尹亮他换了衣服，同众人来至在尼姑庙内，随众去看热闹。

不多时，见上蔡县知县李凤仪坐轿，带三班人役等，刑房稳婆，到了庙内下轿。这位老爷为人精明，乃科甲出身。自到任以来，勤于政事，爱民如子，大有政声。今来至朝阳庵下轿，早有本处官人预备公位在这里。老爷落座，吩咐刑房人等验。稳婆验完，来至老爷公案前回话说：“此乃被刀杀死，一个女子，一个老尼，皆是刀伤致命之处。”李老爷他有两个班头，一名捕头紫面虎苏永福，一名叫雨雪豹苏永禄，乃亲兄弟二人，武艺精通，在本县当头役，远近闻名。老爷派他二人，看里面有什么疑忌无有。苏永福到了里面北禅堂内，闻着腥血之气，只透入鼻孔之内。各处看了看，贼人是从门内进来的，并无别的行迹，惟那北墙之上有一朵粉花，上落着一个蜜蜂儿。看完回来说：“下役奉老爷谕，看那屋中，是并无别的形迹，惟北墙上有一朵花，上落着一个蜜蜂儿，是贼人留下的暗记儿。”李老爷点了点头，吩咐本地官人，领棺材埋这两个死尸。

老爷回衙，立刻把苏永福、苏永禄二人叫进书房之内，说：“你二人领本县票，在大小店口、庵观寺院之内，访查行迹可疑之人，或绰号叫采花蜂者，拿来有赏。我给你二人五天限，如办不了贼来，我要重办你们。”老爷票贴赏格：“如有拿获尼庵杀人凶犯者，赏银五十两；如有送信者，赏银三十两。倘若知情不举，窝聚贼人，被本县查出，按律从重治罪，决不姑宽。”赏格贴于四门。

单表二位班头，乃亲手足兄弟，他二人领了老爷谕票，带他们的小伙计儿在大小店内访查，并无贼人下落。那日正然访查，东关外又出一案，裁缝铺杨五之妻夜内被杀，也留一朵鲜花，上落一个蜜蜂儿，是先奸后杀的。老爷验尸，回头升堂，叫苏永福来说：“本县派你拿获采花淫贼，你并不认真缉捕，给我打！”苏永福说：“老爷恩施格外，下役昼夜去查，无奈访不着下落，只求老爷开恩罢！”李老爷说：“我这次不打你，你要三天交不出贼人来，我要了你的性命。”苏永福连连磕头下来，回到自己下处，与二弟甚是为难。苏永福说：

“你我必须改扮才成。我扮一个卖带子的，你会什么，也改扮一个卖什么的，暗带单刀铁尺，叫那手下伙计都在下处等候。”苏永禄说：“我学过捏江米人，我家里还有一份柜子呢，你我就改扮起来。”兄弟二人改扮作小买卖之人，在各处去寻访此案。

苏永禄出了上蔡县的城，在各村庄去捏江米人玩艺儿，也捏各样戏儿。他走了几个庄村，也并无有开张，也不知贼的下落。他在店中住下，次日又去各村绕弯。走至一个村庄叫李家铺，他正自把柜子放下，一个大户人家门首歇息歇息。忽然间，从里面出来几个女子，有十八九岁的两个，有十四五岁的一个，还有两个小童，都有七八岁，要买红米人，问要几个钱一个？苏永禄说：“五十个钱一个人儿，捏一个小八狗儿三十个钱。”那小孩说：“你一样捏两个，我们瞧瞧。”那苏永禄说：“捏了就是你的，你要不要，我没处去卖。”那小孩说：“也好。”苏永禄就在大门首捏起江米人来。

正捏着，忽见从正西来了一个人，年约二十以外，俊品人物，头戴马连坡草帽儿，身穿青洋绉大衫，足下青缎抓地虎快靴，面皮微白，站在苏永禄的身后。他看门内那几个女子，看的目不转睛。不防他出神之际，自己唾沫流了苏永禄一脖子。苏永禄正低头作活，觉着脖子后头一凉，他立刻一回头，瞧了那人一眼，就看那人不是好人，二目贼光闪闪。苏永禄乃久当捕快的人，他一见就识，心中说：“一多半是这小子。”采花蜂正自看的出神，又望大门各处瞧了几眼，仿佛像踩道的一样。苏永禄暗中留神，他自己捏完了人，要了钱，他暗跟那少年之人走了有五六里之遥。他自己心中说：“他也往上蔡县去。”见那人进了上蔡县城，就不知是往哪里去了。苏永禄到了下处，等他哥哥回来。他问他兄长：“访着了没有？”苏永福说：“并无下落。你怎么样？”苏永禄把在李家铺遇见那人的神色说了一番。兄弟二人定计，要捉拿采花蜂。且听下回分解。

第八十五回

尹亮误入纪家寨　烈女无故被贼杀

诗曰：

莫嫌地窄园亭小，休怨家贫活计微。
许多高门锁空宅，主人到老未曾归。

话说紫面虎苏永福带他兄弟永禄，又挑了四十名快手，各带随身兵刃，先出了上蔡县的城，到了李家铺。派那地方官人去暗中探听，他们都躲藏在庙内。又派了几个精明的伙计去，在大户人家左右，分为八方，偷看探望。如要有生人黑夜上房，他们大众各带兵刃，先围宅院，然后拿贼。苏永福分派已定，大家在那庙内隐藏，以候回音。

单说采花蜂尹亮，他是艺高人胆大。自从那日在尼姑庙内杀了那贞洁女子，他住在店内，白天出去观瞧那有姿色的女子，夜晚前去采花，在上蔡县杀了七条人命，他并不怕人来拿他。今日在李家铺看见两个女子，他又来采花。天有初鼓之际，来至李家铺村头，在各处一望，并无巡更之人。他至那大户人家门首，飞上房去，窜房越脊，如履平地相似。正在各处探听动静，忽听外面人声叫喊，齐嚷拿贼。探花蜂尹亮听了，立刻翻身，窜在高房上一望，只见灯笼火把，照耀如同白昼。苏永福摆铁尺上来，说："淫贼，哪里逃走？"尹亮大吃一惊，见正南上有一人摆铁尺过来，抡起就打，尹亮用刀相迎，二人杀在一处。本宅庄主李庚辰也起来，约聚家丁帮助，前来拿贼。尹亮见事不好，他飞身往西逃走。苏永福随后追赶，尹亮回手一镖，正中那苏永福的左眉头，"哎呀"一声，倒于就地。苏永禄连忙赶过去，才扶起来，叫伙计先抬回家去，他拿刀追下尹亮。方要出村，只见尹亮站在那里，说："无名小辈，休要前来送死！"苏永禄抡刀就砍尹亮，尹亮架开刀，摆刀分心就刺。苏永禄一撤身闪开刀，又摆刀剁去。尹亮躲开刀，施展平生的武艺，把苏永禄杀的浑身是汗，遍体生津，只有招架之功，并无还手之力。尹亮看见那边追赶下来有几十名壮丁人等，他才自己跑了。

苏永禄也不敢追赶，见那众快手前来，他埋怨众人说："你们为何不早来帮我拿贼？你们好不知事。"众伙计说："我们把苏头儿先派人抬着，护送回家去了。"苏永禄无奈，带着众人回归衙门，据实禀明知县。李凤仪赏了苏永福十两银子养病，派苏永禄急速剿拿采花杀人之贼。苏永禄说："回老爷，这个贼被这一惊，他必不敢在这里了。求老爷赏限，我办海捕公文，出境捉拿。"知县老爷说："我给你海捕公文，并路费银十两，你要用心访拿贼人。"苏永禄谢了老爷，把文书银两一并领下来。他到家中看他哥哥镖伤甚重，自己为难，先把镖起下来，上了些拔毒散，他到了外边，要去请先生。见有一个老道人，在十字街前卖药，名为百化丹，专治各样病症，每粒不论多少钱都可。苏永禄见那道人仪表非俗，紫面长髯，花了几文钱，买了几粒药，回家给他哥哥吃了一粒，上了一粒，苏永福方才止住疼痛。苏永禄收拾随身的包裹，扮作一个卖袋子的，往北路寻踪采迹，跟随下来。

单表采花蜂尹亮，那日采花未能成功，他回归店来，算还店帐，他想要上北京去逛逛，顺便出张家口外去访几个朋友。那日到了京都，逛了两天，他出了德胜门，顺路正往前走，忽见有一座大镇；南北大街，买卖兴隆。他走至村西头北边，有一所大庄院，里面楼台殿间，外面树木森森。采花蜂尹亮正往里瞧，又想着自己盘费不多，想要偷点银子作为盘费。正自想念，忽见从大门里出来一群妇女，那头前有一个十八九岁的，生的眉黛春山，目凝秋水，淡妆素服，上车去了。大门里还站着一个女子，生的天然俊俏，品貌不俗。看了半晌。

这所宅院是狼山纪家寨神手大将纪有德，他就在这里住。方才走的那个女子，是纪有德之妻娘家的侄女，名叫刘彩霞，他的父母早丧，跟着兄嫂度日。他时常来在姑妈家住着。今日回家有事，他坐车走了。刘氏与女儿纪云霞送出来，带着些仆妇丫环人等，在门口站立，观看过往之人。看了片刻的工夫，那刘氏带着女儿回归后院去了。纪云霞到了自己屋中，叫那丫环把刀摘下来，教丫环练了几路刀，自己也练了几趟刀法。吃了晚饭，纪云霞爱习学武艺，功夫纯熟。每日子时必练完了自己的功夫，才能睡觉呢。

今夜正自练功夫，天有二鼓，忽听外边铜锣声喧，人声一片。纪云霞飞身上房，看见前院一片火光，神手大将纪有德听见锣响，先叫起纪逢春来，又叫起家中人等留神。他自己到了外面，见家人嚷说："方才有一个人，他从外往里一跳，走至二道门，他脚登着弦子，两只木狗一咬他，他一纵身上了东房，我们看的真切，即鸣起锣来，知会你等众人知道。"纪有德说："真是无名小辈，他连我都不知道了，这是新出手的人。"正说着，听见那边有人答话："呔！大太爷我乃采花蜂是也，我从此路过，留下名姓，吾去也。"纪有德听了此话，带人快找贼人，再也找不着了。大家乱了一夜，说："可莫睡觉，恐怕贼人再来。"次日，纪有德给临近的亲戚送信，叫他们夜内留神，本处出了采花蜂淫贼。

话说采花蜂夜间又未能如意，自己回归店内安歇睡觉。次日天明，算还了店帐，他想本处不能久住，要投奔一个朋友去。他出了狼山镇，自己顺路直往前走。天有巳正之时，只见前面有一所村庄。尹亮进了南村口，见那村庄人烟不少，正是往张家口进京一条大路。他见路东有一个随墙门楼，里面是上房五间，东西配房各三间。门前有一株大柳树，柳树下放着一条板凳，板凳上坐着一位姑娘，年有十八九岁。采花蜂尹亮一看，正是昨日在纪家寨门外所见坐车的那人。他心中一动，说："这位姑娘生的最好。我昨日未能找他，今夜晚上找他，或者可以取乐。"他正自思想之际，见那位姑娘抬头瞧了他一眼，仍然低下头做针线。

采花蜂看的这位姑娘，正是刘彩霞。他昨日由姑妈家中回来，见他哥哥刘顺说："你带信叫我来家，有什么事呢？"刘顺是个猎户人家，娶妻韩氏。听他妹妹问他，他说："你嫂嫂一个人忙不过来，又有两个小孩子，这所穿的衣服都做不了，接你回家来帮着做点活计。"刘彩霞听了，就问："做什么活？拿来罢。"今日一早，听见姑妈那里来信说，昨夜纪家寨闹采花蜂，乃是飞贼。少在门外站立，多要留神。刘彩霞这位姑娘心高性傲，一生不服人，他听外边来信，他偏要在门口站立，观看来往之人。如要有采花蜂真从这里过，他安心要施展能为，拿这淫贼。今日见一少年人，二十来岁，白净面皮，长眉朗目，二目神光发散，身穿宝蓝绉绸一件长衫，足登青缎子抓地虎快靴，五官不俗，真是另有一团精神。站在西边，目不转睛，直看着刘彩霞。刘彩霞早在暗中看见，故装未曾看见的样子。

尹亮正在两只眼发直，忽听南边有卖袋子的声音。尹亮回头一看，认的是上蔡县的班头雨雪豹苏永禄来访拿他的。他也不放在心上，自己往北去了。苏永禄虽认的尹亮，只是自己觉着不是他的敌手，也不敢动手，只好在后面远远哨探他在哪里住？或者等采花蜂尹亮睡着了之时，方敢拿他；或等尹亮在那里出恭，或离那该管之处近，他好调兵拿他。此时他见那尹亮自己往北去了，他跟了几步，心中一想，说：“我看他不住眼的看那柳树下女子，他今夜必来，我何不找店歇息，今夜来此看个机会，也好拿他。”苏永禄想罢，自己找了一座小店，喝了些酒，睡在炕上。

睡至天有日落之时，苏永禄说：“掌柜的，我把我的袋子寄在这里。我去找我一个朋友去，他与我约会下在这里相见，我等到这般时候还不见他来，我去到村前村后走一趟，找他去。”店中掌柜的说：“也好，就是那样罢。你找他去，快回来。”苏永禄暗带单刀，来到刘顺的住宅，找一个避人之处，观看动静。等至二更时候，见从正北来了一条黑影儿，走的甚快，飞身上房，进了刘家院内。苏永禄看了多时，也飞身上墙，见那采花蜂正自看那上房东间。屋内灯光闪闪，他在窗外偷睛观看多时。忽见屋中灯吹灭了。采花蜂又至西边窗外观看，往里一瞧见屋内灯光闪闪，并无一人。正自狐疑之际，听见房上飞檐响。采花蜂尹亮乃久闯江湖之人，日行一千里，两头见日；夜走八百，不到天亮。他一抬头，见房上跳下一人来，说：“好采花淫贼，你敢来此找死，我来也！”抡刀就剁尹亮，尹亮用刀相迎。屋中姑娘早收拾好了，手提单刀，跳至院中说：“采花贼人哪里走？”南墙上苏永禄说：“本宅主人，千万莫放走这个贼，他乃是采花蜂，在河南地方留下许多命案，我是奉县谕来捉拿贼人的。”拉刀跳下去。只见采花蜂尹亮把刀一摆，飞身上房，被刘彩霞一镖，正中采花蜂尹亮的肚门。尹亮觉着一凉，那支镖进去了二寸余，这是他采花芝报应，今夜挨上铁家伙了。自己连忙逃走，伸手给自己拔下来，带伤逃走。他越想越怕，连夜往下逃去。

这一日，到了保安州地面，见街市中人烟不少。他走至十字街口，往西抬头一看，见墙内有一座楼，楼窗大开，内有一位旗妆打扮的女子，年有十八九岁，梳着一个大两把头，穿一身银红色的衣服，一张清水脸，自来白的，眉如弯月，目似秋水，准头端正，唇若涂脂，带着两个丫头，正观看那过往行人。采花蜂尹亮看了多时，又往西一看，是二府同知衙门里头的楼，知道必是同知的内眷，“这位姑娘果然生的美貌，不免我今日住在这里店内，夜晚有一个乐儿。我若得这个美貌佳人，我平生之大幸也。”

尹亮住在魁元店内，要了些酒菜，自己喝了几杯，心中甚是高兴。天晚，自己关门睡觉。睡至二更之时起来，遂听得外面并无动静，换好了夜行衣，背插单刀，出了上房。把门关上，掏出暗记儿，画在门首。他飞身上房，窜房越脊，如履平地相似，到了同知衙门，在各处偷听。见那楼檐下透出灯光，采花蜂飞身上房，至楼上抬头一看，是三间，东边窗户内灯光透出。尹亮提刀来至窗户临近，湿了一个小窟窿，往里一看，见屋内围屏床帐甚好，床上坐着一人，正是那白昼所见的女子，同两个丫头在那里说话。尹亮进了上房，把两个丫环杀死，说：“美娘子，你须从我片刻之欢。我自从白昼见你一面，无刻忘怀，你须从我这件好事。”那女子一听此话，说：“好贼人，杀了人啦！快来罢，杀了人啦！”采花蜂说：“你嚷，我连你也杀死！”一伸手，抓住那女子说：“从不从，快说呀！”那姑娘还是嚷，尹亮举刀要杀，只听下边一片声喧，采花蜂要被获遭擒。不知后事如何，且听下回分解。

第八十六回

陈清捉拿采花蜂　尹亮夜入三圣庙

诗曰：

家贫家富总由天，日夜忧愁也枉然。
人世虚浮朝暮异，不如安分且随缘。

话说那采花蜂尹亮拉着那姑娘，连吓唬带央求。那烈女视死如归，大骂淫贼，说："你这伤天害理之贼，还不给我退去！"尹亮说："好，你是不要命了！"手提一刀，把那姑娘杀死。他用粉漏子漏了一朵梅花，上落着一个蜜蜂儿，又提笔写了几句诗，在墙上留下名姓。写的是：

背插单刀逞英雄，云游四海任纵横。
白昼看见窈窕女，黑夜前来会美容。
豪杰有意求云雨，佳人薄倖太无情。
因奸不允伤人命，我号人称采花蜂。

采花蜂尹亮写完了这字，投笔于桌上。他自己无有精神，往外逃走。

方要走时，忽见对面来了几个查夜的人，连忙藏躲无人之处，候人家过去，他才去了。

次日早起，二府同知法福理早晨起来，行坐不安，肉跳心惊，正不知所因何事，忽见乳母刘氏慌慌张张的来说："老爷，不好了！姑娘不知被何人杀死！"法福理听奶母之言，吓的面如土色，连忙带领从人，亲身要到妹妹屋中去，看看是怎么一段缘故？他到了楼上，闻见血腥之气直透入鼻孔之内，见他妹妹与那丫环死尸仰卧于地下。一看墙上，那贼人还留下几行字迹。法福理看罢，立刻气的面目改色，大骂贼人。自己先派家人预备棺材，叫他们成殓起来。然后升堂，叫齐了值日三班人役等，说："来人，传捕快陈清、冯玉二人前来，派他二人办案去。"衙役等答应，忽速把那两个大班头叫来。

那陈清绰号人称赛叔宝，冯玉绰号人称醉尉迟。二人练的一身好武艺，专爱结交天下英雄，在本衙门充当捕快头目，办案拿贼，属为第一，此处无人不知，无人不晓。今听老爷叫他二人，连忙上堂给老爷请安，说："老爷呼唤下役，有何事情吩咐？"法福理说："陈清、冯玉，你二人乃在本分府久当头役之人，今夜本分府衙内闹采花蜂，贼人杀死三条人命。我给你二人三天限期，要拿住采花蜂。淫贼他杀死丫环与姑娘，还在墙上留下诗句，上写'背插单刀逞英雄，云游四海任纵横。白昼看见窈窕女，黑夜前来会美容。豪杰有意求云雨，佳人薄倖太无情。因奸不允伤人命，我号人称采花蜂'之句。"将诗抄写给二人一纸："千万留心。如拿获贼人，本分府我赏你二人白银二百两。倘若你等不认真查拿，我定要重处治你！"二人答应，立时领了签票，出了衙门，回到下处，换好了随行衣服，暗带兵刃，二人先在各处寻访踪迹，并无下落。

二人无法可施，因到十字街庆芳楼酒馆正面楼上坐下。那冯玉一生最爱饮酒，千杯不醉，他生的面又黑，因此得了一个绰号醉尉迟。二人见酒楼上吃酒人不多，方才坐下，跑堂的认识他两个，说："二位班头来了吗？今有什么公事？这几日少见。”陈清说：“我出城探亲，我们冯贤弟他最爱饮酒，不论在哪里就喝，你给我二人要几样菜，送上十壶酒来。”二人喝了几杯，心中闷闷不乐。陈清说：“冯贤弟，你我二人在这衙门内，总算数一数二的官人，今日这案就不好办。你想，这采花蜂是人的一个绰号儿，你我也不知是男是女，是僧是道，是老是少，并无眼儿，怎么拿他？就是采花蜂他来了，咱们也不认识他，这如何是好？”冯玉说：“大哥且喝酒，喝完了酒，再想主意。古人说的好：

万事不如杯在手，一生都是命安排。

喝完了酒再议。俗语说的好，吉人自有天相。我也不是说大话，这个贼人他不算什么英雄，杀了人还留下诗句，并无人认识他。他要见我之面，我知道他是如何面貌，他想要逃走比登天还难。”陈清说：“这话说的是，你我要认识他，要拿他如探囊取物，不费吹口之力。”

二人正自说着，忽见南边对面桌上一人站起来，身高七尺，白净面皮，长眉朗目，俊俏人物，身穿宝蓝绸绸长衫，足下青缎快靴，在那边吃喝完毕，把大衫脱下来包在包袱之内，手中拿着小包袱，来在赛叔宝陈清、醉尉迟冯玉跟前，说：“你二位方才所说之话，我已听了多时了。你二位是本分府的班头，要拿采花蜂么？”陈清、冯玉二人说：“不错，是你怎么知道？”那人说：“你二人认识采花蜂不认识采花蜂呢？”陈清、冯玉说：“我们并不认识这采花蜂是何人。”那人说：“你二位要拿他，远在千里，近在目前。”陈清听到这里，一拉那人说：“朋友，你请坐，你必是认识此人，你可带我二人一同前往。只要拿住他，我二人必然重谢你。”那人说：“你不必拉我，我告诉你罢。”陈清放开手说：“请坐细讲，咱们三人喝回酒。”那人一阵冷笑，说：“我酒是偏过了，你要拿采花蜂就是我，我就是采花蜂。”陈清、冯玉二人听了说："好！你算是好朋友，我二人正在为难，你打场官司，我二人好交朋友。无论怎么样，都有我二人照应你。"那人听到这里，说："我要打官司，我手中的刀他不愿意。"伸手抓刀，抡刀就砍，陈清、冯玉二人抡铁尺相迎。这二人武艺超群，与采花蜂三人杀在一处。那些吃酒之人，都吓的各处藏躲。

尹亮跳下楼去，陈清、冯玉二人各摆兵刃说："哪里逃走？"方跳至大街，正南来了苏永禄，一看那采花蜂尹亮从楼上跳下来，他把袋子杆一扔，提刀赶将过来说："采花蜂，你往哪里走？我必要结果你的性命。二太爷我自上蔡县跟下你来，甚不容易。"采花蜂尹亮听苏永禄嚷着过来，要帮助陈清、冯玉动手，尹亮急了，伸手掏出一支毒药镖来，照定那冯玉咽喉打去。冯玉正然动手之际，见采花蜂尹亮往北一转身，趁势一镖，直奔咽喉而来。冯玉连忙一闪，正中左肩之上，"哎呀"一声，倒于就地，不醒人事。采花蜂跑了。

陈清过来，扶起冯玉，苏永禄也赶到，说："了不得啦！这是毒药镖，我家兄曾受他一镖，请人看过，尚不知生死。这个镖，人要中了最厉害。"陈清说："兄台贵姓？哪里人氏？来此何干？"苏永禄说："我姓苏名永禄，乃上蔡县的班头，我专为捉拿采花蜂而来。他在上蔡县留下两条命案，我兄长中了他一镖，不知生死。我奉谕前来拿他，见你二位与他动手，我赶奔前来，想要把他拿住，不想这个朋友被他所伤。未领教你二位贵姓？"陈清说："我叫陈清，他叫冯玉，是这本处捕快头目。只因昨天夜间，衙内杀死姑娘、丫环三条命案，我二人奉老爷之命捉拿采花蜂，定要拿住他才好。我这二弟他家有寡母，他要死了，无人奉养。这镖打在肩头，你看全都肿了。这是毒药镖，非胜家寨五福化毒散、八宝拔毒膏不能治此镖伤，我常听人说过。"苏永禄说："这胜家寨在哪里？"陈清说："天下皆知宣化府黄羊山胜家寨老庄主神镖胜英收了些个徒弟，都是有名之人。他死去了，今还有他儿子，也有五六十岁了。神镖胜英这位老英雄，也算有名豪杰。他家有五福化毒散、八宝拔毒膏，最能治这毒药镖伤等症。”苏永禄听了，说：“我去要点药来，你也请人给他调治才好。”陈清说：“我在这二府衙门等你，千万莫过三天。过了三天，这人准死。他这镖也是胜家的传授，要打在前后心左右背，十二个时辰即要烂死；打在四肢还轻，三天准死。你去罢，千万给求了药来！”苏永禄说：“你我一见如故，我无不尽心，我去也。”从南边把袋子杆儿扛来，顺路出了保安。

正往前走，忽见采花蜂尹亮他在眼前，相离不远。苏永禄心中着急，不敢过去拿他，他自知自己的武艺不是尹亮的敌手，只可在暗中跟着他，看他往哪里住，再作计较。跟了有七八里路，见前面不靠村庄，有一座古庙，山门用砖堵着，里面有东西配房大殿，只见尹亮窜进那古庙去了。苏永禄心中说：他在这里住，很好，我自有主意。我何不趁此回到衙门陈清那里，带他手下的伙计人等前来，好拿采花蜂。

苏永禄想罢，觉着有理，自己转身向南，来在保安地方，要上酒楼去访问陈清在哪里住。只见从酒楼里出来一人，是差官模样，头戴新纬帽，高提梁，通红的缨儿，身穿蓝纱袍子，外罩红青纱八团龙的马褂，足下官靴，身高七尺以外，五官端方，顶平项圆，玉面朱唇，双眉带秀，二目神光足满，准头端正，四方口，二十以外的年岁，精神百倍。一见苏永禄，带笑开言说：“苏二哥，你来此何干？”苏永禄听见叫他，一看是粉面金刚徐广治。这二人是故旧之交，苏永福、苏永禄二人在徐胜家中护过院。今在此处见面，仍是故旧相逢，两下欢喜。

徐胜是从哪里来的呢？只因彭公到了宣化府，参了王连凤，办了马万春，大人偶染风寒，上了一个请假的摺子，派徐胜押摺差入都。这日从京中回师，知道皇上旨意下来，着彭朋在宣化府养病，赏假十日，钦赐太医两名。徐胜带家人徐禄，方才在保安用完了饭，一出门遇见苏永禄，问他来此何干？苏永禄把自己上项之事全皆说明了，又说："采花蜂今住在古庙。"徐胜说："你为何不去拿他？"苏永禄说："我又不是他的对手，如何能成功呢？"徐胜说："我帮助你。徐禄你先拉马回宣化府等我交差，你去罢。"家人答应去了。

这里二人又吃了一回酒，天色已晚，二人各带兵刃，来至保安城外。走了有六七里路，已至这座破庙。满天星斗，天有初鼓以后之时。二人等了等，大约有二更之时，二人上房。苏永禄说："我在房上眺望，看你怎么样拿他？你须要小心他的暗器，伤人最厉害。"徐胜说："不用你嘱咐，我准给你拿住他，不能让他跑了。"徐胜跳下西房，略一听，这西屋内有人睡觉呼吸之声。徐胜一想，"这采花蜂早就闻名，原来是这么一个无能之辈。今夜趁他睡着，我把他拿住，除此大害。"自己轻轻进了西禅堂屋内，黑暗看不真切，听见炕上有人出气之声。徐胜过去要按住，被那睡觉之人一抓，他胳膊就把徐胜夹在肋下。徐胜用力挣不动，夹至当院，先抡圆了巴掌，打了徐胜两个嘴巴，然后说："混账忘八羔子，你采花今日采到吾和尚这里，吾把你狗头揪下来。"徐胜听见说话的是蛮子哥哥欧阳德，连忙说："勿打，是我。"欧阳德说："吾打的是你！"徐胜说："我是徐胜。"欧阳德听见说："唔呀，你来此何干呢？"

苏永禄从西房跳下来，说："徐爷，你叫人打了？"徐胜说："我给你引见引见，这是我兄长欧阳德，那是上蔡县的班头苏永禄，来拿采花蜂来了。他兄长中了镖伤，今日我来帮助他拿采花蜂。兄长，你是从哪里来呀？"那欧阳德说："吾是上徐州前去下书信，胜家寨银头皓叟胜奎的孙女给了吾的徒弟武杰为妻。我得了回信，天晚我住在这庙内。昨夜吾身倦体乏睡着了，既至醒时，吾不见了包袱，连婚书回信全被贼人偷去，还在吾和尚帽子上印了一朵梅花，上落着采花蜂一个。吾想他今夜必来，吾故作睡着了等候他。"那徐胜说："这个贼真真可恨！"

正说着，听见东房上有人说："呔！赤字瑶儿鹰瓜孙，今有你大太爷采花蜂尹亮在此，听够多时了，你等哪个前来送死？"欧阳德、徐胜、苏永禄三人听见，齐拿兵刃要拿采花蜂。且听下回分解。

第八十七回

采花蜂夜入胜家寨　苏永禄设计捉淫贼

歌曰：

何事妄求全，命生成，只怨天，机关用尽总徒然。心莫熬煎，梦莫流连。清闲且自安，常便但当前。及时行乐，快活似神仙。

话说采花蜂尹亮他白昼进这个庙的时候，欧阳德在西禅堂睡着了，他随在东禅堂歇下。徐胜要先往东禅堂去，准把那采花蜂尹亮拿住了。今夜尹亮在东禅堂听见外面有人说话，偷听多时，那三人正然引见说话，尹亮连忙从东禅堂后窗户出去，飞身上房说："呔！鹰爪孙，你三人要拿你大太爷，我要失陪了。"欧阳德听见，眼都气红了，说："唔呀！混账忘八羔子，你往哪里走？吾要拿你！混账东西，哪里走？"这三人飞身上房，说："你往哪里走呀？"采花蜂尹亮往北逃走，天色浑黑，道路崎岖，走了有三四里地，就有岔路，往北去了。欧阳德说："吾也不能回千佛山去了。"徐胜追了几里也没赶上，说："苏二哥，你我分手罢。我回至宣化府，禀明大人，派差官拿获他就是了。"苏永禄说："我去到胜家寨去讨点五福化毒散、八宝拔毒膏，好救那醉尉迟冯玉的性命。”苏永禄顺路往前奔胜家寨去了。走了一夜，天色大亮，找了一座饭店吃了早饭，直奔胜家寨去不表。

单说采花蜂尹亮连夜逃走，到了天亮，他把偷的欧阳德的包袱打开一看，里面有二十两银子，一封书信，一纸婚书，是胜奎的孙女给武杰为妻。尹亮想：“这胜家寨是把式窝儿，他的孙女儿必是千娇百媚，万种风流。我要到那里去踩踩道，今夜晚有个乐儿。”尹亮来至胜家寨，在各处踩踩道路，看明白了出入的道路。他站在庄门往里正瞧，里面银头皓叟胜奎这日正要带武杰上宣化府去听戏去，方到门首，见了那人贼眉贼眼，直往里瞧。胜奎吩咐：“你们不必备马了。”带那武杰来至书房。

武杰说：“祖父，你老人家为何又不去了？”胜奎说：“你方才没看见么？那边迎壁前站定一人，身高七尺，白净面皮，长眉朗目，身穿宝蓝洋绉大衫，内衬蓝绸子裤褂，足登青绸快靴，手拿着一个小包袱，二目神光透散，必是一个贪淫好色之徒。他来踩道，今夜晚咱们大家预备。”先派李环、李佩去把庄丁人等调齐了，共一百三十七名，大家齐集至大厅。胜奎吩咐：“今夜晚各自留神，齐预备家伙，大家好拿贼人。你们众人各人都要安排好了，把灯盖在盆底下，听锣响为号。”众庄丁齐声答应。这些人都是跟胜奎练过的，都有几路拳脚，听庄主吩咐，齐声说：“我们大家预备就是了。”胜奎又到了后面，告诉内眷大家留神，今夜有贼。又告诉胜玉环姑娘，叫他夜晚留神，细防贼人。胜玉环有两个丫环，一名秋菊，一名碧桃，这两个丫头都很有能为，跟胜玉环在一处练过。今日这三个人正在练习拳脚，听见他爷爷吩咐这话，三个人齐声答应，暗作预备。

到了天晚，胜玉环吃了晚饭，坐在外间屋内。自己无事，把兵刃放在手下，说：“秋菊，你二人去把净面水取来，我净完了面，要抚琴。”碧桃收拾香案，净手焚香，胜玉环端正坐定抚琴。正抚的得意之间，忽然断去一弦，心中一动，暗说：“不好。”他心中说：“这必是有生人窃听。”胜玉环一回头，见后窗户有一个窟窿，就知有人暗中偷看。胜玉环吩咐叫人来，丫环说：“姑娘叫奴婢甚事？”胜玉环说：“要到里屋更衣，你二人烹茶伺候。”碧桃说：“奴婢已经烹好了香茶，请姑娘用罢。”胜玉说：“我换好了衣服，再用罢。”

进了东里间屋内，他把簪环摘去，用手绢罩上头，收拾好了，换上铁尖鞋，带上镖囊，又摘下一口单刀来，把前窗支开，飞身出去，上房到了后面。往下一看，见下面一人正往屋中观看。胜玉环跳下房来，他并不害怕，照定那人就是一刀。那人一撤身躲过，说：“呔！那个女子休要动手！我久仰你姿容秀美，今日一见，我神魂皆消。我是采花蜂，乃有名英雄，你要与我结为夫妇，我绝不负你就是了。”胜玉环一闻此言，气的粉面通红，说：“秋菊、碧桃，你二人快叫人来拿贼，我先捉这小辈！”抡刀就剁，采花蜂用刀相迎。二人正杀至高兴，听见正南上锣声一片。丫环这一鸣锣，那李佩、李环点齐庄丁，与胜奎、武杰等各执兵刃，来至前面，说：“快拿贼呀！”

采花蜂尹亮也知道胜家寨这里乃把式窝儿，又恐寡不敌众，正在犹疑，忽见一条大汉来至面前，抡朴刀说：“奸贼！你敢来至胜家寨前来讨死，吾不能与你善罢干休。你想要逃走，比登天还难！”照定采花蜂就是一刀。尹亮一闪身躲开，就：“小辈大胆！”把刀花一变，两三个照面，把那李环一刀砍在肩头。李佩说：“好贼，休要伤吾兄长，吾必结果你的性命！”抡刀过来。武杰也提刀嚷着过来，说：“唔呀！混账忘八羔子，吾要你的狗命！”胜奎带了庄丁人等也到了。采花蜂见势大，难以取胜，战久必败，他不免三十六计走为上计，自己把刀一摆，望北只扑花园而来。这里众人追着说：“好贼，哪里逃走？”采花蜂把身一纵，藏在东花厅的后坡，见这里众人各处追寻一回，说：“走了，没有一点踪影了。”大家回至前面。胜奎说：“叫厨子给预备点菜，咱们好喝酒。”胜奎等在前边喝酒不题。

单表采花蜂他心中说：“我要娶得这一个妻室，也是大幸，不空生在人世了。我今日暗中再去偷看，候他们睡着之时，我暗进房中，与他成了百年之好。他若依我便罢，不依我，我一刀把他杀死也就完了。”主意已定，听了听并无动静，他飞身下得房来，来到胜玉环所住之屋北窗户外，暗暗偷听。

那胜玉环已经把贼追走了，他把头上手绢、耳环全皆摘去，把镖囊挂在北墙上，把单刀也挂好了。叫丫环收拾安歇，把帐子里的被褥全安置好了。叫那丫环一个手执灯笼，那个丫环搀扶着他上一趟茅房，回头安歇。玉环到了茅房方便已毕，带领丫头回到屋中，方欲安歇时，说道："你两人也留点神睡觉，莫全不管，也学精细些。"秋菊说："姑娘说的是，我两人不用在姑娘屋里睡，我二人在外间屋罢。我也把我们所使的兵刃都放在手下，倘有动静，我二人也可帮助姑娘。"三人说着话，来在外间屋。胜玉环见地下椅子上有两个男子的脚印，又见那墙上自己所挂的镖囊与单刀全不见了，一回头说："秋菊，我那镖囊合刀都是你挂在墙上的，怎么全不见了？"秋菊说："我不知道。"玉环说："这是怎么一段缘故呢？"

是缘方才因胜玉环他带着丫头上茅房里去，这采花蜂尹亮在后窗户瞧的明白。见人出去，他把窗户一推，进入屋内，心中说："这姑娘果然生的好，又有一身的武艺，我把他的镖囊解下来也系在我的腰中，我把他的单刀也带在我的身上，我就这样办理。他一个女子无有兵刃，就无有能为了。"想罢，他立刻登着椅子，把单刀与镖囊全摘下来，系在自己腰中。一忙，他把镖囊系反了，他自己的镖囊系的口朝外，他把胜玉环的镖囊系的口儿朝里，要合人动手时着急，是不能掏出镖来的。他把单刀也插在他的背后。听见院中脚步声，知道是胜玉环回来了，他心中说："今日晚上可有一个乐儿，这也是活该。我先藏在床下，候他睡着之时，再作道理。"自己钻入床底下，一语不发。

胜玉环乃精细之人，他一进屋就全看见自己的兵刃不见，一问秋菊，秋菊说：“这可是闹鬼儿，明明我挂在那里，为何没有了呢？姑娘，你看这边椅子上还有男子的脚印的，这是何人偷去了？”胜玉环说：“别乱，你们点上一只灯，在各处都照照就是了。”

采花蜂尹亮他在床下听见，心中说：“这事要坏。他若一照，照出我来，这里我又舒展不开，恐被他人拿住，这可不好了。我有主意，莫若我出去。那姑娘他手无寸铁，不用别的，我就抱他一下，胜奎知道他准气死。或者我也可以白得一个美人，也是平生之大幸。”想罢，主意已定，一掀床帷，从床底下钻出来。胜玉环看势不好，往外间屋一撤身，他把秋菊所用的刀先从桌上拿在手中。尹亮说：“美人还说什么？快从我共入罗帷。”胜玉环往院中一跳，说：“淫贼，往哪里走？你这里来，我与你势不两立！”尹亮追至院内，说：“美人，你趁此从我。你的刀与镖都在我的手中，你还有何能为？”胜玉环气的抡刀就剁，并不还言。那碧桃、秋菊两个丫环连忙鸣起锣来。

前边银头皓叟胜奎他本来是爱夜饮，正与那武杰谈心，说些个武艺，论些个能为。正在高谈阔论之际，听见那后面锣声一响，胜奎说：“不好，这是哪里锣响？”连忙带朴刀与暗器，武杰也带上镖囊，带领李环、李佩说：“咱们快到后边，必是那个贼忘八羔子又回来了，吾是不能饶他的。”李环说：“方才被他砍了我一刀，我已上了铁扇散，伤痕已好。今日必要结果了这个混账东西！”胜奎来至后院，说：“好匹夫，你又来在我这里搅！”那胜玉环见祖父同武杰全皆至此，他把刀一摆，跳出圈外，回到屋中，自己又收拾去了，要换好了衣裳，与贼人再战。那秋菊瞧见尹亮把镖囊朝里，知道他掏不出镖来，说：“你们快拿他，他掏不出镖来，他把我们姑娘的镖袋偷去，系在他的镖袋上，可是里儿朝外，他不能掏镖，你们快用暗器打他罢！”

那武杰眼都气红了，说：“混账忘八羔子！我问你叫什么名字？你要是英雄，你就敢说；你要不是英雄，你就不敢说。”那采花蜂尹亮一听武杰之言，说：“呔！小辈！大太爷我行不更名，坐不改姓，我姓尹名亮，外号人称采花蜂，今日特意来此借盘费。”胜奎借着灯笼火把，看的甚是明白，说：“小辈！你白天在我门首踩道，老夫就知道久矣。今你敢来这里采花，还充好人。你这无知的小辈，我今日不能放你逃走，上天入地，也要拿住你送当官治罪，也叫你知道胜家寨的厉害。”采花蜂尹亮与小蝎子武杰动着手，又见众庄丁围绕，各带兵刃，他又知道这胜家寨不是好惹的，专讲究打暗器，自己的镖又掏不出来，今夜这美人也不能到手，我莫若三十六计走为上策。想罢，说：“呔！蛮子休要逞强，我要失陪了。”武杰说：“你走不了，我非拿住你不算英雄！”紧紧跟在背后。他二人相离一丈多远，采花蜂上房，武杰也上房。二人窜房越脊，到了东南角外围子墙上。采花蜂上墙跳出墙外，武杰也上墙，见采花蜂就在眼前，武杰一脚将采花蜂踢倒，说：“唔呀！你这混账东西，这走不了啦！”李环、李佩也赶到，先用绳捆好贼人，从西边进大门，抬至大厅。不知后事如何，且听下回分解。

第八十八回

群贼聚会溪花庄　苏永禄偷探贼穴

歌曰：

白发渐盈头，莫妄想，莫多忧，为人只要心宽厚。光阴怎留，台阁怎求，容貌镜里今非旧，事都休。及时行乐，快活度春秋。

话说那采花蜂尹亮跳出墙外，被武杰一脚踢倒，捆上抬至大厅，点起灯笼，照耀如同白昼。胜奎听说拿住贼人，他立时吩咐带上来。家人抬至大厅之上放下，胜奎说：“这个人不是采花蜂，你们错拿了。战了半天，还不认的那贼人吗？你们来看看，那个贼他是白净面皮，这个贼是黑紫脸膛，这就不对啦。”那被捆的人说：“你们众位把我放开罢，我有话说。我是河南上蔡县的班头苏永禄，我也是奉县谕来拿采花蜂的。你们要是不信，我那包袱里有海捕公文你瞧。”

且说这苏永禄是从三圣庙与欧阳德、徐胜分手，他要来至胜家寨求五福化毒散、八宝拔毒膏。他白天有巳正之时，就到了那胜家寨。方要进去，只见西边采花蜂正站在胜家大门前往里直瞧。苏永禄藏在一边无人之处。他待尹亮过去，他才暗中找了一个茶馆喝茶，心中说："这采花蜂今日活该被我拿住。胜家寨有名的把式窝儿，他要进去，被人拿住。我明日一早去见这里庄主，把他交给我解送当官消差。要不然叫他送在这本处地面官，我去见见老爷，也就完了我的公事了。"想罢，主意已定，他吃了晚饭，在暗中看那采花蜂的来踪去迹。

天有初鼓之后，采花蜂尹亮从正南上来。在胜家寨的东南墙外，有七八株树，他把随行衣包拴在树上，从这里进去。苏永禄心中一动，说："我的盘费也短少了，不免我把他的包袱取下来，瞧瞧有银子没有？"苏永禄取下包袱，打开一看，瞧见内有二十两银子。他包好了，系在腰中，他想："这采花蜂从这里进去，他必须从这里出来。倘若胜家寨拿不住他，我也不能拿他，不免我想一个主意。"他一瞧那边有一株大杨树，他把他的袋子拴在树上，又接了几接，蹲在那里，心中说道："采花蜂他今日不从这里来便罢，他要从这里来，想要逃走，万万不能。"苏永禄安排好了，听见寨内锣声响亮，不见动静。又听了些时，也不见采花蜂出来，心中疑是必然把采花蜂拿住了。少时又听见一阵锣响，叫喊声喧，忽见墙上一人，定睛一瞧，正是采花蜂。尹亮纵身往下一跳，又往前一跑。苏永禄一抖袋子，把采花蜂抖倒过去，按倒在地。方要用袋子捆时，背后一脚把苏永禄踢倒，采花蜂尹亮扒起来逃走了。

武杰上来，把苏永禄捆上，抬至大厅之内。胜奎说："你叫什么名字？"苏永禄说："你瞧我那包袱内有海捕公文，我名叫苏永禄。"胜奎打开他的包袱看，见有一封书信，一纸婚书，正是武杰的书信，也有武杰的回信，问："你这两封书信，是从哪里来的？"苏永禄把那三圣庙请徐胜捉拿采花蜂，在庙内遇见欧阳德丢婚书之故，说了一番。胜奎把苏永禄放开，说："这到难为你了，这可真不对。"苏永禄说："庄主还须赏五福化毒散、八宝拔毒膏两份，我有一个朋友醉尉迟冯玉，他中了毒药镖伤，被采花蜂所打。"胜奎说："那采花蜂他所练的刀法，所打的毒镖武技，是吾门中的传授，不知他是何人的门徒？”苏永禄说：“这个人的来历我倒不知。我听人传说，打毒药镖在南边就是神弹子火龙驹戴胜其，他还传授两个徒弟，并不知姓名，或者是他的门徒。”胜奎说：“戴胜其是我门中弟子，吾久已知道他出了家也。他为何又收下这万恶的徒弟，真真可恨！我给你拿药去。”胜奎到后面把药取来，交给苏永禄。苏永禄当时告辞，去了保安二府衙门，找着赛叔宝陈清，给了他药与膏药，解救那冯玉，下余之药寄到家中救他大哥，暂且不表。

单说苏永禄自己仍然各处寻访采花蜂的下落。他心中又急，又不是贼人的对手，他想着只要访着那采花蜂在哪里住，他好去捉他去，自己也好请人帮助。这日他正往西北去访，想要出宣化府往西走，在各处访贼，又奔怀安县去。自己犹疑之际，正走着，天气炎热，想要找一个村庄歇息歇息。转过一个山坡，见正西黑暗暗，树木森森，是一所大庄院。只见眼前有一土台，土台之上站定十数个人，内有采花蜂尹亮、青毛狮子吴太山、大斧将赛咬金樊成、赤发灵官马道青、赛瘟神戴成、金眼骆驼唐治古、火眼狻猊杨治明、双麒麟吴铎、并獬豸武峰、红眼狼杨春、黄毛犼李吉、金鞭将杜瑞、花叉将杜茂、钻天鹞子段文成、赛李逵蒋旺，这伙人都是江洋大盗。内中还有金刀将于景龙、燕子风飞腿袁天化、镇八方神镖孟小平，这都是高来高去、飞檐走壁之人。苏永禄并不认识，心中说：“采花蜂他一个人我尚且赢不了他，何况这些人？我一个人更不能是他等的对手了，我不免在暗中偷看，再作道理。”主意定了。

这采花蜂尹亮他自胜家寨逃在溪花庄，这里庄主姓花名得云，乃是北新庄花得雨的二哥。他也是裕王府的皇粮庄头，他练的一身本领，专爱结交天下英雄。他手下有一个钻天鹞子段文成、金刀将于景龙、燕子风飞腿袁天化、镇八方神镖孟小平。这四个人，都会飞檐走壁之能，均是江洋大盗，在溪花庄上保着花得云，结交天下英雄。后来又来了一个赛李逵蒋旺。在此坐地分赃，招纳各处英雄。青毛狮子吴太山等众人来至这里投奔他，大斧将赛咬金樊成等也投在这里，今日采花蜂尹亮又投到这里来。

众人跟随来到庄外土台眺望。苏永禄看的明白，他心中说：“这里是赃窝儿，我暗中莫教他看见了，我自有主意。今夜我探听明白，明日我去调官兵来剿拿他等。”想罢，找了一个僻静之所，吃了晚饭。心中说：“我要探访明白，我好去宣化府禀报钦差彭大人，求他给我派官兵，或者派他手下英雄亦好。”主意已定，他立刻收拾好了，进了溪花庄。飞身上房，在各处一看，见那边灯光隐隐。他窜房越脊，直向西走，到了花得云的住房，前后共有一百五十多间。苏永禄正往前走，猛抬头见一片灯光，这是一所花园，内有各种奇花。东南是正房五间，花厅东西各有配房三间，南房五间。这个院是绿林人所住之处，那正房后边全是格扇，打开北望，可以玩花。西边还有望月楼、避暑庄、逍遥阁、芙蓉轩、安乐斋，暖阁凉亭、游斋跨厅，牡丹亭、蔷薇架、合欢楼、翡翠轩、月牙河、小舟、桂林、梅雾各样景致。

这花得云他坐地分赃，乃是有名的英雄，手内银钱又广。今夜在北花厅上摆酒，给采花蜂接风，商议着要害死彭公，替他四弟花得雨报仇雪恨，这是他一番心意。苏永禄在后窗户往里一瞧那里边高高矮矮、胖胖瘦瘦、丑丑俊俊，都是三山五岳的英雄，四海九州的豪杰。花得云坐在当中，说：“尹贤弟，你今来此，给我想个主意，替我四弟报仇。我那三弟他在怀安县，也知道这个信息，他遣钻天鹞子段文成来至我这里，要约请各路英雄刺杀彭钦差，替我四弟报仇雪恨。”尹亮说：“这也不难，我同一个朋友到他公馆，夜内行刺，杀了他就完了。”

金刀将于景龙他回头见后窗户有个窟窿，瞧见有一个人，他性情粗暴，说：“众位不好了！后窗户有奸细暗探消息。你们快拿兵刃，去拿这奸细。”苏永禄听了，吓的浑身是汗，说：“我一个人要跑也跑不了，要动手也不是人家的对手，我今日要死在溪花庄了。”听见大厅内一乱，他回头瞧见一株大树，苏永禄连忙上树藏躲，伏在树上不敢出气。花得云这伙人来至外面，各处一找，并无一人。段文成说：“于贤弟你竟造谣言，这里哪有人呢？我想咱们这里并未作案，哪有人来这里暗探呢？”于景龙被众人说了他一番，他自觉无趣。大家回至大厅，齐说于景龙他眼花了，闹起鬼来了。

苏永禄吓的两眼发直，见众人全皆进了大厅，他才慢慢的下来，心中说：“三十六计，走为上计。我急速上宣化府，到彭大人那里邀请几位英雄，来至溪花庄捉拿这伙贼人。”自己心中说：“好险，好险！”正自害怕，忽然看见后面有一个人追奔前来，心中更是害怕，说：“不好！有贼追下来了。这个人脚程甚快，我须快跑方好。”苏永禄他在前头跑，后边那人直追他。他急了，见在前边有一个坟茔，内有跨栏墙，正中有宫门。苏永禄料想跑不了，飞身跳进跨栏墙，自己隐藏，也不敢出去。暗中隔着那古路钱的窟窿，往外一看，见那人围着跨栏墙往里直瞧，并不走开。苏永禄见那人是要拿他，他心中说：“莫若我走为上策。”想罢，飞身往外一跑。方要逃走，只见那人过来一脚，把苏永禄踢倒，按在地下说：“你往哪里走？我哥哥还说你是英雄，原来是一个无名小辈。”吓的苏永禄战战兢兢。不知后事如何，且听下回分解。

第八十九回

粉金刚暗探溪花庄　苏永禄定计拿淫贼

歌曰：

白发渐盈头，烦恼事，付水流，机关今日才参透。谋虑都休，挂碍都丢，携酒颠痴学醉流，不系舟。及时行乐，快活任遨游。

话说雨雪豹苏永禄被人按倒在地，那人说："采花蜂，你这可跑不了！"苏永禄说："你这个人说话耳音甚熟，我不是采花蜂，我叫苏永禄。"那人说："原来是苏二哥。我名徐胜，是奉大人之命，派我三人来捉拿采花蜂尹亮。只因我跟你分手之后，我到公馆，见了大人回明了，说闹采花蜂在各处采花，大人派我与水底蛟龙高通海、多臂膀刘德太我三个人来拿这采花蜂。我白天访的明白，采花蜂尹亮在这里住着。我正在村内访查下落，忽见你从里面出来，我拿你当采花蜂啦，我追至此处。"苏永禄说："采花蜂尹亮他已然在这里，合那群贼在为一处吃酒，内有青毛狮子吴太山等二十多人。我是不敢动手，你要敢去，我就带你前往就是。"粉面金刚徐胜说："你头前带路。"二人言明，站起身来，重扑溪花庄去。苏永禄说："我给你在房上瞧望，见机而作。”徐胜说：“不用你帮助，有我一人，足杀的了这伙贼人。”

二人进了庄村，正往前走，只见那边路北就是花得云的住宅。二人上房，从房上又至那所院落，听见里面划拳行令，吃的甚是高兴，你一杯我一盏，杯杯饮尽，盏盏喝干。徐胜扒在后窗户，望里看的甚真，但看见那花得云、钻天鹞子段文成二人在一桌谈心，说要上宣化府去行刺。徐胜正听的出神，那于景龙他一抬头，见后窗户又是一个人影儿。他一想：我这先莫嚷，我自己出去，到外面要看真切，再为动手。金刀将于景龙他到了后面跳下去，徐胜早已看见，抡锤就是一锤，正打在于景龙的面门，他“哎哟”一声，翻身倒于就地，不醒人事，登时身死。

大厅内众人听的一片声喧，各带兵刃来至后院，看见有人，说：“小辈，哪里走？”段文成抡豹尾鞭照徐胜就打，急架相还。花得云率众贼亦来在后院，把那徐胜围住。采花蜂尹亮一想：“我来在溪花庄，寸功未立，我叫天下英雄看我无能，不免我施展暗器罢。我赢了，也叫众人看我采花蜂不是无能之辈。”想罢，掏出那毒药镖来，照定那粉面金刚徐胜就是一镖，正中徐胜的左肩头。徐胜正自动手，被这一镖打在左肩头，不能动手，自己觉着膀背发麻，浑身疼痛。不敢恋战，连忙的把锤花儿一摆，拨打兵刃，打出圈外。他飞身上房，窜房越脊，如履平地相似，逃至墙外。那赛李逵蒋旺、钻天鹞子段文成二人，带众人往外就追，齐说：“莫放走了这个小辈，务要把他拿住，碎尸万段就是了！”采花蜂尹亮说：“这办案之人他跟下我来了，你们千万莫放走了他，总要拿他。”众人答应。

徐胜觉着镖伤麻木，疼痛连心，头眩眼黑，心里发闹，两腿发软，恨不能一步飞上天去才好。自己慌不择路，走了有四五里之遥，听见那后面追声渐远。他见路北有一座古庙，徐胜料想跑不开，他一推庙门就推开了，连忙关上，把门插好了。他看北边是三间大殿，槅扇全坏了，东西配房已塌，并无僧道，只有院墙还整齐些。他疼的浑身是汗，把山门靠住了，听一听那边大道上众贼追到这里，齐说：“往这里跑来的。他如何能跑的那么快呢？我们还须留神，往下追去。”花得云说：“他跑不开，许藏在庙亦未可定。你我进这山神庙，你我看是有没有？”段文成说：“不能，莫耽误了，往下追罢。”众贼又听那采花蜂尹亮说：“众位英雄不必害怕，就让逃走了，他已然中了毒药镖，他三天也得烂死，不能活的。”众人追了有四五里路，并不见那徐胜的下落。众人无奈，回头说：“今日饶了他，让他落一个全尸首罢。”内有赛李逵蒋旺：“你们头前走罢，我要出恭，你莫笑话我。”众人答应，说说笑笑的一同往西去了。

徐胜在山神庙内，倚着门，听见众人都在那大道上过去。他镖伤疼痛难受，大骂贼人：“我徐胜无辜的受了他一毒药镖，我死在这里，公馆也无人知晓，无人给我报仇雪恨。我把采花蜂这狗娘养的，这花得云无知鼠辈，我想不到今日丧在这里！我徐胜堂堂正正奇男子，烈烈轰轰大丈夫，我一旦丧在匹夫之手，我万不能与他干休善罢！我要死在地府阴曹，只要我的灵魂不散，我作了鬼也要拿你们报仇！”

正骂着，那赛李逵蒋旺才出完了恭，正走到这里，听见路旁破庙之内正是粉面金刚徐胜，他大骂贼人。赛李逵手拿加钢斧，来至山门前说：“小辈，原来你没有走哇，藏在这里，我也要把你掏出来。想要逃走，是比登天还难。”徐胜听见有人说话，伤痕疼痛，不能动转，紧倚着山门说：“你是什么人来推门？”赛李逵蒋旺说：“我姓蒋名旺，绰号人称赛李逵。你是衙门中办案之人，咱们是冤家对头。”连推了几下门，推不开，蒋旺说：“好！我不从门内进去，我从墙上跳过去，拿他就是了。”蒋旺飞身上墙，跳进院中去。徐胜是站不起来，看那蒋旺身高七尺，面如刃铁，黑中透亮，亮中透黑，粗眉直立，怪目圆翻，手抡加钢斧，直扑徐胜而来。徐胜说：“呀！蒋旺，你识英雄，我徐胜乃是英雄，你今是绿林贼子，犬吠尧主，各为其主，你拿斧子过来，照定我头上，给我一斧子，咱们两个人结个鬼缘。你可别送我上溪花庄凌辱我。”蒋旺说：“好！你既说到这里，我姓蒋的与你结个鬼缘，我就给你一斧子罢！”过去，抡加钢斧向前，那徐胜一闭二目，竟等人头落地，他也不看那蒋旺。蒋旺方要抡加钢斧，听见大殿有人说：“呔！小辈！休要伤白虎星君，吾神的法宝来取你！”蒋旺吓了一跳，一回头，只见白茫茫、黑暗暗一宗物件扑奔面门而来，要躲也躲不开了，“扑哧”一声正打在那面门之上，“哎哟”一声倒于就地。

徐胜听见，抬头一看，只见从大殿上出来一人，赤身露体，扑奔蒋旺，按倒在地，把蒋旺捆上。徐胜一看那人是水底蛟龙高通海，徐胜说：“高大哥，你救我回归公馆之内。你去到胜家寨去，给我求一点五福化毒散、八宝拔毒膏，救我这条性命，我也感念你的好处。”高通海说：“别忙，我先把他的衣服剥下来，我穿上，然后再说再议就是了。”

诸君不知高通海是从何处来至这里呢？因他从奉彭大人之命，派他与刘芳、徐胜三人拿采花蜂尹亮。三人分手，高通海他顺路往西走了有七八里路，见南边有一片苇塘，当中有一片水坑，内有几个人在内洗澡。高通海走的急，天气炎热，他也想要洗洗澡，他把衣服脱去，跳下坑去，他想要施展施展水性。那些洗澡之人都不敢往深处去，都在浅水中。他往里把平生之技一施展，分水蹲入水底下。他所练都是出奇之能，练完了，他上来看见那几个洗澡之人踪迹不见，他的衣服也没有了，连他的铁片刀也没了。他自己一楞，心中说：这下子可坑了我啦！我是不能去拿贼去啦！我往哪里去躲避一天，再打主意？候至天晚，再回公馆，也不敢进村庄去。他上来出了芦苇塘，见正北有一座山神七圣祠，他一推山门，门内堵住。飞身跳进院去，在北边大殿内，看那庙均都坏了，被风雨摧残，他推门进到里面，并无僧道，东西配房也都塌了，他把门关上，连急带气，他倒于大殿供桌上坐下，说：“我高通海再没想到今日这样受害。”自言自语的，他倒在供桌上睡着了。方才徐胜与蒋旺二人说话，把他惊醒了，他听见蒋旺要砍徐胜，手无寸铁，又无衣服，赤身露体的，连忙把供桌上的铁香炉取下来，照定蒋旺说：“呔！好小辈，休伤白虎星君，吾神拿你！”一香炉正打在蒋旺的面门之上，登时栽倒，被高通海按倒捆上，把衣服剥下来，自己穿上。就是两只快靴，高通海穿不得，太大。他趁着蒋旺还未缓醒过来，他把他的口堵上，把徐胜送至东边大殿台阶之上，这里把山门大开。心里想着：“这溪花庄他们回去，瞧见少了一个人，必派人来找，这里把山门开开，把这个人叫他站在山门之内，我在他身背后就是了。”高源一瞧蒋旺脸上净血，怕人看见，把地下香灰捏了一把，抹在他脸上。蒋旺急的嚷不出来，闷生气。高源把他立在山门以内，他在他身后，一要那斧子，抡动如飞。

单说花得云他们众人回至庄内，到了大厅之上，等了有两刻之功，不见赛李逵蒋旺回来。花得云说：“这厮他往哪里去了？真正奇怪。莫非是办案的人在暗处藏着，他瞧见蒋旺落了单，他被人拿了去了也未可定。哪位去看一看去？”旁边有镇八方神镖孟小平说：“我去找他去。”花得云说：“多要留神。见着他，叫他早些回来就是。”

孟小平他飞也似出了庄门，走至七圣祠山门里，听见山门那里“呕”了一声，吓了孟小平一跳。他抬头一看，见山门站定一人，披头散发，抡着双斧，“呕呕”直叫。孟小平打了一个冷战，掏出镖来，照定那人就是一镖，正打在蒋旺的前心，当时身死。高通海在那蒋旺死尸背后，扶着不叫他跌下，还叫他立着，他又要那两把斧子。孟小平说：“真怪！这一镖已然打着，为何他死尸不倒？我去看看去。”他方至山门以外，见那死尸照他一窜，他一闪身未躲开，被死尸冲倒，高源趁势一斧，正劈在那孟小平的头顶之上。他劈下来半个耳朵来，他又捆上孟小平。他把蒋旺送在庙内，他把孟小平手脚捆上，把靴子脱下来，高源穿上正正合式。又把这个辫子拆开，又把他脸上用香灰一抹，他还在那山门里一站，把这个孟小平放在前头，他又要起这个人来。

忽听村庄里又出来三个人来找。孟小平老不回去，他想这事好奇怪，找人的也不回来了。采花蜂尹亮说："我去看看。"双麒麟吴铎、并獬豸武峰二人说："我二人也跟了去就是了。"三人各带兵刃出溪花庄，到了这七圣祠，听见那山门里有鬼叫，抬头一看，见一个耍斧子的披散着头发。采花蜂掏出镖来，照定那人就是一镖，把孟小平也给打死了。高源把死尸往外一扔说："呔！吾神来也！"一扔尸身，没打着采花蜂。他跳出来说："吾神拿你！"吓的吴铎、武峰二人连忙逃跑，不敢回头。采花蜂说："不要跑，吾自有道理。"拉刀照定那高源就砍，高源用斧相迎，二人杀在一处。那高源哪是采花蜂尹亮的对手？高源说："你是什么人？快通名上来，爷斧下不死无名之鬼。"尹亮说："大太爷我姓尹名亮，外号人称采花蜂便是。你是何人？快通名来。"高源说："我姓高名源，表字通海，绰号人称水底蛟龙。你就是采花蜂，我自有主意拿你。我乃高法官是也，专会勾神请将，我一念咒，叫天兵天将来拿你。"说着话，他直往东败。

尹亮一动手，就知道高通海不是他的敌手，亦知他的能为武技不成，往下急追，说："小辈，你不必吓唬我，我全不怕。"高源说："你不怕，但看你怕不怕？高法官我要念咒了。"说着，他嘴里就嘟囔几句说："值年太岁帮我拿这采花蜂淫贼！"正走在这座树林之中，忽听半空中有人说："吾神乃值年太岁是也。采花蜂休要逃走！"不知后事如何，且听下回分解。

第九十回

神手将拿获淫贼　赤松林路逢群寇

歌曰：

何事妄求全，不饥寒，就感天，莫叫忧虑催韶箭。要收心猿，要种心田，欢呼啸傲身强健，让神仙。及时行乐，快活过流年。

话说采花蜂尹亮正追高源，高源他本来不会使斧子，他急了，怕被人拿住，他心中造起谣言来了，说他会请神帮助，一念咒说："值年太岁，不到等待何时？"听半空中树上一声："吾神来也！"吓了采花蜂一跳，回头就跑。高源他本是造谣言，见树上跳下一人，细看原是一个紫面的男子，瞧着好面善，一时间想不起来，说："朋友，你是谁呀？救了我一命。"那人说："高源兄弟不认识我了，咱们都是河南人，你在上蔡县剿灭宋家堡之时，我曾见过尊驾。我又是令尊大人的徒侄，咱们都是一门中人，你忘了不成？我叫苏永禄。"高源说："甚好！你我是千里有缘，你是从哪里来？"苏永禄说："我是从上蔡县来拿采花蜂尹亮。"自己把上项之事，细说了一番。

二人正说着，那边采花蜂尹亮早听的明白，说："好两个无名小辈！你等往哪里走？吾要全结果你们的性命。”原来尹亮他未有走远，他竟在西边听着，说：“好两个匹夫！吾来拿你！”尹亮飞也相似来至这里，他抡刀就砍。苏永禄、高源二人只有招架之功，并无还手之力。两个人也不是尹亮的对手，只累的浑身是汗，遍体生津，歇唏带喘。

正自动手之际，忽见那南边大道上有七八个骡驮子，四个骡夫，两个骑马之人跟着，蒙蒙月色，看的甚真。见那边三人动手，杀的难解难分，只见那边说：“三庆儿，你瞧那边是路劫罢，咱们去看看。”原来大道上来者是神手大将纪有德，他是要往宣化府去发点果子，顺便要把儿子提拔提拔，叫他们帮助在彭大人台前说说，要跟着效力当差。他知道要到大同府拿傅国恩，别人不成，非他不可，故此他带领儿子一来散逛，发卖果子，二来要见大人。他们带着四个庄丁押着驮子。这日起的太早，走至溪花庄，他们绕道要进宣化府西门，那里是果市。在这里，他看见那道上三个人动手，看的甚真，叫把驮子站住，他立刻带着那三庆儿，是他儿子，学名叫纪逢春，绰号称打虎太保，他一摆刀过来，一看高通海与一个不认识之人正与采花蜂动手。他抡刀过去，说：“高源不要害怕，我来帮助拿淫贼。”高源看是纪有德，他知道有了帮手了。他说：“姑夫，你老人家快来，合我兄弟纪逢春，急速快拿这采花蜂！”苏永禄说：“老英雄，我是上蔡县的班头苏永禄是也。因为他，我披星戴月，求老英雄把他拿住，方能与我消差，我一家骨肉团圆。我每日烧香，报你老人家厚恩就是了。”纪有德说：“你不必为难，我来把他拿住就是了。”采花蜂正戏耍高源、苏永禄这二人，忽然来了这父子两帮手，手法精通，也容不出他掏镖的工夫来。几个照面，被纪逢春撒手扔锤，照定他前胸就是一下，把尹亮冲了一个跟头，退去捆上。

高源说：“拿住甚好。还须求一位到胜家寨，求点五福化毒散、八宝拔毒膏。那徐胜叫尹亮拿毒镖打了。”纪有德问：“现在哪里？”

高源说："现在七圣祠小庙里，未知死活。"纪有德听说这话，说："这伤万不容缓，我去到胜家寨去，我与胜三哥二人素有来往。你们去两个人，先把徐胜倒换背到公馆，我至正午必到。"那采花蜂尹亮直骂不绝，他二人立刻把尹亮捆好了，把杏儿扔了些个，把尹亮放在那筐里，叫苏永禄跟着这驮子送至宣化府，叫纪逢春跟高源去背徐胜，大家在公馆中见。纪有德分派已毕，急上马奔胜家寨去了。

不表他奔胜家寨。单说那纪逢春生来力大无穷，又爱习练，其笨无比，就练定一对短把轧油锤，重有十八斤。他同高源二人至山神庙，把徐胜背起来，顺大路直奔宣化府而来。

再说头前那骡驮子，苏永禄押着，有四个庄丁。走了有二里之遥，只见眼前一伙人说："站住别走，你们是作什么的？"那苏永禄一瞧，都是溪花庄之人。钻天鹞子段文成，他带同燕子风飞腿袁天化等十数人，是听见吴铎探听明白，大家先从抄道绕至此处，在这里劫住。苏永禄也不敢过去，知道寡不敌众，那四个庄丁也吓的不敢言语。段文成说："莫走，我们看看他。"众人一找，驮子里面找出采花蜂尹亮来。把绳儿一抖，众贼一找，并无一人跟随。大家吃了几个杏儿，带尹亮去了。四个庄丁跑回来说："苏大爷，你怎么也不敢与他们动手，是怎么一段缘故呢？"苏永禄说："我一人岂是众人的对手。我早就藏在树上。"正说着，高源、纪逢春背着徐胜来至此处，说："怎么站住还不走呀？"苏永禄说："不好了，采花蜂叫人抢了去了啦！"纪逢春说："为何不追？"苏永禄说："我也是不敢追，因寡不敌众，不敢与贼争锋。"三人无奈，叫庄丁护送骡驮子往前行走。到了宣化府，天色大亮，到了那公馆，将徐胜背在屋内，那纪逢春发卖了杏儿。

这神手大将从胜家寨回来，同武杰来至公馆，先给徐胜上了药。彭公病已痊愈，高源上来，把昨日在溪花庄之事回禀过大人。彭公听说："这还了的！这些匪棍，实是要反。刘芳昨日回来说，没有访着下落。你既访真，有帮助你动手的纪家父子，叫上来。”高源出去，带领纪有德来至上房。纪有德给大人请了安，说：“大人此去要到大同，如有用我之处，我必然前来，恳求大人提拔我父子咧！”彭公说：“如有相烦之处，必请台驾协助，共拿反贼。”就赏了纪有德一桌席，派高、刘陪坐饮酒。

大人写信一封，派人给宣化镇，叫他带兵剿灭溪花庄。此时张耀宗已然接印多时了，奉札带兵剿灭溪花庄。即日点兵，到溪花庄一查，花得云闻风率贼逃走，并将全家偕逃。为有七圣祠庙内，还有两个死尸在那里，交本地面官人掩埋。带兵回归，禀明大人彭公知道。

纪有德告辞，带纪逢春去了。武杰服侍徐胜伤痕已好。大人起身，一路交派各处地面官，都要访贼人采花蜂与吴太山等。这日到了怀安县，彭公入了公馆。知县杨文彩参谒大人。彭公说：“这里乃关外之地，你等随处留神，暗访采花蜂等贼人就是了。”彭公次日未曾起马，就听人传言，这怀安县闹采花蜂，贼人闹的甚是厉害。彭公说：“这贼为民之害。我给你等三天限，务要把贼人拿获。”徐胜、武杰、高源、刘芳这四个人，一齐都听大人吩咐，各带兵刃，由公馆起身，暗地采访，四人分为四路。这日，他四人并未回来。

高源与刘芳二人在外面，各村集镇店与庵观寺院全都访到，并无贼人踪迹。至次日回来，在公馆之内，他见管家彭禄儿哭的眼都红了，说：“二位护卫，你们还回来了，这可不好了！大人于昨夜不知哪里去了，公馆的门亦未开，大人在上房睡着，并不知是那来的贼人，将大人偷去，墙上还写了几行字迹。”高源、刘芳二人一听，吓的魂飞千里，连忙到上房之内，一看，见那北边墙上写的是：

彩霞独立站云端，花花世界美名传。
风声一动伤人命，钻冰取火并非难。
天下绿林皆恨你，要拿赃官报仇冤。
子时三更来到此，盗去贪官十豆三。

高源、刘芳二人看罢，正在为难之际，外面武杰、徐胜二人回来，听说此事，急的目瞪口呆，说："此事不好办，你我四个人咱们往各处去找罢。"四人连饭都未用，一夜无话。次日天明起来，四个人吃了些早饭，这才出了公馆。高、刘二人望西北，徐、武二人往东南。

单说高源、刘芳二人往前走了有七八里路，在大道一旁有一座树林，二人歇息。刘芳说："你我二人是钦差手下的差官，这要把大人丢了，这事该当怎么样呢？你我是该得什么罪名呢？"高源说："大人要是真找不着，你我到当官全都是剐罪，要想活命甚难。"刘芳说："要是剐罪，咱二人不如上吊死了倒好，省的受那些个罪过。"高源说："上吊就上吊罢。"二人拴好了套儿，刘芳说："你先伸脑袋。"高源说："你先上吊罢。"刘芳说："咱二人对上吊。"高源说："上吊不好，不如抹脖子好。"刘芳说："抹脖子也好，你先抹罢。"高源说："要抹脖子怪疼的，莫若跳河好。"刘芳说："跳河的事没有我，你想要冤我。你会水，跳河，你赴水走了，我是死了，那可不成。"

二人正说着，高源说："咱再等等死，你看那边采花蜂来了。"刘芳抬头一看，见正南上来了三匹马，飞也似的前来，见头前马上是少年男子，俊品人物，白净面皮，身穿蓝春绸大衫，足登青布快靴，骑的白马。二人上前去说："呔！呔！走啦！你等是从何处来？快快下马受死。"只见当中那个骑马的说："你二人莫非是高源、刘芳，在此何干？"他二人看那说话的人，骑黑花马，他跳下马来，身高七尺，膀大腰圆，头戴马连坡的草帽儿，身穿蓝绸子大衫，足登快靴，四方脸，粗眉阔目，满部花白胡须，年约花甲，精神百倍。二人看罢，连忙上前行礼说："你老人家好哇！"他认的这位爷，乃是姓褚名彪，绰号人称金刀铁背熊，又名黑太岁。他是走口北的镖，这是保着一支镖上大同关交去，现住在怀安县的客店。带领着两个徒侄，一个是八臂哪吒万君兆，与赛时迁朱光祖这二人，要到口外访一个朋友。正走在这里，遇见高源、刘芳，随说："你二人在这里作绿林的买卖了？你们也不看看我等是谁，就敢过来动手？我听人说，你二人现在彭大人那里当差，可有这件事吗？"二人答应说："是。"高源说："你老人家是从京中来？"褚彪说："是。你二人当差，来此何干？"刘芳说："叔父要问我二人之事，提起来一言难尽。只因为我二人保了彭大人，作了差官，保了守备衔，提升千总之职。大人奉旨查办大同府，因那叛臣傅国恩拐印诓兵，私造了一座画春园，占了方圆五百余里的山场，招兵买马，积草屯粮。大人前日到了这怀安县的地面，查访此处有一个淫贼名叫采花蜂尹亮，他闹的各处十分厉害。大人派我们四人在各处访拿贼人。不料昨夜公馆无人，彭公被贼人盗去。我二人归公馆听了这件事，我们一点主意皆无。我二人来至这里寻找已遍，并无下落。实在无法，故此在这里想要上吊，谁料你老人家同二位兄弟来了。你老可知道，此处有绿林中人没有呢？"褚彪说："此处倒有一位，他也与彭大人无仇，都是自己人，你二人谅也知道。"高源说："他是谁？"褚彪说："他与你父亲相好，姓贾名亮，人称花驴贾亮。"刘芳、高源说："我二人实不知道。朱、万二位贤弟，同我们二人到贾大叔那里请安，就请示，谅他是此处的地理图，无有不知道的事。"

他五人一同往西，到了梅花岛小蓬莱山庄贾亮的门首，叫门。贾亮正要出门，听见有人叩门，叫家人贾顺开门。他也迎出来一看，是故友褚彪，带着高源、刘芳、朱光祖、万君兆五个人。大家见礼已毕，进了大门，让在北房中落座。褚彪就把丢大人的话说了一遍。贾亮说："这里绿林人还有谁呢？"他一摇头说："无人无人，这此地的我均知道。"忽听西屋里说："爹爹忘了吗？你老人家瞧瞧那墙上贴的那名帖，想是他罢。"贾亮同众人抬头一看，不知此人是谁，且看下回分解。

第九十一回

怀安县贼寇劫钦差　蓬莱庄贾亮定巧计

诗曰：

世事短如春梦，人情薄似秋云。
不须计较劳心，万事原来有命。
幸遇三杯美酒，况逢一朵花新。
片时欢笑相亲，明日阴晴未定。

话说贾亮听褚彪之言，他心中思想，这此处并无有绿林之人。正在想念之际，听见那西屋里他女儿贾赛花说："爹爹你忘了不成，那墙上有一个名片，你看那就是绿林中人，他请过你老人家。"贾亮看那墙上写的是花得雷三个字，忽然想起霸王庄来。他心中说："这件事可不好办。那霸王庄他家有绿林英雄不少。庄主花得雷练的一身好工夫，招聚江洋大盗，他曾遣人前来请我入伙，我并未入伙。我听说他家有招贤馆，聚天下英雄好汉。他有兄弟四人，大哥花得霖，他远走西下，并无音信。他行二，名得雷。他三弟是花得云。他四弟花得雨被彭大人在北新庄给杀了。他招聚各路的绿林，又有他三弟带着些人来至霸王庄，要与他四弟报仇雪恨。他家离我这里有六七里路，他那所宅院是方圆四五里路，院内有些埋伏，里面赃坑、净坑、梅花坑，立刀、窝刀，弩药箭，各样的埋伏。”刘芳说：“他家有什么能人？”贾亮说：“我都不知名姓。”褚彪说：“要不然，你我今夜去探探这霸王庄形迹再议。朱光祖、万君兆，你二人去保着镖先走，到大同府等候，我随后就到。”朱光祖领命，二人走了。

贾亮预备晚饭，四人用了晚饭，各带兵刃收拾好了，一同起身。要夜探霸王庄，探听大人是在那里无有。“如果钦差大人在那里之时，可以调兵剿拿贼人就是了；如果大人没在那里，你我再另作主意就是。”四人言罢，各带兵器，这才起身，到了霸王庄，天有初鼓之后。贾亮行走之间，忽然两个跟头栽倒于地，不能动转。褚彪、高源、刘芳三人连忙过来，说：“这段事又要不好，你老人家是怎么样了？”贾亮说：“我有一个心疼的病症，今日犯了，我实不能前往。高源，你送我归家。”高源、刘芳二人亦无法了，说：“我二人送你老人家归家就是。”二人背起贾亮来，回蓬莱山庄。褚彪说：“你等自管回去，我自有道理。”褚彪说：“我去到里边探访明白就是了。”

褚彪跳进霸王庄去，他施展飞檐走壁之能，窜房越脊，如履平地相似。正然往各处寻找，忽然脚下一轻，正登在滚瓦之上，翻身倒于就地。串铃一响，各处都知道了，跳出些庄丁来，把那褚彪捆上，送至大厅之上。两旁站立多人，大厅五间都是。坐位当中坐的是花得雷、花得云，两边坐的是溪花庄的人，有燕子风飞腿袁天化、钻天鹞子段文成、青毛狮子吴太山、金银骆驼唐治古、火眼狻猊杨治明、双麒麟吴铎、并獬豸武峰、红眼狼杨春、黄毛犼李吉、金鞭将杜瑞、花叉将杜茂、采花蜂尹亮。这些人正在吃酒之际，听见传锣响，少时家人报说：“滚瓦墙拿住一个奸细。”花得雷说：“抬上来！”家人出去，不多时把那褚彪抬至大厅之内。褚彪破口大骂。花得雷说：“来人，把他给我乱刃分尸就是。”旁有钻天鹞子段文成说：“且慢着。那位莫非是褚大哥吗？你不是保了北路镖啦，为何来至这里？请道其详。”

他过去把绳扣解开。褚彪说："我访友来至这里，听说霸王庄有绿林中人聚会，夜来探访，不想被人拿住。"段文成说："你没有保镖，就在这里罢了，我给你引见引见。"带着褚彪，给众人引见。褚彪心中说："我至这里，又不知是彭钦差大人在这里没在这里？我也不知道，莫若我探听他的口气就是了。"想罢，说："庄主威镇口北，无人不知。我久仰大名，今幸得会尊颜，实乃三生有幸也。"花得雷说："老义士乃侠义之人，来至敝庄，我等实是粗鲁。"褚彪说："都是自己的人，何必分别呢？"褚彪说："我今来探此处，得遇庄主知遇之恩。我探听一事，不敢隐瞒，现今有一个查办大同府的钦差彭大人，手下广有英雄。他前在北新庄办庄主你的四弟花得雨，今他住怀安县，怕的是内有隐情。店主多多留神小心，怕的是有他的人前来探访。"花得雷听褚彪之言，说："老英雄请放宽心。那彭钦差他要拿我，焉得能够？早已被吾的朋友，把他擒来了。"褚彪听到这里，说："原来庄主先下手了，把钦差彭大人拿来，必是乱刃分尸，替四庄主报仇雪恨哪！"花得雷说："正是如此。"

再说彭公怎么被这贼人拿来呢？因彭公在公馆无事，自己灯下看书。天有三更之时，听的帘子一响，大人抬头看，不见有人，自己只是看书。闻见有一阵异香之味，他不知不觉，迷迷离离，扶在桌上不能动转，昏迷过去了，不省人事。连书童都受了熏香。外面是采花蜂尹亮、钻天鹞子段文成二人。因从溪花庄逃走至霸王庄花得雷这里，群贼会合在一处。花得雷与吴太山是知己之交，都是换心的交谊，又有燕子风飞腿袁天化等，都在这霸王庄招贤馆内。花得雷款待众人，说："列位仁兄，众位朋友，我花得雷准是朋友，你们哪一位把彭大人或杀他，或行刺，替我四弟报仇？"旁有段文成说："花大哥，你要活彭大人死彭大人呢？"花得雷说："活彭大人拿来甚好，你谈何容易呢？我要领教。"段文成说："庄主在家中，候我三日回来，必将彭大人拿来就是了。"采花蜂说："我同兄长前往。"二人计议已好，一同收拾起身，在道上无话。

到了怀安县，住在店内，他听人说今日接钦差大人。他与段文成吃完了晚饭，住在这里。次日彭大人到了，住在十字街上路北玉皇庙西边的公馆。二人白天踩得了道，晚晌二更以后，他换好了夜行衣服，二人出了住房，把门带上，留了一个暗记儿，翻身上房。窜房越脊，如履平地相似，到了公馆的院内，见上房灯光隐隐。段文成先给了采花蜂点解药闻上，他会使鸡鸣五鼓追魂香。二人先闻了解药，这才从百宝囊中掏出千里火来，点上熏香，把彭大人熏过去。采花蜂下去，把彭大人背起来，二人要走。尹亮说："不必，我给他留下几句话，写在墙上。你我兄弟二人的暗号儿，也写在那字上。"尹亮研浓了墨，提笔写在墙上。二人背起大人，竟奔霸王庄而去。

这花得雷方才起来，他先叫人把彭大人送在花园八宝弩箭亭之内。他升了大厅，请众位绿林人物。那袁天化、吴太山等齐集大厅之内，花得雷与花得云二人说："今日这事，把彭朋拿来，必须要细细勘问着才是。你众位想是怎么办法？"众人听罢，也有说杀的，也有说放的，其说不一。袁天化说："这段事要杀可不成。彭大人他是大清国的一位钦差，难道说要这们丢了，他们那些差官就不找了吗？这事万不能。倘若找来，这小小的一座霸王庄能挡多少官兵？大兵一到，玉石俱焚。杀官如同造反，这件事要想一个万全之策，从长计议才是。"花得雷说："无妨，我要是杀了他，也无人知晓。即便有人知道，我已投奔大同府画春园那里，他正招兵买马，积草屯粮，早晚其成大事。这也是天助我成功，杀了彭大人，也替傅国恩他除去一害。你等想想对不对？"大家齐说："也好。"只见从旁边过来一个家人，说："大爷，这件事，依奴才之见，莫若不必杀，暂时收在八宝弩箭亭之内，也给他吃的喝的就是。等候彭大人那手下之人，或是来找，咱们拿住他们，这是一网打尽。如拿不住，听他那边风声怎么样，然后再为办理。"花得云一听，说："也好，你就派四个人看着就是了。"

家人下去，到了后边花园之内。他知道这个弩箭亭是四面都是埋伏，要脚登着那诸葛连珠弩箭，厉害无比，人准死无挪。他先把削器的总弦上好了，然后他开开门，先给了大人一碗水喝。大人正迷迷昏昏，不知身在何处。他把大人唤醒，说："大人，你老人家还好哇！认识我不认识？"彭公说："这是哪里？我为何来至此处？"那家人说："大人不知，这是如此如此。"把上项之事细说了一番。彭公说："你是谁呀？我想不起来了。"那家人说："我姓朱名桂芳，乃保定府人。大人前次升河南巡抚，误走连洼庄，我要救大人，未得其便，被人走漏了消息，我也没敢回去，我自己逃在这里。我料想不能再见大人之面了，不想今日在此相遇，实三生之幸也。你老人家自管放心，我就上公馆送一个信，自有人前来救你。你可写一封书字给我就是。"彭公忙说："甚好！你快取笔砚来。"朱桂芳取来笔砚，大人写了一个字儿，交给朱桂芳说："你送至怀安县我的公馆之内，到那里找着姓高的、姓刘的均可，信要面交为是。"朱桂芳说："明日要去制办他作生日所用之物，我就可去了。大人请放宽心，都有我咧。"彭公说："你去罢。"朱桂芳又取来一壶茶，又拿来一匣子饽饽，说："大人请罢。"他把笔砚拿过去，自己带好了书信。

天色已晚，大众前厅饮酒，正然拿住褚彪，段文成说："褚兄，你来的甚好。这里正想找一位英雄帮助，你来了，就在这里。"给众人引见。因与花得雷谈心说话，说起拿了彭大人，褚彪问："是杀了，给花四爷报了仇啦？"花得雷说："并没有杀。"心中又想："这人来的凑巧，也许来探彭大人的下落来了，也未可定。不免我问问他。"想罢，说："褚老英雄，这彭大人是被我的两个心腹朋友背来的。你我都是一家人，也不瞒你，我告诉你罢，是采花蜂尹亮贤弟同段文成二人办的。我把他放在弩箭亭之内，我也没有准主意了，我请问请问，是杀了好，是放了好呀？"褚彪听花得雷这一片话，他心中说："这件事可不好说。我要说杀了好，他真要杀了，大人性命休矣；我要说放了，他说我与彭大人串通一气，更不好办了。这件事我只可如此如此。”想罢，说：“庄主，这彭大人要拿来，这事倒不好办啦。杀了也不好。头一件是奉旨的钦差，要真杀了他，这杀官情如造反，这事要地面官知道，一角文书到上司那里去，官兵一到，玉石俱焚，小小的霸王庄能挡的了多少官兵，庄主详情。”花得雷听了说：“杀不的，莫非放了他不成吗？”褚彪说：“放不的。擒虎容易放虎难。这要一放，倘若他调了官兵来，也是不便。莫若探听外面风声，再作计较。”花氏兄弟听说：“也好。”天晚各自安歇。

次日天明起来，家人朱桂芳说：“大爷千秋之辰快到，奴才早作预备，今年朋友又多，奴才请示备办什么酒席？我好去办理。”花得雷说：“我都忘了，你到账房去告诉他，按例办罢。”朱桂芳答应下去，带了银子，来至怀安县城内，找着钦差公馆，到了门上说：“烦你众位的驾，到里边回禀一声，就说是我来投信，找一位姓高的、姓刘的，有要紧的话说。”正问着，只见由西边高、刘同欧阳德三人自蓬莱山庄贾亮家中来。高、刘二人送贾亮到家，褚彪探溪花庄去了。他二人回公馆，给徐、武二人送信，走至半路，遇见欧阳德，三人言说彭公之事，一同来至公馆，正接朱桂芳打听要找高、刘二位。那听差的人说：“这二位就是跟彭钦差大人的，姓高，那位姓刘。”朱桂芳说：“我来找二位，有要紧机密大事相见，并有字柬，二位请看。”高通海说：“你跟我来。”三人带朱桂芳来至上房，徐胜、武杰正在为难之际，见他们来了，心中喜悦，说：“高大哥访的怎么样呢？”高源说：“有信。”接过朱桂芳的书来一看，须要群雄定计，共破霸王庄。且看下回分解。

第九十二回

朱桂芳公馆送信　定妙策共破贼巢

词曰：

日日深杯酒满，朝朝小圃花开。
自歌自舞开怀，且喜无拘无碍。
青史几番春梦，红尘多少奇才。
不须计较安排，领取而今现在。

话说那高通海接过书信来，问："你是从哪里来？姓什么？这是何人的信？请道其详。"朱桂芳把自己来历从头至尾细说一遍，高通海等才知大人的下落。打开书字一看，上写：

字谕高源、刘芳、徐胜、武杰汝四人知之：因吾夜贪看书，受贼人的巧计，背我至霸王庄花得雷家中。我身入死地，皆因一时不防之过。幸遇家人朱桂芳，他设法护庇。今遣他送信一纸，汝四人见字，不可声彰，须定妙策，救出贼巢，再拿叛逆之贼可也。慎重慎重。

年　月　日　彭友仁谕

众人看完书字，说："你请办事去罢。你家主人是本月十六日生日，我等自有妙策，你在里面务必作个接应才好。"朱桂芳答应去了。

那欧阳德说："吾有一条妙计，吾去求人前来帮助。他生日的时候，咱们扮作打花鼓的，须有几个女子，好叫他不疑。贾亮他父女，还是太少。"正自愁闷，听见外边有人进来回话，说："今有宣化府协镇大人张耀宗调升大同总兵，来给大人磕头。"高源等说："请进来。"少时张耀宗自外面进来，到了上房，说："高大哥、刘大哥二位兄长，好哇！"又给师兄欧阳德行礼，说："众位都好。不知老师大人在哪里？"刘芳说："你勿提起，是我们官运不济。大人到了这里，派我们拿采花蜂去。不想公馆之内，大人被贼人盗了去。这件事，我们越想越急。"就把已往之事细说一番。张耀宗说："这件事可真不好办，落在霸王庄上。咱们须想一个高明主意，大家去救他老人家去。我是昨日接到公门抄，旨意下来，命我补授大同总镇，毋庸来京陛见。我带着家眷，连我岳父蔡庆他老夫妻，全来至此处。我还说，大人在公馆为何不走呢？我要见见，请示到大同之时，该当怎样办理？"欧阳德说："这件事好了。叫贾亮去带着他女儿，与你岳父岳母，连二位贤妹，都暗带兵刃，到那里好拿他们。"计议好了，先派人请了贾亮来。欧阳德又派人请了蔡庆来。

众人正议论着，外面人来报说："贾爷请到，蔡爷请到。"众人都在东配房之内，说："列位，咱想甚么主意去救大人去？"那蔡庆说："依我之见，事不宜迟，今晚上可以一同前往探听霸王庄之事。"贾亮说："去不的，他家院内都有埋伏，去了恐受其害，反为不美。依我之见，候他十六日的生日那天，我去拜寿。蔡老仁兄，你带着女眷扮作跑马戏、唱女戏的，贼人不防，混进庄去。叫高源、刘芳，你二人保护大人；徐胜、武杰，你二人拿采花蜂尹亮；叫张耀宗知会本处文武官员，合他们带领官兵数百人，在村外哨探，锣响为号。你我与众眷只拿花氏兄弟与采花蜂，余者不足论也。你等且记，我与你敌挡群贼，内里还有褚贤弟。”大家商议明白，就去办理。蔡庆说：“你去拜寿，就说有几样玩艺儿，特意前来奉献。我们进去对了面，知道是谁，就可以拿他。”大家分派已定。贾亮把女儿接来，与窦氏引见，见过蔡金花与张耀英。三人都是少年心性，心投意合。一夜无话。

次日这窦氏先扮好了，三位姑娘暗带军器，套上了两辆太平车。蔡庆带着贾亮，骑他那个花驴，先往霸王庄去。到了那霸王庄，投进名帖去。家人进去，不多时出来说：“我家庄主有请你老人家。”贾亮跟着进去，到了里边说：“在哪里？”家人说：“在东院大客厅之内。”进了两层院落，只见北大厅七间，前出廊后出厦，东西各有配房三间，院子宽大，悬灯结彩，甚是热闹。正北坐定是花得雷、花得云，左有钻天鹞子段文成，右边是燕子风飞腿袁天化，东边是采花蜂尹亮、青毛狮子吴太山、金眼骆驼唐治古、火眼狻猊杨治明、双麟麟吴铎、并獬豸武峰、红眼狼杨春、黄毛犼李吉、金鞭将杜瑞、花叉将杜茂、滚地雷刘清、一条枪景顺、机伶鬼龙大魁这些水旱两路的盗寇。一见花驴贾亮，齐站起身来，说：“老英雄乃当世豪杰，久仰威名。今幸相会，真乃三生有幸也。”贾亮一一问过名姓。见了褚彪，装不知道在这里。他说：“褚贤弟，你这是从哪里来？如何在这里？”褚彪把上项之事细说一番。贾亮说：“我知庄主今日乃千秋之期，特来贵府拜寿。我还送来了一班马戏，有几个女子，都是一身的武艺，练的最精巧无比。”花得雷说：“又叫老英雄破钞，我实是感情不尽。”贾亮说：“都是知己朋友，何必如此过谦？”叫家人去到外面，把那唱马戏之人叫进来练练。

家人答应出去，一看那大门之外有两辆太平车，车上坐着几个妇人女子，都在二十上下年岁，千娇百媚，万种风流。有一个老头儿，一个老婆儿，都是精神百倍。贾亮的驴拴在那车上。家人说：“来的人，你们进到里边来罢，老爷要叫你们，须要小心些。”蔡庆说：“知道了。”“这伙人要是漏网之贼，必然认识我，我须小心点才是。”说：

“女儿，你们收拾收拾，去到里边看看。”蔡金花、张耀英、贾赛花这三个人，跟窦氏到了里边，看那宅院甚是宽大。

到了东跨院之内，花得雷在当中坐定，一看那几个女子，他乃酒色之徒，不由神魂俱消。采花蜂尹亮一看，心中说：“这几个女子都在哪里？我平生未曾看见过这样美人，我今天要留一个才是。”正在胡思乱想之际，花得雷说：“你们不必耍那些玩艺儿，你们过来陪我们吃两杯酒罢。”蔡庆说：“呔！你们休在睡里梦里，我乃铁幡杆蔡庆是也。今日外面官兵已到，四面八方都有埋伏，快拿花得雷与采花蜂尹亮要紧。”蔡庆说罢，一摆虎头钩说：“儿等快拿贼，不许一人漏网！”群贼一听，齐说：“不好！”钻天鹞子段文成、燕子风飞腿袁天化二人，抡刀跳至院中，直奔蔡庆而来。采花蜂尹亮，抡刀直奔张耀英而来。这位夫人蛾眉直立，杏眼圆睁，举刀相迎，杀在一处。那滚地雷刘清、一条枪景顺、机伶鬼龙大魁这三人，摆开兵刃，齐奔金头蜈蚣窦氏与蔡金花、贾赛花。那边青毛狮子吴太山、红眼狼杨春、黄毛犼李吉等各摆兵刃动手。褚彪与贾亮说：“好！你们这不知王法之贼，我来结果你等性命！”摆刀跳至当中，助蔡庆与群雄战在一处。

单说机伶鬼龙大魁他见这些人动手，他带兵刃跳出圈外，要去杀了彭大人，以除后患。他又是这里花得雷的心腹人，他到了后花园八宝弩箭亭那里，说：“呔！你等看守之人，趁此把门开开，我奉庄主之命，特意来杀这狗官。”朱桂芳听了龙大魁之言，吓了一跳，心中说：“这可不好！”不免用话支开。他听的前院之中人声一片闹闹烘烘，遂说道：“龙大爷，你有所不知，这里我们众人是奉庄主爷的命在此看守。他说了，非他老人家叫我们开门，我们不敢开。要我们私自开门，庄主说要了我们的命呢。”龙大魁说：“你们只管开门，与你等无干，我也是你们庄主的心腹人。”正说着，房上跳下一人，抡刀照定龙大魁就是一刀。龙大魁抬头一看，忙用刀相迎，说：“你是什么人？趁此通名。”那人说：“无名小辈，我乃水底蛟龙高通海是也。

你等不认识大太爷，我是钦差大人的护卫老爷。”龙大魁说：“你是赃官的手下人，我先杀你，然后再杀狗官。”正自大骂，忽然一暗器正打中他的头顶之上，被高通海一刀砍倒在地。朱桂芳把门开开，刘芳背起大人来。高通海与朱桂芳二人，引路出了后花园的门儿逃走。

内里花得云与花得雷见事不好，连忙的拉兵刃说：“完了，吾命休矣！你我今日逃走，再邀朋友报仇可也。”花得云说：“二哥，这家中都有家口，如何能走呢？”二人正在议论之际，家人来报宅院被官兵所围。采花蜂尹亮见事不好，先一摆刀，跳至圈外，上房往北出了这所宅院。方跳出墙去，只见那边过来一人说：“采花蜂，你往哪里走？今日这就是你尽命之所。想要逃走，比登天还难！”采花蜂吓了一跳，回头一看，原来是苏永禄。尹亮说：“你也不害臊，你是我手下的败将，还敢这里来送死。依我之见，你趁此逃走了罢，免的大太爷我动气，你快去罢！”苏永禄说：“尹亮，你先莫吹大话，我哥哥也来了。”尹亮说：“你哥哥早被吾药镖打死，还说梦话呢。”二人正然说着，忽从苏永禄身后跳过一人来，一语不发，在那里站定，照着采花蜂尹亮就是一掌。尹亮一闪身，想要逃走，被这人一伸手抓住，说：“唔呀！吾把你这忘八羔子，往哪里走？吾跟了你这些时了，你休想逃走！”按倒打了几掌，说：“苏永禄，你先扛回公馆去罢。吾帮助里面众人，捉拿那些余党去。”

原来苏永禄自宣化寻访采花蜂的踪迹，跟至这里，知道彭公被贼人偷在霸王庄内，他孤身一人，不敢身入虎穴。今日在这里遇见欧阳德，说明了会合群雄共破霸王庄、捉拿采花蜂之事。苏永禄就在北边花园外一条小胡同内，与小方朔欧阳德在这里等候，才把采花蜂拿住了。自己甚为喜悦，先扛回公馆去了。

欧阳德他窜进花园之内，到了前边，看见官兵已到。他一说话，那吴太山等十数个人不敢交锋，俱都逃走，只剩滚地雷刘清、一条枪景顺二人。那段文成、袁天化二人也逃走去了。花得雷、花得云、刘清、景顺四人被获。众官兵拿了四十多名余党。大家回归怀安县内。

彭公早到了，先请众人相见。欧阳德回山，不辞而别。蔡庆、贾亮、褚彪众人齐集上房。彭公说 ：“为我一人，连累你等老少义士受这样艰险。”贾亮说 ：“大人乃大清朝一位忠臣，人人皆知，无不钦敬。”彭公认贾赛花与蔡金花二人作为义女，各给白银百两。褚彪告辞。张耀宗禀明大人，要上大同府总镇任上去。大人说 ：“你先到那里，访查画春园之事是怎么不法，作何动静，回禀我知就是了。”张耀宗与蔡庆告辞上任去，顺便探访画春园的事情。那贾亮父女也要告辞。大人应酬了半日，派高、刘、徐、武、苏五人看守采花蜂，明日再为审问。分派已毕，吃了晚饭，大人想要歇歇，又把朱桂芳叫过来说 ：“你愿意回家呀？是愿意跟我当差呢？”朱桂芳说 ：“我自那年不敢归家，也不知武连的死活。我家中尚有老母、妻子，屡次来信，我也不能不回家去。”彭公说 ：“我给你白银五百两，候我剿了贼徒，为你派点差事。”朱桂芳答应下去。

彭公坐在椅子上，觉着乏了，到东里间床上合衣而卧。家人这几日，个个均未得睡觉，今夜都安然睡去。天有二更，从房上跳下燕子风飞腿袁天化来，手拿折铁刀，把大人住的门拨开，他进了东屋，听见有人呼吸之声，他抡刀照定彭公脖项就砍。不知生死如何，且听下回分解。

第九十三回

审淫贼完结大案　诛恶霸公颂清平

诗曰：

一生由命非由他，休把精神太用过。
父母田园非容易，儿孙保守莫蹉跎。
贤良自有贤良报，凶恶还遭凶恶磨。
天运循环公道转，十年之后看如何。

话说那燕子风飞腿袁天化进了大人住的东屋内，细听彭公睡着了，他抡刀要剁大人，不防备背后有人一托他这只胳膊，他的刀就坠落于地，一脚踢倒，按住用绳紧紧捆上，说："小子，你来的甚好！你高老爷早知你来，久候多时了。"将大人惊醒，睁眼一看，见那高通海按倒一人。大人站起身来说："高源，他是什么人？"高源说："大人在这里安歇，我等都不放心，怕有漏网之贼前来谋害大人，故此我在外面巡查，看见此贼前来行刺。"大人说："带他下去，明日再问。"彭公细想："高源这个人粗中有细，我要提拔提拔与他。"大人主意已定。

次日天明起来，净面吃茶。用了早饭已毕，怀安县知县来给大人请安。彭公吩咐："传怀安县的三班人役，各带刑具。"两旁人答应，去叫三班人役前来。不多时到齐，来给大人请安。彭公吩咐："带上花得雷、花得云上来！"下边人役答应，带上花氏兄弟二人，跪在阶下。那花得雷还要不跪，被人按倒，跪在地上。彭公说："你叫甚么名儿？快通报上来。"花得雷说："我叫花得雷，他叫花得云，是我亲兄弟。"彭公说："你今年多大年岁？你在这霸王庄住了几年啦？"花得雷说："旗人是正蓝旗汉军裕亲王府内包衣人，今年三十六岁，在这花家庄住家。"彭公说："你那所居之地不是霸王庄吗，怎么说叫花家庄呢？"花得雷说："旗人那村庄原叫花家庄，因我家中有些资财，请了几个看家护院之人，他们时常外面欺压人，我并不知晓。别人就说我们那庄呼为霸王庄，我已把那几个匪人全都散去了。"彭公说："是了，你既把匪人都散去啦，为何你窝聚江洋大盗，把我背在你的家内？私劫官长，你还算有王法吗？"花得雷说："是旗人一概不知，那是段文成他一人所为。"彭公说："是了。"吩咐人先带他二人下去，把那花得雷庄中所拿之拒捕官兵之贼带上来。

不多时，带上采花蜂尹亮、滚地雷刘清、一条枪景顺三人跪下。彭公问了姓名，说："你们三个人在花得雷那里助他叛反，你们要从实招来，免的皮肉受苦。"尹亮说："大人，我采花蜂尹亮也不想活啦，只求大人开恩，赐我速死为要。我是庆阳府尹家寨的人，只因我练会了一身武艺，专爱游荡，在各处所作的事，我也不能隐瞒。"就把一往从前之事均都招了。彭公说："你来我公馆使熏香，背我上霸王庄去，你们共有几人？"尹亮供："内有钻天鹞子段文成，他跟我前往。墙上字是我写的，留下了我二人的绰号，藏头字在上。"彭公说："你二人来到我公馆要害本院，花得雷知道不知道？"尹亮说："我们大众公议，他要替他兄弟花得雨报仇雪恨，故此派我前来，这是实情也。"彭公又问刘清说："你二人帮他拒敌官兵，是要叛反朝廷，该当何罪？"刘清、景顺供："我二人是在他家看家护院，这些事都是花得雷他的主意，我二人领罪就是啦。”彭公吩咐带下去，将刺客带上来。

不多时，带到刺客，跪在阶下叩头。大人说："你叫甚么名字？来此行刺，是被何人所使？你从实招来。”段文成供："我姓段名文成，绰号人称钻天鹞子。我是山海关人氏，在霸王庄花得雷那里当看家护院之人。我因花得雷被获遭擒，我要替他报仇雪恨，不想被你等所擒。犬吠尧王，各为其主。我也不想活着，只求速死，所供是实。”彭公说："你同尹亮来我公馆，将本院背到霸王庄去，是什么人的主意呢？”段文成说："我奉庄主之命来的。”

彭公吩咐把花得雷带上来，下边人役答应，带上来花氏兄弟二人，跪倒在地，说给大人叩头。彭公说："花得雷，你窝藏江洋大盗，坐地分赃，抢劫钦差，拒捕官兵，你勾串大盗，公馆来行刺，目无王法，今在本部院跟前，还不从实给我招来，免的皮肉受苦。你要半字吱唔，本部院严刑拷问与你。”花得雷见段文成在这里，他就知道他招了口供啦，料想也不能活咧，自己也都招了罢。

彭公连供单，递了一件折子，奏参有庄头花得雷窝藏江洋大盗，招聚庄兵，坐地分赃，有谋反之意，抢劫钦差等语。这折子上去，过了几日，旨意下：花得雷凌迟处死示众，花得云、采花蜂尹亮一并凌迟处死示众。余者不分首从，均皆斩立决，就地正法。旨彭朋随处查访民情，认真办事，钦赐“忠君爱民”字样。在事出力人员，高源赏给游击，以都司尽先补用；刘芳尽先即用守备，赏加都司衔；徐胜赏给候补守备；武杰以把总用。彭公谢了恩，把苏永禄叫上来说："你也该回上蔡县消差。如愿意跟我当差，你自管前来。”苏永禄说："大人恩典。我回去消差，到家看看我兄长就回来啦。”彭公赏了他一百两纹银，把花得雷家抄了入官，给了朱桂芳五百两纹银，命他回家。众人全有升赏。彭公把诸事办完，这才叫怀安县预备车辆，明日起身行程。今日派城守营弹压，知县监斩，把一干人犯都杀了，枭首示众。

晚半天，大人无事，把高源等四人叫上来。这四个人先请了安，然后说："大人呼唤我等，有何吩咐？"彭公说："这大同府总兵傅国恩拐印诓兵，离任造反，修造了一座画春园。此处离大同府有四十里路光景。我明日起身，你四人要到大同府，须要留心访查那画春园是怎么个样儿。诸事谨慎，不必我再嘱咐你等。"四人答应下去，彭公安歇。

次日带领众人坐轿起身，前呼后拥。众人按站行程，这日到了大同府不远，有本处文武官员人等，迎接大人入了公馆。知府、知县参谒大人，总兵张耀宗给大人请安，彭公都见了，传信留大同镇张耀宗速来公馆。大人说："我前派你来此，办的怎么样呢？你从实细说，你可探听画春园是怎么个样式？可道其详。"张耀宗说："我奉大人的谕，来此派人哨探傅国恩。他实是叛反，在此西北大雄山，借着山势修了一座画春园，北面是高山峻岭，东西是连山，南边是正山口，东边是外山口，里面方圆有三百里之遥。竖起大旗，招兵买马，聚草屯粮。南山口是赛霸王周坤，东山口是小二郎铁弹子张能，这二人都有万夫不挡之勇。他招聚马步军队，分为二十四营，在画春园前后左右，布于四方。画春园方圆有三十里路，里面楼台殿阁，有他的宫室，安排甚严密。大人要派兵去，急难剿捕。那大雄山是一人把守，万夫难过。他那里有绿林中人不少，都是他招聚来的，甚是厉害。"彭公说："是了，你管带多少马步军队？"张耀宗说："门生管马队二营一千，步队四营二千，共三千人。"彭公说："是了。你每日勤操，候我调用。"张耀宗答应说："是。"下去。

彭公叫上四个差官来，说："武杰，你在公馆白日睡觉，夜内巡查，恐有画春园那里来的奸细行刺。"武杰答应说："是。"彭公又派徐胜、刘芳、高源三人说："你三个人明日改扮，各带兵刃，出大同府，去访查画春园的事情。务要将事办的妥实，不可荒唐就是。"徐胜说："我三人就此前去探听明白，再来禀报。"天色已晚，各自安歇。

次日天明起来，高源等三人换好了衣服，用了早饭，到大人的屋内告辞。彭公又嘱咐几句话，三人答应，出了大同府。三人顺路往西北访问，就往前行走。天气七月初旬的光景，见野外禾稼结实，万物皆成，正在新秋景况，天气还热呢。三人走了二十余里路，到了一处山庄，树木森森，青山绿水，约有二百余户人家。只见眼前有五棵垂杨柳，坐北向南，是一个大花杖儿。周围是月牙河，两岸长的垂杨柳树，河内栽的是莲花。南边一道小桥儿，上面是通红油的栏杆。北边是五间楼，后面有敞亭儿，字号是“五柳居”。高源是渴了，徐胜、刘芳也想歇歇。三人进了五柳居，到了楼上，见北边是五张桌儿，南边又五张桌儿，四面窗楼大开，摆设各种奇花，内有七八个吃茶之人在那里闲谈。徐胜等喝了几杯茶，这才要了些酒。三人共饮，天有日色平西之时，三人算还了饭帐，下了酒楼。

三人散步，游了有片刻的工夫，问明白了上画春园的道路。三人正走，抬头往北一看，那画春园的前山就在目前。三人到东山口外，天已黄昏之时。三人施展飞檐走壁之能，上了山坡，跳进边山之内，说：“咱们三人自这五棵松树下分手，五更天还在这此处见面。”徐胜说：“是了，各走一方。我从东边进去，你二人从南边进去。”

二人分手，徐胜到了山根之下，顺路往西，到了画春园之界墙以外。他翻身窜上墙去，见里面楼台殿阁，树木森森，花卉群芳，真天下第一美景也。皓月当空，蒙蒙月色。徐胜跳下墙去，他往里走，只见正北有一片桂树，那桂树北边是一道粉壁界墙，当中四扇绿屏门。徐胜进了屏门，见这所院落甚是广阔，正北是高楼五间，东西各有配房三间，屋中并无灯光。天交初鼓之时，他见正北楼上灯光闪闪，自己出了屏门，不敢上楼。往西不远，有三间更房，内隐灯光灿烂，听的屋中有人说：“你们别睡啦，咱们喝酒罢。大人今日在望月楼，同着新来的一位九花娘，生的千姣百媚，万种风流，比咱们那几位姨奶奶好加百倍。”徐胜一想：“这话说得真奇怪，莫非我徐某要时来运转，正遇叛逆之贼。他在这里也好，不免我至楼上把他拿获，也是一个万全之策也。”主意已定，他进了北院屏门，顺楼梯上楼，手扶着栏杆，看那北边楼内灯光明亮。隔帘一看，那北边靠墙是一张八仙桌儿，当中坐定一人，年有三旬七八岁，面如紫玉，环眉阔目，身穿蓝绸大褂，足下白袜云鞋，那桌上摆着几样菜儿。东边是坐定桑氏九花娘，借着灯光一看，更显美貌丰姿，真是梨花面，杏蕊腮，瑶池仙子、月殿嫦娥不如也。旁边站定一个丫头。

粉面金刚徐广治乃是当世英雄，他看罢心中说：“那边是傅国恩，这东边是桑氏九花娘妖妇。我要进去拿他二人，趁他手无寸铁，直解到公馆。大人问明，必然是一件奇功。”他站在楼门，方要用手掀帘子，只见东边站定那丫头，走至东间屋内，手中托着一盘果子，放在桌上。徐胜看的不假，大喊：“淫妇、乱臣，你二人今日休想逃走！我奉钦差之命，前来拿你。”他一起帘子进来，那九花娘同傅国恩二人全皆站起身来，往东里间，掀开软帘进去。徐胜伸手要抓。觉着脚下一沉，说声“不好”，双脚不能用力，落在下边。只听“搕嚓”一声，从楼上落下一个千斤坠来。

这座楼是傅国恩他新造安设的，都是假人，有走线。知道彭钦差那里能人不少，如他来到，必暗派人前来探听画春园。他安放好了，只等拿人。方才徐广治他到了楼门这里，脚下踏着弦子。那丫头进屋去，端出一盘果子来，放在桌上，这都是削器。徐广治往前一迈脚，踏转心坑，他身子要落下去，就被人拿住，要落不下去，被千斤坠儿压死，休想活命。那房上落下来的又名叫翻天印，正堵那个窟窿儿。徐广治坠入网兜，不知生死如何，且看下回分解。

第九十四回

众英雄三探画春园　刘德太中计被贼获

诗曰：

祸福旦夕有定着，百岁光阴一刹挪。
富贵又穷穷又富，沧海成路路成河。
人生莫作千年计，在世须留阴骘多。
莫道苍天无报应，十年之后看如何。

话说那粉面金刚徐广治，他到了望月楼，中了奸人的巧计，将身子落在网兜内，被人擒住。这楼下有四个人在此轮流值宿，听见铃铛响，连忙过来，把徐胜捆上，说："伙计们，来把他捆好了，带至在外边，明日回禀大人。"徐胜破口大骂，情知准死，不能再生，自己不住口骂贼人。那些人也不答言。

再说刘德太。三人分手，他自东南边山往北，看是一座贼营，更鼓齐鸣。营外也是撒铁疾藜、绊马索，埋好了压插陆戊，里面也是子午营、将军帐。刘德太听见营里巡更走哨之声，他往北绕了有二里之遥。见这画春园墙高一丈六尺，墙外都是果木树。他飞身上墙，站在上边，往东一望，只见那东边一片宅院。他纵身下去，只见眼前有一个人站在树后。刘芳早已看见，他心中想要过去，把那人拿住，问他这画春园之事，他必然知晓。他要告诉我明白，我再探访真确。我回公馆去送的信，可以禀大人该当怎样破法。刘芳想罢，他往前走，那人也往前走，彷佛看见。刘芳他要回头送信去，十分着急啦，怕他一嚷，知道这画春园内人多，恐其受他人之害，他自己往前紧追。那人到了东北，往那所院的屏门进去，回身把门插上。刘芳看的真切，心中说："他插上门，我也进的去。"飞身跳过墙去，"看他往哪里跑，我要看一个真实就是。"那刘芳跳身上墙，见这所院落是三合房，北房明三间，暗五间，东西各有配房三间。院中南边有石榴树两棵，海棠树一棵。他见那人进了北房，屋中灯光隐隐。刘德太拉出单刀来，追至屋门首，说："小辈！你这哪里走，我必要将你拿住，问个真情实具，你休想逃走！"往北屋一跑，把身子坠落在翻板之内，里边是撤板翻板了，板下都是七八丈深的山涧，里面有毒虫，脏水气味难闻，最厉害无比。刘芳又不会水，他坠落此处。

这是画春园的埋伏，各处不一样，这个地名叫水涧板房。刘芳他方才看见的那个人，是木头作成假人，有走线。你要不登着弦，他也不动；你要登着弦，你走他也走。到了屏门这里，作好了的，把门一插，任你多精明之人，全都上套。想要破开，比修仙更难。每一处派十个人，白日打扫院落，夜晚点灯，轮流值宿。如拿住人，有串铃响，有人听见，休想逃走。刘芳这一下去身落水内，舒手不见掌，对面不识人，他看不甚真，也只可等死。

不言刘芳身坠涧沟之内。单说那看守水涧板房之人是十个，听见动作。这为首的头目姓冷行二，绰号人称冷不防。这个人爱饮酒，他正在东房内同九个伙计在一处饮酒呢。听见串铃一响，他就知道拿住人了，立刻把那边的走线一按，刘芳在水内，还认着脚下有机器，托他上来。他正然心中无主意，忽然四面有七八根挠钩从墙出来，挠钩钩住刘芳，拉他进了那地道之内，用绳子捆上。说："你姓甚么？快实说来，也免的我们打你，皮肉受苦。”那刘芳说：“我姓刘名芳字德太，绰称人称多臂膀，你要把我怎样呢？”冷二说：“是了，你是彭钦差那里的人，名叫刘芳，我们好去请赏去。”主意已定，冷二等大家喝酒。

单说高源同刘芳分手后，他下了边山，只见那正北是画春园的边墙，那墙外是三间更房，巡更守夜之人的住屋。屋内灯光闪闪，单有一个小头儿。这三间更房西边，是画春园的角门。那高源看的甚真，自己又想：“这一进这画春园，也不知是怎么样？傅国恩这势排不小，不免我进去看看，便知分晓。”高源纵身上墙，站在上边，四下一望，但看见里面金璧辉煌，树木森森，各样花木，真是令人可观。高通海跳下去，墙里就是眺望阁五间，坐北向南，阁前五棵苹果树，长了满树的苹果。

高源正看着，听见外面有人说：“不好，进去一个。”那人说：“不错，进去一个，咱们点起灯来找罢，搬梯子进去找。”高通海听罢，大吃一惊，说：“这可不好，有人看见我进来，我也不好出去。我藏在眺望阁上，看是怎样？”自己飞身上去，在眺望阁上隐身。只见那边登梯子上来了七八个人，手执灯笼，跳进画春园来，往地下用灯光一照。那个人说：“找着啦。”高源暗中一看，是一个骰子。原来是更房众人夜晚赌钱，掷骰子来的，有一个人输急了，他就把骰子给扔了。大家一找，找着五个，说“进去一个”，是说扔进一个骰子来。这几个人立刻找着出来。高源说：“好吓了我一跳，这还了得。”自己战战兢兢下来，听一听正北方交二更之时。

他绕过眺望阁，见前边一片桂树成林，周围矮墙当中一座亭子，里面并无一人。此时月色上升，清光似水，桂花正放，阵阵清香。高通海仰天一看，月润星稀，万籁无声。楼台殿阁，近在目前。身临此地，真乃别有一洞天也，令人可爱。自从树林芳圃绕过去，见西边一个夹道儿，他信步往北走了有一里之遥，见前面也是一带白墙，当中朱门绣户。他心中说："不免我进去，到里边见机而作就是。"高源想罢，要往里走。只见那朱门半掩，他推门进去，听见上房内有人说话，说："来人倒茶！咱们这个大人，他既然把人马招齐，才能起手，何必这样招摇。今日听说钦差彭大人来了。我可以禀明傅大人，叫他派人前去探听明白。我听说今日又收了那些个绿林中人，有青毛狮子吴太山、金眼骆驼唐治古、火眼狻猊杨治明、双麒麟吴铎、并獬豸武峰、金鞭将杜瑞、花叉将杜茂、红眼狼杨春、黄毛犼李吉等，他都收下了。前几日还收下一个桑氏九花娘，与他很对脾味。这几天闹的甚不像，这正事全然不理，我看也不好办。"

高源到了窗外，用舌尖湿破窗户纸，往里看，见是一个三旬以外的男子，白净面皮，双眉带秀，二目精神百倍，神光透露于外。身穿蓝绸子大衫，足下青缎快靴，坐在屋内八仙桌东边。西面坐定一人，二旬已外的男子，穿两截罗汉衫，白袜云鞋，手拿团扇。这人是傅国恩的心腹之人，姓田名永泉。一个是他家人柳万年。这两个人是闲谈论。高源是听的明白，急忙转身往外走。到外面，他心中说："连九花娘带漏网之贼，全皆在此。我这再往北，看个真情。"

自己顺路往北，走下有一箭之地，只见眼前有一个人。高源说："是了，这小子在那里当道站住作什么呢？我追他。"高源追的紧，那人走的紧；高源追的慢，那人也走的慢。高源站住，那人也站住。水底蛟龙高通海乃精明强干之人，他心中说："这件事可奇啦。我走他也走，我不走他也站住，不免我追上前去。"高源一面想，往前就追，那人也就直跑。高通海说："是了。我听人说，这画春园的削器埋伏不少，我今可要留神。这是一个木人，我看走到哪里去，我慢慢的跟着他。"自己紧紧的跟着他，只顾眼前看那木人，不防脚下是一个浇花甜水井，高通海身落井内。这三个人来探画春园，全都中了埋伏，被人拿住。要想逃走，是比求人还难呢。

少时天色大亮。这傅国恩他自修造了画春园，他心意是招军买马，聚草屯粮，养成大事，他要自立为王。又有赛霸王周坤同小二郎张能这二人帮助，他手下有二十四座连营，招聚的马步三军。他自从那九花娘来投，是从松林庄而来，投在这里，他认识张能，那张能献与傅国恩。这傅国恩又是色中饿鬼，他虽然有三房妻妾，都是平常女子，并无一个美貌出奇之人。他自得了九花娘，这两个人如胶似漆，每日食则同桌，寝则同床，坐着并肩，饮着同器，行坐不能相离。那九花娘也是一个淫妇，与他二人旗鼓相当，朝朝筵乐，夜夜良宵。他带着九花娘，把各处都逛到，只要这画春园有名之处，他必要前往。

今日早起，他升集贤堂，请各路英雄早筵，商议公事。带九花娘梳洗已毕，传出伺候。鸣钟击鼓，到了集贤堂之内。这是九间大厅，画阁雕梁，东西配房十间。这一传出谕去，只见从外面进来该值的亲军护卫一百名，都是二旬以外的年岁，青手帕包头，青裤褂，足下青布快靴，手抱鬼头刀，全列两旁站班。大厅之上有八个茶童儿，打扫桌案条凳等物。傅国恩立刻带着九花娘，升了座位，两旁人役伺候。不多时，只见从外面进来吴太山、杨治明、唐治古、吴铎、武峰、杨春、李吉、杜瑞、杜茂。这画春园内还有二个人，一名金毛虎朱荣，铁太岁何玉。这两个人是他心腹人。

周坤、张能这众人齐至集贤院内，说："傅寨主在上，我等有礼。"傅国恩说："众位贤士请坐，来人献茶！"家人送上茶来，众人吃茶。傅国恩说："众位；我等在此啃聚，打算共成大业，无奈将寡兵微。今有钦差彭大人，他奉旨来至大同府查办事件。我听人传言，说他手下英雄不少。我意欲前去派人密访真情之信，我又不得其人，自己也实无主见。你众位英雄有何高见？我要请教请教。"金毛虎朱荣、铁太岁何玉二人说："寨主既然是要探真情虚实，我派二人去探访明白，回来给寨主送准信就是啦。"

正在纷纷议论，外面看守望月楼之人前来禀见，又看守水涧板房的家人冷二禀见。傅国恩说："来，把他给我带上来。"外面那两个家人来至集贤堂内，说："禀寨主得知，昨夜小人等看守，拿住两个奸细。"傅国恩说："来人，把那奸细带上来！"不多时，家人把粉面金刚徐广治带上来，捆着二臂，站在台阶之下。傅国恩问："下边站立是甚么人？"徐胜说："我是你徐老爷粉面金刚徐胜是也。你等诡计多端，要杀要剐，任你自便！"傅国恩说："你是彭钦差那里的办差官吗？"徐胜说："然也！正是你这无父无君之人，该把我怎么样呢？"傅国恩听罢此话，气往上撞，吩咐护卫把他带下去乱刃分尸。不知后事如何，且看下回分解。

第九十五回

徐广治辱骂群贼　高通海绝处逢生

诗曰：

昨夜今朝事不同，光阴过隙若秋风。
何处奸谋总是恶，命里无时运是空。

话说徐广治被人拿着至集贤堂前，傅国恩问了三言两语，就派人押下去，要乱刃分尸。那徐胜一阵冷笑，说："傅国恩，你要杀我，我视死如归。我死后也落个流芳千古，总算是为国尽忠。我也是堂堂正正奇男子，烈烈轰轰大丈夫，不能像你叛国逆臣，食君之禄，不能致君泽民，竟作逆叛，上辱祖宗，祸及本身。你想想，你这小小的画春园弹丸之地，你所聚乌合之众，天兵一到，玉石俱焚。当今圣主如尧似舜，德配天地，八方宁静，五谷丰登，万民乐业。你官居总戎，乃作此叛逆之事，上为贼父贼母，下为贼妻贼子，终身为贼，骂名扬于万载。你自管处治于我，死而无怨。"

外面是水涧板房的冷不防过来，说："禀寨主得知，我等在外面看守水涧板房，拿住了一个奸细，名叫刘芳，请你老人家定夺。"傅国恩说："带上来。"下边人答应说："是。"带上刘芳来。刘芳破口大骂傅国恩。那傅国恩说："这都是彭朋的余党，既然拿获，全皆杀死。"旁有九花娘说："寨主，你不可动怒。把他二人带下去，看押起来，候那几人来拿住一并杀之。这两个人如同笼中之鸟，网内之鱼。再不然，候起兵之日，拿他祭纛旗就是啦。"傅国恩说："也好。"派小头目史永得，把徐胜、刘芳他二人收在桃花坞内。

九花娘心中甚喜。他本来是爱怜徐胜的旧情，他还想着在鸡鸣驿之时跳神舍药，徐胜已然依了他，与他结为夫妇，被欧阳德冲散。他今日既然被擒，他暗中叫傅国恩不必杀这两个人，他是救徐胜，暗中与他商议，要结夫妇。

他手下人等，把这二人带至桃花坞内。这座桃花坞是一个有名胜地，都是请能人在这画春园内安置各样削器埋伏。这里是一片桃树，当中盖一座四望亭，那亭北面是一带矮墙，那墙里是北房五间，东西配房各三间，房后五棵垂杨柳。这院内有几样埋伏，生人不知道，夜晚前来，准被人拿获。今把徐、刘二人押在这里，有人看守。

那高源他身落井内，虽然会水，今误堕水，怎不着急，又不能出去。他自己再定定神，这才听的明白，这水是直往东流。原来这井是借山之涧水，预备为浇花之用，往东用板闸住的。高通海过去，把那木板提起来，他窜身出去，一看那夹涧之中都是青石。高源往东分着水，走了有一里之遥，看看哪边可以上去。高通海上来一想，这天已四更了，自己也就上墙，跳至墙外，自己顺路往东走。

听的那东边树林之内，有一个人自言自语说："真怪，这毛老二该来了。天已四更，我二人奉了巡捕营张寨主之命，派我二人去到大同府密访真情实信，探听彭钦差手下都是何人。"高通海借月光，看的甚真。他过去说："你姓什么，朋友？"那喽兵看见高通海，吓了一跳，说："你是谁呀？我看着甚眼熟，就是想不起来了。"高源说："我叫出遛高，你叫什么？我想不起来啦。"那个喽兵说："我叫郎青，是巡捕营的寨主小二郎张能那里的巡捕兵，今日派我同毛二探访彭钦差的消息。我在这里等，他可不来，我只是着急。”高通海说：“他是哪营里的？”郎青说：“他是奋勇营周寨主那里派来的，见我寨主说明了，派我二人去探大同府呢。”高通海听明白了，抽出刀来，照定郎青就是一刀。郎青躲避不及，被高通海一刀杀死，把他衣服扒下来，又重新穿在他的身上，摘下腰牌来带在自己身上，把郎青尸身扔在山涧之内。

他方才收拾完了，忽听的西边叫：“郎大哥呀，郎大哥！”高通海说：“毛二兄弟，你来了，我等急了你啦，你来的甚好。”那毛二看见高通海，他暗发楞：“你是郎大哥吗？不对啦。”高通海说：“二兄弟，你忘了我啦？咱们在一处扫过雪呢，你就想不起来。我叫郎二，我兄长犯了病啦，叫我替他，知道我同你也都认识，来至这里等候你。”毛二想了半时，他细看高通海所穿的衣服，也是画春园的衣服，他才说：“二哥，我看你可眼熟，一时间想不起来啦。”高通海说：“我同你有一年多没见了，趁此你我走罢。”

二人出了山口，顺路走了有七八里之遥。二人说着话儿，心投意合。高通海说：“毛贤弟，你们那营里共有多少人？”毛二说：“我们那营里共有五百二十人，连火工都算上。”高通海说：“咱们今年就该起首南征，共图王霸之业。”毛二说：“我听我们营主说，今年中秋日祭旗起兵。现探听彭钦差来了吗？想是要办咱们这里的事情。派你我二人探个明白，回头好商议，共起大兵。”

二人出了山口，天色大亮。顺路至大同府的北关外，找了一座茶酒饭馆。路西有座酒楼，字号是“汇芳楼”。二人进去，找了一个避静之所，在那边落座。跑堂的过去说：“二位要什么酒？要什么菜吃？”高源说：“先拿一壶茶来，给我们要四壶酒，四样菜儿。”跑堂的答应，立刻送过茶来，摆上杯箸等物。二人喝了几碗茶，摆上酒菜，二人喝酒，谈心说话，越喝越高兴。高通海有心把他灌醉了，他认着高源是好人，二人各吐肺腹之言。毛二说："郎二哥，你也是一个交朋友的人，就是当下咱们都是骑虎不下之势。傅寨主他自无主意，现今又被九花娘所迷，闹的一点主意都没了。我也是进退两难之人。别人说众英雄都心散了，无心与他共图大业，看他不成。"高源说："是了。据我看，傅寨主也是不能共成基业。头一件，无容人之量；第二件，不能用人。贪淫好色，大事难成。咱们是见机而作。"二人吃喝完毕，算还酒饭账，带着毛二出了酒楼。

二人到了公馆之外，见那些个当差之人不少。高源说："你在这里站着等我，我进里边去看，一个人细探虚实。"毛二说："就是，二哥你去罢。"二人分手，高源来至里边看那些个当差之人正在讲究昨夜去了三人，至今音信全无，闹的公馆众人不安。高源见武杰站在院内漱口，连忙说："武贤弟，你快派几个人去，把公馆门外站立一人，名毛二，乃画春园之奸细，快把他拿进来细细审问于他。"武杰出去，带人把那奸细拿进来捆上，告诉人看守，不准放他。

高源到上房，给大人请了安。彭公说："你等三人同去探画春园，为何你一人回来，他二人哪里去了？"高源站在旁边，把二人分手，入画春园之事细说一遍。彭公点了点头，说："知道了。这傅国恩他欲叛，形迹亦露于外，我可前去调兵拿他就是。"高源说："还拿获一个奸细，请大人细问。"彭公吩咐："来人，把他给我带上来。"外面人等答应，立刻带那毛二至上房，跪在大人的台前。彭公说："你叫什么名儿？"毛二说："小人叫毛二。"彭公说："你在画春园作什么？"毛二说："我是那里雇工人。"彭公说："你只管实说，本部院我还放你，决不治罪于你。我自有拿他的主意。你要不说实话，我必要严刑拷问于你啦。你要自己定准主意才是。"那毛二被大人这一片话，说的他心神不安，随说："大人要问，我也不敢谎言，只求大人开恩饶我就是。"彭公说："只要你说实话，我就饶你就是啦。"毛二说："小人我原是这大同府的人，自幼儿父母双亡，我孤身无倚，就在总镇衙门给那里当差的将爷们买东西，扫院子，以为生理。因傅大人到任，他手下之人把我带到里边，充当一个更夫。后来他因克扣军饷，他逃走至此正北，在万山之中修了一座画春园。他招军买马，招聚能人不少，意欲叛反。小人我前进无门，后退无路。今日是他手下之将派我前来，探听大人的消息，被大人拿获。大人要开一线之恩，留小人之命。”彭公说：“带他下去，派人看押。待我破了画春园，再放你就是啦。”带他押下去看守。

彭公吩咐：“叫大同府总兵张耀宗前来。”当差之人立刻出去。不多时，传来玉面虎张耀宗，来至公馆之内，见了大人，给大人请安。彭公说：“张耀宗，你坐下，我同你有话商议。”张耀宗谢座，在旁边落座。彭公说：“昨日我派三个人去探画春园，今日才回来一人。他言说那贼人里边修的各种削器。徐胜、刘芳二人被擒，至今不知死活。我想这件事甚不容易，必须请大兵剿灭他才能成功。”玉面虎张耀宗说：“大人要奏请大兵前来，倘若贼人知音，远遁他乡，大人有妄奏不实之罪。依我之计，莫若先带一支人马到画春园那里巡山，看他的动作何如？他要敢当执旗擂鼓，我等可要与他交兵开战，如胜，可以拿贼；如不胜之时，再为奏请大兵前来，也可捉贼剿巢。”彭公说：“官兵人少，直入贼巢，头一件不明地理，第二件寡不敌众，还须访求高人，知道这画春园是何人的修造？该当如何破法？那才可能成功。若只带兵前往，也未必准能取胜。”

正说话之时，只见外边武杰进来给大人请安，说：“大人不必发愁，这画春园是被何人所修，有人知道。”彭公说：“是什么人知道，现在何处呢？”武杰说：“是我的舍亲，住家在宣化府黄阳山胜家寨，姓胜名奎，绰号人称银头皓叟，乃家传的武艺。那当年黄三太，也是他家的门徒，是他父亲神镖胜英的徒弟。今日同我来，方才提说这画春园之事，想当初安置削器埋伏之人，他说他知道。”彭公说：“甚好，你去请在这里来。”武杰答应下去，到外面把胜奎同至彭公讲话之所，与大人见礼。

彭公见胜奎年过花甲，精神百倍，四方脸，面似银盆，长眉阔目，花白胡须飘于胸前。彭公看罢，说：“老义士请坐。”旁有家人献上座位。胜奎说：“有老大人在此，万不敢坐。”彭公说：“你我道义相投，知己之交，不按朝廷之礼，论朋友相交。”胜奎落座。彭公叫人看茶，说：“老义士，你乃当世豪杰也。今我来至大同府，有叛臣傅国恩意欲叛反，招聚兵马，这座画春园里面埋伏不少，该当如何破法？老义士，你有何高论妙策？”胜奎说：“大人不必忧虑，这傅国恩如同笼中之鸟、釜中之鱼。此时反情亦露，大人先请下能人定计，可以破他的削器埋伏，外用官兵围之，再派能人分为四面，去拿那些漏网之贼。”彭公说：“老义士此论甚善，无奈不得其法，不知这此处高人在哪里？说破画春园，该用何计？”胜奎说出一个人来，有分教：

豪杰共施惊人艺，忠良大展补天才。

不知此人在那里居住，且看下回分解。

第九十六回

胜奎献计请英雄　侠女复探画春园

《爱酒歌》：

美酒斟来须满瓯，饮酒快活赛王侯。醺醺妙处人难识，要知一醉解千愁。我从今看破凭天定，万事总休休。开怀且进杯中物，胜如骑鹤到扬州。

话说那银头皓叟胜奎，他在公馆之内同彭公商议共破画春园之策。胜奎说：“大人要破画春园，自有一个能人，住家在狼山纪家寨，姓纪名有德，绰号人称神手大将。”彭公说：“我忘记了，不错，前在宣化府之时曾提说过，我要到大同府，如有用他之处，叫我给他一信。我正想要破画春园，老义士，你既然知道他能破，我就烦义士前往，不知尊意如何？”胜奎说：“大人修书一纸，我去请他。当初这座画春园的削器埋伏，是他安造的，他来准能破的了。”大人听胜奎之言，自己修书一封，交给胜奎。天已日落之时，胜奎下去。

张耀宗也告辞，回到自己衙署，与夫人蔡氏二人闲谈，说：“今日我到彭公馆之内，听见说妹丈徐胜昨夜探画春园去，不知吉凶如何？去了他们三个人，就回来了一个姓高的，真是不好办的呢。”蔡氏金花说："我也听我父亲方才说，这座画春园不亚赛铁壁铜墙，天罗地网。这件事真不好办呀。"夫妇二人在卧室说话，不想暗中有人偷听，正是姑娘张耀英。他因为是他丈夫在公馆之内跟彭公当差，这两日也未来至这里看他，心神不定，发似人揪肉似钩挞。今日知道兄长张耀宗往彭大人公馆内去，他想要探个虚实。方走至堂屋，听见兄嫂二人正谈说三个人去探画春园，回来一个姓高的，那两个不知吉凶怎样。侠良姑张耀英听到这里，心中一动说："这可不好，是亲三分情，况我良人。他昨日去探画春园，至今并无音信，我不免去探访一番。"

侠良姑张耀英回到自己屋中，收拾已毕，带上各样暗器，换上铁鞋，背插单刀，暗暗出离了上房。飞身上房，窜房越脊，往前顺马道跳下城去。往北走了有七八里之遥，但望见荒山野岭，天色昏黑。借着星斗光辉，幸喜是中秋天气，自己施展陆地飞腾之法，走了有十数里之遥，远远望见画春园的前山陡壁石崖。东方月色上升，张耀英进了山口，见左右都是防守的大营。那营中有更鼓之声，巡锣走哨之人声音，一片闹喧喧。张耀英过了这周坤的营寨，他自己望北看，见那画春园的界墙。那墙里之树木森森，楼台殿阁，各处房屋不少。张耀英自己留神，上墙先掏出问路石问问路，扔在院内，听了听是实地，自己随着跳下去。在各处一看，所有的花卉树木都安种栽的甚好。他见眼前是一片芙蓉树，开的甚是鲜艳。张耀英过了芙蓉树，见东北是青竹塘，一片竹子分为八方，当中有一所房甚是高大。又往西北一看，见西北是一片丹桂树。眼前正北是一座四望亭，那亭高九丈有余，上边安玻璃，里边安设桌椅条凳。侠良姑张耀英心中说："这所花园真不小，看那南北东西四方分布整齐，当初修盖之时设法安排的全好。傅国恩自己不想安闲之乐，他任性妄为，想着叛反，真是想不开的一个人。"

想罢，他自己往北又走了有一里之遥，但看见一片桃树，正北是所院落，上房五间，东西各有配房三间。侠良姑张耀英见那东边有三间更房，屋内灯光灼灼，内有五六个更夫喝酒。张耀英在窗外，用舌尖舔破窗纸，望里一看，见那几个更夫划拳行令，正吃的得意洋洋。开怀畅饮，不知不觉酩酊大醉。内有一人说："五位贤弟呀，我史永得也不是说句大话，每日我喝酒，永无醉过，我喝三斤五斤也行的了。今日你我知己的朋友，坐在一处，应了古人所说的话啦，酒逢知己千杯少，话不投机半句多。咱们知己的哥们在为一处，必要多谈些时，喝几杯罢。"内有一人姓邱名大海说："史头儿，你也是个明白人，这酒也不可多喝，怕的是喝多了误事。"史永得说："兄弟你也太小心了。这件事我是最爱喜的，要不叫我喝酒，那就不是我的朋友啦，误不了什么事。"邱大海说："咱们是奉命看守被获之人，倘若有人探画春园来，那时就晚了。彭钦差手下能人甚多，不可不留神。"史永得说："不要紧，你不必瞎多虑。"

侠良姑张耀英听的明白，到了北边屏门之内，见院中空空静静，并无一人。他拔出单刀来，往地一按劲，并无一点动作。慢慢往北，走至台阶之下，用刀试着，往前上了三层台阶。见屋门紧闭，上有封锁甚固。张耀英走至门前，方要伸手把那铁锁打开，忽然间从左边廊檐上飞下一只挝来，把张耀英的左肩头挝着。张耀英说声："不好！"连忙要躲，也躲避不开了。往这边一闪，从这边又下来一只飞挝，挝在右肩头之上。张耀英被钢钩钩着不能动转，忽然门锁自落，门儿开放，由屋内出来一人，把张耀英吓了一跳。见那出来之人青脸红发，二目如电，身披五色衣服，手拿绒绳，一伸手把张耀英给抓住，用绒绳儿捆上，侠良姑此时心如万箭穿，四肢发软，知道是被他人所擒，不能出此画春园去啦。自己又想是个妇女，这如何是好呢？越想越难，又如剑刺冰心，刀剜烈胆。怕是落在贼人之手，不能落一个好死。

正在为难之时，忽见从正南飞也似的来了一个人。张耀英一看，说：“完了！万不能活。我被人拿住，自己求死都不能。”回过胳膊来，只见正南来的那人，先用手中之刀，把左边的飞挝绳儿割断，连飞挝起下来，又把右边的飞挝绳儿割断，把挝起下来。那捆张耀英的是自行人儿，这两处的轮子无有了，他也转身进去了，并不管张耀英。那张耀英细看是嫂嫂恶魔女蔡金花赶来，他心才放心，说：“嫂嫂来的甚好。你老人家要不来，小妹我准死在他人之手，你先把绒绳儿与我解开。”蔡金花就把绒绳儿解了，二人下了台阶。

张耀英说：“嫂嫂，你怎么知道追奔前来？请道其详。”蔡金花说：“贤妹，你可吓死人也！你在西屋，我同你兄长谈话，有你屋中丫头莲花他过我屋来，说你收拾好了，带兵刃走了。你哥哥也急啦，我也是着急。这事甚不容易办，连忙把你亲家母叫起来，与我父亲他们全说，是你来探画春园来啦。我等实在也无法，你哥哥带兵刃追下你来，我父母同我三人也追下来。至画春园内，分为四路，从南往这里找来。我又不敢紧走，只可慢慢的来至桃花坞，看你在这里，我也不知削器怎样破法，我就用刀割断了绒绳儿，把飞挝起下来。”张耀英说：“嫂嫂，你我不可进这屋内，恐有埋伏。你我妇女之身，恐落他人之手。”蔡金花说：“咱们到外面找着我父母与你哥哥，咱一同回去罢。”张耀英说：“也好。”二人复又到了外面，各处寻找蔡庆、金头蜈蚣窦氏、张耀宗三人。

且说张耀宗他同蔡庆分手，处处留神，在各处访查徐胜、刘芳的下落。张耀宗走了有半里之遥，只见眼前绿柳成行，借月色光辉，照耀浓阴，树木森森。北面有七八间厂亭，那亭内灯光隐隐，射出院外。张耀宗要想往前去看个虚实的下落，忽见从那边来了一个白狗，摇头摆尾，只奔他来。自己往旁一闪，那狗一开口，由嘴内“哧哧”放出十只诸葛连珠弩来。张耀宗闪开弩箭，用刀照定那狗的脊背就是一刀，“嗑嚓”一声，分为两段，原来是一个木头狗，肚内安着诸葛连珠弩箭的弦，甚是精奇。张耀宗自己着急，不知妹妹他在哪里，一则骨肉连心，二则妹妹是个闺门女子，倘若落在他人之手，这便该当如何是好呢?

又往前走了五六步远，只见前边一带界墙，那墙内是北房七间，屏门四扇。张耀宗到屏门之内，只见台阶下有一片埋伏，内有脏坑、净坑、梅花坑。张耀宗慢慢用刀试着，走了有七八步远，知道是这样埋伏。见屋内纱灯悬挂，灯烛辉煌，往屋内细看，只见内有八仙桌椅条凳，靠北墙上挂着名人字画、挑山对联等。八仙桌儿东边坐定之人是傅国恩，西边坐定是妖妇九花娘。二人对坐吃酒，旁有侍女伺候。桌上摆设各种果品菜蔬。张耀宗看罢，心中说："斩贼必斩首，擒贼必擒王。我今拿住他二人，真乃奇功一件。"想罢，迈步进了北大厅，方一伸手，觉着脚下一沉，说声："不好！"身子往下一沉，坠入陷坑之内。

坑内有四个人看守，每日一换。今夜该班之人是姓吕名祥，他带着三个伙计把张耀宗给捆上，说："咱们去禀明前边巡捕画春园的头目，姓吴名太山，绰号人称青毛狮子，咱们寨主的好友。"四人商议好了。张耀宗说："你等四个是傅国恩的什么人?你家大人乃是大清国的总兵。我闻听说此事，你家主不务正业，在此招兵买马，聚草屯粮，有谋反之意，我心甚不平，特来拿他。你们这伙叛逆之贼，也不知自爱呀?不久大兵就到，拿尔等如同反掌。"那吕祥说："你姓什么，叫什么?"张耀宗说："我姓张名耀宗，绰号人称玉面虎。你等这些诡计，把我拿住，该杀该剐任凭于你就是罢。我死而无怨，为国尽忠，死在叛逆之手。"吕祥说："你不必多说。你好不明白，自古至今，胜者王侯，败者为寇，这甚不要紧。天下者非一人之天下，乃仁人之天下也。有德者居之，无德者失之。我带你见见我家巡捕寨的寨主就是啦。"四人抬张耀宗来至上面，先把翻板扣上，然后又把张耀宗抬起来，至西边偏北有一所院落。

里面灯光发亮，正是吴太山与吴铎、武峰三人，奉傅国恩之命，在前边巡查夜内奸细。天有二更之时，他方要带手下人四十名亲军护卫去查夜去，忽见手下人来禀报，说："禀头目知道，今有画春园东边万树林内看守之人拿住一个奸细，抬至此处，请你老人家发落。"吴太山坐在上面，吩咐人带上来。家人出去，不多时，四人抬张耀宗来至北大厅内。吴太山早看见是张耀宗，眼都红啦，说："张耀宗，你也有今日！我前在河南紫金山受你这厮羞辱，不想你今天也落在我的手内。你也是大数已尽，活该是我替大寨主周应龙报仇雪恨。"吩咐手下人："你等快把他绑在外面将军柱上，把他给我开膛摘心，我今夜多饮了几杯酒，正想要喝一碗醒酒汤，取下人心来，我等先作一碗醒酒汤吃吃。"

手下人答应，不多时把张耀宗绑在东边明柱之上，把木盆放在面前。有一个喽兵，年有三旬以外的年岁，把衣服掖好，系上围裙，拿了一把牛耳尖刀，约有一尺五六寸长，宽有一寸有余，其快无比，来至张耀宗跟前，说："来人，先拿一桶水来，照定他头上先浇一下。"那家人来至跟前，举起水桶来，又浇了一桶水。张耀宗说："好贼人！你们只管来，用刀给我一个快些就是罢！"那家人说："你招呼着罢。"先把衣服与他解开，手执牛耳尖刀，照定他前胸就是一刀。不知性命如何，且看下回分解。

第九十七回

群雄共探画春园　英雄谈笑破削器

歌曰：

人要俭，人要俭，淡饭粗衣安贫贱。酒肉宾朋哪个亲？手里无钱人都厌。听我歌，存主见，挣来俱从血汗炼。有钱常想没钱难，而今何处变？不须花费是便宜，若要宽容当省俭。

话说那玉面虎张耀宗，被画春园的余党青毛狮子吴太山拿住，绑到桩柱之上，那手下人手拿牛耳尖刀照定前心就刺，张耀宗把眼一闭，竟等一死。不想那家人方要刺时，从北房上下来一镖，正打中那家人的后心，立刻身死。从房上跳下一人来，身高六尺，膀大腰圆，面如傅粉，双眉带秀，虎目生辉，准头丰满，唇若涂脂，仪表非俗。头上青绢帕罩头，手擎单刀，跳下房来，说："唔呀！混帐忘八羔子！不要逃走，吾在这里看够多时啦。"来者正是小蝎子武杰，他因在公馆之内，听高源说徐胜准被他人所擒，自己想徐胜是救命的恩人，他今被画春园所擒，自己心甚不安，想要探个虚实之信。若果真被他人所擒，这可不好，我必要亲身前往。自己换好了衣服，带上单刀等物，立刻出离了公馆，顺路往前行走。走至山边，扒山过去，借着月色光辉，见那山之左右皆是斗壁石崖。跳下去，顺路直上西北，见那画春园就在目前。顺路下去，自己心中说："我这一进画春园，必要处处精细才是。恐落他人之手，不能救我徐大叔。"到了墙外，飞身跳上墙去。自己窜房越脊，处处留心。见了自行人，他就回来，不往前走，从新又别寻路径。走了有七八箭远，只见眼前灯光闪闪。既至临近，到了东房上，看那下边灯光一片，见有一人手执钢刀，正要开张耀宗的膛。武杰伸手掏出一枝镖来，照那动手之人就是一镖，正中脑后，当时身死。

武杰跳下来，破口大骂说："唔呀！你们这一伙混帐忘八羔子！吾与你势不两立，吾要结果你这忘八羔子，方除人间一个大害。你们自河南屡次助恶人叛反，吾是不能与你善罢干休！"说罢，抡刀就剁吴太山。吴太山一瞧说："好一个胆大的匹夫，你是自己前来找死！吾要不拿住你，你也不知道我的利害。匹夫真乃无知，你身临险地，如入虎穴龙潭。你要想出去，万万不能了。孩子们，鸣起锣来，知会各处，今有奸细前来探画春园来了，你等各处留神。"他一摆鬼头刀相迎。他欺武杰一人，足以取胜于他。吴铎拉刀相助，武峰也赶过来拔刀相助。

武杰一个人寡不胜众，正在为难之际，忽然间从西房跳下四个人来，先把鸣锣之人抡刀杀死，然后赶过来说："武杰，你不必害怕，我蔡庆来也。"后面说："吴太山，你老太太金头蜈蚣窦氏来也。"武杰听见说话，动着手，留神一看，见那边来的是蔡庆夫妇与蔡金花、张耀英，把鸣锣人杀倒。

他四人是从那里来呢？因蔡金花救了张耀英，二人往回里走了不远，见正东有两个人，一瞧是蔡庆夫妻。这夫妇两个人乃久闯江湖之人，处处留神。他暗中想："这段事真不易找。"在南边一瞧，明堂大道上都是翻板、滚板、脏坑、净坑、梅花坑，立刀，卧弓、弩弓、药箭，各样埋伏削器等物。蔡庆不敢走，只走小道儿。往前走了不远，偶见一个黑犬从正北扑来，相离有一丈多远，蔡庆一看那犬奔他来了，抡起刀来照定那犬一砍，那狗脑袋一分，“哧哧”的十枝连弩只奔他刺来。蔡庆一回身，在左腿上着了一箭，幸喜躲开。自己把箭起下来，又绕道同着窦氏夫妻二人顺路往西偏北，走到了杏林这里。夫妇站住说：“勿往里走。你看那边灯光一片，恐有人看见。”蔡庆深知道这画春园里势排甚大，倘叫人知道，传锣一响，大家全不能逃。夫妇二人正商议之间，忽听那边有脚步之声，仔细一看，原来是女儿与张耀英他两个人前来。四人见面，共说方才所听所见之事。说了一番，蔡庆说：“不好，咱们先回去，明日候纪有德来，再作商议。此处是他修的，他必知详细，我等不可冒险找祸。”张耀英心中不愿意回去，也知道这画春园甚不易破。四个人言明，这才同往东走。到了一所宅院之外，听见里面锣声响亮，人声叫喊。蔡庆吃了一惊，说：“不好！这号锣一响，恐怕贼党齐来，你我要受贼人之害。”

四个人窜上房去，回院中一看，见是吴太山与吴铎、武峰三人，带领四十多名喽兵，正在那里战武杰。武杰一人与众贼动手，并无半点惧怕之心。蔡庆跳下去，把鸣锣之人砍死。窦氏母女与张耀英三人也下房来。蔡金花先砍断了绑绳儿，把张耀宗放下来，然后夺了一口单刀，夫妻二人与贼人动手。吴太山看事不好，手下人未经过大敌，他等都跑了。这里不曾传锣，各处不知，无奈他一捏嘴，吱儿一声暗号，他与吴铎、武峰三个人先钻入北上房，把门紧闭，不能进入。

蔡庆等知道这里有削器埋伏，也不敢往里追去，他只可自己带着四个人出了这所院落。张耀宗说：“你我既身入虎穴，必须要救出他二人才是。他二人也不知是死是活，难得准信。我要知道准信，也可设法救他才是道理。”蔡庆说：“方才我听张姑娘说过他二人在这正西桃花坞内被人看押。你我大家先到那里，拿住更夫人等，细问明白。事不宜迟，迟则有变，倘若一时迟延，恐他二人性命不保，你我快走！”

五人来至桃花坞之所，听见更房内有一个人正自说话，带着八分醉意说：“你们都睡了，也不打更去，这还当差呢？我史永得打更去。”他拿起一个梆子，一溜歪邪的出了东厢房，要去绕弯打更。手内的梆子也拿不住，扔于就地了。他两只眼迷迷离离的正走着，忽然间一脚踏空，倒于就地，被张耀宗按住，说：“小子，你叫甚么？这所院内哪屋里有被你们拿住的彭大人那里差官？趁早说实话来，要不说实话，我当时就结果你的性命。”那史永得说：“好汉爷，你饶了我的性命，我说实话就完了。你要不放开我，我死了也不说。”张耀宗说：“我放开你，你要跑了呢，我去找谁去呀？”史永得说：“你老人家只管放心，我不跑。”张耀宗说：“你说实话罢，再不说我给你一刀。”史永得说：“太爷，你千万饶命！我告诉你罢，这北房是有埋伏的，一进门，瞧门弦里有滚板、翻板，东里间屋内收着一个姓徐的，一个姓刘的，你们从东边窗户内进去，救出他二人来罢。”张耀宗把那史永得捆上，说：“你被点委曲罢。”把口又给他塞上，放在西边无人之处。

张耀宗来到东边窗户外，把窗户推开，从窗户内进去，见徐胜、刘芳二人坐在北边椅子上，绳绑二臂，两脚坐在地下窟窿之内，不能动转。张耀宗过去，先把二人绳扣儿用刀割开，然后又把地下木板移开。徐胜把自己口中所堵之物掏出来，刘芳也活动了，把自己口中之物也掏出来，说：“张大人，你来了，我二人真两世为人，甚不容易，可惨哪，可惨！我二人自打算今生今世不能与你见面了，再未想道今夜绝处逢生。”张耀宗说：“妹丈与刘兄，你二人不知，今夜我几乎死在匹夫之手。”徐胜说：“这是什么缘故呢？”张耀宗把方才自己上项之事说了一番。那二人听了，各各点头暗叹。三人从窗户出来，听了听天交四鼓。

蔡庆等四人看见徐、刘二位，这才立刻见礼。蔡庆说：“你我今夜不能进他的内宅了。天已四鼓，咱们同到公馆去，禀明钦差大人，调官兵，候纪有德来时，那时间再为办理。你我这几个人，恐不能拿获贼人。咱们此时身入险地，这里贼党又多，你想如何能行呢？还有一件，方才咱们在东北边那院中又未拿住吴太山，怕他调动群贼，你我九死一生。”徐胜说：“这话也有理，你我趁此先回公馆之内，然后再定主意就是了。”众人齐说：“言之有理。”

方才要走，听见正北那当中八卦图城之内有铜锣之声当当连响。不多时，东西南北四面八方铜锣之声不断，各处灯笼火把、松篁亮子，照耀如同白昼一般。蔡庆说：“不好，快走！你听这八方传锣，必是吴太山他回明了傅国恩，知道你我几个人来探画春园来，莫若你我走为上策。”这众多英雄往南直走，到了南边界墙之内，众人飞身上墙，立刻跳画春园的南界墙。忽听正北一片声喧，蔡庆说：“不好，我等快走！”张耀宗、徐胜、刘芳这三个人往正南一看，只听铜锣声喧，人声一片，灯笼火把照耀，如同白昼。只见那对面山口有二百名喽兵，一字儿摆开。当中有一个人，姓周名坤，绰号人称赛霸王，身高八尺，膀大腰圆，项短脖粗，环眉大眼，二目神光足满，皂白分明，头上青绢帕包头，身穿青小袄，青裤，腰系青搭包，面如锅底，黑中透亮，亮中透黑，精神百倍，手使浑铁棍，重有八十斤，站在当中说：“呔！你等这一伙该死的囚徒，往哪里走？我等久候多时了，你等休想逃脱活命。”

画春园角门大开，吴太山约会群贼，带飞虎喽兵三百赶奔前来。不知张耀宗、蔡庆、徐、刘、武与众女眷等该当何如，且听下回分解。

第九十八回

侠良姑镖打周坤　纪有德献策定计

《十害歌》：

莫作恶，莫作恶，作恶之人无下落。倚财仗势结成伙，课镟行凶欺懦弱。明有王法暗有神，一朝绊倒英雄脚。善人长在恶人诛，报应分明天不错。

话说那蔡庆等众人，来至在边山的南山口之内，有周坤帅领着三百名喽兵，各执长枪大刀，他拦住去路。刘芳一看，气往上撞，拉单刀跳过去说："呔！小辈，你休要逞能，今有刘老爷结果你的性命。"抡刀就剁，周坤用棍相迎，二人杀在一处。周坤棍沉力大，刘德太刀法精通，窜纵跳越，闪展腾挪，两个人杀的难解难分。刘芳的刀照定周坤脑袋就剁，周坤用棍相迎。刘芳撤回刀来，分心就刺，周坤歘抱月往外一搕，刘芳躲闪不及，被棍打飞了刀，连忙回身就跑。蔡庆跳过去，一摆虎头钩，说："叛贼，你休要逞能，我来拿你！"他二人杀在一处。只听正北人声喧嚷，天翻地覆。那侠良姑张耀英说："不好！你们看那画春园的余党来也。"蔡金花回头一看，不知是谁。

原来是青毛狮子吴太山，他与吴铎、武峰三个人，由画春园前院巡捕所北上房内，从地道中逃走，至此有一座八卦团城，是傅国恩的家眷亲丁人等在内居住。内分八门，暗设伏机。前有三门，头道门是金眼骆驼唐治古、火眼狻猊杨治明、金鞭将杜瑞、花叉将杜茂四个人把守，外有听差的门房；二道门是红眼狼杨春、黄毛犼李吉把守；三道门是锦毛虎李祥把守。三道门内是铁花杖八卦转心亭子九间，这是傅国恩议事的公所。

吴太山来到头寨门，见了金眼骆驼唐治古、火眼狻猊杨治明。双麒麟吴铎说："你这里有多少人？快些鸣锣聚众。我们那里跑了几个办事的，是要紧的人，是钦差彭大人那里办差的官员，来了有七八个人，杀了我几个手下的人。我三人寡不敌众，被他等杀败。"杨治明听了说："杜贤弟，你二人看守寨门，鸣号调队。"那八卦城头道门有五百名亲兵护卫，又有一百名该值的人。这里一棒锣，人都齐集。吴太山说："你等队伍已齐，跟我来。"他帅领兵丁，与杨治明、唐治古、吴铎、武峰，这五个人追出画春园的南角门。只见眼前人声鼎沸，那蔡庆正与周坤交手。

侠良姑一回头，看见后面追兵来了。张耀英心中着急，伸手掏出一只镖来，照定周坤前胸打去，正中他的左肩，"哎哟"一声，拉棍回身就跑。这刘芳亦掏出墨雨飞篁来，照定那喽兵就打。蔡庆等各摆兵刃，正冲入贼队，杀得他东倒西歪，尸横山口，血染草红。

那吴太山等五个人来到这里，张耀宗、蔡庆、徐胜、刘芳、武杰、窦氏、张耀英、蔡金花等早已出了南山口，直奔大同府而来。天色东方大亮，到了大同府的北门。进了城门，张耀宗兄妹与蔡庆夫妻回他的镇台衙门去了。那徐胜、刘芳、武杰这三个人来至公馆。那高通海正然在门首站立，看见他三人回来，心中甚喜，说："你三位回来了，我实不放心。"徐胜说："好险哪！我与刘爷几乎死在他人之手。我等先去到上房见大人，不知大人可曾起来没有呢？"高源说："早已起来了，众位去罢。胜奎今日五更天他就起身走了，去请神手大将纪有德，叫他来在这里，大家商议，共破画春园。那里面的削器埋伏，也不知共有多少，闹的我们心神不定。我自那日落在井中，其实可惨。”徐胜说：“你身落井中，你如何出的来呢？”高源说：“兄弟，你又不知道了，吉人天相。那井是一个借山泉，往东一道涧沟，我还拿住了一个奸细毛二，我把他带在公馆，拿获了他，也算一件奇巧的事。”徐胜说：“还是你正走鸿运，这些事都叫你遇合着了，我们快去见大人罢。”

进了二门，来在上房，正遇大人净完了面，彭禄儿在那里伺候大人吃茶。一见徐、刘、吴三人进来，彭公这才放心。三位给大人请了安，彭公问：“徐胜、刘芳，你二人探访画春园形迹，为何今日才回来呢？”徐胜说：“卑职等前奉大人谕，去到画春园瞧探动静，见那里面楼台殿阁无数。我上了他的望月楼，见那当中坐着一人，相似九花娘，与一个人在楼上吃酒。我见了进去拿他，不想那楼上是撤地板，把我落于楼内，万不能逃生，被他拿获。”彭公说：“你既被擒，怎么能回来呢？”徐胜说：“我被他擒，自想一死。把我绑在画春园当中，有一座八卦团城，内有大殿九间，那傅国恩同众盗寇在座，被我破口大骂，傅国恩他并不杀我，把我与刘芳押在桃花坞内。昨夜有张耀宗与蔡伯父众人把我等救出来。”彭公说：“此时画春园贼人不少，他为何尚不起手，在此死守？”徐胜说：“贼人手下兵丁甚是不少，现今大概被色所迷住了。想他那座画春园，亚赛过铁壁铜墙，天罗地网一般，他如何能把官兵放在心上？”彭公说：“趁此时贼人未曾起手，也容易办理，我就调官兵来剿除他罢。”徐胜说：“大人不必多调官兵，只用虚张声势，派张耀宗把他标下所有的队伍调齐了，然后再设计破他的画春园，未知可否？”

正在议论之际：忽见胜奎跟彭寿儿进来给大人请安。彭公说：“老义士，你还去吗？请坐罢。”胜奎说：“我并非是不去，只因昨日奉大人的谕，今日清早五更天起来备马，带领家人李佩、李环上了纪家寨，迎请纪有德。不想我行至半路，正遇纪家父子二人带着家人来到大同，要助大人共破画春园，拿获叛贼，业已来到，要面见大人。”彭公说：“快把纪老英雄请过来。”家人出去，不多时儿纪家父子进来，先与大人请安，又给众人见礼问好。彭公说：“老义士，你前承帮助拿获逆贼采花蜂，我甚佩服老义士智量过人。我来收伏画春园的贼人，无耐我手下众人全皆被伤，无可出力。久仰老义士英名远振，真乃当世英杰也。目下有何妙法，共破贼巢？”纪有德听罢，说：“多承大人夸奖，我实无能。蒙大人吩咐，万不敢辞所议之事。事不宜迟，迟则有变。大人，这里共有几位英雄？”大人说：“他们四五个人。如不够用，把张耀宗那里有他的亲戚蔡老义士可以请过来商办。”大人即着人去请大同总兵与蔡老英雄前来。

去不多时，蔡庆来到，大家叙礼已毕。彭公说：“纪老英雄，还是你出一个主意，想那万全之策才好。”纪有德听大人之言，说：“这所画春园的山南边有山口子，东边有山口子，就是这两处，大人必须派兵把守。先与他看看，此事总宜招安。他这些喽兵都是无业游民，他们不能成其大事，就是有精兵五百名，此兵亦可收伏。大人必须派精明干练之员，方可成功。”彭公说：“就派大同镇总兵张耀宗，着他派人前往。”纪有德又说：“再派精明大员，列队在东南两座山口子，作为接应，先取了山口，以惊贼之心。”彭公说：“再派张耀宗的兵攻打就是了。”纪有德说：“他既叛反，必有盟单、总帐、花名册子，收在八卦团城之当中。又有一座映春阁，那阁上天花板之下有一悬龛，龛中是那总帐。削器在那靠北墙八仙桌儿，一张桌子是活的，要有知道的去盗盟单，脚一登桌子，准被人擒住。那总帐可在那里明放着；如要去过那里之时，你先往南一拉那八仙桌子，你们可以就看见了。从那北墙出来两个自行人儿，手执钢刀，往地下只剁，要不知道的去探画春园瞧见映春阁上有盟单总帐，要是一贪便宜，一上桌子，那桌子往下一沉，与地板平，两只脚准被套住，从墙上有两个木头人抡刀砍将下来，休想活命。不知谁敢去盗盟单，亦好按名捉拿。倘无人敢去，我就另有主意。”粉面金刚徐广治说：“我可以去得。”纪有德说：“甚好。”

神手大将他生来之伶巧，并有想念，原打算这一来要举荐儿子纪逢春作一官半职，这是他的本意。早知道这一调官兵围困住画春园，傅国恩一定逃走，必从地道往西边出山。这股地道，原是他修的。当初修画春园之时，是纪有德一人监工，都出自己的主意，在哪里安放削器，哪里安设地沟，均是一人经理。他想今若捉住傅国恩，也算头一功，自己不能分身，又怕儿子纪逢春他一力难支，看内中就是武杰年力精壮，与纪逢春年岁相当，可以派二人前往。想罢，说：“武杰、纪逢春，有柬帖一个，派你二人照我柬帖行事，可作一件奇功。”又派蔡老英雄、高源、刘芳：“你三位可以跟我挑选一百名精壮之兵，明日一早跟我去破画春园，探明道路，共捉傅国恩与九花娘等。”众人答应。

彭公听他调度有方，条条有款，样样有规，心中甚喜，吩咐彭禄儿：“去传预备酒席，我与纪义士接风掸尘。”彭禄儿答应下去，立刻在东配房摆上酒席，连胜奎、蔡庆三人坐一桌，高源、刘芳、徐胜并众英雄列座。大家皆开怀畅饮，彼此谈心。这一日无话，天晚安歇。次日天明起来，纪有德带领众人去破画春园。不知该当如何，且看下回分解之。

第九十九回

群雄共破画春园　刘芳奋勇战贼寇

《劝世歌》：

人要忍，人要忍，闲事闲非休作准。些须小事没含容，弄得家贫身也损。听我歌，早自醒，告状争强没要紧。花钱惹气误营生，受害担惊睡不稳。过后追思悔不来，只为从前早不忍。

话说神手大将纪有德与蔡庆、胜奎三人点了一百名精壮之兵，这才同众人说："不走东山与南山口，咱扒山走飞云渡口，过接天岭，直奔画春园的正门。你们看见自行人儿，万不可追，他往回走，也不可拿刀砍。"他众人俱各答应。纪有德带领众人，只奔那边山，到了飞云渡口，顺小路上接天岭，扒山到了画春园而来不表。

单说吴太山自那日带领着那些个飞虎壮丁人等，追那蔡庆至南山口，周坤中了镖伤，不能挡住众人，他也不敢往下追，帅众回归头道寨门。至天明，听见议事厅上金鼓，齐集在两旁。傅国恩与桑氏妖妇九花娘升坐，青毛狮子吴太山、金眼骆驼唐治古、火眼狻猊杨治明、双麒麟吴铎、并獬豸武峰、红眼狼杨春、黄毛犼李吉、金鞭将杜瑞、花叉将杜茂、赛霸王周坤、小二郎张能，尚有众多的无名小辈，鱼翅鸡毛，打闷棍套白狼的，都是些无知之人。就有亲军护卫兵二百名，青绢帕包头，青绸子裤褂，青缎快靴，怀抱四尺多长、宽有二寸有余的斩马刀，都是三十来岁，一样的打扮，精神百倍，雄纠纠，气昂昂，两旁站立。当中是傅国恩、九花娘，两边列开座位，说："列位英雄请坐。"众寇坐罢，家人献茶上来。

傅国恩开言说："周坤贤弟，你派人去探彭钦差来此大同府，共带有多少英雄，有无兵马，打探详细否？"周坤说："业已有信，他那英雄来的不少，兵马确无。昨夜从画春园把咱擒获的人救出去了，我等列队未能追回，今日正要回禀寨主知道。我想总是将人马调齐，杀上大同府，先拿住钦差彭朋，然后再进兵攻取怀安、雁门、代州等处，再攻宣化府，进了北口，长驱大进，这可以图王霸业。寨主要不早为下手，恐他的兵马到来，那时前进无门，后退无路，悔之晚矣。"傅国恩闻听周坤一番议论，甚是有理。在他生来是个无主意的人，当初这大雄山是周坤、张能二人在此占山为王，他做那大同总兵时，与这二人是八拜金兰之好。傅国恩身为大员，不思报主皇恩，一心反叛朝廷，把营中兵饷每名扣银五钱。因此有中营游击郭大魁上了一禀，陈说克扣军饷非长远之道，恐其军中有变。傅国恩说："我带之兵与你无干。你作你的忠臣，皇上何不派你？"这几句话说的郭大魁闭口无言，只可由他所为。自己一腔忠义之心，忿忿不平，与他营中人说起总兵克扣咱的军饷，这五百名马队人人不忿，都要杀傅国恩。说话不密，被他家人傅祥查知，回禀他主人说："郭大魁同手下兵丁要杀你老人家，他手下人说要叛反了。"傅国恩听罢，说："这还了的！"传郭大魁进帐说："你违吾军令，私谋造反，克扣口分，绑出去给我杀了。"他中营马队兵丁知道主将已死，大家连夜逃走，四散去了。他知道将这件事办的不好，立刻带领亲随人等，他逃至大雄山，在那里招兵买马，修造了一所花园。这是他早年修的，自己又从新安置好了。又收了张能、周坤，合山之众全皆归降，立起大旗来。这些时正要起兵，忽然探子来报：有兵部尚书彭朋奉旨查办大同府来。这傅国恩他也不知吉凶祸福，即与众人商议。大家无策，有说可战的，有说兵马太少，不可轻进，其说不一。这也是他缺谋少智，把这几十年克扣兵饷所积的银钱，全皆招了兵啦。

这几日正议论军务大事，吴太山说："看光景，宜急速起兵，不宜死守。如果不急速进兵，可以找一座高山峻岭，方可守护。要说在这里，焉能久守？"傅国恩说："我费了无数金银，修的这样，要是走，我又舍不得这所花园子。我有一个知己的朋友，占住磨盘山为王，姓马名刁，绰号人称金面太岁，我已遣人去请他前来帮助。"吴太山等说："也好，就是这样办罢。"这日大摆筵宴，与众人谈心议论，直吃了一天的酒，至晚这才撤去杯盘。众人安歇，各归汛地。

次日天明，纪有德从接天岭下来，到了画春园的园门外。他先高声说："呔！你等该值看门的人听真，我们奉了钦差大人之命，来拿反叛傅国恩一人，你等要能知非改过，不随叛逆之人，可扔了兵刃，全皆无罪。如要不扔兵器，那时拿住你等，碎尸万段，将首级挂在通镇示众。"吴太山看见正南来了一百多名官兵，为首一人率领着些个英雄前来，又没有南山口的信息，不见周坤动静。吴太山摆刀跳过去说："呔！你等休要前来，今有吴太山在此等候多时了。"胜奎说："吴太山，你年过六旬以外，尚不知世务。你与贼人为伍，甘心叛逆。今有钦差调来官兵，前来拿获你这些叛逆之贼，急速投降，免得多杀人命。如要不然，我当时诛却了你等的狗命。"那吴太山瞧这些个官兵不过百十名，不放在心上，他倚仗着人多，他抡刀直奔胜奎而来。胜奎说："你休要逞强，你这匹夫有何能为？"摆金背刀急架相还。二人战了几合，被胜奎一镖正打中他的左肩，吴太山回头就跑。

唐治古、杨治明二人，各摆单刀直扑奔刘芳、高源而来。高源等急架相还，四个人战了多时。胜奎又是一镖，打中杨治明的右肩，两个贼人往大门里跑。高源方要追去，听那纪有德说：“呔！高源，你休要逞强，不可前往，再走两步就有性命之忧。”高源听了，立时止步。那纪有德到了近前，把东边的滚板用刀割开走线，又把翻板支住，把中梁的千肋闸支住，用刀割断了弦，就不能走动了。这才带领众人进了头道门，再奔二道门。只见眼前东西配房各五间，正北二道门外有五百名飞虎兵，手擎长枪，为首的金鞭将杜瑞、花叉将杜茂二人把守，说：“你等这些无知的小辈，休要逞能，我二人在此久候多时了。”纪有德说：“你二个是我手下败将，也敢这样的无礼！”抡刀就剁，杜瑞他用鞭相迎，战了数合，纪有德一刀把杜瑞的鞭搕飞，一腿踢倒在地，不能起来，口说：“不好！”这里官兵将他捆上，抬到空房之内。纪有德破了二道门的绷腿绳、绊腿索、立刀、窝刀、自发弩箭等器物。

外面张耀宗带领马步全军大队三千人马，从东南两座山口分两路进兵，先破了南山口，周坤一个人如何敌官兵之众，该匪等四散逃走。张耀宗带领着官兵，把画春园团团围住。纪有德知道官兵已到，大事成就了，他领着众英雄破了三道重门。

里面那傅国恩也早已知道四面八方官兵已然围困，他自己升了议事厅，就把那所有的战将请来一处商议，说：“众位英雄，大家要助我一膀之力，我与他决一死战，不知你等能出力否？”那众人连兵丁齐声答言，说：“寨主，现今的事断不可与彼争锋。头一件，外面周坤同他带领的人役均已散了。”正议论间，忽然从东房上跳下一人，是小二郎张能，他说：“众位豪杰得知，如今大事不好了，我守东山口已失，官兵大队将画春园围困了，请寨主早作准备才好。”傅国恩说：“张贤弟，我想与他决一死战，你等快鸣锣，调齐了人，以待敌人。”

再说纪有德把各处削器总弦割断了，进了三道重门，瞧见傅国恩、九花娘并众寇各摆兵刃，齐集面前。纪有德有刀一指，说：“叛国之贼，你休想逃命！天兵到此，早早投降，免尔等一死。如尚支吾不醒，你的窝巢已破，玉石俱焚，悔之晚矣。你们哪个前来，趁此实说。”小二郎张能手使弹弓，一弹子照定了那纪有德打来，被纪有德搕开，连打几下，张能并未打着他，心中发慌，连说：“不好！倘若死在他的手内，不如三十六着，走为上策。”张能一摆刀，跳出圈外，上了西厢房逃走了。高源急忙追赶，二人相似走马灯的样子，追出画春园去了。纪有德摆刀直奔傅国恩，粉面金刚徐广治摆刀要拿九花娘。不知后事如何，且看下回书中分解。

第一百回

高源捉拿傅国恩　徐胜单探磨盘山

歌曰：

劝世人，莫忧愁，将烦恼，一笔勾。荣华富贵天生定，谁人管得前合后。岂是强人智力求，心机费尽终无就。倒不如随缘快乐，享几时自在遨游。

话说水底蛟龙高通海他追小二郎张能，出了画春园，往那边走了。单说神手大将纪有德，见贼党甚众，皆聚议事厅。刘芳抡刀跳至当中说："傅国恩，你乃大清国总镇，食君之禄，不思尽忠报国，反倒作这样叛逆之事。你这画春园弹丸之地，所集不过乌合之众，你要与天兵抗拒，焉能成事？"傅国恩率众在前，说："你是何人？"刘芳说："我姓刘名芳字德太，绰号人称多臂膀。我跟钦差大人当差，专查贪官恶霸。外有马步军队，已把你画春园围的铁桶相似。你等想要逃走，比登天还难！"傅国恩一阵冷笑，说："刘芳，你今既敢带兵前来画春园，你可知道这里的厉害，我今先拿你这一伙贼人就是！"一回头，说："杜茂，你把这厮给我拿住！"杜茂摆叉跳过来，说："刘芳，你也是义侠人，何必这样猖狂，你看二爷拿你。"拧叉分心刺来。

那刘芳也抡刀相迎，二人战在一处。

那粉面金刚徐胜他想："我来至这画春园，寸功未立，我要去迎春阁盗贼人的盟单，好指名捉贼就是。"他想罢，窜上房去。这徐胜按各处小心留神，绕过东房，往北走了一箭之远，在房上各处寻找多时。抬头一看，只见迎春阁就在面前。这所院落是北房五间，大楼上面是迎春阁，东西配房各三间，院中清静无人。粉面金刚徐胜看罢，飞身上了迎春阁儿，把门推开，见正北有八仙桌一张，墙上有悬龛一个，悬龛内有总账、盟单等物。徐胜先一按桌子，那桌子吱咀一声响，往下沉，立刻沉于楼板并齐。那北边墙上的闯板一开，从里面出来两个木头人儿，手执着钢刀，往地下就剁，只听"嗑嚓"一声，那刀砍在桌面上，刀抽不出来了，那两个木头人儿不能动转。忽然间，从房上盖下来一个铜罩儿，正罩在徐胜的身上，有七八个钢钩儿从上下来，只钩在他的身上。粉面金刚他又不敢嚷，也不能动转，只可等死而已，暂且不表。

单说神手大将纪有德，他率领着众人在议事厅前，与叛臣傅国恩等一场恶战。刘芳与杜茂二人战够多时，不分胜败。红眼狼杨春与黄毛犼李吉这二人，各摆单刀跳过来，协力相帮。胜奎、蔡庆也摆刀跳过去相迎。青毛狮子吴太山跳过来说："纪有德，你真乃匹夫也！当初修画春园之时，你也说过不能再生异心，今日你来帮助彭朋来破画春园。你想要作惊天动地之人，并求取功名富贵，你那是缘木求鱼，焉得能够呢？你今天来至此处，如飞蛾投火，自来送死。想要逃走，是万万不能！"纪有德说："哆！你休要咬唇鼓舌，你纪大太爷是安善良民，守分百姓，岂能与贼人为伍？你这叛逆的人，都是乱臣贼子，人人得而诛之。我等奉钦差之命，带官兵前来剿拿你等。"吴太山抡刀只剁，纪有德急架相还，二人各施平生艺业，正杀的难解难分。

傅国恩与九花娘二人见事不好，又听外面喊杀连天，人声一片。傅国恩的家人由后院跑出来说："寨主爷，大事不好了！这如今大奶奶投环身死。”傅国恩一听家人来报结发之妻投环身死，心中甚是不安，不由已落下几点泪来，说：“嗐！悔不听贤妻之言，只落的这般光景。现如今大事不成，不免我去到磨盘山求请大兵，重整旧业就是了。”想罢，他又不舍这画春园铁桶相似的房舍，自己回想：“吾官居总镇，不思务本报国，一味贪虐无厌，私杀属员，皆我任性之过。一时间糊涂之极，作出这些无知的事来。追悔已迟，可惨哪，可惨！我自得了九花娘，一点顺事无有，想是被色所迷。我也把事作错，闹的这般光景，无计可使。”无奈他一拉九花娘，二人进了大厅西里间屋内。他把那北墙下那一张床儿给挪开了，地下有一块八卦图的木板，他把那木板移开，一捏嘴，“吱”的一声哨子响，他二人下了地沟逃走去了。那青毛狮子吴太山、金眼骆驼唐治古、火眼狻猊杨治明、双麒麟吴铎、并獬豸武峰这五个人跑进议事厅，找着地道，也从沟中逃走了，各全蚁命。

这道沟是当初修画春园之时，他们预先准备生路，直通正北二十里边山之外。那里有一座望山坡，上面修盖了一座快雪亭。这座亭子上有一块石头是活的，无人知道。今日傅国恩他见外山口已破，东西南北四面都是官兵。他又见那纪有德、胜奎十分勇猛，趁着那红眼狼杨春与黄毛犼李吉、花叉将杜茂这三人与众人正在杀的难解之际，他等也无可如何，只可先从地道逃走，带着这九花娘与吴太山等五个人，顺地道往西北走去。

走至当中，他心中一动，说：“吴太山，你想这是该从哪边走呢？西北这条路是当初纪有德监工修的，我因后来怕纪有德变了心，倘要事情败露，要从这条路走，恐被他人所擒，我自己又雇心腹人从这十字路口，往西又修一条地道，通那边山之西，在青松坡下。你我是从哪一条走呢？”吴太山说：“寨主，这如今大事不成，意欲何往？”傅国恩说：“我要投磨盘山去。”吴太山说：“我自河南跟金翅大鹏周应龙之时，并未成了大事。今我五人也不能与寨主投奔磨盘山去，我等要奔潼关外头英山，去访几位朋友。要依我之见，还从西北这条路走，是为上策。你等要往西走，外面走漏消息，那时他暗派人在那里候着，如何是好？我看纪有德所带之人，也没有几个能人，无非是官兵势大。这西北望山坡，准无有埋伏。”傅国恩听他之言，说：“也好，就依你往西北走罢。”

桑氏九花娘有千里脚程，他也跟的上，顺地道一直的走了有十七八里之遥。大约快到了，傅国恩把随身一个包袱交给九花娘，说：“娘子，你好好的收存这个包袱，你我二人，也可指这里边的物件，以度晚年之乐可也，那里面有些金珠细软之物。”九花娘也甚愿意，接过包袱来，心中说：“我跟傅国恩要想作一场轰轰烈烈事业才好，不想一败如此，真正令人可恼。我跟他也无益，他要被人拿住，连累我，按国法全都是剐罪，我不免想个脱身之道，方为万全。我不可受他之累。”想着，众人已到望山坡的地道山口。吴太山说：“我托起这块石头来就是了。”方才用手一托，那望山坡这道地道的亭子里面，早有两个人，是打虎太保纪逢春、小蝎子武国兴。

他二人自早晨奉神手大将纪有德之命，拿了一个字柬，到无人之处。武杰他认的字，说：“纪贤弟，你把那字柬拿出来，我看是派你我往哪里去？”纪逢春掏出字柬来，交给武国兴。他接过来，打开一看，上写着：

> 字示武杰、纪逢春二人知悉：汝二人急速绕道奔画春园之西北望山坡，有一亭子名曰快雪亭。你二人不可远离，就在那座亭上等候。如见石头动处，你二如急拉兵刃，拿叛臣傅国恩等，乃是第一奇功，百年不遇之机会也。千万千万，汝二人遵行。

武杰看罢，说：“贤弟，你跟吾走哉！”二人出了大同府北门，绕道直奔画春园之北面，往西到了那望山坡的快雪亭，就在南边山坡之上，东边有一片松树，西边有一道涧沟，北面一片平川之地。二人就在亭子上坐定。

天有过午之时，听见亭子底下有脚步声音，那亭子底下石头一动，小蝎子武杰说："唔呀！混账忘八羔子，你往哪里逃走？吾在这里等候多时了！"

里边傅国恩听见有人埋伏在此，连忙一撤身躯说："不好，你等快跟我往回走罢，出西边那个山口就是了。"九花娘跟随着，一直的又回来，走至十字道口儿，又往新修的西边这条路上紧走，怕有人追上他等。走至这西边地道口，一托这块石头，托不动。吴太山说："这块石头怎么托不动，是怎么一段缘故呢，有多重份量？"傅国恩说："有一百二十斤呀。"吴太山说："不能，要是一百二十斤，我可能托的动他。"傅国恩一托，也是托不动，他心中一想，说："怪呀，这是怎么奇幻。"

岂知那石头上外边，有一人睡着。这睡者是谁？乃高通海。因追小二郎张能没追得上，心中烦闷，就在这块石上歇息。忽见石头一动，听里面有人说话，高源心中说："此人可是活该死呢？我当闪在一旁，看是何人？我要是他对手，必被我拿获。"自己躲在侧边，见吴铎又一顶举，那石头嘣啌翻开，九花娘、傅国恩趁势纵出洞口。高通海设计想拿贼首，因二贼同出洞来，不惟未曾赶上九花娘，那傅国恩亦被他逃了。

这九花娘命运该绝，虽出洞口，慌慌张张，不料欧阳德从树上跳下来，把他拴住，交于武杰，求大人请令施行。傅国恩既然逃走，他必投奔磨盘山了，所以后来不得不扫灭巢穴磨盘山。

既剿傅国恩，就拴蓬头鬼黄顺出世，恩收陈泰山，五探剑锋山，活阎罗焦振远劫牢反狱，金雁雕再造，捉拿焦家五鬼，武氏三雄大战剑峰山，彭公西巡，碧眼金蟾石住盗御马，五显财神结盟，康熙老佛爷私访蜜香居，均是后来。有无是事，有无是人，可凭不可凭，姑妄言之，且姑妄听之，暂停不表。

再把画春园出力忠臣及以前列众义士显亲扬名，一一说明剖白。彭公自那日请纪有德到公馆来，问画春园该当如何破法？纪有德将画春园绝妙暗器、各处巧技、四方利害细细陈说，且云破法，井井有条，更兼量才调用，各任其使，是以前后搭上五天，就把画春园剿灭清平。将所拿获罪大恶盈者，请令枭首示众，被逼良民可恕者，释之还乡。凡大同辖属干员，与前后出力义士，奏请升赏，劣者参革，随带护身差官回京缴旨。

康熙老佛爷旨谕："彭朋赏戴双眼花翎文华殿大学士，恪毅一等伯。"彭公自出仕以来从未带家眷上任，又不纳妾，还是壮年，在京之时生一子，其子虽蒙荫袭，不从世袭，由进士出身，官至山东巡抚，清廉克肖，颇有父风。所生七孙，长孙承袭，六孙皆仕，均有政声，是天报贤臣，世代簪缨。

欧阳德特授广东提督，赏穿黄马褂，不愿为官，告隐归山，效赤松子遨游天涯。后至乾隆老佛爷下江南，游姑苏狮子林，那狮子林文童不敢请圣驾从大门进去，拆东边高墙，跪迎乾隆佛爷，因拆东墙震动西边，其墙将颓，似有急倒之势，忽见一个和尚双手撑住，恐惊圣驾。乾隆老佛爷命和尚见驾，问："和尚从哪里来？"欧阳德说："从千佛山来。当初曾随彭朋剿灭各寇，今年一百零九岁。知此墙必倒，特来护驾。"乾隆老佛爷即封欧阳德护国禅师。欧阳德谢恩起来，乘彩云飘飘从西去了。

张耀宗赏戴花翎，特授四川提督，很有声名。徐胜赏戴花翎，广东省提督，特授协镇。生四子，一子由翰苑官至礼部尚书，三子仍然就武，士显名扬。

黄三泰自沐恩赏穿黄马褂，心满意足，惟学义方训子。幸黄天霸忠义，后来授云贵提督，封赠三代。贺天保、濮天雕、武天虬跟黄天霸，由军功保举，均各官至总戎。

刘芳河南协镇，特授参将，颇有英名。高通海两湖提督，特授湖南协镇，与兵卒共甘苦，甚得军心。何路通湖北游击，特授黄州府都司。武杰浙江协镇，特授参府。

季全江南协镇，特授参将，诚有古大臣之风，四子五婿皆为名宦。褚彪河南守备，特授陈州府千总。苏永禄河南守备，特授汝宁府千总。武成安徽游击，特授凤阳府都司。

蔡金花、张耀英、纪云霞，俱封二品夫人。纪有德不乐做官，彭公保举纪逢春东鲁参将，特授游击。

万君兆特授武昌府千总。

胜奎、贾亮、张茂隆、窦氏不愿出仕，赏四品顶戴。高恒、刘世昌赠封一品，蔡庆诰封一品。

杨香武修道无锡惠泉山。朱光祖归隐桃花峰。

白马李七侯被玉面虎暗中误激，埋头颈十余年，至牧羊阵捉拿金氏三绝，计破西边十路反王，方才名显天下，官至浙闽提督，世代阀阅。

可见这部书，忠义者终获厚报，罪恶者难逃法诛。要知后辈英杰，是乎果有经文纬武之人，奇案震天之事，义侠忠君、掀天揭地之才，可否足传，或曰二叙踵接，抑阅《施公案》之谓欤？便悉其详。